小說月報

沙场秋点兵

八十年代卷

小说月报编辑部编

天津出版传媒集团
百花文艺出版社

图书在版编目（CIP）数据

小说月报军旅小说. 八十年代卷：沙场秋点兵 /《小说月报》编辑部编. —天津：百花文艺出版社，2013.1（2023.8 重印）

ISBN 978-7-5306-6217-5

Ⅰ. ①小… Ⅱ. ①小… Ⅲ. ①中篇小说-小说集-中国-当代②短篇小说-小说集-中国-当代 Ⅳ. ①I247.7

中国版本图书馆 CIP 数据核字(2012)第 279815 号

小说月报军旅小说. 八十年代卷：沙场秋点兵
XIAOSHUOYUEBAOJUNLVXIAOSHUO. BASHINIANDAIJUAN SHACHANGQIUDIANBING
《小说月报》编辑部 编

出 版 人： 薛印胜
选题策划： 刘书棋　　**责任编辑：** 齐红霞
整体设计： 张振洪
出版发行： 百花文艺出版社
地址： 天津市和平区西康路 35 号　**邮编：** 300051
电话传真： +86-22-23332651（发行部）
+86-22-23332656（总编室）
+86-22-23332478（邮购部）
网址： http://www.baihuawenyi.com
印刷： 河北浩润印刷有限公司
开本： 880 毫米×1230 毫米　1/32
字数： 357 千字
印张： 14.25
版次： 2013 年 1 月第 1 版
印次： 2023 年 8 月第 2 次印刷
定价： 68.00元

如有印装质量问题，请与河北浩润印刷有限公司联系调换
地址：河北省沧州市肃宁县河北乡韩村东洼开发区 188 号
电话：(0317)3220409

〈中小学推荐阅读书目〉

军事文学的魅力

李存葆

《小说月报》编辑部编纂了三卷四册的“小说月报军旅小说”丛书，编辑朋友嘱我在卷首缀以片言。近几年来我曾多次痛下决心，摒绝他人的命题作文。怎奈《小说月报》对我厚爱有加，曾五度不吝篇幅选载过我的作品，加之为军事文学鼓呼又是我不可推卸的责任，乃欣然应允。

三卷本的“小说月报军旅小说”丛书分为八十年代卷之《沙场秋点兵》、九十年代卷之《梦回吹角连营》、新世纪卷之《醉里挑灯看剑》，计一百四十余万字。入选作家中既有我崇敬的师长，也有我钦佩的侪辈，还有大显圭角的后起之秀。他们或铜钹铁板，唱大河东去；或烟雨楼台，吟西风瘦马；或写英雄气短，或说儿女情长；或纵向于传统文化的大山里探骊得珠，或横向从西方文学的海湾里采珊拾贝。这些作品，或豪放或浑厚或缠绵或委婉；或直面人生，入木三分；或功候深藏，秀丽内含；或洗尽铅华，真纯毕现；或娓娓而谈，引人入胜；或信笔写来，风致自显。可谓各有灵苗，各擅胜场。

新时期以来，军旅作家在三条战线——历史战争、当代战争、和平军营的领域里联手作战，剑锋所指，不断将当代军事文学从勃发推向鼎盛，涌现出一大批脍炙人口、誉满文坛的力作。优秀小说的基本品格应是：感觉的敏锐，情感的丰沛，人物形象的丰满和心灵的丰富。从“小说月报军旅小说”丛书中可不难窥见，这些作品，无论在反映生活的深度、广度和力度上，在探测军人心灵和展示文化底蕴上，还是在表现技巧和手法创新上，较之上世纪七十年代以前的军事文学，都有了长足的进展，甚至是有了革命性的突破。文学作品的生命力是寄托在阅读上的。军事文学能最大限度地展示人的爱国主义和英雄主义，又能在特定氛围中袒示人的各种情感。情感，恰是人的道德、信念、原则和精神力量的核心和骨肉。正因如此，才有那么多的读者钟情于军事文学。

自人类伊始，英雄主义就已存在并被人类所崇尚。最初，它仅是源于生命的艰难和对生存的渴望，因为命运总是格外眷顾那些勇敢和充满生命张力的个体和群体。英雄主义成为一种价值判断和道德规范，是在人类建立了有序且动荡的社会体系，尤其是国家和领土的概念出现之后。莎士比亚说：“勇敢是世人公认的最大美德，有勇的人是最值得崇敬的。”他还说：“感发人心的忠勇，可以使一根纺线竿变成一柄长枪。”英雄主义历来是人类文明和人的精神的主旋律之一。当人类以审美的眼光看待英雄主义的时候，它已经以集体记忆中的一份组成，而被编码溶进人类生命的基因中了。

国家不同，民族不同，爱国主义和英雄主义的内涵当然不会完全一样。但没有一个国家、一个民族不倡导他们的军队和人民，去为自己的国家和民族的利益而献身的。就拿以现代科技虎视并称霸世界的美国军队来说，在当今战争中追求的是零伤亡，但他们在酷似实战的日常训练中，每年却都有数千名士兵献出生命。

爱国主义和英雄主义，始终是我国军事文学创作最绚丽夺目的“主题词”。这是由军事文学尤其是战争文学的特性所决定的。

目　录

印有金锚的飘带

叶　楠

在民航候机室里，我等待乘晚班飞机南行。由于气候不好，班机起飞一再推延，最后干脆不预报时刻了。但班机并没撤销，只好耐心等待。候机室广阔的玻璃窗外，细雨蒙蒙，跑道上只有模糊的积水的闪光。我将身子缩到沙发上，闭上眼，想打个盹儿。但是，却无论如何也不能入睡。一方面，我要留意广播员报告班机的起飞时刻；另一方面，有一种声音在耳边响着："笃，笃，笃……"这是木头轻轻撞击地板的声音。我仿佛感到有个人影在眼前晃动。我睁开眼看了看，是一位架着双拐的人，在我面前踱着，还不时地看我一眼。起先，我只是认为他和我一样，忍不住久等，用双拐来量度这难挨的时光。后来，我发现他打量我的次数越来越多了，而且，我感到他的面庞好像有点熟悉。我思索着：在哪儿见过呢？这个人年纪并不大，不到三十，有张长长的脸，眼睛很大，眉毛弯得挺秀气。一条腿是截了的，装的是假腿。虽然如此，但只要看他的上身，你就会毫不犹豫地说："这是个军人。"他的身躯挺得笔直，完全是军人气度。不过，他的衣着却没有一点军人的痕迹，穿的是普通的中式对襟布褂，很旧，但很洁净。

"您是……"他走到我面前，按照军人的习惯道出了我的姓和过去的职务。我连忙站起来，还是想不起他是谁。

"您不一定记得我了，"他解释说，"我是记得您的。我过去是潜水员，我们在一起参加过多次演习，忘了？平岛，琼湾……"他列举了一系列地名。

“小杨!”我想起来了。由于我过去的工作性质,我认识很多海军潜水员,这个杨琪就是其中之一。他给我印象最深的是那弯得挺秀气的眉毛。我常常在潜水员下水前,用眼睛和手势向他们交代几句。几乎所有的潜水员都会用眼睛讲话,而杨琪,连眉毛也能说话。我赶快扶他坐到沙发上。说实在的,我和他只是过去在工作中有过接触,对他以后的情况不甚了解,只知道六十年代末,他调到南方一个遥远的港湾去了。以后,再没有听到有关他的消息。他是什么时候残废的呢?显然,他是复员了,现在哪儿工作,到哪儿去呢?

“我是一九七三年复员的。”他像是猜着了我心里的话,“原因,您看见了。”他晃晃双拐,“水底的鱼抛到岸上来了!”语调含有凄楚,他留恋大海。

“现在哪儿工作呢?”我问。

“在老家,当社员。”

“你要到哪儿去呢?”

“到南边去,实际上我是到一个荒岛上去。”

他取出一封电报给我看。

电报是这样写的:

杨琪同志,在玉碎岛附近,发现一具越南女难民的尸体,死者年岁不到三十。在她的遗书中,提到你的名字。盼火速飞来……

下面署的是部队代号。

“这是我原来所在的部队发来的。”杨琪解释说。

“你知道她是谁吗?”

“我想她是……”杨琪的眉毛弯得更厉害了,“不!现在还不能断定。”

血与火的战争中，常常能把人生最严肃的命题，诸如国与家、群与己、誉与毁、理与欲、浮与沉、生与死……统统集中摆放在你的面前，让你做出抉择。血与火的战场上，常把人生的经历最大限度地浓缩在一起，爱与恨、喜与悲、无畏与恐惧、高尚与卑劣等人类的一切情感，也无一不在战争这一特定环境下被大大强化。这些情感，有的人在十年、五十年甚至在一生中都不见得能全部经历，而在战场上，人们只需要几天，甚至几小时几分钟内就把这些情感全部体味了。正义的战争也常使人的情感在瞬间发生“核裂变”，而这些情感的“爆片”上，无不闪耀着爱国主义和英雄主义的色泽。

意志和毅力是衡量人灵魂的天平。自制力是人的美德的保障与支柱。一个没有自制力的人，很难实现有价值的人生。作为一支人民的军队，作为一个武装集团，它必然要求所有的成员具有超出常人的意志、毅力和自制力。即使在和平环境中，军队也须以铁的纪律和艰苦的磨炼，去不断向人的意志、毅力和自制力的极限去挑战。军队是性格、爱好、见解不同的人们组成的集合体，但有一种比性格更强烈、比爱好更深刻、比见解更广泛的精神纽带，将这个集合体统一起来。人民军队，无论走到哪里都能征服环境；无论出现在何处，都能赢得人心。狂风突来，他们是汹涌澎湃的大海；暴雨骤至，他们是巍峨矗立的高山。

爱国主义和英雄主义，是军事文学的风骨。失却了这样的风骨，也便失却了军事文学的魅力。

一个没有哲学巨子的民族，是个精神瘫痪的民族；同样，一个没有伟大英雄的民族，也只是患有“软骨症”的毫无出息的生物之群。“小说月报军旅小说”丛书告诉我们，军旅小说家们饱吮着自己的心血，在作品中留下的军人的风骨和血肉，展现出了一个民族的精神坐标。

"小说月报军旅小说"丛书中的作品,都是从《小说月报》中选出的,经历过读者和时间的拣选,我也大都拜读过。这些优中选优的作品的结集出版,显示出选家严谨的识力和作风。开卷摩挲,令我枨触无端。直如旧梦套着新梦,新梦连着旧梦,欲说还休,欲休还说。这套丛书是对三十余年来军旅小说的蹑迹追踪,是对新时期以来军事文学的高度浓缩,是对军旅文化的"切片"的高倍"透视",也是对老、中、青军旅小说家的一次盛大的检阅。

《小说月报》是改革开放后创办的全国第一家遴选优秀中、短篇小说的选刊。从她诞生的那天起,就与军旅作家结下不解之缘。毫不夸张地说,《小说月报》既是新时期以来我国中、短篇小说的编年史,也是军旅中、短篇小说的编年史。值此书业维艰的当下,《小说月报》能不惜人力、物力,出版这套洋洋大观的丛书,无疑是一个令人鼓舞的豪举。

请允许我以一个老兵的身份,代表军旅作家,向《小说月报》的朋友们致以崇高的军礼!

2012 年 9 月 28 日于济南

“玉碎岛那个死者，”我耐不住了，“一定是她们中间的一个！”

“可能是。是哪一个，我不能断定。我们一起度过了很难忘的战斗生活……”

这时，机场广播员报告说，我们乘坐的班机可以起飞了，请我们登机。我反而有点埋怨起飞得太不是时候了。杨琪却一动也不动，他还沉浸在回忆中。

“走吧！”我扶他站起，走出候机室，来到机场上。

天已经黑了。这班飞机变成夜航班机了。雨是住了，云层还很厚。跑道两侧和尽头的彩色导航灯，照亮了湿漉漉的混凝土地面。

上飞机后，我和杨琪挨着坐，反正小飞机是不对号的。机上女服务员照例讲了一遍班机的航程、高度、时间之类的话。飞机起飞了，机场上的彩色灯火向后急速飘去……

“我们绝对想不到接待我们的是三位姑娘，”飞机在高空航行，杨琪接着往下说了，“长期战争，很多妇女直接站到战斗行列里来了。她们领我们走进一间简易草棚，这是她们前两天专门给我们搭的。草棚里亮起一盏小油灯。微弱的灯光下，我们才看清她们的模样。玉女是高高的个儿，很苗条，白皙的皮肤，头发向后扎成一束，眼眶是凹进去的，就像大多数岭南姑娘一样。她举止文静，站在那儿，就像一株迎风的镶金嵌玉竹。她的名字跟模样是吻合的。阿霞和小贝皮肤偏黑，个儿也矮一些，她俩的区别是阿霞稍瘦，小贝丰满；阿霞不爱说话，也不太爱笑，就是偶尔笑了也不露齿，小贝却是另一个样子，活泼而开朗，爱笑，有时笑得弯下腰来。这些特点都是以后才了解的。我们组长邓有贵代表大家向她们说了感谢的话。他这人，三言两语：‘谢谢，我们是一家，谢谢！’这就完了。毕小青根本没敢看她们三个，他在妇女面前，手脚没处放，非常拘束，老是不安地甩手掠头发，眼睛看着棚顶，像是琢磨它是怎么架起来的。等她们走后，我对小青说：‘她们长得跟中国姑娘差不多。’他却惊讶地说：‘是吗？’她们住在对面不远的一个草棚里，厨房也在那儿。”

“我们还没打开背包，邓有贵就掏出小本，在膝上写着什么。我拉小青悄悄走出草棚，一直走到洲边。我俩默默坐在草地上，听着江水‘哗哗’流淌。在我们面前，不，在我们周围的水中，有很多很多水雷，我们还不知道它们的数量、分布位置和种类。它们静静地躺在水底，随时准备撕碎任何舰船的钢铁躯体，这里已经成为‘死亡的航道’！我看到小青两眼一直盯着漆黑的水面，好像是要透过水层，看到水底。我们坐了很久，朝回走的时候，我听到附近的树枝发出窸窣声，扭头一看，是个人影，还有枪刺的闪光。从轮廓看，这是玉女。我将我的发现悄声告诉小青。小青没说话，步子却加快了。在这黑夜里，异国少女在暗中守卫我们，使人激动不已。我们几乎一夜都没睡着，我老是听到小青在蚊帐中辗转反侧。天刚亮，我们三人去看地形。这个荒洲并不算小，椭圆形，东西长约四公里，南北很短，只有半公里。我们的作业点离草棚两公里半，从那儿向水中延伸。我们回来，玉女她们已经做好饭端来了，是江米饭，撒上炒好了的芝麻，味道很香。玉女还说：‘不知道你们能吃惯不？’她们不吃，在一旁看着。邓有贵一再请她们一起吃，她们说什么也不肯。邓有贵放下碗筷，走出去，直奔她们住的草棚。三位姑娘不安地跑过去，没能拦住他。他端来了另一种饭，那是玉米饭，掺着可以数过来的几粒大米。她们是把最好的东西给我们吃了。邓有贵向我们下令：‘吃！’我们争着去舀玉米饭。三位姑娘便跟我们抢。姑娘一动手，小青就不行了，他畏缩，抢到的最少。在姑娘面前，他一点也不勇敢……”

“同志，请！”机上女服务员给我们送来茶水。我端了一杯。

“谢谢！”杨琪接过一杯，端在手中，看着碧绿的茶水说，“那时候，很困难，喝水也是靠接雨水，出口处的江水羼有海水。”他喝了一口茶，接着说下去。

“那天吃过饭，玉女进一步介绍了她们的情况。原来她们是不远的一个海岛上的居民。阿霞、小贝和玉女都是渔家女，不同的是玉女是位小学教师。玉女并非当地人，她的祖籍是中国广东，不过，好几辈我对这件事产生了强烈的兴趣。听他说，我们坐的是同一架班机,到现在为止,起飞时间还遥遥无期。我希望他讲讲这究竟是怎么回事?

“这不是三言两语能讲完的,” 他摇摇头,“而且应该说是个悲哀的故事。反正时间还早,我可以讲。”他看看窗外,窗外依然飘着蒙蒙雨丝。

“一九七二年,” 杨琪低声地缓慢地讲,“我们海军应越南政府的请求,派出扫雷专家去越南沿海清除水雷。当时美军在那里布了很多水雷。扫雷专家要确定如何扫雷,首先得知道水底究竟有些什么样的水雷。譬如说,是水压水雷,是磁性水雷,还是音响水雷?是定时水雷,还是定次水雷,等等。这需要把水雷捞上来,经过观察研究才能清楚。打捞水雷,需要潜水员,所以派出扫雷人员的同时,还派出了一个由三个人组成的潜水小组。组长是我们班长邓有贵,您应该见过的,很壮实,身板很宽……”

我记得邓有贵这个人，是一位憨厚的农民型的潜水员:“他不大爱说话,是不? ”

“对,就是他。我也是小组成员之一。另外一个是毕小青,也许您见过……”

“毕小青? ”我思索着。

“他原来在东北沿海工作过,” 杨琪提醒我,“高中毕业，人很腼腆,像个姑娘……”

“等一等……”我想起来了,在我记忆的屏幕上,闪现出一位峻拔的水兵:无檐帽略向右歪斜地扣在头上,眼睛饱含着热情却又带点羞怯的神色;身躯很匀称,衣服总是非常整洁,披肩妥帖地披在肩头;皮肤白净,不太像潜水员。“他的睫毛很长……”

“对!就是他。”杨琪赞叹地说,“他不但模样好,也很聪明,心灵手巧。水下作业,干净、利落、漂亮,绕钢缆能绕出花儿来,谁也比不了……”

杨琪顿住了，眼眶是湿润的。我默默地等待着他往下讲。

“我们三个人的任务很艰巨，”他又接着讲下去，“在水下捞水雷，谈何容易。这一点，您清楚，外界的物体，甚至于声波、磁力线、水压，都可以引起它爆炸。何况去捞它，要把它弄出水面，运到目的地。这就等于和死神拥抱……”

这我当然清楚，执行这种任务，是要有牺牲精神的。

杨琪回想着当时的情景：“在那个年代，我们对越南人民的感情多么深厚啊！我们把他们争取自由、独立的事业看作自己的事业。胡志明同志在我们心中，不仅仅是位伟人，更多的是位慈祥的长辈。虽然是两个国家，但他们的苦难就是我们的苦难。所以，当时我们是怀着庄严、豪迈的心情去的。

“我们执行任务的地点，是在海防附近，一条江的出口处的荒洲上。我们进入荒洲是在夜间。那时候，正是美国空军实行地毯式饱和轰炸时期。陆地和江面没有一丝灯光，又赶上个阴沉沉的黑夜，没有月光，也没有星辉。探照灯群时而吐出光柱，触到黑色的低云，使夜晚更显得阴森。越南海军用一艘小木船将我们送上荒洲，他们的一位联络军官带领我们朝荒洲中间走。我们背着背包和武器——轻潜水装具，还扛着氧气瓶。我们进入了一座黑黝黝的亚热带灌木林，听到有几位妇女在低声欢叫，仔细分辨后，方知说的是不熟练的汉语‘欢迎，兄弟！欢迎，兄弟！……’接着，有三个妇女的身影向我们跑过来，很快从我们身上取走背包、轻潜水装具等。黑夜中，我们无法看清她们的容貌，只能看到穿着三婆衣的纤细身材的轮廓。她们兴奋地向我们低声细语，语言大部分听不懂，只能从语气和节奏中，感觉出是在表达欢迎、问候、关切的心意。那位联络军官向我们说：‘她们三个人是照顾你们生活的，有什么需要就找她们，请别客气。’‘把我们当作姐妹！’这是她们中的一位热情地说。她讲的是带有广东味的汉语，还能听懂。她还自我介绍，‘我叫玉女。’指着另外俩，‘这是阿霞，她叫小贝。’那时候，看不清模样，也无法对上号……”

到这儿来吧！
水兵同志们！
秃碌糖可甜啦，
椰浆可以湿润你们干渴的嘴唇——

“她们真的捧着打开口的椰子和秃碌糖，”杨琪说，“可我们……”

“请！”机上女服务员笑容可掬地站在我们面前，端着的小盘上，盛着五光十色的糖果。杨琪看到糖果，再瞥一眼女服务员，他的身子微微颤动了一下。

“请！”女服务员再说一遍。

杨琪伸出手去取糖，我看到他的手剧烈地在抖动。女服务员惊异地瞟了他一眼，走过去。

“怪！她真像玉女！”杨琪低声说。

这无疑是他进入幻觉了。

“我们就是在毫无成绩的情况下，接受姑娘们的盛情。”他看着手中的糖果，“难过呀！第二天夜里，我们在水下，就是到了工作极限时间，手脚麻木了，也不愿意出水，不让别人接替。天快亮的时候，小青在水下拉动了信号绳，告诉我，他终于找到了水雷。信号绳在我手中抖动，我高兴得几乎叫起来。我尽量克制着低声报告：‘班长，找到了！’邓有贵这么冷静的人，也霍地站了起来。他看了看表，天快亮了，捞雷已经是不可能了，遗憾地说：‘只有让它在水下再留一天了！’我们拴上软木浮标，留到第二天夜里解决。回到住所，玉女她们比我们还高兴，她们热情提议，等捞上这颗水雷，好好庆贺一番。她们准备去找点面粉，包一顿饺子。那时在越南，找面粉很不容易；而且，越南姑娘对包饺子完全是外行，有些人根本没见过。但她们说，这不会比捞水雷更困难。她们还要举办一个只有我们六人参加的晚会，每人都要表演节目。我是不善于表演的，只好报唱一支歌。小青多才多艺，但让他面对女孩子表演，是艰难的，他又推脱不了，只好低头说：‘要有手风琴,我可以拉几支曲子。'这当然也好。邓有贵倒是很爽快,他说,他可以变戏法,到时候,他会在水兵帽里抓出一只活的、会飞的海鸥来。我们班长有这一手,我是没有估计到的。他的态度很认真不容你不信。这个节目最使姑娘们感兴趣,尤其是小贝,她恨不得马上能看到一只海鸥从水兵帽里钻出,歪着头,看看四周,尖叫着拍翅飞去。

"我们突然被一阵暴风雨惊醒。草棚里异常昏暗,周围像是奔跑着千军万马,狂风暴雨震撼着草棚,房顶有些地方已经露天了。邓有贵大叫一声:'走!'我们一齐冲出草棚。大家心里明白,应该去照顾姑娘们。可是她们来了,和我们是同样心情!双方正在争执,都要先去加固对方的草棚,我这时,发现她们中间少了一个人,玉女不在。阿霞说:'她……去找……面……琴……划船去……' 这几个单词表达出的意思,我们是明白的。我们着急了,这样的鬼天气,要翻船的呀!我们赶到洲边,果然找到了已经翻了的船,玉女在洲边的水中挣扎。我们一齐跳进水中,小青一反常态,变得异常勇敢,他用漂亮的自由式,迅速划到玉女身边,利落地带着她游到岸边,把她抱起。玉女昏厥在小青的怀抱里。邓有贵命令小青将玉女送回去抢救,我们把木船捞上来。等我们匆匆赶回,雨住了。玉女刚好在小青怀抱中苏醒。小青将目光转向一边,脸涨红了,两臂挺直,不知怎么办好,几乎要把玉女扔到地上。我们很快修复了'营房',晾晒开衣服。只是玉女费劲弄来的面粉全喂鱼了,借来的手风琴也许晾干后还能用。考虑再三,邓有贵决定推迟一天捞雷,大家太疲劳了。"讲到这里,杨琪垂下头,停了下来。

机窗外,星星更加明亮了,有一颗特大的星星,闪耀着紫罗兰色的光泽,不知是什么星座,它老是跟着飞机,好像也在聆听着杨琪的叙说。

"夜又来临了," 杨琪瞟了一眼窗外的星空,"可一点儿星光也没有。出发的时候快到了,玉女她们明白这次任务的艰险,因此特别庄严地排成一排,给我们送行。我们从她们的神色中也能看出,都在为定居越南了，所以她会说汉语。她有两个祖国。我们正说着话，美军轰炸机群飞来了，周围响起连续的高射炮声和炸弹爆炸声。我们连避弹坑都没有，只好疏散卧倒，看着飞机。幸好，飞机没光顾我们这个荒洲。警报解除后，邓有贵宣布开会，请她们参加。他打开小本，将他经过思考已记在小本上的事情念了出来：‘一、现在开始，我们伙食不能有区别，一家人嘛；二、夜间警卫，由男同志担任，要照顾妇女嘛；三、我们去执行任务，女同志不能去，各负其责嘛。暂时就这些。完了。’玉女将这三条译给阿霞、小贝听了，阿霞抿着嘴笑，小贝笑得前仰后合。她们只同意第三条，知道去了也帮不上忙，反而干扰，但第一第二条不能执行。她们说：‘我们是自愿应召来照顾中国潜水员的，怎么照顾，是我们自己的事情，别人管不着。’本来，邓有贵用非常严肃的口气宣布的决定，这时却让三位姑娘用笑声否定了。”

“那邓有贵怎么办？”我问。

“没办法。”杨琪摇摇头，“她们在这些地方非常固执。不过，我们只有在其他方面照顾她们。譬如，邓有贵命令小青在两个草棚附近挖防空猫耳洞，首先给姑娘们挖好。他自己和我用椰子树叶编织冲凉用的隐蔽墙。我们做好后，姑娘们特别高兴，说我们是很文明的军队，想得周到。对猫耳洞，就更感激了。小青的手艺真巧，挖的猫耳洞很漂亮，内壁光滑得像水磨石，洞口移来一些野花作伪装。姑娘们说了很多夸奖的话，小青却早已钻进树丛不见人影了。玉女央求我们把中国人民解放军的《三大纪律，八项注意》抄给她，留作纪念。这任务当然是小青的，他文化高，字写得漂亮。”

“由于美军飞机轰炸，白天下水作业几乎连一点可能性都没有，我们决定夜里搞。我们做了一些技术方面的准备工作，对特别灵敏的磁性水雷作了专门研究，因为这种水雷，哪怕有一把铁钥匙靠近它，也足以引起爆炸。”

“那潜水器上的氧气瓶怎么办？是铸钢的呀？”我问。

“这多亏小青，”杨琪赞叹说，“他想了很多办法，解决了。水下作业，由我们三个人轮流下水。一个人下水；一个人在小木船上掌桨，必要时，发动船尾机；一个人则和水下联系。要找到水雷是很困难的，夜间作业，水下只有微弱的潜水灯光，江水在出口处又特别混浊，全凭手和脚的触摸。水底全是很深的淤泥，水雷完全可能埋在淤泥里。很多天过去了，我们竟没找到一个水雷。可是在广大水域里，几乎每天都有不得不活动的船舶触雷。每逢听到水雷爆炸声，邓有贵就气得'呼哧、呼哧'直喘气。每天天蒙蒙亮，我们拖着疲惫的身子回来，三位姑娘都在我们回住所的途中等候，我们真是无颜相见。她们从我们郁郁的神情看出工作很不顺利，也就不问情况，只是心疼地看着我们在水下泡了一夜的身子，连最活泼、最爱说笑的小贝，也像是哑了。有一天清晨，同样是一无所获，我们一路被懊恼的情绪折磨着。同样，她们又在中途迎接我们了。不过，方式全变了，三个姑娘面带笑容，唱起歌来，小贝甚至跳起了舞蹈……"

"是强作欢笑吧？"我问。

"对。"杨琪点点头，"她们想用这种方式冲淡我们懊恼的情绪，让我们欢快起来。可是一看到这情景，我们的心里却更不好受，实在感激她们体贴入微的拳拳之心。那歌词是我后来知道的，现在还记得……"

杨琪轻声唱了起来，曲调倒是东南亚风味的，委婉缠绵，歌词是：

水兵同志们，
你们上岸来了。
你们那印有金锚的飘带，
就像海燕的翅膀在扇动；
你们那被风掀起的披肩，
就像大海的波浪在翻腾。
你们不要太谦逊，不要低估自己的业绩，
大海已记下了你们的战功和辛勤。

“下葬那天，天上飘落着细雨，所有树叶的端部，都在滴着水珠。三位姑娘一齐用自动步枪对天射出成梭子的子弹，以示哀悼。枪声停后，枪口还在飘着缕缕白烟，她们又都跪下了，认为不这样就不足以表示对死者的尊敬。小青拿起邓有贵的水兵帽，将印有金锚的黑色飘带系在坟前的小树上。小贝的泪眼，一直注视着在飘动的印有金锚的飘带，也许她心里唱着：‘你们那印有金锚的飘带，就像海燕的翅膀在扇动……’也许她从飘带想起邓有贵出发时的情景，他那憨厚的笑容，去和死神拥抱以前，还像哄小妹妹的兄长一样，告诉她：‘会给你变海鸥！’就在坟前，在这庄严的时刻，三位姑娘一致请求，参加我们的战斗行列。她们说，她们虽然不会潜水，但可以担负别的工作，譬如说，划船。她们的态度非常坚决，语气极其诚挚。小青是指挥员了，他严峻地端详着三位姑娘，不再怕正视女孩子。我们确实缺一个人手，小青就在坟前决定，由玉女参加我们捞雷小组，她会汉语。

“不几天，我们又找到了一颗水雷。班长的鲜血没有白流，我们吸取上次的教训，决定先切断水雷的感应部分，然后移动。这颗新发现的水雷，离岸边很近，我们可以直接从岸边下水。因此，小青命令玉女在我们作业的时候离开现场。玉女听到这个决定以后，脸色苍白了，她说：‘不！作为小组成员，不能在危险的时刻撤退！不！’‘这不是撤退！’小青严肃地说，‘这是必要的措施，要把可能遭受的损失，尽量减少！’‘不！’玉女变得从未有过的执拗。小青发怒了，脸上的线条没有一丝是柔和的。他说玉女抗拒命令，说她不懂事，说由于她的固执拖延了完成任务的时间。这个从来都是细声慢气的人，强制性地将玉女驱赶走了。我看着玉女离去的背影，双肩在颤抖，肯定在哭了。

“我先下水，挖开水雷周围的淤泥，仔细观察这个不能移动又不能碰的怪物。水草在混浊的水中摇曳，一些小鱼不知厉害地来回游动。我探究着水雷，寻找切断感应部分的可能。渐渐地，发现一个露出水雷外壳的金属杆，便伸手摸了摸，没反应。也许这就是保险杆吧！我试着往外拔，它很滑，又太短，用不上劲，好不容易拔出一点，又缩了回去。我重复了很多次，还是没能拔出来，而规定时间已经到了，我不得不按小青发来的信号出水了。我向小青详细报告了情况，他思考了很久，说：‘我下去！’他下水不久，我看到岸边的一棵树后，有人影在闪动，这当然是玉女，她竟没有服从命令，还留在危险范围之内。我不能离开岗位，只能挥动手臂，示意她赶快离开，但她毫无反应，固执地伫立着，不肯离去。不一会儿，小青在水下发来信号，让我给他传递缆绳。这就是说，他拔出了保险杆，并固定了它，现在该缚住水雷了！

“小青缚好水雷就出水，来到岸边。我见他的手指淌着血，可见他在水下工作多么艰难。这时，玉女很快出现在我们身旁，她不声不响地给小青包好磨破了的手指。小青柔声说：‘可能我的态度太粗暴了，请原谅。不过，为了对你的安全负责……’玉女猛地将头扭向一边：‘那你们的安全呢？……’我感到有冰冷的泪水甩到我的手上。我们要扩大战果，没时间探究玉女沸腾的感情波澜。请示领导后，我们拖出了已被制服的水雷，它的性质不难鉴定。”

飞机在平稳地飞着，我估计航程快完结了，但我宁愿飞机飞慢些，好让我听完这动人心弦的故事。

“以后，”杨琪接着说，“我们比较顺利地又捞出一种水雷，同时对美军的布雷情况基本掌握了。扫雷部队大显身手，很快把大部分水雷扫清了，‘死亡航道’复活了。所以后来美国同意扫掉自己投布的水雷时，美军水雷专家却发现水雷已所剩无几了。该离开越南土地了，要离开这战斗了几个月的荒洲了，我们非常留恋。三位姑娘早已惶惶不安，眼里老是有着惶恐的目光，怕说一声‘别离’。我发现玉女更是魂不守舍，总想单独和小青在一起，也许想倾诉一下离别之情。可是，从任务完成的那个时刻起，小青又变成原来的样子了，不要说单独与姑娘相会，就是大家在一起，他也不敢正眼看姑娘们。我有一次告诉他：‘小青，玉女好像对你……’他立刻红着脸打断我的话：‘别瞎说！’转身就躲。离开荒洲的前一天夜里，月色很好。我和小青很久没有入睡，总觉得草棚外有轻微的脚步声，我不知小青听到了没有。一会我们提心吊胆。我们要动身了，玉女走到小青面前，说：‘祝你……你们成功回来！’小青低声回答了一句什么，谁也没听见。小贝走到邓有贵面前说：‘快回来，我要看，变……海鸥！’‘那当然，’邓有贵用手轻轻拍了一下她的头，‘会给你变海鸥的！’然后，他向姑娘们说：‘要是听到爆炸声，可不要心慌，水雷爆炸并不一定就是我们遇到危险。’他精神抖擞地向我们下口令：‘向右转，齐步走！’我们知道班长的意思，我们越是威武豪迈，姑娘们就会越安心。我们迈着整齐的步伐走了，从来没有走得那么用心过。

“到了目的地，邓有贵决定自己先下水。他严峻地告诉我们：‘要严格执行命令。如果我在水下发信号，让你们离开，你们千万不能犹豫，动作要快！这是为了最后完成任务。’他将他的小记事本交给小青，‘你是我的代理人，万一……’他下水后，我在船尾握桨，调整小船位置。小青握着信号绳，和他联系。周围一片静寂，好像在涨潮，潮水叩击着船舷，发出轻微的响声。邓有贵在水下发的第一个信号是：一切正常。这以后，我们感到很长时间没有接到信号了，我看看潜水表的夜光指针，不过才过了五分钟，真难熬。潜水表‘咔嗒、咔嗒’的响声，平时根本听不到，这时，就像小军鼓的鼓点一样清晰地传入耳中。小青坐在船头，动也不动，像一座石雕。远处，传来一声水雷的爆炸声，不知是什么船又触雷了。我和小青互相看了一眼，都想到草棚里的三位姑娘的心一定是紧缩了。第二个信号传来，依然是一切正常。第三个信号传上来了，还是一切正常。但不久，又来了一个信号。接到这信号，小青猛地扭头看我。这一瞬间，我的心猛烈地跳了起来。小青的喉咙发紧，声音变得沙哑了：‘命令我们离开！’我脑子里出现了短暂的空白，但战士的天职使我清醒了过来。这是命令，不能犹豫的命令！我发动了船尾机，摆动那像有千斤重的舵柄，含泪驶去。小木船离开了，我们肝胆欲裂……一声猛烈的爆炸，水柱高耸，掀起狂浪，我们的小船翻了，我和小青都跌落在水中……”

杨琪讲不下去了，他的眼眶里滚出大滴泪珠。

飞机还在星空、云海之间航行，那颗带紫罗兰色的大星星，好像有点昏暗了。

“当我和小青往回走的时候，”杨琪擦干眼泪，“天还没亮，可是，三位姑娘已经在中途等着我们，也许很早就来了。我不知道她们有预感没有，爆炸声她们当然是听到了的。不过那时候，这种声音经常出现，是不足怪的。当她们发现我们走过来的时候，就又唱起了那支歌。我们听到这熟悉的歌声，难过极了。她们本来是可以从我们缓慢而沉重的脚步声中，听出我们的沉痛来的，也许她们有人听出来了，却不向最坏的结局上想，歌声充满着希望。当我们离她们越来越近的时候，歌声变得弱了，可以感到她们的惊恐和不安。最后只剩下小贝一个人在唱了，当她们发现了我们只剩两个人，看清了我们悲痛欲绝的面容时，她们全明白了。小贝并不是不明白，好像她非唱下去不可，她是用唱来抒发她的悲哀，歌声成了她对班长的悼念。这歌声太凄惨了，声音在颤抖，而且伴着呜咽：‘大海已经……记下你们……的战功和辛勤。到这儿……来吧……’以后变成号啕大哭了！

“我们看了邓有贵留下的小本，他在下水前记下了一些话：‘我准备首先挖去水雷周围的淤泥，然后试验水雷对地磁反应的灵敏性，我要慢慢转动它，直到转三十度。如果它内部有声响，并且感应爆炸，那它是很灵敏的磁性水雷。不采取其他措施——不能打捞它。我如果牺牲了，你们继续前进。告诉玉女她们，死并不是失败，是在冲击的道路上前进了一步！告诉小贝，我多么希望给她变出一只活的海鸥来，在她含笑的目光下飞向蓝天……’我们念到这里，三位姑娘已泣不成声了。最后他写道：‘把我埋在这块荒洲上，我要听有那么一天，扫雷舰编队扫掉水雷时发出的雷鸣般的声响啊！我要看到有一天各国航船安然驶进这里的航道！’

“本来，阿霞又去弄到一些面粉，在我们出发后，给我们包了饺子，是为了庆祝胜利。可是现在，我们看着饺子，谁也没有动一下筷子。手风琴搁在那里，谁去碰呢？

人民的自由、独立，在越南的土地上，我失去了两个战友，也失去了一条腿。”飞机终于降落在滨海的小机场上。

部队指挥员亲自来接杨琪。这位指挥员我是认识的，我要求和杨琪一起去，我希望知道结果，尤其是死者是谁，我好像已经和那三位越南姑娘认识很久了。

指挥员同意了，休息时，他先给我们讲了情况："很简单，在玉碎岛附近发现了一条破木船，船上有一位死去不久的姑娘，越南人打扮，很清楚，这是越南难民。没有发现她死前有挣扎的痕迹，可以想象，她死得很平静……”

“大概是，”我插话说，“她知道已经来到中国的海面了……”

“可能是。”指挥员说，但他并不理解我说的话的含意。

杨琪默默地点头。

“我们已经把她埋葬在玉碎岛上，”指挥员拿出一张照片，“这是埋葬以前拍的。”

我仅从照片上死者苗条的轮廓，就断定这是玉女无疑了，她安静地躺着，不像是死去，而是睡熟了。

“是玉女？”我问杨琪。

杨琪又默默地点一下头。

指挥员又把玉女的遗物送来。遗物中，我发现了那条水兵帽上的飘带。我和杨琪都知道，这就是毕小青那一根。我也看到了玉女保存的由小青抄写的《三大纪律，八项注意》，是一张普通带红横格的信纸，字是娟秀的，像女孩子的笔迹。还有就是几封已经被海水浸残了的信。我把重要的与整个故事有关的部分，抄写在下面，按时间顺序，编上了号码。

一、“……我写过很多信，都是无法投递的。可是，在你离开前夕，我塞在你挎包里的那封信，你应该是看到了的。为什么竟无片纸只字呢？你会忘记我们吗？你会忘记在荒洲……”

二、“……我们这里发生了很大变化，不准我们华裔再回到我们世代定居的海岛了。渔民离开海，无法过活。我当教员，无力赡养父母，非常想念你……”

三、“我不明白，为什么这样对待我们华裔！将我们赶到荒僻的寸草不长的‘经济区’，所有财产，连生产工具也拿走了。干部开除公职，党员开除出党，我也不能再教书了。‘经济区’连树木也没有，又不准我们到别处去砍柴。在为越南自由、独立的漫长的斗争中，我们并不是外人，很多家庭失去了亲人。为什么这样对待我们？究竟发生了什么事情？就是发生了什么事情，也不应该在人民之间播种仇恨……”

四、“……我偷偷跑出‘经济区’，约了阿霞和小贝，去了一趟我们的荒洲。今天是邓大哥的七周年忌日。我们首先去看望了邓有贵的坟，坟头上长满了荒草，树上系着的那根飘带早已没有了。海风吹来，一片凄凉景象。我们清除了坟上的荒草，培了新土，对着坟哭了很久。阿霞还带来了水酒，奠祭了大哥的英灵。我们的草棚早已没有了。我们谈了很多过去我们在一起的往事，谈到你们很多好处，但现在……能不黯然伤神！我们走到往常在那儿等你们回来的小路上。路没人走，已经不成为路了。小贝又想起邓大哥答应给她变海鸥的事，她又哭了。过去的‘死亡航道’，现在航行着一些船，人们怎能忘了用生命打开航道的人？我们极想念你们……”

五、“……父亲、母亲先后去世了，完全死于饥饿。我现在只剩下两个亲人了，一个是你，还有就是杨琪哥了。正因为你还活着，我才没死去，你的存在，你的精神给我力量。但能熬多久呢？我只有去中国了，虽然我没到过我祖先居住过的故国，我能从你们身上看到故土的一切。小青哥，就是关山千重、波涛万里，我也要奔到你身边。可为什么没有你的一点信息呢？有人说，亲人相隔千山万水，心灵是相通的，我感到你怀念着我，你是不是也感儿，远处有人唱歌了：‘你们那印有金锚的飘带，就像海燕的翅膀在扇动……’这是小贝，歌声带有哀怨的离愁。夜深了，小青渐渐睡熟了，我也进入朦胧的梦境。不知过了多久，我醒了，发觉有人进来。我微微睁开眼，看到是玉女。她走到我的铺前，帮我掖好蚊帐，呆呆地站了一会儿。我没敢动，听到她急促的呼吸声。她从我的铺前，轻轻走到小青的铺前，久久地站在那里。我看不到她的面容，我却听到她微弱的饮泣声。过了很久，她动了动小青的挎包，好像塞进什么。然后从壁上取下小青的水兵帽，呆呆地注视着帽上的红星，用手从帽子上抽下飘带，揣进怀里，又看了一眼小青，悄悄走了出去。第二天，小青发现飘带没有了，他看了我一眼，我什么也没说，小青也再没声张。离别时刻，三位姑娘都成了泪人儿。我这人很难得流泪，但也忍不住泪水夺眶而出。小青更是不能控制，他根本不敢抬头。我们站在小艇甲板上，姑娘们站在岸边。小艇上的越南水兵几次提出解缆，小贝总是大叫着制止他们。但是，缆绳还是解开了，小艇终于载着我们驶离荒洲。她们一直站在岸边挥着头巾，直到人和头巾都融入灰色的晨雾……”

窗外那颗带紫罗兰色的星星，好像突然离远了，它的光芒像是冷的……

“我简直无法讲下去，”杨琪摇摇头，“我们又发生了不幸。在离开小艇换乘越野车后，我们遭到美军飞机的袭击。那是在一个山头上。炸弹和机关炮炮弹密集地向越野车倾注下来，车翻了，我和小青全被甩到路边。司机牺牲了。我腿部受伤，当时并没感觉到疼痛。小青胸部负伤，已经奄奄一息。我想跑过去帮助他，但两腿都不听使唤了，剧痛开始了，我跌倒在地。我拼命往小青那儿爬，爬到他身旁，把他扶了起来。他还是清醒的，说：‘我不行了，告诉祖国，我完成任务了……让我……再看一看……我们战斗过的地方……’我费劲地把他转向荒洲的方向。他进入了想象，说：‘看到了……’不知为什么，我觉得这时应该告诉他飘带的事，我说：‘小青，你的飘带是玉女拿去了！’他听了一点也不惊奇，不过他的目光却变得非常温柔，他在人间弥留的最后一刹那，目光是含着深情的。随后，我支撑不住，也昏迷了过去。等我苏醒过来，已经躺在医院里了。医生告诉我，小青牺牲了。别人把小青的遗物交给我，我在他挎包里，发现有封玉女写给他的信，还没有拆封，大概小青并不知道。我踌躇再三，将信拆开了，心想也许我能为她做点什么吧。在这封信里，玉女倾诉了她对小青的爱慕之情。没想到这么文静的姑娘，竟有如此奔放的感情。她写道：'小青哥……'这样称呼，只有亚洲人才有。'也许我这样做是不对的，可是爱在心中产生，就像花儿要开放一样，是无法不让它吐出蕊来的……我在什么时候开始爱上你的呢？我也不知道，就像江河的源头一样，也许要在那涓涓小溪尽头去找，直找到树木的蕴含水丝的根须。我倒是觉得，这一段命运相系的生活中，感情的翅膀从未停止过扇动……我记得那天的暴风雨中，你把我从水中救起，当我在你怀抱中苏醒过来，我的生命刚刚又回到人间，便看到了两颗像黑宝石般的启明星，在云雾中闪耀，那就是你的眼睛。虽然很短暂，我永远也不会忘记它……我听有些越南姑娘说，中国士兵不懂爱情，眼睛不敢望一望姑娘跳动的睫毛，这当然是不对的。为了人民，他们面对能毁灭人躯体的炮火、水雷而勇敢前进！这些不吝惜自己生命的人，心里埋藏着多么深厚的爱啊！她们不懂得，由于这种爱像大海一样，太深远了，是不能轻易让人们一眼看到底的；她们也不懂得，不轻易表露的感情是最炽热的感情……那一次，你们冒着生命危险下水，却命令我远离危险区。你对我过分严厉，甚至是粗暴，那恰恰表露出了你深厚的感情。结果我并没有走，我能走吗？如果你死了，而我活着，不如在一声爆炸中一同离开人世……我热切期望你能给我回信。我相信，总有一天，我要到中国去，那是我祖先生活过的地方，那里还有你……'下面写了地址。当时和后来，我，或者别人，都没有给她写过信，怎么写呢？不能不如实写，不能不告诉她，小青已经……这太残酷了！”

飞机在向下降落，穿过云层，已经可以看到陆地上的灯光了。

杨琪像自语地说：“我的一条腿伤势太重，不得不截去。为了越南长，你那位从北京专程看你来啦，还带了包喜糖！”……天知道，将近三个月我给志桐都没回信，这次来，正是想彻底了却这层关系。小田说得有理呀——“他今年三十一啦，等他回北京探亲，又得拖一年。拖一年，你李倩的债又添了一份啊……”可真见了面，我能张开嘴吗？还是写封信留下的好。写！我呼地掀翻被子，爬了起来。

“郑志桐同志……”多别扭的称呼！每一个字都显得歪歪扭扭，冷酷无情。志桐，应该写志桐……仿佛是条件反射，只要写出这两个字，我就想起他健壮魁伟的身材、仿佛能透人心肺的眼睛、突然爆发的大笑。他来了！他真的就站在我眼前，抚着我的黑发说："倩，你不应该这么无情。我决定了，跟你一起走，我们再也不分开了！”不可能！你没有进山，没有见他，怎么知道不可能呢？瞧！我总是跟自己吵架，吵！吵！我狠狠地摔下钢笔，把信笺揉成一团，扑倒在床上，用被子没头没脑地蒙起来，无声地哭了起来……暗淡的灯光、青铜雕塑般的少妇、矮小的土屋战栗了一夜，凄凄的风整整响到天亮。

一早，工区领导亲自坐车接走了那位少妇，我在无言中徘徊。突然，韩连长闯进来，把一个拆开的火柴盒皮递给我，他那结满黑疤的脸，挂着神秘的笑。

倩：工地有急事，烦等，我明天下山。

志桐

圆珠笔留下的字迹又急又草，我忐忑的心像塞进一团毛绳："工地上出什么事啦？”“听说前几天一直不通车……”少妇胸前的白花，韩连长急于解释的神态，越发使我慌乱不安。我一分钟也待不下去，我要马上见到志桐！“走！这就走！”

一切犹豫立即消失得无影无踪，我毅然钻进装菜的卡车。

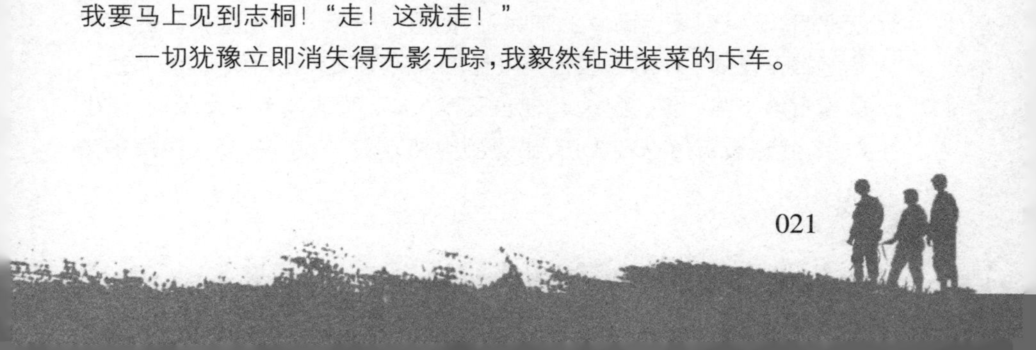

二

汽车高速驶进了天山深处……

公路意外的宽阔，黑色的柏油路面像弯曲的蟒，依山而走。原始的云杉林密密层层遮天蔽日，谷底的冰河挟带着残冰一泻而下。由于没有交付使用，公路上只有很少施工部队的车辆在跑。幽幽深谷显得骇人的清静和阴冷。志桐的信不知多少回把我跳荡的心拖上这条路。他修路，我坐车，此刻不免别有一种感觉，像诗又像梦。

我与郑志桐的结识就是一场离奇的梦啊……

一九七一年，在我们学校发生了一件轰动全校的事件。高71一连动员上山下乡的大会上，有人公然跳出来提出质疑："接受贫下中农的再教育完全应该，可中国真的不存在失业问题吗？"真是平地一声雷，郑志桐的大名震动了全校一千多名教职员工，谁都想认认这位斗胆包天、公开散布异端邪说的反动分子。算我有幸，在批判大会上第一个杀上讲台。正当我慷慨激昂、挥拳声讨的时刻，台下却发出嘻嘻哈哈的笑声。我怒目横扫，这才发现，郑志桐就坐在台下第一排首席，脑袋剃得精光，像秃葫芦。他高高地仰着头，旁若无人地摇来晃去，唯恐别人看不见。森严的批判会就这样被他那千支光的灯泡头给搅了。盛怒之下，我奉命把他带到红卫兵总部，拍着桌子训斥道："你想挑衅吗？""那你呢？女人理了个男人的分头?！"他冷冷地一笑，两眼像剑一样刺过来，刺得我满脸通红，嘴唇都发紫了，却找不出话反驳。没过几天，同样的郑志桐又贴出一张大字报——"我坚决要求去陕北插队"，偏偏还和我分到一个村。他"戴罪立功"的表现使我产生精神胜利的快感，在途中我挑衅地问他："郑志桐，你应该在北京等待就业呀，干吗到黄土高原上来呢？"他嘻嘻一笑："你知道美国的西部是怎么开发的？你对我国古代屯垦戍边的国策又作何解释呀？"我不屑置辩地咯咯一笑，鬼知道，他也回以大笑。我敢向毛主席保证，有生以来，我还没听过这种笑声，出奇的突然，出奇的响亮，简直像原子弹到我在深深地思念你……”

这是最后一封信，或许就是绝笔。所有信由于残缺，看不到署名，无疑这是玉女写的。以后玉女怎样到海上，怎样死去，已经无法知道了。不过，很容易从千万个越南难民在海上的遭遇，想象到玉女在海上颠簸、饥渴而死去的惨状。

第二天，应杨琪请求，部队派船送我们登上玉碎岛。我们已无法看到玉女的遗容，只能看到荒岛上的孤坟。这是一座很小的珊瑚岛，上面长满常绿灌木，整个岛像是一块翡翠，玉女埋葬在这里，与海鸟为邻，倒也不会太寂寞。坟是珊瑚石垒成的，洁白的珊瑚石也是与玉女的品格相称的。坟周围镶一圈贝壳，这大概是埋葬她的水兵，对这位舶来孤魂表示安慰之意。杨琪告诉我：“您想想，她连小青临死时，那种含有深情的温柔目光都没看到……”他哽咽了。

我扶着杨琪走到坟前。杨琪将小青那根印有金锚的飘带，系在坟旁的一株小树上，轻声说：“玉女，安息吧！你的死是无辜的，但也并不是没意义的。你是弱者，你却又是强者。你用你的善良、美丽的灵魂，显示了你的力量。你的死，向世界宣布了人的伟大。人类在自己的历史中，为了追求美好理想的实现，总是不惜牺牲自己的生命，就像波浪冲击岩石，一千次，一万次……”

他的话是震撼人心的！

海风在玉碎岛周围吹起无数朵海浪的白色花朵。几只鸥鸟，展开洁白的翅膀，在头顶上飞旋，凄凉地鸣叫着。

杨琪拄着双拐，呆立着，他那眉毛更弯曲了。

小树上系着的，印有“中国人民海军”金字和两只金锚的飘带，在风中扬起，确像海燕的翅膀在扇动……

（《小说月报》1980年第6期选载）

天山深处的“大兵”

李斌奎

一

咬了咬牙，一跺脚，我终于挡了辆便车独自进了干沟。谁知道，这里是留守处，部队全在天山深处施工。土木结构的简易营房空荡荡的，整个招待所几排屋子，只住着我和一位少妇。她三十上下，清秀好看的鹅蛋脸上挂满了晶莹的泪珠，两眼肿得像红桃，墨黑色呢子外套上别着一朵小白花。从我到来的时刻，她只说着一句话：“……海洲，我应该在你身边，我对不起你呀——”

犀利的穿山风，像脱缰的野马，在混沌无垠的大戈壁上撕打咆哮。褐色的沙尘顷刻间吞噬掉整个天空，天地之间只剩下一片蒙蒙的昏黄。我用床板、桌子堵住门窗，戴上口罩和衣躺在铺上，呆滞的目光盯着顶棚发愣。

这次，厂里本来没安排我到新疆，参加全国剪毛刀片实验工作的。可志桐几次写信说：“……来吧，倩。趁此机会来看看天山深处的大兵生活，你会更了解我的……”从北京走的那天夜里，他妈妈又专门送了一大包奶糖，非要我亲手交给她儿子。还没进山，风沙都快把人吃掉了，谁知道山里是个什么鬼样子！对，他们营五连那位姓韩的连长送少妇正好在山下，干脆让他把糖转交给志桐得啦！……不行啊，我一下车韩连长就给山上报了信，他在电话里大喊大叫说：“副营

爆破时的冲击波。车上的同学竟为他的笑大声欢呼，有的还打着口哨，把车板跺得咚咚响。“狂什么！”别看我是个初中生，连大学的老九们也不放在眼中！有什么了不起，不就长了一米八的个子，呆头呆脑的像秦川大公牛！

山丹丹花由红变枯，好容易过了两年。整天价政治运动，黑豆面也没变成咖啡，而知青们又提着酒瓶子去敲回北京的大门了。有靠山的人飞了，用嘲笑的眼瞥我；没办法的同学常把我这个积极分子作为出气的对象。我渐渐从冷却到幻灭，但又做不出为调回北京而不惜一切的事，只好孤零零地硬挺着，心中却常想到死。静思过去，不免对“秦川牛”抱着一丝歉意，也常常留心他的反应。他也不像过去那样慷慨激昂，不时发表一些耸人听闻的见解。却是照样地扛着老镢头蹬着踢倒山的老布鞋，一声不响地挖地，一声不响地吃饭。除此而外就是啃书，《辩证唯物主义与历史唯物主义》、《大众哲学》……枕头边、破褥子下到处都塞满了那些出土文物。他总是蹙着眉头在思考，仿佛全世界的问题都汇集在他那古怪的头颅里。

暑天的一个下午，突然下起暴雨，不到一顿饭的工夫，窑前挂起了瀑布。一个炸雷劈倒院子里的老榆树，郑志桐却光着脚，穿着背心向村外走去。不好！等我追出去时，四周一片混沌，雨雾茫茫，他竟高高地站在崖畔上，举手吟诵，仰天疾呼：“大江东去，浪淘尽，千古风流……”“你，你疯啦！？”我不知哪来的勇气，跑上去抓住他的胳膊往回扯。他莫名其妙地翻了我一眼：“你才疯啦！”“那你跑出来发什么神经？找死吗？”“干吗死呢？我是进行暴雨浴……”他说得那样认真，吐字清晰，神态自若。我狐疑地打量着他的举止，他终于明白了，又是一阵大笑，震得我耳膜都嗡嗡发麻。“你真可笑，耕耘（这是我下乡时为铭志而改的名字）。这霹雳闪电、暴雨狂风、无边的原野多么富有诗意，它曾经锤炼一代代中华民族的有志之士。今天，我们为什么不敢让革命圣地的大自然来检验一下我们这代人的胆量、体魄和意志呢？来，我们一起走走！”他浪漫而豪爽的话语像一团火驱走我满身的寒意，我第一次摸到一颗严峻而坚毅的心……

我们海阔天空地谈着，在雨里走了两个多小时，害得我连发了几天高烧。他打着喷嚏又来折磨我说："不行，我发现我太散漫了，我应该过过紧张的军营生活，我要去当兵！"不知为什么，我竟不愿意让他离开。我挖苦他想曲线进北京。他拍着胸脯抗争说："胡扯，别人把部队看成是桥，我只不过是又推开一个认识社会的窗户……"我硬着心肠提醒他："你在学校是受过处分的！"他当场就咬破中指写了"好男儿志在天涯"的血书，拿着去找接兵部队领导。我含着泪花暗示说："走吧，你……们都走了，我就去死！"他却板着脸训起我来："死！算什么出息！看看咱们村的老乡，这些老根据地的人民养活了革命，至今却连黑豆和糜子也吃不饱，怎么办？也去自杀，也都抽到城里去！耕耘哪，这些年我才真正看到我们社会的下层，我心里也不比你好受。现在这场革命可能毁灭我们，可也能造就一代人！我们还要思考，要探索，要趟出一条治国利民的道路！"

他认准一条理至死不回头，我知道他的脾气，只好哭着送了五里多地。他走了，走到柴达木盆地，驻守在野马滩，那是个四季脱不下棉衣，冰冷的门把可以把手粘去一层皮的地方。他来过几次信，可惜连句柔情的话也没有，我的心渐渐淡漠了。但谁能忘记第一个闯进自己心扉的异性呢？

三

汽车高速驶进了天山深处。云杉林消失了，爬过了一道冰川，闪出了巍峨的大坂，皑皑的白雪覆盖了连绵起伏的群山，一派银白色的大地映衬得天空格外蓝分外宽。

一九七七年我可调回北京了。冬月的一天夜里，在小田家跳完舞已经十二点了。推开虚掩的房门，妈妈躺在床上呻吟，父亲和弟妹围在身边，床头闪出一位军人，乌亮的眼盯着我看："李耕耘——"浑厚洪亮的嗓音把我惊醒，郑志桐！是志桐！他居然还记着我下乡时的名字！父亲告诉我："你妈在挤公共汽车时摔了一跤，伤了腰，多亏小郑把她背回来。"妈妈硬撑着欠起身子又叨叨说："他早就要走，听说你就是咱家的人，一直等到现在。"

乳白色的灯光把人带进了梦幻中的世界，他越发显得结实健壮，崭新的军服，鲜红的五星，方正的脸庞上透出威武的男子气概，高大的身材似乎还发散着草原猎人的剽悍气息。我发觉他也在一遍又一遍地打量我，我们的目光几乎撞出火星。

妈也真是，偏偏在这个时候又叨叨起我的事，连人家也扯进去："我们小倩到现在也不找，谁提跟谁瞪眼。你呢，有孩子了吧？"他为难地搓着手，我的心却悬到嗓子眼儿里。半天他才嗫嚅道："按规定没成家的两年一次假，团长这次叫我回来，只有一个任务，不找一个不许归队。"我捂嘴放心地笑了，死小妹一个劲地咯咯咯，笑得志桐耳根子都红了。

夜深了，马路上只有路灯在静思，我一个人把他送到胡同口。

"星期天来玩吧！"

"对不起，我的假期马上就到了。"

"那，你的任务完成了？"话刚出口，我又后悔。他却苦笑两声："现在北京姑娘的堡垒难攻啊，谁愿意嫁给我这个新疆大兵？"

我装作若无其事地开玩笑说："你现在当官了，眼高得很哪。"

他急忙辩解道："胡扯，别人介绍的我不要，我只要求在一起生活过、了解我的人……"他用火辣辣的眼光盯着我，我装着捋头发，偏过身去。

我们在无言中等待，彼此似乎都听得见对方的心跳。可志桐是个自制力很强的人，他看了看表，紧握了下我的手大步走了……

志桐归队那天，我去车站送他。返回的路上郑伯母不住地叹息："如今他是副营长，又是工程兵的'三学'代表，有啥用？二十九啦，连个对象也找不上。现在当兵的在一些人眼中不值钱啦，不少农村姑娘都挤破头地往城市涌，谁到新疆去？唉——”

星星眨着眼睛，它在向我叙说着难忘的旧情。我终于忍不住向他发出一个试探性的气球，一个月，又是一个月，却总盼不到来自新疆的回信。我常常无缘无故地发脾气，甚至连他的名字也不许别人提。

没过两个月就是一九七八年的春天。小妹下班回来，挤眉弄眼地对我说：“哎，我在地铁碰到郑志桐了，他来军事学院进修，还问你呢！”“问我干吗？无聊！”我给了小妹个没趣，扭头就走开了。傍晚，郑志桐却像从天上掉下来似的，突然笑吟吟地立在我眼前。我冷着脸，把他让进自个儿的小天地里，正眼也不看他。

“我知道你肚子胀！”他发觉说了句我听不懂的新疆民族同志方言，又忙解释说，“肚子胀就是生气，不是……”他鼓起腮帮，那滑稽相惹得我好容易没喷出来。真没办法，他两句话说得我又憋不住了。我质问他为什么不回信时，他却慢慢敛起了笑容，眉宇间涌出熟悉的几道折痕。沉吟片刻，他断然地说：“好，当兵的不会拐弯，我说出来你也别见怪……要在文化大革命前，那些老边防、老高原，他们住招待所、找对象，总是挺着胸脯说话。‘我是边疆来的’，这一句话，就会给他们带来荣誉。可这些年，我们找对象时，首先得低声下气地声明：‘我可是边疆兵，你考虑吧……’”他气呼呼地喘着粗气，全身的血液似乎一齐涌到了脸上：“我说句老实话，我用不着同情，也不需要恩赐。上次回北京，我看够了一些人对大兵的冷眼，我不能忍受这种污辱！”嗬！他居然拍桌子，激动得全身都在痉挛。“好，你不能忍受，我就能忍受。”“耕耘，我知道你调回北京是不容易的，我又何必干扰你的生活道路，所以……”“所以什么？既然你什么都知道，还来解释干吗？”

我尖刻的话语刺得他无言回答，好几次他站起来要走，又磨磨蹭蹭坐下来，尴尬地低着头。稍稍冷静之后，我又后悔不该太伤他的心。可以看出，他一直珍惜我们过去的感情，但又不想给我带来苦恼。接信后可能痛苦了很久，才控制住自己，但最终还是找上门来，与其说解释不如说是真诚的表白。像他这样自尊心极强的人，今天，能咬着牙受一个女孩子的挖苦，不知下了多大的决心！想到这儿我倒不安起来……

春天毕竟是爱的季节，既然如此，那就闭上眼睛跳进感情的激流中去吧，上帝保佑，他不要让我失望。

四

汽车高速驶进了天山深处……

太阳从云层中露出羞怯的红脸蛋，金色的光波被白绒绒的积雪折射成五颜六色的花环。白的刺目，花的耀眼。初来之人，都会把大坂奇丽的雪景比作娇艳的少女，谁会想到，这样的天气，如果有人大喊几声都会出现可怕的雪崩。那情景就同整个冰山倒塌下来一样。

事情真像志桐预料的那样，当我们真的好起来后，母亲高兴是高兴，唯一叹惜的是新疆有点远。小妹倒干脆，她认为志桐肯定会留院校工作，大不了脱军装，照样进北京。和我最要好的女友咪咪一见面就吹冷风：“嗨，现在什么年月喽，还找个大兵，土拉叭叽的。我要有你这么漂亮，找不上华侨也要找个屁股冒烟的，臭到底也捞个大学生。吹！跟他吹！”小田那鬼公开拿我开心：“喂，把你那位英雄人物也给我们介绍介绍嘛。”经过试探，志桐并不嫉妒我同小田交往，我决定带他去开开眼界。正巧赶上他们在跳舞，咪咪像观赏熊猫一样瞅着志桐，挑逗说：“歌舞之乡来的客人，跳一个我们欣赏欣赏。”其他人跟着起哄，我难堪极了！做梦也没想到志桐很随便地托着我就旋起来。清雅的紫竹调伴着他灵活潇洒的舞步，宛如蜻蜓点水，萍浮河面。连我也被他的风采迷住了。他还柔情地笑了，轻轻地说：“下次我们去听音乐，好吗？”幸福几乎使我眩晕过去。

这下小田可嫉妒坏了，他打了个漂亮的响指说：“这有什么意思，来个好听的！”“《美酒加咖啡》！”“谁爱我、谁来爱我……”录音机里歌星像哭一样挤出娇媚的颤声，咪咪扭动着肉感的臀部，胸前的镀金项链随着起伏颤动。她打着飞眼邀请志桐。

志桐先是皱眉，很快额上的青筋绷起老高："对不起，我该走了。"雕花的门重重地甩在墙上发出骇人的声响，他像狂风一样冲了出去。

"别说了，我不听！"等我追出去后，还没开口，他就吼起来，"他们哪是娱乐?! 空虚，发泄。要是我们天山里的战士看到这样的场面，他们会怎么想呢？"又是天山，真烦人。"你到底是爱我，还是爱你的天山？他们爱怎么想怎么想，关我什么事！"我蹬起自行车就走。他像石佛一样还戳在那儿生气，气死活该！

整整两个星期我们都没有见面。晚饭我也没吃，抄起本英语随便翻了几页，字母像金星乱晃。天又阴了，一点风也没有，简直快要憋死了。一阵打夯似的脚步声传来，他捏着两张粉色的票，意外地闯进来。

"走，今晚有音乐会。"他兴致蛮高，似乎我们之间什么事情也没有发生过。"你走吧，我要睡了。"我横在床上拉开被子蒙住脸。许久没听他吭声，椅子在响，吱吱嘎嘎令人心碎。"好吧，既然如此，我们今天就谈个明白……也许我上次太粗鲁，可我觉得这些年你变化太大了。我敢说，你如今没有精神支柱，没有！"他的口气很温和，可每个字都像子弹直穿我的心房。我不得不承认他说的有道理。农村的日子自不用讲了，回京之后很快也没有多少兴致。每天上班下班、吃饭拿钱，即使从小田家狂欢罢出来，也感到莫名其妙的烦躁。闲得无聊，我就关在这个小天地里练书法翻英语。夜深人静后，总觉得我像躺在无舵的船上，在茫茫的生活之海中漂啊漂。有时也想振作，可现实呢？打倒"四人帮"又怎么样？我在农村硬挺了六年，有人反说我是"四人帮"的殉葬品。而像小田这种人，当初靠权势可以走后门当兵，逃避再教育；在城市部队混了张党票，如今又靠关系安排到旅游局享清福；连我最后调回北京也还得赔着笑脸去求他。至今我带头到农村去的事，还是他们取笑的材料！什么理想、革命，全都是假的！想起来都可笑！

"是啊，现实总不像我们想象的那么美妙……"志桐好像猜透了我的心，他叹了一口气，讲起自己这些年的经历。他说："七三年刚当兵，我把部队想象得跟天堂一样美。下连没几天我被调到团业余宣传队，每天机关战士食堂开饭，老团长的一群鸡就来揩兵油，还到处拉屎。我这脾气上来管他团长政委，拿起大扫帚拍死一只不说，还在食堂门口贴了张大字报。结果宣传股叫我检查，'发配'回连锻炼。那阵子，我简直都想到绝路上去了。什么老团长，在地方上没说的绝对的走资派；部队都成了这个样子，国家还有什么指望。后来我们调防进疆，团长带部队进山，遇到特大的暴风雪，一天一夜车队才走了五公里。干粮吃完了，通信员钻到车底下用喷灯炒了些黄豆给团长；同样是那个团长，他却全分给司机，还和我们一起挖雪推车。当时激动得我真想喊团长万岁，没说的绝对的老革命形象。事后仔细一想，连我也糊涂了，老团长到底算什么人？渐渐地我才悟出一个道理：十年浩劫最大的罪孽是把我们的思想训练成了机器，而且只剩下两种功能最发达：一是彻底的否定，二是狂热的崇拜。要说好，好得上了天；要说坏，坏得入了地。当年你留男式分头跳忠字舞好像最革命，今天披头散发跳摇摆舞又是最解放。天天刮风步步紧跟哪！……我不明白，我们下农村有什么错？栽扎根树、写理想之歌的革命热情有什么错？难道我们的心灵上只有深深的伤痕，只有血和泪，连一点真理的亮点也没有吗？要真是那样，我们这代人还有什么希望？在这样的思想废墟上还能立得起新的精神支柱吗？”

屋外哗哗地下起雨，雨声伴着志桐深情而锋利的话语慢慢沁透了我的心。喧闹的水声又把我带回到不知天高地厚的学生年月。高原的沃土，难忘的雨夜，从那里走过去两位同代人：为什么我始终手执皮鞭在无情地抽打生活，他却像一个坚韧的拓荒者不懈地去探索人生的真谛，又收下一捧颗粒饱满的种子？我哭了，拼命咬紧被里，但还是哭出声。

志桐轻轻地掀开被子，用手绢抹去我额上的汗、腮上的泪，像哄孩子一样宽我的心：“哟！我才发现你被套上还绣着英文'晚安'，我该死，怎么就没看到你也在不断充实自己！”“去你的，谁有你伟大。”“我哪配得上你，倩才是最美的！”他轻轻地握住我的手，我赖在床上撒了半天娇，才勾着他的脖子坐起来。

就这样，我终于牢牢地拴在他感情的支柱上。在昆明湖荡舟的那天，我忍受不了爱的炙热，羞怯地暗示起结合的事。他却郑重地告诉我，他很快就要返回天山，并问我：“你真的愿意跟我钻一辈子山沟，住一辈子帐篷吗？”意外的一击又把我推进了痛苦的深渊……

“坐好！”司机的呵斥赶走了我幸福的苦梦。车子不知什么时候已经驶上便道。我看看表焦急地问他：“快到了吗？”

“前面就是飞线区！”司机两眼盯着路面，鼻下淡淡的小胡子冷冷抽动了两下。

“你们二营在不在飞线区？”

“在。”

“现在很忙吧？”

“不忙，每天两班倒，十二小时，还不算临时突击。”驾驶员带刺的话噎得我直想打嗝，瞧他那模样，还没穿破过一套军装呢！

五

倒塌的冰石沙岩堵住去路，车子可停了。真到了目的地，我却越发心慌意乱。

韩连长从车上跳下来，哆嗦着冻得乌青的嘴唇告诉我，这里是海拔三千米的雪线上，因为全是悬崖断壁，无法实地测量，只好在图上用虚线表示，所以叫飞线区。“你等着我去找副营长去。”他轻捷地跳到乱石上蹦来蹦去，落到不远处的一堆战士中间。风很响地打着呼哨，我听不见他们的谈话，只看见其中一个人举起手，指着斜前方。我不禁仰起了头。

天哪！我长这么大还没见过这么险恶的冰峰。倒四十度的山体恶狠狠地屹立在眼前，仿佛是受伤的野兽，不断向外喷吐烟雾。云雾中一个雪人贴在万丈绝壁上，举着钢钎不断向头上一块悬石捅去。絮状的浓雾紧紧裹着他的身体，强大的冷风把他不时抛起又摔下。他像一片无根的树叶，随时都有被撕裂被卷走的危险。“哦，这不是志桐吗？”蓦地一个可怕的念头占据了我的脑海。为了看得更清楚，我拖着麻木的腿脚，慌忙向前跑去。

“站住，危险！”韩连长突然大喊一声扑过来，我还没明白是怎么回事，只觉得眼前一闪，黑灰色的烟雾雪尘就把志桐吞没了。撕裂人心的倒塌声震翻了山谷，我尖叫一声捂住了眼睛。

“喊什么？谁又受伤啦？”也不知过了多久，一个熟悉的声音把我吼醒，惊喜而又责怪：“你，你怎么到这儿来啦？”韩连长和战士们哧哧地笑，我满脸绯红，乜斜了一眼。啧啧，他怎么成了这副样子啦：头上扣着破柳条帽，又宽又厚的安全带紧扣在没罩衣的旧棉衣外面，长筒水靴上溅满了黄泥巴，满身满脸的雪屑和白岩石末子，要不是那双黑眼珠子，说什么我也不敢认。我不禁一阵心酸。

奇怪，志桐见了我，也不像想象的那么激动。要知道快离校那阶段，有天夜里十一点他突然把我的门擂得咚咚响，我以为发生了什么大事，谁知他说：“没什么，我太想看看你……不知为什么，我总预感到我们从此会彻底分开的。”害得我陪着他又溜了大半夜，当时，我才发现他爱我简直快发疯了……也许是出自女性本能的敏感，我敢肯定，他心里装着什么事情，要不，绝不会那么恍惚、迟钝。他愣了一会儿才说：“让韩连长送你去营部，我把工地安排一下。”“你看吧！”我的回答自然更为冷淡。他踌躇片刻，要同我说话，想了想又跑去和韩连长谈起工程上的事：“悬石已经排除完了，告诉同志们放心施工。无论如何今天下午四点钟之前，一定要把这段路基清理出来。你先指挥，我给教导员打个电话。”

山风卷起冰碴雪片打得脸像刀割火烧一般，不大工夫我的两条腿都冻麻了，连心也像泡进冰窖里。志桐唠叨了半天才完，我忙拎起提包，可他理也没理，又闷着头跑到一个背风处的山坳里去打电话。

我的疑虑很快变成了怨恨，可以肯定他是听到有关我的风声，知道我的来意，才故意冷落我。分开不久，他们团长进京开会，专门来说服我早点结婚、随军。正好那儿天咪咪死乞白赖缠着要我去见一位即将出国的留学生，他是小田的同学，爸爸是高干。我苦透了，两方一律拒绝。很快志桐就来信要我断绝同小田和咪咪的往来，可他哪里知道近半年连小妹也说他是可敬不可爱……谁能理解我的苦衷啊！也好，既然他冷我就干脆当面把话说清楚，下午就下山。这鬼地方，哪是人待的……啊！我还得再想想。断绝可是毁灭一个人最美好的感情哪，我真说出来，志桐会怎么样呢？

"轰！"不知哪里又在放炮，我担心地看看刚塌过的这座山。志桐却跑了过来，他把带着汗腥的安全帽从头上摘下来递给我，拎起提包就走。等离开飞线区，他才解释说："我知道你等急了。接到电话我正好在工地，只得顺手写了个条子让司机捎下山……飞线区一带全是冰碴石，老出问题。这里断了交通，整个工地的油料和器材都运不进来，部队连吃菜也成了问题……"尽管他拼命要唤起笑容，可语气却暴露了他内心的沉重。我本想说几句，调节一下令人难堪的气氛，可胸口闷得要死，酸涩的胃液不住往上翻。他看看我的脸色，不当回事地说："没关系，刚上山都这样，其实女同志的高山反应应该比男同志小才符合常规！"我气不过，干脆蹲在路边，可号了半天什么也吐不出来，从昨天到现在一口饭我都吃不下去。志桐这才伛下身子，用手掌捶打我的背，简直像敲鼓。"轻点！"我气哼哼地翻了他一眼。

天山的夏日毕竟还是夏日，一路下山一路雪消，山坡上冒出青草皮，路边的冰凌里伸出淡黄色的小花，太阳也恢复了活力。志桐的情绪渐渐又恢复了正常，两只脚跳跳蹦蹦放着道不走，偏在冰上滑。嘴还不停地问这问那，连北京最近来的外国交响乐团的演出也羡慕得直咂嘴："什么时候我们这儿能有电视，看看实况转播那才棒呢！"他是旁敲侧击，还是真动了心要回北京？管他呢！

路越来越难走了，消融的雪水顺着千沟百壑四处漫流，到处响着滴滴答答的流水声，连个落脚的地也找不到。郑志桐不知是开玩笑，还是成心挖苦，他说："这地方穿高跟鞋你不是找着崴脚吗？我背你过去吧。"我只当没听见，伸出一只脚去够凸起的石头。"不行，干脆你还是把我这水靴套上，我光脚得啦！"他嬉笑着还眨眨眼睛。一股闷气冲上头，我像舍身跳崖的勇士，猛地蹦过去。一辆卡车正巧这时高速擦过去，我脚下一滑，掉进水潭里，稀糊糊泥浆一直埋到了脚腕，车轮带起的水星也溅了满脸满身。郑志桐却像孩子一样大笑起来，连眼泪都笑出来了。"说你偏不听，现在知道我们天山的厉害啦！"多么刺心多么粗野的笑啊，我再也憋不住了，撇嘴冷笑两声说："知道！我早就知道你郑志桐的厉害！"他愣住了，惶恐地追过来："我跟你闹着玩呢，你、你怎么说这种话！"我没有言语，只觉得头脑发蒙，两脚机械地踩着泥水一直往前走。他不时地看看我，也没有再说话，只是长长地叹气……

六

他们营部设在半山腰一块用机械推出的平地上，说是营部其实不过是几顶发白的旧军用帐篷。三块板皮钉在一起，竖起有丈余高的框子算作是门。令人惊异的是门楣中央挂着一朵斗大的白纸花，两旁板皮上贴着一副挽联，白纸黑字，风吹雨打，越发显得萧瑟凄静：

碧血洒满天山，捐躯为谁？为国威军威振奋；
十年夫妻分居，幸福何在？在万户千家团聚。

刚锋遒劲的字体出自志桐的手笔，他在门前稍稍停了一会儿，脸上又浮出那种深沉和恍惚。"这里有人死啦？"我刚闪出一个念头，瘦得像根电杆的教导员吆喝着迎出来。

很快，门帘缝里，卷起的小窗口上，人头攒动，几乎在家的所有人都在看我。小通信员更可笑，老是盯着我鼻梁上的变色镜转悠。在这个满身汗味信口谈笑的大兵圈子里，我像浑身长了刺，举手抬脚都不自在，干脆坐在桌子边的旮旯里一言不发。

“怎么搞的，北京人到我们山沟里还害怕？”

“别胡扯啦，她晕车。哎，吃糖，吃糖……”志桐只好强笑着为我圆场，可亮出糖他们闹得更不像话：“好啊，提前请客！对不起，洞房照闹不误。你可给小李做好工作，咱们山里人野，到时候可不许变脸哟。”郑志桐居然像鸡啄米似的连连点头。多亏教导员解了围，这帮人才眉开眼笑地去上工。当我听到志桐和教导员在外面谈起要通信员给我安排住处，一下慌了。

“你们这里人真可笑！”志桐趄身进帐篷，我当头就冲他发了火。他却不介意：“大家见你来，也都高兴才开玩笑。五连长早就把风扬出去了，说你是来结婚的，嘿嘿……”“胡诌八扯，谁告诉他我是来结婚的。”志桐听我出言不逊，沉下脸本想说什么，可摇摇头轻轻哼了一声，端起我洗过的脏水又出去了。

太阳从小窗口射进来，晒得棉帐篷像个蒸笼。我脱下毛衣，头上的汗还擦不干。志桐回来提起炉上化冰的水桶，把火压了压：“山里就这样，一天穿遍四季衣，毡筒外面还套水靴。”忙完之后，他擦了把脸，又钻到床下，从架起的木板上拿出拖鞋：“你先换上，把皮鞋拿出去晒晒。”哼！这会儿服软了，“我不换。”“脱了嘛，里面都进水啦，冰水泡脚会得病的……你怎么还这么任性，刚才算我错了，好不好？”他说着伸手去解鞋带，我一抬脚几乎踢着他的额头。我都被自己这个动作吓坏了，可他依然蹲在我面前，眼巴巴地盯着我，深邃的目光是那样温柔，简直像一位宽厚的大哥哥在哄劝淘气的小妹，不！是在央求。我不禁心动了。

确实，他瘦多了。强烈的紫外线照射和风雪的吹打，使他的脸色黑得发亮，双颊也塌了下去，鬓部和下巴长上了毛茸茸的胡须，看上去像四十岁的大汉。过度的疲劳和操心给他明亮的眸子上罩了一层淡淡的红丝，连声音也有些沙哑。从下山到现在，他一直围着我转，连衣服也没顾上换，这会儿，棉衣上化了的冰水哩哩啦啦往下滴。说什么我也不应该再折磨他啦！我叹了口气，和解地对他说："好，我换。你也换件衣服吧，瞧你那德行！"他咧开嘴笑了："不忙，我去看看饭。""你这人怎么搞的，脱了！"我说着，动手就往下扒。他躲躲闪闪就是不肯，我生气了。他忸怩了半天，才脱下棉衣，可又老是背着手冲我笑。

我故意不去搭理，突然蹦到他身后拨开他的手一看，不禁怔住了。天哪，怪不得他老扣着个宽皮带，原来他腰眼伤得这么厉害！衬衣和伤口都粘在一起，新沁出的血和汗在发黑的痂疤外又印下一圈红黄色的晕痕。他还故作轻松地安慰我："小意思，擦破点皮。"看来他一直瞒着别人在干活。我蘸着温水泡开结在伤口上发汗臭的衬衣，一边给他敷药，一边止不住眼泪吧嗒嗒地滴在他赤裸的背上。我真不明白，在这样的环境里他如此拼命，究竟是为了什么？

志桐手扶着桌面，弓腰曲背听着我的诉说，一句话也不回，许久他才缓缓地开了口："就在上个星期天，飞线区发生了大塌方，五连指导员余海洲牺牲了，血把山石都染红了。当时正赶上他爱人来队探亲，就住在下面那顶帐篷里。"

"是留守处招待所住的那个女的吗？"我紧张得牙齿都在打战。志桐背部急剧地抽动着，他默默地点点头，直起身来："他们结婚早，孩子都两岁了，算起来分居十年啦。老余身体一直不好，这次他爱人来什么也没有带，只带了满满一提包中药，可到死连一服也没顾上吃………"他哽咽着说不下去，"我只不过在挖他的遗体时被石头砸了一下，这又算得了什么呢！说真的，倩，想起这些同志，再大的苦我都能咽下去。可这几个月你一封信也不给我写，我，我实在受不了啦……"他激动得转过身，一把抓住我的手，他拼命地咬紧嘴唇控制着自己，但一汪热泪还是淹没了他的眼睛，"倩，这回你一定要多住些日子，我有很多很多话要跟你说……"

酸楚的热浪压迫着我的喉管，面对着志桐炽热赤诚的情感，我说什么好呢？内疚，羞惭，为难，我再也经不起这种感情的磨难，一头栽在他的怀里，哇地哭出了声。我像个孩子一边哭一边用头撞着他宽厚的胸脯说："走吧，志桐，只要你复员，我什么都听你的！我不能眼看着你再受这种罪啊……"

他笑了，捧起我的脸，用粗糙的手指抹去我的泪花："瞧你，尽说些孩子话，我能走吗？""为什么不能？"我根本不让他讲下去，"你们在这里这么拼命干，谁知道？谁稀罕！许多转业干部千方百计走后门往北京涌。有的人连中国都不想待了，小田他们正申请出国呢。志桐，你别再傻啦，你也走出这天山，看看外面的形势吧！"我简直像是在喊。

"什么是形势，各有各的看法。有坐车的，就得有修路的。至于小田这类人谈他干啥！"志桐冷冷地一笑，又热烈地对着我说，"倩，还是说说我们的事吧！"

真讨厌，偏偏这个时候，送我上山的那个司机老油条把志桐喊出去了。

我无力地倚在桌子上，心里像一团乱麻，怎么也理不出个头绪。洁净的办公桌上，洁白的雪莲花透出淡淡的清香，花下一个含笑吐媚的女子，带嗔的眸子透出嘲意。这是志桐在昆明湖深处的十七孔桥下为我拍的小照。就在那天他第一次伸出有力的双臂把我紧紧搂在怀里。我不敢相信严肃的大兵也会这样爱人，他吻着我的黑发笑了："……干吗叫我们大兵，难道我们真是头脑简单四肢发达的丘八，其实我们是最懂得爱的……""嗯，别吹……"我讪笑着耸耸鼻子。"是真的，如果一个人除了自己谁也不爱，他绝不会拿起枪杆去当兵的……"是啊，他有一颗金子般的心，他一直在用心底的泉水日日夜夜灌浇我这朵柔弱的小花。可我难道真是那种自私平庸的人吗?在城市不是一样可以为"四化"作贡献吗？我不应该有自己的幸福、自己的追求吗？

志桐可回来啦，但他的脸突然阴得可怕，他烦躁地踱来踱去，那打夯的脚步带着风含着雨。我小心翼翼地问他发生了什么事情，他瞪了我一眼大声嚷起来："不像话，刚当了一年兵就要闹复员，从连里一直闹到营里；农村来的强调包工到组没劳力要回家；城市来的不愿意当兵，今年居然有开小差的；干部不安心在边疆待。一张嘴全都是我的、我的，就不想想国家的难处！十年浩劫，人民好容易盼出个头，一切都在重新安排、摸索前进，就是活神仙来也不可能把这些老问题、新矛盾一下子解决。走吧！都走吧！”他风风火火发泄了一通，又懊悔地用拳头捶起自己的额头，颓唐地坐在椅子上发起愣来。

小通信员跑前跑后摆了一桌子饭菜，可我们一口都吃不下去，好心的小战士不知出了什么事，他跑去把自己抓的旱獭拉进来给我开心。志桐苦笑着摇摇头，要我跟他出去走走。

七

山下，绕过一道弯，奇迹般地现出一片草原。也许出现得过分突然，我竟不能相信自己的眼睛：绿茸茸的牧草似万顷碧海，火红的野赤芍如几片浮动的彩霞。阿拉斯坦河两岸的帐篷搭起一座雪白的新城，大桥工地上一片车流，一片人声……

志桐的情绪又高涨起来，他猛吸了几口醉人的空气，扯着我拼命地跑去抓旱獭。直到跑得我捂着胸口，只剩下摆手的劲，他才扑倒在草地上，那贪婪的样子，仿佛要把整个草原抱在怀里。“倩，你看这牧草多肥，这叫酥油草。等我们把这条路打通之后，牧民再也不用发愁没有牧道进不了山。我敢说，整个乔尔玛草原一定会建成一个机械化牧业基地……”他很快沉醉在美妙的幻想之中，接着又是一阵感慨：“我就想不通城市就那么好吗？污染，噪音，几代人挤在一间小房子里；公园里人比花多，谈恋爱两对情人挤一条小椅子。可看看这样的土地，有什么忧愁、烦恼消除不了……自然，有人会骂我是疯子，是穷开心，由他们说去吧。”他用力地挥了下手坐起来，抱着两腿沉思许久，又自言自语说：“你想过没有，在盛唐时代我们民族出现了大旅行家玄奘，在明朝出现了航海家郑和；可我们的国家也曾有一百多年挨打、受辱的历史！不错，人民创造了历史，但历史也能影响一个民族的性格，难道在我们当今人的身上就没有封建的桎梏，就没有半殖民地人变态的自卑和媚骨吗？安于现状，不求进取，倒是习以为常。可锲而不舍的开拓精神，不间断向新的天地追索的探险精神，敢于同世界人类竞争的伟大气概呢？也许我说的太不着边际，可真想使我们的国家强大起来，除了经济的改革、体制的变迁，还必须在我们这代人身上培植起这种民族性格，难道你不这样认为吗？”

我没有回他的话，像蹲在窝边的旱獭一样默默地听着，默默地想自己的退路。我更加留恋志桐，可想要改变他的主张是不可能的，好几次冲动我都想答应同他结合。但爱情并不单是拥抱和接吻，两地分居，孩子的教育，随军进疆，四海为家。我没有这种探险的勇气，也不敢再当一次英雄；生活是无情的，历史也用不着我去总结，民族性格的探讨并不比增加几块钱奖金更实用。我承认我是没多大出息的人，还是回到自己的小天地里过安稳日子吧！我痛苦得陷于绝望，我该走了！可怎么也迈不开双脚。

冰峰一口一口地吞噬着橙红色的残阳，志桐默默地走着，哪怕他就是骂我一通，比这种无言的沉默都要好受。路经余海洲的墓地，他又停了下来，紧咬牙关，像有无数小虫咀嚼他的心。我简直都不敢看他一眼，偏偏团长的家属赵军医从山上巡诊下来，一见面就拉住我的手，怎么也不肯松：“哎哟，我还专门跑到山上找你去啦，晚上到我们救护队去住，不远，就在大桥工地边。帐篷都收拾好啦，老头说了，他还要看看你呢。”

“不不，我只请了一天假，说什么也要今天赶回去。”我不能再待在这里折磨志桐，只得硬着心肠谢绝了。

赵医生劝说了半天，只好失望地走了。志桐这才决然地说：“走吧，我们快点回去，四点钟，我还要上工地去。”可话音刚落，小通信员气喘吁吁地跑过来：“副营长，团长说，下午让你在家陪……嗯……”他看了我一眼嘿嘿直笑。志桐瞪了他一眼：“你快点回去，报告团长，我这就到工地去。”“那怎么行，你连一口饭也没吃，觉也没睡，再说……”“少废话！快点去！”志桐突然发火，凶得像一头狮子，可通信员嘴里嘟哝着还是没有动。志桐上前一步又要训他，可话到嘴边又咽了下去，强笑着和悦地说：“快去啊，下午工地要开会，你不知道吗？”小通信员这才耷拉着眼皮，不情愿地向工地方向跑去。

嘹亮的集合号声响了，高音喇叭里播送出铿锵有力的军乐，一队又一队胸佩白花肩扛工具的战士向飞线区方向走去。一进营区我就感到周围的气氛变得严峻肃穆而又悲壮。志桐系上安全带，从抽屉里取出一朵小白花，不祥的预感像可怕的阴影笼罩在我的头顶：“志桐，你们开什么会？你干吗非要去？”他稍稍犹豫了一下，才对我说：“今天下午，全团要在飞线区余指导员牺牲的红石前举行军旗下宣誓，一定要拿下飞线区！从今天起，我下五连代理指导员，宣完誓就要领着大家上飞线区施工，你说，我能不去吗？”

“志桐，你……你可不能啊！”我再也控制不住，一把抓住志桐的手夺下纸花，似乎他会马上从我眼前消失。“倩，把花给我！”他生气地甩开我的手。“不，我就不……”我毫不理会他的训斥，突然爆发地哭着嚷道，“志桐，我求你送我下山吧，我们好好谈谈，我不能没有你……我不能……”我紧紧抱着志桐宽厚的身子，乞求地望着他。志桐胸部急剧地起伏着，内心的情潮像海涛，像飓风，他两眼炯炯地透过窗口盯着巍巍的远山，颤抖着声音低沉而又坚决地一字一句地说着：“倩，我这半年的心情老实说比你还要矛盾、痛苦，我甚至下决心要复员，不但你，连我母亲也为这件事不知哭了多少次。可我现在要郑重地对你说，你不许再提离队这件事……前不久，我们一些干部和技术人员到边防去看了看我们的巡逻路和战备公路。那天，正好下了点雨，说来也巧，我们坐的小车走到人家瞭望哨楼前陷进泥坑里抛锚了。就在我们下来推车的时候，人家就对着我们拍照，打口哨，还组织士兵参观。参观中国的边防设施何等陈旧落后，欣赏中国的军人在八十年代的今天还站在雨里，怎么用手推着汽车向前跑！这不是嘲笑我郑志桐一个人，这是对我们全体中国军人的嘲笑！是对全中国人的嘲笑！难道不是吗，现在不但那个大国嘲笑我们，连巴掌大的小国也要欺侮我们！可有些人就看不到我们是在战争的威胁下过日子的。没有一个巩固的国防，没有人流汗流血甚至豁出命来建设和保卫着边疆，什么‘四化’建设，什么美好的爱情、幸福，能得到吗？当然，对于我们的落后贫穷和艰苦，每个人都有不同的回答，我不想强求你。但我自己作为一个新中国的军人，就是用自己的身子铺在通往国防现代化的理想之路上，也比等着人家的坦克装甲车开进来轧我们强哪……”

“你别再刺我的心了，志桐，你让我冷静地再想一想好不好……”我再也听不下去，扑在他的怀里，满腹的委屈、为难像岩浆一样迸发出来……

汽车喇叭响了，纷纷扬扬、扬扬纷纷的雪花又飞了起来，铺满了路，遮住了天。我无力地倚在驾驶室的座椅上，任凭飞旋的车轮把我拖向远处。

开山炮，又是一声开山炮声！军旗在凛冽的寒风中翻卷，各种机械的轰鸣汇成震人心魄的旋律。我怎么也坐不住，又探出身去，不舍的目光极力在满山遍野奔忙的人海中搜寻。啊！志桐，他还高高地站在飞线区一块突兀的崖石上向我招手，满身冰雪，通体皓白，只有那军帽上的红星在跳，似一汪碧血，又似一团燃烧的火苗……

（《小说月报》1980 年第 12 期选载）

最后一个军礼

方南江　李　荃

当他微颤的右手缓缓举起的时候，我想：这是他最后一个军礼吗？不！这只是他作为一个共产党员，向党的事业表示的又一次忠诚……

——摘自这次行军结束后的日记

尽管三月的天气还很寒冷，可我却急得浑身燥热。对着在迷蒙的晨雾里提着自己的行李争先恐后上车的退伍老兵们，我连喊了几声：“站好队！点名！按次序上！”但不知是骤起的风把我的声音淹没了，还是老兵们认为摘了领章帽徽就失去了约束，不但他们毫无反应，连我自己都感到这声音是那样的苍白无力。我不禁暗暗恨自己：如果早当两年兵，职务再高一级也好哇！可我一九七五年入伍，当兵还不满三年，现任参谋。更可恼的是我还姓“傅”，不了解的人一听，当参谋还是个“副”的。凭这些条件，要送这十六名当兵五六年的老兵安全返回原籍，而且还是单车前往，我能压得住轴吗？……

“算喽，副参谋同志，别那么正规啦！这人们站了五六年队还没站够哇，喂，没来的举手！”

又是魏成！从清晨四点半至现在还不到一个小时，他戗了我好几次了。而且这回“副参谋同志”喊得格外刺耳。压了几次的火气这会儿猛撞到头顶，我正要发作，突然，一只大手攥住了我的胳膊，紧接着传

来低低的声音：

“我数过了，十六个人一个不少。别上下折腾了。”说着，我的胳膊被使劲按了一下。

这用力的一按像是落下的气锤，把我冒出来的火气砸了回去。虽然天还没有大亮，看不清人的面孔，但我知道，这是耿志。对啊，这是什么时候、什么对象啊，还这么呆板，这么大火气！我冷静下来，默默地走向车尾，扒着车厢板仔细清点了一番。也怪，乱哄哄的吵嚷声渐渐平息了。我心里踏实了几分，一股感激之情使我又想到了耿志。是啊，同行的还有我的这个经验丰富的老指导员嘛。

我入伍就在八连。那时，耿志已经是任职四年的老指导员了。他身材中等，脸庞黑瘦，下巴上有一块显眼的伤疤。乍一看，像四十出头的年纪，实际上那一年他才三十三岁。记得下连不久，我向党支部递交了第一份入党申请书。当天晚上，耿指导员叫我去散步。我们沿着河边长满垂柳的堤坝慢慢地走着，边走边谈家常……我这才知道，新中国成立前他在家讨过饭，尝遍了方圆几十里地所有能看到的树叶子。我有些不相信，在一棵粗大的柳树下，信手捋下一把树叶，指着那叶片上的小绿豆豆问他能不能吃。他微微一笑：“没办法的时候也得吃呀，不过又苦又涩。那小豆豆里面，个个都有虫子哩。我就是上树采它，头一昏掉下来，落下了脸上这个疤。”我连着掰开几个小豆豆，果然每个里面都寄生着一条小虫。我惊讶地望着他，只见他摸着下巴上的伤疤，沉吟着说：“要不是有党，这宝贝怕是要吃到现在哩……”

那一夜，小豆豆里面的虫子和他下巴上的伤疤，总在我脑海里时隐时现，我久久没能入睡……

七六年初，我调到连部当通信员。不久，有人来连队帮助批什么“翻案风”，写“小评论”。这时正值老兵退役前夕，连队几乎失去了正常的生活秩序。魏成和几个老兵合写了一篇《八连为何入党难?》的小评论，登在墙报上，并吵吵闹闹要搞什么“火线入党”。那天半夜里，我被隔壁的吵嚷声惊醒了，只听一个确定退役的老兵说：“你的胃切除了三分之二，身体不行啦，耗子尾巴生疖子——没多大脓水了，早晚也会有今天，何必这么……”啪的一声，像是指导员的工作手册摔到桌上。他声音从来没有这样激动：“不错！我早晚也要走。不过到我转业时给你捎封信，让你知道共产党员是咋个走法。我就是转业，也只是从部队转到地方，而绝不是从党员转到群众……”等我穿好衣服出来时，那个老兵已经走了。只见指导员一手夹着卷得粗大的喇叭烟，一手顶着胃部来回踱步。我给他换了一杯茶，一屁股坐在椅子上，赌气地说：“哼，现在是浑身奓翅儿的人吃香，照这个弄法，我还不想入党呢！”

“嗯?!”指导员刷地扔掉喇叭烟，在我对面坐下。抚摸着下巴上涨得通红的伤疤，气喘吁吁地盯了我足有半分钟，又猛地拉开抽屉，稀里哗啦翻出两张纸，“这是你的申请书，拿回去好好看看！搞清楚了再来找我吧！”

那一夜，我捧着入党申请书，又久久没能入睡……

这年年底，我调到司令部当保密员，就跟耿志分开了。听说前不久，他因日益严重的胃病又住了院。出院以后，就确定他这批转业了。按团领导的意见，让他休养一个时期再走，但他执意马上到地方报到，并坚持说他行李不多，搭退伍老兵的车顺路，不要再单独给他派车了。就这样，他、耿大嫂和五岁的女儿小真真就乘上了我们这台车。

真想不到啊，时隔两年，他果然遇上了“今天”！我的老指导员啊，我佩服你的过去，你给了我多少智慧和力量啊！可今天，你脱下了军装，没有了军职，还能给我什么帮助呢……想到这里，我的心又紧缩了。一车老兵，一天的路程，这艰难的旅途谁知道会发生什么事呢。我仿佛是在一条失去了帆和舵的船上，被起伏的波峰一会儿高高托起，一会儿又重重摔下……

天渐渐亮了。云，被欲来的大雪压得低低的。风卷起沙砾打得车篷噼啪作响。团首长带着部队来送行了。我在车尾碰到了刚同大家告别后走来的耿志。多日不见，他似乎又苍老了许多，脸上黑色的皮肤把颧骨裹得更紧了。他手扶车厢板，扭过头上下打量了我一眼："巧啊，我接你出来……你送我回去。"我本想说说请他多帮助的话，但不知怎么搞的，一瞥见他那失去了光彩的帽子和衣领，却怎么也张不开口了。虽然常说：当兵是一喜，复员更是一喜；当兵是入校，复员是毕业。可谁也不认为复员比参军还光荣。面对这位解了甲的老上级，我怎好再给他提出一大堆难题呢？耿志好像看透了我的心思，朝我淡淡一笑。

欢送的锣鼓敲响了。喇叭里开始播放欢送曲。在一片激动的告别声中，车缓缓地驶向营门……人总是这样，当一件珍贵的东西整天放在你身边的时候，并不怎么觉得它的价值，但当你一旦失去了它，却会感到它是那么珍贵，那么不可缺少。此刻，一道营门，好像成了军和民的分水岭。老兵们这会儿才突然意识到，他们已踏上民的边界了。他们——包括刚才还怪声怪气地哼着"军队和老百姓，咱们是一家人……"的魏成在内——几乎全都探起身来，久久地、无言地朝着渐渐远去的首长、战友和一排排整齐的营房招手。啊！车上第一次这样的安静……

我知道，他们留恋着这火一样的生活，对鲜艳的领章帽徽，怀着深深的感情……耿志呢？我偷偷看了他一眼，他虽然和耿大嫂坐在车尾，但他没有起来，反而低着头，搂着小真真像睡熟了一样，紧闭着双眼。只是在车身颠簸，他稍微仰脸的瞬间，我看见他下垂的睫毛上闪亮了一下……半晌，又听到小真真嚷道："爸爸，你把我搂疼啦……"

上了山间公路，车速渐渐快起来。不知什么时候下雪了。风卷着雪片，呼啸着穿过车篷。耿大嫂连忙垂下车后的篷布，车厢里开始有点暖和气了，但空气也沉闷起来。经过一早上的折腾，老兵们疲倦了，耷拉着头昏昏欲睡。连小真真都缩在耿志的怀里，慢慢阖上了眼睛。我心里默算着：二百五十公里，保持三十迈车速，也得八九个小时，现在，才刚刚开始……

"真真、真真，别睡觉啊，当心感冒了！"耿志轻声唤着小女儿，同时使劲瞅了我一眼。哎呀，怎么忘了临行前军医交代的话了？寒冷的清晨在车上打瞌睡容易感冒。耿志是在提醒我呀。我急忙装着很随便的样子，捅捅身旁的杜小满："老杜，回去打算干点啥？"小满也是八连的兵，入伍入党都比我早。他人很利落，尽管退伍了，仍很注意军容风纪，好像明天早上还要出早操似的。

他揉揉眼睛，笑着说："庄户人嘛，回去不种地干啥？"

小满的声音不高，但却像一条线，牵动了老兵们的心。车厢里顿时活跃了起来。大家从工作扯到家庭，又从家庭扯到父母、对象和带回家的见面礼。小满从一个大个子兵的提包里抽出一本书，举起来嚷嚷："大个子还没到家，就钻研土壤学啦，等他搞出点名堂，说不定还能上报纸哪！"憨厚的大个子被逗得满脸通红，大家开心地笑了，眼睛里第一次露出"毕业"的喜悦和对未来的憧憬。可惜这良好的气氛让魏成煞了风景。

一个瘦瘦的老兵问他："回去还干不干饭馆？"

"还干饭馆？"魏成刷地拉开大提包的拉链，抓出几块饼干，"那这几年兵不是白当啦？"

魏成家在县城，母亲是县里一个工厂的领导干部。据说魏成在下乡的两年里，表现还不错，后来他妈想办法把他调了回来，安排到了饭馆里。魏成不愿意干，经常和他的一帮"朋友"到处溜，征兵时，他妈又想办法让他参了军。我早就知道他当兵的目的之一是借退伍的机会调换个工作，但没料到他会这样坦率地道出他的秘密。

魏成喷着饼干末末，含混不清地说："往后有啥事尽管来找，咱是非党人士，没那么多原则，好说话！"说着，拿眼去瞟耿志。

耿志依旧揽着真真，像是在嗅着孩子的发香。

"怎么，他到底没入党吗？"我低声问杜小满。

小满轻轻一笑，把嘴靠近我的耳朵，悄悄讲了魏成的近况。

魏成原打算在最后一年使把劲，到年底解决入党问题。在耿指导员的帮助下，年初他确实好过一阵。但终因"动机不纯"吧，总免不了干一阵看一阵，犯些冷热病。其实对魏成个人来说，入不入党倒也无所谓，无奈家庭方面压力太大，据他母亲来信讲，不入党到了工厂很难进科室，还得当“小工人”。他实在交代不过去，只好写信让母亲帮忙。他母亲曾多次给耿志写信，名义上是了解儿子的表现，实际上暗示：能否照顾？对这些信，耿志一封一封都做了答复，耐心解释魏成没有入党的原因。到了今年年初，上级确定耿志转业。连以下干部原则上哪儿来哪儿去，耿志自然要回原籍。魏成得知后，马上写信告诉家里，他母亲紧接着来了封热情洋溢的信，对耿志的身体表示关切，并提出耿志在县城的工作不用他操心，她完全可以帮忙，而后又谈到了魏成的入党问题……第二天晚上，魏成满怀喜悦地找到了耿志，他们谈的什么没人听见，只是小满在接夜里第三班岗的时候，连部的灯还亮着，隐约听见指导员说：“魏成啊，这样入党不是害了你吗……”

…………

小真真一直偷偷看着魏成嚅动的嘴。她咽了口唾沫，咬着小手指头，悄悄凑到妈妈耳边问：“妈妈，夫夫（叔叔）吃的什么呀？”

耿大嫂抬手在她头顶上轻拍了一下：“小馋虫……”边说边向自己身后摸索。

魏成高兴了，举着两片饼干，逗引她说：“叫党员叔叔，叫了给你，嘻嘻。”

耿志一把揽过真真。“对叔叔说，俺不要。”

真真望着那两片饼干，摇摇头说：“俺不要，俺有带玻意（璃）纸的……”

魏成得意起来：“脱了军装了，现在都是老乡，干吗见外呢？叫党员叔叔，快。”

我实在看不过去了，正待说话，老兵们冒火了，七嘴八舌地数落魏成：

“算了吧，钻腾了五年，到这里过起党员瘾啦！”

“哼，没脸没皮，丢我们的人！”

"有本事到地方干出个样看看，当兵几年还没见过你这样的怪胎。"

杜小满一把抓过饼干，塞到了孩子手里。魏成却满不在乎地打了个哈哈……

…………

天，还是阴沉沉的，雪已经停了，车速渐渐慢了下来。我透过车篷的缝隙往外看去，原来前面的公路正在翻修，汽车往右拐到了一条坑坑洼洼的便道上。车身剧烈地颠簸着，小真真高兴地拍起手："噢，坐飞机啰……"耿志搡了她一把，侧耳听着车外稀泥烂浆搅动的声音。忽然，车身猛一倾斜，再也不动了，只剩下汽车引擎力不从心的喘息……

"不好！"耿志喊了一声，猛地掀开了篷布，就在这一瞬间，我才五个小时以来第一次看到他脸上往日的光彩。没等我反应过来，他已一跃而下。等我和小满几个人跳下车的时候，司机和助手正蹲在后轮边，一脸苦相。耿志忙问："怎么回事？"

司机瞅了一眼他的没有帽徽领章的着装，没有答理他，而是朝我一本正经地作了报告。耿志的脸色又黯然了，嘴角痛苦地抽搐了一下。

情况很糟。汽车右轮陷进了半米多深的大泥坑里，泥浆和着冰碴碴，使车轮打滑上不去。显然，需要人来推。我向老兵们说明了情况，动员大家下来推车，同时也好减轻车的负荷。耿大嫂抱着小真真也下来了。有几个老兵不愿下车，有的还埋怨开了："怎么搞的，睁着个大眼往泥坑里开！"

"唉，这身新衣服算是交待了，谁让我推，谁给我洗。"

"大冷的天，让模范作用好的下去推吧，咱没那个觉悟！"这又是魏成。

杜小满和几个老兵望着我，皱起了眉头。我也呆住了。这车单靠我们几个人是推不动的。怎么办?！我真想骂他们几句。突然，一只大手又按住了我的胳膊，紧接着是耿志平静的声音："来，咱们先试试，你到前面去，叫司机发动车吧。"说着，就听"通"的一声，耿志已经脱去棉鞋，挽着棉裤跳进了泥坑，用肩膀紧紧顶住了陷得最深的右后轮。泛着冰碴的泥水淹没了他的膝盖……

我浑身一阵发热，迅速扒下棉鞋，跟着跳了下去。杜小满等几个老兵也相继下了泥坑。见此情景，车上的老兵们不吭声了，他们默默地下了车，很快站到了推车的位置上。魏成最后一个跳下来，转到车左侧，找了个干燥地方，懒洋洋地伸出了手……

引擎猛地吼了起来，连拉带推，终于轰然一声，汽车冲出了泥坑。

听着引擎欢快的叫声，司机笑了，我也笑了，大家都笑了！我回头一看，耿志却被轮子溅得满身泥水，寒风一吹，冷得他直打战。他脸色苍白，右手使劲顶住胃部。耿大嫂抱着真真走过来，真真搂住耿大嫂的脖子："妈，爸爸冷……"耿大嫂想说什么，但在耿志严厉目光的逼视下又咽了回去。这时，司机奔过来，双手恭敬地递给耿志一条雪白的毛巾……

大家分散开来，坐着休息。这一折腾，不似刚才那样冷了，只是肚子有些饿。我又想到了真真，便向大个子要了半包饼干，拿着去找她。正巧，她妈领着她从耿志那边过来了。

我扬起手里的饼干："真真！"

真真吧嗒吧嗒地跑过来，险些滑倒，我连忙扶住她。

"饼干，玻意（璃）纸的饼干！"真真的小手高举着一个彩色塑料袋，里面是玩具饼干。

"哦，你也有哇！"

"夫夫（叔叔），爸爸让我给那么多夫夫（叔叔）吃！"真真踮起小脚，把饼干直往我怀里塞。

耿大嫂跟着走过来，把手里捧着的三包饼干递给我："大伙匀着垫垫吧。"原来预计路上有兵站吃饭，所以大伙带的干粮不多，这路上一折腾，大伙肯定饿了，但也不能要耿大嫂的呀。我说什么也不要，直到大嫂要生气了，才勉强收下。

大伙吃着，说着，有几个老兵甚至爬上了就近的小山坡，眺望起雪后的山川和原野。我舒心地坐下了，拿出一片真真给的饼干，放进嘴里细细品尝着……此时，我觉得身后仿佛有一只大手撑着我的身子骨，硬朗朗的，并不单薄……

该上路了。我去叫耿指导员上车。找了一圈，没见着他。我又往前走了几步，一阵风吹来，听得小山坡的灌木丛后传来说话声，先是魏成的声音：

“……再说那么多也没用了。算我向你作最后一次请求吧。要求不高，只希望你给我们单位头头介绍一下我的情况，说明我在部队是发展对象就行了。余下的事好说，反正你已经分到我妈厂里，她是一把手，办成了，房子任你要，工种任你挑……”

沉默……

我止住了脚步。天哪，耿志竟分到了魏成妈妈厂里！

“不行！”这是耿志斩钉截铁的声音。

魏成强词夺理地：“现在的青年不都是发展对象吗？怎么就该着我不是呢？”

“发展对象是经过党支部研究，列入发展计划的同志，你还不够格。”

“那好，咱们走着瞧吧！”魏成愤愤地说。

沉默……

一阵冷风吹来，我不禁打了个寒噤……

车赶到县城的时候，已是午后五点多了。按说，这里是我的终点站，在这儿，我要把老兵们移交给县武装部，然后再由他们负责送往各个公社。至此，我们这支临时组建的队伍，就要解散了。

老兵们拥下车来，贪婪地打量着家乡的“都城”。他们大概在想：家乡啊，我回来了！可我想的却是：任务啊，接近尾声了！我整整军装，迈着轻松的步子跑进武装部的大院。一切都很顺利，武装部的首长接过档案，甚至还赞赏地打量了我一眼。我长吁了一口气，快步走出来。一仰脸，啊！太阳从浓浓云层的罅隙中露出脸来，把余晖洒向大地，雪后的山川被抹上了一层金粉，像我的心情一样舒畅，欢快……

耿志一家子在离人群稍远一点的地方坐着。我望着正在沉思的耿志，猛然意识到，我就要和他分手了。凝视着这位老上级，心里像是被什么东西揪得阵阵作痛，酸、甜、苦、辣一齐涌上心头。是同情？是惋惜？还是惜别之情呢？我说不上来。就在我打算走过去的时候，发生了一件意想不到的事情！

由于我们路上误了开饭时间，又急着赶路，沿途兵站给武装部打了电话，让他们准备一顿饭。这时候，两个同志正把一饭筐热包子抬到院子当中。还没等我反应过来，又饿又乏的老兵们就一拥而上，团团围住了饭筐。我一看这情景，肺都气炸了，急忙赶过去，大声喊道：

“大家排好队，别挤！”我的嗓子都变了音了。

但是喊声被这一片闹嚷嚷的声音淹没了。也许是到了终点站算是彻底退伍了？尽管有杜小满和几个老兵在阻止，但一些人仍嘻嘻哈哈地争着，挤着，有的甚至抓了五六个，狼吞虎咽地吃着。武装部门口过路的群众停住脚，好奇地看着这一堆半军半民的人们。怎么办？能让这次行军结束在这顿该死的饭上吗？能让老兵们的最后一站停留在这乱哄哄的吵嚷声中吗？我的额头上沁出了汗珠。忽然，魏成高声嚷了起来。原来他不知为何来晚了，没拿到包子，正叉腰站在空筐旁，拉着个架子骂骂咧咧地要和谁吵架。我没辙了，脑袋嗡嗡作响。恰在这个时候，我身后突然“啪啪”两声响，紧接着传来了小孩的哭声。我一回头，呵，是小真真！只见她紧抱着一个热腾腾的包子，张开小嘴，猛扑在妈妈怀里哭起来。耿志脸色铁青，下巴上的伤痕涨得通红。他追过去，指着真真手里的包子，生气地说：“你怎么好拿叔叔的包子呢？叔叔还要赶路……”

“不！是夫夫（叔叔）给的嘛……”小真真哭得更伤心了。

耿大嫂连连拍着真真的后心，望着耿志，心疼地说：“孩子冻了一天，也没吃口热饭，你竟这样狠心打她……”这个贤惠的大嫂眼圈一红，哽咽了。

老兵们——包括魏成——都静静地站着，十几双眼睛从不同的角度一齐注视着这里。

耿大嫂抽泣着说：“……风里雪里，你走到哪儿，俺娘儿俩跟到哪儿，没说过一句扯后腿的话……你心里有啥不舒坦，也不能拿孩子撒气呀……”她说不下去了。

耿志打孩子的手微微颤抖了：“你扯到哪里去了，你不懂部队的事儿，这里的饭菜是照老兵人数备下的，咱们是搭车……再说，他们吃了还有山路要赶，咱家近，忍忍就过去了……”

我心里一阵酸楚，急忙赶过去，一把拉过耿志：“指导员，你也太认真了，大伙再能吃，也短不了孩子的……”我正要回头去哄真真，却见真真慢慢地走到了魏成跟前，用她那冷得通红的小手举起了包子，抽抽嗒嗒地说：“党言（员）夫夫（叔叔），你饿，你吃吧！”

魏成愣住了！慢慢地，他脸由青变红，又由红变青，眼皮低低地垂着……半晌，他机械地推开真真的小手，含混不清地说：“我……我，叔叔不饿。”

“不，我刚才听到了，你说饿。”说着踮起脚尖，硬把包子塞给了魏成。魏成呆呆地拿着包子，头垂得更低了……

我一把将真真揽过来，抱在怀里，两行滚烫的热泪滚下我的面颊……

……真静啊，大家都看着自己手里的包子，谁也没有抬头。那几个抓了五六个包子的老兵，悄悄地走向了饭筐……

我把真真轻轻交给了耿大嫂。该移交了，我想下达“集合点名”的口令，可转念一想，还走这个形式干吗？前面已经有了好几次教训了。但一抬头，我愣了——在耿志的左侧，迎着风一字儿排着十六名老兵，连魏成在内，一个不少。大家庄严穆地挺立着，那神情绝不像已经解甲归田，倒像是一列正待命出征的勇士。

我好像从来没有见过这样庄重、威武的阵容，这队伍里每个人的身上都好像喷出一股强大的气流，猛烈地撞击着我的胸膛。我被这气氛感染着，激动着，不由得整了整前襟和军帽，高喊了一声：“立正！”以标准的队列动作跑步到耿志面前，向这位没有领章帽徽的指导员端端正正地敬了一个礼：

“报告指导员同志，队伍集合完毕，请您指示。参谋：傅军光。”

耿志以军人特有的敏捷，有力地抬起右臂，就在大臂快与肩平的瞬间，他并拢的五指微微颤抖着停顿了一下，眼角滚下了两朵晶莹的泪花，但随即就以更加坚定的动作，敬了他的最后一个军礼……

夕阳的余晖衬着他那瘦削而坚挺的身架，像一幅剪影，深深地镌刻在我的脑海里。他那举起的右手，好像永远、永远也不会放下……

（《小说月报》1981 年第 2 期选载）

阮氏丁香

——《西线轶事》续篇

徐怀中

一

那目光充分显示出傲慢、敌意、挑衅，显示出不可侵犯的女性的庄严。

西线九四一部队在境外作战期间，收容了十几名女俘虏，大多是十七八岁、二十来岁的年轻姑娘。领导上有些不放心，怕错抓了越南群众。一个个查对，全是持枪和我们叮叮咣咣顶着干的。经联络处个别做工作，有人讲出了一点情况，原来她们都是附近班通林场的青年冲锋队员。

女俘要及时后送，为了管理上的方便，从机关抽调了几个女同志参加转送工作。总机班陶坷是其中的一个。连里也是有意就便照顾小陶一下，连续几昼夜紧张的战斗生活，她身体已经显得有些不支。小陶急了，再三请求不要派她去。说也是的，女电话兵们又有谁愿意比班里同志提前离开前线呢？哪怕只提前一天，以后谈论起来，自己说话都不怎么硬棒。

指导员耐心地动员说："连里已经定了，再换谁也不好换，就你去

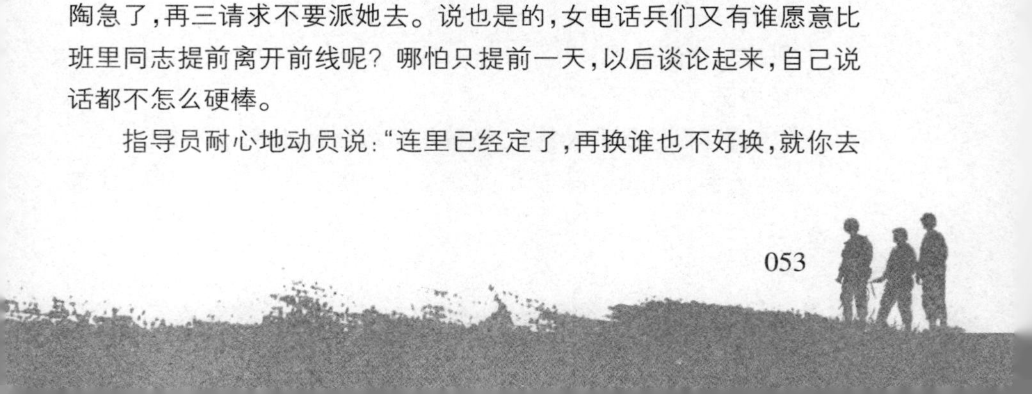

吧。”

“好换不好换我管不着，反正我是不干！”小陶强硬得很。

连长态度严肃地说：“你不去谁去，那些女冲锋队员里，还有你抓的一个哩！”

小陶说：“管抓还得管送吗？早知这样，我就把她放了。”

话是这么讲，小陶当然还是服从命令，去俘虏收容队报到了。

十多名女冲锋队员，互相紧挽着胳膊，长长的一排，坐在被炮弹炸倒的一棵树干上。以前，她们彼此之间也许并不这么亲密。现在休戚与共，自然地结成了一个新的战斗集体。

我们部队里，有许多关于越南女冲锋队的传说，讲她们都是如何泼辣能干，如何不知道怕死，在最后关头，几个人抱作一团，拉响手榴弹集体自杀。知道“九四一”抓了女冲锋队员，路经这里的人，不免都要上前看看。一些人刚走，另一些人又围过来。女俘们觉得，这简直像在动物园，供川流不息的人们观赏，她们认为这是一种不能忍受的侮辱，故意昂起头，直视着围观的人。那目光充分显示出傲慢、敌意、挑衅，显示出不可侵犯的女性的庄严。

有一个受重伤的女俘，名叫范氏碧，是要单独用小汽车送往野战医院进行抢救的。陶坷来的时候，医生正弯下腰，再一次为她检查伤口。旁边一个小男孩，不过三四岁，偎偎依依地不离身。看那张十分相像的脸儿，就知道是她的儿子。这孩子似乎并不完全知道发生了什么事情，大胆地望着中国军人。陶坷拿给孩子一块压缩饼干，他大口地吃起来，用一只腌臜的小手在下面接着碎渣渣。

陶坷通过翻译问那孩子：“小弟弟，你叫什么名字？”

“阿方！”

“阿方！你爸爸呢？”

“给中国人打死了。”

阿方的话显然是别人教的，爸爸是怎么死的，他并不清楚。

据当天参加搜山的同志讲，冲锋队两个班躲在一个山洞里。仗着地形有利，易守难攻，坚持抵抗了很久。后来从悬崖顶上扔炸药包下去，炸垮了洞口，敌人才乱了阵脚。我们的翻译用半导体喇叭喊话，保证缴枪不杀，优待俘虏。又警告他们，再不出来要使用火焰喷射器了。等了一会儿，就见一男一女从硝烟弥漫的山洞里钻出来，女的背后还背了一个孩子，这就是范氏碧和她的丈夫。他们把枪高高举过头顶，表明是要缴械投降的。不想，紧跟着又出来一个青年冲锋队员，端起自动步枪，从背后对着他们就是一个速射，夫妇两个应声倒下了。我们部队看到有人缴枪，停止了射击，洞里的敌人趁机冲出来，边打边分散逃跑。部队追上去，放倒了几个，其余的钻进丛林，再没有搜出来。

范氏碧头部中弹，踉跄几步栽倒了。她不顾自己，忙把孩子从背后解下来看，见阿方一脸的血，母亲几乎要晕过去了。再一看，那是她自己的血，孩子并没受伤。随即看见丈夫一头扎在乱石缝里，她扑过去，把丈夫抱起，拼命摇撼着，呼唤着他的名字。又回头对儿子说：

“阿方！快呀，喊爸爸，快喊爸爸！”

仿佛妻子呼喊不应，由儿子来喊，就可以把人召唤回来。阿方连连喊着爸爸，哪里喊得应呢，他已经去远了……

押送战俘的几辆车子，是夜间从舟桥上过的红河，俘虏们不知道他们已经离开了越南。当车子开进河口国营农场，他们看到山丘上葱葱茏茏的橡胶林，听见远处有火车汽笛叫，这才恍然大悟，到了中国。男俘们倒还好，女俘们的车子上立时乱了起来，哭的哭，叫的叫，让她们下车，没一个肯下来。押送俘虏的战士气不过，讲了几句粗鲁的话。不想女俘里有人懂汉语，大声地翻译出来，这一下可不得了啦，都不干不净地骂起来，要中国兵开枪把她们打死。等大锅饭菜都抬出来了，她们还在坚持着，死活不下车。终于有一个女俘站出来对大家说：

“姐妹们听我讲，我们该吃还是要吃，该睡还是要睡，看看他们能把我们怎么样！”

她“腾”的一下先跳下了车。陶坷认出，这正是她俘获的那个女冲锋队员，名字叫阮氏丁香。

车上的人陆续下完了，路灯下看去，一个比一个神情紧张，警觉地向四处观察着。在越南上级告诉她们，中国人对越南的京族人特别仇恨，抓回去要拿来当作生物试验。究竟试验的是什么神秘的项目，是要在人身上注射一种烈性针药，随时记录反应，还是要一天三次抽取俘虏的血液，她们说法不一。照年龄说，她们应该有一定判断力的，由于从小就习惯了听信领导上的每一句话，这种判断力便退化了。

修配厂会议室里，用办公桌和乒乓球台拼成了一个大通铺，安排女俘们住。在分派铺位时，大家都争着往屋角上挤，谁也不敢睡在靠门口的地方。又是阮氏丁香出来说：

"不用害怕，你们只管睡好了。我坐在门口，有什么事，我一喊叫，姐妹们就赶快起来。"

似乎有阮氏丁香坐在门口，当真就有了多大保障，大家立刻镇定下来，和衣睡下了。不过没有谁真正入睡的，都在注意倾听着门窗外面任何一点细微的响动。各自想象着，在必要的时候要怎样奋起反抗。用头去撞，用指甲抓，用牙齿咬，横竖拼出性命来就是。

临时为俘虏集凑了一些被褥，平均两三个人才能有一条。女俘里病号已经不少，怕再冻坏了她们，几个女同志就把自己的军毯送来给女俘们盖。别人得到军毯都很欢喜，唯独阮氏丁香轻蔑地把脸背转过去，简直不屑于看一眼。

陶坷笑笑，对翻译说：

"你跟她讲，预报今天晚上有雨，不盖点东西睡不行。"

如果换了别人送军毯来，也许阮氏丁香不一定拒绝，偏偏是陶坷。她僵持了一阵，忽然按捺着气性对小陶说：

"要怎么样管教战俘，随你们的便。我只是要求一点，请你不要总是这样看着我笑。你不是在对一个人笑，不是对一个和你一样的女人笑，你这种笑我忍受不了。你得意了，你胜利了，你可以高兴，你可以永远引为骄傲。可是你必须明白，我是在越南的土地上被你俘虏的，所以我并不因此感到有什么可耻。”

陶坷强忍住，没有教训这个冲锋队员一顿，让她规规矩矩听着。她还是笑了笑，把军毯放在阮氏丁香身边走了。在这种情况下，多讲什么话也是无益的。

后半夜果然下起雨来，天阴冷阴冷的。陶坷她们没有盖的，冻得躺不住，干脆起来，找了些木屑点起火来烤着。

那条军毯，阮氏丁香硬是没有盖，她抱着膝头一直坐到天亮。

二

为什么不珍视“东方美女之国”的光荣，偏要追求“世界第三军事强国”的地位呢?

到了西线战俘管理所，陶坷想赶快把工作交代完毕，就返回部队。领导上确定，参加转送俘虏的几个女同志熟悉情况，要求她们留下来帮助一段工作。

俘管所是借用地区的一个干部学校，进大门是一片宽阔的草坪，正面有礼堂。道路两旁的凤尾树正在开花，火红火红的，从附近山包看下去，像是飘落在地上的一团团红云。一排和一排房屋之间种了葡萄，俘虏们总是坐在荫凉的葡萄架下打扑克，弹吉他，吹口琴。有人用彩色粉笔在墙上作画，装饰着自己中队的墙报。草坪上正在练习跨栏和各种球类，马上要举行第一届战俘运动会了。女俘们喜爱跳竹竿舞，拍着巴掌，一跳就是好半天。这种舞蹈需要腿脚灵活，节奏感强，一步弄错，就会被竹竿夹坏了腿。

来访问的一位日本电视记者，一走进大门，不禁为之惊讶地说：“住在风景如此优美的地方，生活如此愉快有趣，我倒很想试试做一名俘虏。”

如果说这些越南人，当真是无忧无虑，没有沦为异国战俘的那种难以解脱的内心痛苦，也不是实在话。尤其是女俘们，本来有说有笑的，一想起目前的处境，想起父母亲友，想想自己的乡里家屋，就哭起来。一个传染一个，有时整个宿舍里“呜呜呜”地集体大放悲声。不过，总不能老哭啊，既来之则安之。大家安静下来之后，也明白中国方面绝不会久留他们，一待双方开始谈判，就可以遣返回国，和亲人团聚。吃着外加补助的伙食，眼瞧着自己的体重往上长，着的什么急呢！

一天的日程中，唯一使他们不安和反感的是上课学习。他们背地里使用西方语言，说这是强制洗脑。要洗只管洗好了，做了俘虏，还有什么话说，上课倒也还能做到认真听讲。讨论会上，则往往没有人发言，一直挨到最后，有人出来说几句不着边际的话，就告散会。

阮氏丁香却与众不同，在中队讨论会上，她常常一连提很多问题，请主持学习的陶坷给予解答。哪里是在提问，她分明是以合法的提问形式在论证这样一点——中国军队在没有任何越南人邀请的情况下越过边界，无论如何是无法解释的。一些同志说，阮氏丁香算得上是女俘中最顽固的一个了。陶坷认为不见得，在她看来，克制不住要表示自己作为一个越南人对这场战争的看法，这是很自然的。倒是那些严守沉默的人，那些随时可以似是而非地附和你几句的人，思想最难通。果然不错，经过一段时间的学习，阮氏丁香态度发生了重要变化。她开始明白，中越两国何以竟从“同志加兄弟”弄到了兵戎相见的地步。中国是在数千里边疆的山水田野一再受到践踏，是在流血事件不断增长的忍无可忍的情况下，才对越南进行了这次有限度的军事惩罚。阮氏丁香和所有战俘一样，言语上是决不承认敌对方面这种说法的。但事实摆在那里，她不得不默默地接受下来。接受这一点，使这个越南女青年内心受到极大的震撼，使她失去了被俘以后一直保持着的表面的平静和自持力。她有好几天神情恍惚，如呆如痴，整夜整夜地翻腾，睡不着。仿佛是由于外因的刺激，原本在潜伏期的某种病症赶早发作了。几天过后，才像大病初愈，慢慢正常起来。

先前，阮氏丁香很难得和陶坷讲话的，见到小陶把脸一扭，全当没看见。现在不同了，有事无事总想找小陶搭讪几句。赶上翻译同志不在场，她们俩比比划划的，搞不清对方的意思，只好面对面地笑。这天，她们俩和女翻译员小陈一起，在葡萄架下闲聊起来。谈到她们在战场上的初遇，就像是在谈论着共同经历过的一桩什么逸闻趣事。

陶坷回忆说："别人破坏电话线，剪断就是了。你鬼得很，选择放在稻田里的一节线，只是把绝缘皮剥开，铜丝在水里和大地接触，就短路了。不注意查，线还是好好的，真不容易发现。"

阮氏丁香说："你才鬼呢！钢盔遮到眉毛上面，活像一个威武的男子。如果一开始认出你也是一个女人，我不那么慌张，也就不会让树枝绊掉了自动步枪，给你得了去。"

"嗬！你够多凶啊！一看我不是男的，不要命地和我夺枪。"

"我没有想到，你力气那么大，一下把我推出十多步远。"

阮氏丁香不知道，在扭打中，陶坷曾经有机会腾出一只拳头猛击她的胸部，但小陶没有打出这一拳。女人的胸部是致命处，经不住打的。小陶不提此事，只是说："我扔过去几张代言片，你假装在看，暗中抓起一把土，冲我眼睛撒过来。气坏了我，当时我可真想开枪了。"

阮氏丁香笑起来，她随后收住了笑容说："我脑子里几次闪过这个念头——你要开枪了，枪声就要响了，可你到底还是没有开枪。我游泳不行的，在河里乱抓乱蹬，不让你靠近。你不管我，我也就完了。你拼命把我拖上了岸，在那种情况下，你完全可以扔下我不管的。"

"我能那样吗？"女电话兵说。

阮氏丁香十分真诚地说，"你是一位军人，可以理解我的，我不应该庆幸自己没有在战斗中被打死，也不能因为你不愿意开枪打死我，来感激你。不过，我应该替我妈妈向你表示谢意。妈妈没有别的亲人。只有我一个了。"

双方问起了年龄，小陶告诉说她二十一岁。阮氏丁香说：

"我比你整整大了四岁，可是成了你的俘虏。所以我没有资格做你的姐姐。"

小陈直接替陶坷回答说："姐妹是论年龄的，她既然小你四岁，也就只剩下做妹妹的资格了。"

一些女俘也陆陆续续凑过来了。当中一个名字叫黄氏水的，最爱说笑，她搂住阮氏丁香的肩膀问陶坷：

"你觉得你俘虏来的这个越南姑娘怎么样，漂亮吗？"

"没说的。"小陶赞赏着。

黄氏水带着夸张的得意说："你要知道，她是顺化人哩！"

另一个女俘何氏瑶跟着说明："我们越南被外界称为'东方美女之国'，主要就是仗着顺化地方。顺化女子是越南的骄傲。"

女俘中队大多数是河南宁省的人，只有阮氏丁香是南方顺化人。如果说顺化女子是越南的骄傲，也就不妨说，阮氏丁香是女俘队的骄傲。这个身材小巧的顺化姑娘，没有一般京族人颧骨显高和牙床突出的缺陷，却具有京族妇女外形上的一切长处。她轮廓异常鲜明，鼻梁正直，口形丰满，眼窝儿略深，构成了眼眶周围一圈淡淡的黑晕。双目湿漉漉的，很像一对沉静温顺的羚羊的眼睛。有人说她下巴稍许尖了一点。哪里知道，不是那么一个尖溜溜的下巴，整个脸盘就会显得过于呆板，没有那样生动了。

大家就阮氏丁香无可挑剔的容貌称道了一番，最后陶坷不无遗憾地说：

"真是的，你们的领导人，为什么不珍视'东方美女之国'的光荣，偏要追求'世界第三军事强国'的地位呢？"

小陈还没有完全译出陶坷的话，女俘们已经大笑起来。

三

这实在是一个十分精明的步骤，等于沿中国边界，部署了一支不必发放军服的庞大的军队。

一天，大家正在葡萄架下说笑，阿方跑来了。

阿方不满四周岁，在战俘名册上当然没有登记他，只是在他母亲范氏碧的名字下边附注了一笔。女冲锋队员范氏碧由于受伤过重，在野战医院抢救了几天。输了九百多毫升血，终于没有能把这位年轻的母亲救活转来。范氏碧死后，阿方留给女俘队，大家轮流照看着。

范氏碧原是河南宁省山区的一个中学生。她和年龄相仿佛的许多女孩子一样，都迫切想离开农村，觉得奔出去，总比留在村子里强。这种要求，和上边的号召很容易吻合。这几年来，越南当局以参加开发北部边疆为号召，从内地招收了大批中学生到中越边境来，分配在新建的林场、农场、砖瓦场、养鱼场当工人。答应他们先在这里干一段时间，如果政治上劳动上表现好，以后河内来招工，可以优先推荐去。到首都去堂堂正正当一名国家工人，对山区一个农家孩子来说，吸引力之大，足以使他们根本不考虑这种诺言是否能够兑现。许多青年都争先恐后地响应号召。

把大批有文化的京族男女青年送到边疆来，一可以屯田生产；二可以改变当地少数民族人口过于集中的局面，逐步"净化"边疆；三可以组成青年冲锋队，适应战时需要。这实在是一个十分精明的步骤，等于沿中国边界，部署了一支不必发放军服的庞大的军队。

范氏碧差一个学期中学就毕业了，看见高班同学不少报名到边疆去，也跟着报了名。回家和妈妈一说，妈妈不让去。

范氏碧说服母亲："妈！不讲响应国家号召吧，对家里也好哇。每个月除了交伙食费，能净拿四十五元钱回来哩！有机会我常回来看你，路上也不用花钱买汽车票，林场的车子来来往往的，搭个卡车方便得很。"

妈妈摇头说："你说得比唱戏还好听，这样便宜的事儿，还轮得到你吗？"

"县上的同志亲口讲的，错不了。"女儿保证说。

"我不放心，总觉得你会出事的。"

"能出什么事呢？"

"难讲。路上去搭卡车，就比不得买票坐客车。司机都是那么好心吗？你一个人，坐在他的司机棚里……"

"哎哟！妈！你看你，总把人想得那么坏。也不是我一个人去，几个同学讲好了，保持集体行动，进厕所也要有两个人以上。"

好说歹说，妈妈才同意先去干一个月试试看，不行就回来。老人总还是悬着一颗心，她问女儿：

"干了一个月，卡住不放人回来可怎么办？"

范氏碧笑着说："你是多余的担心，讲好了的，来去有个人自由。兄弟姐妹多的人不敢担保，我是一个独养女儿，凭哪一条规定扣住我不放。"

造林工人劳动强度很高，范氏碧强撑着干了一个月，就提出要回家。妈妈"多余"担心的事情果然发生了，领导上讲，她的要求，作为一个胡志明共青团员来讲，实在太不应该了。到林场来的一批又一批工人，都是决心长期参加边疆建设的，哪有试着干一个月就走的。再说，现在也晚了，原籍已经注销了她的户口。在这个共和国里，没有户口就等于没有了一切，其中最要害的包括没有了你的口粮，放你回去又怎么办呢？和范氏碧一起的几个女孩子大哭大闹了一场，这是她们所能采取的最后的手段了。哭闹过后，只好寻找当林场工人的几样好处，用来自己宽慰自己一番。毕竟每个月可以到公路边那个小邮电所，寄一次钱回家去。她们想象得出，填写了自己名字的汇款单寄到村子里，留在村上的姑娘们看见，将会是怎样羡慕呀。

没过几个月，范氏碧和本场的一个工人结婚了，男的比她大两岁，虚岁十九。在林场结一个婚简单得不能再简单了，省去了让新婚夫妇苦于无力筹办的多少事情。大家帮把手，用竹篾、泥巴为他们盖起了两间小屋，把两顶单人蚊帐拼凑成了一顶双人的，就算一切齐备了。又过了没多久，范氏碧做母亲了，生了阿方。人们脑子随便转一下，就会计算出来，她的这个儿子是在婚前三个月有的。不过没有谁为这桩事说长道短，在如此边远的班通林场，人们不大操这种闲心的。人们很高兴，又添了一个会哭会笑的小玩意儿，为枯燥沉闷的林区生活增添了多少欢乐。去烧荒种树，去搞军事训练，或是去小集镇上赶街，少不了要带着阿方。小家伙浑身上下光溜溜的、肉乎乎的，实在惹人喜欢，这个抱过来，那个又抢着接过去……

现在阿方成了孤儿了，女俘们很可怜这孩子，看见他哭，都忍不住眼圈儿发红。可是轮到谁来照看他，又有些缩手缩脚，顾虑很大。阿方的父母是在举枪向中国人投降的时候，作为背叛祖国的罪人，由自己人执行战场纪律打死的。谁敢热心替这种人照看孩子呢?起初只好由我们的女同志带着阿方，后来，还是阮氏丁香主动要求担负这个任务。阿方一连发烧几天，不好好吃东西，在昏迷中哭喊着爸爸妈妈。阮氏丁香带阿方睡，喂水喂药，细心照料着。俘管所没有儿童衣服，阮氏丁香就替阿方把一件大衣服重新剪裁，改得合身了，小家伙穿上蛮神气的。这一来，也为别的女俘解除了顾虑，她们相互壮胆说，照顾一下刚刚学会说话的一位同胞，构成不了多大的罪过。黄氏水、何氏瑶几个人，也开始积极地来护理阿方，这孩子的病很快就好了……

一见阿方跑过来，陶坷弯腰把他抱起，他伸手就从长长下垂的一串葡萄上揪下一颗，要往嘴里塞。

“不能吃，又酸又苦！”陶坷警告说。

“不，是甜的。”

阿方不听，咬了一口，酸得直摇头，连忙往外吐，吐得衣服上好多脏水。

阮氏丁香把阿方接过来，替他擦干净衣服，一下想起来说：

“我们要能给阿方织一件毛衣就好了。”

黄氏水响应说：“我会一种儿童式样，织出来你们看，大方极了。”

“要买毛线，哪里来的钱呢？”何氏瑶提出了困难。

战俘每人每月发给五元零用费，由中队统一保管，在宿舍里挂一个小本子，谁支用多少，登记在本子上，支完为止。男俘们主要是买

“三七烟”。女俘们可买的就多了，黑丝绸、的确良、方纱巾、尼龙袜、花露水、搽脸油、松紧带、别针、发卡、按扣儿、梳子、镜子、手帕……也有的三三两两协商好，先把钱集中给一个人，买纯羊毛的线来打毛衣，下月的钱又集中给另一个人。阿方是一个例外，没有他的供应标准，让他顶母亲的名字，先支用了本月的零用费。阮氏丁香做主，替阿方买了奶粉、糖果等等，现在想为他织一件毛衣，就没钱了。女俘队的小本子上不可能还有活动余地，男俘里不抽烟的人，也许能有钱。黄氏水和何氏瑶立刻跑到就近的男俘宿舍，想找人借几元钱。

她们俩先去翻看那个登记本儿。一个叫武如乙的男俘，抽烟很凶的，在他的名下，一个钱还没有支用过。两个姑娘向他张口了。

“你们要钱买什么？”武如乙问。

黄氏水说：“我们想替阿方织一件毛衣，一下雨，他冻得发抖。”

“唔！你们是来为范氏碧的儿子募捐的。”

何氏瑶声明说：“不！是借你的，下月就还你。”

武如乙冷笑说：“对不起，你们找错了人，我没有钱了。”

黄氏水指着登记本子说：“你骗谁，你的名字下面是空白着的。”

“我的名字下面，要永远保持清白！”武如乙颇有些慷慨激昂。

武如乙自称是河南宁省地质局的技术员，大家知道，这并不是他的真实身份。看见他那一副不怀善意的脸相，何氏瑶不敢再讲什么，她拉着女伴要走。黄氏水气急了，涨红着脸和武如乙争辩起来。正是午休时间，大家劝他们不要吵，但劝解不开。

黄氏水说：“你真是保持清白，就不要吃俘管所的饭，不要喝俘管所的水。”

武如乙摆出居高临下的姿态说，“我不和你嚷，只提醒你一句，不要忘记自己是一个越南人，中国钞票不是那么好拿来就用的。”

“为什么不能用，这是战俘有权享受的正常待遇。”

武如乙挤眉弄眼地嘲笑说：“那就请你们正常地享受去好了，不要把我扯进去，我是决不沾手的。”

黄氏水报以嘲弄说；“可是别人用中国钞票买了中国烟，你伸手要来就吸，吸完了一支又伸手要。”

男俘宿舍里一阵哄堂大笑，武如乙感到有些难堪。他恼怒地放下了蚊帐，边脱掉衣服边嚷嚷着说：“睡觉了，睡觉了！没有事的请出去，本人是要脱光了睡的。”

何氏瑶吓得扭头就往外跑，黄氏水却向武如乙冲过去，一对怒火燃烧的眼睛逼视着他说：“蹲着尿的我见多了，站着尿的还没有见过，倒要看看。脱呀！你怎么不脱！”

两个姑娘本来兴致很高，要借钱为阿方买毛线，不想弄了这样一场不可开交的吵闹。

晚饭过后，一个男俘把大家凑起的十多元钱悄悄送来了。

四

女儿的亲吻，还带着婴儿时的温馨气息，感受到这种气息，妈妈又醉洋洋的了。

傍晚课外活动，陶坷约了阮氏丁香在草坪上散步谈心。她俩一人织着一只杏黄色的毛衣袖子，是给阿方织的。小陈担任翻译，走在她们当中。

阮氏丁香先讲起了她的妈妈，这是女俘们最乐于谈及的一个共同的题目。

阮氏丁香的妈妈原是一个护士，全靠自学，成了一位相当高明的外科大夫。顺化地方和部队都晓得她的，点上几根蜡烛，就可以在昏暗的掩蔽部里施行各种复杂手术。不过人们很少知道她的本来姓名，无论男女老幼，都喊她六姐。

正赶在关于越南问题日内瓦协议生效的一九五四年七月。六姐身孕已经很大了，却照常带着药箱随部队行动，结果早产了。

那些日子，讲起来真是令人心碎。为了严格履行协议，当地北上人员迅速集结起来，告别家乡顺化——这古来曾经作过京都的名胜地方——向十七度线以北出发了。每天有成千上万人，沿着御山脚下和香江两岸，为北上的亲人送行。老妈妈们拥抱了每一个战士，年轻的妻子们默默地跟随在行列里，送了一程又一程。丈夫不知说了多少遍，要她们留步，她们还在往前走着，走着。六姐临产了，不能为丈夫送行。人们替这一对夫妇感到遗憾，最多只差几个小时，做父亲的却来不及见到初生儿。丈夫临别对六姐告别说：

“我没有任何东西可以留给孩子，让我为他取一个名字吧。如果是男孩……”

“不！你只消为你的女儿取一个名字就行了。”六姐凭她的感觉，断定是一个女儿，而不是个儿子。

丈夫不假思索地说：“是个女孩，就叫丁香。”

六姐流着眼泪笑了，她很满意这个名字，显然是未来的父亲早已酝酿好久的。当天傍晚，一个小生命在阴雨绵绵的亚热带丛林里降生了，果然是一个女孩。依照京族的风习，女孩子须在父姓和名字之间加一个“氏”字，即是阮氏丁香。

阮氏丁香第一次睁开眼睛，就看到自己的祖国被地图上一条北纬线分劈成了两个世界。日内瓦协议的条文规定，南北两方当局，不得对对方人员及其家属进行报复，应保证对方人员家属生命财产的安全。条文归条文，北上人员走后不久，六姐的安全就受到威胁，组织上安排她带着小女儿离开顺化，几经辗转，才在西贡附近的古芝地方落下了脚。

六姐的公开身份，是一个乡下医生。每天把小女儿丁香在背上绑好，骑自行车到村庄里给人看病，推销应时的药品，同时完成发动群众的工作。六姐产后就不曾有过一滴奶水，小女儿常常饿得哇哇直哭。走到哪个村子，遇上有奶的妇女抱过去吃一次。找不着奶，就只能向人讨一点米汤糊糊喂喂。女人们问她：

“六姐！你怎么没有奶呀？”

“谁知道呢，可能是怀着的时候，吃盐吃鱼露多了。”

这话是应付别人的，她不愿意讲起那些事情。六姐曾经被保大的警察抓进监狱，当着全体男犯，剥光了衣服，把她绑在一条长凳上。六姐大声痛骂，坏蛋们又用她自己的长头发在板凳上绕了两转，勒得死死的，一动也不能动。经过各种野蛮残酷的折磨，留下残疾，不可能下来奶水了。六姐从西贡大监狱，到嘉定监狱、守德监狱、志和监狱、富利监狱，全都住遍了。放出来的时候，头发脱得稀稀拉拉的，牙齿全部松动了，人只剩了一把骨头。同志们讲笑话说，把六姐挂在拇指粗的一根树枝上，保证枝条断不了的。

随着抗美战争局面的发展，由六姐创办的一所小小的“游击医院”，在古芝根据地远近闻名了。古芝距西贡只有四十多公里，敌人轰炸扫荡很近便的。美军还按照地图作业，在这里布下了稠密的据点网。讲根据地，实际上是指敌人各据点之间不规则的走廊地带而言。各据点的大口径炮，交错射击，可以打到根据地任何一个角落。美军炮兵没有一天不在轰隆轰隆地打，一个昼夜，一门炮要打出多少发炮弹，有规定吨位的，打不完，炮手要受到军纪制裁。为了适应这种情况，六姐把她的医院分散在若干处，每一处只安置几名伤病员。古芝许多地方，都挖了现成的地道避弹坑，随时可以接受伤员。避弹坑上面搭了木板，离地面一米左右，不受潮湿，像一个小型的舞台。伤员们平时就在这个“舞台”上活动和治疗，听着炮弹是冲这边来的，翻身一骨碌，就下了避弹坑。

轻伤员好办，重伤员要跳下避弹坑就困难了。于是，人们常常在炮弹呼啸爆炸中，见六姐手扶着地，双膝跪在木板平台下，把自己的脊背作成一个台阶，让重伤员踏着这道台阶，平稳地梭下去。六姐的三婆服紧紧裹着身子，分明地显露出脊背上一根根嶙嶙瘦骨。看样子一脚踏下去，那脊梁骨就会折断，整个胸腔就会被踩碎的。谁能忍心下得去脚呢？伤员们宁肯自己胡乱滚下去，听凭伤口震裂，也决不踏着六姐的脊背下去。六姐生气了，执拗地只管跪在那里不动。伤员拗不过，只好流着眼泪顺从了她。刚下到地面，六姐已经跳进避弹坑，双膝一跪，又作成了第二道“台阶”……

抗美战争十多年，不知有多少游击战士的生命，是经六姐的一双手，从最后一息中挽救回来的。当伤员们带着还没有完全治愈的伤口要返回部队时，总是久久拥抱着这位女医生。找不出一句合适的语言，表达对她的感激和亲近。只是不住地轻声唤着：

“六姐！六姐！……”

六姐同南方许多女同志一样，和丈夫一别多年，无音无信。可是看上去，她不像一般女同志那样时刻塌不下心来。六姐总是愉快的，从不愁眉苦脸，从不两眼发直地盯住哪里出神。能有这样的克制力，是让人感到惊奇的。其实，只有她的小女儿丁香知道，每天深夜，六姐查看过伤员，回到自己住处，瘫软地倒在尼龙吊床上，照例地打开半导体收音机，收听河内电台的广播。她曾经听到一条什么新闻里提及过丈夫的名字。她禁不住叫出了声，忙把收音机开到最大音量，可是新闻已经播完了。从那以后，六姐每晚收听广播更加聚精会神，三言两语的一条不关紧要的报道也不放过。妈妈虽没有讲，但小丁香懂得，妈妈是希望还能听到那个亲切的名字。

广播已经全部结束，森林里静极了，听得见四脚蛇在落叶上沙沙沙地跑。女儿轻轻地问：

“妈妈！你睡着了吗？”

六姐不做声，透过密林间的空隙，痴痴地仰望着低沉的夜空。丁香是个聪明孩子，知道妈妈是醒着的，她挤到妈妈的吊床上，搂抱着妈妈脖颈，接连地亲吻妈妈的面颊。这是六姐所能得到的最大慰藉了。女儿的亲吻，还带着婴儿时的温馨气息，感受到这种气息，妈妈又醉洋洋的了。她闭了眼，仿佛仍在睡着，止不住淌下泪来。小丁香连忙为妈妈擦抹眼泪，手心擦不赢，换了手背擦。

五

这混合着炮火硝烟和柔情蜜意的遥远的回忆啊！

在那样的环境里，身边拖带一个小的，够多么艰难。一些女同志总是对自己的孩子唠叨着，快长大吧！快长大吧！六姐却相反，她希望小女儿尽可能地慢些长大。她知道，等女儿一长大，自然就成为南方民族解放阵线的一名女战士了，就会有她自己的战斗岗位，也就不可能再跟随在妈妈身边了。事实上，哪里又等得到她长大呢，阮氏丁香还只八九岁，就走上了战斗岗位，尽管还不好把这样未成年的小女孩列入编制。“阵线”地下武装力量的女交通员们，经常往返于伪首都西贡和古芝根据地之间，一个单身女人上路，容易引起注意，带一个孩子，就好多了。所以，谁进西贡，都愿意拉上丁香，虽然每一次送走了女儿，六姐都不免担惊受怕，但是她每一次都欣然地对女交通员说，她很乐意让女儿跟随她们去锻炼锻炼。做母亲的在这个时候还能说什么呢？

阮氏丁香不只是多次进过西贡，她还陪同女交通员，到“阵线”总部去送过几次情报哩！她以前想象，总部一定是驻扎在一个难以发现的什么秘密所在，四周围一定修筑了几层工事防线。原来总部并不远，就在西宁的森林里。交通员骑自行车带着她，沿着一条弯弯曲曲的小路往前去，很快就到了，竟连一个哨兵也没有看见，更不说是什么工事防线了。这里一切都让她感到那样新奇有趣，富有童话的意味，包括那些让全世界瞩目的丛林领袖人物，也都住的是用忠君叶搭盖的小房子，只有屋顶和几根立柱，四面墙壁都没有。晚上，阮氏丁香睡在忠君叶小屋里，看见一群一群猴子从树上跳下来，在她的竹床旁边找东西吃。有的猴子脸上鬼蓝鬼蓝，像是用笔精心勾画出来的。在西贡动物园里看猴子，只觉得好玩，在大森林里，又是夜间，就完全不同了，她蜷缩着身子，一点儿也不敢动。过了一会儿，又听见令鸟在叫。妈妈对她讲过，令鸟天生是替老虎剔牙齿的。老虎吃饱了食，仰卧在太阳地里，大张着口，令鸟便会飞过来，用细长细长的尖嘴，把塞在老虎牙缝里的肉剔得干干净净的。令鸟是靠老虎活着的，听到了令鸟叫，附近一定有老虎，她吓得哭起来……

小丁香虽是害怕猴子和老虎，可是在共和伪军和美国大兵面前，她却从来不知道害怕。那些女交通员传送的许多重要密件，往往就是藏在这个小姑娘身上的，携带的武器炸药，也往往是由她拎在手上。

阮氏丁香长大了几岁，开始单独执行任务了。她穿一件淡绿色的紧身三婆服，黑绸宽腿裤，半高跟皮凉鞋，用白缎带儿束着长发，打扮得既雅致朴素，又不带乡下气，正像是经常走动于都市和家乡之间的女学生。到了西贡城郊，她拎着竹箩箩，一下公共汽车，哨卡上的伪军就迎上来诈她说：

“这位小姐，带‘TNT’进首都是犯死罪的。你竟敢在这个竹箩箩里藏着，不要命了吗？”

“这位军人哥哥，不要说笑话，请快检查好了，我急着转车哩！”阮氏丁香随随便便笑着说。

伪军指着箩箩里的几个纸包问：“这是什么玩意儿？”

“豆腐粉，带给姨妈喂猪的。”

伪军把豆腐粉扒拉在一边，翻开下面杂七杂八的东西仔细查看了一番。其实，黄色炸药就和豆腐粉混在一起。提箩里搜不出什么，伪军伸手到身上来摸索。阮氏丁香推开他的手说：

“这像什么样子，你们不是讲‘人权’，说要绝对尊重个人吗？如果一定要对女人搜身，至少也应该换一个‘女共和’来搜。”

“对不起小姐，请迁就一下吧。现在少校以上的美国军官，规定可以要五至十名‘女共和’服务。‘女共和’简直调配不过来，哪里还会派她们来检查行人？”

伪军死皮赖脸地说着，一只汗津津的手，从紧身衣服下面伸进来，到了胸部。阮氏丁香极力挣脱开，提起竹箩箩挤进人群里。回到家，这姑娘一边在莲蓬头下洗呀淋的，一边哭着，把胸罩打上香皂搓了好几遍。

那几年，城市地下武装多次用黄色炸药攻击过美军集中的地方和重要设施。那些安放定时爆破器的突击队员们，是很了不起的，被称为“歼美勇士”，到处流传着关于他们的神奇传说。可一般人却不了解，他们一次要用几十公斤、上百公斤黄色炸药，而这样大量的炸药，竟是三两四两，三斤五斤，不知分成多少次从根据地带进西贡，慢慢才积攒够了的。实在说来，担任向西贡运送炸药的任务，并不比担任突击任务轻松。需要多少次和敌人一道道检查哨去周旋，不定哪一次过不去，就要当场被捕，以至于当场被打死。城市武装先后爆炸了专门接待美军的京都电影院、美国空军宿舍大楼、美国大使馆、新山一飞机场、一万五千吨级军舰“卡尔德”号……人们一次又一次为突击行动的成功欢呼跳跃，却很少有人知道，每一次成功，都是和阮氏丁香——一位美丽的顺化姑娘分不开的。

城市武装力量指挥部，开办了一个特别训练营，营地设在古芝根据地一片青翠的竹林里，专门培训在各城市直接参加行动的男女青年。阮氏丁香也参加了集训。学的有政治课、英语会话、伪装、爆破、拳术格斗和近距离射击。营地的纪律非常严格，学员彼此一律叫编号，不许称名道姓。为了相互不暴露面容，集体活动，都必须戴上黑布面罩，遮着颜面，只露出一对眼睛。

人们脸上遮挡一方黑布，给训练营地带来了浓厚的神秘色彩，倒也没有妨碍男女学员彼此迅速地熟识和接近。就在这种气氛中，阮氏丁香和“005号”建立了特殊关系。这是堤岸的一位年轻排字工人，他有点口吃，时常笑眯眯的，尽可能避免开口讲话。可是动起手脚，比谁都来得干净利落。仿佛这是上帝特意安排的，以此抵消他的口齿不灵。“005号”曾经穿着拖拉板，呱哒呱哒走进一家咖啡店，用手枪对三个美国军官进行了“热处理”。然后骑着轻便摩托车，不慌不忙地撤出了战斗。讲起来人家不会相信：西贡有成千上万的警察防暴队，值勤分队二十四小时发动着车子，可以随时对任何一个街区实行戒严。“005号”只当没有那回事，他很快改换了装扮，又回到那家咖啡店门口，混在看热闹的人群里，观察抬出来的三个美国军官是否被处理彻底了。

一天，学员们正分组讨论政治课，美军据点向这边打炮了，大家立即跳进交通壕。

谁也没有注意，阮氏丁香和“005号”两人在潮湿的壕沟里偎依到一起。炮弹接二连三打在附近，被掀起的泥土和弹片削断的竹子，噼里啪啦落在这一对恋人身上。他们没有在意，只是在炮弹爆炸声中，他们不得不由喃喃细语提高了声音。

“你昨天回西贡去了吗？”阮氏丁香问。

“005号”在黑布面罩里闷声闷气地应了一声，他还是尽可能避免使用语言。

女的又问：“这次你给我带什么回来了？”

男的从衣兜里掏出一个小物件，塞到女孩子手里，是一瓶法国香水。

阮氏丁香一撇嘴说：“你这人，就只会买这一样东西，上回的一瓶我还没有打开哩。”

这混合着炮火硝烟和柔情蜜意的遥远的回忆啊！……

六

是不是因为她过分地珍视了人类天性中最为晶莹纯净的东西，就非得接受这种报应不可呢？

阮氏丁香非常热心地讲起妈妈，讲起她的“005号”，常常不等小陈把话译完，又赶着往下说。

参加过地下武装力量的一位南方姑娘，怎么会来到靠近中国的山区林场呢？陶坷问起这个。阮氏丁香为难地笑笑，她显然不愿意提起那些难言的往事。

沉默了一会儿，她还是讲给小陶听了。

西贡光复，越南南北实现了统一。在连日连夜狂欢之后，南方人开始窃窃私语，开始以各种方式表达他们的失望和愤愤不平。六姐无心参与人们这种议论，她在苦恼着自己的事情。北方干部如涨潮一般，一批一批涌进西贡，六姐相信，她的丈夫一定也到西贡来了，她和女儿四处询问，一直没有找到。她希望情况正如别人安慰她的那样，也许丈夫还留在河内，只是由于什么原因，还来不及和妻子取得联系。再退一步讲，如她预感到的，他已经进了西贡，却躲避着妻子，不打算再见她。那倒也罢了，六姐也可以安心了，不管怎么样，人还在。怕的是像南方许多女同志那样苦命，到处去问，最后不过是问到了丈夫离开人世的准确的年月日。

六姐终于从一位同志那里打听到丈夫随最近南下的一批干部刚来到西贡，有了确实消息，一块石头落了地，六姐的眼泪刷地下来了。

那位同志告诉她一个地址，母女俩急忙找去了。这个地方，阮氏丁香是晓得的，过去门口挂着国际开发总署代表团的大牌子，是美国经理们住的。据说每个房间都保持恒温，房间墙上都挂着不重样的壁毯。这里的街道特别幽静，两边围墙很高很高。在这面围墙上，阮氏丁香曾经秘密写过标语。是用槟榔核儿写的，当时看不见字，夜间经露水湿过，第二天就显现出来了。她记得写的是——“苦难的同胞请看！这一幢幢楼房，难道不是建筑在我们越南人脊背上的吗？”

现在，大门口有人民军站了双岗，传达室详细问明了她们母女的身份，打了电话进去。过了好半天，一位秘书很有礼貌地来接她们。到会客室坐下，端上咖啡来，然后他才说，首长同志外出了，如果不能等，有什么话可以先留下。六姐问什么时候能回来。问答说首长没有交代，不好讲。六姐早已预感到事情不对，再三逼问，秘书终于如实说了。原来他称呼的那位首长，早在河内和外交部一位女同志结了婚，

已经有了三个孩子,大的一个念中学了。秘书对六姐不无同情地说:

“这种事情,不光落到你身上,这是南北分割造成的不幸。当然,如果他那一方面一直坚持下来,等到今天,就不至于给双方造成任何的遗恨了。不过这也不是不可理解的,战争那么多年,谁知道还要打多久?谁又能肯定对方还活着呢?也很难指责他不够严肃,这也是经过组织正式批准的。你要知道,他不是一般干部,作为相当一级的一位领导同志,更主要的是看他对党的事业贡献多大,别的方面恐怕就不好认真去注意那些具体问题喽!我希望你心胸能开阔些,对一个革命者来说,感情上的寄托不是最重要的。少了一层关系,还是同志,还是战友。以后有什么事情只管讲,可以先打个电话给我,这里的电话是——”

秘书撕下一张便笺,写了电话号码,放在六姐面前。

六姐无言,向秘书点点头,表示了谢意。倒不是认可了他替别人作的一番辩解,不是容忍了他那种向来就为人们所容忍的奇特的逻辑。六姐不能不感谢秘书直言相告,感谢他好心的劝慰。她觉得血液忽地从心头涌上来,两眼发黑,耳朵轰轰响。南方解放以后,六姐看到政治上、经济上采取了一系列严厉措施。对于这些,她虽然不解,但想到为了实现无产阶级专政,为了清除一切非社会主义因素,这也许不是完全讲不通的。她胃不好,吃多了木薯受不住,不得不经常借了债,和那些从“黎明春新经济区”逃回西贡的无业居民挤在一起,用高出配给价格二十五倍的钱,去抢购几斤红市大米。六姐被夹在人堆里,也只是淡淡地笑笑,何曾表示过些微的不满。对南方人所面临的透不过气来的种种情况,六姐没有一点思想准备。她总在竭力说服自己,希望这一切不过是需要暂时忍受一下,也许就会好起来的。而对眼前这桩事情,她又该怎样说服自己呢?是不是因为她过分地珍视了人类天性中最为晶莹纯净的东西,就非得接受这种报应不可呢?六姐已经从憧憬未来的梦境中惊醒了,一个三口人的和谐温暖的家庭,本来是她可以退守的最后一块阵地,是不是为了某种需要,必须从这个狭小的阵地上驱逐她，使她陷于绝境呢?

六姐没有理会秘书写给她的电话号码，推开门就走。她摇摇晃晃要倒，女儿连忙上前搀扶。秘书问阮氏丁香，要不要约个时间，安排她和父亲见一见。阮氏丁香不知多少回在梦里见到过爸爸，她正是在这样甜蜜的梦境里长大的。她常想象着，父女第一次会面，爸爸该会怎样亲昵地呼唤她的名字。即使是在现在这样难堪的场合下，还是有这种强烈的愿望，他总是她生身的父亲啊！可是她忽然看到，妈妈在用一种从未有过的恐慌的目光注视着她，仿佛是在等待着女儿的最后裁决。阮氏丁香当即回答说：

“请转告你的首长，我不愿意多余认识一个陌生人。他没有给妈妈和我留下任何纪念品，连一个衣服纽扣儿也没有留下，因此我们也就没有什么需要送还给他的。只是他为我取了名字，如果他不反对的话，我想仍然使用这个名字，妈妈喊习惯了。除此之外，我对他没有任何别的要求了。”

六姐本来有机会调回家乡顺化去，她没有走，在西贡留下来了。阮氏丁香看得出，妈妈暗中在等待着，等待有那么一天，丈夫会带着深深的悔恨，回到她身边来。真的出现了这种情况，六姐会用手捂住丈夫的口，不许他对妻子讲一句负疚抱愧的话。失去一件珍贵的物品，终于又寻找回来，就更为珍贵了。六姐愿意忘掉以往的一切，重新开始去编织她的美好的幻梦。

以后得知，对方在离开河内来西贡之前，就已经和外交部那个女的办了离婚手续。可是，六姐母女俩找去的时候，他的秘书却避而不提这一层。接着又听说，他又在筹办结婚的事了，是跟一个二十九岁的女人。这女人在伪共和时期是小有名气的。先在“美法训练关系教导团”当法语翻译，还在“国防部社会文化司”干过两年外文资料员，以后一直在美国空军第十三航空队第二前指飞行俱乐部工作。阮氏丁香听到了这些，挨了很久才告诉妈妈，其实妈妈早已经晓得了。

每天晚上，六姐照例服了安眠药片，睡在床上听收音机。现在她根本不听新闻社论那些，找着要听独弦琴演奏。这是越南特有的一种简单奇妙的乐器。很少有哪种乐器，能产生独弦琴那样的演奏效果，哀婉悲凉，如诉如泣。

这天夜里，六姐听着独弦琴，自言自语说："为什么我还待在西贡呢？让别人留下来好了，我该走了，我该走了！"

"妈！你要到哪儿去？"女儿问。

"我想走远些，越远越好。我要到北方去，到我们国家最北边去。"

阮氏丁香以为母亲不过是赌气讲的。不，看来她真的下了这个决心。六姐让女儿坐在她身边，郑重其事地问女儿愿意不愿意跟她一道去北方。这对阮氏丁香是个突然袭击，她一下慌了，支支吾吾，不知该怎么回答。

六姐说："不忙，你想好了给我个话，妈妈不勉强你。"

碍于妈妈心情不好，阮氏丁香一直没有提起她和"005号"的事。他们背着六姐，早已完成了一切准备，要请人拍摄三分钟婚礼电影的钱，也已经积攒够了。如今说一声走，和母亲上了路，他们的事情岂不要无限期地撇在一边了？阮氏丁香本想恳求妈妈，为了女儿，放弃去北方这个古怪念头。话到口边，却完全变了，她泪流满面搂住母亲说：

"妈妈！你想，我怎么能不愿意跟你走呢。随便你走到哪儿，随便走多远，我都和妈妈在一起，永远，永远！"

七

请六姐这样的人为报刊题词，才真正有永久的纪念意义哩！

当时，正要抽调一批干部去北方，说是在新的形势下，南北人员有必要进行对流。但是统一之后，南方人还有谁愿意离开自己生长的地方呢？很少有像六姐母女那样，自愿申请到北方去的。

母女俩上了火车，列车一直往北开去。

“看！这里就是十七度线啦！”有人指着车窗外面说。

火车正在跨过边海河。先前的南北分界线上，已经没有什么标志，不是有人讲，大家都记不起来了。列车开过去很远了，六姐母女还扒在窗口，出神地望着向后倒退的沿途景物。越南民族从抗法到抗日，又到抗法，接连经历了几十年战争，这在世界近代史上是很少有的。自划定这条分界线，南方和北方人民又共同经历了抗美战争的二十多个烽火春秋。二十多年来，六姐无时无刻不在等待着统一的一天，等待见到久别的丈夫，希望到死再也不分开了。她哪里会想到，原来国家统一对于她来说，只不过是和胜利南下的丈夫对调了一下位置。她的女儿又何曾想到过，作为临时分界的这条北纬线，沿袭到今天，仍在把人们阻隔开来。阮氏丁香仿佛看到，“005号”正站立在边海河桥头，眼睁睁望着列车隆隆北去，他们之间的距离越来越远，越来越远了……

六姐在河内住了几个月，等候分配工作。天下还是好心肠的人多，一些同志出于对她们母女遭遇的同情，主动表示可以帮助活动工作，并且不要求她们为这种活动付出任何代价。谁都知道，六姐拿不出一元美金，一个瑞士法郎，一个德国马克；拿不出一筒加拿大可可，一条蓓尔美尔烟，一瓶波兰伏特加；也拿不出一块澳大利亚黄油，一件香港衬裤，甚至拿不出一块泰国肥皂。结果，想都没敢想的，居然确定了六姐到河内一所妇产医院工作，她的女儿可以在医院附近当小学教师。人们原以为，不撵到边疆省份，能留在首都远郊区，就是她们最好的运气了。

六姐却婉言拒绝了人们的好意。这时，报上正在号召志愿参加具有战略意义的北部边疆建设。六姐拿定主意要报名参加志愿队，阮氏丁香一听可急了。

母亲说：“瞧你急的，不愿意去，你就留在这里教书。也好，过春节我到河内来玩几天，也不愁没有个住的地方。”

阮氏丁香说：“妈！你别故意气我了，我怕去吗？我是担心妈妈身体适应不了。听说那里热起来热得要命，冷又冷得够受。雾大潮湿，一双鞋子放在床底下，几天就长毛。毒蚊子一团一团的，走路直朝脸上碰。这些不讲，那里水硬得很，你的胃能受得了吗？”

“照你这么讲，那里的人只有死路一条了。”

“既然确定你去妇产医院，服从分配不完了！”

“我想，那里恐怕比河内更需要医生。”

“妈妈！我真不明白，你这是怎么啦？”

母亲苦笑一下说：“跟你讲过的，我要走远些，越远越好，最好是到没有人烟的地方去。”

六姐达到目的了，她和女儿来到了最遥远的北方边境，来到了几乎是与世隔绝的班通林场。她还当她的医生，阮氏丁香作了统计员。苦，这里确实够苦的。林场只有两名医生，要轮流跟工人一起上山造林。苦呀累的话，六姐从没有一句。这正是她所期望的，正是她所需求的。在艰苦的生活中无声无息地工作、劳动，填补了内心的寂寞、空虚，换来精神上的充实和生活的乐趣。

六姐上山，只要稍有空闲，就和工人们一起烧荒。用砍刀把一坡一坡的刺藤灌木砍光，连根挖起来烧掉，然后栽种杉松树苗。六姐比不得战争年月作手术了，腰弯久了不能支持，总是跪下来干活。地下的荆刺树杈像铁尖桩似的，十分厉害，她就带一块破汽车轮胎垫着。

吹了休息哨子，大家找个阴凉地方，男男女女躺在地上歇息。几个工人喊着：“六姐！吹哨子了，来休息一下吧！”

“不用，我再干一会儿。”六姐挥刀砍伐着。

一个女孩子说：“六姐！你一直在那里干着，让我们怎么坐得住，不是等于也不让我们休息吗？”

六姐笑着说：“你们青年人身体稚嫩，不能和我比。”

“医生！医生！”一个十六七岁的小青年忽然在呼救，“哎哟！我的脚板心扎透了！”

六姐扔下砍刀，赶快跑过来。小工人双手捧着脚，痛得龇牙咧嘴的。一看，不过是划破了一点皮。六姐为他涂抹着碘酒说：

“我还以为真是扎得多深，你喊叫得好吓人哪！”

小工人不加申辩，直笑，六姐知道她上了当。要不是这么一个花招，谁也别想让女医生放下砍刀休息一会儿。

林场的劳动定额，一天栽种树苗一百二十株。能稳定完成这个定额的人不多，六姐是其中之一。如果看病不耽误她太多时间，一天总可以栽到一百四十株以上。规定超额是有奖金的，六姐从来没有得过奖。因为她是医生，没有定额要求，可干可不干的，所以她完成的数字没有谁去统计。有一次，统计员阮氏丁香写上了妈妈的超额数字，被妈妈说了一顿，当时就划掉了。

一位近五十岁的女医生，身体是那样单薄，竟能承受这样无休无止的超过体力负荷的劳动，简直可以说是生理上的一种奇迹。大家常常怀着无限敬重的心情，在一旁议论着六姐。

一个工人感慨地说：“人们可以把荒草刺藤砍光，栽种上有用的树木。要是能多多栽种一些六姐这样的人，那该有多好！”

另一位工人说：“经常看见有人在报纸刊物上题词，以后哪里需要，应该来请六姐。在我看来，请六姐这样的人为报刊题词，才真正有永久的纪念意义哩！”

…………

接下去，阮氏丁香又讲到了这次作战不久，妈妈就接到通知，到省公安医护队，参加战场救护工作，从此母女俩再也没有见面。

陶坷问她：“你妈妈会晓得你被我们收容过来了吗？”

阮氏丁香摇摇头，织着毛衣，好久不再讲什么。她很担忧，妈妈过久地得不到正式消息，不知道相依为命的女儿生死如何，她恐怕很难在绝望中坚持下去的。

前天，两位法国记者访问西线俘管所，为女俘队拍了不少照片。他们拍照要求真实自然，往往拍摄对象还在不知不觉中，已经照过了。女俘们一旦发现是在照自己，立刻就会埋下头，用手遮住脸，或是扭过身去，让你只能照到一个侧背，根本无法认出这是哪一个。她们很怕上镜头，想到自己将作为一名俘虏的形象出现在报纸上，出现在银幕上，简直无地自容。只有阮氏丁香，愿意完全满足记者的拍照要求。有这样一位姿容出众的顺化女子，无拘无束地给予配合，让两个法国人高兴极了，认为是这次访问的一个很大的成功。

阮氏丁香问法国人："请问，你们今天拍的这些照片，能在法国报纸上登出来吗？"

法国记者嬉笑着说："我相信，没有一个记者不希望他拍摄的照片尽快见报的。"

"那么，你认为越南报纸会转载你们这些照片吗？"阮氏丁香又问。

法国人两手一摊说："这就不是我可以回答的了。"

阮氏丁香还在想着照片的事，她对陶坷说："越南报纸如果能转载那些照片就好了，妈妈看到照片，就知道我还活着。"

八

中国大米的价值，不是用斤两能计算的。

陶坷和阮氏丁香在散步闲谈，只见一架直升机低低掠过俘管所上空，在围墙外面的坝子上着陆了。人们以为又有外国记者来访，却从舷梯上走下一位部队首长，军帽拿在手上，露出一头银发。这是边防部队南副司令员，到俘管所来检查工作的。

小陶她们绕着草坪走过来，正和副司令员一行人走了个对面。小陶怕见首长，她正想往旁边躲避，陪同副司令员一起的俘管所主任，已经大声向首长在介绍她说："这就是陶坷，九四一部队总机班的。"

小陶只得连忙敬礼说："首长您好！"

南副司令员显然是早已晓得这个女电话兵，上前握住她的手说：

“你就是小陶啊！了不起，了不起。向你致敬！”他指着阮氏丁香问：“这是哪一个？你俘虏的那个冲锋队员吧？”

小陶羞怯地低下了头。倒是阮氏丁香没有一点局促，她在一旁猜到了这位首长问话的意思，微笑着点点头。

“你们在做什么，散步吗？”小陈把副司令员的话翻过去。

“是的，随便走走。”阮氏丁香说。

看见小陶和阮氏丁香各拿了一只毛衣袖子织着，副司令员发表感慨说：“是啊是啊！这才对头，越南女孩子和中国女孩子，在茸茸的草地上，一起散散步，聊聊天儿，打打毛线。应该是这样的，本来应该是这样的嘛！”

首长们过去了，陶坷忽然想起了什么，跑步追上去，也忘记害怕了，拦挡在副司令员面前，问他：“首长！你不认得我了吗？”

南副司令员眯起两眼，认真审视小陶，忽然他眼睛一亮，大为惊讶地说：“哎哟！闹了半天是你呀！”

小陶粉团团的脸儿笑着说：“看见您这一头白发，我就想着是在哪里见过的。”

白发将军双手放在小陶肩膀上，激动得声音有些颤抖地说：“你看你看，又黑又瘦的小丫头，一下成了这么标准的女战士，一名女电话兵，我哪里还敢认你呢！”他仍在上下打量陶坷，又说：“我那时候不知忙的什么，粮票零钱已经找出来了，没有拿给你。过后我一直把粮票零钱带在荷包里，想等你再来，你怎么再也没有来啦？”

女电话兵说：“当时我真吓坏了，没有想到我会惹得您那么难过。您想，我还敢再去找首长吗？”

副司令员大笑起来，笑着笑着，禁不住眼圈有些发红。俘管所主任等站在一旁迷惑不解，不知他们这是讲的什么。副司令员回头向他们说道：“那年我在住疗养院。有一天，一个小姑娘从铁栏杆外边向我伸过一只手来，干瘦干瘦的一只小手，这就是她了。这样的孩子我没有少见，晓得又是讨零钱粮票的。她还带了生产队的介绍信，信上写着，女社员陶坷‘因事外出’，希望沿途予以放行。”

陶坷问道：“首长身体怎么样？早就出了疗养院了吧？”

将军又爽朗地大笑说：“你准以为我是心肌梗死，中风瘫痪，是啵？不是那么一回事，我住疗养院是因为走投无路，装病。好了，不讲我的事。你的外婆怎么样，还活着吧？”

“看首长这话讲的！”小陶撅起了嘴说。

“对不起！对不起！”将军连忙道歉说，“我本意是想说，希望这位老人还活着，好好地活着。刚刚除了‘四害’那几天，我喝着茅台，吃着三公一母的螃蟹，就和全家人讲起你的外祖母，我从心里敬佩这位农村老婆婆。那些年月里，我悲观得要命，我不像她那样，总是对未来抱定信心。她的小外孙女儿带着证明信‘因事外出’了，可是她讲，‘权当这是闹着玩的，不是当真的。’这话讲得多好啊！可不是吗？现在想起来，简直像开玩笑一样。当然喽！为了历史开的这场玩笑，我们的人民付出的代价太大了，太大了！”

将军和小陶约定，还要找时间好好谈谈。他又转回身，指着阮氏丁香对陶坷说：“你不妨也和她讲讲这些，讲讲你和姥姥怎么熬过那些年月的。”

待人们走远了，阮氏丁香问小陶：“这位白头发的首长，过去就认得你的，是吗？”

小陶说：“还是十多年前见过。”

阮氏丁香又问：“好像首长对你吩咐了什么，还是要你对我讲解有关的政策吧？”

“不是的，首长是说，我应当跟你讲讲我小时候的经历。”

她们又开始绕着草坪转圈圈，小陶谈起了她是怎样度过自己童年十多个冬春的。她平平淡淡地讲着，阮氏丁香却越听越不能平静，如汹涌起伏的波涛注到心头。她推算出来，陶坷在外祖母家熬过的那些天灾人祸的日子，正是越南抗美战争最紧张最艰苦的几年；而当陶坷和那些饥肠辘辘的小伙伴们一路外出讨生活的时候，中国大米正源源不断地运进越南南方。不是小陶讲起来，这实在是难以想象的。尽管中国人民处在那样的情况下，却没有推卸对一个兄弟邻邦所承担的义务。阮氏丁香几次停住脚步，以火焰一般炽热的目光望着陶坷，似乎在此以前并不真正认得她。随后，她详尽地告诉了小陶，中国大米是怎样运进南方的。

“中国大米运进南方有两条路。一条是海运，因为美军封锁海面，中国轮船靠不了岸，就用几层塑料布把麻袋封好，绑在木架上，丢进海里，借着潮水送到浅滩上来。我们的人，脱掉衣服，全身抹上泥沙，隐藏在沙滩礁石后面，先观察好了，大米包漂在什么位置，等天黑再去抬上来。

“还有一条路，是通过柬埔寨边境运进来。也是要等到天黑，你去看，沿越柬边境的小河缓缓地流着，运大米的小船一条紧跟一条，顺流而下。船尾安装着很轻巧的小发动机，只是噗噗噗的有那么一点点声响。敌人据点就在岸边，可他们什么也听不见。

“船运到集散地点，再由机关部队同志用自行车推到各地去。一麻袋大米将近一百公斤，自行车左右各放一包，鼓鼓囊囊的，推车的人根本没法够着车把。只好在外侧车把上绑一根木棒棒，等于延长了手臂，用来掌握龙头。这算得是一种绝技了，不经过训练的人，一步也别想推起走。可是，看我们那些妇女，光着两只脚板，推起车子跑得飞快。赶在雨季，就从没膝深的水里哗哗啦啦往前去。推过泥沼地，推过颤颤忽忽的小木桥，推过法国人的大橡胶园，一天要赶出多少里路啊！

“我们‘阵线’部队活动很分散，常常不能带锅煮饭，就把生米装进一节青竹子里烤，等烤熟了，十分小心地破开竹筒，保证一粒米也不掉在地上。大家知道，这是中国大米，来得不容易。部队出发的时候，每人用毛巾包一个饭团，吊在皮带上。有时饭团泡在雨水里，变馊了，但谁也舍不得丢，拌几滴鱼露吃下去。大家知道，这是中国大米，来得不容易……”

陶坷还是在幼儿园里，从小人书上知道抗美战争的。越南南方军民如何艰苦卓绝，抗击了高度现代化的数十万美军和上百万伪军，在她幼小的心灵中留下了深刻印象。听阮氏丁香谈了这么多，小陶对原来她心目中十分神奇虚幻的南越，有了具体生动的了解。她怀着对越南人民十分钦佩的心情说：

“我想，中国大米恐怕只能解决一部分问题，主要还是靠南方群众自己生产。”

阮氏丁香说：“那倒也是，我们南方同胞是很争气的。他们从早到晚，简直是挂在B52轰炸机翅膀底下在种田。就是那样，一年照常收两季稻子。不过，中国大米的价值，不是用斤两能计算的。”

九

> 一种讨人喜欢的，对异性具有很大吸引力的性格，少不了会给你带来什么麻烦事情的。

南副司令员由所里的干部陪同，一起来到女俘中队，见女俘何氏瑶和黄氏水坐在卫生所等着拿药。卫生员小曲值班，人却不知哪儿去了，药柜锁着，两个女俘已经等了很久。

女俘中队教导员对翻译说：“让她们先上课去，待一会儿再来好了。”

何氏瑶有些紧张，连忙站起来要走。黄氏水拉她一下，不大在乎地说：“横竖等这么久了，我们再等一下。”

教导员说：“我带你们先到大队拿点药，也不远，走吧！”

黄氏水很有礼貌地说：“不用，不用，不敢烦劳教导员，我们还是等等小曲，也该来了。”

两个女俘坐在那里不动，也只好由她们了。

大家来到中队俱乐部，发现小曲在报架子后面，胡乱翻看着报纸。真不像话，正赶上副司令员来，出现这样对工作不负责任的事。

教导员光火地说："小曲！怎么搞的，你值着班，钻到这里看报来了。"

小曲要说什么，支支吾吾什么也没有说出来。

"还不快去，有病号等着你哩！"教导员命令说。

小曲一直挨着不动，脸涨得通红。终于下了决心，从小本子里取出一张纸条，交给教导员。一看纸条，教导员吃惊不小。俘管所主任从旁边瞅见，也不禁为之一怔。什么大不了的事情呢？南副司令员要过纸条来看，上面没有落名字，只是用歪歪扭扭的汉字，写了两句不相连贯的话。

——我觉得你的性格很好，你可以写字条给我吗？

"谁给你的？"教导员当即审问。

"何氏瑶。"小曲的声音几乎听不到。

"什么时候给你的？"

"昨天。"

"为什么昨天你不交来？"

"昨天，昨天……"

昨天，何氏瑶由她的好朋友黄氏水陪着，来卫生所取药。她们坐在长板凳上，把看病的人一个个让过去，最后人走光了，何氏瑶才上前去，把一个空瓶子给卫生员，调换药水。她接过了药水和棉花棒，勾着头站在那里，没有话讲，又不离去。黄氏水用胳膊肘碰碰她，她会意地拿起交回的空瓶子，以夸张的动作在桌上蹾了两下，提示卫生员注意。等她们俩走了，小曲查看那个瓶子，见里面有一个纸卷儿。打开一看，这个小卫生员可慌了手脚，无异于接到交战国的最后通牒。他第一个闪念，是要立刻把纸条交给领导。随即又改变了主意，忙什么，明天再交还不一样。他把纸条夹在一个小本子的塑料皮里。今天，趁着课间休息，何氏瑶和黄氏水又来了。明明药水还没有用完，又来要什么？不用说，是来要回信儿。小曲这才感到问题十二万分地严重。他找了两句托辞，逃出卫生所，躲进了俱乐部。女俘们来看病取药，有时和小曲搭讪几句，有时不大做声，何氏瑶也一样的，并不曾向他发出过特别的信息。事情来得很突然，他作为当事者，要讲自己从头到尾懵懵懂懂，什么也不知道，似乎说不过去。可全部事实就是如此，卫生员觉得有口难辩，那么大个子，差点就要哭了。

教导员还在紧逼："说呀！你到底搞的什么名堂！"

"你问何氏瑶好了。"这是卫生员唯一的供词。

何氏瑶胆子很小，恰和她丰满的高高的身码成反比，在人们面前总是那么怯生生的。而对这一桩事情，她的胆略却令人惊叹。她本想谁都不告诉，自己写了条子递给卫生员。又想到卫生员不通越文，他需要找人翻译，那不等于公开了，只好找黄氏水帮忙。黄氏水的姐夫是个华侨，她小时候跟姐夫学了几天汉字，写个字条还是够用的。照说，黄氏水本可以忠告一下她的朋友，阻止这种胡来。可她一心要帮助何氏瑶取得胜利，要不还算什么好朋友呢！由黄氏水代笔的条子，虽写得歪歪扭扭的，并不影响小卫生员准确无误地破译出了"电文"的全部内容。

也许人们很难想象，何氏瑶为什么竟如此贸然行事呢？她是越南人，她和对方之间存在着多么遥远的难以缩短的距离啊！边境上的炮声还没有停止，战俘营里的一个女俘却开始向敌对方面的一名士兵发起了感情的攻势，这个举动显得多么不合时宜，多么空幻无望，多么可笑，多么荒唐啊。这个女孩子又是何等傻气，何等痴心，何等的泼，何等的疯。更主要的是，这要冒怎样大的风险，其后果会是怎样不堪设想。何氏瑶稍稍清醒一点，应当预计到，她的计划绝不可能有什么好结果，注定了要以事情的败露而告终。这一段可能引起轰动的小小的插曲，将作为何氏瑶一个大大的污点，在她的档案中写明，让她永远没有颜面正视人们。何氏瑶也还应该预计到，这肯定会违背她的本心，把那个中国青年推到十分狼狈的境地。然而，这一切的一切，她根本没有好好想过，她管不了那么多。只是凭她的年龄，就让她觉得自己有了积极采取行动的权利。在何氏瑶的家乡，一个姑娘满了二十岁，如果还没有找到朋友，在人们心目中就属于嫁不出去的了。所以无论这姑娘如何主动，如何大胆，舆论总是给予足够同情的。在越南如此，在另一个国度就不能得到同情，或至少是得到理解吗？

弄清了事情的经过，南副司令员笑了，他问卫生员小曲：

"躲在这里总不是长久之计呀，你打算怎么办呢？"

"我坚决要求调动工作。"

副司令员说："用不着这么紧张。只要你能掌握自己，问题不会太复杂化的。今后一切照常，该看病给她看病，该拿药给她拿药。除此之外，没有别的好拉拉扯扯，到时候把头一扭，忙你的工作。语言又不通，她还能怎么样，也不过就是递递条子。"

"她再写条子给我，我保证马上交给组织。"小曲像宣誓一样说。

"要得！我们就这么达成协议了。好了，你可以走了。"副司令员挥挥手。

小曲作了充分准备，不知领导上会如何处理这一桩公案。副司令员这么一讲，原来也并不像想的那么了不得。卫生员紧绷绷的面部神经一下松弛下来了，如同听到解除了台风警报。一个立正，身体作半圆形转动，向在场的各级首长致以标准的军礼，回卫生所去了。从背后看他走路的姿态，沉着坚定，犹如抱定必胜的信念奔赴疆场。

南副司令员回头对俘管所主任说："那一边你们要做好工作，不要吓唬她。跟她讲清楚，这倒不能说是一件坏事，不过太不现实，发展下去大家都下不了台，就此止步吧！"

"好的，我来找她谈。"俘管所主任说。

女俘队教导员忧心忡忡地提出："首长！卫生员要求调动，我看动动也好。"

"这小鬼平时表现怎么样？"副司令员问。

"倒还没有那些邪门歪道的。"

"就说的是嘛！你自己手下的兵，应当相信他，不必如临大敌。"副司令员指出，"你把这小鬼调开，等于是公开宣传。这一类事情，能遮盖尽可能替他们遮盖一下。尤其对那个女俘，张扬出去，人家还怎么回国？”

俘管所主任连声检讨说：“出了这样的问题，说明所的领导——首先是我，工作抓得不深不细，说明思想教育没有摆在应有的位置上，说明我们管理制度还有漏洞，说明……”

“照我看，说明不了那么多大问题。”副司令员笑着说，“只不过说明，你们这个小卫生员的性格恐怕是有些讨人喜欢。我倒并不晓得他是怎么样的一种性格。”

一种讨人喜欢的，对异性具有很大吸引力的性格，少不了会给你带来什么麻烦事情的。麻烦闹大了，以至于需要越过客观上绝不能允许越过的种种界限。有什么办法呢！

十

中国害了一场“政治天花”，上帝可并没有把终生免疫的幸福赐给我们。

邻居的鸡已经叫了，我家的鸡要叫得更响亮才能听到。

这天晚上，俘管所放电影，南副司令员想到是一个可以利用的时间，便叫人把陶坷找来了。

“报告！”小陶正正规规地站在门外报告。

“快进来！快进来！”副司令员忙把客人让进屋，打开一盒酥糖说，“请你来坐坐，你得牺牲一场电影了。”

小陶说：“牺牲不了什么。老片了，我已经看过十五遍了。”

首长按着小陶肩膀，让她坐在沙发上，告诉她说：“你们‘九四一’已经撤回国内了，所里干部讲，决定放你们几个送俘虏的女同志回部队去，你晓得了吧？”

“队上通知我了。”

“你们几个明天搭我的飞机走好了，我要到‘九四一’看看去。”

“那太好了！”小陶喜出望外。

副司令员和陶坷谈话中，才知道她刚刚受到了领导的批评。

昨晚大队收集当天情况，陶坷汇报了她约阮氏丁香散步，彼此如何讲述了自己的身世。这件事在干部当中引起一番争论。有的人认为，小陶这样交谈很好，真诚相待，有助于消除俘虏的戒心。另一些同志认为，小陶未免过于随便，内外不分，把我们国家一些内部情况讲出去，是不能允许的。这主要是指陶坷谈了她小时候出外讨生活的情况。大队干部支持后一种意见，严肃地批评了小陶，要她接受这次错误的教训。

南副司令员沉吟不语，他想到自己的地位，此时当着女电话兵，表示自己不同的意见不大好。这位老军人，现在遇事很容易激动，激动起来话就多了，要忍是忍不住的，他还是开了腔：

“小陶啊！批评你，你听着就是了，用不着背多大包袱。要讲这是错误，得算在我头上。昨天是我说过的，你不妨和阮氏丁香讲讲你童年的那段遭遇。这一不暴露国家机密，二不涉及军事情况，有什么关系。搞了许多年普遍贫穷的假社会主义，造成了多大灾难，你小陶讲得出的，也不过是一点点枝节。怎么，就算给中国丢人了吗？要讲丢人，那几位早替我们把人丢尽了，还有多少可丢的呢？

“内外有别，不错，这条原则要遵守。一个小姑娘的生活经历，我看对内对外都没有什么讲不得的。天花出都出过了，总不能一天到晚捂着脸，自己不喜欢看，也怕别人看。中国害了一场‘政治天花’，上帝可并没有把终生免疫的幸福赐给我们。我们不一定非等若干历史问题决议作出来，才开始学习讨论，讨论过后，万事大吉。经常回过头来，照一照历史的镜子，没有害处，可以告诫我们自己，千万千万不要再染上这种可怕的病症。在外国人面前，包括在越南战俘面前，也无须禁忌太多。一沾‘对外’的边，言谈话语都得另换尺码，这不能算是一个聪明办法。中国和全世界站在一个太阳底下，谁的影子照在地上有多长，一眼就量得出来的。要么你不开腔，要讲，最好是有一说一，有二是二。让人家拿现在和过去作个比较，看到我们中华民族，是以一场大灾大难，换来了彻底的觉醒。换来了彻底的觉醒，这有什么不好呢！

“批评你和战俘谈话随便，这倒不算冤枉你，你事先怕也没有准备讲话稿。我想，阮氏丁香会很高兴有人这样和她随便交谈的。她是南方人，在南方丛林里吃过几年中国大米的。她还不知道，抗美战争期间，多少中国铁路员工和高炮部队的同志，牺牲在越南北方，连尸骨都没有运回国。那些同志接到命令去越南，天晓得是带着什么心情上路的。他们一个个心如火焚，忧虑着自己国家民族的命运。有的还在焦心，不知道自己的亲人能不能从地下室里挣扎出来。这些，也不妨和战俘们讲讲。他们生活在今天的越南，对中国昨天发生的事情不难理解。相反，从这里他们倒更可以明白，经过十年浩劫之后，我们实在不愿意面临和越南的这场战争，我们本来是腾不出手来的……”

女电话兵小陶没有想到，因为她受到几句批评，引起白发将军这许多激情的言语。她默默地仰望着将军，觉得他的话是很值得认真体味的。

夜深了，这一老一小的长谈不能不结束了。

陶坷回到宿舍，见翻译小陈和阮氏丁香对面坐在灯下。阮氏丁香在这里等候好久了，小陈让她先回去睡，明天再讲，她一定要等陶坷回来。

“听说你明天要走了，是吗？”阮氏丁香问。

小陶点头说：“我是想明天再告诉你的。”

“明天如果正在上课学习，我恐怕就不能送你了，所以今天夜里我一定要见见你。”

“我讲过要欢送你回国，现在怕不行了，很对不起。”

“你没有机会再来看看我们吗？”阮氏丁香分明是在恳求。

“有可能的话，我当然要回来看看。”小陶的语气表明，她不大相信会有这种可能的。她从枕头下面拿出一只毛衣袖子，交给阮氏丁香说，“还好，我刚刚把阿方这只袖子打起来。”

“我代阿方谢谢中国阿姨！”阮氏丁香接过衣袖，又说，“讲起阿方，有件事我正想请你帮助的，你一走，要靠小陈了。”

小陈接上说：“她希望把阿方完全交给她照看，不必大家轮流。孩子习惯了和她一起生活，遣返回国，她就有理由要求，由她来收养范氏碧的这个儿子。”

小陶想到，阿方的父母亲是被执行战场纪律的越南人打死的。他现在还小，也许暂时不至于如何，长大以后会是什么命运在等待他呢？阮氏丁香主动收养这个孤儿，将要承担什么样的后果呢？小陶小心地问阮氏丁香：“你行吗？一个没有结婚的人。”

阮氏丁香说：“我比范氏碧还要大几岁，没有任何困难，我能把阿方养育成人。”

陶坷和小陈很受感动，答应汇报上去，尽可能为她的这个计划准备有利条件。

阮氏丁香还详尽地谈到，回国以后，和她的老母亲一起，怎样带着阿方生活下去。最后她向小陶提出：“你不想送给我妈妈一样纪念品吗？”

陶坷连忙翻呀找的，没有什么东西适合作礼物的。她从衣袋里掏出一瓶风油精，是南副司令员刚给她的，转送给了阮氏丁香。风油精碧绿碧绿的，装在精巧的小玻璃瓶里，像一块透明的绿宝石。阮氏丁香拧开盖儿嗅着说：“太好了！我妈妈不知会怎么高兴呢。我们都特别喜欢中国的风油精，香味儿很正，抹一点点，全身清爽，蚊子小虫都不敢来咬。”

阮氏丁香一遍又一遍向陶坷道别，看得出，她心里还有什么话，总没有张口。小陶送她出来，要分手了，她终于对女电话兵说：“陶坷妹妹！我们俩恐怕很难再见面了，有件事我应当告诉你。对你，我觉得我不能隐瞒任何事情。我讲出来，请不要骂我。”

“什么事，你只管说。”

“你知道是谁在阿方爸爸妈妈背后开的枪吗？是我！”

陶坷和小陈交换了一个惊骇的目光，这是她们没有想到的。

阮氏丁香双手捂着脸哭起来，边诉说着：“当时，我只想着，我是越南人，是一个青年冲锋队员。我们林场冲锋队全体在国旗下宣过誓的。誓言上说，谁在战场上动摇投降，任何人都有权当场执行处决。就这样，我向他们开了枪。我，我说不清楚……”

夜色昏暗，无法看见陶坷的神情在一刻之间怎样急遽地变化着。她一下觉得这个女冲锋队员是那样陌生，那样令人憎恶。随即又表现出对她热切的同情和深深的怜惜。见阮氏丁香耸动着双肩哭泣不止，小陶不知该如何劝慰她，只是不停地抚摸着她的肩头。

阮氏丁香冷静下来，轻声说：“我并不要求你谅解我，不过要请你为我保守秘密。将来有一天，我会亲自对阿方讲清楚这件事，相信他不会怨恨我的。”

她们穿过了草坪，快到女俘宿舍了，阮氏丁香最后一次紧紧拉住小陶的双手，抑制着激动说：

“请你记住，我们越南有一句古老的谚语——邻居的鸡已经叫了，我家的鸡要叫得更响亮才能听到。”

（《小说月报》1981 年第 3 期选载）

她们的路

王海鸰

一

调整宿舍的时候，我和蔡小洁、袁慧成了各科集体宿舍余出来的“零头”，就这样，我们凑到了一起。蔡小洁是药局的司药，袁慧是内科的军医，我是门诊室的护士。没想到我们三个不仅工作各异，性格、爱好也迥然不同。幸而宿舍结构合理，除门的那边外，三人恰好各占房间的一隅，这才使我们得以在各行其是的时候，互不干扰，相处得平静、和谐。

这天是星期天，我照例躺在床上边啃苹果边看新到的《诗刊》。我正在学着作诗，文学读物成了我业余时间最好的伙伴，也经常向报刊投稿，不过从来未有过回音，这使我颇为气愤。有一天，我把我的“诗集”——一个带拉链的黑塑料皮本拿给蔡小洁看。她虽然不会作诗，但有点小聪明，对什么事都能谈出点看法来。可我却怎么也没料到她的看法会是这样：“……怎么说呢？一堆排列整齐的词儿罢了。没味！说真的，韩琳，若我是编辑，那只好……”好大的口气！我从她手里把我的“诗集”抽回来，故意淡淡地说：“算了算了，早就知道外行说不出内行话来！”话音刚落，对此类话题并无兴趣的袁慧立刻对我进行了“声援”。她背靠墙，两腿并直地坐在床上织着一块刚起头的小圆桌台布。说话时，头不抬，手不停。

这是个长得相当不错的姑娘，秀长的眼睛，丰满的双颊白里透红，更难得的是那一头天然鬈发，这对于当年为了穿军装而来到这连烫发的地方都没有的岛上的姑娘们来说，实在是一种令人歆羡的天造。袁慧十分清楚自己优越的地方，每天早晨都要在深褐、光泽的鬈发上抹上发乳，然后用电梳子整出精美而又显得随意的波形，使之更为引人注目。平时，她总是紧抿薄薄的小嘴，高傲地保持着沉默，给人一种清高矜持、深不可测的印象。但接触稍长，立刻就会发现，她其实是个十分天真、肤浅、颇老实的姑娘。最突出的特点便是“事不关己，高高挂起”，向来不爱惹是生非。但不知为什么她特别看不惯蔡小洁。后来才听人说，由于袁慧业务差点，脑子懒点，碰到开不常用的药方时，往往只写片数不写剂量，结果每次都被药房的蔡小洁卡住了。蔡小洁是院里有名的“冷血动物”，在工作中更是认真得近乎死板。后来事情不知怎么闹到了医务处，袁慧挨了批评不说，还足足费了一个星期的脑子背药物剂量，这下子可把她气坏了！老实人生起气来也和一般人不同，长久而有耐性。所以直到现在，她还是以对我表示亲近的方式，流露出对蔡小洁的不满。特别当我们俩有争论、分歧的时候，她总是“旗帜鲜明”地站在我这一边。这次当然也不例外。

她说：“韩琳说得对，不懂诗的人怎么会欣赏诗呢？听人说，搞文学的人有特殊的灵感，这是天生的，一般人体会不到……”

我一听即知，这些话是从她那位当文化干事的男朋友信中搬来的。那封信她曾自豪地拿给我看过，因为信中有她男朋友的近期创作计划——一个电影剧本，三个短篇小说，十首诗歌。凭我的观察断定，像这类还未做就先吹的人，肚子里的东西准比嘴上少得多。而且我敢担保，信中那些充满卖弄意味、半生不熟的话，袁慧有一多半根本不懂。无奈她偏偏特别崇拜她不懂的东西。说崇拜是爱的基础，也许正由于此，她很爱她的未婚夫，认定他是个才子，愿为他牺牲自己的一切，以保证他的成功。这不，还没结婚呢，就开始“牺牲”了。业余时间从来不玩，也不摸任何书，唯一要做的事，就是为将来的小家庭用白线一针一针钩出窗帘、台布和盖电视机的东西，这使我感到不公平。我认为，她为那位“才子”的牺牲十有八九将是无谓的。况且她上过大学，虽说是工农兵大学生，但有文凭。在医院里，有了文凭就算有了不断向高一级技术职称发展的起码通行证。为了使我们善良而糊涂的袁慧清醒清醒，我情愿向伤我自尊心的蔡小洁低头，也得杀杀那位假才子的威风。

我冲袁慧摆摆手，干干脆脆地说：“袁慧，你这些话是从哪儿听来的？简直比外行话还外行！”像以往受到别人的反驳时一样，袁慧马上不吭声了，倒是蔡小洁从抽桌前回过头来，闪着一对聪颖的眼睛，冲我微微一笑，气得我使劲把脸一扭，在心里骂道：鬼东西！不过，这都是两个月以前的事了。现在，无论她还是她，对我的诗都没有丝毫的兴趣，正像我对她们的事情毫无兴趣一样。

我吃完了一个苹果，欠身顺手一掷，苹果核准确地飞进门后的簸箕里。这一瞬间，我感到袁慧有点反常，抬头看看，果然，她没有编织。近来，我已习惯于看她忙得恨不能再生出一双手来的样子——婚期迫在眉睫，而圆桌台布还差着一大截，所以，她的闲坐使我感到奇怪。她察觉到了我的目光，便提起细竹针上的线头冲我晃了晃。原来是没线了，而线又放在三抽桌中间的抽屉里。这张宿舍里唯一的三抽桌已成了蔡小洁的专用桌，桌子靠墙的三分之一被她横竖地叠放着各种各样的数理化书籍。书堆的前面，放着一块她当玻璃板用的大玻璃，玻璃上面，总是摊满着她的书、本子和演算草纸。一回到宿舍，她就伏在这上面再也不挪窝了，正好把中间的抽屉堵了个严严实实。袁慧显然是由于怕打扰她而在犹豫。我们都知道，再有两个星期，她又要出岛“赶考”了。

蔡小洁已连续参加了两年高考，两次都落了榜。这既不是由于笨，也并非没下功夫。叫我说，一要怪她生不逢时，刚读完小学四年级就赶上了文化大革命；二要怪她和我一样无远见，无主见，白白混掉了十年。我是自认倒霉，再说，当护士虽说比上不足，比下还是有余的，倒也乐得逍遥自在，她却偏不服气。尽管今年已到部队允许高考的最后年限——二十五周岁“高龄”，她还非要再试一次不可。她拼得很苦，先是与电影电视断绝了关系，最近又把晚饭后的海边散步也取消了。每天晚上，从没有在十一点钟前就上床的时候。我从床上坐起来，若有所思地从背后看着她。

她的肩膀又薄又窄，像个没有发育成熟的孩子。一米六二的个头，正三号夏服套毛衣穿还能肥出三分之一，难怪男同志们背后叫她“三级风”。我看照这样拼下去，不用说三级风了，来阵一级风就能把她吹倒！想到这儿，我果断地叫道：“小洁！”没反应，我把嗓门提高八度：“小洁！”她一哆嗦，回过头来，像刚从梦中醒来一样，睁着那双又黑又亮的眼睛，茫然地看着我。这双眼睛真可谓黑得像深潭的水，沉静得近乎冷漠，但仍不失为一对美目。遗憾的是，不知什么时候，这对眼睛的两旁，各出现了两道与之不相称的细纹。我暗暗叹口气，用下巴颏指指袁慧：“人家要开抽屉拿线，等半天了。再说，你也该休息休息了。”她抱歉地笑笑闪开了身子。但等袁慧拿完线，她又照原样伏了下去，用一个后脊梁回答了我的建议。凭良心讲，我钦佩她的勇气、毅力，但却看不惯她对大学那种着魔般的强烈欲望，这常使我想起吴敬梓笔下功名熏心、迂腐不堪的书生来。不错，想进大学多学点知识，或者想混张文凭，都在情理之中。但如果做得太过分、太露骨，就不能不让人反感。大概我的心理活动反映到了脸上，袁慧又撇着薄嘴唇，冲着我露出了意味深长、不屑一顾的笑容。我烦躁地把脸扭向窗口——我讨厌她的小市民心理，从不与她配合，即使是此时此刻。从本质上讲，这两个人我都不喜欢，她们俩完全是一路货色——俗！

二

我开始为当初成为“零头”后悔。虽然宿舍里一切照旧，还是一个趴着算题，一个坐着编织，一个躺着看书，但我的心却时时感觉到彼此间存在的隔膜在日益增厚，三个人越来越没话说，刚开始的和谐平静已显得勉强而不自然，再发展下去，"互不干扰"就有变成"互不理睬"的危险。我生性受不了沉闷，于是开始考虑是否找个理由离开这个宿舍。没想到理由还未找着，蔡小洁的一张包裹单竟彻底打消了我"出走"的念头。

药局的人给蔡小洁送来包裹单时，是星期天的下午，我们正照例在宿舍里"各自为战"。听到门外的吆喝声，我挪开眼前的书本，看着蔡小洁到门外拿回包裹单倚在三抽桌前看，复又把目光收回到手中的《郭小川诗集》里。我看完了《团泊洼的秋天》，偶尔向周围扫了一眼，却意外地发现惜时如金的蔡小洁还站在原地，默默地凝视着手中那张又脏又皱的纸片。这大概是她深恋着的那位军区总院的外科大夫寄来的，否则，那对沉静冷漠的黑眼睛，是不会流露出温和、忧郁、略带茫然的神色的。呵，"冷血动物"思念爱人的时候，竟也这般可爱！我被她这少有的神态打动了，暂时忘掉了对她的反感，放下手中的书坐起来，诚心诚意地说："他寄来的？……咳，你们一个二十五，一个二十八了，怎么还不结婚呢？早结婚早调一起，也好早日免受这相思罪！"

她垂下眼睛低声说："考大学必须是'未婚'。"

又是大学！刚刚燃起的热情骤然消失了，我冷冷地看着她，闭上了嘴巴。不想袁慧开口了：

"哎，小洁，你今年要是考取了，毕业出来可就三十了啊！"

蔡小洁沉思着："要能上成大学，三十也是值得的。这是最后一次机会了。"

是啊是啊，为了大学文凭，命都可以置之度外，晚五年结婚还不是区区小事?!

"你倒好说，关键是他，他能同意吗？"袁慧又问。我很不以为然地瞥了袁慧一眼，心想：她准以为天下的男人都像她那位"才子"似的，整天催着要结婚呢！

却不料蔡小洁真的沉默下来。她低着头，久久地抚弄着手中的包裹单，一句话也不说。我惊异地睁大了眼睛。猛地，她抬起头来，急切的声音里含着委屈："其实，我今年考学的事一开始就征求了他的意见的，他一直不太同意。我想一边复习着一边慢慢和他商量，可一个月前，他突然连信也不回了。这不，寄了包裹来，都不肯写几个字。他的脾气坏极了。看来，他是不会同意的了！韩琳、袁慧，你们说，如果他真的不同意，我该怎么办呢？"

她的焦虑、坦率、信赖，一下子使我们三颗心靠近了。但我一时却不知该说什么才好，因我不知道在她心灵的天平上，大学和爱情究竟哪个更重一些。哎，不，我应当知道，不论拿掉哪一头，都会使她的生活失去平衡，这种选择，对她来说实在是有点残酷了！但袁慧显然没把这事看得很重，她一直在不停地织着，过了一会儿对蔡小洁说："你也别太着急了，等包裹取回来再说嘛，信没准在包裹里呢。我们俩，"她笑笑，"经常就这样。"

还是袁慧的经验实在！蔡小洁颓丧的脸上顿时生出希望的光辉。她迅速从门后墙壁的钉子上摘下军帽，往每早只需用五指拢一拢的"妈妈头"上一扣，随着"哐"的一声门响，便从宿舍里消失了。

四十分钟后，她拎回来一个重 5018 克的大包裹。拆开一看，嗬，全是"进口"货！有麦乳精，有果脯，有六块就能冲成一杯牛奶的圆柱形上海奶糖……多么鲜艳诱人的一堆！但蔡小洁对这些根本视而不见，只是神色紧张地在里面翻找着。终于，袁慧的经验奏效了！扒开五颜六色的奶糖，一封折成四折的厚厚的信，静静地出现在我们面前……蔡小洁屏息静气地看信；我屏息静气地看她的脸；袁慧虽仍在编织，显然和我一样，也静静地等待……天哪！谁能想到我们的蔡小洁脸上还会出现这种表情：一副以娇柔(！)为主的动人表情！我眼见着她的双颊由苍白到嫩红直至泛出通红的光彩！我惊奇极了，不假思索地从床上跳起来，伸手对她嚷道："我看看！快点！给我看看！"她弯着腰，双手护信大笑起来："哎，别！别！想从我身上搜集素材还是怎么的？……这种信怎么好要着看呢？亏你还想当诗人，简直缺乏起码的心理研究！”这张要命的嘴！我缩回手，回到床上坐下来，但还是按照老习惯，心服口不服地嘟囔一句“有什么了不起！小说里的情书比你的动人多了”才罢休。蔡小洁这才放心地直起腰来，笑盈盈地看着我说：“哎，诗人，别生气！为了你的事业，我决定不惜公开我的秘密。”

她开始读信——当然，是有选择的。

“小洁，一连几封信催着表态，而你的倾向性又是绝对的明显，这真难坏了我！……我相信，世界上大多数男子都不会希望自己妻子对事业的追求胜过爱恋——很惭愧，我也属于这大多数中的一个……”

“嗨，这有什么可惭愧的？正常现象！”听到这儿，一直静静地坐在一边编织的袁慧忍不住开口了。她边说边把一根竹针抽出来，右手小拇指灵巧地在线上一绕，深深地吸了口气，“女的毕竟是女的！”

蔡小洁不置可否地冲她笑笑，继续念：

“你知道吗？小洁，这些天一有空，我就拿出你的信来读着，想着，斗争着。你说你不愿满足于能往取药口一站，‘一天三次，一次两片’地混日子，你想懂得多一点，想有一点更有价值的贡献；还有，你说你不愿总让人瞧不起，不愿为被浪费的十年而终生后悔，不愿做时代的落伍者……作为一个业务人员，一个外科医生，一个同样经历过十年的青年人，我何尝没有过这种心情？将心比心，看来，是我有点自私了。小洁，我一向是理解你的，请相信，这次也不会例外。我依然理解你，理解你的追求，你的理想，你的一切！我决定了——等你！

“寄去的东西是托一位去上海出差的同志捎的，多吃点，你的体质太差……我想此刻那对黑眼睛肯定又在得意地笑，我的骄傲的预备大学生……”

蔡小洁抬起头来，黑亮的眼睛含笑地、出神地看着前方，显然，她看到的远远超过了她的视力所及。一时间，宿舍里静极了。袁慧的头依然低着，但两只灵巧的手却叠放在膝头上那堆雪白的编织物里，一动不动。我站起身来，走到蔡小洁对面，直视着她的眼睛，郑重地说：

“小洁，你是个好样的！”她笑了，避开我的目光说：“韩琳，你别这么正经好不好？我可受不了啦！再说，考上考不上还不一定呢！”我把双手搭在她柔弱的肩头上，对着她的耳朵轻声说：“即使万一考不上，你的生活也是充实的，幸福的。因为，还有一个那样好的人在爱你！”

这天夜里我失眠了，我头一回清醒地意识到，我和袁慧从本质上讲，才是一致的，虽说表面上一个自命清高，一个庸庸碌碌，但却都缺乏一种真正的精神寄托！此时，蔡小洁在三抽桌前翻动书页的声音，都灵敏地牵动着我的心弦……

书，
又打开了一本书，
这智慧的结晶，知识的宝库。
一天天，一点点，
顽强地探索追求，
向理想迈着艰苦的一步步
……

一行行的诗句再不是挤牙膏似的往外挤，而确确实实是从心里往外“涌”了。“涌”得我直嫌笔头子慢。天快亮的时候，我确定了诗的题目——《路》。

三

直到这时我才发现，我已深深地喜爱上了那个坚毅、聪颖、深沉的同龄人——蔡小洁。自从一个星期前她出岛参加高考以来，除睡觉外，我简直就不大回宿舍了，因我不愿“触景生情”，一再想起“她能不能考好”这个我想得都不愿再想的问题。

这天下午下了班，我照例直接进食堂，撂下碗筷后，又回到了科里。

时间还早，科里除了值班的护士在治疗室给病人换药外，一个人都没有。我坐下来，漫不经心地翻阅着刚来的报纸，突然，像触电似的一震，白纸黑字，清晰分明，是它，我的《路》发表了！

……

纷繁复杂的斗争曾使我触目惊心，

五光十色的人间曾使我茫然踌躇；

我渴望着明确的生活啊，

但，应从哪条路上涉足？

……

我匆匆读一遍这稔熟的印成铅字的诗句，下意识地站起身来，向四周寻找着，然而，周围只有令人失望的静寂。我呆立片刻，猛然抓起报纸，冲出办公室，向宿舍跑去。呵，我太幸福了，不立刻找个人分享一下，简直就有点过不去！

……我“砰”地撞开宿舍的门，屋里，右手拿筷子，左手托一卷挂面的袁慧，从雾气腾腾的锅上抬起头来。我们宿舍里，就她有一个天蓝色、十个捻的煤油炉子。她喜欢自己做着吃，据她说，自己做吃得又好又省。但具体到她——既不缺乏营养又非经济困难，但却是个不称职的医生——她就一点不心疼那为做饭费去的相当可观的时间吗？哎，萝卜青菜，各人所爱。但是，“吃得又好又省”的她，是绝不会懂得我的《路》的！我把报纸使劲往裤兜里一塞，转身就往外走。“哎，韩琳！”她却在身后叫我。我停住脚，侧脸看着她。“你还不知道吧，小洁考试回来了。”我一下转过身去：“真的！考得怎么样？”她摇摇头：“不好。她说数学、物理恐怕要不及格。”我心里一沉，又问：“她人呢？”“说是去海边走走。”

……我在通往海边的路上跑着，脑子里闪电般地出现了，在一个个深夜里，那钉在三抽桌前的瘦削身影。三年啊，全部的努力和希望一下子化为泡影！这打击未免太沉重了！突然，我心里一咯噔，她去海边，会不会……我越想越觉可怕，后来简直就好像看到她就要往海里跳的情景，脚步不知不觉加快了，等跑到海边的时候，几乎光剩下张口喘气的劲了。幸运的是，我终于在海滩上发现了那个熟悉的背影：孩子似的肩膀，细瘦的身材，被海风扬起的黑亮的短发……我走到她身后，轻轻叫了声："小洁。"她回过头来，见是我，只勉强一笑，便又把目光转向了前方。

前方是与我们朝夕相伴的大海。在夏日的黄昏里，它是那样温顺、安静，任凭夕阳在它浅蓝、柔软、广阔、坦荡的胸脯上，涂抹着一道道渐渐浓重的金辉……这使我想起在蔡小洁收到包裹的第二天，就在这个时候，我拽着她来海边散步的情景。那天，在海水缓慢而有节奏声中，她神情忧郁，一双黝黑的眼睛久久地望着大海深处，低声说："我真想再过过学校生活。有老师，有同学，有教室，课桌上摆着铅笔盒，铅笔盒盖里放着课程表……多有意思！"

此刻，什么话最能温暖她那极度失望的心呢？"小洁！"我咽了口唾沫，尽力用一种轻松的语调说，"你也别太难过，不就是没考上大学吗？生活里还有许多幸福在等着你呢，比如，他！"不料一提起他，她那双黑亮的眼睛迅速转向大海，忽然冒出了泪花。

我们都爱海。她之所以爱海，是因为每当她难过或是兴奋的时候，只要默默地在大海身旁待一会儿，就会重新变得冷静，坚强，心胸开阔。

我们并排站着，无言地望着面前这延伸至天边的大海。不知是由于海风过长时间的吹拂还是什么别的原因，使我从里往外感到了凉意，不禁用双手抱住了因穿短袖褂而裸露的胳膊。

这时，一只温暖的手搂住了我的肩膀，我转过脸去，正好碰上那双已完全恢复了往日的沉静的黑眼睛。我有点迷惑了。蔡小洁望着我，缓缓地说："韩琳，我很清楚自学的道路有多么难，这不仅是因为没有老师、教材、时间，对我们这些工作、生活条件都还不错的人来说，是需要压力的！你知道的，我不愿意庸庸碌碌地打发掉一生……”

夕阳已有一半沉入水中，把海面染成火红火红的颜色，这红光映进蔡小洁的眼睛里，像闪动着两团跳动的火苗……

“小洁！蔡小洁！！”远处传来了袁慧的喊声。喊声越来越近，过了一会儿，就见她气喘吁吁地来到我们身边，一边小心翼翼地察看着蔡小洁的脸上，一边擦着汗水说：“哎，小洁，告诉你早点回来你不听，面条都快烂在锅里了！再大的事也不能不吃饭呀！”闹半天她是给蔡小洁下的挂面！我忽然觉得有点对不起这个细心、好心、满脸汗水的姑娘，态度随之变得又热情又主动：“哎，袁慧，你，你吃了吗？”她奇怪地看我一眼，点点头：“吃了。你刚才到宿舍里好像有事，怎么没说又走啦？”一句话提醒了我，我的左手条件反射般地伸进了裤兜。那里，是那张印有我的《路》的报纸。但此刻，我已没有了先前的那种幸福感，甚至为刚才的得意而有点不好意思。我慢慢抽出了报纸说：“哎，我的诗，发表了，给你们看看。”

报纸被展开了，我们三个紧挨着站在海滩上，读起了这首诗：

……
像“脱俗者”自得其乐吗？
只要关闭心灵的窗户；
像“实惠家”时髦富有吗？
只要甘为金钱的奴仆；
像小市民惬意甜蜜吗？
只要学做出色的主妇。
呵，难道这就是生活的目的？
不！绝不！！
冲破遮蔽双眼的迷雾，
鄙弃庸俗的利己幸福，

我执拗地、坚定地，
向着理想中的生活极目：
……

读到这儿，我们三个不约而同地抬起头来。在我们的眼前，是一片瑰丽壮观的大海。站在我旁边的袁慧，脸上的表情是复杂的，但有一点很清楚，即，她对这首应属于我们三个合“写”的《路》，是懂得的。

（《小说月报》1981 年第 6 期选载）

岔路口

陆柱国

我老掉牙了，我说的也是个老掉牙的故事。

人生就像长途行军，谁也预算不出来要经过多少岔路口。在人生的道路上，我如何从第一个岔路口走过来了呢？

一

我是黄埔军校的毕业生，标准的赳赳武夫。在旧军队里混事，要讲究“阶级服从”和“学问服从”。前者实际上应该叫“等级服从”，即下级服从上级，特别是顶头上司，官大一级，重如泰山；后者实际上应该叫“学历服从”，即黄埔二期的要服从黄埔一期的，学员对于自己的教官，则更应如此。

说实在话，我参加革命并非出于政治觉悟或生活逼迫，而是为了上述两个“服从”。我们团长是黄埔一期的，又当过我的教官；我是黄埔四期的，又正在他的麾下当连长。所以，当毛委员在湖南发动秋收起义的时候，我们团长一宣布参加革命，我也就顺理成章地成了革命军官了。其实，起义后的部队和起义前没有太大的差别，只不过把蓝旗换成红旗，每人脖子上多了一根红色识别带罢了。

中国历史上的革命，恐怕很少不是从失败开始的，难怪“失败乃成功之母”能够成为一句众所周知的格言。现代革命当然也很难例外。秋收起义的枪声刚响了没多久，各路人马就纷纷退下阵来，最后，集中到文家市进行整顿，当时叫做“编队”。

文家市并非一个“市”，而是极其普通的小村镇。安源的矿工、平(江)浏(阳)的农民、武汉警卫团的官兵，使这里拥挤得大有水泄不通之势。脖子上的红带子，梭镖上的红缨子，马刀上的红绸子，手枪上的红穗子，还有飘来飘去的红旗子，把整条街道都染红了。

我虽说不过是一名连长，可“三金五皮”，样样俱全。三金包括：金戒指，金牙齿，金边眼镜；五皮包括：皮鞋，皮裹腿，皮挎包，皮腰带，皮鞭子。有人称这些为“三金主义”、“五皮宪法”，这当然是对蒋介石之流自我标榜的“三民主义”、“五权宪法”的一种嘲讽。同时，也是对旧军官的一种形象概括。

刚到文家市的那天下午，我坐在街头的一张楠木太师椅上，观看本连士兵给穷苦百姓分配衣物、粮食。一个长得像半截铁塔似的黑大汉，从人丛里挤到我跟前，深深鞠了个躬。我看他衣不蔽体的模样，不等他开口，就吩咐我的小勤务兵说：“喜倌，给他挑一件长衫，大号的！”

“同志！”那黑大汉伸手摸摸喜倌胸前的红带子说，“我想要这个。”

“想当兵？这好办。”我打着官腔问，“姓什么？叫什么？”

“姓赵。就有个小名：黑崽。”

真是名副其实，黑得可以。我忍住笑，又问：“职业呢？”

“铁匠！”当当两声，简直像打铁一样。

“当挑夫，愿意吗？”

他憨厚地一笑：“只要是革命，我都愿意。”

我命令喜倌：“给团长送去，他要觉得不合格，马上领回来，我要！”

喜倌抬腿要走。我喝住了他：“怎么，这个样子，能见团长？”

喜倌机灵极了：“报告连长，我是领他去洗澡换衣裳呢！”

二

在文家市没有停留多久，我们就浩浩荡荡向南开拔了。团长悄悄向我透露了他的估计：“直下广州，饮马珠江！”谁知当天又中了敌人的埋伏。这一仗，队伍大伤元气，我个人也损失不小。“三金”只剩下两金，金边眼镜打丢了；“五皮”虽在，但已丧失其存在的价值。马死了，皮鞭成了累赘；走的全是山路，皮鞋只好让小勤务兵扛着；天气热得人喘气都不匀，皮裹腿、武装带简直与刑具无异了。

队伍除了被打散的以外，还出了不少病号：拉肚子的，打摆子的，烂腿子的。其中也有人装病掉队，乘机溜之大吉。

行军路上，我又碰上了那个黑铁匠。他挑着两只铁皮箱子，肩上的竹扁担弯得像一张拉满了的弓。箱子上还堆放着团长的零七八碎：手枪、军衣和“五皮”等等。看见了我，他嘿嘿一笑：“连长，有拿不动的，我给你捎上！”

团长拄着一根竹棍，气喘吁吁地跟了上来。他喊住了我，摘下自己的金边眼镜，边擦边说：“你干了件大好事！要不是这个挑夫，我那两大箱马克思主义经典著作，肯定荡然无存。全是原文哪！”他看我听不懂“原文”的含义，便加以注解：“有英文的，德文的，还有俄文的。”瞧我们团长，多有学问！

大概离开文家市的第三天中午，队伍在一个岭头大休息。南方的秋天，照样可以热死人。往树下一坐，我真是再也不想站起来了。勤务兵小喜倌给我找来了一缸子清凉的山泉水，我饱饮了一顿，就蒙蒙眬眬打起盹来。睡得正香的时候，忽然有人把我吵醒了。眼睛尚未睁开，我就习惯地骂了句脏话。勤务兵小喜倌俯在我耳边悄声说：“连长，团长和党代表吵架呢！”

不错，团长的声音已经灌进我的耳朵里了。他像在大操场上发表重要演说那样卖力气：“你们这是害怕敌人，是不敢革命，是流寇主义，是典型的逃跑主义！”

我的瞌睡全被赶走了。睁眼一看，团部就在附近一棵大榕树下。团长激动地走来走去，手里的竹棍不停地捣着地皮。党代表则席地而坐。他是一个文弱书生，穿着一件剪去半截的黑色长衫，上面还有一坨一坨白色汗渍，头发蓬蓬松松的，戴着一副近视眼镜。他一边用手指头在地下划来划去，一边慢条斯理地回答："毛委员说得很明确，我们先在农村落脚扎根，等到力量壮大了，再转回头来，夺取大城市。"

团长不耐烦地用竹棍敲着自己的铁皮箱子："你打开现代历史和马克思主义看一看，从落后的亚洲到先进的欧洲，从法国资产阶级革命到无产阶级的巴黎公社，乃至十月革命，哪个不是先在城市暴动？在山沟里闹革命而又能夺取全国政权的，历史上没有，经典著作里也没有！"

我不能不暗暗佩服团长：理直气壮！

党代表仍然慢吞吞地用手指在地上划来划去："过去是没有这一条，不过，将来可以让它有嘛！"

团长吃惊地停步，侧目质问："你们企图篡改马克思主义？"

党代表摇摇头："不敢！不敢！"稍一停，他又指了指铁皮箱子："马克思主义要是到此为止，那它还有什么生命力？"

团长的调门降低了："好！好！和你们卖狗皮膏药的打不赢嘴皮官司：你们到穷山沟里发展土马克思主义去吧，敝人可不愿继续盲目跟下去了。"他转过身来，吩咐站在一边的挑夫："黑崽，我们走了！"

"到哪儿去，团长？"黑崽问。

"下山。到省委，到中央！我要向上级控告他们。他们把革命引向了死路！"

黑崽憨厚地微微一笑："团长，我下山等于送死。地主豪绅到处悬赏要我的人头呢！"

团长的脸沉了下来："怎么？马克思主义，我对你白讲了？"

"团长，我可没有白听。不过，我觉得，马克思主义，党代表把它装到了自己的心里，你却把它锁到这铁皮箱子里了。"黑崽冷静而又幽默地回答。

团长气得嘴唇发青，他朝着党代表大声嚷叫："既然如此，咱们后会有期！历史必将证明，你们这条逃跑主义路线，绝对走不通！"

黑崽笑了笑："团长，不用等将来了，现在的事实已经证明：你马上就要逃跑！"

附近的队伍发出了两种极不寻常的声响。一种是对挑夫的大胆感到惊讶，一种是对团长的行为表示嘲弄。前者大半系穿军衣的士兵，后者大半系穿便服的工农。

团长气呼呼地来了个急转身，头也不回，快步如飞地下山去了。我望着他的背影，心乱如麻。根据"阶级服从"、"学问服从"两条原则，有不少人应该跟他下山，可是，连他的贴身挑夫他都没有能耐带走，这又是什么道理？我自己是跟去好呢，还是留下来好？在判断不清谁是"逃跑主义"之前，我的决心怎么下呢？正在举棋不定之际，党代表过来了。我急忙立正敬礼。

党代表笑嘻嘻地说："三连长，你天天催我给你派个党代表，这不，我给你物色到了！"说罢，指指身后，我一看，吓了一跳，原来他指的是那个铁匠出身的挑夫。

黑崽的脸涨得发紫，他埋怨道："党代表，不是讲妥我到三连来当挑夫嘛！"

党代表笑道："党代表也是挑夫，不过挑的担子比别的挑夫重一点罢了。"

黑崽见抗议不行，转而用乞求的声调说："马克思的书让我挑，多少本都可以；让我读，一本都读不通。这么一块笨料，你让我做党代表，哪能行呢！"

党代表的答复是坚决的："怎么不行？党代表的工作，你刚才已经做了，而且做得非常好！"

三

挑夫黑崽当上本连党代表之后，紧接着又发生了大事一桩：遵照毛委员之命，连队成立了士兵委员会。用现代语言来说，士兵委员会是连队最高权力机构。谁被选为士兵委员会的主席了？勤务兵小喜倌。喜倌一上任，首先取消了本连军官的伙食标准——“四菜一汤”。这样一来，挑夫和勤务兵不仅和连长平起平坐，甚至于还高出连长一头。

更令人恼火的是：山越走越高，路越走越窄。因此，我也越来越觉得没有跟随团长下山是终身的遗憾。这哪里是革命？明明要占山为王嘛！

七走八走，终于来到了一个名叫暖水冲的地方。上级命令我连在这里发动群众，在这里“扎根”。我一进村，禁不住幸灾乐祸地笑了起来。用鹅卵石砌成的小街道，不要说人，连一只狗、一只鸡都没有。家家关门大吉。扎根？我看是青石板上种稻谷，没缝儿！

士兵委员会在商量对策，我找个荫凉地一坐，一边吸烟，一边低声哼起了诸葛亮的《空城计》。哼得刚有点滋味，黑崽走过来了。他冲我先笑了一笑：“连长，真是三个臭皮匠，能抵一个诸葛亮。我们见不到群众的面，照样可以开展群众工作。”

我不吱声，一边看蚂蚁打架一边听。

黑崽接着说下去：“士兵委员会看到田里的稻子熟得快掉粒了，决定帮群众割谷。各班还具体地分了工，有割的，有捆的，有抱的，有垛的。并且规定一不准丢稻穗，二不准错放了堆，三不准拿走一粒谷子。”最后他问：“连长，你觉得怎么样？”

我干笑一声：“怎么样？我这个连长有没有都一个样！”

气话虽然这么说了，可是谷我还得和士兵们一块儿割。割着割着，身边有人大声惊呼：“连长，血，手上！”

我低头一看，可不，左手上的血正往田里滴呢！自割自受这一刀，不知是不小心呢，还是气糊涂了。我急忙捂住伤口。

黑崽走过来："连长，你休息休息去。"

我不服气地回答他："怎么，就我一个人是泥捏的？"

士兵委员会主席喜倌也提着镰刀过来了。他打着官腔："连长，士兵委员会有规定，因公负伤，必须休息。"

我冲他"哼"了一声："我看你比党代表还党代表，拿着鸡毛当令箭！"

卫生兵给我包扎好了伤口，说我伤口虽然不大，但是一沾上污水，可能发炎化脓，这里穷乡僻壤的，可就不好医治了。他一半劝我，一半吓唬我。我也犯不上为这点小事和别人对峙。干脆，我离开稻田，转回村里，找个清静地方去。

一进村，第一眼便看见一家上了锁的大门上，有用粉笔写的禁令："主人不在，本军官兵一律禁止入内，违者严惩不贷。"落款是：士兵委员会。整条街上，家家门口如此。快要走到村子的另一头了，忽然从最末一家的门缝内传出一股米饭的香味。我估计这家"主人"还在，便推门"入内"。可是，任凭我喊哑了嗓子，也听不到回答。最后，我找进了厨房，只见灶头上的大铁锅里，放着一只高高的饭甑，热气虽然不旺，可是仍然不断地往外冒。一看见饭，觉得胃里空空荡荡的。打开木盖尝了尝，米饭还差很大的火候。再低头看看灶洞，火已熄了。很明显：这家百姓刚点火不久，我们的队伍就开来了，那年头，老百姓都让当兵的搞怕了，人家还不明白我们队伍的真相，自然弃饭而逃。

站在这家灶房里，忽然计上心来：再加一把火再多加些米，把饭蒸透，等连队收工回来，一甑干饭，犹如从天而降。这岂不也可以显示一番本连长爱兵如子的美德？我不费劲就找到了米，三把两把洗出来，煮了捞了，重新添到了甑上。

当我蹲下去烧火时，发现柴是温的。一满盒火柴差不多都报销在这家灶洞洞里了。我又用吹火筒吹，又用帽子扇，浓烟又熏又呛。鼻涕、眼泪、咳嗽、喷嚏一齐来，使得我简直无法招架。

等到饭熟时,《少年先锋队队歌》通过士兵的粗嗓门从村头传了过来:

走上前去啊,曙光在前,同志们奋斗;
用我们的刺刀和枪炮,开我们的路口。
……

连队在村头一个打谷场里集合唱歌。当我费劲地端着饭甑出现在神气活现挥手打拍子的喜倌背后时,歌声陡然低下去了。有的人甚至闭上了嘴巴。几十双眼睛都直愣愣地盯着我手上的冒着热气的饭甑。

喜倌正在挥舞的双臂也不得不放了下来,转身望着我。我把饭甑往大青石上一放,故意用命令的口吻对他说:“勤务兵,请党代表来吃饭,别把他的肠子饿断了!”

喜倌来到我面前,小声问:“连长,这饭是哪儿来的?”

我大声回答:“锅里!”

队伍里有人失声笑了起来。

喜倌的脸红了一红:“我问的是米。”

我的声音更大了:“米?你割了半天谷,还不晓得?米是田里长的。”

差不多全连人都笑了,我要的就是这个效果。喜倌赌气地转身回到队伍里,和士兵委员会的领导成员低声交换意见。

我说:“你们士兵委员会好好研究研究,人多饭少,看怎么个分法!”

这时候,一点笑声也听不到了。大家交头接耳,窃窃私语。看来,肚皮都饿了。我掏出纸烟,悠然自得地吸了起来:本连长总算干了一桩好事嘛!刚吸了半截,喜倌又过来了。

我问:“商量好了?”

“好了!”

我仍以居高临下的口吻问：“怎么定的？”

喜倌鼓了鼓劲才把这句话说出来：“连长，你，应该当着大家做检讨！”

“我检讨，我检讨什么？”当时，自己认为这简直荒唐得可笑。

喜倌说：“你违犯工农革命军的纪律，私进老百姓的家，私拿老百姓的米！”

我仍不以为然地：“得了得了，咱们就是打短工，东家也该管顿饭嘛！”

喜倌的态度反而更硬了：“不行，士兵委员会的决定，你非检讨不可！”

嘿，他倒来真的了！这不是把我的好心当成驴肝肺了吗？我一肚子火正无处发呢，这一来，等于点着了导火索。我端起饭甑，用力摔到喜倌的脸前：“我为你们做饭，你们让我检讨。检讨？检讨个——”嘴后边这个脏字，就免了吧。

遍地白花花米饭，冒着热气，这一来可就捅了马蜂窝了！队伍里马上有人唱：“打倒军阀，打倒军阀！”翻来复去就这一句，而且跟着唱的人越来越多。我知道他们在指桑骂槐，不过，我也豁出去了：了不起让我滚蛋，我正求之不得呢！剩下那半截香烟，我照吸不误。

歌声停了。我听见喜倌大声征求意见：“大家说，怎么办？”

不知是谁高喊：“打连长的手心！”

“同意打连长手心的，举手！”喜倌又喊叫道。

我偷偷瞟了一眼。只见一只只胳膊，梭镖似的直挺挺举了起来。现在都把这事当笑话讲，可当时，我一身冷汗全吓出来了。士兵委员会只要说到，就能做到。

“全体通过，我来执行！”喜倌说着从腰里拔出了刺刀——打手心就用这家伙。

当时打手心、打屁股是我们在旧军队里常用的体罚。过去我也是经常打士兵的，现在，士兵第一次要打我了。特别是打我的人又是我的小勤务兵。往后，我这连长怎么当？我这张脸怎么见人？

喜倌向我走来。他的脚步沉重而缓慢，拿刺刀的右手微微发颤，面孔煞白，嘴唇紧闭。他理虽直，可气不壮。我毕竟是他的上级，而且待他不算坏嘛！但，他绝不能赦免我，也绝不敢赦免我。显然。他也在考虑这道难题如何做。我怎么办？抗拒？那比打手心更重而且更丢脸的处罚（如剥下裤子打军棍）必然又要落在我身上。

我只好这样横下一条心！等喜倌离我三步远的时候，我立即拔枪自杀。

全连人都一声不响地盯着我。空气和情绪一样绷得很紧。烟蒂都已经烫着我的嘴唇了，当我的手就要伸向驳壳枪的枪柄时，忽然听见有人大声喊："喜倌！"

我转脸一看，只见党代表黑崽夹着一捆野菜大步赶了过来。喜倌像放下一个沉重的包袱似的喘了口粗气，指指地下的米饭："党代表！连长太不像话，全连决定打他的手心！"

黑崽慢慢放下野菜（后来才知道这是我们的晚饭），面向喜倌可是大声讲给全连听："连长的错误是严重的，大家的决定是有道理的。可是，主要原因在于党代表没有做好连长的工作，所以，要打手心，应该先打我。"他把手掌平平地伸给喜倌。

喜倌望望全连士兵，望望我，慢慢把刺刀插回鞘里。

黑崽语重心长地接着说："同志哥！革命这条路是人世上最难走的一条路，能走到这条路上来就很不容易了。如果自己身边的战友由于一时大意摔了一跤，你该怎么办？是扶他一把呢，还是踹他一脚……"

这个故事，用不着往下讲了。

几十年来，我每逢遇到人生途中的岔路口，就不能不以感恩的心情回忆起我那名叫黑崽的党代表。为了效法他，纪念他，对于确因不慎摔跤的战友，我一概援之以手。有时候为了拉别人连自己也被牵倒在地，我也从无怨悔之言，从无怨悔之意。

（《小说月报》1981年第10期选载）

设有靶标的小岛

黄传会

一个连名字都没有的小岛。他是岛上的“鲁滨孙”。

大海醒了，小岛也醒了。潮水已经退干，海风中，夹杂着浓烈的咸腥味。东方水天极处有几抹橘红色的朝霞。朝霞是黎明的使者，朝霞是太阳的纤夫。

在岛子东头的小山坡上，埋着一个圆形的水泥底座，上面安一个三角铁架，铁架顶端焊一面铁皮三角旗——这就是供飞行员们轰炸用的靶标。

他在被霞光映得熠熠发亮的靶标旁转了转，意外地发现三角旗上一块小红漆脱落了。他连忙从掩蔽体内取来油漆和毛笔，爬上去一笔笔地涂了起来。他涂得挺认真，像是一位画家正在精心创作一幅图画。

一个连名字都没有的小岛。除了满山遍野的艾蒿、猪毛草、韭菜草以外，作为海军航空兵实弹轰炸的一个靶场，岛上唯一的土特产就是累累弹坑和长满铁锈的弹片。轰炸训练中，石头崩裂了，青草烧焦了。过后，浓烈的硝烟迟迟不愿散去，这里像经历了一场战争。

他依然记得一年前的那个夜晚——上岛后的第一个夜晚。夜色宁静，不见月光，深邃的天空中只有几颗朦朦胧胧的星。正是涨潮时候，海滩上的鱼、贝残骸，在海浪的轻轻拍打下粼粼闪闪，宛如一条弯弯曲曲的银蛇在游动。他在海滩上慢慢走着，想起了北京宽阔的长安街，想起了整整在那儿度过了十九个春秋的嘈杂的小四合院。突然间，他好像感到失去了什么，他快步回到屋里，点燃了一支蜡烛，又点燃了一支蜡烛。风从窗外吹进，蜡烛微弱的火苗依然驱逐不了那四周的黑暗和孤寂。他好像走进了一个黑咕隆咚的山洞……额头开始冒汗了……他猛地拉开抽屉，把剩下的一包蜡烛统统点了起来……

这一夜，他睁着两眼“睡”了一夜。

上午八点，轰炸机三大队的飞行员们将要在这里进行轰炸考核。他一边涂着，一边想着：“拿破仑”又该来了，又有他的洋相好看的了。今年上半年投了四次弹，“拿破仑”居然吃了两次“烧饼”。他算什么“天之骄子”？有一次，“拿破仑”投偏的一颗炸弹竟把春节慰问团的亲人们上岛时栽的一棵小松树给砸了。气得他连夜写了封信，把他损了一顿：尊敬的“拿破仑”阁下：小松树又不是靶标，你干吗跟它过不去？下次投弹，请你把眼睛睁大点儿。没本事，趁早别吃三块六……信发走了，憋着的一肚子气好像也吐出了，他从礁丛中捉来几只螃蟹，又泡了杯茶，以茶代酒，还独斟独饮了一番……

太阳像烧红的铁饼似的轻轻一跳，跃出了水天线。顷刻间它在广袤的海面上撒下一层亮闪闪的红玛瑙。这时，一只小白兔突然蹿到了他的脚旁。他蹲下来，歪着脑袋笑着说：“你起这么早，小雪，你也起这么早？嗯！”小白兔像是听懂了似的，挺立起身子，两只前脚像小手似的扑棱着。

小雪理解他。“拿破仑”还不如小雪。

雪白的身子，两颗像红玛瑙似的眼珠一扑闪一扑闪，逗人极了。小白兔是指导员上岛看他时带来的。给他送来一个作伴的，是怕他寂寞吗？

他找来一些废铁丝，精心扎了一个小笼子。笼子前面开了两个门，大个的供兔子进出用，小个的专门用来投放草料。清晨，他割来最鲜嫩的青草，晾干了露水喂它；夜晚，稍听到点风声，他都要从床上起来照看一番。有一次小白兔精神不振，食欲衰减，他还让家里给寄来奶糖，把糖咬碎，放在指尖上，送到它的嘴前。兴许是怕老关在笼子里太憋气，他用布条绑在小白兔的一条后腿上，像猎人牵着猎狗似的拽着它满岛跑。刚开始，小东西不听话，他要往东，它偏往西，他要向前，它偏后退。到了后来，终于解开布条，它也能跟他到处转起来。给小东西起个名字吧！他找来《新华字典》，一页页地翻着，简直像一位年轻的父亲，为自己即将出生的孩子起名那样慎重、精心。最后，他终于在十五个候选名中选定了“小雪”。小雪是他妹妹的小名，他的妹妹长得又白又嫩，家里人都这样叫她。他决定把妹妹的小名送给小白兔。

当然，他和小雪也闹过别扭。除夕那天上午，场里来了消息，说指导员晚上要上岛来和他一块儿欢度除夕夜。他乐了。用什么来招待指导员呢？想了半天，他决定还是按照北方人的老传统包一顿饺子。下午，他早早就忙开了：又是切菜，又是剁肉，小雪也在一旁挤来挤去，它也盼着过年哩。和好了馅，当他转身去取面时，小雪一蹦，不小心把那盆肉馅给碰翻在地。他火了，用脚轻轻一扫，小雪被他扫出几尺远。他气呼呼地说：“你看，你看……你急什么？哪次做好吃的我忘了你？”他不理小雪，可是他走到哪里，小雪就跟到哪里。小雪耷拉着脑袋，连看都不敢看他。看得出它也是挺难受的。瞧它那副可怜相，他的心又软了下来。

后来，他感冒了，浑身发软，四肢无力，躺在床上连动都不想动。迷迷糊糊中，一种淡淡的委屈感爬上心头。他想哭，又终于克制住了。穿上了水兵服还掉眼泪，多让人笑话……额前痒痒的，他睁开了眼，原来是小雪蹲在床头，正用嘴轻轻蹭着他的前额。他记得，在家时有一次他病了，妹妹就趴在床头，眼角上还挂着晶莹的泪珠呢……他心头一热，一把把小雪搂了过来。小雪多像妹妹呀！他觉得小雪理解他。

小雪理解他，有人不如小雪。谁？“拿破仑”。

年初，师里组织新飞行员上岛来看地形，登陆艇刚靠上，他就被人群中一位年轻俊气的小伙子吸引住了：高高的身材，红润润的脸庞，合身的皮夹克，擦得发亮的将军靴，说起话来嗓音朗朗，再加上几个潇洒的动作，那得意劲儿简直不亚于拿破仑。

奇怪啦，在这些"天之骄子"面前，他突然觉得自己无形中矮了一大截。那位带队的科长让他介绍一下岛子情况，他真不知道两只手该放在哪儿好，磕磕巴巴地连话都说不清楚。在山坡上那个用钢筋水泥浇灌成的掩蔽体前，"拿破仑"问他："我们轰炸时，你就躲在这里面观察？"

"嗯。"他点了点头。

"不害怕？""拿破仑"的眼睛瞪得大大的，一副瞧不起人的神态，"下次轮到我投弹，你可要躲得远一点。"说罢伸开手臂，做了个飞机拐弯的动作。从他跟前掠过时，"拿破仑"还"轰"地嚷了一声，逗得大伙都乐了。

他的脸憋得红红的。

飞行员们要走了。在小码头上，"拿破仑"主动跑过来同他握手，笑着说："……原来我以为岛上光是石头没有人，没想到还有个你。你老兄真像是'鲁滨孙'！"登陆艇驶远了，他还站在甲板上挥着手，"'鲁滨孙'，以后天上见！"

他呆立在小码头上，望着那慢慢消失的登陆艇，猛地跳到旁边的小舢板上，脚一蹬，舢板冲出丈把远。

我在这里辛辛苦苦地干着，人们知道吗？在祖国的海防线上，有着数不清的岛屿。在我们的军中，再没有比我更普通的战士了。我把青春毫不保留地献给了小岛，可人们却并不知道我，并不了解我。"拿破仑"以为岛上只有石头，没有生命的石头！

他盲目地划着小舢板……夜幕悄悄拉开了，海面上开始闪烁起神秘的粼光。遥远的天际出现了一颗星。呵，不是银星，是灯塔，他看见老人礁灯塔了。多奇特的一座灯塔。相传在很久以前，那里有一块暗礁，为了渔民兄弟的安全，一位老人不顾年老体弱，每天夜里都驾着小船，提着灯笼，站在礁石旁，为渔船指引航向。一个暴风雨之夜，狂风巨浪吞没了他的身影。渔民为了纪念他，叫这块礁石“老人礁”。

他盲目地划着小舢板……凝望着老人礁若隐若现的灯光，他在想那位灯塔看守人。不知道他姓甚名谁，听人说，灯塔刚建时他就上去，原先他也是个当兵的……三十年，多漫长的三十年啊！在那么一小块礁石上，他寂寞过，孤独过？他觉得委屈吗？

他盲目地划着小舢板。突然，他发现自己离开小岛已经好远好远了，连忙调转船头，朝小岛划去……

每一朵云彩都是一幅画，孤岛上也能写出抒情诗。

浑然的天是多么辽阔，浩渺的海是多么辽阔，而夹在天与海之间的岛子变小了，与岛子比起来，人呢？小得像瓶子，小得像钉子。也许是人变小了的缘故，眼睛却变得敏锐了。

清晨，他站在礁石上观察日出，他像个高明的画家一样，能分辨出朝霞和大海在每一分钟里的色彩变化。黄昏，一队队鼓满风帆的渔船打岛子前经过，他可以从风帆的形状，判断出风力的大小。许多次，他躲在靶标旁的斜坡上，微眯着双眼，凝望一碧如洗的天空。在天的尽头，有几朵正在慢慢飘动的白云。是天像大海，还是海像蓝天？有时候，他觉得辽阔的天空跟大海像极了，微微飘动的云彩，就是正在行驶的风帆；有时候，他又觉得浩渺的大海太像蓝天了，那闪闪烁烁的航标，就是悬在夜空里半明半暗的星。

深秋的一个夜晚，月华如水，平静的海面就像硕大的银镜泛着银光。潮水退干，一块块满身坑坑坎坎、深沟浅窝的礁石随意地伫立在海滩上，他有些呆了，他怀疑自己又回到了那个熟悉的小四合院。你看，那块黑黝黝的礁石，多像住在西房的邻居高大伯；那虎墩墩的，像北屋的王大力；那尖细嶙峋的，像东屋的李老师……一个普普通通的四合院，生活着一群平平常常的人。就在这些平常人身上，不也同样

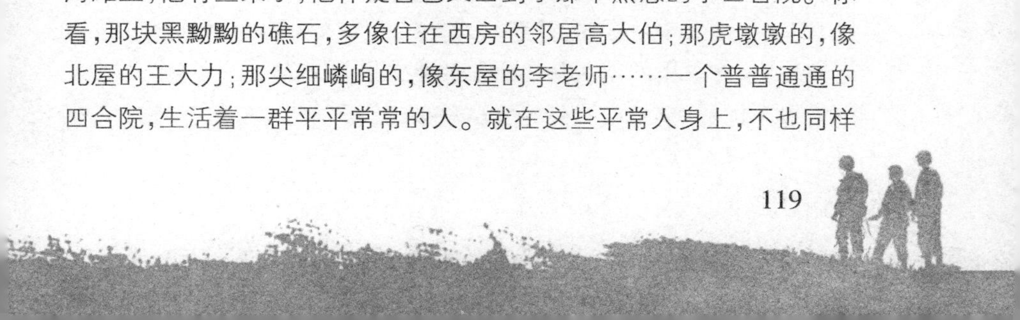

闪烁着金子般的光辉吗？……以后，每当感到孤独和寂寞的时候，他会来到礁丛间，他觉得自己依旧生活在那个拥挤的，却又有着传统的团结气氛的小四合院里。这时，他的心中就会升起一种满足感。是的，他从小就有当一个水兵的志向。就没想到，入伍后会被分配到小岛上，看守靶场，维护靶场，这就是全部工作。多平淡的工作啊！如同在公园门口收门票，在前门大街上卖大碗茶。可是，“五一”节他收到一封信，是三大队的全体飞行员集体写来的。在这个全世界劳动者的节日里，他们想起了孤岛上的他。他们感谢他，说在他们取得的成绩里，也包含着他的一份心血……拿着信，他激动了。他从信上看到了自己的价值。叫他琢磨不定的是，“全体飞行员”里包括不包括“拿破仑”呢？既然是全体，应该是包括。但一想起“拿破仑”那目中无人的狂劲儿，他又觉得“拿破仑”不会把他放在眼里，“拿破仑”不会感谢他……

原谅我吧，小雪，不是我不爱你。

理解他吗，“拿破仑”？他有一颗金子般的心。

“嘀嗒，嘀嗒……”马蹄表的声音显得格外清晰。表盘上，那只金黄色的小鸡正有节奏地摆动着脖子，一个劲地在啄米。他趴在掩蔽体的观察孔前，头戴耳机，手握报话机话筒，两眼紧紧地盯着不远处的靶标，再有十来分钟，轰炸考核就要开始。

“拿破仑”又该来了。他能投好吗？昨天，师里一位无线电技师上岛来检查报话机，告诉他，这次再投不好，“拿破仑”就要停飞检查。停飞吧，打打他的那股狂劲儿。他想，最好能弄到岛上来，让他也当当“鲁滨孙”。

一只小蚂蚁在观察孔前慢慢爬着。他轻轻把它捉住，拾来一块石头，在地上画了个小圆圈，又在二尺外画了个大圆圈。他暗暗假定：从一数到十，如果小蚂蚁能从小圆圈爬到大圆圈，“拿破仑”待会儿说不准能投个优秀；要是爬不到，他就将停飞检查。他小心翼翼地把蚂蚁放在小圆圈里，蚂蚁左扫右瞄煞有介事地侦察了一番，慢慢地爬出了小圈，“一，二，三……”他开始数了。小蚂蚁慢慢爬着。数到了十，它离大圆圈还有半尺远呢。算“拿破仑”倒霉，他要停飞检查了……怎么，他真的要停飞吗？会不会是刚才自己数得太快了？他把小蚂蚁又捉回来，放进小圆圈里。再来一次吧，他又开始数了：“一，二，三……”奇怪！有两个“他”怎么在他心中争辩开了？一个说：“急什么，小蚂蚁，慢慢爬嘛！”一个说：“别磨蹭，小蚂蚁，你爬慢了，‘拿破仑’可是要停飞的！”一个又反驳道：“停飞就停飞，谁叫他那样狂？谁叫他瞧不起人？”两个“他”激烈地争辩着，他的心开始乱了。

就在这时，一个白影箭一般从观察孔前闪过。他定睛一看，是小雪。小雪蹲在靶标旁的一块石头上，仰着脖子，笑眯眯地望着他。小雪早已养成了习惯，每次轰炸，它自己都会隐蔽起来。今天它怎么啦？

“回来，小雪！”他大声喊着。可小雪根本不理睬他。

“回来，待会儿飞机来了要炸死你的。”他招着手吼道。可小雪晃晃脑袋，一扭身跑了。

“嘀嗒，嘀嗒……”马蹄表告诉他，五分钟后，飞机就要飞临岛子上空。顾不得再想什么了，他摘下耳机，拔腿便往掩蔽体外冲去。小雪见他追来，两腿一蹦，跑了。小雪在前头死命地跑着，他在后面拼命地追，眼看就要撵上，小雪猛一拐弯，他一个趔趄，差点儿摔个大跟头。小雪在一丛艾蒿前蹲了下来，歪着小脑袋看着他，它在跟他的小主人逗着玩呢！

“跑吧，你跑吧，待会儿让‘拿破仑’炸死你。”他大口喘着粗气，脖子上的青筋根根鼓了起来。

小雪又蹲了下来。他伸手去抓，它一跃又跑了。这时，两架银灰色的战鹰已飞临岛子上空。他的心一震，闪电般地朝掩体奔去。

“长江，长江，飞机已到达你的上空，注意观察，注意观察。”他刚戴上耳机，便听到靶场指挥员急切的呼叫。他手握话筒忙回答：“长江明白，长江明白。”

"轰隆——"一团硝烟在靶标附近升起。

"轰隆——"又是一团白烟,一声巨响。

他趴在观察孔前,瞪圆双眼,迅速记下了弹着点。

硝烟刚刚散去,天啊,他看见心爱的小雪正畏缩在靶标的水泥底座上。

"快跑！快跑！"他大声吼着。

小雪不动,显然是吓蒙了。

"快跑,傻瓜！会炸死你的！"他声嘶力竭地吼着。

这时,第二批飞机又开始投弹了。"轰隆","轰隆",每一颗炸弹都像在他的心底炸响。

透过翻滚的烟雾,他看见小雪了,看见它那一双红玛瑙似的充满着央求的眼睛。他的两道浓眉倒竖了起来,豆大的汗珠从额前滴落下来。

最后一批飞机开始转弯……进入轰炸航线……掠过靶标上空……嗯,怎么没声音?又过了几秒钟,仍然听不到爆炸声。他抬头望了飞机一眼,差点没喊出来:"拿破仑！"是"拿破仑"那架飞机！你怎么不投弹?"拿破仑"！是进入的角度不理想?是因为没掌握好投弹的时机?完了,停飞吧,回去等着停飞检查吧……不知怎么,这时他竟可怜起"拿破仑"来。他觉得自己过去对他的看法太偏激了。谁都有自己的性格、爱好和习惯动作,你凭什么说人家狂?人家叫你一声"鲁滨孙"就受不了,其实这有什么?"鲁滨孙"在孤岛上二十八年都能生活下去,一个战士还不如他?

大海停止了喧哗,小岛显得格外寂静,只有墙上的马蹄表在"嘀嗒""嘀嗒"地走着……

他抬头远眺,海天茫茫,看不见一片帆影。啊,在灰色的水天线上,有一颗针尖大的光点在闪亮。老人礁灯塔！他的心一震——那位不知名的战士,三十年留下的不是自己的名字,而是那盏用热血点燃的"生命之灯"……哦,他又想起了那个小四合院,那些平平常常的邻居。他们生活着，工作着，用平凡的劳动在创造着人的价值。他的脸红了，心灵在震撼着。

飞机的声音慢慢传来，啊，“拿破仑”又飞回来了……开始拐弯，就这一锤了！蓦地，他一眼看见靶标底下蹲着的小雪。阳光下，它身上闪着耀眼的白光。“拿破仑”看见小雪了吗？要是能炸中它，他就能得优秀……豁出去了！他一咬牙，嘶哑着嗓音对着话筒叫道：“‘拿破仑’，看准了靶标，快，快炸呀！”

“混蛋！你没见白兔吗？你的白兔！”

“往兔子身上炸，你往兔子身上炸呀！……”

“轰隆——”山呼海啸般一声巨响。

心脏似乎停止了跳动，血液也凝结了。他发疯似的冲出掩蔽体，箭一般向靶标冲去。团团硝烟把他裹了起来，他像瞎子似的在地上摸索着。在离靶标十几米远的一块石头旁，终于找到了被震昏的小雪。他把它抱起，轻轻抚摩着它的身子。小雪的一条后腿被弹皮擦破，殷红的血还在滴着。他刷地从海魂衫上撕下一块布条子，替它包扎起来。就在这时，小雪吃力地睁开眼，平静地凝望着他，它的嘴角微微颤动了一下，像是要说什么。你要说什么呢？小雪，哦哦，不要说了，小雪，我知道，我知道你要说什么。原谅我吧，小雪，不是我不爱你……他把脸颊贴在小雪身上，晶莹的泪珠禁不住从眼眶里滚了出来……

硝烟慢慢退去，炸弹就落在靶标的水泥底座上，连三角铁架都被掀翻了。“拿破仑”投的，“拿破仑”投的！他忘乎所以地把小雪高高举了起来，对着还在空中盘旋的飞机，大声呼喊着：“投中了，投中了！”

飞机还在空中盘旋。忽地，它低空掠过岛子，投下一具小降落伞。小降落伞像一朵银色的花儿飘呀飘呀，落在海边的沙滩上。小降落伞上系着一个纸盒，天哪！里面装着一只全身黑亮亮的小黑兔，也是红玛瑙般的眼睛，也像小雪一样，一扑闪一扑闪的。黑兔腿上还系着张小纸条，纸条上写着：

尊敬的“鲁滨孙”：

好不容易给你找来这只黑兔。老乡说，它是最好的品种。大队的同志都赞同我投给你，让它和小白兔作伴，跟你一起在岛上安家立业吧。谢谢你！谢谢你！

你的战友“拿破仑”

他双手捧着黑兔，和小雪一起眺望着无垠的蓝天，笑了……

（《小说月报》1982 年第 7 期选载）

三个副师长

权延赤

在这支飞行部队，副师长隋玉明，一个身体健壮、精力充沛的“少壮派”，日子可以说是最难过了。日常里，一瞥眼光，一次握手，一个微笑，一声招呼……都可能使他清朗的心境立刻变得像被雾笼住的机场那样抑郁、沉闷。任职两年，用老婆的话讲，“吃驴草，当马使”，总算渐渐扭转了自己的处境。

谁料想这样一来，又开罪下那座大山——副师长巴山虎。这座大山，过去是靠在他背后，现在却一个劲往他头上砸，胸脯子上压！这不，在部队转场的节骨眼儿上，他又朝隋玉明压上来了。

“这种事情我管不着，以后也别找我。起飞前我就告了病假！”巴山虎这样说着，一边用手捂住胸口，好像心绞痛又要发作一样。

隋玉明伸手抓住后脖颈，有疼没痒地搔挠着，说：“巴副师长，您，您还是出头给说句话吧？您一句话比我谈十次心还……”

“不行哟，我得马上去卫生队。”

巴山虎含胸吞腹、煞有介事的话，使旁边的几个参谋都失笑得不行。

隋玉明转向那个汇报问题的参谋，问：“你是说——他拿了铺板？”

参谋干脆地回答：“对，三块！”

“是……机务二大队的？”

“二大队！战士们意见大啦！”

“往家拉？”

“往家拉！正挑拣呢。”

隋玉明解开风纪扣，好像那东西妨碍了他的呼吸。

部队转场，从塞外戈壁长途飞行，来到南疆这个四面环山、净空条件很差的山区机场，刚刚着陆，有多少事要忙……

“哎——巴副师长，您顺路说句话也行嘛，我这儿忙乱的……”

隋玉明见巴山虎要走，嗓音都岔了调，可怜巴巴地顺下嘴角。参谋们都对他同情了。在军事指挥上，他不愧是名出色的副师长，恐怕当名军长也会多有建树；然而在人事关系上，在资格和军龄的面前，他竟是如此气馁。能怪他吗？习惯的力量，某些人可以不服从真理，而真理有时倒要仰仗年龄——年老的说出才是“理”！那么何谓“老”？建国初期，吴玉章、徐特立、董必武被党内外同志尊为“老”，那年龄也只和巴山虎现在相仿佛。至于那位借转场之机，把铺板往家拿的人，也是位副师长。他负责机务工作，在平均年龄五十三岁半的师领导班子中，只有巴山虎资格比他老！

刚刚走出两步的巴山虎，不情愿地停住脚，扭回头，阔嘴巴一咧，居然也露出几丝苦笑，好像他也有什么难言的苦衷。眼皮眏一眏，挤出一星半点的同情怜悯。

参谋们的眼睛顿时光亮起来。恻隐之心，人皆有之。看来巴副师长要出头了。不看僧面看佛面，为工作他也不该吝啬那一句话！

谁又料想，眼眨到第三下，那一丝同情怜悯陡然又为一种铁石心肠的冷硬神色所代替，他直盯着隋玉明的眼睛，耸起眉头：“奇怪了，死了张屠夫，莫非就吃混毛猪？我是要去卫生队哩，老喽！你既然能挂副师长的衔，就该挑起副师长的担！”

这话可谓有水平：外有理，内有刺。说罢，扬长而去。隋玉明上下牙床拉开距离，半天合不拢。

巴山虎当副师长已经十八年，先后三次被提名任师长，三次都告吹。他曾在师党委常委会上沮丧地说："干部提拔要有三个条件：德、才、机。光有德、才，没有机会也是白搭！"他说的机会是泛指形势与位置。年前，师长调走，形势好，位置空，他又被第四次提名任师长。在党委常委会上，他苦笑着说了几句客套话："提年轻人嘛，还报我作啥？都是吴老头子瞎关照。他当二十年副军长，我当十八年副师长。他望七十我望六十，在他眼里我就老是年轻！嘿嘿……"

话虽如此，其实不然。这次上报是抢"末班车"呢，关系非同小可！当了正师职可以离休，进京与爱人团聚，副师职可就难说了，可能得动员老婆一道回山西那个穷县城，据说吃水都得用驴驮！老婆如果不去怎么办？老婆去了，孩子不去又怎么办？那老来的孤苦伶仃……即便大公无私，到这一步怕也得想想，何况现在的人好些也不过是三七开！

巴山虎如此命蹇：一年过去了，命令不见下，军区空军干部部反而来人了解隋玉明的情况。真是一步没赶上，步步落得远！难怪巴山虎要闹情绪，在转场的节骨眼儿上撂挑子。幸亏隋玉明军事指挥上还过得硬，在没有任何准备的"突然袭击"下，接过挑子，把一个偌大规模的转场飞行组织得井然有序，没出半点差池！这一手令人叹为观止，恐怕那些老家伙也未必能有几个做得到！

可是巴山虎能让隋玉明这么美美地露一脸就作罢吗？岂不太便宜他了！须知，军区空军干部部长还在场呢，不叫他洋相一番，也得让他露露怯才行！

"哼，官瘾使人心眼歪，钱多买回人混蛋！"

有人悄声发起牢骚。那前一句分明是影射巴山虎，那后一句就是暗骂拿铺板的朱副师长。

隋玉明严厉地剜一眼发牢骚的参谋。他尽管处处被巴山虎掣肘，可绝不愿听到骂巴山虎的话。毕竟，巴山虎是他的老首长，虽然这两年关系渐渐差了，但前十几年的美好印象实在太深，再多几倍磨难也无法擦去。

一辆草绿色的“大北京”停在休息室门旁。车后那位干部，就是朱雨汨副师长，他用充满权威的口气指挥着三名战士：“那块，里面那块，没看见上面的钉子吗？板子也糟，换下来！”

一听见他的声音，人们走在水泥跑道上，也像踩着了翻浆地，脚杆只觉陷得慌。在这个机场，提到朱雨汨，人们的喉咙口就像卡了根骨头，咽不下，吐不出。去年初，师里来了二十张自行车票，他一个人就拿去三张。隋玉明刚说得半句：“要考虑部队……”他立刻蹦个高：“你才穿了几天蓝裤子？我在防空军那阵……”话没讲完，巴山虎过来了，目光像锥子，尖利利直戳人脸：“有什么好吹的？”朱雨汨立刻像泄气的皮球，软了，乖乖退出两张票。这才是：靠本事做官的人，服本事；靠岁数做官的人，服岁数。也算物生有克，互相依存，互为制约吧。如今巴山虎闹情绪了，撂挑子了，他看得一清二楚！他还怕谁？他已是老大！因此人们都不免为隋玉明捏一把冷汗。

“朱副师长，您来一下。有点事情想和您商量商量。”隋玉明那不自然的神态表明，如果不是万不得已，他是不会找朱雨汨麻烦的。

朱雨汨不屑地把眼球朝下一滑，头半偏不偏地歪一下：“啥事吗？不要搞得神神秘秘。一个副师长！”

不少人都提起了心。那朱雨汨的话头来势就不善，那隋玉明的开场就未必好收！

“这铺板——”

“对，我要三块！”朱雨汨一下子抢过话头，“过去离家远，要了没处搁，现在转场到家门口了，两个小时车就能送到。”

“部队刚转场来，马上操持自己的……再说，也要经过营房股批准……再说，这是储藏室的铺板，你拉走了，战士们的衣包就要放地下……”

“啊？就缺了我这三块？家在部队的干部，谁没分点营具？我知道你当了副师长，烧得慌，凡事都想立个规矩，谁都是从那会儿过来的，都懂！可也不能专捡老的病的欺！我要是干部部长，你大概也未必！”

隋玉明被噎得喘不过气，想笑也赔不出笑脸了。莫非“少年得志”都要遭天妒？其实他也算不得年轻。且不说和国外比，就是本国建国初，三十七岁的军长、司令还不是大有人在。可现在师里的领导班子，又明明只有他一个不满四十岁！他要谨慎，要夹着尾巴做人。和一切青年干部一样，他最怕遭到“骄傲”、“不尊重老同志”一类的非议。有时他想：如果师里的领导班子有一半实现年轻化，那该多好啊！身上的压力就可以有个根本的减轻了。他深感到老同志的可敬，比如巴山虎，尽管现在闹情绪——在隋玉明眼里，那情绪也闹得蹊跷——但他为部队建设流过血，洒过汗，立过功。像隋玉明这样的年轻干部，都曾经由他手把手相教，以他做过靠山。可是另一种老干部，为数虽然不多，却叫人惧得慌。比如朱雨汩这尊神，他虽不大上班，却有能力给人“造福”，或带来灾难。运动来了自不必说，就是闲常，你得罪下他，要不了多久，从连队到机关，从团到师到军，甚至直到军区空军，便会流传出这样那样的议论，叫你寝食不安，惶惶终日！照此看来，人们也就难以苛求隋玉明，说他没魄力，缺少斗争性了。

“哎，你们愣什么？快搬，把这块换上去！”朱雨汩又开始指挥战士换铺板，他才不相信年轻上进的隋玉明敢和他这个“老来无所求”的干部在三军将士面前对峙哩！更何况他已清楚看到巴山虎蹲在塔台门口和机务一大队的大队长闲聊，津津有味，哪里肯再为隋玉明壮胆？倒像是有心等着瞧热闹。

可是战士们没有人再搬，齐把目光射向隋玉明。那无疑现出人心所向，是一种无形的巨大压力！

隋玉明的眉梢轻轻跳一跳，神色变得有些奇怪。他要夹着尾巴做人，但也绝不缺少年轻人的血性，特别是关系到军心和战备任务的时候。朱雨汩骄矜的态度和战士们不满而又期待的目光，在他脑中激起一层波澜。他第一次正面打量朱雨汩：这个人到底凭什么敢这样蛮？这次转场交给他，他指挥得了吗？师里的工作哪一项是他抓起来的？他只有年龄和资格好吹。莫非年龄、资格要比党纪军纪还权威？

简直岂有此理！

隋玉明胸脯挺高了。三块铺板事小，军心士气重大；倚老的人卖不了老，有买老的人才有卖老的人！

"朱副师长，"他的声音不再拘谨、露怯，一字一板，严肃得有些抖，"这次转场，因为巴副师长有病，党委临时决定由我负全责……"

战士们预感到什么，一时静得出奇。朱雨汨从鼻孔里喷出一股粗气。

"你们先把铺板搬下来。"隋玉明压下口气，对车上的几名战士招招手，那声音虽然平和，却深藏了一种激动和力量。

"哎——"朱雨汨刚要往起蹦，隋玉明忽然凑近他身边悄声耳语："朱副师长，战士们都看着你呢，千万别留话把。再说，孔部长就在塔台……有意见，可以到党委会上提，现在是我牵头，我决定搬下来，你就不要争了。"

这一切来得如此突然、严肃，可又藏了几分滑稽！大家先是一怔，迅即显露出开心痛快的神色，把铺板搬下车。

朱雨汨脸色铁青。发作吧？且不说隋玉明那副作态令人啼笑皆非，单是那人心所向……更何况塔台里的孔部长——那是管干部的！就此忍下？那么他在这个机场就别再想抬头！他憋口气，求援似的朝塔台前望去：最好能和巴山虎联合起来。巴山虎是隋玉明的受害者……

如果说朱雨汨对飞行一窍不通，那么他对关系学却颇有造诣。可惜，巴山虎偏在这时，掏出一个小瓶子，倒几粒白药片，朝嘴巴里一扣，懒洋洋地回塔台休息去了。

"好！"朱雨汨不失风度地瞪一眼隋玉明，走向塔台去找巴山虎。

"等一等。"隋玉明还是那种平和有礼的声音，"你的身体还能不能继续坚持？我是说转场工作量大，拖累人。"

"我现在就在班上！"

"我是见你要走……刚刚转场，几十架飞机必须马上检查维修，如果你不行，就说一声，我也好另作安排。”

朱雨汨难住了，有些狼狈——干？等于认输，威风扫地。不干？那隋玉明正好把他甩一边。若是消极呢？出点差错难保不受处分。

为难之际，一名参谋自塔台跑来：“报告隋副师长，巴副师长转达军区空军命令，十五点起飞十六架飞机，执行战斗巡航！”

朱雨汨两眼一亮：这回戏可唱乱了！周围的干部战士却不免担了一层心。巴山虎和朱雨汨不同，他是有真本事的人，加之他过去不搞歪的邪的，所以他现在若想整治一个人，那就绝不要想滑脱；他会得到相当一批人的支持！

机场上，油车、牵引车开始往来穿梭，塔台传出无线电改波的呼叫声……

隋玉明看一眼表，还剩一个半小时。他泰然地向参谋点头回礼，随即命令朱雨汨：“朱副师长，请在一小时内准备好十六架飞机！”

朱雨汨懒洋洋地摊开双手：“反映反映情况嘛。部队新转到这样复杂的山区机场，飞行员不准备半个月也得准备一个星期才行……”

现在形势明朗了。一个人像大山似的压下来，一个人又像翻浆似的冒泥水，隋玉明就被夹在这之间！

“反映意见是另一回事，先要执行命令。你——到底能不能完成任务？”隋玉明眼里迸出威严、凌厉的光。

朱雨汨大大吃了一惊。这人哪里老实、谦恭？他分明是把锋芒隐藏起来，一旦爬得再高些，岂能容得我朱雨汨这尊神？

“好，我负责准备。老同志嘛，啊，应当支持你的工作。”朱雨汨这样为自己找一个台阶，指挥二大队的机务人员准备飞机去了。

隋玉明又向一大队大队长下达了同样的命令。这是从实战出发，必须多准备一手。一大队大队长受命后，嘴角掠过一丝诡秘的笑意。这使隋玉明想起巴山虎刚和他聊过天，心境又阴沉下来，甚至产生一种孤独忧伤之感……

隋玉明是由巴山虎一手培养起来的，过去关系之密切，简直胜过父子情！隋玉明升任副师长后，还逢事习惯于向巴山虎请示讨教，但巴山虎再不肯帮他出主意了，常常冷眼看他的热闹。这时，他开始听到有人议论：“教会徒弟，饿死师傅。”朱雨汨甚至背后说他是“小拿破仑”！于是，隋玉明像被赶出巢的雏鹰，只好锻炼独立生活的本领。苦干两年，居然干出些成绩。这样一来，巴山虎不再冷眼旁观，而是想点子、变着法儿地刁难他。

就说年初那次吧，隋玉明把121团的飞行训练抓了上来。巴山虎便陪着军首长来挑刺。当时正飞自由空战科目。隋玉明向“敌”我双方布置攻击动作，交代何时盘旋，何时横滚……巴山虎挤细一只眼缝，说：“隋副师长，我们俩先给大家做个示范吧？”这句话不亚一道圣旨，隋玉明敢不领受？他本心想借机谦让，叫老首长露露脸，缓和相互间的矛盾。谁知上天一交手，不待隋玉明谦让，就被巴山虎又凶又狠地打个三比零。那原因是巴山虎根本没按规定动作攻击，落下来反而批评隋玉明：“自由攻击为什么限定动作？”他想解释：“天空那么大，不规定一下……”

巴山虎冷冷一笑：“战争服从规定吗？今天就是个教训！”

隋玉明不敢再分辩。自由攻击限定动作是几十年沿袭下来的训练方法，巴山虎能不清楚？刁难人罢了。事后，隋玉明干脆来个借题发挥，对训练方法做个大变革。难题是巴山虎出的，他自然不好反对！如此下来，巴山虎每对隋玉明刁难一次，客观上都能对部队训练和隋玉明的成长带来一些益处，这便是祸福相依，坏事变好事的实证。

然而这次转场，巴山虎的刁难太露骨了。他搞突然袭击，请病假，撂挑子，可影子又像幽灵似的在机场各处游荡！他哪里去过卫生队？煞有介事地往嘴里填白药片，谁能保证那不是维生素C？

为了能带出一支到处能飞、随时能打的部队，转场前隋玉明已经组织飞行员对新机场的地形、气象资料进行了详细研究。他现在担心的只是飞机准备情况。给飞行员下达任务后，他便匆匆赶到机务一大队。

满身油污的大队长报告，已经准备好十二架飞机。他看看表，只用半个小时，心里顿时漾起一股欣喜的热流——巴副师长到底是正派的，他绝放不下工作，只是不满我一个人……他兴冲冲赶到二大队，二大队只准备出五架。他的脸阴沉了。塔台东西两边，那工作气氛就大不同！这要是打仗，这要是二大队单独准备飞机……

“停，停一停！全部停止工作。”隋玉明吩咐着，略一思忖，发出一道命令：“全体集合，到一大队去！”

二大队全体机务人员来到一大队现场参观，并且负责验收。这一军直把二大队的人员将得脸红心跳。特别是朱雨汨，那面子是丢尽了。

十五点整，隋玉明率领机群腾空而起。那气势，真是翱翔铁翼山河动，扫荡云烟日月摇！

朱雨汨憋一肚皮闷气去找巴山虎发泄。走到塔台下，听见里面传出巴山虎沙哑的声音：

“怎么样？孔部长，压住台了吧？今天你可都是亲眼见！”

孔部长的声音：“嗯，转场你拿个航图跟在机群后面算个啥？找一大队大队长又说啥？你呀，暗中保驾没？”

“咳，我就像杂技演员背上那根绳子，防个万一。有我没我，戏是人家自己唱下来的。”

“三块铺板难为一个人！”

“唉，看他那作难劲，我还差点动摇哩。想一想，心软教不出硬汉子。”

“你这法子也不尽善，快二年了吧？也不怕误会！”

“没法子，不然他才不会扔掉我这根老拐棍哩。”

“你呀，去年不让给你下师长的命令，我就知道你搞了鬼名堂！”

“德、才、机，德、才、机。有德才的年轻人不少，机会还是应当多给他们留点好。”

“哈哈哈，进京名额军区也给你留了一个。离休条件有新规定了，军委文件已经下来……”

朱雨汨听着，听着，傻了一般僵住了。他茫然地抬起头朝四周望望。他看到雄健的机群，看到机群下那裸露着脊梁的巍峨的大山，突然觉得自己实在太矮小……

（《小说月报》1983年第6期选载）

丰　碑

李本深

一支长长的红军队伍，在云中山的冰天雪地里，顶着混沌迷蒙的飞雪前进。严寒把云中山冻成一只冰坨了，狂风狼似的嗥叫着，要征服这支装备很差的队伍。

将军的马，早已让给了伤号骑。将军和战士们一道踏着冰雪行军。他不时被寒风呛得咳嗽着。他要率领这支队伍向前挺进，为后续部队开辟一条通路。等待着他们的将是十分恶劣的环境和十分残酷的战斗，可能三天两头吃不上饭，可能要睡雪窝，可能一天要走一百几十里路，可能……哦，可能太多了，这支队伍的素质怎么样呢？能不能经受住严峻的考验？

将军思索着……

前面的队伍忽然放慢了行军的速度，有许多人围在一起，不知干什么。

将军边走边喊："不要停下来！快速前进！"

将军的警卫员回来告诉他："……前面，冻死了一个人……"

将军愣了一愣，什么话也没说，朝那儿走去。风雪太大了，他步履有些踉跄，眼睛有点迷离。

一个冻僵的老战士，倚靠一棵光秃秃的树干坐着，一动也不动，好似一尊塑像。他浑身都落满了雪，可以看出镇定、自然的神情，却一时无法辨认面目；半截纸卷的旱烟还夹在右手的中指和食指间，烟火已被飞雪打熄。他微微向前伸出手来，好像要向战友们借火……怎么？他的衣服这么单薄、破旧？

像树叶，像箔片一样薄薄地贴在身上……他的御寒衣物呢？为什么没有发下来？

将军的脸上顿时阴云密布，嘴角边的肌肉明显地抽动了一下，蓦然转过头向身边的人吼道："叫军需处长来！老子要……"一阵风雪吞没了他的话。他红着眼睛，像一头发怒的豹子，样子十分可怕。

没有人回答他，也没有人走开……

"——听见没有？警卫员！叫军需处长跑步上来！"将军两腮的肌肉大幅度地抖动着，不知是由于冷，还是由于愤怒。

终于，有什么人对将军小声地说了一声："这就是军需处长……"

将军正要发火的手势突然停住了。他怔怔地伫立了足有一分钟。雪花无声地落在他的眼睑上，融化成闪烁的泪珠……他深深地呼出了一口气，缓缓地举起右手，举至齐眉处，向那位与云中山化为一体的牺牲者敬了一个庄严的军礼……

雪更大了，风更狂了。大雪很快地覆盖了死者，他变成了一座晶莹的碑……

将军什么话也没说，大步地钻进了弥天的雪雾之中，他听见无数沉重而又坚定的脚步声在说："如果胜利不属于这样的队伍，还会属于谁呢？……"

（《小说月报》1983年第6期选载）

兵车行

唐　栋

根据一位女卫生员的自述整理……

一

六月的夜，喀喇昆仑山依然贼冷、贼冷。从冰山雪岭间回旋而来的长风，裹起细碎的沙砾，拍打得车体啪啪作响。

脚下，是高原戈壁地段。路，很平，坡，也不甚陡，可是车子依然像从前线指挥部卫生队开出时那样，缓缓地，缓缓地……

"同志，请开快一点。"

我急了，又一次催促道。

司机——一个嫩里嫩气的小战士，就像压根儿没听见我的话，双手牢握着方向盘，眼睛一眨不眨地注视着前面的路。一个小小的坑，一块碗口般的大石头，他都要减速绕过。

我实在忍不住啦，冲着他的耳朵大声喊道：

"喂，请你开快点，开快点，听到了吗？"

他这才慢慢地扭头看了我一眼，不急不忙地说：

"这车，不能开快。"

"咋？又不是在大城市里，开快了警察要罚你的款！"

"这车，是不能开快。"

他自言自语似的,又重复了一句。

“真见鬼啦!”我没好气地说,“难道车厢里拉的是玻璃,是炮弹,一开快就会颠碎?会爆炸?……”

“你!”司机怒冲冲地甩过头来,瞪圆了眼睛盯着我,搐搦的脸冷峻得像块冰岩。但很快,他又恢复了常态,仍以他那平和的语气说:“你不知道,这车……这车有毛病,只能跑这么快。”

“啊,那……耽误了病员怎么办?”

“别急。不怕慢,只怕站,我们就这样不停地走,误不了事。”

司机神情坚毅、沉稳。看来,催促他是没有用的了。我把头往后垫上一靠,想象着病中的上官星,心里跟猫抓一样……

昨天早晨,在山下基地医院,矮矮胖胖的女院长扭着困难的身子,亲自到盥洗间找到我,要我马上出发去5700哨卡处理一名病员。这种事以前常有,哨卡上的医生外出不在,立时又没有车辆,前指卫生队的人又抽不出手,就直接从医院派人去。凡是派我们卫生员去的,一般都是轻病号,我们的任务是能治的就在山上治,治不了的就接下山来。这差事,很苦,但我们都把它看得很荣耀,只要去上那么一两次,日后就可以在人前自豪地说:“我去过前线哨卡!”我们姑娘们说这话时的自豪劲,绝不亚于拿破仑手下的士兵说:“我参加过奥斯特利茨战役!”

可这次又派我去前卡,却是我没有想到的事。一个多月前,我去5700哨卡处理病员,途中就败在了天神大坂上。自然,一提起5700哨卡,我就禁不住胆怯,但我还是愿去的,愿去。那儿,有一颗星,一颗闪耀着奇异光亮的星……

不知这次领导怎的开了恩,竟派了救护车专程送我。赶到前指卫生队时,已是后半夜了。这儿,是喀喇昆仑山的腹地,距离5700哨卡还有整整一半里程。再往前,这种轻底盘的救护车便难以翻越海拔高而又路势艰险的大坂了,须得换车。像是预先约定好了,一辆军车亮着两束昏黄的侧灯，静静地等候在卫生队的院子里。车厢，用帆篷严严实实地罩着，夜色下看上去犹如一块巨大的岩石。

卫生队队长送来一听橘子罐头，我坐在门前台阶上匆匆吃了几口，就支撑着酸疼的腰身向车子走去。执行这种任务，往往都是在车上过夜。

忽然，我盯着驾驶室门上的车号怔住了：庚 2-00112，这不是上官星的巡逻卡车吗？“小星，小星！”我禁不住喊了起来。

从车后走出个年轻的战士，满身油渍，两眼怔怔地看着我：

“你喊的是上官班长吗？”

“是的，他人呢？”

“病了，在哨卡上。”

啊，原来病的是他！我大吃一惊，忙问：

“什么病？”

“不知道，我单独来前指执行任务已经三天了，刚刚听说。”

“你是……”

“我是这台车的预备司机。”司机像是要笑似的咧了咧嘴，“不要紧的，我们班长那身体，什么病，对付上几天就都好了。上车吧。”

他说罢，接过我手里的供氧箱和急救包，放进了驾驶室……

可是您瞧这车……我忍不住暗自骂起了卫生队的领导：真差劲，明知道是件火烧眉毛的事，却怎么不弄一辆好车让我搭?!

二

“您是月亮同志吗？”

“什么‘月亮’，我叫秦月！”

“噢，这就对了。都说您对病人体贴入微，像月亮一样温柔……”

进来的是位方头大脑，风尘仆仆的战士，一手拎着皮帽，一手夹着大衣；头发乱蓬蓬的像堆荒草，黑糊糊的短须罩满了脸圈；身上散发着一股刺鼻的汽油味和汗腥味，仿佛刚刚探险归来。

“您看病吗？”我诧异地打量着他，挪过一条板凳。

“不，在我们喀喇昆仑山上，真正有病的人是用担架抬下来的。我……借你一点东西用用。”

他说着，把大衣和皮帽放在板凳上，从桌上的搪瓷盘里拿起剪绷带用的剪刀，对着挂在墙角的一面小方镜，咔嚓咔嚓地修起胡须和头发来。

我一愣，叫道：“哎呀，你怎么跑到这儿刮脸来了？这儿是门诊室呀！”

“知道。脸是人的门面，‘门诊门诊’，不就是整修门面的吗？”他慢悠悠地说，宽大的、沾满油腻的脊背一抖，在偷笑。

糟糕，又遇上个捣蛋的了！在我们这个小小的基地医院，时常会哼哼唧唧地走来一些从山上下来的战士。有些，倒还真有点儿头疼脑热呀什么的，有些压根儿就没病，只不过是想看看我们这些年纪轻点的女卫生员和护士，给眼睛解解闷。这伙兵脸皮子厚，赖在门诊室缠呀，磨呀，生着法儿想同你多搭几句话。我们有时气极了，忍不住对他们大声训斥一顿，他们倒说你服务态度不好，在意见簿上乱写一通。我们给院领导反映，领导却若无其事地说：“这也难怪嘛，啊，都是些二十多岁的小伙子，常年待在山上，见只鸟儿都不容易，见了姑娘哪能不……啊，以后遇到这样的事，你们灵活处理就行了。”多轻巧！鬼晓得“灵活处理”是怎么回事？

“同志，别开玩笑，”我耐着性子说，“门诊室是看病的地方，不是理发店，搞脏了不好，还是请你出去吧。”

“啊，别生气，再坚持最后三秒钟就结束战斗了。一、二、三！”

哐啷一声，剪刀回到了瓷盘，可随即他又跟变魔术似的从裤兜里摸出把电梳子，将插头往墙上的插座里一塞，对着镜子梳起了头发，那梳子一翻一翻，还想整出点波浪呢！

想不到在偏远闭塞的喀喇昆仑山上，还有这样赶时髦的兵。我又气又好笑，大声地说：

"你这是怎么啦？还有个完没有?！"

"对不起，请允许我再打扫一下战场。"

电梳子发热了，一触到那蓬乱的头发，就碰出缕缕蓝烟，他咂了咂嘴：

"你们基地真不错，用通明电，可我们哨卡上的发电机都坏了半年了。"

"穷'烧'！就你那头发的水平，也值得用电梳子呀。"我气恼地挖苦道。

"这你就错了，生活中有的，别人可以享受，我为什么就不能？再说……啊，这事还是不对你讲的好，请原谅。"

"谁稀罕听你啰嗦！你到底走不走？不然，就把你的名字和单位留下，我要向你们领导反映！"

我满以为这样就可以把他唬住了，谁知他毫不在乎，两只脚跟啪地一并：

"欢迎欢迎！敝人：边防军喀喇昆仑5700哨卡巡逻车司机兼勤杂班班长，上——官——星！多巧，你是月亮，我是星……"

"你……"我被气得眼泪都快落下来了，说了声"你等着"，跑出去找值班军医。

当我气势汹汹地领着身材高大的值班军医回到门诊室时，他不见了。地上，清扫得干干净净……

三

车子颠了一下吗？好像有这么回事，轻轻地，我觉得自己的身子往上弹了弹。可司机竟如临大难，刹住车，跳下去从后面上到车厢里不知干了阵什么，然后又绕车察看了一圈，当发现一切完好无损时，才不安地驾起车，缓缓前进了。

“哼，对自己班长的病一点也不着急，对车上的东西倒这么经心！”我嘀咕着，心想，这车要是上官星开的话，早就飞起来了……

那次，是我第一次接到去5700哨卡处理病员的命令。说起来你们会觉得惊奇：一个重点为前卡部队服务的野战医院，竟然没有一辆适合在高原险路上奔驰的救护车。所以，凡去前卡，我们只有到公路上拦车，好在我们女孩子拦车有许多优越性，把手轻轻一摆，车子就乖乖地停下了，不管是拉煤的，拉粮的，还是拉菜的，抓住什么就坐什么。

还算好，不多会儿就过来了一辆军车，我急忙把手举起……

“去哪儿？”驾驶室里晃动着个脑袋。

“去5700，那儿有人病了。顺路吗？”

“噢，快上来吧。”

车门咔嚓一声打开了。我刚踏进一只脚，蓦地就像让蝎子蜇了一下。你猜怎么着？原来司机就是不久前在门诊室捣蛋的那个上官星，他见是我，也愣了。

“真倒霉！”我说着，就要下来，却被他一把拽进驾驶室，随即砰地拉上了门。

“你干什么？我不坐你的车！”我大声抗议着，挣扎着要下。

他松开我，嘴角挂着一丝轻蔑的笑：“说实话，是找借口不想到我们那儿去吧？胆小鬼！”

“你说谁是胆小鬼?！”

“谁不敢去，谁就是。海拔五千七百米，鸟儿飞不过，黄羊不敢攀，量你也跟它们一个样。”

“哼，那我就让你瞧瞧吧！”我一赌气，又用劲坐了下去。

“这就对了，”他一笑，“今天能碰上我，算你有幸，不然你到哪儿找这样的‘直达快车’？这也是我们的缘分好，星星和月亮嘛，总是要凑到一起。”

"你放老实点！"

"老实？嘻嘻，什么叫老实，什么叫不老实，单从一个人的嘴上是看不出来的，卫生员同志！"

他嬉笑着朝我眏了眏眼，一踩油门，车子呼地蹿了出去，轰轰隆隆，罗盘上的指针一下就指到了八十公里。

"啊，你……开这么快干什么？"我怕，禁不住叫道。

"看你说的，你不是去救护病人的吗？哪能慢慢腾腾？"

"可也不能像你这样开飞车，要是万一……"

"噢，你是怕出事呀，放心吧，我连媳妇都没找上，还想多活些年呢！"

他脚一使劲，车子又快了好几码，路旁的电线杆子，像闪电一样向后倒去。我紧抓着把手，心都悬到了嗓子眼儿上。可他呢，一只手自如地操纵着方向盘，另一只手慢悠悠地掏出雪镜戴上，高昂着头，嘴里还"嘞嘘嘞嘘"地用口哨演奏着"向前向前向前"的《解放军进行曲》。

这么个兵！我思量着，一定得想个法子治住他，不然，前面的路还长着呢，鬼知道他会做出些什么事来！

四

一团旋风，旋起高高的尖柱，在山谷间游动。我感到头有点疼痛，这才注意到，车子已经到了死人沟……

那天，我就是被一阵头疼、胸闷惊醒的。瞧我，还说要想个法子治住上官星呢，却不知怎的渐渐给睡着了，一直睡到了天黑，醒来时，头靠着他的肩。"真不争气！"我怨恨着自己，急忙朝外挪了挪。

"怎么，不大好受了吧？"他问。

我一扬脸，装作没事似的："没、没什么。"

“别逞强了，这儿是死人沟，海拔四千米以上，连我都感到氧气不够吃了。”

死人沟？好吓人的名字！可是很快，我就明白了他是在哄我，因为我看见前面有一片灯火，星星点点的白光，一眨一眨，就像在夜晚的飞机上看某个小镇。我鼻子一哼，说：

“什么死人沟？你少唬人！谁不知道前面是个兵站。”

“兵站？”他哈哈大笑起来，“兵站早让你睡过去了。前面那不是灯火，是鬼火，噢，科学上叫做磷火。不信你看——”

他让车子在公路上拐着S形，车灯下，路两旁，尽是一片一片的白骨，仔细点，还看得清头颅上两只黑黑的洞眼。我紧张得头发都要竖起来了。

“你知道哪来这么多白骨吗？”他清清嗓子，像个学者似的说，“这里，在历史上是通往西域各国的经商古道。要是白天，你会看到一根高高的石柱，据说是唐玄奘用过的拴马石；还有一个很深的石洞，是教徒和商人夜宿避风的地方。这累累白骨，就是朝朝代代的商队和朝圣者留下来的，有马，牛，骆驼，也有人……你看，我们哨卡现在就守卫在这样一条丝绸之路上，多有意思！噢，你等等。”

他停下车，跑进夜幕中不知干什么去了，只听见叮叮当当的骸骨相碰的声响。那白色带蓝绿色的磷火，趁着车停下的当儿更活跃了，飘飘忽忽地从远处游来。我顿时觉得整个旷野只剩下了我自己，浑身发憷，忍不住喊道：

“你、你还不快回来?！”

（我用的是命令的口气，可不能让他感觉到我的胆怯。）

“来了来了。”他应着，跑回来打开车门，递给我一抱东西，“喂，接住放在脚底下。”

我一触，冰冰凉，妈呀，原来是一抱白骨。我尖叫着用力将那东西推了出去。

“你捡这些做什么？恶作剧！……”我又气又怕，连话都说不出口了。

“哎,这东西可是有用场的。好,既然你嫌,就放在后厢里吧。”

他倒有耐心,将我推掉的白骨一块块捡起,扔进车厢。末了,他捡起一块人的头骨,在手里掂了掂,问我:

“你说,这个人曾经是干什么的?”

“去!”我一阵恶心,拉上了车门。

他站在下面笑笑,又现出了那副学者的神态:“也许,他是个为西域各国的文化交流做出过非凡贡献的英雄,率领着浩浩荡荡的驼队,行进在高山峡谷,后来粮尽水绝,风狂雪猛,他和他的队伍英勇地倒下了。也许,他是个窃卖我国文物古宝的盗贼,被自私和贪婪吞噬了性命……千古历史,岁月无情,埋没了多少真善和邪恶。唉,不管怎样,让我们对他施之以革命的人道主义吧!”

他用手在路旁刨了个沙坑,把那块头骨埋住,又往上压了块大大的石头,这才上了车。

车,还是那么快。世界一片沉寂,只有马达的嗡嗡声和呼呼风啸。我被他惊扰得胸口直跳,只想快点走出这条死人沟。

“嗨,这样多无聊,讲个故事吧,或是随便说说话。”

谁知道他那闲不住的嘴又要出什么好词了,我侧转身,不理他。

他扫兴地吹了声口哨,说:“啊,当美庄严到不肯言语、自满到不肯看人的时候,就不成其为美了……”

“你少议论人!”我将脸转向他,“实话告诉你,在医院门诊室的那件事还没有完呢,等到哨卡上见了你们领导,我要说的话多得很,够你听的!”

我突然想到,这样说,或许能震慑一下他吧。

可恰恰相反,他毫不在乎。

“那件事嘛,该汇报的我已经给指导员汇报过了,该认错赔礼的嘛……我现在给你补上。”他举起右手,侧身向我行了个不像样的军礼。

我保持着严肃，说：“你少来这一套！”

“那你要我怎么办呢？”他叹了口气，“实话对你说了，你可别耻笑。那天，我想在街上照张相，别人在老家给介绍了个对象，提出要见见咱这模样。下趟山不容易，下来了就照吧。可照，也得整整容呀，不然蓬头垢面的还不坏事？可是你们医院隔壁那家理发店里的几个小青年，竟嫌我头发太脏，推来让去的都不愿理。我一气之下，就自己买了把电梳子，反正用过后带回哨卡都还可以享受享受。要是我还有钱买剪刀和镜子的话，大概也就不会到你们门诊室去了。谁料，就这样折腾，人家接到咱这光辉形象，还说脸太长，没风度，吹了！受这份窝囊气，还不如叫人打俩耳光，我真糊涂，真后悔！从此，咱干脆来个干脆的，你瞧——”

他取掉帽了，剃光了的脑袋亮光光的像个葫芦。

“这就是战士的风度，”他摇晃着头，“看得上的，来；看不上的，去！”

我忍不住扑哧笑了。这时车子颠了一下，两人的头咚地碰在了一起，疼得我喷泪花呢，可他却叫着：“哎呀，我的灯泡！”

多气人！

五

出死人沟不远，是条没有固定河床的河，河上无桥。好在雪水发难期已过，河床干了，车子可以顺顺当当地开过去。

不想，司机还是停下了车。

他下河看了看路线，然后一块一块地搬开并不怎么碍路的石头，这才慢慢地慢慢地把车开过了河。我可是给急坏了，车子本来就跑不起来，还这样磨磨蹭蹭地耽误时间，上官星的病……我想起那天过河的情形，他，会不会是自那以后病倒的呢？

那水势，在漆黑的夜晚，真真吓人！车灯一照，白花花，浪滔滔，碎玻璃似的冰块，哗地涌上浪尖，又轰地钻进漩涡，眨眼间冲出老远。远山中午融化的雪水，夜里正赶到这儿。暴涨的冰河！

怎么办呢？我望着他。

他往河里投了几块石头，挠着亮光光的脑袋思索片刻，一咬牙，要闯了！

“可以过吗？这么大的水。”我问，连声音都在打战。

“没问题，我这是巡逻车，马力大。”他满有把握地说。

下河了。水，一下子就淹没了汽车叶子板。他像尊铁塔似的稳操着车，艰难地推进。车前，涌起高高的扇形波浪，整个河道的水似乎都涌在了汽车周围。我生怕车子被水冲翻，再像树叶一样漂走，双手紧紧地抓着、抓着——抓着什么呢？我感到软绵绵的，才发现抓着的是上官星的胳膊。我忙将手缩回。

突然，车轮顶上了一块大石头，突突了几下，熄火了。立刻，冰块撞击着车体，水从门缝直往驾驶室灌，我惊慌得叫了起来。

他这下有些紧张了，一边没头没脑地骂着，一边这样那样地折腾了一阵，车子怎么也发动不了。这可如何是好？正困在河的中间，连门都出不去呀！逞能吧，冒失鬼，我真怨恨他！

忽地，我闻到一股浓浓的酒味儿，扭头看，见他举着一个扁小的酒瓶，咕咕嘟嘟地猛喝，完了，将空瓶扔进河里，对我说：

“转过身去。”

我不解其意，将脊背转向了他。随后，听到窸窸窣窣的解衣扣的声音，才蓦地明白过来，他要下河！

啊，这深的水，这冷的冰，怎么可以……我出于医务工作者的责任，不能不回过身来劝阻他：

“你不能下去！”

他慌忙把手从腰间抽出，急躁躁地说：

“看你，不下去，我们就老这么在车上待着？”

“不待有什么办法？只有等天亮让别的车来拖呗。”

“等天亮？病人等着你去救护，哨卡上等着用我车上的发电机，你看我们干的哪是能等的事？再说，在水里泡这么一夜，还不白白冻坏我的车？”

“那……冻坏了人怎么办？”

“我常下这样的水修车，哪一次也没见冻坏过，放心吧。你把脚放在座垫上。转过去，转过去。别动……”

我不知如何是好，不知不觉地顺从着他。“哗——”，“砰——”，车门打开，又迅即关上，一股冰水挟裹着寒风，挤进了驾驶室。他光身站在齐腰深的水中，用手摇柄狠劲地摇着发动机，一圈，两圈……摇柄猛击着水面，整个车都在晃动。

我只往水里瞟了一眼，就不敢再看了。我仿佛觉得站在水中的不是他，而是我自己；那冰冷的水，似无数把锥子，直往骨头缝里钻，钻得我心都要碎了……

“突突突……嗡……”车发动了！我赶紧推开车门，喊着：“快上来，快！”

他磕碰着牙齿踏进驾驶室，还不好意思呢，慌忙拉起大衣遮住身子：“你别……别管我，转过去……”

我全当没听见，只管用干毛巾为他擦身上的冰水，帮他穿衣。当卫生员的，什么没见过呀？

忽然，他咳嗽了，先是一声、两声，很快咳成了一串……

六

车上岸后，我急忙拿出药，叫他吃了，又拿出酒精，叫他往腿上擦了擦。到底是他体质好，不多会儿，就缓过来了。

这时，天已渐亮，车子时而隐没在乳白色的雾气中，宛如腾云驾雾一般，时而又沐浴在淡淡的霞光之下，时而又被一阵黄风团团围住……好一派奇异的高原景象。然而，我并无心赏顾这些，只是暗暗地用眼尾的余光察看着上官星。他把一个大大的问号和一个大大的感叹号推到了我面前。现在倒是我想跟他说话了，其实我本来就是个话多的人，而且好奇心强。

“喂，”我说，“听口音，你是新疆人吧？”

他见我主动跟他搭话，一愣：“啊，我是在新疆长大的，老家在苏州。”

“噢？苏州多好的地方呀，怎么到了新疆？”

“你……问这干吗？”

“哎，你不是说，太无聊了，要说说话吗？”

他蹙了蹙眉，好像有什么隐痛的事，但很快又笑开了脸。

“你想听听上官星‘历险记’？这都是陈词滥调了……”他告诉我，“文革”开始时，他父亲因“五七年”的问题，被发配到塔里木监督劳动，带着他和弟弟；他母亲以划清界限为由，早就改嫁了。在塔里木的戈壁滩上，他放过羊，赶过马车，挖过土地，生活了十四个年头呢！

我的心情变得不那么轻松了，沉沉的，像有个什么东西咬着。

“现在呢？家还在塔里木吗？”我正正经经地问。

他轻轻咳嗽了一声，说：“七九年，党给我爸爸纠正了错案，他带着弟弟回苏州去了。”

“那你怎么没回去呢？”

“当时，因为房子和几件破家具没处理完，就把我留下做些善后的事。正巧，赶上征兵，我就报名参加了。”

“可你……从小受了那么多的苦，熬到了个好机会，应当回苏州去呀。”

“你也这样说？”他淡淡地一笑，“回苏州去，我打算过。可是你不知道，我想当兵想了多少年啊！在以前，这是没门的事。爸爸的冤案平反了，部队也向我敞开了大门，我怎么能放弃了这个机会呢？我感激党，别的我做不了，可我年轻，有力气，当个兵总还是有用的吧。”

“那你爸爸同意吗？”

“爸爸他……没法同意，也没法不同意。”

“怎么？”

“他刚回到苏州，就去世了。”

“噢？病故的？”

“不，高兴死的。”他长长地叹了口气，悲戚中带着几分哀怨，“爸爸一到老家，组织上就给他分了房子，安置了工作，补发了十多年的工资。他抱着半面袋子钱，兴奋得又是笑又是哭，结果心脏病发作，就……”

“啊，怎么会这样呢？”

“奇怪吧？一个饱受歧视、迫害和艰辛都没有倒下去的人，在光明到来时却被金钱和欢乐夺去了生命！”

我沉默了。他，顿了顿接着讲道：

“还有比这更奇怪的，我那弟弟，放着父亲的后事不去料理，却和我的一个叔父大吵大闹着怎样分那半面袋子钱……这，别说是骨肉之情，就连最起码的人的感情也说不上啊！可是，在我们哨卡上，有一件事你听说过吗？一次，由于大雪封山，一连断了三个多月的蔬菜，许多人的身体都垮了。炊事员从菜窖里的废菜叶子里拣呀拣，好不容易才拣了一把韭菜根，熬了一碗菜汤。这碗菜汤在大家手里传来传去，谁也不舍得喝，就像上甘岭上的那壶水一样。最后，还是让给了两个病号。这，又是一种什么样的人与人之间的感情？……”

他很激动，额上的筋脉鼓起好高，车子跑得更快了。

“真没想到，”我同情地说，“你生活中会有这么艰难的遭遇。”

他苦笑一声，从兜里捏出一撮莫合烟，两手伏在方向盘上卷着：

“这样好。一个人的生活要是太顺利了，倒是一件不幸的事。遭遇，是我最伟大的老师，也是我最宝贵的财富，它会使人在遇到峭壁时，想到的不是绝路，而是梯子……”

我琢磨着他的话，觉得他在我心目中的分量，重了。

"哐啷！"车子又是一颠，抖落了他手中的烟末。他重新捏出一撮，又卷。我劝道：

"别卷了，抽烟不好。"

"我没烟瘾，抽一支提提精神。"

是的，他太累了，眼睛里充满了血丝。

"那就让我来吧。"我从他手里拿过烟。

"你会？"

"学呗！"

他眼里闪现出异样的光……

要变天了，铅灰色的雾，从远处漫过来，遮罩了周围大大小小的山。

七

白茫茫，白茫茫，好像全世界的冰雪都汇集到了这里。曲曲弯弯的盘山公路，紧贴着悬崖峭壁朝上绕呀绕呀，一头钻进了天。难怪叫它天神大坂，大概是天将神兵难以逾越的意思吧。

恼人的司机，把车开得更慢了，而且走一阵，就停下来检查篷布有没有开缝，稍微有点灌风的地方，他都要严严密密地堵好。我连催他的气力都没了，歪斜在车上，头疼得像套了个"紧箍咒"。"顶住，顶住，这次一定要闯过大坂，上官星在等……"

那天，天气可不像这么平静。我们刚挨上大坂，暴风雪就来了。那雪，那风，犹如无数匹野马，搅得山都要翻个儿似的。密集的雪粒斜着扑向车头，挡风玻璃上顷刻间就落满了一层，路在哪儿哟？

上官星打开车门，将身子探到外面辨路。他用一只手操纵着方向盘，不一会儿就成了个雪人，脸色发紫，眼睛又红又肿，泪水一道道流下来，在腮边结成了冰。

我看着，心里跟针扎一样难受。“快进来，这样要冻坏的。”我拽着他的衣襟。

风大，他几乎是吼着说：“不能停，趁雪把路还没堵住，要快往前赶，到了大坂那面就好了！”

车子艰难地，一点一点地往前移着，离大坂的顶点还有四百多米路，路上的积雪更深了，整个车轮，几乎全埋了进去。

正行间，不料车子被一溜儿暗冰滑了一下，车尾猛向外一甩，慢慢地朝路下斜了去。“快跳！”他喊着，拧开车门用力一推我，我还没反应过来，就滚到了地上。“吱——”一声，车终于刹住了，真悬哪，半个后轮已经掉到了路外，那雾腾腾的深谷，好像一只张大了嘴巴的饿狼。我，吓得出了一身冷汗，他呢，怔怔地，半天才喘过气来。

他从雪里扒出几块石头把后轮支上，然后用铁锹铲前轮底下的冰雪。叮叮当当，打铁一般，一锹下去只铲出一道浅浅的白痕。我见他太累，非要替他铲一会儿不可。他执拗不过，只好将铁锹给了我。我握着锹把，十根手指软酥酥地怎么也使不上劲，刚铲了两三下，就觉得天旋地转，哇地干呕起来，随即手一松，铁锹顺着雪面滑进了深不见底的峡谷。

这可怎么办？没了铁锹，拿什么挖车？我悔恨得直想哭。

“没关系，办法会有的。”

他安慰着，把我扶到靠坡避风的地方，用手扒了个雪墙，铺上皮大衣，让我坐下休息。随后，他从工具箱里翻出半截钢板，又去了。沉重的雪幕中，他浑身皓白，跪着，一下一下地凿那坚硬的冰，飞溅的冰沫，像一簇簇白色的礼花。

可我，多丢人哪。只能静静地坐着，坐着，稍微一动，胃就直往上翻。出发时没想到会遇上这种情况，加之偷懒，连皮帽子都没戴，这会儿冻得脸颊和耳朵刺辣辣地疼，我想用手焐一焐，一摸，一块冷冰冰的东西掉在了手里。“啊，耳朵，耳朵冻掉啦！”我惊叫着，不敢看手里一眼。

他闻声跑来："耳朵怎么了？"

"耳朵，耳朵没了……"要不是紧张，我早就放声哭了。一个姑娘家，怎么可以没了耳朵。

他愣怔地，揉去睫眉上的冰碴，看着我："耳朵？耳朵不是好好的吗？"

"噢？"我手指轻轻地拭着那冷冰冰的东西，一用劲，咔嚓一声碎了，手上湿淋淋的，一看，原来是从耳朵上掉下来的冰壳子。真丢人！

他笑着，教我："这样，用手焐一会儿，再轻轻地揉。"

这我都懂，可这双冻笨了的手，真难得举起。

"让我来吧。"

他伸出两只大大的手，放在我耳朵上按摩着。那手，热乎乎的，就像两只小火炉，脸和耳朵很快就恢复了知觉。然后，他从驾驶室拿来他的大衣披在我头上，继续打路去了。

许久，许久，他手上的那种体温，似乎还留在我的耳边，我觉得脸颊在发烧……

这时，风更猛了，路面上的雪，就像在高倍显微镜下看细菌繁殖一样，一点点地在增厚。上官星返了回来，脸色严峻，我感到形势不妙。

"冰雪太厚，车挖不出来了。"他把半截钢板丢到地上，说，"趁天还早，我步行去哨卡上搬兵！"

"步行？"我觉得这是不可能的事，"再等等吧，哨卡上总也见不到我们，会派人来找的。"

"找是会找，可是谁知道那要等多久，而且他们也搞不清我们的具体位置。我还是走吧。你就在这儿等着，天黑前我一定返回。"

"那……我跟你一起走。"

"开玩笑，三十多公里路，雪这么深，海拔又高，你怎么行？"

"我行，我行……"

我挣扎着站起，刚一迈步，就头重脚轻地跪倒了。这可怎么办？只有他独个儿地去,我独个儿地在大坂上等?

“别怕,”他扶我坐下,说,“这儿没有伤人的野兽,你只要小心别冻着就行了。怕车万一滑动,你就待在这儿吧。”

他将雪墙往高往厚加了加,然后从车上取下在死人沟拣的那些骸骨,架在我旁边,又抽了一桶汽油,浇了点,燃起了一堆大火。原来,他拣骨块是这个用场,我哪能想到呀!在这寸草不生的大坂上,用这种办法生火还真可以呢。

“这是打火机,拿上,冷了就把骨块在汽油里浸浸,点燃。祝你……保重!”

“你也保重!”我握着他粗壮的手,顿时觉得要失去了什么,心里空荡荡的,泪水,情不自禁地打湿了睫毛。

他对我留下意味深长的一瞥,留下一个滑稽的告别手势,宽大的身影,在白色的世界里渐渐模糊了。

雪地上,一串深深的脚印,仿佛是一条永远不断的线,牵动着我的心……

八

终于翻过了海拔近六千米的天神大坂,可以隐隐约约地看见在那云雾缭绕的山巅上,坐落着哨卡低矮的、灰色的营房,越在这时,我越是心急,巴不得让车子飞起来。

偏偏,车子又停下了。司机拿了一大块破布,到路边一个积存着雪水的坑旁,砸碎上面一层薄冰,将布在水里浸湿,然后走回来擦车上的尘土。

我的火气倏地蹿了上来。

“到哨卡上再擦不行吗?!”

“不,要到家了,在这里擦干净好。”

司机低声地说,好像有什么心事,只管擦他的车。

“难道你不知道你们班长正病着？病人需要的是时间、时间！”

“这……我……我想还是擦干净进家门的好，我们班长每次出车回来，都要在这里把车擦洗干净。”

“那，你就擦吧，擦吧，我步行走！”

“别……这儿不比山下，活动量大了会累出高山病来的。”

“这你就别管了！”

我跳下车，背起急救包和供氧箱，气咻咻地往前走去。没出十来步，就两腿酥软，眼冒金星，心脏跟鼓槌似的猛擂着胸膛。司机追上来，夺过我背着的东西，铁青着脸激动地说：

“请你别感情用事！假如……”

他没有再往下说，情绪突然平和下来，像曾经有过的那样似笑非笑地咧了咧嘴，有点慌张地说：

“啊，稍等一等，车马上开，马上开。”

他跑回去，擦完了最后几下，又轻轻掸去篷布上的灰尘，这才把车开到了我跟前。

车速，还是那样的慢。

像谁把一盆鲜血，泼给了夕阳，天际间一片艳红，满山满谷的冰雪静静地、静静地注视着天空。风照旧在刮，雪地上卷起一层一层的白浪……

记得那天，暴风雪过后，也是这般景象，哨卡上的连长没有让上官星再来，他亲自带了些战士，按上官星报告的地点，在天神大坂上找到了我。幸亏有火，我没冻伤。他们费了好大的劲，把车挖了出来。为了抢时间，又担心我的身体支撑不到哨卡去，他们来时用担架把那个病员也抬来了。这样，我就从大坂上接病员返回了。是连长开的车，发电机被卸下来暂时放在了我栖身的地方。自那以后，我再没见过上官星，可他的影子，却常常出现在我脑海里。

车子绕过一段之字形的山路，整个哨卡豁地展现在眼前。几十名战士，分列成两行，肃立在大门两旁，这是干什么呢？是迎接我还是迎接他们的车子归来？蓦地，我看清他们每个人的胸前，都戴着一朵小白花，怎么回事？……我心里发毛了，不等车停稳，就跳下来，急切切地问朝我走来的连长：

“上官星呢？他在哪儿？”

“秦月同志，”连长与我握了握手，沉默片刻，才说，“请原谅我们现在才把真情告诉你，上官星同志……牺牲了。”

我一阵晕眩，仿佛有无数朵白花在眼前旋转起来，有人扶住了我。这时，我看到了一个意想不到的情景：庚 2-00112 号巡逻车上的篷布打开了，战士们从车上抬下一副盖着白布的担架，担架上躺着的，就是上官星。

啊，走了一路，原来他就跟我在一辆车上，难怪司机把车开得那样的慢，那样的经心……

我扑过去，呆呆地注视着他坚毅、安详的神情，感到整个世界都凝固了……

连长告诉我：

——在几天前的一次巡逻中，车子受到大雪的陷阻，上官星徒步去前面踩路，不幸掉进了几丈深的雪窟，战友们把他扒出来赶忙送到前指卫生队，结果……没抢救过来；

——他留下话：把他送回“家”，埋在积雪的山冈。他离不开哨卡，离不开战友。他喜欢冰雪的洁净。他永远是喀喇昆仑的兵！

——他留下话，希望秦月能到哨卡为他送行。他没有母亲，没有姐妹，没有未婚妻，在所有熟识的战友的行列中，只有我这个唯一的女性。我会把春天留在他墓旁，他将感到温暖。

——是领导决定一路上对我保的密，怕的是我知道后，精神和体力不支，高山反应加重，难以上到哨卡上来。

（假如我早知道，我绝不会让小星一路上独自躺在车的后厢里，我会陪在他身边，同他说一路的默默话……）

连长拿来四封信，全是上官星写给我的没有发出的信。按信皮上注明的日期，正好每个星期一封。我先拆开新写的，信里是一首诗：

我是星星，
你是月亮，
我们同在
永恒的天上；
你的光给我，
我的光给你，
美丽的夜晚
我们闪耀着理想！

我把这首诗，写在了献给他的花圈上。我相信，不管时光过去多久，在我心里，永远会有他一个位置。

（《小说月报》1983年第8期选载）

张团长轶事

吴 强

一

张团长是新四军一员有名的虎将，又是个围棋迷。他下起围棋来，也好猛打猛冲。他指挥一个团的兵力，在江南苏北，打过许多漂亮仗。可是上了棋场，他却总是孔老二搬家——书（输）多。他的警卫员李有才这么说："咱们团长下棋，赢了哈哈笑，输了双脚跳。"

这是秋末冬初的时节，部队驻在苏北兴化县西北地区鹤儿湾、油坊头一带整训搞生产。一天下午，太阳甩了西，大约四点钟光景，张团长气抖抖地从前面的村子回到自己的营地，一进屋便朝床铺上一倒，像凭空掼下去似的，震得垫床板的板凳腿都晃动起来。他的爱人俞芳，正倚在门边打毛线，似问非问地："又输了棋？"她的声音很轻。他还是听到了，抬起头来对俞芳说："你怎么知道？"

俞芳心里有数：在他心中不乐的当儿，最好的办法是一声不响。于是，当着没有听见，拿起一只小板凳，走向门外去。

"俞芳！俞芳！"他连叫了两声，坐起身来。

俞芳回过身子，还是轻声地："叫我做啥？"

他抬抬手，叫俞芳走到他的跟前。"我不想下了！"他说。

俞芳微微地笑笑，说："你能有一天不下棋！我就佩服你？"

"佩服我什么？"

“佩服你有决心！”

被俞芳说中，他也笑了。“业余爱好嘛，下棋很有意思。”他说，“你打打毛线，唱唱歌，我呢，下下棋，各有所好嘛。”

过了一会儿，他突然长叹一声：“明明是赢棋，一颗子下坏了，丢了一大块！气人不气人！”说着，一只拳头像榔头似的打在桌上。

“妈呀！吓了我一跳！”俞芳停下手里的竹针，摸着胸口说。

“真是棋错一着，满盘皆输！”他还在懊恼。在桌子上又是狠狠地一“榔头”。

俞芳总是想说服他，劝他不要过分地计较得失，不要输了棋就坐卧不宁，饮食不安。她放下手里的活儿，坐下来笑着说：“团长同志！下棋是一种娱乐，一不赌钱，二不刮鼻子，输就输了，有啥了不起！”

团长把宽大的手掌一摊，睁大眼睛，横着眉毛说道：“下围棋跟打仗一样，棋场就是战场，不讲输赢，不论胜负，有啥味道？”

“下棋毕竟不是打仗！”

“下棋就是打仗！”

俞芳过去同团长说过多次，皆无效果，这一次又是白费口舌，只好又是笑笑。

团长对正朝外走的俞芳说：“告诉李有才，到总务股去领两支蜡烛来。”

张团长今儿早晨在他种的菜田里，浇了一遍粪水，做了几个垄头，回到屋里，吃过早饭，便到前村师政治部郑科长那里去下棋，上午先下了两盘，大输；吃了午饭下第三盘，到了中盘以后，他觉得形势很好，心中暗暗地喜不自禁。不料，快走官子了，郑科长在他的一块棋的当中，点了一子，他随手应了一着，竟成了“刀把五”，于是一块活棋变成了死棋。他一气之下，把棋子一抹，说了句：“你没有输，我没有赢，算了！”站起身，连声“再见”也不向郑科长说，便气抖抖地回到住处。回来之后，越想越懊恼，爱人俞芳引他说笑了好一阵，气才消了一些。

二

警卫员李有才在张团长身边工作了三年多，对团长的生性脾气熟透了，一听俞芳说团长要他去领蜡烛，便知道团长今儿夜晚要找郑科长拼两盘。不待团长吩咐，他在后勤股领到两支僧帽牌洋蜡烛后，便径直跑到前村，把郑科长请来。

在陪郑科长回来的路上，李有才想到团长常常为输了棋而心中不乐，有时竟懊恼得连饭也不吃。他便问郑科长："我们团长怎么老是输给你？"

"我也输给他过。"郑科长答道。

"我们团长一输了棋……"李有才吞声慢语地，"就不开心。"

十个警卫员十个向着护着他的首长，郑科长很明白李有才的心思。他没答话，只是嘿嘿地笑了两声。

他们进了村，站在门前的张团长把郑科长邀进屋，说自己本想夜晚打打棋谱，是警卫员自作聪明，以为唤他去领蜡烛，定是准备下棋。郑科长一听，就转过身朝外走，说："那你还是打谱吧！"张团长急忙将他拖住，说："既来之，则安之。来，来，还是下一盘！"郑科长笑了，"好，下就下一盘吧！"李有才点了蜡烛，铺好棋盘布，摆上棋袋后，走了出去。

郑科长与张团长下围棋有半年多了。按棋艺水平，郑可以让张三子。论岁数，郑是三十一岁，张才二十六岁。但为了尊重张团长，郑科长从未提出对张让子。这位张团长，又宁愿盘盘输，也不肯叫别人让子。他认为要人家让了子，赢了也没意思。所以，他们一直对下，只是张执黑子受先。半年多来，张团长常常一盘输上二三十子，有时候，还会输得更惨。可是在屡屡的交锋中，郑科长感到对手在不断进步，自己要赢棋也越来越吃力了。有两次，他一时疏忽大意，没有把棋补活，被张团长看出破绽，出手击中要害，将他的一块棋杀掉，结果输给了张团长。当时张团长曾对他这样说:“我承认你的棋比我高明,可是,你也不是不可战胜的!”郑科长听了,也只得笑着说道:“对!再下上半年,我就不是你的对手了。”两个人既是战场上的战友,也是棋场上的战友,只要有空暇,总要对弈两盘。

这天夜战开始,张团长照例是执黑先走。他把一颗黑子捏在手里,正要落子之前,先在桌子边上重重地敲了几下,自言自语地:“想起上午那盘棋,真他妈的!”郑科长伸手到棋袋中摸棋子,装着没有听见。

棋盘是布做的,棋子是日本的贝壳子。俞芳在团政治处工作,晚上开会去了。屋内只有他们两个人在作无声的战斗。开局不久,双方便进入短兵相接的紧张状态。张团长下棋,像打仗一样,爱打出击战,自称是攻击型棋手。他向白棋发起猛攻,果然奏效,将郑科长右边的一块棋切断,逼迫白棋后手补活,并吃掉了八个白子。他乐极了,心中暗暗提醒自己:“一定要巩固战果,千万不能莽撞!”又下了一会儿,他看看棋局的形势,认为这盘棋必胜无疑了,不禁哈哈大笑起来,两只手平放在桌上,对郑科长说道:“科长!这盘棋……”

“你赢啦?”郑科长微笑着问道。

“不是我赢,还是你赢?”张团长瞪大眼睛反问。

郑科长指着边上一块狭长的黑棋,不动声色地问道:“你这块黑棋的两只眼在哪里?”

张团长伸长脖子,双眉紧蹙,入神细看一番,果然发觉他这块黑棋只有一只大眼,另外一只眼则是假的。他想了半天,也没有解救之法。这个直性子的人,脸色立刻阴沉下来,胸腔里揣满了怒气,像一颗拉断了引线即刻要炸响的地雷似的。

郑科长轻声慢语地说:“只输五六子。”张团长还憋着劲在苦思冥想。郑科长又说了一句:“当初补上一着就没事了。”这时,地雷终于炸响了:“他妈的!独眼龙!”说着伸手一推,把盘上的棋子连白带黑一起搅乱了。

正在这个当口，警卫员李有才推门进来，对郑科长说："师政治部来电话，要郑科长马上回去。"郑科长听了，正好趁机摆脱这尴尬的处境，便向张团长扬扬手，说了声："明儿见！"就匆匆回师部去了。

李有才见桌上一盘乱棋，团长的脸绷得紧紧地像块铁板，知道团长又输了棋，正想不出用什么话来安慰他。这时团长的爱人俞芳踏进门来，她看到桌上狼藉的棋子便明白了。"你输棋发火，把郑科长赶走了？"张团长气鼓鼓地闷声不响。沉闷了好一阵，张团长一口气喝光了李有才给他倒好的一瓷杯浓茶，然后举起一只手，大声道："从此不下棋了！"

俞芳扑哧笑出了声："你又发表宣言了！"

"宣言？"

"那就看你的行动！"

"赌个什么？"

"一个星期不下棋，我买只老母鸡给你吃！"

这天夜里，张团长翻来覆去睡不着，满脑子黑的白的。第二天清晨，一听到起床号号音，他就跳下床来，到了外间，一眼看到李有才昨晚收拾好的两袋棋子，仿佛两只小老虎似的蹲在桌上向他怒目而视，不由得火从肚子底下冒了上来。他走上前去，伸手抓起两袋棋子就往外走。走到李有才和好些警卫员、通信员在那儿上操的打麦场东头的水塘旁边，膀臂一甩，两只棋袋飞了出去，棋子儿纷纷撒落在水塘里。李有才忙跑到跟前问道："团长，把什么东西扔进了水塘？"团长干脆地回答说："棋子儿！"

李有才一听棋子下了水塘，不禁目瞪口呆。过了一会儿，他问团长道："真的不下棋啦？"

"什么真的假的！"

见团长正在气头上，李有才只得不再多话，走开了。

三

一天、两天、三天，张团长没有下棋，到第四天，他就熬不住了。一坐到桌子旁边，手指头就有点发痒，不由得在桌边上乒乒乓乓地敲击着。下午出去散步，本想往南堤上走走，脚步却不由自主地走到了水塘边，两眼直愣愣地朝着那天棋子撒落下去的地方瞧着。机灵鬼李有才看得出团长三四天没有下棋，心里难受，脸色冷板板的，觉得可笑而又可怜，正想说两句话宽慰宽慰团长，这时候，远远地有两个人正朝这儿走来，入神一看，一位是郑科长，另一位是从军部来的梁部长。他也是与郑科长水平不相上下的老棋手，跟张团长也是老战友、老棋友。今日久别重逢，隔得老远，张团长便迎上前去，两个人又是拉手，又是搂头抱腰。彼此说了几句问好的话，梁部长就对张团长说："听老郑说，你的棋艺大有进步呀！"

"哪里！哪里！"张团长连连摆手。郑科长接上来说："梁部长不远千里而来，你们斗一盘吧！"

几天不下棋，团长心里本来就痒滋滋的难受，此刻，郑科长、梁部长又来当面挑战，棋瘾便给钩上来了。他朝水塘那边望望，心里懊恼地说："棋子沉到水底去了！拿什么下？"挂免战牌吧，却又说不出什么理由。梁部长熟谙这位猛虎团长的性格，便拍拍张团长的肩膀，冷下脸来说道："团长！听说你好几天不下棋，是不是埋头在家摆范西屏的棋谱，养精蓄锐，想打遍天下无敌手？"

用将莫如激将！"别拿我开心，部长大人！"说着，张团长扬开嗓子，朝着站在前边杨树底下的李有才一声叫喊："警卫员！"李有才快步奔了过来，脚跟还未站稳，团长便命令道："下水！到那边水塘里，把棋子摸起来！"

郑、梁两人一听，差不多同声惊讶地问："什么？你的棋子掉到水塘里了？"

张团长也就爽言直说："那天夜晚下了一盘窝囊棋，气得我要死，第二天早晨，我把棋子扔到水塘里了。”

科长、部长听了，禁不住哈哈大笑起来。郑科长一边笑着，一边说道：“下水塘现捞，那到什么时候才下得成！”他朝着李有才说：“你辛苦一趟，跑到我那儿，把我的那副棋拿来！”

李有才却摇摇头，说：“报告科长，用不着到你那里去拿……”

三位首长一齐望着李有才，李有才接下去说：“团长的棋子，早已摸上来了！”

“那就请吧！”张团长邀着梁部长、郑科长走进村子，进了屋。

这天下午下了三盘，张团长留梁部长、郑科长吃了晚饭，饭后又下了两盘。三个人轮着下，谁输谁下台。对局的结果，张团长输给郑科长一盘，赢了梁部长一盘。

夜晚九点钟光景，张团长将梁、郑两人送出村口，临别时梁部长抖着张团长的手，赞扬道：“你的棋确实比一年前提高了好多。”

张团长也使劲抖抖梁部长的手，连声地：“侥幸！侥幸！”

秋夜，从东海上吹来缓缓的凉风。蓝天里，缀满闪闪灼灼的星星，送走了两位客人，张团长在往回走的时候，无意间又走到了水塘边。他在风车篷子旁边站定，将李有才招到身边，问道：“谁叫你把棋子摸起来的？”

“俞芳同志。”李有才回答道。

“我不信！”张团长说，“她不喜欢我下棋。”

“我们两个商量的。”李有才说，“我对俞同志说，我想下塘把团长的棋子摸上来，她起先说，不要去摸。我说，团长没有棋下，心里难过，饭也吃不香。她就答应了。前天下午，趁你到师部去开会，你说你骑马去，有饲养员去就行了。我下了塘，人家问我在水里摸什么，我说是摸鱼……”

“没有冻死你这个小鬼！”

“不大冷。”李有才说，“撒开去的棋子不太多，多半在袋子里。”

团长把李有才拉到自己怀里，抚摸着李有才的粗壮壮的手，拍着他的手背说：“你这小鬼！没有冻坏吧？”

李有才拍拍肚子，对团长说：“俞芳同志真好！我刚从水塘里上来，她就端给我一大碗姜汤……”

张团长从鼻孔里“唔”了一声。

李有才看到团长今天特别高兴，问道：“团长，你赢了棋？”

“唔！打败了梁部长！”团长得意洋洋的。

“俞芳同志的老母鸡鸡汤，你喝不成了！”

“我宁可喝棋汤，不喝鸡汤！”

这天夜里，张团长睡得真香，头一靠上枕头，就打起拉风箱似的鼾声来。到鸡叫三遍时，他突然翻了个身，跟着爆出了几声大笑：“哈！哈！哈！”真像舞台上打了胜仗的张飞那样。俞芳从酣睡中惊醒，点亮蜡烛瞧瞧他。他却又沉入了睡梦之中。俞芳轻轻地自言自语道：“赢了棋，真像打了胜仗！在梦里还笑！”

（《小说月报》1983 年第 9 期选载）

人生何处不相逢

柳　杞

位于太行山东侧的这座古老的城市，历史在它的周围留下了鲜明的印迹——荆轲慷慨悲歌：“风萧萧兮易水寒，壮士一去兮不复还！”至今荆轲山下有荆轲村，山上有荆轲塔，石碑上大书：“古义士荆轲里”。三国时，张飞在附近的郡城卖过肉，至今还有一口纪念性的张飞井……

八十年代初期，大批老干部退居第二线以来，这座古城逐年迎来了众多的有资格人士。这些人士以定居这座古城为乐，以打扮好这座古城为荣。他们之中有人带着孩子去铺栽草坪，有人拄着拐杖参加义务植树，有人混在清洁队里扫地……在丛绿的夏日早晨，他们的行动更特别地点缀了这座古城的风光：你看那风景画般的绿荫垂钓，小河堤上的轻松慢跑，鸟笼旁边的音乐欣赏会，戴着老花眼镜的人们在菜畦间捉虫……就各个人的经历和记忆来说，这里又是当代史的参考资料馆，军事题材文学写作的另一矿藏。这种矿藏有时又像是露在地表面的煤块和金刚石。山东沂河岸边的小埠一带村庄，人们在暴雨时候穿着草鞋去踏荒，为的是寻找露在地面的金刚钻；山西阳原一带的农民放在火盆中的煤块，是放牧牛羊时候捡来的。来到这座古城的历史学者、记者、艺术工作者请注意：住在这座城市的尤力和马金镖的关系和经历，似乎就是这种露在地面上的金刚石或煤块。

尤力是三十多年前解放军的一位参谋。马金镖是三十多年前国民党军队中的一位连长。他们各在敌对的阵营里度过了自己的青年时代。后来异途同归大致统一了观点走到一起来了。他们三十年前在战场上打过照面，印象深刻，特点突出。不过如今在马金镖看来，尤力的剑眉比当年更俊秀了，剑眉下的大眼不那么圆睁了，有了微笑有了和气了。而马金镖胖得有点变形，华发两鬓，由于头发渐次后退，额角上的月牙形马蹄伤疤更加显眼了。他们有着从敌人到朋友的经历，他们自己也时常谈起这段经历。附近的邻人也大都知道他们这段经历。

一

一九四五年秋，日军投降，自卫战争还未正式拉开序幕，国民党的一支军队，猛叩解放区张家口的大门。于是还击战开始了，在洋河畔的渡口堡发生了一场战斗，围歼了一部来犯之敌。和新敌手初战告捷的欢乐鼓震荡着塞上军营。一位指挥这场战斗的老将军，更是兴致勃勃。他耳闻这次被歼的敌人有一匹好马，名叫八百黑。他想欣赏这匹好马。这位老将军在秋风飒爽的荒原村边停下坐骑。只见他腰悬左轮枪，肩披子弹袋，坐下白色大叫驴。这种装扮不管什么人见了，都要抿嘴暗自发笑。一位苏北老乡，咂着舌头说："乖乖！这不是八洞神仙下界才怪哩！"老将军环顾四周问道：

"各部队缴获的黑马都调来了吗？"

尤力参谋跨步向前说：

"报告司令员，各部队缴获的黑马都调集过来了，它们都在洼塘那边吃草哩！"

顺着尤力指点的方向看去，马群不大，马数不多。老将军有些扫兴，跳下驴背说："就这二三十匹黑马呀，这准是他们打了埋伏！要不，就是骑兵部队先捞了头水！"

"司令员，这都是些严格挑选出来的黑马呀！有点杂毛的一律不要。要是谁打了埋伏，谁捞了头水，反正不能藏在夹皮墙里，大不过养养膘再送来！”

老将军笑起来说：“好，好，都赶过来，就在这里试一试，挑一挑。挑不到八百黑，七百黑也要得！”于是挑选八百黑战马的场面出现了。逐渐围拢上来看热闹的军人，不明白这是什么节目，交头接耳议论什么是八百黑。

“唉，你还不知道什么是八百黑呀，那是打了个小折扣的千里马，日行八百里天才黑！”

“这黑有两点意思嘛，一个是日行八百里天才黑的黑。另一个黑，就是它是黑马，没有一根杂毛，黑得像炭，黑得像夜，你黑夜骑上它，谁也瞧不见，说时迟那时快，一下子就闯到了敌人的跟前！”

“哎，好个八百黑！要是挑到了这匹八百黑，司令员保准不要他的大白叫驴了！”

“那可不一定，从山南到海北谁见过这么体面的大白叫驴！它全身雪白，目标显著，司令员骑上大白叫驴上前线，这还是无形的鼓动工作哩。你懂什么？屁家伙！”

“哎呀，你们看这伙子步兵试马挑马，真是叫赶大车的去划船，打了鸭子去上架，够看的啦！”

在议论声中，已经有好几匹黑马在挑选中被淘汰了。这时又是一匹黑马被牵进场来。这黑马屁股滚圆，乌黑油亮，简直像一匹绝好的黑绸缎。它引颈长嘶，声威八面，细看腿下，嗬，还是一匹公子马咧！当过几天骑兵、外号王二踢脚的警卫战士飞身蹿上马背，叩动两脚，指望这马箭也似的射出去，以显示他的骑术。但这漂亮的黑马，不慌不忙，竟悠悠然迈起绅士步子来了。经过骑术上的各种示意动作，那马才无可奈何地趴起蹦子来。站在人群中的老将军被逗得大笑，他大声骂着“蠢货休息去算了”。

夕阳西下，荒原上挑选八百黑的余兴未尽。一位名叫丁铃铛的小个子牵上一匹身长腿细粗尾长鬃的黑马来。大声介绍说：“人不可貌相，海水不可斗量，别看它的长相不惊人，说不定它就是八百黑哩！”

大家细看那马，四条细腿，蹄腿之间纤细得像要折断。别说是骑上人，就是牵着走，也要小心闪掉了蹄子。可是这匹细弱的黑马，脾性却很暴烈，一连三个人都被它掀下背来。看来这是一匹生坯子野马，挑选工作就要在扫兴中收场了。这时一个俘虏兵笑微微地走出来说：

“长官，让俺试巴试巴一下吧，俺是草地长大的，自小会骑马。”

这个俘虏兵中等身个满脸风尘，塞上口音，穿一身油污军服，是个十足的伙头军模样人物，从头到脚没有一根惹人警惕的毫毛。这时候旁边有人喊：“这家伙是个胶皮疙瘩，摔不碎，跌不烂，好啊，就让他试巴试巴吧！”趁着呼应起来的喊声，那俘虏抓鬃上马，两脚只一松一叩，那细弱的黑马像平地卷起一阵黑风，惊沙未起，早已蹿出几十米以外去了！

尤力参谋最先从嬉闹中清醒过来。他看得出这是一个假装士兵要逃回敌营的俘虏军官，他骑下的马也许就是八百黑哩。他一时无暇他顾，也未带手枪，立即跳上骑熟的枣红马，闪电般地追上去。边追边喊：“回来，你，快回来！”

夕阳已坠入地平线下，晚霞把草原染成一片金碧。八只马蹄溅飞起野草尘雾和飞鸟，织成一片斑斓迷离的景色。可是这种迷离的景色逐渐分成了两段，变成了两团——两匹疾驰的马儿距离越拉越大了。一望无际的草原是多好的跑马场啊，可是野鼠暗中掏下的洞穴，是一切快马的天然障碍，在前边飞驰的黑马被鼠穴陷了蹄子，打了个前失。那俘虏军官一个跟头栽落下来，摔了个仰面朝天。等他伸展了手脚再跨上马背，尤力的枣红马已经逼近跟前来了。两个人都习惯地探手腰间，但都无手枪可掏。那逃跑的俘虏军官，看见追上来的敌手赤手空拳，四顾茫茫，空旷无人，就壮了胆子勒马伫立。这时两个敌手马上面面相对。借着落日的余晖，双方都把对方看了个清楚，铭入记忆：

骑红马的：面红无须，剑眉大眼，怒气弥漫着俊秀的面庞。

骑黑马的：方脸浓眉，短须如刺，右额被摔的月牙形的伤疤上，挂着讥讽嘲弄的神气。

骑红马的怒气冲冲，大声示威地喊着："回来，你给我回来！"

骑黑马的仗着自己的马快如飞，对方对他无可奈何，就嬉皮笑脸挑逗地连连拱手说："小弟这次失陪，后会有期！"说罢挥手纵骑，朝着自己的营垒方向疾驰而去。

红马追不上黑马，尤力参谋只在黑马打前失的地方，捡了个小包，小包中各种记号表明，骑黑马的失主名叫马金镖。

二

自卫战争在塞上苦霜中进行。

隆盛庄之战的结果，约有六百名国民党官兵做了俘虏。踏着衰草枯叶开进了塞上古堡——柴沟堡。尤力参谋因为枪伤和肠胃病，不便征程，跟随留守小组在这座古堡中训练俘虏。他和一位名叫刘伯阳的科长分别担任主课。老刘曾在日本人的手下任过保定城防司令，在祖国最危难的时机，他率队起义，对日本人进行了狠狠地反戈一击。他最大的特点是饮酒如水，不管什么烈性酒，只要一进入他的肚肠，很快化为汗水从两腋流出。不管哪个海量的日本人，和他举杯较量的时候，最后总是对他伸出大拇指说：

"你的太平洋的干活！"

这位老刘已经白发萧萧。但他可以现身说法，对俘虏们进行思想教育。尤力也乐意以老刘为例，想把俘虏们从思想感情上争取到革命阵营中来。几十天的工夫，他和老刘配合得很好，和俘虏官兵混得很熟，讲故事谈笑话打扑克下象棋，嘻嘻哈哈，混成一体。

尤力为人机警，但他感染了不合实际的机械想法，这就是谁能把自己过去做过的坏事丑事坦白出来，就证明谁有了觉悟，似乎可以放下屠刀准备成佛了。老刘想说服他取消这一观点，但不成功。于是俘虏官兵中的某些精灵鬼，就见机而作，争取信任。

除夕之夜，尤力和几个俘虏官兵围炉烤火，一位颇斯文的文书说：

“唉，明天是新的一年开头啦，我发誓一定做到以前种种譬如昨日死，以后种种譬如今日生。”

尤力称赞说这是一个很好的除夕话题，大家都可以总结过去。这时一个俘虏军官，挪近了座位，用声泪俱下的腔调说：

“咱们八路军这边最讲究三大纪律八项注意。可是旧军队那边只讲究欺压老百姓。比如说不调戏妇女，是三大纪律八项注意中规定的，那边却把调戏妇女当成小曲唱。凭良心说，谁不会唱那支‘娶老婆不如搭个伙计’的小调啊！大伙只管骂草地上的人家风俗坏，说什么‘当兵的跳墙狗不咬，大姑娘养汉子娘不恼。’哎呀，狗敢咬吆，娘敢恼吆！谁敢惹恼拿枪杆子的啊。国民党社会是个大染缸，染缸里倒不出白布来。俺这个自小放羊的穷小子，当上了国民党军队的连长，就算进了黑染缸，忘了本，黑了心，欺压良民，恩将仇报……”

尤力知道这是一段开场话，连忙斟上茶，鼓励他继续说下去。那说下去的正文是：

“草原啊，可不像内地，那里人烟稀少，没个消遣处。一个大闲日子，俺信马由缰，看看时运会碰到什么。那马儿一会儿大走，一会儿小跑，竟走近一座独立家屋来了。它咴咴欢叫起来，像是呼唤主人前来开门。果然一个女人开门来了，她像是只看见马没有看见马上的人，满脸欢笑地喊：

“‘哎呀，大雪啊，你回来啦！’

“我端详这个女人，一双月牙形的秀眉，白嫩的脸蛋上有一双酒窝……我赶忙逗趣说：‘真走运，这是老天爷的主意走到你家来啦。哎，人马都饿极啦，劳驾，赏给点吃的东西吧！’

“吃饭的时候，俺把马鞭子挂在门上，手枪放在桌上。这是抖威风哩。喝罢酒吃罢饭，天晚了就宿在女人炕上。半夜起来撒尿，发现外屋还有一个男的蜷缩在草堆里。这明明是那女人的男人啊，俺强占了他的老婆，抢占了他的热炕，这不是明明白白地欺压良民百姓吗？人心是肉长的，俺一阵心软，发现自己还有良心。可是良心是良心，威风是威风，一个当军官的不让老百姓服服帖帖，能算得上军官吗？不给军官两个字丢人吗？于是不管三七二十一，俺又回到炕上搂着女人睡觉去了。天亮临走的时候，俺在马棚里看见一匹黑马，它身长腿细粗尾长鬃，天哪，这不就是渡口堡战斗以后，那匹驮着俺逃回来的黑马吗？当时那黑马驮着俺跑到这户人家，差不多像是累断了肚肠，病倒了。是这家男主人一片好心，换了匹自养的白马驮着俺回到了营地。够交情了，够朋友了。可是一回到营盘，俺就把这换马之情忘得一干二净了。鬼使神差，天缘凑巧，那认路的白马。又驮着俺回到它原来的主人家中……鬼迷了俺的心窍，俺相中了这家的女人，管他什么朋友啊交情啊，一有空闲俺就又信马由缰到那女人家中过夜了。什么是良心，良心早就狗吃了……"

这段丑事够丑的了，这段坦白也够勇敢大胆的了。可是这好比登楼，还不到楼顶。楼顶上有花园有舞场，精彩的还在楼顶上呢。这个讲述的人虔诚悔恨像祈祷中的教徒，于是再勇敢地添上一把劲说：

"尤参谋，你没有忘记挑选八百黑的那回事吧？记得吗？你骑着枣红马追赶那骑黑马逃跑的俘虏，那俘虏就是俺啊！当时我们面面相对，俺把你记得清楚。对啦，要彻底坦白，向共产党八路军交心，俺真实的名字叫马金镖。现在写在花名册上的名字是马宝……"

尤力面对这个坦白得惊人的马金镖。他方脸浓眉，短须如刺。只是满脸讥讽嘲弄的神气没有了，额上那块伤疤被一片膏药遮掩了，认真说来，尤力也留意过这个似曾相识的马宝，也反复思忖过，只是不便轻易道破就是了。现在，经过各种启发诱导，马宝进步飞速，勇敢坦白，倾心吐胆，差一点连肠子尿泡都给吐出来了。

世界上的事情多么复杂有趣啊！自然界里，那俗名花大姐的彩色小瓢虫，每遇到敌手，会突然装死静止不动，时机一到又突然振翅飞走了。一只小蜥蜴每遇到险情，会挣脱一条活蹦乱跳的尾巴，以迷惑敌人，而自己早已脱身跑远了……这场除夕夜话，不过是马金镖争取尤力信任的韬晦之计，他知道铁要趁热打，饭要饥时吃。

第二天元旦日，他得到尤力的允许，到街上去做好事，洒水扫地，还帮助一个农民赶车。其实那农民是一个敌占城市的商人，他们早有合谋，上了车他就钻进木箱里。另一个赶车的助手是惯匪张徐功，他是马金镖早已安排好的保镖人，三个人一辆马车，急急忙忙如漏网之鱼，再度逃回自己的营垒那边去了。

三

解放战争的猛烈炮火，在逐个扫除祖国北方的各个敌占据点，创造“梅花暗堡”支持国民党军北方天下的王风岗，也在北平和平解放以后不见形迹了。解放军解放了银川、兰州，关闭了通向川滇的大门，绥远地区也宣布了和平起义……

激烈的炮火没有把尤力消灭掉，他却被自然界的敌人摧垮了。咳嗽、咳血、发烧、失眠……严重的肺结核迫使他进入医院。医生要求他绝对卧床隔离休息。病历表上标写的病名代号是TB。当时当地人们提到它如谈吃人的老虎。

一旦躺倒不能下床行动了，寂寞和烦恼像一只凶狠的狼狗，总在追逐着他。为了排除寂寞，他时常借助镜子的反射，赏看窗外的风景。也强迫自己学会观赏小蚂蚱在玻璃瓶里吃草，看小蝌蚪在鱼缸中逐日长大，吞掉了金鱼的尾巴……

他时常在报纸上寻找医学界战胜结核病的发明创造，但总是失望。为了竭尽人事，争取留在人间，他使用了蒜食疗法、减盐疗法、猪肝疗法、大气疗法，也还有病友们献出的偏方：每天吃三颗捣碎的鸡蛋壳等等。其实治疗结核病的有效药物链霉素早已问世。不过他是瓮中人不得而知就是了。后来才听说是一位从来不到病房的院长，向医生下达了封锁命令，不许向结核病人泄露世界上有链霉素。理由是：结核病人太多，药价太贵，都要药，谁招架得了！另外还有政治上的道理：中国人不能用外国货，特别是美国货。美国是支援蒋介石屠杀中国人民的仇敌。封锁命令下得很严，涉及党性和纪律等等。但是纸包不住火，这项医院院长自造的机密内容，终于曲曲折折传到尤力耳边来了。

一天午后，护士领进一个人来说：“你的老战友来看你来啦。说说笑笑开开心吧。”

来人也是本院的病号。他似乎不怕结核细菌，不戴口罩，谦逊地站在床前自我介绍说：“你不会嫌俺冒冒失失地来看您吧？想不到吧？咱们在柴沟堡聚会过，听您讲过课，俺叫马金镖，记得吧？”

尤力打量来人，搜索记忆。马金镖笑微微地继续介绍说：“咱们不见面怕有五六年了吧？北平和平解放了，绥远起义了。按起义政策俺加入了咱们解放军的行列，和你走在一起来了，咱们都是同志了。前几天才知道你在这里养病，这么躺着，闷吧？早该来看你，哎，来晚啦！”

尤力定睛看了看两次在他手中脱逃的马金镖，他的络腮胡面颊刮得铮亮，额角上的伤疤也显得光彩。最引人注目的是他的胸前挂了块“华北解放纪念章”。心想：你们本来是解放华北的障碍，现在倒成了解放华北的力量啦。这是猪鼻子上插大葱——充大象哩！恶心哪，醋心哪，都不够滋味。这个马金镖曾经讲过他恩将仇报的经历，现在他不早不晚来探病，是幸灾乐祸来的？还是欣赏他的敌手不打自倒？恐怕借用显微镜来观察，也难以找到他的真诚善意吧？

起义政策是一项铁的原则，它表达了共产党人说话算话放眼世界的原则精神。但要使全体官兵理解不咎既往、不记前仇、平等相待、爱国一家等等精神，简直是梦想马上消化掉一条梗喉的鱼刺。尤力对起义政策不理解的怪话早有所闻。此时此刻响在他耳边的怪话，像是夜风吹在电线上的呼叫，它刺耳、梦幻、离奇……最普通的怪话是：早革命不如晚革命，晚革命不如反革命，等等。

“好，你请坐，有什么话说吧，我听着。”

尤力不愿意多谈，也不愿多看。他心里烦，满脸冰霜，半闭着眼睛。

“哎，你不舒服啦，俺来得真不巧。让俺给你请医生去吧？好，有机会俺再来。”马金镖给自己找话下台。走时给尤力斟上了水。后来还请护士转送来一小瓶鲜花。

三天之后马金镖又来了。这回带来一份链霉素说明书，递过去说：“俺是个土佬，好不容易托人把英文说明书给译出来了。这是治疗结核病最有效的药，旧军队那边治病早试过了。俺赌咒，你的病快好了。快好起来吧，我们一块儿建设新中国……”

知道世界上有种药物可以战胜肺结核，尤力内心的欢乐是无可名状的。但他不愿意像小孩一样表达自己的感情，也不能立刻完全相信，就不冷不热地说：

“谢谢！我找时间看看这份说明书。你明天再来好吗？我今天不舒服，似乎又发烧。”

“好，请好好养病，明天再来看你。”

军人的时间观念总是较强的。当尤力午睡醒来，带着感谢的心情重读了说明书又想到昨天之约的时候，马金镖早在窗外观察等候多时了。马金镖第三次进入尤力的病房，他抢在护士之先，给尤力倒了尿壶。回来在床前坐定说：

“今后俺常来看你，绝不影响你休息养病。这一回俺只向你报告一个我个人的消息：起义部队经过了群众诉苦运动，群众促俺觉悟了，俺不再是花岗岩脑袋了……俺开窍了，心里亮堂了……”

尤力微笑着看着来人，用赞许的眼神鼓励他继续说下去。马金镖接着说：“群众的诉苦运动给俺们这些当军官的上了一大课。过去俺那些拜把子的兄弟们一个个翻了脸。有些士兵哭着喊着要找俺报仇。哎，不是咱们解放军的老干部的保护，俺早就被他们劈成八瓣啦。你知道俺这回来治病，也是为了离开部队，熄熄那些弟兄们的火……”

马金镖这回辞出病房，他和尤力两手相握。尤力祝贺马金镖思想改造胜利。马金镖祝尤力早日健康。

经过多种努力，也经过各方面的支援，链霉素在尤力身上发生了出色的效果。两个月后他能在门前散步了。在花圃小径上有时和马金镖相遇，总是表示谢意说："老马，多亏了你呀，要不是你通风报信说世界上有链霉素，也许我这个大呆瓜还躺在床上吃鸡蛋壳哩！"接着他问询马金镖的坐骨神经痛可有新的转机没有。

经过各种事物逐渐沟通了彼此的感情。两人的来往多了，甚至是谈笑风生了。后来的谈话内容也连续延伸到两种世界观啦，思想改造和人民军队化啦等等。只是还不谈战争。谈战争要看对象，和一个原来是一个阵营的人来谈，越谈越热乎，不管过去相识不相识，真是俗话说的"人生话不生"。相反，和过去曾是敌手的人谈战争，怎么个谈法？是各说各的所向无敌，各摆各的龙门阵，还是指桑骂槐彼此出气？

一个初夏的晚上，两个人居然谈起战争来了。而且谈的是一九四八年冬天平津战役中的张家口之战。不消说双方各谈各的当时情况。马金镖说热了嘴，只管滔滔地说下去：

"你们把个张家口围了个水泄不通，风雨不透，总以为全歼守敌无一漏网吧？其实你们只能围住那些死蛤蟆，可围不住俺马金镖。张家口失守前三天的一夜，俺带了七个贴己兄弟摸出了大境门，走了十多里，雪大了，大伙都走不动了。却也巧，眼前出现一个村庄，摸了进去。发现解放军一队骑兵驻在村里。大概他们从远处赶来过于劳累吧，连哨兵也瞌睡了。我们八个人寻到了马棚，抓上马背骑上就跑，骑兵们开枪阻拦追击，我们什么也不顾，横竖豁上一条命。俺们这八条漏网鱼，路上摔死了三条。天色朦明时，人困马乏，也差不多快要冻僵了。迷雾中大伙儿以为快到了老营盘，可是近前看来，又是那座独立家屋，又是那个女人给俺们烧汤做饭……"

尤力发问："是那年除夕夜晚，你在柴沟堡讲过的那座独立家屋的女人吧？"

"你的记性真好，就是她。那夜俺还坦白交代说，她家男人把自己的老婆让给俺，他睡在外屋的草堆里。这回俺们重又见了面，她说她家男人早几天被拉夫当差打死了。”

“是那个睡在草堆里的男人被打死啦。那天黑夜你还说过那男人的模样，说那女人嫁给那样的男人，是鲜花插在牛粪上，是吗？是他吗？”

“哎，那都是些轻视穷人的反动观点！不瞒你说，人心总是肉长的，凭了这段烧汤做饭的恩情，她又无依无靠，后来俺把她娶下了。”

“那是鲜花插在玉石瓶子里了！”

“不敢当！你知道旧军队的坏习气是允许娶小。小就是小老婆，官号姨太太。她当了俺的二姨太。哎，清官难断家务事。咱们这边实行一夫一妻制，难就难在一夫一妻制上，为这，家中的内战迭起……”

这场谈话不仅突破了战争话题，也还突破了对方的家务私事。晚上，尤力躺在床上久久不能成寐，他想到那座独立家屋男女主人的命运。想到古代的许多将士各为其主地拼死厮杀。想到了马金镖的为人和转变。特别想到马金镖的自我介绍，说他口舌灵巧，自小演过戏，会使用各地语言讲话。他当场表演过，不管山西话、绥远话、山东话都说得惟妙惟肖，令人笑得合不上嘴。他还说过他熟悉东海边上一个名叫桃林的山镇，那里有他一位同学名叫马象林。他当上了国民党的要员，跑到台湾去了……尤力也有一位小学的同学叫马象林，也是桃林山镇人。莫不是这个马金镖还是一位家乡人哩……

四

一长串岁月如同列车般地闪过去了。八十年代初期大批老干部退出第一线以来，尤力和马金镖先后退出了岗位。天缘有幸，他们不约而同在一个城市中欢度晚年来了。

如何欢度晚年？如何使用这段经过锤炼的生命？各人的想法办法不尽相同。有人琴棋书画，伏案执笔，频频回顾往昔。有人绝早起床，学习雷锋，在公共场所洒水清扫。有人是千百个红领巾尊敬的老爷爷。但也有人因为门前冷落，闲极生闷，大声叹气，四两老酒下了肚，恶言恶语向自己的老伴表示权威……

尤力和马金镖不能超然于上述情况。但也不属以上那一类特点突出的人物。他们各有自己的长短。长处突出之点是：他们都会安排生活，都会家务劳动，都能使蟹瓜莲在春节时候笑面迎人。还都会炒一两个拿手好菜，和客人举杯共赏。尤力善于说一些社会大道理，也能处事随和通情达理。他到马金镖家做客时，总爱自带一点稀有的酒肴，称当年独立家屋的那位大嫂为草原幽兰，邀她举杯共饮，有时还念念有词，背诵一首古诗。马金镖幽默多趣，知命达观。他总是爱把在国民党军队的生活，作为批判两个阶级两种军队的讽刺笑料。他那张嘴荤腥不忌，妇女听了皱眉，学生听了说是下流，尤力听了说是可以雅俗共赏。他们日久相处，也发生过些小别扭，不高兴地分手。但三天不见，又觉得像是凉拌面中缺少了芝麻酱和酸醋。再一次见面，马金镖总是当先抱歉说：“你是俺重新认识世界的引路人，是第一个老师，什么时候都不能缺少你啊！”

他们有时谈到台湾，谈跑到台湾去的他们共同认识的马象林。这时候马金镖就说：“解放思想有时候比解放一座城市还难哩。华北解放了，我们都穿上解放军的衣服了，有些人还幻想台湾，吹嘘台湾，还回答士兵说：‘台湾大，台湾要比大陆大！’其实只要一张地图，只要有一个士兵懂得一点地理知识，谎话就被戳穿了。哎，那个马象林是个有学问的人，他自然懂得台湾是祖国的一个省份……”

你来我往日久天长，他们之间的话题全部开禁。为了逗趣说笑，有时还把某些活题说得棱上带刺。初夏的一天他们赶早去钓鱼。路上，一位农民挑了圈肥走得很吃力，不小心，溅脏了马金镖衣裤。没等那农民开口，马金镖赶忙道歉说：“着实对不起，是俺让慢了路，浪费了你的肥料！”那农民听了认为是反话讽刺，就不耐烦地说：“浪费就浪费一点吧，要是你嫌少，你就自己再浇上一点好啦！”老马笑着伸了伸舌头，那农民径自而去。

柳荫下尤力提起这件小事说："老马啊，你真看得起农民群众，自我批评精神很好，自我要求标准很高。下一回要是那农民踏了你的脚，你准得赔礼道歉说：'哎，对不起，你的脚心痛吗？俺的脚指头垫了你的脚！'"

马金镖受到夸奖，赶忙自谦说："是啊，要是过去当国民党军官那劲头，他啊，敢吗！吃不了也得兜着走啊。俺上半辈子造了孽，欠了人民的债，在旧军队里俺可干了不少伤天害理的勾当啊。是共产党的起义政策改造政策，使俺改邪归正，安居乐业。说到底，俺现在懂得一点尊重人民的大道理，最早还是在柴沟堡当俘虏的时候你给讲的哩！"

这回是尤力受到了夸奖，也赶忙自谦说："在柴沟堡的那段生活我总也忘不了。我们头一回和国民党的军人打交道，学到的知识可不算少。包括你老兄讲的那些都是头一回听到的啊！"

马金镖争先说："两种军队碰面，大家都长知识嘛。可是俺长的知识要比俺自己的身个还要高。不瞒你说，俺当时头一回看见世界上竟然真有这么一伙子傻瓜军队，拿着枪杆子不知道耍威风，还在那些穷光蛋面前讲平等、讲纪律，讲买卖公平不调戏妇女……对这样的军队，俺从心眼里瞧不起。当时也把你看成是怪物。俺在旧军队鬼混过多年，军官们的顺口溜是：'人吃饺子马喂料，没有姑娘不睡觉。'俺们只讲威风、派头、享受。谁讲为人民服务！当年在柴沟堡俺们虽然成了俘虏，享受优待，可是你们的优待就是有数的一点米面罢了。老尤，说真心话，你们就是像当年诸葛亮七擒孟获那样感化俺，俺也绝不会当你们穷八路的官。哎，世界观的转变真是一个根本的转变。当时俺的思想是：人生一世，吃点、喝点、捞点、嫖点，老四点，也不枉在人世上白走一遭！老尤，俺在柴沟堡讲的那些革心洗面啦，脱胎换骨啦，改邪归正啦，都是放的一些烟幕弹，都是为了便利逃跑……"

"老马，你真行，你算真有大本事，你当了一次又一次俘虏，可是你一次又一次跑掉了！"

“跑回去一次上一层高楼，别看俺逃跑时像个受惊的兔子，可是跑回营盘就是英雄。上级看俺坚决拼命效忠党国，跑回去一回提拔一回，那些年可真是步步升级！”

“要是再当上几回俘虏，再跑回营盘几次，你就要升为将军了！”

“幸亏没有成为将军，要是成了将军俺就娶小再娶小，俺从那独立家屋中娶来的小姨太吃亏了。现在，也不会是俺的恩爱夫妻了……”

“讨厌！小声点好么？倒霉，一条大鲫鱼才要上钩，叫你们筛破锣给吓跑了！”柳荫深处一位林场的工人大声斥责说。尤力和他的伙伴，相互扮了个鬼脸，笑了笑谦让地移动了位置。随后微风吹来，水波荡漾，他们放低了声调又谈起挑选八百黑的那段往事来了……

（《小说月报》1983 年第 10 期选载）

秋雪湖之恋

石　言

秋雪湖的芦根最清凉，可以给伤病员降火。秋雪湖的芦篾最细韧，可以编织花纹精巧的芦席。秋雪湖的芦花最洁白，比白雪还轻柔。

芦花全白，西风骤起的时候，秋雪满天飞舞。她们的姐妹是冬的雪花，春的柳絮。

秋雪湖的战友啊，你还记得那没有了秋雪的秋雪湖吗？你还记得那震颤心房的一幕幕悲剧吗？你还记得我们庄重的誓约吗？如果你还没有忘记的话，请如期在一九八二年十一月一日去到我们大伙儿分手的地方吧！

我接到了这样一封诗一般的信。我怎么能不去呢？我又怎么会忘记呢？

一、他抱着了芦花

严班长黑着脸，低声对我说："老何，今夜我们班继续抓小偷。没有你的任务，你放心睡吧。"他鞋也不脱，歪到我对面的单人板床上，"噗"的一声吹灭了桌上的煤油灯。

我怎么能"放心"呢？

我们饲养班离秋雪湖南岸不过百米，离连队倒有一里。严班长在此独立为王，管着一个副班长、三个战士和我这个下放干部，还有九条牛，四十多口猪，一群鸡和一只猫。领土有四五个篮球场那么大，上有牛棚、猪圈、鸡窝、宿舍、仓房和一片空场、几棵垂柳。领土周围环绕着水塘河沟。旱路只有一条，进口处有木栅大门。大门之内，严班长的话就是命令。

他要抓的小偷，实际上不过是偷稻草的老百姓，而且多半是个小男孩。今夜天特别黑，又湿又闷，叫人窝火，是个发病出事故的气候。严班长又厉害，年纪不过二十一，可是身材高大，浓眉大眼长方脸，铜锣般的嗓子。这深更半夜从人家背后大叫一声扑上去，岂不要把小孩活活吓死！

老百姓小孩也真难办。我们这军队农场同西边五里的陈庄阡陌相连。农场又不可能起围墙，陈庄的孩子们到农场满田乱跑，有时候就掩进木栅门来捞几把稻草。今年稻草金贵啊！大田出了稻飞虫，收成减少，稻草大部分要上交卖给纸厂，留下的在牛棚西边堆成了两大垛。别看现在多，秋冬早春牛吃的、猪圈垫的、烧豆饼猪菜的，还有明春催芽扎草窝子、莳秧打草绳，全在这里边了。囤底上省不如囤尖上省。严班长对这两大垛喷香的新稻草管得很紧，谁抽动一小把，他立刻能看出来。偏偏六天前少了一大抱。过了三天又少了一抱。这次有点怪，草垛边丢下了一小堆猪吃的野菜。严班长断定“野小孩”偷草了：猪菜篮子装了稻草，猪菜只好丢掉啰！严班长很火：木棚门夜间上锁，竟有人爬过河来偷！非人赃俱获不可。已经放了两夜潜伏哨，没来。三天一次，估计就在今晚。

严班长的拳头“格”地一响，这是他火气上升的征候。

“班长，你可不能大声吼叫。”我提醒他。我已经恢复了组织生活，是饲养班唯一的党员，既然还是“挂起来”的干部，要紧关头拦一拦还能阻止武斗。

“呱咕，呱。”这是小王的信号。

严班长一跃而起。虽是“庄稼兵”，夜老虎的训练还有成效。班长和小王毫无声息地向草堆接近，我也蹑手蹑脚地跟进。草垛边果然有声响，有黑影转动。严班长猛扑过去从后腰一抱，那偷草的尖叫一声。奇怪！倒是严班长吓得倒退了好几步。

我把电筒照过去，只见一个苍白消瘦的姑娘跪跌在地，圆睁着一双惊怖敌对的大眼睛，龇着牙，右手举起一根准备背稻草的树棍。这神情，活像我们的小黑猫。当它还养在连部伙房里的时候，遇到不文明的战士欺侮它，它就缩到水缸后面，睁圆猫眼，举起一只右爪。

严班长的态度出乎大家的意料。他倒赔不是地劝慰这个姑娘，很耐心地听了她的诉说（谁知是真是假），把她带来“换稻草”的野菜装回篮子，还说：“快回去吧，都过了寒露啦，还下河，要生病的。你从大门出去，走吧。”并亲自为她开锁。那姑娘抽泣着走了。当然，稻草严班长是一根也不给的。

我和严班长走回我俩合住的“班部”小草房。他点亮煤油灯，我重新钻进了被窝。他却不睡，坐在板床上发呆地看着自己的两只大硬手。真怪，他一脸懊恼，双手还微微发抖。

“怎么啦？不想睡啦？”

他紧闭着嘴。

“人家下次不来偷了，还生气？”

摇头。

“那你难过个啥呀？”

“我，我……我破坏了群众纪律！”

“什么？”

“我只当是男孩子，一抱，一只手抱在她的……胸口了。”严班长恨恨地一摔右手，猛地碰在桌子边上。

“你不是有意的嘛！”

“人家大姑娘！……我得罪了她……她家的确是贫农。她刚才说的全是实情。她哥哥莫名其妙给叫到公社学习班去了，她妈妈又生病。庄上当权的是她家的对头星。烧草一点也分不到。她家就住在庄东头,有土墙的草房,是规矩人家。过去我向陈庄的放牛佬了解过。”

对了，我也记起来了。夏天我们到秋雪湖的西湾放牛要经过陈庄,庄东头是有这么一户人家。那时她比现在红润丰满,很漂亮的。严班长向来一丝不苟,对这样一个可能引起战士们“活思想”的大姑娘当然要调查摸底。严樟明是我连出席全团学习毛主席著作积极分子大会的代表之一,是党支部的纳新对象呢!

“这姑娘叫芦花。”严班长继续说,“她妈妈真叫做骨瘦如柴！不,瘦得像芦柴棒!唉,老百姓怎么弄成这个样子,连芦柴也没有烧了!听说,几十年前这秋雪湖到处是芦苇,年年这时候,芦花白了,风一吹,飘飘地就像下雪,所以叫秋雪湖。现在呢,都叫围湖造田砍光了,粮食没有长,芦苇也没了,芦根都挖了当柴烧了,就跟我家乡的山头上一样,毛竹、樟树都砍光了!唉,大姑娘寒露天下河……我又不能把公家的稻草……”

他忽然在鼻子前竖直一根食指,这是他有了新主意的表示。

“老何,这样!发动全班工余时间捡树枝、木片、刨花。这些团部木工场有的是！每逢阴历三六九,给芦花家送一次。我去给芦花妈妈讲好,三六九晚上,听我们部队吹了号,熄了灯,芦花到大河边老风车脚下等。公家不要的东西总可以吧！不过……”他又思虑起来,望着我,“这任务只有你来担承。”

“为什么？”

“黑夜里同人家大姑娘在野外相会,不好,不好的。饲养班除了你以外,我谁也不放心。都是毛头小伙子,容易招惹是非。”

“我就怕我们连长。”严班长摇摇头,“我们连长炮筒子脾气是有名的。嘿,他要是知道我们班同一个大姑娘来来往往……”

“好,这个任务交给我吧。”

二、“5·16”的妹妹

我按期送了两次木柴，芦花都到了。第二次，将圆的月儿很明亮，我看见她接过木柴时凄然一笑，睫毛下滚出两颗泪珠。我问她还有什么困难吗。她摇摇头，转身去了。

谁知道两天以后，阴历九月十五晚上，我们吆喝着九条牛到河滩上放过尿，进了棚，严班长正集合我们在场院里交代明天工作的时候，突然从老柳树边河岸下爬上来一个人，跌跌撞撞地扑到我们跟前，跪倒在地，“班长，救救我！”这是芦花。她倒下来，昏过去了。

严班长不知所措，弯腰想扶她，却又不敢。“老何！”他想起我这个过去的老军医，急忙向我做抱麦捆的手势，“快，快！”

我把芦花抱到我的床上，把被子盖在她水淋淋的身上。凭我多年的经验，芦花很快被救醒过来。严班长急忙叫唤：“芦花，芦花！你怎么啦？”芦花哇的一声哭了。

一段叫人悲愤的故事叩击着战士们的心。

这两年在陈庄大队掌了权的人名叫高天禄，是个二混子，马屁精。现在拍上了革委会的头头，当上了大队革命领导小组的组长。他对芦花嬉皮笑脸，拉扯勾引，碰了硬钉子就使绝招：不分柴草不批钱。今天竟公然抢人了。把芦花关进大队办的“学习班”，不准回家。就芦花一个，关在大队办公室旁边一间“招待所”里，还叫人交代芦花要“听话”。芦花看准了北墙脚下砖头酥了，送来的晚饭她照吃，吃了有力气；她有意打破了一个碗。天一黑，她用碗片抠砖缝，很快扒掉了三五块砖，逃出来了。跑出不久便有人打电筒追寻。她无处可躲，只好蹚河水逃了来。

“无法无天！”严班长的拳头攥得格格响，“你到公社去找你哥哥，到革委会告他！”

“告高天禄？”芦花大吃一惊，“公社的领导就是听信他呢！”

“那就告到县里，告到省里！”严班长气昂昂地，“我们也报告连部、团部。我们解放军绝不会眼看着人民群众受祸害！”

多热忱的话啊！我们解放军，我们八路军、新四军，我们工农红军！有我们人民子弟兵出头救助，几十年来什么坏人能怙恶顽抗呢？

然而，芦花却不停地摇头、流泪。

“芦花，”我觉得有些蹊跷，“你到底有什么难处，你说吧。”

芦花的嘴唇动了几动，才连着哭声迸发出来：“我哥哥是打成‘5·16’给抓走的！”

全班都愣住了：“反革命家属”啊！

整整三分钟没有人说一个字。芦花也没有想到她的这句话会把六个解放军震得目瞪口呆，她反而吓得不哭了。

应付这种场面还是我有些经验。“班长，我们研究一下吧。让芦花先休息。芦花，你哥哥不管有什么事，跟你没有关系。你把这房门插上，放心睡一会儿。你要相信，解放军对好人一定不会见死不救。”

“我哥哥是好人！”芦花尖声叫起来。

“轻声！”严班长命令她，“躺着别动。”

我带上了木门。

饲养班全班成员，在牛棚北边土坯造的饲料仓房里，背靠豆饼和糠包，开紧急班务会议。除了严班长和我，还有以下成员：

副班长、共青团小组长安晓宁，十八岁，高干子弟，连长曾经是他爸爸的警卫员。他家教很严，性格沉静，爱好文学，读书很多。

叶洪发，老战士，二十二岁。湖上打鱼出身，性情固执，说话尖刻，极爱干净，一双解放鞋能洗刷半小时。

储先福，二十岁，贫农孩子，家乡粮食困难，对连队伙食十分满意，吃饭又多又慢，好像是人生最大享受。迷信神仙，会起课卜卦（当然是悄悄闹着玩的）。劳动埋头苦干。

王美新，新战士，十七岁，很讨人喜。贫农孩子，文化不高，唱歌走调，但唱得很好听，在家乡是业余文艺宣传队的骨干。

“大家说话呀！”严班长说。六个人在暗黑中已闷坐十来分钟了，只有叶洪发的烟头一红一亮地照出众人模糊的忧愁的脸色。

我暗自惭愧，无能为力。我自己的历史问题看来已基本澄清。可是我们省军区深挖“5·16”的运动还未结束，有个别承认是“5·16”的人，说我这个后勤部副部长也是一个，目前查无实据。因此下放农场以来，我的老部下，这个师的卫生科科长兼医院院长也未敢公开来看望我，只是借口检查卫生来过一趟，私下告诉我一些情况。我们这批干部下到农场各连队，上级有规定：不表扬，不征求工作意见，不请讲战斗故事。所以我二十七年前曾在这秋雪湖打过游击，在芦荡里藏过伤员的事也没有对严班长透露过。在“5·16”问题上，我不宜当众表态。

战士们呢？

叶洪发从来不先发言；储先福一贯很少发言；王美新在女学生们来“学军”劳动时多看了几眼，受到过班长的批评，事关姑娘，不敢带头发言。

副班长安晓宁不忍心叫班长等着发急了：“报告！我的意见真的还不成熟，先开个头吧。我认为应该马上报告党支部。我们连当然会汇报营部、团部。这样就有两种可能：一种是上级想个办法把芦花收容保护起来。”

“绝对不可能！阶级斗争哪！”叶洪发摁熄了烟头说。黑暗中，王美新也开了腔：“就是嘛！”

“另一种是，上级指示把芦花送回公社。”副班长继续分析。

“那不是送回虎口啦！”小王急叫起来。

“不能送回去！”储先福也表态了。

“不能让她躲到亲戚家去吗？”叶洪发说。

“她要是有地方躲，也不会跑到我们这男兵窝里来了。”严班长说。

这话倒启发了我。秋雪湖北部半岛上有个麻风病院，院长是我的老战友，那里可是禁区。我说：“我倒有个地方。我们用小船把她装上，夜渡秋雪湖，送到北湾去。”

门“砰”地被推开了，芦花撞了进来：“我不去！我不去！麻风，我死也不去！”

是啊，造反夺权的高潮中，麻风病人也反对什么“刘邓路线”，有七个病人跑出来乱窜。从此，秋雪湖的群众谈麻风而色变。

“不能去，”严班长说，“麻风病病院也有他们一派的人，藏不住的。”

大家又沉默了。

“班长！”芦花一声凄绝的呼叫，“你们不能收留我吗？你们都是好人。我千思万想，只有藏在你们这里才有我的活命啊！”说着，她双膝落地，清冷的月光洒满她的扁背，像一帧逆光拍摄的照片。

“班长！”小王热切地呼吁。

“班长！”安晓宁沉静地提醒。

月光照不到班长，但还是把他的脸用钢灰色勾出一些轮廓。他脸部的线条几乎每一根都是刚直的。伦勃朗恐怕也没有画过这样极其黝暗然而极其强烈的头像。

瞒着连队党支部，在班里私藏一个“5·16”反革命分子的妹妹！

我感到班长的手在抖。我抓住他的手。他握紧了我。我也紧紧地握着他。

“班务会暂时休会。”严班长沉着地宣布，“芦花，你还到那里去睡觉。我，要好好想一想。”

三、“什么是毛泽东思想呢？”

严班长不是一个人想，他要我陪着。

他在月光如水的场院里转圈，我坐在老柳树隆起的树根上守着他。

我知道，下连半年来，同志们逐渐形成了对我的信任。倒不是因为我的“官”比他们的团长还大，而是传说我很有神通，牛和猪都能听懂我的话。是的，有一次，木栅门忘关了，十来只两个月大的小猪跑到大田里活蹦乱跳，管大田的战士们吆喝它们不理，赶它们便四散乱跑，就是不肯回场。战士们叫我，我走到栅门口高声说：“咦？你们怎么搞的，到处乱跑，不像话，快回家！”猪娃们马上一个跟一个地跑回来了。这事乍一看很神，其实是地瓜干的条件反射。这群猪娃我是一边骂一边喂，搞惯了的。

“5·16”问题，我却没有办法了。

严班长不停地转着圈，不停地自言自语。

当他走近时，我听见了，他在背诵毛主席语录。是在一条一条地对照吧！皓月当空，人影如画，可是从他紧锁的眉头看来，他的“带着问题学”，并没有发生“立竿见影”的效果。

他终于在我身边的树根上坐下来。

柳枝在我们面前微微拂动。在秋天的满月光下，青的柳叶是银色的，黄的柳叶是金色的，但它们都是迷离朦胧的。

严班长自言自语地说：“到底是应该通过自己头脑的周密思考，不要奴隶主义呢，还是理解的要执行，不理解的也要执行？要是不向党支部汇报，还有什么加强纪律性？要是汇报了，把芦花往死里送，叫陈庄的乡亲们都垂头丧气，还算什么全心全意为人民服务？”

我没有回答。不远的什么地方，一只蟋蟀在低声叫唤。牛棚里，老母牛叹了口气。

“老何。”

“嗯？”

“到底什么才是毛泽东思想呢？”

谁能想到，当“班部”的小草房里躺着一个被追捕的姑娘，她正在板床上辗转反侧，流着热泪等待班长决定她命运的时候，这位班长提出的却是这么抽象的理论问题。

然而我理解七十年代先进战士的心。

"班长,你想,既然有了放之四海而皆准的马列主义,为什么还要有毛泽东思想呢?"

不愧是学习积极分子,他想了想,便非常认真地作出了回答:

"这,我前不久填过入党志愿表。指导员也找我谈过。马列主义,不能像王明那样背教条,哪一本哪一页,倒数第几行,照搬照套。嗯……毛主席他们亲自调查,根据我们中国的实际情况,来运用马列主义,才对路了,才有了毛泽东思想。是吧?"

有点吃力,可是"对路"。一个合格的新党员。

我照他的口气说:"这,就是说,毛泽东思想,不能死背书,要亲自做调查,根据调查到的真实全面的情况,用马列主义的道理来分析,才能对路,是吧?"

严班长猛一拍大腿:"老何,真有你的!根据实际情况制定政策嘛!"他又竖直了食指,"我这就去找陈庄的老贫农、老放牛们。你给芦花站岗,我去调查!"

"深更半夜跑去人家不犯疑?"

"嘿,我的朋友,绝对可靠。"

月光下,塘里稀疏的水浮莲都睡着了,我也微微瞌睡。有人抱一件军绒衣轻轻地披到我背上。我睁开眼,是副班长安晓宁。

"班长呢?"他问。

"到陈庄调查研究去了。"

他点点头。我看手表,啊,三点半了!

"我来放哨,你睡一会儿吧。"

"不,我到陈庄去找他。"

我沿着大河向陈庄走去。月亮已经西斜,颜色也有些橙黄了。前面是老风车。这种六个帆架的、庞大的木风车现在已很少见。风车脚下横着一条大石。前夜,芦花就坐在这石条上等我。现在,石条上又有一个人,却是严班长。他双手托腮的剪影,和六角风车架一起,被月光镶上了一道淡金色的边。

我走到跟前，他也没有动弹。

“怎么啦？情况复杂？”

“情况很简单。什么‘5·16’，诬害！冤枉！什么革命组长，流氓！比国民党伪保长还坏！我决心收留芦花。”

“好极了，回去给班里统一思想吧。”

“等一下，有个情况，我只能给你说。”他把手上的一个泥弹“嗵”的一声丢进河心，甩了甩手指，“办了这件事，我肯定不行了！我家穷，老妈妈、小弟弟，两间破房子。本当找不到对象的。前年我入伍了，村里人说，凭我这个头、力气、勤俭，到部队入党提干大有希望，这才对上了一门亲。这事班里同志们都不知道。我不是填了入党志愿书了吗？本当再过一个月手续都可以完成了。以后即使提不了干，是党员，复员回去还能分配个工作。可现在，收留了芦花，连里迟早会发觉。副班长同连长感情好，保不定露口风。叶洪发怨我管得严，弄不好要去汇报。讨论我入党的支部大会月底月初要开，在那样的会上我还能对党隐瞒？嘿，不管是查出来，自己说出来，我入党的事肯定完了。说不定还受个处分，提前复员。回乡分配工作休想了，对象肯定拉倒。参军戴红花，回乡背黑锅。”

“不要想得这么坏嘛！事情即使暴露，我们可以摆事实讲道理。我们这样做，是符合毛泽东思想的。”

“老何啊，你这么大的干部，怎么还是书呆子脾气？有些人心里的毛泽东思想跟你我心里的可不一样啊！我们团里的副政委在‘积代会’上讲话讲漏了嘴，说：现在宁可在政治上犯错误，绝不能在组织上犯错误。当时我们听了还莫名其妙。后来才辨出味道，这是说，现在宁可危害人民，绝不能得罪领导啊！这是做官的诀窍。我这么做，正好是跟地方领导唱反调，给部队领导惹麻烦哪！”

“那你打算怎么办？”

“没有什么怎么办。该怎么办就怎么办。”他有点不好意思地笑了笑。“我这个人不够硬棒，心里有苦处总想找个人讲一讲。讲过就算。走，回去把大家叫起来，继续开会。”

“我向陈庄的七位老贫农作了调查研究，查明芦花的哥哥完全是好人。一九六七年他就掩护过这里的老县长，一个非常关心群众生产和生活的赤脚县长。芦花哥哥初中毕业以后，一直在搞水稻优良品种，我们农场现在种的泰新三号稻种，就是他协助农学院的一位老师培育成功的。高天禄调戏芦花，动手动脚；芦花哥哥上去把高天禄推了个筋斗，这就成了‘矛头指向革委会’的‘5·16’了。所以我决心，一不把芦花送回虎口，二不把矛盾上交，一切严重的后果完全由我严樟明个人负责，芦花留在我们班里！”

一片掌声，算是鼓掌通过。可是熟悉内情的人是听得出区别来的。王美新、储先福的掌声急促响亮，叶洪发、副班长的掌声是有保留的。东边窗洞透进来的曙光，照亮了芦花满脸欣慰的泪珠。看到这，大家的鼓掌都热烈了。

严班长很欣赏这么三句话：严肃的态度，严格的要求，严密的组织。我告诉他这是罗瑞卿的话，他非常惋惜。他做事严密，对于芦花留下来怎么隐蔽，在大河边就想好了一套，经大家补充同意，立即行动。储先福会理发，给芦花连剪带推，长辫子变成男孩子。小王拿出他的新军装、新衬衣，芦花将就可穿。大家在牛棚一角堆起一个大草垛，高达七尺，其实里头是空的，一边还通东墙的窗洞。我的油布、毛毯本就多余，拿进去铺好。芦花钻进洞去，再用草捆塞好，这草窝香喷喷暖烘烘。芦花到底是十七岁的孩子，再钻出来的时候，眯着眼睛笑了，嘴边第一次露出两颗米粒小酒窝。

班长规定：严守秘密，封锁消息，轮流站岗。重点监视连部和陈庄两条通路。其余的田埂小道、河沟水塘，凡是有本班以外的人靠近，不论谁发现应立刻发出“噜噜噜”的唤猪声，芦花便马上钻洞。万一的万一，被人撞见，就说这是九连的新兵卢华，王美新的小老乡。

芦花需要的日用杂品，只有我到团部服务社去买才不惹怀疑：痰盂、手纸、毛巾、香皂、牙刷、牙膏、镜子、剪刀……

吃饭是个大问题。虽然是生产稻麦的军垦农场，产粮却全部上交。菜金少，农活重，连队口粮严重超支。司务长、炊事班长卡得紧，除了病号饭、值班员饭之外，一律不准打回班里吃。饲养班可以不在大饭堂进餐，也得在伙房吃。早饭的馒头笼屉有监厨员关心着，要是偷拿几个藏在兜里被抓到，饲养班在吃饭问题上就信誉大减了。

储先福忽然说：“从今天起，通通由我值班！”他见大家不懂，解释说：“炊事班知道我老储肚子大，轮我值班打饭给得多。我，让一半给芦花！”

此话由储先福说出，是什么分量啊！叶洪发也有点感动了，“不，那要把老储饿坏的。大家轮流，我去打饭也能让他们高抬贵手多打点儿。”

猫有思维吗？谁知道。反正有一天，伙房的小黑猫被它的妈妈大花猫领着，走过一里长的田岸，来到饲养场。也不知大母猫用什么语言或信号告知了小黑猫，这黑闺女留在装麦麸麻袋上不跟它妈妈回去了。第二天，大花猫还来看望女儿一次，衔来一只小老鼠作为补助。第三天起就完全断绝了母女关系。小黑猫曾有两次想回伙房，都被大花猫怒逐出来——妈妈又怀孕了。小黑猫终于发现，妈妈指定它的领地是食物丰富的好地方。如果跳上严班长的床铺会被打下去的话，对面老何床上是盘起小尾巴睡觉的安全场所。我挺怜爱它，叫它“黑妹”。

自从芦花进班，饲养班的军容风纪突然整齐。小王再不敢乱唱山歌，眼睛也绝不朝芦花那边斜视。叶洪发搞来一担石灰水，把猪圈的围墙刷得雪白。工余练刺杀的时候，储先福的杀声也洪亮了。

“黑妹”刚来的时候，瘦骨伶仃，好像养不大。现在毛色乌亮，“陆海空通吃”。田里的老鼠捉不尽。鱼游上水，排水沟入河的急水头上鱼儿攒聚，"黑妹"盯着盯着，一爪捞去，一条二三寸长的鱼被摔到岸上活跳。猪圈里麻雀多，"黑妹"伏在围墙上，有人走来，麻雀惊飞，"黑妹"腾空扑去，一爪就是一个。自从芦花来到，"黑妹"就不再圈在我床上，它去和女伴合睡了。

三天部队饭一吃，芦花稍稍红润起来。芦花勤快极了。一双小手像一对蝴蝶似的飞来飞去。我们藏起来的脏衣服都被她搜出来，洗净补好，其整洁的水平使叶洪发也为之叹服。猪食锅的灶台更干净了。牛吃的豆饼刨得更细了，醣化饲料发酵得更香了。

然而人到底不同于猫。"黑妹"三五天便不想娘了。芦花却整天愁眉深锁。虽然严班长告诉她，她妈妈已经知道她的下落；可是耳朵特别灵敏的安晓宁在为她站岗的时候，听到她在草窝里低声哭泣，叫："妈妈，你不能死啊，妈妈！"

四、和着泪水的饺子

"噜噜噜噜……"王美新发出一阵清亮甜润的唤猪声。现在，这却是警报。

一个四十多岁外貌强壮的汉子，穿着一条补了又补的齐胸的胶皮水裤，挎着一个篾篓，顺着河沿摸鱼虾，正在河岸下边向老柳树摸来。这些河沟，两岸田里农药重，青蛙少见，鱼虾也不多。我和他搭过话："一天能摸几个钱？""有多有少，三毛五毛。"我曾不胜感叹：一个壮劳力，一天创造三五毛财富！现在，严班长蹲在老柳树边正在和他说话了。在盘问他的来意吧？忽然，严班长转过脸来，脸色青黑，望见我便连连招手。我奔过去蹲下来。那汉子正在说："老太太夜里隔着木格子窗朝外说话哪！说：叔叔伯伯们，劳你们给芦花传个话，千万不能家来呀！我快老死的人了，生命不值一根灯草啦！她千万不能家来呀！"

听完壮汉的叙述，班长马上召开了第二次紧急班务会议。芦花不参加。

“陈庄过去的民兵副队长陈木根来报告：芦花的妈妈被高天禄关起来了，要活活饿死她！”严班长压低着声音，“芦花逃脱以后，高天禄狂叫是阶级斗争的新动向，有串联，有后台。他派人挨家搜，四处追，找不到便回来逼问芦花的妈妈。芦花妈妈老胃病，又瘦又弱，哪禁得起几推几撞，昏死在地上。一瓢冷水泼醒，高天禄宣布，把剩下的粮食刮走，反锁屋门院门，加上封条，通知四邻，谁也不准给老太婆送吃的，违者以反抗无产阶级专政论罪。高天禄猜想，总有人知道芦花的下落，总有人会通风报信，他留下话：什么时候芦花回来投案，什么时候开锁放人！”

全班愤怒了。争论了好久，得出几条一致的意见：

一、要去救出芦花妈妈是办不到的，但是坚决不让她饿死。

二、这事由班长和老何告诉芦花，劝她千万不能回去找死。

三、到芦花家送食物要高度警惕，绝对不能暴露部队和芦花家有联系。

四、由班长主持开展军事民主，制订送食物的行动计划。

五、经副班长安晓宁提议，大家再三考虑后同意，写不署名的人民来信分别寄县、地、省革命委员会告发高天禄，到城里去发信。对这一条，班长最后一个点头。这头点得很重。我注意到，他的浓眉下面闪烁着两颗火星，好像还有什么更强烈的念头憋在脑门里。

没想到芦花这么野。她一听说她妈妈受这样的折磨，简直气疯了，眼泪满面，不停地说：“要死我去死，我去砸锁，我去戳死高癞子！”三天前我们一把杀猪刀不见了，原来在芦花那里。今天她亮出来了，不知她什么时候磨的，通体雪亮，寒光闪闪。同志们当她真的疯了，要去夺下她的刀子。我急忙阻挡。她清醒呢，再野再凶，声音一直很轻，一刻也没有忘记严班长规定的保密纪律。

我劝她好久，没用，她硬要拼。严班长火了，桌子一拍，把她好一顿熊："你现在穿军装了，是战士！去拼，去死，管屁用！有种跟你哥哥一样，跟坏蛋们斗到底！你不要光想着你那一家一户，秋雪湖的乡亲都在遭罪哪！"也怪，这一熊，芦花安静了，服从了。最后，大家想出一套办法去送饭食，还大胆让芦花去见妈妈一面，好叫大妈真正放心。

第二天天亮前，九条牛列队出发了。严班长率领的牛队，行军次序是严格的。必然是他自己骑着"疯牛"开路，其他八条牛按次跟上，绝不准抄前落后。"疯牛"其实并不疯，只是性子暴烈，动不动两眼血红要撞人。连里两次想宰了它，只因它身庞力大，一条抵两条，舍它不得。严班长本是炮班班长，就因为"疯牛"最听他的喝，才调来当牛司令的。现在他高高地骑在牛背上，人和牛一样威风凛凛。谁要是不识好歹，敢拦一拦这个牛头，准得跌个仰面八叉。可是牛司令并没有带任何武器，他挎包里装的是六个油条那么大小的发面馒头，咸甜都有，那是储先福冒险从炊事班发面团里偷来，芦花亲手蒸好的。说来可笑，储先福偷面之前，还按他爷爷传授的指法卜了一卦，据说得了个"小吉"，才敢下手的。做成油条状，是因为木格窗的方格小，得像穿梭一般丢进去。别看是支牛队，还派出尖兵，王美新奉命先走几分钟，到陈庄侦察。如无"敌情"，蛙鸣为号。牛队进庄，王美新就在横巷口放警戒。

东方泛起鱼肚白色，映着这支牛队的剪影。"无产阶级专政下继续革命"的独特情景啊！无产阶级专政的柱石——中国人民解放军的一个班长，还有一个原省军区的后勤部副部长，一个女扮男装的"战士"，去给被革命领导小组囚禁的、重病的贫农大妈秘密送饭！

要在正常的年月，这是勤劳的农民老大爷开门咳嗽，拾粪抓鱼的时候。可是陈庄却非常安静，静得叫人神经紧张。牛蹄"橐橐"的声音都太响了，幸亏小王在叫了："呱咕，呱！"——平安无事。牛队进庄了。没有人影，也没有"吱呀"开门声。前面就是芦花家东墙的木格子窗了。严班长轻捷地跳下牛背，走到窗口。牛队照常"橐橐"地朝前走。严班长在窗口低声叫了句"大妈！"六个馒头接二连三地投进窗格。严班长往前走了。第五条牛背上骑的是芦花，她早已跳下牛背，扑到了窗口。

“妈！”芦花声音很轻很轻，可是能叫人心房发抖。

“芦花！”窗里传出一声更加强烈的低喊，气息极其微弱，可是情绪极为昂奋。真像是从地层深处传上来的、受压千年、突见一丝光明的惊呼。

“妈！你看，我当了解放军了，我是解放军了呀！妈，你放心吧！”

“呵，放心了，妈放心了！芦花，好好干，听班长的话，争气，争气呀！”

芦花应了一声，就按规定跑开了，跟上了牛队。她双手捂着脸，肩背剧烈地抖动。突然，她好像预感到这将是永诀似的，又失魂落魄地奔回来，扒在窗上把脸向里贴了一贴，这才飞快地跑了。

天已经在亮了。我最后一个牵着老母牛走过窗口。原来格子窗中间半尺来宽、七寸多高的一个木框上，玻璃已经打破，只剩下一小角。木框里，像一幅古老皴裂的油画似的，镶嵌着芦花母亲的脸。

这是一幅多么叫人心痛的活的人像啊！恶液质！在苍白的曙色里，我这个老医生立刻看出这是晚期胃癌的征候。极端消瘦，极端枯憔，额头还带着毒打猛撞的紫黑色的伤肿。可是那双周围密布皱纹的老眼却闪耀着炽烈的狂喜的光华！“大军同志！”她望着我说，还是用的过去的称呼，“苦命的孩子，谢谢大军搭救啊！”

我的眼眶里立刻漾满了泪水。

“嫂子，我们解放军一定让芦花过好日子，有好出息！给你争气！”

牛蹄“橐橐”地走上了陈庄西边的湖堤。东方泛红了。远处，部队的起床号响了。接着，高音喇叭里响起了《东方红》的广播歌声，随着风力的强弱，一阵阵地回响在秋雪湖的上空……

三天以后，牛队又去了一次，这次带去的是发面菜包子，饲养班每人都藏了一个回来。这次我没有去，也没敢让芦花再去，是班长、小王、叶洪发去的。严班长回来时满脸高兴，对芦花说："你妈妈叫你尽管放心！"事后，他却拉我到一边，悄悄说："奇怪，屋里没有响动。小王叫了几声大妈，又到门口去看过，门锁着，封条还是十字交叉贴着，就是没有回音。你别对芦花说。今晚明晚，我还得去调查。"

第二天晚上熄灯以后，严班长又独自去陈庄。可是他不到十一点就回来了，把我摇醒：

"老何，老何！芦花妈妈死了！"

"啊！怎么死的？"

"闹不清。今天下午高天禄从县里回来，大发脾气，说有人胆大包天，写信到县里告他的状。他叫把芦花家的门打开，要亲自审问芦花妈妈。一看，芦花妈妈躺在床上已经硬了。我们送了不少吃的，乡亲们也丢过饼子——"

"高天禄有没有发现吃剩的东西呢？"

"没有。我特意问了，怕他找到部队的线索。房子里什么吃的也看不到，老鼠多，全给老鼠拖走了。可是乡亲们气坏了，都说是饿死的。高天禄有点顶不住，跑公社去没有回来。"

当晚十一点钟，饲养班召开第三次紧急班务会议。

这次会议争论空前尖锐。沉静的人竟变得非常激烈，副班长安晓宁认为告状产生了影响，现在出了人命大事，正是公开斗争的时机，坚决主张向各级领导汇报，向高天禄发起进攻。"有组织的力量，才是胜利的保障！"他的诗一般的意见得到热情派王美新的支持。我和叶洪发坚决反对：现在这种年月，死一个"反革命家属"根本不算一回事。公开斗争的结果只能是全部暴露，芦花落进虎口。严班长一直听着想着，最后他竟归纳了三句很老练的话：不到万不得已不能暴露；不到准备好后路不能公开；不到掌握足够的"炮弹"不能进攻。大家终于商定了几条意见：

一、死讯暂时不告诉芦花，食品每隔三天照送一次，带出去处理掉。

二、矛盾还是不上交，暂不向上汇报。

三、再一次向县、地、省揭发控告高天禄，还是到城里去寄出。

要在芦花面前装出一切顺利，真难哪！

一滴眼泪落在饺子皮上，这是储先福的眼泪。今天是连队的星期日，伙房把面粉、猪肉、白菜、粉丝分给各班，让大家各尽所能。芦花看到那么多同志都帮着包饺子，又露出了米粒小酒窝。

“我妈最喜欢吃白菜粉丝饺子了。老储，再擀小一点。我妈最会帮人家包饺子。你们解放军来建设农场，开头就有一部分住在我们庄上。我妈包饺子就是向山东老同志学的，皮又薄，个又小，老同志都夸她包得好！”

芦花没有戴军帽，一寸来长的小圆顶头发披在前额。好勤快，好秀气的一个小同志啊，蝴蝶翻飞的手上迅速地出现一只只小巧玲珑的饺子。“班长，看，你看，这就像我妈包的了。她有胃病，我还要包小一点。班长，明天清早送饺子，你再带我去一趟好不好？还有老何从医院里要回来的胃痛药呢！我想自己交给她，看她朝我笑一笑。求求你，好班长，我妈只怕，难得笑几回了……”

严班长捧着饺子急忙转过身：“我，考虑考虑吧——”一颗很大的泪珠滴在饺子上。

五、芦花的未婚夫

储先福慌得连唤猪的警报也忘了，气急败坏地低声喊：“班长，班长！连长，连长来了！”

全班一阵大乱，芦花钻进草窝。小王刚把“洞”口掩蔽好，连长已巡视到牛棚来了。小王站在洞口不敢挪步，生怕背后还有破绽。大家的心都吊到喉咙口。连长望了望草垛，看了看“疯牛”，径自走出牛棚，到“班部”坐下。对严班长说：“叫他们都来！”全班立刻集合。

他会不会挖苦说：还有一位呢？我担心。可是连长没有追问。他扫视了一眼，火辣辣地开腔了：

“你们给我小心一点！陈庄出的事不小哇，逃的逃、死的死。县革委会还派人到我们团里，说有人在城里发匿名信攻击陈庄大队革命领导小组的负责人，为‘5·16’反革命分子及其家属鸣冤叫屈！这写信的人嘛，还没有查到，要我们部队帮助调查。我们连队离陈庄不远，你们饲养班更近些。你们再不要随便跑到陈庄去！老何，你以前到陈庄去给老乡看病，是连里布置的，不关你的事。严樟明，以后你们不经过连里同意不准再和陈庄的群众来往！听到吗？”

连长走后，严班长呆呆地坐了好一会儿，随后就开始了平时少见的行动——埋头写字。他在一本有“奖”字的红皮日记本上不停地写。有时显然遇上不知道的字，咬着钢笔管皱着浓眉。我想帮他。他却笑笑说这是他一个人的事。从上午九点多直到晚上九点多，除了匆匆吃饭和非他干不可的事，他始终在写。他的字体大，简直把整个本子写满了。

同志们已经在赶牛进棚了。严班长今天很“官僚”，完全不参加这些劳动。相反，他动作细致地把日记本用塑料薄膜包好，放在他的抽屉里；然后倒热水洗了脸和手，在他床肚里稳稳地捧出一只纸盒，放在桌上。

“啊！”我不禁轻声叫起来。

装月饼的硬纸盒。这是我在中秋节前从城里买月饼装回来的。昨天拂晓，芦花曾双手把它捧给班长。盒子里，四角放着四个胃痛药瓶，中间密密地排列着小巧的饺子。芦花知道，木格窗中间方框上的玻璃既然已经打破，这月饼盒子侧竖着就满可以塞进去了。纸盒上还扎着两根奇特的“绳子”，十字交叉。那是芦花用剪下来的长辫子编的细绳，编得很紧，两头扎牢。这是她妈妈几千次给她梳理过的，她要把它们留在妈妈的怀中。

昨天拂晓当然不能让芦花去。但是这纸盒和辫子竟没有沉到秋雪湖里。

煤油灯下，严班长眼睁睁地望着纸盒，好像它是有生命的东西。

“你打算怎么处理呢？”我有点犯疑了。

“你没有听出连长的语气不对吗？”他答非所问，“我觉得他有怀疑。芦花的事看来很快要爆炸了。”

“不至于吧？”

“要做两手准备啊！”

我们一时都沉默了。准备？谈何容易！

“老何，你愿意给我参谋参谋吗？我的准备，对我，是个大转弯。我……”

他的脸上忽然涨起了红潮，他的两只大手也颤抖起来，比抱着了芦花那晚抖得更厉害。

“喂，你怎么啦？”

“我……可能又是一次大错误……我，喜欢芦花，”他低下头，“我喜欢她。”

哦，喜欢！这是多么惊人而又可贵的“喜欢”啊！在婚姻缺乏爱情基础的农村青年来说，这是生平从未有过的自然萌发的爱！在严谨多思的严班长来说，这又是多么认真的爱！

“她，她知道吗？”

“没有。”他抬起头来，目光热烈，“绝对没有！我们不像城市学生兵那样的。我是想，她的妈妈过世了，哥哥看来只能冤沉海底了，好好一个家全完了。她孤苦伶仃，没处投奔。我呢？也快完了。入不了党，背一个政治错误回家。对象本当就不相识，肯定一刀两断了。我知道，芦花信服我，她心好。我这个人我自己知道心也不坏。我两年半寄回家去一百块钱，自己还存下六十多块，够我悄悄地带她回我老家去了。我弟弟也大了，我娘有他奉养。我家乡是大山区，往深山里一走，山高皇帝远。只要她愿意，我可以带她进山去，谁也查不到我们。我绝不会叫她受罪受气的！”

这是真心实意的爱情，又是多么悲惨的爱情啊！

芦花妈妈嵌在木框里的脸。“苦命的孩子，谢谢大军搭救啊！”

大军啊大军，你所向无敌，扫尽了神州大地的乌云，现在却要眼看着一对勤劳善良的青年，跑进人迹罕至的深山老林里去寻找他们安身立命之地吗？

严班长见我不回答，闷着头说：“我知道这样做不符合毛泽东思想。可是为了救芦花，我万般无奈，只得这样做！我走以后，请你留心我的这个抽屉。我把红皮日记本放在这里面。”他抬起头来，我在他眼睛里，又看到了当他知道芦花妈妈被囚禁那夜的火星。“这上面写了我对陈庄大队的调查，对真正的阶级敌人的揭发。这跟你毫不相干。上面错别字那么多，不会是同你老何串通合作的。你只要对指导员说一说就行了。可惜！为秋雪湖的乡亲们，我造不出‘炮弹’，只有这么一颗土造的‘手榴弹’！”

我一时找不到有说服力的话来帮他分析。我只是说：“你准备揭发斗争，精神是很好的。不过整个这一步，连同芦花的出路，还是再等一等、看一看吧。选准时机很重要。你眼下绝对不要向芦花透露。”

“可以。”他回答得很痛快，“现在我们去把饺子沉在水塘里吧，给芦花妈妈上供。”

他望着纸盒想了想，解下了一道辫绳，又捡起一块磨刀的薄砖，紧紧地塞在留着的一道辫绳下，这是为了保证纸盒下沉。但他又找出一块带红五角星的毛巾，雪白全新的，把解下来的一条辫绳珍重地包起来，放进挎包。

繁星满天，四野寂静。“班部”的门“嘎”的一声开了。严班长庄重地捧着纸盒，我跟着他，走出门来。我们打量一番，觉得老柳树外边留有水浮莲的塘面最清净、最幽美，就缓步走去。走到老柳树旁岸沿上，严班长轻声祝祷起来：

“大妈，你生前我严樟明不能给你尽一点孝心，你死后我代芦花给你老人家上供吧。我向你发誓：哪怕拼着一死，也要保护你的芦花！”说着，他慢慢地双膝跪下。然后，真像上供那样把纸盒举到齐眉，蓦然间，他双手一托，纸盒远远地飞出去，“嗵”的一声响，深秋稀疏的水浮莲被浪花冲开了，在水面晃动了一会儿，又恢复了平静。

谁也没料想这时候河里会发出极低的人声：“严班长！”

我们都不禁一惊。“严班长！”声音很熟，是摸鱼人，前民兵副队长陈木根，他发抖地说：

“芦花的哥哥要死了！”

情况又将急变。班长立刻跑步去陈庄。

临走前，他要我把这消息告诉芦花，告诉全班，叫大家“全副武装”休息待命。

这半夜，我们六个人，连芦花在内，都不约而同地齐集“班部”，不分男女，和衣躺在我和班长的两张板床上。芦花腿边，还有那只“黑妹”。

直等到夜里一点，门“吱”地一响，严班长回来了：“老何，你出来一下。”

我们走到老柳树下。

“都给他们讲了吗？”

“讲了。她妈妈去世也给芦花讲了。”

“她怎么样？”

“意外的坚强。她说她看到了，你捧着那只纸盒子，跪下来抛在河里，她哭过了。现在她不哭了，就是紧张得一阵阵发抖，大概是为她的哥哥。”

“老何啊，我真该死！”严班长突然捶了一下自己的脑袋。“前些天调查，我只注意政治情况，思想作风，没有问家庭关系。老何啊！芦花的哥哥不是亲哥哥，是她家从小收养的孤儿，是芦花的未婚夫！”

“喔……”

“也好。这一来，我办这件事心里更清白了，完全彻底了。请你叫副班长出来一下，我跟他交换一下意见就开会。”

第四次紧急班务会，是一次相当庄严的会议。

情况是：芦花妈妈一死，高天禄心里也发虚。谁知公社、县里革委会的头头都说深挖“5·16”是当前最现实的阶级斗争，不要婆婆妈妈的。高天禄回来气焰更高了，亲自到芦花家里翻箱倒柜、掘地拆墙。结果真给他搜出了芦花哥哥藏着的一大堆书，据说都是农学院的反动权威的，一部分还是英文的。高天禄好像搜出了秘密电台似的送到公社，说这是里通外国的变天账！硬把芦花哥哥麻绳吊、铁棍打，一条腿打得骨折。还算是运气，县里派来的专案组长有点文化，把英文书看了看，读不懂翻翻字典，也就弄清了全是改良稻麦品种的书。这才叫把人放了，送回大队监护治疗。什么治疗啊！就躺在泥地上，垫了半张破芦席，关在“5·16”的“牛棚”里，发着高烧！

大家正要抢着发言，严班长双手一按，说：“我还要报告大家一个新情况。芦花的哥哥名叫张犁，犁田的犁字。他爸爸是志愿军战士，在朝鲜牺牲，他妈妈后来也去世了，是芦花妈妈收养了他。他和芦花从小兄妹相称，感情很深。芦花，有一回你小腿上被毒蛇咬了一口，你哥哥用嘴给你吸掉毒水，他自己的嘴唇、舌头，肿得乌青，是吧？今年中秋节，芦花妈妈的胃病一天天加重，就叫他们小两口，在芦花爸爸的遗像前定了亲。当时芦花妈妈说：我恐怕看不到你们成亲了。只望你们两个有情有义，白头到老，我到黄泉路上找到你们的爹爹，也好有句宽心话！”

在场的人谁又能忘记芦花的哭声！

严班长继续发言，很沉着，很有条理，带着一种大彻大悟的语调：“现在张犁同志快要被整死了，我严樟明已经下定决心，要救他出来，救活他，治好他。慢点，让我先说完。我知道大家都会赞成，又都会觉得难办！难道人民解放军还能操起冲锋枪去劫牢反狱，同陈庄的武装民兵打一仗？当然不能。怎样救法，我刚才想好了一套办法，等会儿我详细汇报。现在，我想先请大家帮助解决两个问题。

“大家注意：芦花哥哥救出后，事情就公开了。原来副班长主张公开斗争，我不同意，因为那时候我们，‘弹药’不足，肯定斗不过高天禄他们。现在有了‘张犁事件’这颗炮弹，再加我们调查的整个陈庄大队群众遭罪的材料，我们可以同高天禄挑开盖子打一仗了！不过，谁胜谁败，还很难说。所以，芦花还是要有个地方藏身。我是不行了，老何和副班长家里目标都太大，不能去。请大家想想办法吧！”

没想到第一个站起来承担的是叶洪发。他说：“班长你放心，这事包给我。过去你把我管得太严，我对你这个学习毛著积极分子有看法。我猜你是向上级讨好，想入党、提干。你对芦花很关心，我又猜你对她有个人打算。今天你什么都透亮了，我叶洪发服了。芦花要是没有别处可去，就到我的未婚妻家去，带我一封信，去住一年二年也不妨。那里是大湖小洲上的孤村野店，大革命革不到，那地址全团只有我知道。只要各位老大肯保密，部队、地方都找不到那个野猫洞。路费粮票我这里全有。”

他这一说，大家踊跃捐献。连队虽然粮食超支，还是给各人补助过不少粮票，储先福马上拿出三十斤，还是“全国”的。

严班长又说：“还有第二个问题：谁出头？斗争一公开，全班都有牵连。照现在这个热劲头来看，到时候只怕都抢着出去承担责任。那是笨办法。毛主席教导我们：打仗无非是消灭敌人，保存自己。我们要尽量减少损失。出了事情，由我一个人去承当。不要争，我是班长，又是学习积极分子。前些时候毛主席哲学著作讲用会，我的讲用稿是指导员帮着写的。这回我不论到什么会上，哪怕是审判会上，我自己来讲用！”他拉开抽屉，拿出红日记本，“讲用稿大部分写起来了。前几天我还晃晃荡荡，生怕这样做不符合毛泽东思想。现在我清醒白醒，我们这样做，完全符合毛主席的一贯教导。中国共产党和人民解放军没有白白培养我这个跟牛屁股出身的青年。我们开窍了，有主见了，敢到台面上去斗！哪怕把我充军三千里，我也要讲它三千里。要讲得全团全县都知道真相，要讲得高天禄一伙露出原形！这当然免不了要得罪几个老爷少爷的。除了这口头讲用，明天一大早要先拿出行动来讲用。这讲用行动的水平也不低哪！所以同志们，请你们不要和我争这一份光荣，说不定革命委员会还会送我碟子那么大的一个奖章呢！“

六、“讲用行动”

一九七〇年十一月一日早上七时半。按昨夜一致通过的方案进入行动之前，全班七个人在芦花的稻草窝前集合话别。谁都清楚，这一分手，至少有三个人：芦花、严班长和我，是很有可能再不会和大家见面的了。

“我们以后就永远，”王美新几乎要哭出来，“永远见不到了吗？班长！”

“那要看斗争胜利不胜利，形势好不好。”

“好不了。”叶洪发说，“好人打好人、坏人打好人，还得打下去。”

“我，我算了一卦，”储先福平时是不敢公开他的迷信行为的，今天破了例，“今年是狗年，要到下一个狗年，我们的运气才会好。”

奇怪的是今天连班长也没有指责他。叶洪发说：“下一个狗年，要到一九八二年哪！我这把骨头，不知撒哪里去了！”

“不会的！”储先福为他的信仰辩护，“到那时候就是‘大安’了。”

“我相信。”严班长说，“不是相信老储卜的卦，我相信我们的共产党，解放军！”

“那我们就约定，十二年以后的今天，我们再在这里聚会好不好？”副班长安晓宁忽然提出一个孩子气的动议。

大概因为惜别的情绪太浓吧，这动议竟被大家一致赞成：一九八二年十一月一日，大家到此重新聚首。多么富有诗意的约会啊！最有诗意的是储先福的一句话：

“我老储就是要饭，也要要到秋雪湖来！”

严班长照例撑着饲养班的小木船，我照例背着红十字药箱，又到陈庄巡诊了。陈庄群众对我这老军医还有点信仰。严班长已经了解清楚，高天禄到县里去了，不在庄上。果然，接待我们的是新任的民兵连长，一个爱动手脚不爱动脑筋的人。我宣布，最近瘟疫开始流行，于是挨户检查了卫生。最后，我们来到关押“5·16”的草棚。摸鱼的陈木根“正好”今天也是放哨的民兵之一，他悄悄一指，这就看到芦花的哥哥啦：脸烧得通红，脸上还有青一块紫一块的伤。他两眼紧闭，干裂的嘴唇却张着，呼吸急促。一条腿肿得乌紫发亮，疮口在溃烂。他一动也不动，显然是高烧昏迷。从外表的征候来看，很有可能得了败血症。若然如此，我带来的青、链霉素基本无用，必须尽快送医院抢救，迟几个小时就会死亡！

我想起严班长竖起来的食指。他的计划真妙！我立刻装作大吃一惊，又仔细看了看，马上倒退一大步，向民兵连长说了两个字：“麻风！”民兵连长一听，第一个反应就是“呼”地朝门外逃出去，还捂住鼻子。这可怎么办？谁还敢碰呢？然而马上得抬走，送北湾去！哪怕丢在湖里也可以！谁抬呢？紧要关头还是求求解放军同志发扬精神吧。弄来一张芦席，我和严班长戴起大口罩白手套，把芦花哥哥卷起来，抬上了小木船。民兵连长连连道谢。仓促间没啥慰劳，吩咐快去取烟酒。严班长正好装作“逃礼”，竹篙使劲一点，小船直向河心冲去。我拿起另一支篙子，双篙齐下，迅速向北，不一会儿就进了秋雪湖。到北湾去该渡湖向北，对不起，我们一个右转弯，顺着西风沿秋雪湖南岸向东去也。

王美新按计划在湖堤上瞭望，一见小船来到，他发出蛙鸣，芦花迅速翻过大堤，小船拢岸，芦花一跳上船，小船立刻继续向东，我的老部下主持的师部医院是在秋雪湖东南方啊！

芦花扑到席筒边，探头一看，“哇”地哭开了。

严班长挺厉害地说："好好的哭什么！快换老何撑船，老何快打针！"原来打针和迅速脱离陈庄是矛盾的。现在芦花撑船比严班长还熟练，船头上浪花叮咚直响，我就把青、链霉素给芦花哥哥打上了，虽然未必管用。

现在抢时间就是抢生命了，可是前面还有一大关口。弯进内河去师部医院必须经过团部驻地。那里的三岔河口有一座曲拱桥，一个码头。那里有岗哨，还有团部的干部，营连的干部，各连的司务长和给养员，经常来来往往、上上下下。任何一个该管的干部碰见，一查问，就完蛋了。严班长是想到这一层的。王美新下一步的任务便是沿河快步当尖兵，到岔河口侦察，看有没有狭路相逢的"冤家"。

严班长和芦花都使出最大的力气，衣服也顾不上脱，都是满头大汗。我也用船板帮着划。船很快接近了岔河口。这时候，小王却慌慌张张地沿河奔回来，喘着气："完了完了，我们连长，守在码头上！"

我和严班长迅速交换了一下眼色，谁都明白，连长站在码头上绝非偶然，他从没有这闲工夫。连长是完全掌握了我们的行动方案了！有人"出卖了"！一定是副班长！严班长的脸红得要冒血，如果不是握着竹篙，他的拳头一定捏得崩响。可是他忽然镇静下来，说："连长一个人等着，不像是要抓人。救命要紧，冲过去！"

船渐渐临近三岔河口。老远就看见码头上站着一个军人，举着一架双筒望远镜在向这边观察。严班长沉静地说："老何，我准备跳上码头去领罪，你同芦花撑船去医院。这事就交托你了。"

看清楚了，真是连长！他已经把望远镜收进盒子。咦，他为什么向码头上面走，转到屋后不见了？是去叫人来抓我们？小船不顾一切地朝前冲。码头上却走下来一个人，副班长安晓宁！这家伙人小心不小，竟神色自若。严班长不知他背着的右手里有什么秘密武器，只做没看见，把船哗哗地撑过去。不料船近码头，安晓宁喊一声"接住"，右手一扬，一个白呼呼的东西飞向小船来。安晓宁是投弹能手，我年轻时爱打篮球，接个正着。是个布包。码头上，小安微微一笑，转身走了。

包里是一套身材小小的便衣，一件小号绒衣，一个塑料袋里装着一百元钱和一沓全国粮票。最叫人吃惊的是一封给师部医院的住院介绍信和一纸“战士卢华”探家的通行证。

严班长手上的竹篙慢下来了。小船已离码头一百多米。此去医院已经不远。严班长沉重地吸了口气：“这么说，就不必要我护送医院了。老何，一切照计划办吧。我要回连里去开始讲用啦。芦花，请你靠岸。”

芦花要哭出来似的望着严班长。

严班长平静地说：“芦花，我走了。祝你们有情有义，白头到老！”

“班长！”芦花哭了。

严班长转身要上岸，忽然想起了什么。他在自己挎包里摸索了一会儿，拿出来的是芦花编来扎月饼盒子的一条辫绳。严班长苦笑了一笑，说：“放在身上差点忘掉了，是你的。”他轻轻一甩，把辫绳搭在芦花的臂弯里，转身一跳，就上了岸。

“老何，快撑！”严班长恢复了平时果断的神态，站在高高的河坝上挥着手。他雄健的体魄衬着蓝天白云。从此我脑海里的他，永远是这最后的印象。

七、秋雪湖又飘秋雪了！

亲爱的老战友们，你们好！

接到信，我真想一口气奔回到秋雪湖！这封信是安晓宁写的吧，写得真有感情！可是我到时候也许来不了。我们的钻井船很快要出海了。为了秋雪湖的孩子们永远不再偷稻草，我们要使劲开发石油。听说，我们当年分手的牛棚，现在是电灌站的楼房了。假如十一月一日我实在来不了，就请你们坐在电灌站的楼上，念念我的这封信吧。我闭着眼也能看到你们现在的模样。小王从小手大脚大，现在一定长得很高，祝贺你当上了镇上新盖的影剧院的副经理！那是社会主义精神文明的阵地，可要注意抵制各种歪风啊！再谢谢叶洪发你们两口子，听说卢华同志在你们老家养得红红胖胖地回来了。报上看到你们那里网箱养鱼很先进，秋雪湖也可以搞。小安当了我们老部队的宣传股长，你这次对我们重新聚会最热情，你是想拿我们的材料来教育部队吧？那可不行。我们那时候的做法是在党和国家的政治生活极不正常的条件下，才勉强说得过去。我说你还是多宣传今天的先进人物，还有就是帮秋雪湖的群众把两个文明搞上去。秋雪湖可以办的事多呢！我们老储现在是养羊的土专家了，一家六口收入三千多元，听了真高兴！他这次来肯定是胖墩墩的，用不着要饭要到秋雪湖了。最挂念老何了，老何六十岁了，离休了吧？欢迎你到我们油区来参观。才不久有一批离休老首长来过了。听说老何后来分配去大西北工作了好几年，请你来给我们的青年讲讲伊犁、玉门、柴达木吧！

对了，当时领导上一再问我："疯牛"的木桩是谁拔起的。就是我们把芦花，还有她哥哥送走的第二天，老何没有看到过这场面，高天禄带着武装民兵擅自来搜查我们饲养班。那时候鸡飞猫叫。不知谁把我们的猪都放出来了。我们的猪也不是好惹的，顿时乱了营。我确实没有拔。敢拔的叶洪发也没有拔，可是，这"疯牛"不知怎么搞的，拖着木桩就朝高天禄猛冲过去，把他顶在墙上。这一顶没有千斤也有八百。听说高天禄至今还不能下地劳动。当时这一条也被人家上了纲，所以我们连党支部是通过我入党了，营、团党委却不好批准。不过我对老部队输送我到石油战线是十分感激的。一九七七年我在油区入党了。

正写到这里，没想到来了秋雪湖的亲人！张犁同志来了！可惜我同时接到通知，正巧十一月一日中午出海。我留张犁住几天，看看我们出海的盛大场面。张犁要不是自己介绍，我怎么认得出来呢？他的腿一点也不瘸、漂漂亮亮的一个技术副场长。卢华同志，我真为你高兴！你们的孩子都快上学了，你这个幼儿园的好阿姨要多学文化呀！张犁说：秋雪湖又飘秋雪了。我从来没有看到过这种秋雪。我的家乡山多水少。我什么东西也不需要。听说芦花做枕头很好，你们一定要送我点纪念品，就用秋雪湖新长起来的芦花给我做一个枕头吧。我枕着它会在梦里回到秋雪湖来的。

“啊，这主意真不错！”王美新说，“等会我们大家去剪芦花吧！”

真如严班长信上写的，我们几个人正坐在电灌站高敞的楼上，听安晓宁朗诵这封信。北窗外，秋雪湖的面貌大变了。十二年前空旷的湖面上，整片整片地铺着白茸茸的芦花。今天西风五级，阵风六到七级，正是看秋雪的好时光。阵风起处，芦花旋舞，蓝天之下，碧水之上，无数朵秋雪在秋阳下闪着白光，无声地、浩瀚地向东飘去。

安晓宁思索着说：“班长的这个要求意义很深。芦花虽然渺小，可是顽强。它们的生命力是摧折不了的。它们会蓬勃地长起来，远远地飞出去……”

“可是他为什么只要一个枕头呢？”卢华同志以女性的敏感问，“他还没有成家吗？”

“下面还有几句话，”小安说，念下去。

我这个人注定是要四海为家了。我们中国的渤海、黄海、东海、南海都有丰富的油气田，这是大好事啊！十一月一日，我和张犁在这里为胜利重逢干一杯，为远征出海干一杯，请大家和我们一同干杯吧！致

军礼！

战友　　严樟明

热烈的掌声，大家都在笑着，芦花也在笑着。我心里却别有一股

滋味。他们谁也不知道。谁也不会像我这样，揣摩着“芦花枕芯”是不是还有别的含义。像严班长那样的人，自然萌发的爱情一生很可能只会有一次。这一次是那么诚挚，却又是那么短暂！当他拼上全力撑船挽救张犁生命的时候，每一篙都在把这爱情深深地埋到秋雪湖的底里。然而爱情留在心底的刻痕是永远不可磨灭的。那就让他得到战友们献给他的一捧纯洁的芦花吧！

“千里送芦花，礼轻情意重！”叶洪发说，“走，我们剪去。”

大家站了起来。

“老何，你年纪大了，歇着吧！”储先福现在挺会关心人。

“是啊，是啊！”大家说。

“不，让我也送上一把。”我第一个走下楼去，一边解释。“他只要一个枕头，这枕头肯定是他要带了出海的。我要给他挑几束最洁白的芦花！”

（《小说月报》1983年第12期选载）

有这样一个小女兵

中　夙

门好像被谁推开了，然而没有脚步声，直到我又在稿纸上画了一个句号——大约过了一分钟吧，我似乎想起了什么，不然也许是一缕淡淡的杏仁霜味儿被我嗅到了，这才抬头，见墙角站着一位女兵，说准确点儿，是穿着军装的女孩子。虽然我也不很大，但是一点儿也不妨碍我把她看作女孩子的直觉。

“报告首长，”她敬了个军礼，“我，第五疗养院的，护士，报到。”说完蹩脚的报告词，立正等候我的发落。

“护士？”我问。明明是听清了。

“护士。”

“可我们调的是医生啊！”

“领导说，患者太多，调医生实在困难……”

她盯着我，眸子里闪射出一种乖觉、警惕、时刻准备惶惶逃去的目光。这目光使我想到动物园里的小鹿。那些个头上有两枝花角、光亮的皮毛上带着花斑的小动物，常有这种怯怯的挺有趣味儿的神情。我想，假如让她回去，说不定她会找个没人的地方抹眼泪的。

于是我把她“收”下了。

我向她简单介绍了团以上干部读书班的情况，然后轻重适度地咳了一声，给话头绾住一个结，再把手背到身后去，像将军部署战役似的说：“需要你特别记住的，是关于你的职责——”

“请等等！”她打开挎包，掏出一个精美的皮面活页本，在空白页上端正地写了“首长指示”几个字，然后把笔尖悬对着纸面，虔诚而专注地等待着。

我有点儿慌，本来是不应该慌的；又有点儿得意——我的话居然也被人称作“指示”。我说了，声调放得很慢，留出她记录的时间。

“……三条：第一，除了候诊外，每天上午九时，要到各个房间巡诊，发现急诊病号，要及时向我报告，由我派车送医院治疗；第二，负责督促和检查炊具、餐具消毒，协助食堂搞好卫生；第三、第三……以后再说吧。”一着急，我把第三搞忘了。

她合上本子，准备走了。

“哎，你还没告诉我名字！”

“王富。”

“芙蓉的芙？”

“不，去声，富强的富。”

我笑了，甚或带出一丝嘲讽的意思。

“像男的名，是吧？”

仅仅像男的名还好，简直有点儿俗气。我听过很多女兵的名字，又高雅又含蓄又上口，有诗的韵味儿，有散文的意境，然而王——富，这叫什么呀，糟糕透了。

不过也算名副其实。当我认真地打量过她以后，我不再为她的名字遗憾了。确实的，她的相貌同名字一样平常：眼睛不大也不小，肤色不白也不黑，模样不好看也不难看。性格、气质看上去也很平常：不欢悦也不忧郁，不多言也不寡语，不精明也不呆笨，不特别大方也不腼腆。

一般化。望着她悄然而去的身影，我做了结论。和许多年轻的小军官一样，我也喜欢从一种隐秘的心理角度去评价出现在身边的任何一个小女兵。

领导封了我一个"组长"的头衔。所谓"组长",是因为麾下还有一个王富。

这天上午,我们开办公会。马部长问我学员人数搞准了没有,我说准了,九十六人。

"不对,是九十七。"墙角飘来稚嫩的女声。她是经我提议,列席会议的。

"九十六。"我重复一遍。

可是她又说:"九十七。"

"怎么会是九十七?"我扫视满屋子的人,故意不看她,"这儿有花名册,我逐个核对的,没错!"

"我也是逐个核对的呀!"她掏出那个皮面活页本,"你数,不会错的!"

天哪,这几乎是一本病史传记,几乎每个人的名字后面,都坠着一段简要病史:某某"患过胆结石,术后有微痛"啦,某某"牙床肿痛,诱因待查"啦。我不能不为之叹服:这个小王富,竟有这份心计!她是什么时候搞出来的?要知道,开学才五天,五天能做什么呢?好像什么事也做不了。

我毫不怀疑是我的数字错了。所不悦的是由于她的纯真无忌而给我造成的窘迫。我只能说:"也许是我的错了,不过她的也未必对。"

我开始加强对王富的领导。

"食堂刚买了两筐鱼……"

"我看过了,新鲜的。"

"二楼马副政委这几天吵吵恶心。"

"神经性的,用过药了,先观察两天看看。"

"不过……"我严肃地盯着她床头上用白线拴着的一只绿色羽翅的大蚂蚱和一只"咪咪嘎"。

读书班大楼门前,有一片枝条虬曲的枣树林,林中生满杂草。每逢休息时,王富常像孩子似的,一蹦一跳地跑到枣林里,捕捉各种小动物：蝴蝶、蝈蝈、蚂蚱、咪咪嘎……有几次，我从开启的窗户望去，见草丛里的她，被各种小动物引逗得腾跃翻扑，一副痴迷忘返的样子，心灵像是完全融在阳光、草丛、大气里面。这常引起我无端的嫉妒，我想到我的少年生活，想起快要淡忘了的曾经给过我无限乐趣的家乡大河套……从什么时候起，生活被我蒙上一层灰色的色斑呢？

“难道这也犯纪律吗？”她小声抗议说。

我没笑。虽然想笑。上前轻轻弹了弹“咪咪嘎”，它即刻“咪咪——嘎”地嚷叫起来。

“噢……你是说影响学习？”她旋即转身，解开“咪咪嘎”，送出窗口放飞了，却把蚂蚱护在手里，说，“它可是不会叫的。”

我们渐渐熟了，接触的时间多在晚饭后。她愿意随我行动。我分析，这不像是为了巴结“组长”——“组长”算啥呢，我已经把这个头衔忘了，而且她好像生不出巴结的意识，虽然还常向我讨取“指示”，也不像是揣了什么隐秘——她几乎没有什么隐秘。仅仅是因为读书班唯有我们俩是年轻人，我们可以在一块儿玩玩，唠点什么。

我们在一起打羽毛球。她总是争着捡球。

我们在一起下跳棋。我每逢要输的时候，总是耍赖偷“渡”，而她真诚地认为我棋术高明。

她还常去附近的集市上买些烤地瓜、炒花生回来，偷偷地分给我一半，同时嘱我：“保密，院里反对我们吃零食的。”

闲聊的时候，往往是她听我讲。我讲到可笑的地方，她就笑；我讲到没什么可笑的地方，她就不笑；我讲得对的地方，她就说对；我讲到她认为不对的地方，她就说“才不是呢”；我高兴了说起来没完，她就听起来没完；我讲得乏味了，说，“休息吧”，她就说，“好，休息吧。”

“你呀你呀……”有一次，我发起感叹。“我呀我什么？”“有点儿太那个！”“那个是什么？”“单纯了点儿！”“是啊，”她一点儿也不否认，“在学校，老师就这么说；当了兵，同志们又这么说。”她忽闪着明净的双眼，仿佛在讲一件十分有趣的事情。

然而三天后，她突然地问我一句："可你说要不要改呢？宋干事。"

"你说的是什么呀！"

"我是说单纯呀！单纯好不好？"

我明白过来："这怎么说呢，又好又不好，比方说……这可不是用比方能说清楚的，总之又好又不好。"

"就是说，应当又单纯又复杂！"

"好像是这样的，读过达尔文老头的进化论吗？他讲过，适者生存。生活是复杂的，所以要学得复杂点儿。"

"可我就是复杂不了，真没办法！"她颇觉为难地叹了口气。

然而，她又不完全像我想象中的那种童心未泯、世事不懂的单纯。

那是一个星期天的傍晚，霞火在大气中燃烧。我和她坐在三楼阳台上。脚下，是鳞次栉比的屋脊和街巷。远方马栏河畔的汽车，看着像虫似的。

照例是我讲，她听，话题是大千世界。我讲得乏味了，再没有什么好讲，就用"审讯"的方式逼她讲话。

"喂，你爸爸多少级？"

"七级。"

"嗽——在省里？"

"什么呀，我爸爸是钳工。"

"你家里有人是干部吗？"

"做什么的都有，就是没有人当干部。"

"那你怎么当的兵？"

"高中毕业，我没考上大学，开始帮妈妈卖冰棍儿，后来招工，分配到一家镇办小厂糊纸盒，再后来，接兵的来了，我对妈妈说，我要当兵去，我可不愿意糊一辈子纸盒。妈妈说去吧，还是当兵出息人。我就报名、填表、体检，批准了，就来了。就这样。"

瞧她说得多轻巧！谁不知道女孩子当兵难哪。我连连摇头，固守自己的成见。

她几乎要生气了。

“家里没人当干部就不能当兵？我就没有想到你爸是干部。你这人，不好，喜欢把人往坏处想。其实并不像你想象的那么坏，真的，这也是生活告诉我的……”她语音放缓，娓娓地讲起用她的眼睛所看到的人和由这些人组成的世界。她说，她家附近有个老头，养了好多年鸽子，白的，黑的，灰的，有二百多只，放出去能遮住半个天呢，邻居都知道他爱鸽如命。可是在他儿子当兵那年，他把鸽子都送给动物园了，分文不要。大家都很纳闷，说不清为的啥，后来还是老头自己讲了。原来他每天放完鸽子后，就给鸽子喝盐水，盐水一喝，鸽子就把啄进肚里的粮食吐出来。他用这粮食每年养两口肥猪，能卖不少钱呢。听说儿子验上兵了，他怎么想怎么不是滋味，觉得再干下去，就对不起“军属”的称号，于是咬牙把鸽子送给了动物园。她说，她们疗养院附近山上，有一个哨所，哨所有一条大狗，叫“大老黑”。“大老黑”老了，不中用了，新来的连长决定把它勒死吃肉，可是谁也不动手勒。连长认为重赏之下必有勇夫，就说谁勒谁吃大腿，可是还是没人动手。他一打听，才知道“大老黑”是哨所的“老战士”，服役九年了。连长就又改变决定，把“大老黑”正经养起来，战士们把它喂养到死，死了还立块碑，碑上写着“大老黑”的简历。她还说，她护理过一位参加过战斗的英雄连长。他本来从九死一生中活过来了，有了名声，有了地位，还娶了个美貌的妻子，应当品尝一番生活的乐趣了。可是他总觉得不该丢下牺牲的战友的遗体，整日忧郁、烦躁，夜里常爬起来喊：“喂，死也要选个地方，我带你们爬回去，爬回祖国去……”

…………

那天晚上，我睡不着，隔壁传来王富吟读英语的声音，那声音融在静静的夜里，很耐听，像溪水从卵石上汩汩流过。“这个小女兵……”我感叹着，想：比起那些“看破派”们，比起我这个用一只眼睛看世界的人,她也许单纯了点儿。然而她有她的生活信念,有她的纯真的心性,这是因为她心里装了太多的美好的东西。而这些美好的东西确实存在着呀!

我开始起了微妙的变化,起初连自己都没有察觉,仿佛一切都很自然。

每当就餐铃声响起，我总是磨蹭着再坐一会儿，仿佛在等待什么,然而心里又不愿老老实实地承认。等待什么?我什么也不等待,我在读报纸,我在翻材料,我不太饿,自我解脱的理由是很充分的。可是,当走廊里一传出那熟悉的脚步声,我又催促起自己:该吃饭了。

我还爱往医务室跑。当然每次去都有一个小理由:问问药够不够,是否又添了病号,发现传染病人了吗……堂皇又适度,而且很有一番事必躬亲的领导风度。

我还爱跟值班的老师傅讲王富的坏话。他总爱朝我笑,笑得我心里发毛,我就说:“这个小王富,简直是个孩子,懂什么呢,就知道哭!”她确实爱哭,每次看电影、电视,常抹几下眼泪。

一天晚上,我的好友张参谋跑来看我。我们闭了灯,让月光给室内布成朦胧的幻境,然后对坐床头,各自点燃一颗“金花”,没边没沿地聊起来:天上地下,中国外国,星星月亮,穿衣吃饭。最后话题停留在爱情这个神秘而又庄严的问题上。他问我想好了没有,究竟想找个什么样的。

我似乎没有思索就说了:“最好是心地纯净的,虽然不一定漂亮,漂亮的就一定好吗;也可能不精灵,不过这样也许更好些;甚至额头什么地方长三两个小痞子,然而痞子就痞子吧!”

“你说的是谁?”张参谋啪地按动电灯开关。

我突然吓了一跳,是啊,我说的是谁?我这是怎么啦?我不是曾经发誓要找个漂亮、精灵的女友吗? 我不是背地里挖苦过她额头、鼻翼间成三角形分布的三颗小痞子吗? ……

我想起外婆家院子里的那棵老榆树。树冠中常有喜鹊绕来绕去,谁也不去注意它们干什么，可是时间长了，偶或一瞥，竟然神不知鬼不觉筑起一个小窝，很难再打发它们走了。

我开始抚慰自己：还有时间，还有时间……等读书班只剩下最后一天，我终于沉不住气了，似乎一生中只有一次的重大机遇就要被我疏漏过去。

我打电话邀来张参谋。他很快来了，一进门就问什么事，我说没什么事，他说不对，一定是有什么事。我说："确实没什么事，就是……哎，你知道吗，我要找个什么样的？"我有些着急了，本来应当先聊天上地下、中国外国、星星月亮……

"你不是说过了嘛，'……然而痦子就痦子吧！'"他观察着我的神情变化，"不过我想，漂亮比不漂亮有魅力，精灵要比不精灵招人喜欢，至于痦子，痦子毕竟是痦子啊！要知道，脸上可不是播种痦子的地方。"

能说他讲的没有道理吗！我有点儿动摇了，虽然不彻底。我恨自己少固执。我应当告诉他：坐在她身边，就像坐在清澈的小溪旁，会照出你身上的污垢，会让你的心灵也清澈起来。可是我什么也没说，我想稳住神考虑考虑。爱情不是闹着玩的呀！

晚饭后，王富来向我辞行，说院里派车来了，她要随政委一起回去。她掏出一个纸包给我，我打开来，见是一袋袋装好的药片，上面标注着药名、姓名、服用次数和剂量。

"几位首长路上吃的，我来不及送了，请您代劳。"

"再没别的事儿？"我心情有点异样，盼她说点什么。

她笑着摇头，"再见！"

我也嘴硬起来，"再见！"

在我的遐想中，告别是很精彩的一幕，会留下很多的回味，然而现在只是一个"再见"。"再见"算什么哪，简直跟早上熟人见面不得不说一句"吃饭了吗"一样，毫无意义。

就这样，我眼看着她被北京吉普载跑了。载去五十里外大山皱褶里的一个幽静的疗养院。我有种预感，她一进了那个山窝窝，很快会把这段暂短的生活忘掉的，想到这个，便有一种莫名的怅惘罩住心头，我开始试探着悄悄地问自己：有没有力量把她从心里铲除出去。

王富走后没一会儿，我带车去码头送海岛的同志。临上船时，大家一一和我握手告别，然而嘴里不断蹦出的却是王富的名字：

“回去问小王护士好，走时没见到她……”

“办公室给她写了鉴定没有？没有？哎呀呀，总该写个鉴定什么的表扬表扬人家嘛？”

“……告诉她，她想要的贝壳，我一定让船上人尽快捎去。”

……

我应承着，心里却有点酸溜溜的。当着我的面，大家却把如此的“厚爱”给了王富，我真有点不好意思，甚至有点不安呢。

“老牛船”哞地叫了一声，缓慢地扭过身子，向亮着航标灯的地方驶去。我倚着剪票口的栏杆，把手举起，向船上的人摇着，摇着，神思却悠然地飞向北面的公路。我在想，那辆北京吉普这会儿到了哪儿？也许过了尤家村，说不定已经钻进山里了，她这会在想什么……但愿她能想点什么，比如我对她说过：“星期天真寂寞……”

突然，从附近的什么地方传来一声呼喊：“宋干事，船开走了没有？”这声音太熟悉了，或者太让我兴奋了，我最初怀疑自己的耳朵，可是很快看清了，是她。在高高的三十级石阶上，她蹦跳着，一步两阶，两只微黑的纤巧的手臂，有节拍地舞动着。她一定跑了很远的路，面孔涨得红润润的，带着微细的喘息。

“什么事？”我把欣喜的心情压制住。

她顾不得答话，径直跑到剪票口，朝远去的“老牛船”望了好一会儿，才颓然地转过身，“要是早来两分钟，说不定赶上了……”

“什么事？”我有些急了。

她在挎包里翻来翻去，翻出两个崭新的塑料袋，“罗团长——就是胖胖的那个,说一坐船就晕,来时吐了一身。我答应他,临走时送他两个塑料袋,再吐吐袋里,可是……上午还记得,下午一忙乎就忘了,真该死!"

这可让我怎么"感想"呢!她从很远的地方赶来,仅仅是为了送两个塑料袋!我想笑,可是不敢,她是那样的诚挚,绝没有做作的样子。

"你是在半路上想起来的?"

"是呀!"她随我下了石阶,"我一上车,就觉得忘了一件什么事,我就想啊想啊,等车子跑到马栏河桥,我呼啦一下子想起来了,我就喊:'停车!快停车!'把我们政委吓了一跳呢!"她笑起来,带着深深的自责。

幸亏她忘了。幸亏她忘了又想起来了。

我们并排走着,相隔两步远。我决定了,就在前面那坏了路灯的灯柱下面,我要说出来。也许会把她吓一跳,可是管她哪,吓一跳就吓一跳。

(《小说月报》1984年第2期选载)

远方的夜

宋学武

他醒了。

他好像从遥远的梦境里跋涉出来，走得很累，很疲乏；又好像从另一个世界上回来的，脑子里一片空白。他那干裂的嘴唇轻轻抽搐了一下，跟着，眼帘也微微动了动，眼睛眯缝着，透进一丝光亮，然后渐渐扩大，终于完全睁开了。于是，他看见了蓝的天、灰的云，灰云在蓝天下浮动；一只鹰，也许是一只鸟，在灰蒙蒙的云中盘旋。这时，他才意识到，自己，还活着。

他试图爬起来，可是浑身一点力气都没有。两臂、左腿，似乎都麻木了，根本不听从自己意志的支配。右腿开始剧烈地疼痛。但他并不觉得难以忍受，反倒觉得这很好，因为这愈发证明自己还活着，而且是实实在在地活着的。他挣扎了两次，都失败了，最后还是无可奈何地躺倒了。

但是，他并不甘心。他用力勉强撑起沉重的头，很不灵活地环顾四周，企图辨别一下方向，唤回自己的记忆，可是山坡上以及整个山谷里没有一个人，确切地说，没有一个活着的人。那只鹰或者鸟也不知道飞到什么地方去了，留下死一般的沉寂；身边有很多尸体，有越南士兵的，也有自己人的，横躺竖卧地保持着各种姿势；有几株被炮弹炸毁了的树木，只剩下半截树桩，枝丫劈裂下来，正懒懒地冒着黑烟，仿佛还有那么一点活气；一条灰白色的公路，静静地挂在山腰上，

向北一直延伸到灰沉沉的雾中。他不知道自己在这里躺了多久。他只记得敌人最后一次冲锋，他是拖着被炸伤了的残腿跌出掩体的。可是当他把刺刀插进敌人的胸膛，便再也没有力气拔出来，接着就什么也不知道了……同志们是不是都牺牲了？敌人是不是冲破了他们的阻击线去追击自己的队伍了呢？

渐渐地，他完全清楚了。这场有限的战争无疑是以我们国家的胜利而告终了，大部队已经班师回营，凯旋而归。他们连是奉命最后离开战场的。而他们班又在全连的最后。然而敌人似乎并没有被教训老实，相反，他们纠集了几百人，尾随、纠缠、追击甚至反扑。为了掩护全连乃至整个部队顺利撤离，他们班担任了后卫阻击任务。他们且战且退，准备和大部队到指定地点会合，可是敌人太多了，直到打也打不完、走也走不脱的情况下，才决定拼死一战……

他收回目光，努力在互相叠压在一起的尸体中辨认着、寻找着、数着自己人。他不知道数了多少遍，可是老也数不准：一会儿是八个，一会儿是九个，不是把敌人当成自己人，就是错把自己人当成敌人。他很恼火，于是强迫自己慢一些，冷静一些，又认真数了一遍，结果的确是八个。他的心一阵惊喜和狂跳，因为这说明还有一个活着的。可是活着的是谁呢？是不是已经安全离开了呢？他一面暗暗为这个幸存者庆幸，一面从头至尾地默诵着牺牲者的名字：班长、小胡、大个子、小不点儿……都对上号了。那么，究竟缺少的是谁呢？过了好一会儿，他才恍然大悟，竟把自己给忘了。他扫兴地摇摇头。

灰白色的太阳已经西沉，懒洋洋的，好像不十分情愿离开这个世界。但阴影却悄悄地爬进了山谷。残阳照在山坡上沉静的树林，给树林染上奇异的颜色。他想，既然一息尚存，就争取活着回去。于是他咬着牙，拼命挣扎着。他先爬到每个死去的战友身边，掰开他们掐在敌人喉咙上或者和敌人扭结在一起的手，帮助他们修正好各自的身子，从他们衣袋里翻找着可以给亲人留作纪念的遗物。然后又象征性地抓起黄土，分别撒在他们身上。他十分镇静、缓慢而又从容地做着这些，仿佛在履行一种义务——一个幸存者的义务。末了，他从战友的身上搜出仅有的几发子弹，把自己已经空了的弹夹武装起来，又把他们的遗物仔细收藏好。这些遗物，有的是一张照片，有的是半截铅笔，有的仅仅是写着几个字的纸条。可是它们在远离祖国的战士们眼中，有着不可估量的价值，几次轻装都舍不得丢掉，这都是带着祖国气息的东西啊。回去，一定要回去，哪怕只是为了把战友们这小小的思念带给他们的亲人，也一定要活着回去。他从敌人一具尸体上撕下一片衣襟，简单地包扎一下自己的伤口。最后，他停在那儿又看了看自己的战友，想了想，觉得应该做的而且能够做的都做完了，这才摸摸索索地向公路爬去。

他一刻也没停，很快来到公路上。他知道，沿着这条公路向北走，绕过前面那个山梁，就可以一直爬到自己的国土上。到了祖国，就可以和家人团聚，可以看到白发年迈的母亲。或许母亲已经知道他参战了吧。战斗打响前，他曾经给母亲写过信，说部队将要执行一项特殊任务。但是，那善良的老母亲，怎么会猜出这任务“特殊”到什么程度呢？现在总该知道了吧。这么大个事，全国人民都在关切着这场战争，她能不知道？何况，她的儿子就在部队上。他想象着，母亲一旦知道她的儿子上了战场，少不了要为儿子祈祷，求菩萨保佑。他当然不信甚至反对过母亲这迷信做法，但他也从中理解了一颗做母亲的心。他想得更多的还是二凤。他和二凤已经相处二年了，上次探家，母亲催着他们结婚，他说不忙，二凤也不同意。现在他想，幸亏拖延了婚期，否则这条残腿，岂不要连累二凤一辈子？但是他又想，也许二凤不会嫌弃他、离开他。他甚至想象着，等养好了伤，在二凤的扶持下，到小学校给孩子们讲述他亲身经历过的战斗情景。他在小学时就听别人讲过。他记得那是从珍宝岛下来的战斗英雄，那时他还小，是十二岁还是十四岁他记不清了，那些故事也早已忘却了，但英雄备受欢迎备受爱戴的感人场面至今还深深印在脑子里。

于是他尽量回忆着这些天来所参加的战斗的某些细节。他总共参加了三次战斗，算不算英雄，他不知道。但是大个子、班长、小不点儿、小胡无论如何是算得上英雄的。他要把他们的牺牲经过讲给祖国、讲给他们的亲人、讲给孩子们听，他觉得这是一个幸存者唯一能得到的安慰。否则就对不起死去的战友。但是，他爬得很慢。照这样的速度，什么时候才能爬过那个山梁呢？其实，那山梁并不很远，也不很高，若是有一双好腿，也许只有一天的路程。他后悔为什么没伤着胳膊而偏偏伤着了大腿。虽然，他也知道，这并不决定于他，不是他后悔不后悔的事。

大约爬过了二三里路的光景，他又觉得有些不妥。因为公路上最容易和敌人遭遇了。无论是追击的还是溃退的，只要碰上，其后果都将不堪设想，可是离开公路，左边是陡峭的高山，右边是深深的峡谷，他将怎么办呢？再说，或许后边还有兄弟部队撤下来，虽然这希望微乎其微，他知道，他们连已经是最后的最后了，但他仍然不愿意放弃这个幻想，就像不愿意放弃任何可能遇到的机会一样。

就这样，他一路爬，一路回忆着、幻想着、希望着、计算着。不仅苦苦地拼着自己的体力，同时也苦苦绞着自己的脑汁。然而，他每每爬不到三十米，又不得不停下来喘息一阵。他感到自己太虚弱了，有些力不能支。或许是饿了吧，他已经两天没正经吃东西了，可是吃什么呢？身边什么也没有。水壶是空的。路边贴着地皮长着一些野草，他就势捋了一把，胡乱地塞到嘴里嚼着，又苦又涩，肯定不会有什么营养。公路下边的山坡上倒是有一块菠萝田，已经被炮火炸得一塌糊涂。即使这样，对他来说也实在是个不小的诱惑。他记得小的时候就经不住这种诱惑而偷过人家的甜瓜。那当然是很久以前的事了，不过他一直没忘记，以至于每当想起来就觉得好玩好笑。夏天，他从学校里——当时是二年级还是三年级已经记不清了——奔出来，背后拖着书包，直奔高粱地旁的那块瓜田。但他不是马上动手，而是等着别的同学动手后惊动了看瓜的老头，趁老头追赶偷瓜的孩子时，他就趁机摘几个，装在书包里，然后大摇大摆若无其事地从老头面前走过。

他经常为自己小小的计谋得来的小小的成功而喜悦。当然，那时未必是因为饿了或者渴了才干这种事。对于孩子们来说，规规矩矩地从瓜田边上走过去才是不可思议的、极其乏味的。现在，他停在公路上，贪婪地盯着那些支离破碎的菠萝稞子出神，希望能发现几个残存的菠萝，哪怕是一个也行。一旦发现，他将奋不顾身地滚下去。可是眼睛盯得酸疼，终于一个也没发现。这使他迟迟下不了决心。因他知道，下去容易上来难，倘若真的一无所获，岂不是自找麻烦？现在他已经经不起这失望的打击和不必要的消耗了，于是，他只好犹豫地、恋恋不舍地离开了。

夜色像阴云一样迫近起来，浓重起来，仿佛黑暗随着夜色同时从四面八方上升，然后又从高处向他裹压下来，一种孤独、沉闷、恐惧的感觉充满了他的胸间。一只小小的夜鸟，悄然无声地从他身边掠过，几乎碰着了他，连忙惊慌地潜向一边去了。阴沉，冷漠的异国大地，使他更怀念着家乡。爬，一定要爬回去，即使死，也要死在那块散发着温馨甜润气息的土地上。他艰难地爬着，那沉重的躯体在碎石路上拖拽的声音在凝滞的雾气中发出滞重的回音。

他实在爬不动了，就索性倚在路边的一个小土坎上，疲倦地闭上眼睛。朦朦胧胧地，好像已经回到了连队，班长、小胡、大个子、小不点儿都在他的周围，但他并不觉得十分兴奋，因为他觉得自己好像从来不曾离开过连队，而是同平时一样同大伙一块儿去拉练。他搞不清是战前的训练还是在部队时的训练，总之沿着一条路、一条漫长的路走呀、走呀，他也不知道到什么地方去，更不知道何时才是尽头。两条腿已经疲惫不堪，酸疼极了，大个子夺走了他的背包，也没感觉轻松多少。后来，炊事班小胖儿班长发给每人四两大米，说是不仅要学会打，学会走，学会睡，而且还要学会吃。他觉得很开心、很可笑。难道这吃这睡还要学还要练吗？人生下来就会吃就会睡的，这是本能。但是他们捧着白花花的大米还真有点犯愁了，因为他们除了自身的装备，别的什么都没有，总不能吞生米吧！于是班长和大个子支起了钢盔，小胡和小不点儿拿出了牙缸，他呢，别出心裁，把米倒进水壶，取下壶带，吊在树上烧起来。他原以为煮点稀饭，既解饿，又解渴，可是米放得太多，或者水放得太少，稀饭煮干了，怎么也倒不出来。而编编这时，又响起了集合号，他只好边走边用树枝抠着吃。他想，这水壶若是软的，像挤牙膏似的多好啊。他心里一急，醒了，原来做了一个梦。

这梦，引动了他的已经沉睡的肠胃，也启发了他的朦胧的意识。他赶紧晃晃水壶，水壶仍然是空的，并没有出现梦中的奇迹。他又摸摸自身的口袋，果然发现半管牙膏。那是他轻装时无意落下的。他饥不可耐地将半管牙膏挤出来，吞下去，甜丝丝的。跟着他又想，这半管牙膏若变成一壶米饭就好了。这种梦境和现实的颠倒，多半都是饥渴造成的。

他几乎是下意识地再去翻动所有的衣袋，希望从中还能发现点别的什么，比如压缩饼干之类，以前他曾经用裤兜装过那些东西，可是他什么也没发现，但这种幻觉老是找他的麻烦。以至于每向前爬几步，就不得不停下来翻检一次，而每翻检一次，也就失望一次，无数次的翻检和失望，又给他带来更大的痛苦和折磨。

有一次，一阵小憩之后，他借着微弱的星光发现一只鸟——或许是斑鸠，或许是别的什么，他看不清——就落在五米以外的路边上。这意外的发现使他很激动，也很惊慌，他几乎不假思索地顺手抓起一块石头，可那石头凉凉的、软软的，原来是一条盘卷着的蛇。他惊叫一声，把蛇抛得老远。这声音在空寂的山谷中是那样凄惨、可怕。斑鸠惊恐地飞逃了，蛇也不知道跑到什么地方去了。他出了一身冷汗。

这使他轻松了许多，又重新振奋起来。他想，只有往回爬，才有可能彻底摆脱饥渴的威胁。但是，他也没放弃任何充饥的可能，一边爬，一边在路边寻觅可食的东西。他也只能在路边寻找。可是，路边除了矮矮的青草、低低的树丛，稀稀拉拉的几棵竹子，再也没有别的什么了。他只好再捋几把青草嚼着，吸吮着苦涩的汁液。

有那么一刹那，他的脑子里突然产生一个灵感：他记得竹子根部的几节竹节里有水，这是常识。然而对他不啻是一个重大发现。怎么刚才就没想到呢？于是他选择一棵碗口粗的竹子，用尽全力去折，但怎么也折不断。无奈，他只好忍痛割爱，放弃它，再去对付那棵比较细的。可是折腾了半天，仍然没有力气折断它。他太虚弱了。他坐在那儿，一边喘息，一边观察着、研究着，终于想出个办法。他顺着竹竿向上攀缘，然后猛地将身体向一边坠去，失败了，摔倒了，就索性躺在那儿，养精蓄锐，然后再去攀缘，下坠……仿佛他故意和竹子过意不去，又好像故意和自己赌气，最后把竹子压成弓形，再向根部一点一点移动，“咔嚓”一声，谢天谢地，总算折断一棵，他自己也重重地跌了一跤。竹节里那可怜的一点水几乎迸出了一半，余下的他吸进喉咙，咽进肚里，凉丝丝的，舒服极了。至于这点水能否补偿上他所消耗的能量和代价，他就没有工夫计较了。

那点水，像注入一支吗啡，他觉得精神了许多，轻松了许多。饥渴的感觉减轻了，那条受伤的腿好像也失去了知觉。但终因消耗过大，每爬一步，他都越发感到艰难。有时，他真想停下来，永远停下来，可是这个念头一产生，眼前就浮现母亲那慈祥的目光，耳边就响起二凤那咯咯的笑语。还有连里同志们一定在等着他，牺牲了的战友的亲人一定想知道他们的儿子牺牲的经过。不过，这时他不再想去小学校作报告的事了。他知道，那是不着边际的空想。

他终于没有停下来。他拖着那条麻木的、毫无知觉的残腿，简直就像拖一根又笨又重的木头，非但帮不上他一点忙，反倒成了沉重的负担和累赘。那条好腿，由于长时间在碎石路上磨擦、拖拽，裤子全部磨破了，整个挨地的那一面已经皮开肉绽、鲜血淋漓了。细碎的石子揉进皮肉里，针刺一样的难受。后来，他只能凭借着两臂的作用，牵引着沉重的躯体，一点一点向前挪动。

天色微明，空气弥漫着破晓时的寒气。身上湿漉漉的，不晓得是汗水浸的还是雾气打的。他回头看看一夜的行程，不免有些伤心，因为他还没爬完全程的一半。在遥远的天际，有一颗星星凝视着他，仿佛嘲笑他的无能。他赌气似的加快了一些速度。

到了中午时分，太阳火辣辣的，把铺满碎石的路面烤得发烫。群山似乎也疲乏了，懒洋洋的，无精打采地互相挨靠着。一群苍蝇跟着他，老是在他的周围飞来飞去。一会儿落在他的身上，一会儿落在他留在石头上的血污上。大概苍蝇们早就看上了他的那条几乎坏死发臭了的残腿。起初，他还能挥赶它们，可是这些讨厌的东西好像特别有耐性，好像它们知道那条腿迟早要归它们所有。有几只则干脆飞到前面去等着他。“这个鬼地方，连苍蝇都比别的地方讨厌！”他心里骂着。不过这时他什么念头都没有了，不再想二凤在等他，不再想母亲在盼他。如果说，他的思想还没有静止，意识还没有中断，灵魂还没有离开躯体，那么他唯一的想法就是两个字——祖国——回到自己的国土上，躺到祖国的怀抱里。

就这样，他不断和饥渴拼搏着，和伤痛拼搏着，和死亡拼搏着。曾经有好几次，他都昏过去了。可是不知为什么，又都活过来。也许是他太年轻了，他的生命力是那样出人意外地顽强；也许是母亲在遥远的地方正虔诚地为儿子祈祷；也许是死神在捉弄他，像猫捉老鼠一样，把他折磨够了，再一口把他吞掉。然而，也许什么都不是，只是因为“祖国”这个神圣而强有力的字眼，才把他从昏迷中唤醒，才支持着他一次又一次地从死亡线上挣扎过来。总之，他没有死，他还活着！

又是一个朦胧的夜晚。他已经爬到一个“之”字形的弯路处。他知道，拐过那个“之”字弯，就到了他盼望已久并苦苦为之奋斗的山梁。这给他带来了极大的鼓舞和希望，并且加快了前进的速度。可是，就在这时，对面拐角的山崖后边突然闪出一个人影。借着朦胧的夜色，他马上认出那个蠕动的黑影是个越南士兵，好像也负了重伤，正艰难地往回爬。那个越南士兵挡住了他的去路，他呢，也挡住了那个家伙的归路。他们互相挡住了对方。

这情况来得太意外、太突然了。以至于双方都来不及躲闪，来不及隐蔽。他机敏地赶紧出枪、瞄准，把枪口对着那个越南人。

几乎是在同时，那个家伙也发现了他，惊慌失措地出枪、瞄准，把黑洞洞的枪口对着他。

现在，他们不仅互相挡住了对方的归路，而且准星对着准星，枪口对着枪口，目光对着目光。他悄悄地打开扳机，尽量不使对方听到声响。在这种狭路相逢的情况下，只要有一方轻轻扣动扳机，那么对方即使中弹了，也不易立即丧失还击的能力，至少，在几秒钟之内，扣动一下扳机的力气还是有的。同归于尽？不，他还不想死。

夜，静极了。天上的星星似乎停止了闪动，静静地注视着他们；路边的树木似乎也停止了摇摆，默默地等待着他们。整个大自然仿佛都屏住呼吸，就等待那一声枪响。

然而，他们谁也没有开枪。

他们谁也不敢贸然开第一枪。

他透过准星、缺口，看见那个家伙面色灰白，一脸病态，眼睛深深地陷下去。但目光却又那么凶狠，那么锐利，那么咄咄逼人。他呢，目光一定更是怕人，仿佛一道光，一星火，一束电，也咄咄地逼视过去。

——他们就是这样对峙着。

夜色越发显得昏沉、黑暗，整个宇宙都仿佛凝结了、静止了，静得他可以听到对方的心跳，甚至感受到对方的心脏震动大地所发出的微波，但是，他知道，对方还没放下武器，任何杂念和幻想都可能导致自己的灭亡。因此，他的手指一刻也没离开扳机，始终让那家伙处在自己的威慑之下。

——他们就是这样等待着。

时间一点一点过去，他觉得自己的手开始颤抖，跟着全身也开始抖动。圆瞪的眼睛有些昏花、酸痛，可是他不敢眨动一下，那家伙在缺口上变成了模模糊糊的一片。于是他绷紧了所有的神经，维持着最佳竞技状态，尽量不使自己垮下来。“那个家伙也一定坚持不住了，不然他怎么也抖抖瑟瑟的呢？”他想。

——他们就是这样忍耐着。

有时,他真想将手指轻轻一动,与敌人同归于尽算了。他又摸摸保险机,保险机是打开的,处于良好的击发状态;他又瞄瞄那个越南人,那家伙仍在自己的射击线上。他甚至想,最好击中对方的手或者眼睛,使对方失去还击的能力。当他果真下定决心,却又犹豫了。他怀疑自己的子弹是否已经上膛,他隐隐约约记得离开战场时,拽下了几发子弹,而且将其中一联压进弹仓,但他是不是拉了一下枪机,是不是将其中一发推进枪膛,他却怎么也记不清了。于是,他努力搜索自己的记忆,努力回忆自己搜子弹、压子弹时的情景。最后他终于想起来,压完子弹没有拉动一下枪机,这是一个小小的,然而又是一个致命的疏漏! 他的心又是一阵慌乱,不得不把紧扣扳机的手轻轻松开。他费了好大的劲,才使自己重新镇静下来,和敌人继续相持下去……

现在,他和那个越南人完全是意志的搏斗,耐力的竞争,精神的较量! 饥饿、伤痛,此刻全都没有知觉,亲人、朋友,此刻全都忘却干净。就是这样,不知他们相对峙了多久,等待了多久,忍耐了多久,天上的星星似乎看得没意思了,大部分悄悄隐去,路边的树木仿佛也等得不耐烦了,在微风中开始瑟瑟骚动。接近山顶的天空已经微微发白,蜿蜒起伏的山峰出现了清晰的轮廓,天快亮了。

终于,他发现那家伙的目光渐渐暗淡下来,逼人的锋芒也渐渐萎缩回去,然后,很吃力地把枪收回胯下,闪闪缩缩地向路边爬去。

他仍没放松警惕,越南士兵是心虚、胆怯,放弃了对抗呢? 还是在耍什么花招,另有什么企图? 他的枪口也跟着那家伙向路边方向移动。

那家伙可怜巴巴地看他,好像在乞求他的饶恕。

但是,他一刻也没放松监视,一直用枪口逼着那个越南人。

也许是为了取得他的信任,也许是为了表示自己的诚意,那个越南人"哐当"一声,把枪摔得老远。

随着这"哐当"的一声,一阵狂喜像电流一样震颤着,通过他的全身。啊! 这家伙受不了了,认输了! 他颤抖了,长长地舒了一口气。

他胜利了。可是他实在没有办法俘虏那个越南人，只好让那家伙从他身边爬过去。

当那个越南士兵小心翼翼地、躲躲闪闪地贴着路边和他相遇时，他发现那家伙比他伤得还严重。大概是伤到了腹部，肠子都拖出来了。他正犹豫着要不要帮助那家伙包扎一下的时候，那个越南人突然以难以想象的速度奋力向前爬去。他看他拼命挣扎的样子既可怜又好笑。

直到拉开了距离，那家伙大概以为自己摆脱了危险和威胁的时候，又复而停下来，扭过头用感激的目光看着他，好像刚才没有看清、看准，需要再重新认识一下似的。然后放心地、缓缓地爬开了。

这时，天色已经大亮，星星已经完全隐去，那个山梁已经清清楚楚地显露在晨曦之中，而且离他那么近，那么近，他仿佛闻到了他所熟悉的泥土的气息。于是他又包扎了一下伤口，向那个山梁爬去。他想，这回真的要回到自己的国土了，真的！但是，他不知道那个家伙能不能活着回去……

（《小说月报》1984年第4期选载）

将军的泪

——仅以此纪念在抗日战争中
为国捐躯的民族英雄

刘亚洲

一

人们都说，张自忠将军没有泪。

日本人说，他是中国第一位男子汉。

日本人的说法也许是可笑的，然而可以理解，因为他们怕他。

为什么不？喜峰口、卢沟桥、台儿庄、十里长山，他不止一次让大和魂哭泣。就是当他最后死在日本人手中的时候，杀死他的人仍然整整齐齐地列队向他的遗体敬礼，并像护送自己将军的尸体一样护送他离开战场。

战胜的日本军从一个市镇通过，百姓们得知那具蒙着白布的尸体就是张自忠时，不约而同地拥到街道上，跪倒失声痛哭："将军一去，大树飘零。"

一位被俘的国民党军师长也走在行列中，见状大怒，喝道：

"自忠将军没有泪！他也不愿意看见眼泪！"

我准备写一部《张自忠传》，这是多好的细节，闪闪发光呢。

去年，我采访了一位曾给张自忠当过副官的老人，把那个细节告诉他。他摇摇头说：

“将军也有泪。”

二

那一阵，天老哭。

它在哭这片被强奸的土地。

通往台儿庄的津浦铁路旁，张自忠的大军在急进。一场震惊世界的大会战就要在那里拉开帷幕。中、日双方，它将是谁的奥斯特里茨？

大雨如注。被千军万马碾踏过的土地是泥泞。

突然有令：停止前进。

雨中，全军肃立，张自忠身披黑色大氅，策马来到军前。

一阵凄厉的军号声响起来，将士们统统变了脸。那是杀人的号音呀。

两个士兵被五花大绑地推过来。

将军凝视他们，良久，向站在身旁的警卫营营长孙二勇摆摆下巴。

枪声悦耳。马蹄前，横下两具尸体。

张自忠向全军宣布了他们的罪状：昨天，这两人路过一爿小店铺时拿了两把伞，不给钱反而打了店老板。

“这种时候，我不得不这样做。”张自忠说，“我要打仗，而且要打胜仗。”

他吩咐孙二勇把绑在他们身上的绳子解开，好生掩埋。

尸体被抬走以后，他沉痛地低声说：

“我对不起你们。你们还未杀敌，可我先杀了你们。怨我，怨我平日没教好你们。”

他低下头。

副官心酸了。他以为将军也含泪，可是他错了。将军很快抬起头，眼里没有水，只有火。

“还有比这更坏的事情，”他说，“昨天夜里，我军驻扎在田各庄时，一个弟兄竟摸到民房里去糟蹋人家姑娘。十六岁的黄花闺女呀，日后要嫁人，要当娘，如今全毁了。天快亮时，那家伙跑了，可那姑娘肯定地说，他就是我手下的人！现在，他就在队列中！”

队列凝固了。

张自忠目光如剑。

“男子汉敢做敢当。这事是谁干的？站出来，算你有种！”

空气也凝固了。

“站出来吧。你如果有母亲，就想想你母亲；你如果有女儿，就想想你女儿。要对得起她们。站出来，我老张先给你敬个礼。”

他的戴着雪白的手套的右手缓缓举到帽檐边。

风声，雨声，人却没声。

“那好吧。”张自忠笑了，笑得很冷。“我只好不客气了。那姑娘说，她把那个家伙的大腿根给抓伤了。今晚宿营后，以连为单位，全部把裤头脱下来，检查大腿根！全部，一个也不许漏掉，包括我！”

副官说，当时他清楚地看见站在张自忠将军身边的那个人颤抖一下。

三

宿营后，真相大白了：干下那丑事的人竟是警卫营营长孙二勇。

张自忠大怒：

“我瞎眼了，养了一条狗。抓起来！”

所有的人心里都很亮：孙二勇活到头了。拿走百姓两把伞的人尚且被处以极刑，他做下这种事，够死一千次了。谁不知道张自忠将军眼窝浅，容不得一粒沙子。

然而，当军法处长请示张自忠如何处置此事时，将军竟足足沉吟了五分钟，才说出一个字：

"杀。"

他怎能不沉吟？就算孙二勇是一条狗，那他是一条"有功的狗"啊。

二勇，一个勇字还不够，再加一个。他使用这名字是当之无愧的。

他曾是张自忠手下驰名全国的大刀队成员之一，喜峰口的长城上，有十八颗鬼子的头颅像皮球一样在他脚下滚动过。"七七"事变中他率一个半连扼守卢沟桥，与日军一个旅团搏杀。桥不动，他也不动。

尤其是，他是张自忠的救命恩人。一年前，张自忠代理北平市长，是汉奸们眼里的钉子。一夜，张自忠路遇刺客，担任贴身警卫的他奋身扑到前面，他胸膛做了盾牌。三颗子弹竟未打倒他，刺客先自软瘫了半边。

有勇气，又有忠心，一个军人还需要什么别的呢？他衣领上的星星飞快地增加着。

这一回，星星全部陨落了。

四

杀人号又一次在鲁南的旷野里震响。

昨天的一幕重演了。不同的是，张自忠没有出现在队列前。他不监斩。

他坐在自己的行辕里喝酒，一杯又一杯，是否要浇去心头的块垒？不，不是块垒，是一座悲哀的山。

军法处长代张自忠诏令全军：孙二勇犯重罪，必死，而有余辜。而后，问将死的人：有何话说？

"我想再见张军长一面。"孙二勇说。

副官把孙二勇的请求禀告将军，将军一跺脚：

"不见。快杀！"

他端起酒盅。副官看得真切，他的手在微微颤抖。酒溢出来。

相同的情形发生在刑场上。杀人的人就是被杀的人的部属——警卫营士兵。他握枪的手在颤抖。

孙二勇圆睁双目喝道:

“抖什么?快开枪!二十年后老子又是一条好汉!”

孙二勇倒下去的同时,张自忠却在行辕里站了起来。他那颗坚强的头颅长时间地垂着。副官又一次觉得他会含泪。

将军的眼神确实是悲哀的,然而并未悲哀到含泪的地步。

将军来到队列前的时候,一切已归于沉寂,相信不沉寂的只有将士们的心。他策马从卧在地上的孙二勇的身边经过,故意望也不望。

他不发一言,胳膊猛烈向前挥动着。地平线上,台儿庄苍灰色的轮廓隐隐在望。有强风,他的大氅使劲掠向后面,线条极其有力。他的战马高扬起前蹄,连连打着响鼻。这情景,令人想起滑铁卢战役最后一分钟时的惠灵顿。

他的近卫军开始蠕蠕移动。

当晚,前锋接敌。

五

只要这场战争在中国的历史教科书上被讲述过,台儿庄就被讲述着。它诞生了也许有千百年却如同死着一般默默无闻,这场战争使它永远活着。

从一九三八年三月二十日开始以后的一个多月里,台儿庄成了死亡世界。地球上两个最相同的民族为着最不相同的目标相互屠杀着。谁都相信自己会胜利。但胜利总是吝啬得到最后一分钟才降临,而在那以前,是胶着的苦缠苦斗。

一天晚上,张自忠正在灯下读《春秋》,忽然传令兵跌跌撞撞地跑进来。

“报,报告军长……他……他,他回来了。”那小兵一脸惶惑的颜色。

“谁回来了？”

“孙，孙营长。”

“什么。”

那个人，二十天前他走了，若回来，需要二十年，何仅二十天？

门开了，走进来的果然是警卫营长孙二勇。他像从另一个世界归来，面容枯槁，头发蓬乱，军衣几乎烂成破布条。他向张自忠敬了一个礼，未说话，眼圈先红了。

“你活着？”

“我没死。”

原来，那天行刑的士兵心慌慌的，连着两枪都没打中要害。他在荒野里躺了一天，被百姓发现，抬回家去。伤口快痊愈时，百姓劝他逃跑，他却执意来找部队。

自始至终，张自忠的脸沉着。他连续下了三道命令。一、“给他换衣服。”二、“搞饭，炒几个好点的菜。”最后一道：“关起来，听候处置！”

处置？还能怎么处置？他已经被处置过了呀，而且是最高一级的处置。副官觉得事情就这么解决了：既执了法，又活了人，真像当年曹孟德割须代头，皆大欢喜。他送孙二勇去军法处，甚至这样对他说：

“你这小子，命真大。”

回到张自忠身边后，他小心翼翼地试探着问了一句：

“还让二勇去警卫营呀？”

张自忠厉声反问，

“你还想让他当营长？”

副官窃喜。这话泄露了将军的心机——没有杀意。孙二勇的性命在他自己的贴身口袋里装着呢。

谁知，仅隔一夜，形势急转直下。次日清晨，副官刚刚推开张自忠的门，一下惊黄了脸：浓浓的烟雾像野兽一样朝他扑来。失火了？惊骇稍定，才看清张自忠坐在桌前，烟蒂埋住了他的脚，他抽了一夜烟。桌上摊着一张纸。副官偷偷送去一瞥，那上面写着：二勇、二勇、二勇……无数。

他的心蓦然一惊：要坏事。

早饭后，张自忠召集全体高级将领开会。

六

会议做出的决定像一声炸雷，把副官打蒙了：将孙二勇再次枪毙。

事后副官才知道这主意是张自忠将军提出来的。他只有一个理由：

“我要一支铁军。”

尤其在此时，面对铁一样的敌军，自个儿也得是铁。

全体高级将领都认为张自忠的决定是正确的，又全体为这个决定流下了眼泪。部队正在喋血，申明军纪绝对必要，可对于这样一个战功累累的军官，甚至在死过一次后又来找部队要求杀敌，做出这个决定是痛苦的，残酷的。

唯有张自忠没有掉泪。他忽然把话题扯开好远：“昨天，李长官（李宗仁）召集我们到他的行营开会，部署向日军发动最后进攻的事。在那里，我遇见了我的好朋友邵军长。分手时，我问他，何时再来？他说，快则两天，晚则一星期，或许……或许再也不来了！”将军顿了顿，“留着眼泪吧，大家都是看惯了死亡的人，又都准备去死，犯不着为这样一个要死的人伤心。”

七

天擦黑的时候，军法处长拿着张自忠的手令走进关押孙二勇的小屋。孙二勇站起来。

军法处长宣读手令。他心情激动，最后几句几乎是哽咽着念完的，倒是孙二勇显得令人意外的平静，立正、挺胸，动也不动，像尊雕塑。在他的戎马生涯中，他无数次这样受命。只是不会再有下一次了。

军法处长问："你有什么话要说？"

孙二勇毫不犹豫地："服从命令。"

"那么随我来吧，去见军长。"

"做什么？"

"他请你吃晚饭。"

张自忠的屋里摆了一张圆桌，大碗菜，大碗酒，满腾腾一桌。张自忠把几个高级将领都请来作陪。

这是名副其实的"最后的晚餐"。面对着比平时不知要好多少倍的菜肴，谁有胃口！饮酒吧，不如说是饮泪。

所有的人都默默地向孙二勇劝酒，他来者不拒。看他那架势，大有把全世界的酒都喝光的意思。他微醉了。

天下没有不散的筵席。菜盘和酒碗都要见底了，一位师长又提出那个问题：

"有什么话要留下来？"

孙二勇站起来，脸红红的，头晃着，呆滞的目光久久地停在张自忠身上。突然，他一把扯开了自己的衣服。

哎呀，他的裸露的胸膛叫人看了后是怎样惊心动魄啊。伤痕斑斑，每一道伤痕，都有着一个流血的故事。每一个故事，都清楚地记录着他冲锋陷阵时的英勇和无畏。这些伤痕是为张自忠留下的，大多是间接的，但至少有三块是直接的。

众人都低下了头。不忍看，真的不忍看，那残缺的胸膛在喊在泣。只有张自忠不为所动，表情冷漠得近似冷酷。他端坐着，像座难以撼动的山。他用手指着身边的一个师长：

"站起来，解开衣服。"

又一具爬满伤疤的胸膛。

张自忠又指指另一位师长：

“挽起你的衣袖！”

两道深深的刀痕。

张自忠又指向第三个人：

“把你的衣服脱下来。”

肩头，弹痕累累。

军人面前，极目一片刀丛剑树，怎能不带伤。

最后，张自忠哗啦一下撕开自己的军装。他的胸膛上也有几处伤痕。他那男性味十足的胸膛因为这些伤疤而显得不完美，又因为这些伤疤而显得更完美。

这些伤疤是为中国留下的。

八

夜深了。

副官正要就寝，忽然传令兵进来告诉他：军长叫他去。

张自忠披着大氅站在门口，清清的月光给他全身镀了一层银。他仰脸向天，隐约可见他表情凄凄的。

“军长，有何吩咐？”

张自忠低声说：

“你知道这附近可有窑子？”

副官大惊。张自忠将军满身正气，多得要溢出来，如何能问出这种龌龊的话。准是没听清楚。

张自忠又问了一遍。

自己的耳朵没有毛病，是将军的心里有毛病了吗？思春？这里一片杀人场，哪有春？

张自忠显然察觉了副官的心情，说：

“我想替二勇找个女人。他只有这一夜好活了。”

副官鼻子一酸，泪水止不住涌上眼眶。将军，我还直以为你是铁做的呢，原来不。你那铁铸的躯体内含着一颗棉花般的心。你杀了他，为的是一个女人，可你在杀他之前又把一个女人给他。你是要让他带着欢乐和满足离开这世界。你一片苦心可鉴！最后的欢乐也许是最好的。

“据我所知，这一带没有窑子。”副官说完话，恨死自己了。为什么没有？应该有。他恨不得自己开一个，如果可能的话。他周身的热血沸腾着，好像自己是当事人一般。窑子，这名字是从垃圾堆里捡起来的，可为什么今天竟给人以美感和温馨感？说出它时，还觉得满心的慷慨和壮怀。窑姐儿也变成极美的极好的了，与平日有本质的不同。

张自忠叹了口气，片刻后，又说：

“我这儿有一本从日本人手中缴获的春宫画册，你拿给二勇，明早再还回来。”

副官又一次落泪了。将军执意要让那将死的人得到快乐。没有真女人，就用假女人代替吧，只要是女人。他会快乐，会满足。总是流不尽的水，走不完的山，看不够的女人。

副官拿着春宫画册转身要走时，张自忠又叫住他：“对二勇说……”他声音里带着明显的颤抖，“不要怨我……”

九

日出了。台儿庄的太阳好红好大，天边染着血。

死刑在清晨执行。

这也许是世界上最奇怪的死刑执行仪式了：在一个预先挖好的大坑边，战友们依次同孙二勇握手告别。张自忠也走过来与孙二勇握手，说：“放心走吧，我会替你多杀几个鬼子！”

孙二勇向坑里走去。一具棺材在那儿等着他。他在棺材里躺下，闭上眼睛。

远处，有部队在列队，风儿送过来一阵歌声。

哥哥爸爸真伟大
名誉照我家
为国去打仗
当兵笑哈哈……

枪响了。这一枪是准确无误的。二勇的脸霎时间变得红彤彤的。

张自忠大步离开刑场。副官紧跟着他。将军的步履有些踉跄。歌声又响起来了：

走吧，走吧
哥哥爸爸
家里不用你牵挂
只要我长大
只要我长大

张自忠突然用手捂住面孔。副官看见，泪水从他指缝里涌出来。

十

两天后，台儿庄会战结束，国军大胜。

（《小说月报》1986年第2期选载）

一江黑水向东流

刘兆林

一

他背朝着太阳,划动了桨。小船在树林里穿行,装满了斑驳的霞光。静静的黑水像燃着了,船好似在火上面走。

天上就一个太阳。每当太阳这样辉煌动人地升起的时候,江两岸的人肯定都会认为太阳是自己的。他乔连长就认为太阳是他的,和他最熟,对他最温暖。此时不用回头看,他就知道,太阳正在岛子东端的桦树林上面注视着他,正是最红最好看的时候,肯定给自己的草绿军衣也照红了。他在心里跟太阳说话:“照我啥用,快点把瓜地里的水晒干,让疆江和他妈吃几个甜瓜再走,他们可是苦坏了!”

他背上暖洋洋的,像是太阳在回答他,因而心里有些痒,觉得隐隐地蕴满了激情。那激情达不到泛滥的程度,却有一股深沉的力量,暗暗地鼓动他为朦朦胧胧的心愿做事情,就像岛子旁边黑幽幽的大江,默默地向前运动,把船载向远方,表面望去却像没有流动。他说不清这是一种什么味道的激情。欢乐?忧郁?惆怅?向往?或因不久就要来临的别离而提前产生的依恋?都是,又都不是。这模糊的激情使他看什么都有点内向的激动。

树叶上,草尖上挂满的一串串露珠儿,大概也认为太阳是它们的,都因太阳的热情而激动得五光十色,既像在燃烧,又散发着带有草香的湿漉漉的水味。鸟儿们也像含了水在朝太阳唱，声音里带着水灵的甜润。

乔连长的眼里像同时进了水和火，眼光既热烈又湿润。他用这眼光看看船头同他对面坐着的儿子，心里忽然像烤煳了的毛豆，有点不是滋味。

儿子疆江满六岁了，剃着和战士们一样的小平头，脸被祖国北极的阳光晒得像个铁蛋儿，加上一年四季边风吹的，结实倒是非常结实，可太黑了。内地，尤其是城市的孩子们见了肯定会说他是非洲来的。儿子自己却不觉得黑，因为爸爸，妈妈，还有那些叔叔们都是黑的。在他眼里，世界上的人，除了妈妈，都是穿军装的。他自己生活得很愉快，因为成天有那么多小叔叔逗他玩。只有妈妈常常为他叹息，六岁了，还没见过外面是怎么回事。有回他在岛子的小码头上玩水，来了一条船，船一靠岸，他竟吓得哭着往家跑。妈妈问他怎么了，他说老虎来了。妈妈看他吓得那个样，真以为来了老虎。出去一看，是一个战士的未婚妻来了，穿一身黄色带黑花的连衣裙，头发烫了许多卷儿。妈妈摸着孩子的头，看着那花枝招展的姑娘，无声地哭了。眼泪滴在儿子的脸上，儿子以为妈妈也吓哭了呢。他怎么会理解妈妈在为他长这么大还没见过外面的人而难过呀。

"爸，又一个，五十个了。报名上学不是得先数五十个数吗？我会数！"疆江"啪"地一巴掌又打死了一只叮咬他大腿的瞎蠓，然后极认真地用针穿上。他手里已经用线穿了整整五十只瞎蠓，像一串好看的珠子。从早晨到现在，起码要挨过五十次咬才会抓住五十只瞎蠓的。

乔连长看着从心里往外乐着的儿子，不免想起战士们的玩笑话："别看疆江还没上小学，鲁迅(芦笋岛)文(蚊)学院挨咬系已经念了六年，够研究生了！"六岁的蚊学研究生该上小学了，这里却没有学校。没有村庄哪能有学校哇。多年前这里连部队都没有，还学校呢。那年这里发生了一场战争，仗不大，却惊动了全国，甚至世界。炮弹几乎把这个岛翻耕了几遍。双方都悄悄往岛上埋地雷，埋完后又被对方的炮火破坏。那一仗很快就结束了，但这个岛从此成了紧张地带，并开始进驻了一个小连队。乔连长一入伍就上了这个岛。尽管后来再没发生战事，逐渐也不那么紧张了，连队却还是没离开过这里。乔连长为这个岛做出了多少牺牲是无法计算的，他自己也没计算过。计算这有什么用呢，酸甜苦辣都有。再说，哪有闲工夫计算哪。

什么牺牲他都可以做出，但是儿子不能不上学。别看住得偏僻，他从报纸杂志上知道，在人们的现代意识里，最注重的是下一代的培养。不光知识家庭、普通家庭，甚至高级干部家庭也都把培养子女作为头等大事。有条件的早早请了家庭教师，没条件的父母起早贪黑亲自任教。更有甚者，为了子女成材，从本人选择对象就开始有步骤地考虑了：未来儿子的母亲应该小十几岁；怀孕前两年就要多吃能使婴儿增殖脑细胞的补品，怀了孕后一个月吃什么，两个月吃什么……婴儿生下来哺乳期吃什么，半岁，一岁，一岁半，该怎么营养都计划得好好的。一想这些，乔连长就内疚，太对不起儿子啊。那时怎么会懂得这些，粗米淡饭吃饱不饿就行了，主要培养的是吃苦精神。懂得这些以后，有时他想像人家那样，对儿子搞点学龄前辅导。一辅导算术，儿子就显出有点笨来。每当这时，他就要怜惜地看着儿子不明亮的眼睛，从心的最底处发出一声疚痛的叹息。悔不该那夜喝了酒，悔不该酒后失去控制而有了疆江，以致今天，党支部的处分决定还在档案里装着。科学杂志说，酒后怀孕的婴儿智力不佳。哎，疆江，爸爸对不起你，也对不起你妈妈。因此乔连长才决定把随军跟他住了近六年的老婆户口转回老家去，带儿子进学校上学。九月一日开学，现在已快“八一”，得早些回去，要落户口，要办入学手续，还有，儿子得熟悉和适应新环境。没进过幼儿园，野惯了，冷不丁坐在板凳上听课，怕不行。别让人说，部队的孩子，黑是晒的，没教养是怎么回事呢？这些天他就一方面让儿子住在班里，和战士们学过集体生活，一方面让她们等几天。香瓜就要熟了，那片瓜地是妻子一手侍弄起来的。是妻子开天辟地在岛上头一年种了瓜啊！每回儿子都要跟妈妈去瓜地。娘儿俩为让

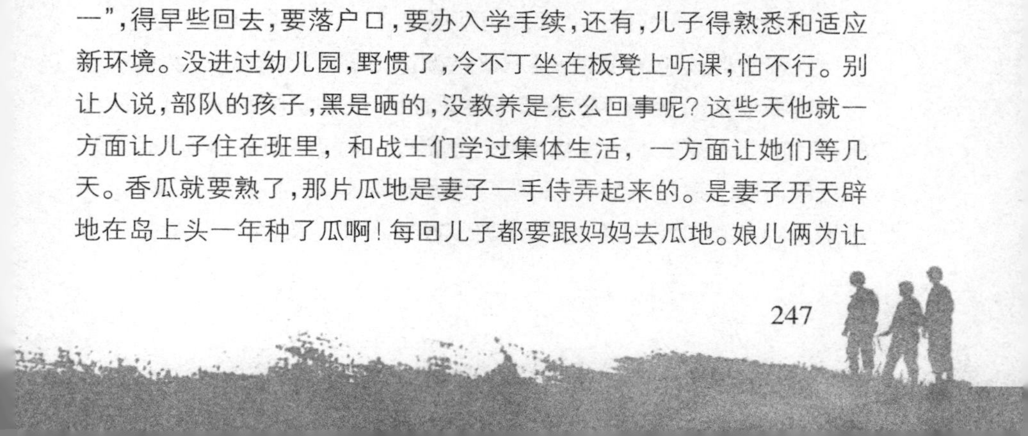

大家能尝尝瓜味，挨了多少咬，多少晒。一定让她们尝尝亲手种的瓜再走。

“疆江，先别数瞎蠓，爸爸问你！”乔连长停住桨，让小船自动往前走，“你说，你上了学有没有志气考前三名？”他想说第一名，可一看儿子那不怎么明亮的眼睛，以及一数数时就有点笨的表情，就改成前三名了。谁让自己那晚上喝了酒呢？

“爸，我要考第一名！”疆江把手中那串五十只瞎蠓一抖，睡不醒似的眼睛竟有些发亮。

乔连长被儿子的志气激动了，越发内疚地看着儿子说：“好疆江，有志气，就该争第一。爸爸在全连就是第一名！”

“我跑第一，掰腕子第一，摔跤第一，写字第一，查数也能第一！不信我查给你看。”他提起瞎蠓串站起来，迎着霞光又开始数，“一、二、三、四、五、六、七、八……”竟顺利地数到五十。“爸，你说能第一不？”

“能，疆江能第一！”乔连长说时眼里有泪花。他听说过，有个孩子，五岁就进大学学高等数学和古典文学了，六岁的疆江才会数五十个数怎么能考第一？但他还是顽抗一般地鼓励儿子：“数，接着往下数，五十一、五十二、五十三、五十四……”

疆江把一串瞎蠓倒过来，信心十足地跟爸爸数下去：“五十五、五十六、五十七、五十八、五十九……”

乔连长一边听儿子数，一边将船划向瓜田。

二

几领炕席大小的瓜田，在芦笋岛南边山脚的平地里，总共有一百二十四棵瓜秧。那是乔连长妻子按全连六十人加她和疆江每人两棵精心种的。一百二十四棵香瓜外还试种了一棵西瓜。如果西瓜能收，明年就再开一块地，让每个人在两棵香瓜的基础上再多一棵西瓜。西瓜她是种不上了，战士们自己种吧。香瓜本来长势很好，偏偏遭了一场水。水下去了，瓜没淹死，但地里还有些泥泞。尤其靠江汉子边那块洼地，还汪着一些水。他带了把锹，想挖条沟把水疏通出去，这样会干得快。早干，瓜就会早甜。他虽没种过瓜，但知道旱地的瓜甜。那是政治处主任在军区小报上登的一篇文章说的。他记得很清楚，文章叫“怎样选瓜”。政治处主任是他同年入伍的战友。人家当了主任，自己还是连长，能不注意人家发表在报上的文章吗？“买瓜前首先要问一下是旱地产的还是涝地产的，涝瓜水，旱瓜甜……”他看文章时不禁感到好笑，堂堂政治处主任竟去写怎样选瓜。但毕竟看过后记住了，而且没想到现在居然能用上。

船一靠岸，成群的瞎蠓嗡嗡着扑上来，大概已在草丛里埋伏好久，饿极了。疆江先上岸的，瞎蠓们就先欢迎他去了。

啪，“五十一！”啪，“五十二！”啪，啪，“五十三、五十四！……”疆江一边打着胳膊上、腿上和嘴巴上的瞎蠓，一边数数，都忙得来不及往线上穿了。

看儿子被咬的苦劲儿，乔连长心里直说不该带他来。今天星期日休息，战士们难得盼到这一天，洗洗衣服，理理发，写写信，睡个懒觉什么的，他没忍心叫一个战士跟他来。他把妻子也留下帮大家拆拆洗洗。妻子没几天待头了，一走就不会再来，疆江非要看看瓜长啥样了，硬跟来的。

乔连长很利索地拴了船，提了锹，上岸先撵走儿子身边的瞎蠓。其实他这一撵，等于都引到自己身上。他到底比儿子耐咬，咬去吧，索性不理睬它们，脱了鞋提在手里，走进泥泞的瓜地。一见那些长在秧子上面的“三变”瓜有的已变黄，他又忘了挨咬的苦处。黄色是“三变”瓜的最后一变。绿、白过去，一出现黄就是开始甜了，越黄越甜。现在才开始微黄，把水放出去，几天就会黄透。黄透的瓜一定非常非常甜，到时候儿子会甜得抱着瓜在地上撒欢儿打滚的。想到这些，他又不为儿子和他妈不好受了。这点苦算什么呀，这几年南方天天打，多少战友命都没了，这里一枪都没放过，太太平平待在这儿，还可以种瓜种菜，还可以带老婆、孩子……虽说以前这儿打过一仗，只那么几天就完了，而且死的人还没有南边一天死得多。这一比，冬天零下四十度的严寒哪，夏天蛇钻被窝啦，秋天嗷嗷叫的北风啦，以及孩子享受不着营养和教育了等等，统统没什么了。

“爸，哪棵秧上都有瓜，有的还俩呢！”疆江提着瞎蠓串蹲在结了两个大瓜的秧前看，那两个瓜都发黄了。他说时口里水渍渍的。

乔连长走到儿子跟前一看那瓜，犹豫了一会儿说：“疆江，你要想吃就先摘一个吃吧。摘那个大的，可能有点甜味。”

疆江看了看瓜，又看了看爸爸，欲摘又止，摇摇头：“爸，我先不摘，等太阳快落时再摘，多晒一会儿就能多甜一点。我先数瓜去，看有没有两五十个！”

乔连长为儿子的懂事感动得心里掠过一丝甜蜜的酸楚：“好疆江，两个五十就是一百。数去吧，别摔了。”

“一、二、三、四、五、六、七……”疆江极认真地数着。

乔连长开始一棵一棵拾掇被泥淤住的瓜秧，他想弄完了再去挑沟放水。

他才拾掇二十多棵，疆江已数到头了：“爸，一百个还多十一个大的，小的我没数！”

“一百个还多十一个就是一百一十一个。你那串瞎蠓多少只了？”

“五十五只。”

“你再数数看，一百一十一减去五十五是多少，要认真数，要不你就没法考第一！”

“这么多我数不过来！”

他停下手，站起来，耐心辅导：“你想想，疆江，一百里有几个五十呀？”

“两个五十。”

“五十五个里有几个五十呢？”

“一个。”

“那么一百一十一就是两个五十加十一，五十五就是五十加五，要是从两个数里都拿出五十，各剩多少呢？”

“两个五十加十一，拿出一个五十，就剩一个五十加十一了。一个五十加五，拿出一个五十……就剩五了。”

“五十加十一是多少呢？”

“是……五十一、五十二、五十三、五十四、五十五、五十六、五十七、五十八、五十九、六十，再加一，是六十一！”疆江用瞎蠓串当算盘珠。

“对了，是六十一。那么六十一减去五是多少呢？”

“六十一减五……六十一减五……六十六！”

“不对，六十一加五是六十六。”

“六十一减五……六十一减五……”又一只瞎蠓叮他的脸，他啪地给了自己一个耳光，将瞎蠓打死，“爸，我打瞎蠓去了，六十一减五我不会算！”说得泄气，眼睛又不亮了。

“就要到奶奶家上学去了，你不说要考第一吗？六十一减五都不会算，怎么考第一呀？”

疆江眼睛又亮了：“那好。我再打几个瞎蠓去，够六十一个我就会算了。从六十一个瞎蠓里拿出五个瞎蠓，剩下的就是了！”

乔连长叹口气。他不怪儿子笨，怨自己，那晚上不该喝酒，喝了酒不该失去控制，不该，不该……

三

黑幽幽的江水，静静地又急急忙忙地从岛边流过。没有风，也不过船，辽阔的江面便看不到一朵浪花，偶尔有几个漩涡，也是黑黑的，像岁月幽深的井，装了许多许多心事无处诉说，都沉进江底了。

乔连长弄完瓜秧，拄着锹把望了会儿江水，便开始挖沟。

太阳开始热烈地烤人。乔连长在身边拔了些黄蒿和马莲，拧成两个遮阳的帽圈，一个戴在自己头上，一个扔给儿子。儿子打够了瞎蠓，数腻了瓜，便来到爸爸挖沟的地方玩水。玩得兴起，索性脱光衣服躺在里面凉快，滚得泥猴儿似的。连里养的猪不知怎么跑过来一头，慢悠悠地也躺到水洼里泡凉。疆江爬过去，骑在猪身上恶作剧，那猪也不叫，不动。疆江惬意地喊："爸，你看着点，我骑猪能数一百个数，一、二、三、四、五、六、七、八……"

疆江数数的声音很有节奏，乔连长随着这节奏一锹锹甩泥。一个数，一锹泥，就像小岛一件件往事，在他眼前滑过。

岛子周围，只有战事以前靠近陆地一侧的水湾里有过鸳鸯，几千发炮弹把岛上的冻土和岛下的坚冰翻耕过几遍之后，鸳鸯也不来了。在妻子没来这儿随军以前，岛上只有连队养的猪里有异性。妻子来岛第二年夏天，一个战士突然莫名其妙地死了，上吊死的。没跟任何人发生过口角，家里也没来信，领导不但没批评还刚刚表扬过他。那么好的一个兵，怎么会自杀呢？

……

水洼里的猪被疆江碰痛了眼睛，"嗷"一声站起来，把疆江掀翻在泥水里。疆江哭起来。乔连长一股无名怒火蹿上来，抡胳膊狠狠拍了猪一锹，好像是猪害死了那个好战士，现在又来害儿子。那无辜的猪被拍疼了，叫着一溜烟跑出瓜地，窜进草棵和树林里。瓜秧被它绊断好几棵，还踩坏几个半生不熟的瓜。

乔连长把儿子领到船边，用清水洗净身子，穿好衣服，不叫他再玩泥水。没别的好玩，疆江就闹着要回家跟妈妈玩去。水沟还没挖通，乔连长不能回去。为哄儿子多待一会儿，他说："疆江，爸把最黄的那个瓜给你摘来吃，你一边吃一边数爸爸挖了多少锹泥。快上学了，不听话，不会数数怎么能争第一呢？"

爸爸一提，疆江才想起他还得等太阳多晒一会儿瓜，瓜甜了好摘下来吃呢，便不嚷回家了："爸，我用手帮你挖，你挖一下，我也挖一下，边挖边数！"

“那好，爸和疆江比赛，看谁挖得快。谁挖得快那瓜就给谁吃！”

“行，比赛，我第一。一、二、三、四、五、六、七……”

父子俩有节奏地挖着。太阳在天上看他们，大江在地上看他们，微风吹动瓜田四周的蒿草和花儿为他们加油，林中的鸟儿唧唧喳喳为他们叫好。

“九十一、九十二、九十三、九十四、九十五……”

四

星期天两顿饭，这是北方部队没上条例的铁规矩。所以中午过了乔连长也没领儿子回去吃饭。太阳斜了，最热的时候已经过去，乔连长怕饿着儿子，就故意慢挖几下，叫儿子争了第一。“疆江干什么都第一，上了学肯定也能第一。还剩不多了，咱们歇歇，吃了那瓜再挖！”

疆江在爸爸前头飞快地跑到做了记号那个瓜前，摸了好一会儿也没舍得摘，但是嘴里涎水已满了。“爸，咱们先别吃了，拿回去跟我妈一块儿吃吧！”说时眼睛又亮些了。

劳苦家庭的孩子，每一句与年龄不相称的懂事话，都会叫大人感动的。乔连长一手摸着瓜，一手摸着儿子的头：“疆江真是好孩子，你说得对，妈妈今天帮叔叔们拆洗被子，最辛苦了，这个最好的瓜应该让妈妈先吃，这瓜是妈妈和你种大的！”他把另一个稍差点的瓜摘下来，“咱们吃这个！”

疆江捧着瓜跑到江边，蹲下去，小心翼翼地把瓜浸在清清的黑水里，洗得十分十分干净了，才跑回来递给爸爸：“我不会吃，你先吃，我看看！”疆江真的第一回吃瓜，他确实不知该怎么吃。

乔连长心里苦涩地接过瓜，用拳头捶裂一道缝，掰开，将太阳晒黄那半大的递给儿子，自己要了贴地那半小的，味觉器官做好充分准备才咬了一口。几乎一点甜味也没有，甚至有点苦。他很失望，又想起政治处主任怎样选瓜的文章来：“……涝瓜水，旱瓜甜……”

他一心一意嚼着没有甜味的瓜。这是妻子、儿子的心血和心意，能说不甜吗？他装出甜的样子："疆江，甜吗？"

疆江照着爸爸的样子咬了一口，新奇而庄重地嚼了一会儿说："甜，爸，甜！"不知他那块瓜因为朝阳真的有点甜味，还是因为他在岛上吃的蔬菜都不带甜味的缘故，他把那甜字说得很重："真甜。爸，我上学要是考了第一，明年回来你能把最甜的瓜给我留着吗？"

"能！疆江好好上学，考了第一，你不回来爸爸也要把最甜的瓜给你送去，还有西瓜，明年要种西瓜！"

疆江吃得更甜了，最后连瓜根都吃进嘴里。瓜根恶苦恶苦的，他咧着嘴叫起来："爸，一块瓜咋两个味呀，瓜把不甜！"苦得那样他还是用不甜两个字表达。乔连长越发感到儿子懂事。学算术是笨了点，多懂事。不是酒后……哎！他回答儿子："因为甜是苦变的，所以瓜根苦。你把那个最黄的也摘吃了吧，苦就冲掉了！"

疆江不肯摘，坚持留给妈妈。他趴在江岸边，手抓着柳毛子，将头伸向江里，吸了几口水漱嘴。漱完向空中一喷，阳光下出现了一小条彩虹。他拍着手看了一会儿，虹没了，他忽然问："爸，春天那些大冰山咋没了呢？"春天倒开江，这里发生过冰洪，好吓人噢。

"都化了，顺江流海里去了。"

"海比江大多少？"

"大老多了。"

"海离这儿远吗？"

"不远。"

"那你领我划船去看看海吧？"

"不远的海是别个国家的，去不了。"

"咱们国没有海吗？"

"有，你回奶奶家上学就能看见海了，离奶奶家很近。"

"那快挖吧，水干了，瓜熟了，我好早点和妈妈去奶奶家看海！"

乔连长抚摸着儿子的头，父子又一块儿回到沟边挖起来。那沟，快要挖通了。

五

太阳一不烤人的时候，就显得特别好看。白桦树哇，小叶樟草哇，芍药花呀，也都跟着显得好看起来，江水的味道也开始往外溢。瞎蠓好像永远不知道人是讨厌它的，也早早跟着出来和人亲近。

疆江因为用手挖泥，一打瞎蠓的时候，就把黑黑的泥也打在身上、脸上。乔连长不叫他挖了，让他到江边洗洗，准备回去。他自己再甩上几十锹也就差不多了，那浑浊的一洼泥水就要流进大江里。

“疆江，你看，那是不是老虎来了？”乔连长忽然孩子一样惊喜地逗儿子。

疆江吓了一跳，惊惧地顺爸爸眼瞅的方向一看，是妈妈来了。妈妈今天穿了花衣裳，虽然没有那回的老虎阿姨漂亮，也年轻多了，真好看。他顾不得嗔怪爸爸吓唬了他，急忙往瓜地跑去，摘下留的那只大瓜，藏在背后，奔向妈妈。

“妈，妈，我爸说你是老虎！”

“去你爸的，我看你们爷儿俩像老虎。看你这一身泥，洗洗再扑我……”

“妈，你看！”疆江变戏法似的拿过藏在背后的瓜，举给妈妈，像举着一颗太阳。

妈妈很意外，接过瓜看看根，看看顶，又弹了弹，怪道：“你们爷儿俩真够老虎了，瓜还没熟，就往下生拧?！”

疆江受了委屈，眼泪像两股溪流越过脸上的泥沼。他赌气走到爸爸身边又去挖泥。

妈妈笑了：“倔种，跟你爸一样！”她把瓜递给丈夫，“剩这点我挖吧，你们饿了，还不一人一半吃它，装什么蒜！”不容分说抢下锹，把瓜塞进丈夫手里。

疆江看妈妈没怎么理他，眼泪更多了，闷头使性子，一个劲儿挖。妈妈把锹一脚踩下去，挖起满满一下泥，故意甩给儿子看："疆江越长越出息了，上了学耍脾气肯定也是第一名！"

乔连长拿着瓜，心情也像瓜一样，有苦也有甜。他蹲在江边洗瓜，同时在心里自言自语：再过十天，妻子就要带着疆江走了。儿子的学究竟能上得咋样？"倔种，跟你爸一样！"他耳边响着妻子的话，又想起那天夜里酒后的事。

……天黑了，她约好的最后一次见面时间已到。去不去呢？去了怎么回答她呢？见了面没有个肯定的回答是不行的。就自己本意，要回答就得说行。而表示行，就是让她做牺牲。我那家庭，还有战争，不定哪天又打炮弹。怎么能让她做这大的牺牲呢？说不行，既不情愿又不忍心。一个孤女，同班学习六年，同桌三年，同甘共苦，感情太深了啊。一天不见都想得不行，人们议论说我们在恋爱。我不否认那是爱情。在学校里，同学恋爱跟俗话说的最不堪入耳的那事一样丢人。我就躲她，可是越躲越想。当兵走时多想见她一面，又害怕见，悄悄走了。一别三年，天天梦里见她。她突然真的出现在岛上，我又蒙了。千里迢迢奔荒岛来找我，目的还能有别的吗？要走的头天晚上，她非要给她留个准话，她最后通牒式地给了我个见面的时间和地点。时间到了，我还没往那地点去，因为不知去了该怎么办。犹豫的时候，忽然看见一瓶酒。人说酒能壮胆。没有主意，没有勇气时多喝点酒就有了。时间已过，来不及多想，也顾不得问是谁的酒，一口气喝了三分之一。酒上了头，人就像进了另一个世界，忽忽悠悠走进了月下幽暗的桦树林。她早等在那里。

"你来晚了！"

"我喝酒了！"

"想好了吗？"

"想好了。"

“怎么办？”

“不行！”

“理由？”

“没有理由。”

“你不愿意？”

“不是。”

“你不是男子汉！”

“不定哪天落炮弹我会牺牲！”

“你牺牲我就自己一辈子！”

“我们家……”

“我生是乔家人，死是乔家鬼了！”

…………

浑身的激情加一点温度就沸腾了。不知是谁先扑向谁的，我们融为一体。不知什么时候耳边响起一声：“不许动！”哨兵发现了我们，以为是敌人……于是一个重重的处分装进了档案。她带着羞辱走了，不多时来信说有了疆江，我们便举行了婚礼。疆江刚满岁，她申请随军了，一直没离开这里，跟我吃了多少苦……

乔连长洗净了瓜，正要送给妻子，突然间一声爆炸，岛子颤抖，泥水飞扬，他手中的瓜震落了。

白桦林间的空地上，出现了一座新坟。一块松木砍成的尖碑上写着疆江的名字。疆江在水沟就要挖通的时候碰了地雷。那是一颗十几年前漏下的雷。怎么炸了疆江啊！

疆江的妈妈哭干了眼泪还坐在坟前伤心。“伤天害理的地雷，咋不炸死我呀，我的疆江没了！”她胳膊缠着绷带，眼睛又干又肿。

乔连长把十多个半生不熟的瓜摆在儿子坟前，默默地陪妻子坐着。

白桦叶子在微风中刷刷啦啦地响，秋草里没有花儿了，还有蝈蝈在叫。太阳温暖地照着一切，黑幽幽的大江依然无声地流着，没有一朵浪花。偶有几个漩涡，也是黑黑的，像岁月幽深的井，装了许多心事无处诉说，悄悄沉进江底了。

坐了好长好长时间，乔连长轻轻地问妻子：“疆江不用上学了，你……还回——吗？”

妻子已经干了的眼里又有了泪水：“我……不……不回了！”

“谢谢，谢谢你……”

不知谁先扑向谁的，两人抱头又哭了一会儿，正是当年酒后出事那地方。

政治处主任赶来看望他们。“我听说了，特意来看看。孩子既没了，也活不过来，还得在这里生活呢！有什么困难就提，要不要调到团家属厂去？”

乔连长的妻子平静下来，整理着头发：“没别的要求。孩子已经没了，他……他爸爸档案里的处分……能不能……”

主任看看自己的同年战友，心里有些歉疚：“这个……我回去马上跟政委研究！”

乔连长有些冲动：“研不研究我也不当回事了，我就在这里再养一个好儿子！”

默默东流的大江里涌起一朵浪花。那浪花从一个黑色的漩涡里蹿起来，像是大鱼跳水搅动的。

（《小说月报》1986 年第 3 期选载）

断　手

莫　言

槐花大放，通乡镇的十里土路北侧那数千亩河滩林子里，扑出来一团团沉重的闷香。林子里除了槐就是桑，老春初夏，槐绿桑青，桑肥槐瘦。太阳刚冒红时，林子里很静，一只孤独的布谷鸟叫起来，声音传得远而长。林子背后是条河，河里流水拥挤流动时发出的响声穿过疏林土路，漫到路外扬花授粉的麦田里。一个穿军衣的黝黑青年站在土路上，对着那河滩林子里的一片槐树喊了一声：

"小媞！"

立刻就有一个红褂绿裤的大闺女从雪白的槐林中钻出来。黝黑青年用左手抻抻去了领章的军衣，又正正摘了帽徽的军帽，看着出现在面前的红绿大闺女。她把一头乌油油的发用一条白色小手绢系着，飘飘洒洒洋溢着风情，柳眼梅腮上凝着星星点点的羞涩。

"你躲躲闪闪地干什么呀！"他大声说着，用手摸摸胸前那两个红黄的徽章。闺女往后退一步，将身子半掩在槐林里，红了脸，说："你别大声嚷嚷好不好？""怕谁呢？""不怕谁，不愿意让人看见，你也不是不知道村里人那些臭嘴。""让他们说去，早晚也得让人知道。""苏社，咱俩可是什么事也没有！"她吊着眼说。"有什么事呢？今日登记，明日结婚，后日生孩子，有什么事呢？"他潇洒地说着。"谁跟你去登记？你这样胡说我就不跟你一道走了。""我不说了还不行？你还挺能拿架。"他用左手从口袋里提出一支烟，插进嘴里。用左手摸出一盒火柴，夹在右胳膊弯子里。用左手食指捅开火柴盒。用左手食指和拇指捏出一根火柴——小媞上前两步，右手从他左手里拔出火柴，左手从他右胳膊弯里抓过火柴盒。她点着火，烧着他嘴里的烟，水汪汪的眼看着他的脸说："非要抽？"他举起右胳膊，衣袖匆匆滑下去，露出了——他的手没了——疤结的手腕。他阴沉沉地说："当兵的，靠口烟撑着架子，那次打穿插，跑了两天两夜，干粮袋，水壶，全他妈的丢光了，到了集合点，一个个都瘫了。连长指导员副连长副指导员，还有一排长二排长三排长四排长，一人拿出一盒烟，全连分遍了，点上抽着，山坡上像烧窑一样，这才缓过劲来。紧接着眼见着敌人就上来了，绿压压的像苍蝇一样，我端着一挺轻机枪，来回扫着扇子面，敌人像麦个子一样，横七竖八倒满了山坡……""你说的跟电影上演的一模一样。""电影，电影全是演屁，光坏人死，不死好人，打仗可不一样，我们一连人只剩下七个，还是缺胳膊少腿，打仗，打仗可不是闹着玩的。""别说了，上了路再说。我驮着你。"她从槐林里推出一辆自行车，车上缠满了花花绿绿的塑料纸，"上来吧。""还是我驮着你。"他把烟头吐在地上说。"俺可不敢，你是战斗英雄哩！"她说着，看着他淡淡地笑。他咧咧嘴，也笑了。

土路追着阳光前伸，苏醒的田野里充斥着生机勃勃的声响，一树树槐花从他脸前滑过去，从槐树的褐色树干里，他不时看到桑树的银灰色树干，桑林里响着小女孩和大女人的对话声，但也如参差错落的桑槐，一闪就过去了，他渐渐地注意到了她的呼吸，注意到撑出去的双臂和从她腋下望得见的衣服皱褶。她的腰浑圆。槐林里溢出的香气浓浓淡淡，他伸出去断手的右胳膊，揽住了她的腰，他感到她哆嗦了一下。她用力蹬着车子，悄悄地说："你把手拿开。"车子飕飕地向前跑着，他用胳膊箍了她一下，说："不。""拿开手。"她扭着腰说。"我没有手！"他说着。"……没有手……也得拿开……求求你……"她带着哭腔说，车把子在她手下歪来扭去，终于钻进槐林里。车前轮撞在槐树上，车子猛一跳，歪倒。从地上爬起来，他和她对望着。他激动得脸色发绿，对着倚在槐树上的她说：“动动你怎么啦？封建脑瓜子，你到城里去看看。”“苏社，你别逼人……你是英雄，你为国有功，俺知道你好……可你知道人家怎么议论你？”“议论我什么？”“人家说你是个牛皮匠，说你连前线都没上。”他的脸色随即变灰了，手索索地抖着，说：“谁说的？谁说的？我没上前线？我的手是被狗咬去的？”“人家说你用手榴弹砸核桃，砸响了，把手炸掉了。”“胡说！那里有核桃吗？那里没核桃。手榴弹放在火里都烧不响，砸核桃能砸响？就算是砸核桃砸响了，那我这些功劳牌子不是我自己铸的吧？”“人家说你只得了一块三等的小功劳牌子，那一块是个纪念章。”“纪念章你们谁有？谁有？拿出来我看看！”

他又重复着复杂的手续点火抽烟，她没帮他，却用肩头一下一下地往后撞着那棵槐树。树叶子和花串儿抖动着，响着。烟从他嘴里愤怒地喷出来。她说：“你也用不着生气，村里人的话，都是望风捕影地瞎传。我还忘了，你还没吃饭吧？”她把车子扶起来，从车兜里摸出一个小手绢包，他一眼看出包着的鸡蛋，立刻想到饿，听到她说：“给你。”

“小媞，你相信他们说的？”他接过手巾包，怯怯地问。

“我当然不信，不过，你也得把尾巴夹一夹。今日去县城，我瞒着俺爹哩。俺爹说，‘苏社不是正经人，你要离他远着点。’”

“好啊！你爹！”

“俺爹还说你擎着只断手，吃了东家吃西家，回家两个月了，连地也不下，像个兵痞子。”

“那么你呢，你也这样看我？”

“我对俺爹说，他为国为民落了残废，又是孤身一人，吃几顿饭算什么？”

“你爹怎么回你？”

“他说，‘不是那几顿饭！’”

“你爹还说我什么？”

"就这些。"

"小媞，"他想了一下说，"今天我们就去县委，让他们给我安排个工作，你只要同意跟我好，我让他们也给你安排个工作，咱搬到县城里去住，躲着这些人远远的。"

"他们能安排你吗？"

"他们敢不安排！老子连手都丢在前线了。"

"我们就走吧。"她眼泪汪汪地说，"你不要动我，好好坐着，我求求你。"

"好吧，我不动你。"他轻蔑地说，"都八十年代啦。当兵的，什么世面没见过呀。人都会装正经，打起仗来，什么羞不羞的，在医院里，女护士给我系腰带，有个粉红脸儿叫小曹的，是地委书记的女儿呢，人家那个大方劲，哪像你。"

"你怎么不去找她！"

"你以为我搞不到她？我不愿意呢。我们凯旋着回来，给我们写信的女大学生成百成千，都把彩色照片寄来，那信写的，一口一个'最亲爱的人'。"

小媞不说话了，自行车链条打着链瓦，当啷当啷响。那只不知疲倦的布谷鸟的叫声，渐渐地化在大气里。

又朦朦胧胧地听到了布谷鸟的叫声。越来越清晰，单调，离它越来越近。它好像一直没动窝儿，就这么叫着。太阳高挂东南，田野里暖烘烘的。小媞麻木地蹬着车子，听着飘浮不定的布谷声，她感到浑身懈松。跳下车，腿脚软得像没了筋骨。槐花的闷香漫上来，她的头微微发晕，支起车子，一手扶树，一手轻提着胸襟抖了几下，她出了一身汗。忽然想起什么似的，她趄着，进了槐林深处。槐树大多是茶碗口粗细，杆茎人头多高，树皮还光滑发亮，树冠不高也不太大，一片又一片的绿叶子承着阳光，闪闪烁烁地跳，槐花串串挂着，家蜂伴着野蜂飞，阳光下交汇着蜂鸣声……她在槐林深处蹲了一会儿，看见与槐林相接的桑林，看见桑林外河中流水泛起的亮光……她往外走，踩着湿润的沙地，沙地上生着一圈圈瘦弱的茅草，还有葛蔓萝藤，黄花地丁。四只拳头大小的褐色野兔，灵活地啃着野菜，见到她来，一哄儿散了，站在半箭之外，斑斑点点地望着她。灰山鹊拖着长长的尾巴，一起一伏地向前跃进。她眼里像蒙着一层雾，南风从树缝里歪歪曲曲地吹过来，钻进了她的身体。她摸出手帕揉揉眼，掐下一串齐着她额头的槐花，用牙齿摘着吃。槐花初入口是甜的，一会儿就变了味。她心里有点迷糊，便用削肩倚了树，慢慢地下滑，坐下，双腿平伸开，眯着眼，从花叶缝隙里看太阳。太阳是黑的。太阳是白的。太阳是绿的。太阳是红的。几个花瓣从她眼前落下来，老春槐花谢，想着刚才的事，想哭，一低头，就有两颗泪珠落在红褂子上……

路过乡镇时，看到街上热热闹闹，人们走来走去，脸上都带着笑。太阳光下坐着一位面如丝瓜的干老头，守着一个翠绿色的柳条筐，筐里是鲜红的大樱桃，不满。看到大樱桃，苏社用断腕捣了她一下，说："停车。"

樱桃老头半闭着左眼，大睁着右眼，看着苏社。苏社蹲在筐前，问老头："樱桃怎么卖？"

她扶着车子站在一边，看着他的脖子，看着老人的干脸。鲜红的樱桃好像在筐里跳。

"五毛一斤。"老头说。

苏社提起一个樱桃，举着看一会儿，一仰脖子，让樱桃掉进嘴里。他说："真甜。就是太贵了，老头，我是从前线回来的。云南省昆明市樱桃红了半条街，个儿大，水儿旺，才两毛钱一斤。"

"那是云南。"老人说。

"便宜点儿卖不卖？"他又提起一个樱桃，扔进嘴里。

老人用力看着他。

"一毛钱一斤卖不卖？"苏社往口里扔着樱桃说。

"走你的路吧！"

"一毛钱一斤，我全要了你的。"苏社往嘴里扔着樱桃说。

"走吧,苏社。"她在一边说。

樱桃老人脸上渐渐挂了颜色,两只眼全瞪圆。苏社又往樱桃筐里伸手,老人抓住了他的手。

"你干什么,老头?"苏社说,"噢,还不兴尝一尝吗?"

"你爹从来没有教育你。"老人说。

"你怎么开口骂人?"

"你拿一毛钱。"

"我不买。"

"拿一毛钱。"

"老头,真抠门呀!吃你几个破樱桃是瞧得起你。"

"拿一毛钱。"

行人一圈圈围上来,都不说话,表情各异地看着苏社和老人。也有用斜眼瞥一下小媞的,她的脸上泛热,轻轻说:"走吧。"

"好吧,算我倒霉!"苏社从兜里抠搜了半天,夹出几个硬币来,扔在地上,"老财迷!"

他站起来。老人一探身,揪住了他的衣角。

"你想动打的吗?老头,我告诉你,动打的你可不是个儿,越南特工队都是练过飞檐走壁的,照样躺在我的枪口下。"

老人揪着他的衣角,不松手也不抬头。

有人说:"算了,老人,放他走吧,他刚打仗回来呢。"

有人说:"年轻人,你弯弯腰,拾起钱,递到他手里,给他个面子,借着坡,齐下驴,他也好做买卖,你也好赶路。"

他弯腰捡起硬币,拍到老头手里,说:"老子在前方为你们卖命,身上钻了这多窟窿,吃几个破烂樱桃还要钱。"

"小子,你别走!"老人说着,挽起裤腿来,把一条假腿从膝盖上摘下来,扔在苏社面前,吼一声,"小子,老子在朝鲜吃雪时,你还在你爹腿肚子里转筋呢!"

她从人缝里推车挤出来,上了车,逃命似的回来。

布谷声又响，她不知道是她的耳朵歇了一会儿还是布谷鸟歇了一会儿。

“娘——小野兔！”

她听到桑林里传出一个女孩清脆的喊叫声，便移动着眼往发声处看。她看到紫色的槐树干和灰色的桑树干，高抬眼，又看到满眼婆娑摇风的绿叶白花。

“乐乐，好好走，别让树撞着头。”一个女人的声音。

“娘，掉下一个小蜜蜂。”

“别动啊，被它蜇着！”

“它死了。”

“蜂死尿子不死哩。”

“蚂蚁要拖它。”

“别动它。”

“蚂蚁拖着它走了。”

“别动它们。”

她终于看到柔韧的桑枝在空中晃动，几片拳大的桑叶飘然落地，桑枝桑叶间，镶进蓝蓝黑黑的颜色，一个通红的孩子，像小鹿一样跳过去又跳过来。

“后生，你别狂，家去摘下那两块牌牌，找块破布包包搁起来，”樱桃老头指着苏社胸前的徽章说，“这种东西我家里有半斤。”

苏社咧咧嘴，不明哭笑。一直看着老人安装上假腿，拐起樱桃筐子，咯吱咯吱响着腿走了。众人面面相觑，都没得话说，羞答答地走散。撇下苏社一人戳着，在阳光下晒着满脸白汗珠。好半天才醒过神，转着圈喊小媞，声音又急又赖，像猫叫一样。满街都惊动了，走散的人又定住脚，从四面八方一齐回头看他，使他感到无趣，赶紧溜到墙边，背靠墙站住，心里顿时安定了不少，闭住嘴，腾出眼来找小媞。满街急匆匆走着人，也有自行车在人缝里钻，但都不是小媞。樱桃老头远远地坐在凉粉摊旁柳荫下，沙哑着嗓子喊："樱桃——樱桃——樱桃——"

反复想了还是决定先回村，想必小媞是早回了村。走着与槐林相傍的土路，见无边的麦浪从路南涌上来，到了路边却陡然消失，像马失了前蹄，像潮撞着堤岸。有一家人正给小麦喷药粉，一人背着汽油机，一人拉着长长的蛇皮形喷粉管，像拉鱼一样从麦穗上掠过去，在他们身后，留下一道道烟树。田野辽阔了就显得人少，看不到有多少人干活，庄稼却长得出奇的好。

一辆手扶拖拉机噗噗噗响着，从路上驰来，他想截车，便站到了路边，高高地举起无手的右胳膊。开车的是个戴墨镜的小伙子，坐得梆硬，像焊在拖拉机上的铁铸件，对他的示意连一点反应也没有。拖拉机飞快地开过去，黑烟和尘土把他逼进槐树林里去。

拖拉机走了好远，他才敢从林子里钻出来，沉重的受辱感使他的心一阵阵抽搐，断手的疤也隐隐作痛。也许是今年的第一只蛁蟟在林里干燥地叫起来，他对蛁蟟充满了仇恨，心里想着把它砸成肉酱的情景，人却在路上疲惫不堪地走。路上不断有自行车骑过去，骑车人连多看他一眼也不。他心里阴郁得没有一个亮点，不时地停下，按照动作顺序点火吸烟，终于吸光了烟，捏瘪烟盒，用力掷进树丛里。

从树丛里跳出一个红色的女孩，高举着一根桑条，像举着一面旗帜，满头缀着白花，浑身都是香气。"娘，解放军，一个解放军。"女孩喊。

"乐乐，慢着点跑，别摔倒磕破鼻子。"一个女人，背着一筐桑叶，从槐林里走出来。直到她放下筐子直起腰时，苏社才看清了她的脸。

"这不是苏社大兄弟吗？"女人问，"进城了吗？"

"……留嫚姐，"顿了一会儿才想起她的名字，他吭吭哧哧地说，"你采桑叶喂蚕？"

留嫚脸红红的，说：“乐乐，这是你叔叔，你叔叔是英雄，快叫呀！”

女孩怯生生地叫了他一声，就缩到娘背后，偷偷地打量着苏社。

留嫚用右手摸了一下女孩的头，笑着对苏社说：“她见了生人就像见了猫的小耗子。”

女孩用两只清澈的眼睛看着他，他心里莫名其妙地感伤起来。他几乎把这个女人忘记了。两个月里，他差不多吃遍了全村，好像也没人提过她的事。正胡乱想着，就听到她说：“我早就知道你回来了。你回来全村都高兴，都请你吃饭，你这个穷姐姐不敢去凑热闹，也实在没有什么能拿上桌的东西给你吃。”

他狼狈地笑着，说：“我真不好意思，乡亲们尊重错了人。”

“那就是你谦虚了。”

“你嫁到哪村了？”他看着女孩问。

她平静地说：“哪儿也没嫁。”

他不再问，指着桑叶筐说：“我帮你背着吧。”

“不用。”她说。

她背着桑叶，弯着腰跟他一起走，女孩扯着她的衣角走在一侧。他看着她那条如同虚设的左胳膊，回忆起少年时一些残忍的行为。留嫚生来畸形，她的左臂短、小，像一条丝瓜挂在肩膀上。留嫚上过一年级，他和一些男孩子们经常欺负她，扯着她的残胳膊使劲拧。后来她就不上学。

“兄弟，该成亲了吧？”她问。

“跟谁成亲？”他苦笑一声，说，“瘸爪子，没人要嫁给我。”

“你这个瘸爪子跟我这个瘸爪子可是不一样，”她愉快地笑着说，“你是光荣的瘸爪子，会有人嫁给你的。”

路很长，越走越累，便一齐住了声，大一步小一步地向前走。终于走到村头，天已正午，满街泛起黄光，她举起头来说：“我家就在那儿，老地方。”她用下巴示意了一下，他看了一眼那排紧靠河堤被满村新建青砖红瓦房甩出去的草屋。它孤孤单单地坐在那儿。苏社回忆着在草屋周围曾有过的那一排排同样模样的草屋,心里乱糟糟的。她说:“今日正好碰上你,大家都请你吃饭,我也该请。你别嫌弃,跟我走吧,家里正好还有一只被人打坏了脊梁的母鸡,就慰劳了你吧。”两道浑浊的汗水很滞地在她颊上流,她的嘴略有点歪斜,鼻子两侧生着雀斑。女孩晒得黑黑的,双眼不大但非常明亮。

“留姐……我还有事,就不去了吧……”

“随你的方便,一个村住着,早晚会请到你。”她爽快地说着,拉着女孩往草屋走,他一直望见她们进了院子。

“小媞!”站在小媞家院门外,他大声喊。院子里静悄悄的,没有人说话,他把眼贴在门缝上,看到了小媞那辆花花绿绿的自行车支在院子里。想走,却又张嘴喊小媞,从门缝里,看到小媞的爹板着脸走过来。

坐在她家炕下的长条凳上,看着她爹紧着嘴抽烟,身上似生了疥疮,坐不安稳,一提一提地耸肩欠屁股。没话找话地说:“大伯,小媞还没回来?”老头把烟袋锅子在炕沿上叩着,死声丧气地说:“你问我,我问谁!”苏社像打嗝似的顿了一下喉咙,心里顿时冷了。

“媞她娘,拾掇饭吃!”老头喊。

媞她娘从另一间屋里出来,说:“急什么,媞出去还没回来。”

“吃了饭要干活!麦子要浇水,要喷药,玉米要除草定苗,你当我是二流子,甩着袖子趿大鞋呀!”

“你看这熊脾气!”媞她娘对苏社说,“你可别见怪。”

媞她娘端上来一盘暄腾腾的馒头,一碗酱腌带鱼,一碟黄酱,一把嫩葱。“大侄子,一块儿吃吧。”她对苏社说。

“你大侄子早在县里吃饱了大鱼大肉,用得着你孝敬!”老头说。

苏社猛地站起来,手伸着,嘴张着,眼瞪着,一副吓人模样。然后他垂臂合嘴耷拉眼皮,脸青一阵白一阵。他慢慢又坐下,手在大腿上摸着,一会儿,缓缓站起来,咬着牙根,一字一顿地说:“大伯,吃了你家几顿饭,我牢牢地记住了,你也牢牢地记着吧,我迟早会还你的。”

转身他就走了，也不听老头老婆在背后说些什么。走着街，委屈浸洇上来，眼里簌簌地滚出两行泪，怕人看见，想擦，举起右——马上火气填胸，不擦泪，飞跑回家，仰在炕上，哭着，死死活活地乱想。

哭了一阵，委屈和愤怒渐渐平息，心里恍恍惚惚，宛若在梦中，睁眼看着墙角上轻动着的小蛛网，耳边传来毛驴的叫声，窗外生动着大千世界，并没有什么变乱。于是爬起来，满意地看看村里给盖的新房和备齐的家具，心里又有些感动。饥饿和干渴袭上来，便挑了水桶去井边担水，见着街上的行人，觉得一阵阵脸热，怀着轰轰烈烈的念头与人打招呼，但都是极随便地应一声，并无惊讶之语，于是也就明白了自己。

井台上汪着些混浊的水，两只黄色的白鸭用黑嘴搅着水，见到有人来，便摇摇摆摆地走到一边去。他从小惯用右手，左手笨拙软弱，连提个空桶都感到吃力。用扁担钩子钩着桶，慢慢往井里顺，整根扁担都进了井，他又大弯着腰，才看到水桶底触破了平静的井水，他的脸随着变成无数碎片，在井里荡漾着。

他别别扭扭地晃动着扁担，但总也打不到水，眼珠子都控得发了胀，只好把空桶上上下下地提上来，直起腰，手扶着扁担，双眼望着极远的天。

“战斗英雄，打水呀！”一个不比小媞难看的姑娘挑着两只铁皮水桶轻盈地走过来。

他冷冷地瞅她一眼，没有说话，姑娘看着他那只断手，笑容立即从脸上褪去。她放下自己的扁担和桶，走上来拿他的扁担，她说：“苏社哥，我来给你打。”

“滚开！”他突然发了怒，大声说，“不用来假充好人。我欠你们的情够多的了，欠不起了。”

姑娘被他抢白得眼泡里汪着泪，说：“苏社，俺可是一片好心。”

“好心？他妈的，老子在前方——”他忽然住了嘴，双肩垂下，拄着扁担，面色漠然，好像对着坟墓。

那姑娘匆匆打满两桶水，担起来，一溜歪斜地走了。她再也没有回来。他知道话说过了头，但也不后悔，对着井他垂下头，仔细端详着自己阴暗的脸……

他看到自己头朝上栽到井里，井水沉闷地响着，溅起四散的浪花去冲刷井壁，他挣扎着，身体慢慢下沉，井底冒上来一串串气泡……他漂到了水面上，仰着脸，望着圆圆的蓝天。蓝天里突然镶进了小媞美丽的脸，他笑嘻嘻地面对着她，听到她惊叫起来……全村人都围到了他身边，他躺在那儿，虽然死了，心里却充满了报复后的快感……几颗泪珠悄然无声地落到井里，砸破了水面，金黄的太阳照着他的脸，他的脸照亮了井水。

“兄弟。”

他听到有人喊，慌忙直起腰，用衣袖沾沾眼睛。

“家里没镜子吗？”留嫚笑着说，“你要跳井吗？”

“也许会跳呢！”他笑着回答。

“跳下去我可不捞你。”她说，“你挑水？”

“想挑，但挑不了，瘸爪子，不中用啦。”他直率地对她说。

“你不知道自己有多大本事。咱这种人，要想咱这种人的办法。你看着我怎么干。”她走到井边，跪下，用右手握着绳子，把一只瓦罐缓缓地顺进井里去，晃了两下绳子，井里传上来瓦罐进水的咕噜声。她用力把绳子往上提，提到胳膊不能上举为止，然后，把头伸过去，用嘴咬住了绳子。在很短暂的时间里，一瓦罐水是挂在她的嘴上的，趁着这机会，她把右手迅速地伸到井里抓住绳子，松了口，再把胳膊用力上举，再用嘴去咬住井绳……她那条像丝瓜一样的左胳膊随着身体起伏悠来荡去……她把满满一瓦罐水叼到井台上，站起来，喘着粗气说，“就得这样干。”

他看着她那两片薄薄的嘴唇和细小的牙齿，问：“你一直就是这样打水吗？”

她说：“要不怎么办？前几年俺娘活着，她打水；她死了，我就打。

人怕逼，逼着，没有过不了的河，没有吃不了的苦。”

“没人帮你打水？”

“一次两次行啊，可天长日久，即便人家无怨言，自己心里也不踏实。欠人一分情，十年不安生，能不求人就不求人。”

“娘，你怎么还不走呀！”女孩在远处急躁地喊。

“噢，乐乐，你先走，抓些桑叶给蚕宝宝撒上，娘帮叔叔提两罐水。”

“你可快些呀！”女孩喊一声，跳着走了。

留嫂提起那罐水，用膝盖帮着手，把水倒进苏社桶里。他伸手抓住绳子，看着她的脸，说：“留姐，让我来试试。”

“你要试试？也好，待几天我帮你纺根线绳子。”她把手松开。

他跪在井沿上，把瓦罐顺下井，打满水。当他把胳膊高举起来时，也学着她的样，伸出头，狠狠地咬住了绳子，在一瞬间，沉重的瓦罐挂在他的嘴上，他的牙根酸麻，脸上肌肉紧张，舌头尝到了绳子上又苦又涩的味儿。

他默默地坐着，看着她用一只手灵巧地擀面条。她家里有五间屋，一间灶房，一间卧房，三间蚕房。蚕都有虎口长了，满屋里响着蚕吃桑叶的声音。

“你打算怎么办？是种地还是去当干部？”她问。

“到哪里去当干部？我都不想活下去啦。”

“说得怪吓人的。”她咯咯地笑起来。

“娘。你笑什么？”女孩问。

“大人说话，小孩别插嘴。”她说，“就为断了只手？我也是一只手不是照样活吗？比比那些两只手都没了的，我们还是要知足。”

“话是这么说，可我总觉得不仗义。”

“想开点吧。”

她走到灶边烧火。女孩搂着脖子往她背上爬，她说：“淘人虫，去找你叔叔玩去。”

女孩趄到他面前。他问:“你叫什么名字? ”

“乐乐。”

“噢,乐乐。”

“叔叔,你打死二百个鬼子? ”

“……没有,乐乐,叔叔连一个鬼子也没打死。”

“娘说你打死二百个鬼子? ”

“没有……”他避开了女孩的眼睛。

“叔叔,你的牌子。”女孩指着他胸前的徽章说。

“送给你了。”他把徽章摘下来给了女孩。

月亮升起来不久,女孩睡着了。留嫚把孩子塞进被窝,从她手里剥出徽章递给他。他说:“不要了,留着给孩子耍吧。”她把徽章放到窗台上,说:“你也不容易呀,动刀动枪的,还打死那么多人。”他讷讷半晌才说:“你包了几亩地? ”“我没包地。我养蚕。这几年,全胳膊全腿的都跑出去捞大钱了,没人养蚕,满林的桑叶。去年我养了五张,今年养了六张。”

她起身去喂蚕,月光从窗棂间透进来,照着一张张银灰色的蚕箔。她撒了一层桑叶,屋子里立刻响起急雨般的声音。“今年蚕出得齐,我一个人,又要采桑又要喂,真够呛的,要雇人吧,又不方便,只好苦一点,熬到蚕上了簇就好了。”月光照着她的脸,显得清丽和婉。她觉察到他在注视她,便低眉顺耳,说:“我的乐乐眼见着就大了。”

他嗓子发哽,说不出话来。

留嫚说:“兄弟,不是我撵你走,今晚上大月亮天,我要去采叶子,家里的叶子吃不到天亮呢。”

“我帮你去采。”

“不用,半夜三更的,叫人碰到说闲话——我倒不怕,怕坏了你的名誉呢。”

“不是有月亮吗? ”

槐花像一簇簇粉蝶在月光下抖翅。桑叶子黑亮黑亮。河水流动声比白天大。

两人两只手，一会儿就采满了筐。从桑林到槐林，都被月亮照彻了。人在树下晃动着，好似笨拙的大鸟。

（《小说月报》1986年第6期选载）

走　廊

周大新

当我十一个月的儿子蹒跚着、趔趄着、摇晃着扶住门框，吃力地、艰难地、勇敢地跨过了堂屋大门那道高高的枣木门槛时，妻高兴地拍手叫：看，我的儿子！妈欢喜地说：我的乖乖！我兴奋地扔给他一块糖，爸快活地摸了一下孙子的脸。只有坐一旁晒太阳的我的爷爷，抬起他那根青枫木拐杖，用包了铁皮的杖头敲了一下重孙子的屁股，莫名其妙地叹一口气：唉——

于是正在兴头上的他的重孙子不满地、抗议地、愤怒地哭起来了……

一

那声响初时极小，地只是极微的一震，但花蟒感觉到了，头一昂，嘴张开，颌下的肉发红，在颤，盘在身边的尾微微地动。待那群滑行在空中的炮弹扑下，炸开时，它刷一声伸直浑圆颀长的身子，挟一股冷风向洞底蹿去。不过，十几分钟之后，它又在炮火的尖啸声里急急地爬过来，在离一营长曹大栓指挥位置两米外的地方盘了身子，高高地竖起头，焦躁、不安、惶惑、恐惧，直看着曹大栓，看着曹大栓身旁紧张呼叫的电话员、报话员。

额头紧蹙，四五道横纹扭结挤压在一处，左颊上那个圆形瘢痕开始变红，曹大栓把话筒紧贴右耳。可是，依旧没有声息。

几分钟前，341 高地上的一排长正在报告："敌有一个加强连向我进攻，我已伤四人，亡五人，高地有失守危险，请速——"话未完，咔一声线路中断。于是，他一边下令增援分队行动，一边派出查线兵，然后握着话筒在这里急迫地等，他盼望那耳机里再响起一排长的声音，哪怕很小很微，也行！然而没有！耳机死得彻底！

"一营长，情况怎么样？"通往团指挥所的电话突然响了。副团长富厚那年轻的声音响亮、清晰。

"341 有失守危险，我已让增援分队上去，请速令炮兵——"

"不要紧张！"副团长打断了曹大栓的话，"要坚信胜利——"

嗖嗖嗖。一群炮弹倏然落在洞外，弹片呼啸叫着把洞口的石头击飞，把副团长的声音压碎，也使花蟒一惊，急急地向曹大栓腿边移了下身体，不安地昂着头，看着曹大栓的一举一动。

花蟒原来就住这洞中。

这是一个挺大的天然洞。石灰岩质。瓮形。洞口有藤状植物遮盖，四周是灌木、芭蕉、竹丛。洞中有不少动物家族：蟒、蛇、蝙蝠、山雀、蛤蚧、旱蚂蟥、鼠等。这里成为战场后，来了军人。军人发现了这洞的隐秘，自然高兴，自然就要住进来，一团一营的营部不由分说就设在了这里。动物家族对这些不请而至的房客当然不满，当然要赶走，赶的方法当然是袭击。但军人们有枪有刀，还击也颇有效，于是动物们知道这些"房客"不好惹，只好退让、容忍，终于和平相处，相安无事。当兵的安居洞中间的空场，动物们则分住在紧挨洞壁的那些被滴水融成的似亭、似阁、似殿的地方。这花蟒初见军人时，倒没像别的动物那样发动进攻，只是戒备地看，冷冷地望，但它那副凶野的貌相，却很令曹大栓和战士们害怕。那日，曹大栓曾端起枪想射杀它，但花蟒竟不逃、不动、不反攻，只把两米来长的身子紧缩在那儿，抬了头哀哀地向他看，那模样似乎在说：我又不惹你们，干吗杀我？大栓便弃了开枪的念头。不料花蟒竟是知好知歹的灵物。那天一条毒蛇要向熟睡在洞中的通信员进攻时，花蟒疾速地奔去将其赶跑。自此后，大栓和战士们见了花蟒便觉到了几分亲、几分怜，常逗逗它玩，常给它送点食物和水，一来二去，就成了朋友。此刻，花蟒就是以这个独特的身份，关注着这场战斗。

轰轰轰！又一群炮弹在洞外炸响，花蟒那昂起的头又倏然一动。

今夜，原来十分安宁，晚饭后不久战士们即已睡去。蝙蝠开始飞进飞出，在夜空中扇着黑色的翼。鼠自在地爬上爬下，在岩隙练着矫健的足。山雀也在甜甜地睡。一营长曹大栓坐在小小的作业灯泡下，看妻子的信。那信虽短，曹大栓看完却笑了好长时间："娥儿爹，俺的肚子越来越显了，俺真怕管计划生育的人看到。这些日子，俺很少出门……"

这次该是一个儿子了吧?！他禁不住喊出了一句，那声音自然很微。再生一胎再要一个儿子，是他多年的愿望。只有一个女儿始终使来自风陵渡附近农村的他觉得此生有块心病。然而，他过去却到底没敢再要。超生的处分太可怕！这次终于来了机会：打仗！临与妻子分别的那几晚，他夜夜不空，总算有了战绩……

接下来写回信，他伏在石板上，字写得很有劲："娥儿妈，知道了喜讯，恨不得立时就回去。"写完了"回去"二字，却又发起怔来，回去?打完仗是要回去的！来参战前领导已找他坦率地谈过：本来安排你这批转业，因为要打仗，就走不成了，希望站好最后一班岗！他知道自己该走了：三十五岁的营长，没有大学文凭，你不走谁走?可回去以后归宿在哪儿?他明白他不可能坐在省政府、地区行署和县政府那些宽敞明亮的办公室里，坐在那些红色、黑色、本色的大写字台后办公，那需要年轻、需要文凭、需要团以上的职务，这些他都没有。他估计他至多能到家乡的那个乡政府里当个职员。职员就职员吧！可当什么职员?管水利还是管棉花?就管水利吧！把家乡的那条梅溪河疏通、修好，让河水能浇麦田、棉田，让妇女们能坐在河边洗衣，让孩子们能跳进河里戏水……

是骤然而来的敌人炮声把他的思绪打断，把他想要一个儿子的念头赶走，他把想当水利干部的希望轰飞，把一个火与铁的世界掷在了他的眼前。此刻，他的全部精力都集中在341高地上，必须守住它！它是全营最前面的阵地，是插在敌人心口的刀尖，绝不能让敌人拔出去！

然而，他已经派出了四批通信兵去恢复与341的有线、无线联络，已经命令手上的最后一支预备队出击急援341，耳机里依旧无声、无息。倒是通往增援分队的电话又一次响了："我们被敌人炮火压在去341高地的狭路上！"

"妈的！"

心中的焦躁无处泄，使他极想爆发一下。蓦地，他看到了盘卧在近处的花蟒，飞脚踢过去，"滚开！"

花蟒被朋友这突然的一脚踢得有些愣，也有些疼，嗖一下伸展开向洞里奔去。不过很快又站住，盘卧在那里，回了头谅解似的看着曹大栓。曹大栓抓起话筒，呼喊着341两侧小高地上的守卫班，要他们以火力支援的同时，各抽出两人横向增援。纵向增不成，只有横向了。人数虽少，增上去一个是一个！

"立刻行动！"

他对着话筒嘶声喊。左颊上的那个圆形小瘢越发地红……

二

镜子不大，长条形。警卫员知道师长的习惯，出发时特意带来的，挂在木板墙上，高度适中。景凌耀走到镜前，镜中出现一个三十七岁的中年男子脸孔，丰满，白净，带几分矜持，露几分自信。帽檐、领口、兜盖、纽扣、皮带、手枪，一一摸了、正过，这才转身，出门。

尽管在战地，尽管已是黄昏，尽管是去散步，景凌耀仍衣履板正。他从来都很讲究。从团长提为师长到职的第一天，他就命令把营区门口那个难看的岗楼拆掉！首长会议室里前任首长们坐旧了的沙发统统换走！作战室里那个写有“精心组织、精心指挥”的镜框撤去，换上他手书的条幅：“但用东山谢安石，为国谈笑静胡沙！”

他沿着师部的野战营地缓缓地走。他喜欢在这黄昏时绕营散步。此时，暮云低垂，晚风轻吹，俯瞰山林间那扎成菱形、圆形、方形、不规则形的野战帐篷，听那哨声、口令声、号声，会使他体验到“壮岁旌旗拥万夫”的庄严和自豪。

散步后回到宿舍，他扭开台灯，坐在桌前，开始读那本伦敦战略情报研究所出版的英文《局部战争》。未读两页，在师医院当医生的妻子曲秋爽走了进来。他们夫妻双方同来参战，平日却并不住在一起。部队刚设营时，政委曾提议：反正医院离这里不远，就让秋爽住你这里。但景凌耀却坚决摇头拒绝：这里是战地！

秋爽今晚来后，没像往日那样替他铺铺床、整理完东西，说几句话就走。而是在他的床沿坐下，脚搓地，极低地问：“还看书？”问着，脸透了红。

景凌耀突然觉得心开始急跳。他向妻子身边走了两步，蓦地停住，转过身，弱声说：“别人的妻子都不在这里。”秋爽解纽扣的手倏然停住，含羞掩了衣，碎步奔出门。他重又坐下读书，却再也读不进去，只好静静坐在那里。就在这时，突然从前沿传来了敌人猛烈的炮声。他条件反射似的霍然立起，边朝隔壁喊了一声“警卫员”，边冲出门向十几米外的作战室奔去。

当景凌耀判定敌人要夺我 341 高地的企图，向炮兵、一线部队和二线预备队发了该发的命令之后，便在沙发上一坐，习惯地从口袋里掏出三颗已被他摸得十分光滑的象棋子：将、兵、炮，悠闲地在手上玩了起来。

他自信胜利属于自己，属于他所领导的师，“341 高地防御战斗告捷，我阵地坚如磐石……”他一边玩着那三颗棋子，一边在心里琢磨着向军、向军区前指拍发的报捷电文。这一仗告捷之后，该向军事学院的几位老师写封信，报告这一段的战绩。要让他们知道，他们培养的“优等生”不负厚望。另外，也该向后方的军区领导写信介绍一下战况，让他们知道，景凌耀对得起他们的信任！向右邻师的杨副师长打个电话，让姓杨的知道，我景某所以提到正师，不是因为“有门子，有文凭”，而是因为有本领！

“师长，一团一营与341高地的一排完全失掉联系。敌人的拦阻射击太厉害，通信兵和增援分队上不去！”一个参谋大声报告。

“要求炮兵加大火力密度，坚决压制敌人的炮火！”他扭头说完这些，又开始玩弄手上的棋子，话语中透着冷静、沉着和自信。

景凌耀是可以自信的。幸福的经常可以吃到巧克力的童年结束之后，他便开始上学。小学、初中、高中，接着是当兵、提干、当参谋、当团长、上军事学院、当师长。上帝把他人生的路全都铺平，差不多一个坎也没留给他。就连这次参战，他率师接防不久便夺得了一次胜利，指挥两个连打了个漂亮的进攻仗，夺回被敌人占领的一个排哨位，受到军、军区前指的通令嘉奖。

顺利和胜利，会使一个人的自信成倍地增强！

随着作战室墙上那个电子石英钟指针的移动，作战室的空气在一点一点地变化。与341高地的联络一直恢复不了，增援分队迟迟地上不去，这不是一个好的兆头。

“命令所有与341高地邻近的守卫分队，火力支援341！命令炮兵对341实施环围射击！”景凌耀抬头对一个参谋说，声调略略显出不太平稳。

他心里开始感到了不安，现在他已经明白，敌人的这次进攻是蓄谋已久的，进攻部署得十分严密，自己在炮声初起时对战斗的估计有些过于轻松。不过，他的神色仍十分平静，一只手端了茶杯喝水，另一只手依旧在玩弄那三颗棋子。

据说，库图佐夫指挥作战时常仰靠椅上闭目养神；拿破仑指挥作战时常看与战争无关的书；巴顿指挥作战时常掂着小棒。

景凌耀指挥作战时玩那将、兵、炮三颗棋子！

“师长——”一个作战参谋突然捏着话筒喊，“一团副团长富厚报告，341 高地失守。”

“什么?!”景凌耀的眼睛蓦然瞪大，身子弹射似的站直，上前抓过来参谋手中的话筒。

“师长，341 高地失守！”话筒中清楚地传来一团副团长富厚的声音，“战斗开始时，一营长曹大栓对坚守高地就信心不足！”

景凌耀咚一下感到心脏停跳了，一团金星在眼前升。失守了？失败了！我打了败仗？我怎么会打败仗？我怎么能打败仗？他伸手扶住桌子。手有些抖，手背的青筋开始暴出，身上的血流在加速。他知道这消息很快就会传到军部、传到军区、传到北京，他的双眼此时已失了焦点，但却分明地看到军事学院的那些老师在摇头，看到当初信任他的那些领导在叹息，看到同级在撇嘴，看到右邻杨副师长在讪笑。双耳虽然轰轰作响，却也分明听到一片声音在喊：失地！辱国！草包！庸将！纸上谈兵！不堪重用！

啪！

作战室瞬间变得死一般的静。师长将手中的茶杯猛摔在地。

茶杯的碎片在地上缓缓地转，黄色的茶汁在地上慢慢地洇。在茶杯触地发出尖脆嘶叫的一瞬，景凌耀意识到自己失态了。

你要沉着！要镇静！有半分钟他没让自己说话。他用双眼望定脚下的茶叶汁，看它们蔓延，似乎要弄清一杯水究竟能漫湿多大一个面积。在这一刻，他想起了前天晚上做的梦：一只黑凤，温顺地落在他面前，他抓住它的翅，晃晃。它不飞、不叫、不动。于是他就试着骑上了凤背。原想玩玩、笑笑，却不料那凤儿忽地一扇翅，嘎一声，蓦地飞起去。他一惊，抓紧凤羽不撒手，于是凤儿载了他，先是直飞，后开始升高，速度极快，渐渐地，他开始看到了他从未见过的山和水，林和地，他于是高兴、欢呼、拍手、笑。不想凤儿这时突然身子一抖，他来不及抓凤羽，竟翻身落下去。下边是黑色的山，黑色的水。他骇极、惊喊、惊叫，直到醒……

他猛摇一下头，把眼前的茶叶汁、把梦、把梦带来的不安赶走，抬眼向作战参谋道：“给我接曹大栓！”

电话一接通，他就上前抓过了话筒：“曹大栓，你是怎么丢的341？”他原想说得平静一些，但话一出口，连他自己也听出那声调中夹了怒，且在抖，但他已经没有办法了，一股极强烈的东西，已把他平日苦心养成的儒将风度挤走。

“你是怎么部署的？你的兵是怎么训练的？你是怎么指挥的？我当初交给你那个阵地是怎样说的？你当初是怎样向我保证的？你马上跑步去你们一团团部！不准有一分钟的耽搁！立刻去！你这个混蛋！”他原没想到会骂出最后一句话，他一向强调军人口中要禁绝脏字，但他现在已经控制不住自己了！

控制不住了！

“警卫员！”他放下电话喊，“去一团！”

三分钟后，师长的吉普车已向一团指挥所驶去，引擎嘶吼，车灯紧闭……

三

夕阳刚被大团的阴云推走，夜就挟着山岚奔过来、弥漫开。于是，远岭近山，石、树、洞、壕，就都变成了浑黑的一片。在猫耳洞里憋屈了一天的战士，这时相继走进堑壕，晃晃腿，弯弯腰，扩扩臂，贪婪地张大嘴，吸那含了腐叶和土石味的空气。粗壮的大龚一走进堑壕，便慌慌解了裤子，拿过预先准备好的罐头盒，蹲在堑壕头“排黄”。在这个离敌人很近的阵地，大小便一向不准出堑壕，统统都是屙在罐头盒里，再扔到堑壕外头。尽管眼下是夜间，但你要敢在堑壕外头蹲下，说不定就会让带红外瞄准具的狙击枪瞄上屁股。

“妈的，真臭！”细得像一只白鹤的九宝，一边晃着他那干瘦的胸脯作深呼吸，一边低声抱怨着大龚。“凑合着闻吧。九兄，总不能叫爷们儿憋死？”大龚在黑暗中扔过来低低的一句。

只有潘荪坐在洞里没动，一脸紧张神色，甚至还把身子更紧地往洞壁上贴贴。他最怕这黑夜。一入夜，好像到处都有敌人的枪口和眼睛。堑壕外那些黑糊糊的石头，此刻也变得狰狞可怖。啪一声，一个黑东西飞到他的脚边。神经高度紧张的潘荪没来得及细看，本能地跳起叫道：“敌人的手榴弹！”低叫声尚未落，头已重重地撞在了洞顶。

“嗬嗬嗬。”堑壕头传来了大龚抑低了的笑，“娘的，这个胆量！我扔的土坷垃，想告诉你给咱准备张演算纸擦屁股，看把你吓的！”

潘荪觉得耳根刷一下热了。他讪讪地揉着碰疼了的头，又慢腾腾地去原处坐了。眼装作很大胆地向堑壕外看一下，却又急忙收回目光。唉，这黑暗！可诅咒的黑暗！老天爷为什么要安排下这黑暗？

因了对这黑暗的怕，他又开始想家，想那个远在开封城中杨湖边亮了电灯的家。这会儿，妹妹一定打开了那台十八英寸的彩电，边看她喜欢的“一休”，边夸张地叫喊：“天啊！”妈妈一定系着那条淡蓝的围裙，往饭桌上摆着喷香的晚饭，绿豆稀饭？芝麻叶面条？葱花炒鸡蛋？肯定有妹妹爱吃的肉末豆腐！爸爸一定又坐在饭桌前，极小心地拧开了“汴京白干”。三杯！我只喝三杯就中！他一定又是这样说，讨好地看着妈妈……

一想到爸爸，他心里顿时涌上了一股怨和恼。就是因了爸爸，他才来这里担惊受怕。去年高考，他报的志愿是北大，原是很有把握的，却不料数学这门课拉低了几分，北大于是不要。开封师专倒是想取他，但他不去！他的几个同学都去了北大、清华，让他留开封师专？开玩笑！那博士的学位还要不要？今年上不了北大，明年再考！他于是攒足了劲，在家潜心复习数学。不料这时来了征兵令。街道办事处通知，所有非在校适龄青年，都可以而且应该报名。爸于是说：去报个名吧，不报不好，我和你妈都是干部！

报就报。世上事哪有那么巧，报个名就能验上？还真巧，报了名体检，体检不久就通知：你验上了！这一下潘荪有些呆、有些愣：北大还怎么考？妈的眼圈也开始红：都怨你爸！报名、报名！这下可报得好！爸勉强笑，笑里全是歉疚：到部队其实也可以照样复习，或者考军队院校，或者回来接着考。潘荪不吭，只好默默地收拾了自己的复习资料。到了部队，换了军装，对着镜子照，那军帽倏然间却变成了黑色博士帽。新兵三个月后，随部队来到前线。他是想继续复习，但好不容易找了点闲空坐下来，又无师可问，无参考书可看，遇到难题就没了办法。半月前遇到的那道几何难题，至今仍无法解开它……

"九宝、九兄，烦你去潘荪那里给我拿张演算纸擦擦屁股。"大龚的轻唤，把潘荪从遐想中拉了回来。

"穷讲究什么？用块石头蹭蹭行了！"九宝不甚情愿。

"娘那蛋！这点忙都不愿帮？爷们儿拉肚子，屁眼本来就疼，晓得么？"大龚火了。

"行，行。"九宝只好弯了腰走进洞。潘荪于是转身去挎包里摸，摸出的只有一本几何习题集，平日他演算数学题的纸已经用光。

"没了。"

"依我，你要这书也没啥屌用！活了今天还不知明天能不能活，要它干啥？"九宝弯低了瘦长的身子，望着黑暗中的潘荪说。两只挺大的流萤飞过来，照出九宝嘴角那带了讥讽的笑。

也是！现在还想什么北大？潘荪把书扔了过去。一张白色的卡片纸随之从书页里飘飘掉在了地，这是记着那道几何难题的纸片。潘荪缓缓伸手捡起来，塞进了衣袋。

嘶啦。九宝在利索地撕着书页，潘荪随着那声音哆嗦了一下。

"潘荪……老乡……给我点止疼片吃吃……给我找点白酒洗洗伤口吧……"猫耳洞底，忽然传来负伤的邹义呻吟似的低唤。这呻吟又增添了潘荪心中的怕，他探身刚想去洞底向邹义说几句安慰话，忽觉大地一颤，沉闷的声响由远而近传进了他的耳朵。他还没辨清这声音的性质，一群巨大而沉重，黑糊糊的物件落上了高地，倒立起一个个橘红色耀眼的圆锥体。

炮弹爆起的闪光中，潘荪那白皙俊秀的脸上浮出了孩子般的惊奇：为什么打炮？

“营长，营长，我是341，我是341，我们突遭敌猛烈炮击！猛烈炮击……”在炮声的间隙里，他听到排长在对着电话筒叫……

敌人的炮击潘荪原已经历过几次，但从无一次可与这次炮击相比。炮弹密到了难以形容的程度，以至于当我方压制敌炮兵的炮弹飞过空中时，竟有与敌人的炮弹在半空相撞而炸的，潘荪甚至听出了两颗炮弹在空中相撞瞬间发出的那种叮当声响。爆炸的光闪和时明时灭的照明弹，像是几千架照相机的闪光灯一齐闪亮，令潘荪眼花目眩。一股股的热浪自天而降，在他缩紧的肌肉上硬榨出了汗。炮弹掀起的尘土、石粉和着梯恩梯气味，让他觉到了一阵窒息。强烈的轰鸣撼摇着、撕扯着高地，这种扼杀生命的声响使潘荪一阵阵恶心。他更紧地贴在了洞壁上，敌人打来的炮弹有一半是空爆弹。空爆弹在低空爆炸的那种瘆人响声，能撕裂人的耳膜。不过，若离远看这景象却很有几分漂亮，先是耀眼的火球一闪，随即便有三千六百块弹片冰雹一样地拖曳着光带向地上砸来，因了击中的物体不同而发出不同的声音：啪！击中的是石头；嘶！是肉体；噗！是泥土；咚！是树木；当！是工事钢；哗！是碎石子。这景象使潘荪想起了小时候让舅舅摇枣的情景。舅舅抱住树干用力一摇，熟透了的红枣便密密麻麻地向地上砸来。那每一颗红枣带来的是甜，而这每一块弹片都可以使人变成终身残废，都可以使人离开人世。排里已经有五人牺牲，四人负伤。潘荪觉得自己的心跳得太急，不得不用那只不拿枪的手去捂着心脏，以此来降低它的频跳。

“哟——！”

又一群炮弹响过之后，潘荪听到近处的大龚叫了一声。他扭过头去，借着照明弹的光亮，发现大龚的右臂没了。他的心忽一下提起，直到喉咙眼里。他慌慌地爬过去，掏出急救包给大龚包扎。但他的手抖得厉害，大龚的那只右臂就掉在近处，惨白的五个手指还在抖动。他觉得自己的双臂也在疼，愈发抖得厉害了。

“日你姐哟！偏打爷们儿的胳膊?！”大龚在嘶叫。

“各就各位！准备抗敌冲击！”潘荪听到排长在三号猫耳洞口喊。他侧耳一听，落在高地上的炮弹已经稀疏。敌人的炮火正向我后方延伸，敌人的步兵就要冲击了！他缠好大龚臂上的绷带，怯怯地左右看一眼，便向已快被炸平了的堑壕爬去。

敌人的炮火刚一延伸，阵地前沿埋设的警戒雷便被他们的步兵踩响。全排所有能拿动枪的都随之开了枪。潘荪第一梭子弹全射向了前方不远处的一块石头，直把那石头打得火星乱迸，响声十分清脆。旁边的大龚朝他骂了一句：“娘那蛋！你瞄的什么东西？”潘荪在那一刹真羡慕已受伤的大龚和九宝的从容。但他做不到，扣扳机的手指总在颤，上下牙齿老在不停地磕碰。没办法，他只好让自己的上牙狠狠咬住下唇。

我们的炮兵不停地向空中打着照明弹，阵地上雪亮一片，潘荪能清楚地看见进攻的敌人在一个个倒下。忽然，他耳旁嗖一声，四〇火箭弹！他在心里叫，但紧张和害怕使他竟愣愣地停在那里。就在这时，一个人扑到他的身上。火箭弹在近处爆响了。他听到身上的人“呀”一声，扭头看，原来是已负过伤的老乡邹义。个子矮小的邹义此时背部又钻进去了弹片，鲜血直涌，潘荪慌忙哭喊：“邹义——邹义——”

“喊尿哩！还不快给他扎住！”一旁的九宝朝他低吼，扔过来一个急救包，潘荪这才慌慌地去包扎邹义的伤口。

敌人的第一次冲击被打退了。排长拖着血糊糊的身子从堑壕那头爬过来叫：“弟兄们，刚才向曹营长报告，话没说完，电话断了，报话机也被炸坏，无法呼唤炮火，要靠我们自己了！我们他妈的谁也不能当孬种，人在阵地在——”他的话还未说完，敌人的子弹又尖厉地叫着飞上来。

枪声中敌人在不停地倒下去，我们的人也在倒。潘荪明显地听出，堑壕里的枪声有些稀疏。但他却不再感到害怕了，紧张已不知不觉地飞走，手不再抖，舌不再发干，牙齿不再磕碰，他现在已经比较从容。有片刻他甚至觉得极像小时候在巷子里的沙土堆上同伙伴们玩打仗的游戏。他把玩具枪对准充当敌人的二蛋的肚子和小鸡鸡，哒哒哒地叫着，很痛快地扣着枪机。

“眼！”

潘荪突然听到旁边的九宝喊。扭头一看，九宝一手捂着满是血的左脸，一手在堑壕里摸。堑壕沿上，抛着一团带泥的血肉，其间有一个乌亮的眼珠。“我的眼！”九宝还在摸，潘荪慌忙爬过去，含着眼泪给九宝的空眼窝里塞了一团纱布。

潘荪爬回来刚打了两枪，猛地觉得左臂一热，随即有一股挺暖的液体顺小臂在流。啥东西？他射出一梭子弹后抬手摸摸，鼻子立时就闻到一股温暖的腥味。血！伤了？伤了原来是这个样！不疼，光是觉着热，就像小时候半夜尿了床，尿顺腿往下流，温的、热的。

“潘荪，快向我开枪！”排长蓦然在左侧十几米外喊。三个敌人跳进堑壕，与排长扭在了一处。

“快打！潘荪！”

扭打和枪托的碰撞声中，又传过来排长一声嘶哑的喊。敌人想活捉排长！潘荪迅速把枪口转过来，但他没开枪，他怕误伤排长。“日你——妈！快……开枪！”他听到排长断续的气极了的喊。手一抖，枪响了。那几个敌人和排长倒下了。

他踉踉跄跄跑过去，向几个敌人又各补了一枪，这才扶起排长，嘶声说：“排长，是我打死了你！”

浑身是血的排长声音弱极了：“打……得好！我……才中你两

弹……不打……就完了……”他扯过排长身上的急救包要给他包扎，排长抓了他的手：“……用不着了……见到营长……就说……弟兄们……尽了……力……”

“排长——”

当敌人的第四次冲击开始，趴卧在那里的潘荪感到喉咙有种甜蜜的、兴奋的刺激——这是对战斗开始产生的一种激情。他现在已经彻底从紧张的状态中分离出来了，打得十分顺手自如。弹迹像一条发蓝的炽热的铁丝，从他的枪口吐出，蜿蜒着扑向每一个他发现的目标。

“潘荪——”激战中他听到一旁的大龚在喊，大龚的一条腿又被打断了。“记着告诉连长，把我的抚恤金寄给我二姐，她有三个孩子。”

“你放心！大龚。”

潘荪喊。顾不得扭头，甚至顾不得想想他喊的什么。忽然就着照明弹的闪光，他看见大龚独臂抱着一捆手榴弹，拖着断腿爬上了堑壕沿，还没容潘荪叫出一声“快下来！”大龚拉了手榴弹的弦，横着滚向冲到阵前不远处的敌群。

潘荪猛地闭上了眼睛，他甚至都没听到那轰然的爆炸声，他只听到他的心咔嚓一响，心底有一扇门完全被打开了！哦，那里头竟藏了那么多蛮力！杀气、搏斗的欲望、厮杀的快感……

当敌人的冲击又被打退时，堑壕里只剩下九宝、邹义和潘荪自己。他把邹义和九宝抱到堑壕的一头，飞快地收拾起战友们剩下的子弹，把无人守的空堑壕和堑壕附近撒上一触就炸的触发雷。然后蹲在邹义和九宝的身边，牛一样喘息。

敌人很快又冲上来，但潘荪的枪却未响。现在只剩下他一支枪了，即使开枪也无济于事。要做出一种丧失抵抗能力的样子，把敌人放到近处，让那些触发雷帮他坚守。他这样想。谁知就在敌人匍匐着向堑壕冲来时，半昏迷的邹义忽然声音含混地叫起来：“老乡……潘荪……疼死我了……给个止疼片吧……找点白酒洗洗伤口也中……求你了……”潘荪又惊又急，慌忙中伸手捂了邹义的嘴。不能叫呀！堑壕的这一头没撒触发雷，若让敌人听到冲过来，凭他一支枪是抵不住的。三人就有可能被俘。

“用枪……把我……打死……吧……”潘荪的指缝里，又漏出了邹义有几分清醒的恳求，边说边就去摸潘荪手中的枪。潘荪急忙把枪拿开。

敌人近了，近了，因了怕惊动敌人，潘弥捂紧邹义的嘴。在敌人触响那些触发雷的同时，潘荪的冲锋枪响了，敌人慌慌地退去。潘荪这才急忙转身来看邹义，却见邹义已经停止了呼吸。“是我害了你呀——”潘荪一声哭尚未喊出来，又一名敌人突然出现在堑壕的这头，向潘荪伸出了枪口。在这千钧一发之际，捂了左眼斜倚在壕壁上的九宝跃起细长的身体，迅疾用伤手抓住了敌人的枪管。

枪响了，一梭子弹打进了九宝瘦瘦的胸脯，血溅上了潘荪的脸。潘荪“呀”地一叫，将弹夹里的子弹全倾泻过去。后边又拥上来几个敌人。不行了，换弹夹已经来不及。不能当俘虏！这个念头在潘荪脑子里一闪，嗖地他跃出堑壕，几步奔到了两米之外的悬崖边上。

现在不怕了！

他从容地转过身来，双眼红极，直瞪着围近了的敌人：开枪吧！爷们儿倒要看看你们的枪法！

枪未响。

想抓活的？

一刹那的静寂！

一颗照明弹落下，又一颗照明弹升起。

先让你们占一会儿341吧！潘荪恨恨地在心里叫詈，转身向崖下跳去。他觉得耳旁的风大得厉害，有什么东西猛击了他的面颊，他突然忆起了某种碧蓝的东西，但一道幕布阻住了一切，红色的……

四

土墙、瓦顶，带有木板阁楼的家屋；东一栋，西一座，面南的，朝北的，散落在这小山坳里；家家门前有芭蕉，户户屋后有竹。这是在一团指挥所附近的小村青蕉坪。去前沿的公路从村中间穿过，把不大的村子又一分为二。这村子位于战区，居民本在疏散之列，但刚才敌人的炮击开始时，村中紧挨公路的一间草屋里，却亮起了黄黄的烛光。

一个穿了红内衣的姑娘，麻利地从床上爬起，趿鞋、披衣，敏捷地从一个箱子里摸出几个酒瓶。酒瓶是空的，已刷干净，瓶上贴着崭新的商标：金龙大曲。只见她熟练地向瓶里灌清水。每个瓶里灌了一些水之后，她又摸出几瓶原装的金龙大曲，启开盖，往那些盛清水的瓶里掺。转眼间，十几瓶掺了水的酒便被她熟练地用蜡封了盖，摆上了售货窗台。

她叫青凤。北方人的名字，汉族的血统。

她所以听见炮声赶忙起身制作掺水酒，是因了她知道，炮一响就有战斗，战斗之后就有士兵为庆贺胜利来买酒。

她已了解兵的习惯，她要趁机赚钱！

哐哐！轰轰！炮弹就在村外飞落、炸响。但青凤不惊、不慌，她已经听惯了那些炮声，她现在一心考虑的就是赚钱！

就是因为没钱，她才让那个寡妇得了意，才被那个男人抛弃！

当初，高中毕业的青凤是村里第一个明白的人，在这滇南大山里光靠烧山种地，永远富不过附近农场的那些职工。她于是想出了主意：跑马帮，搞运输。说干就干，她说服了同村同学的小伙子，用两匹小马跑起了马帮，把本村和附近村子的香蕉、芭蕉以及其他农产品收购起来，再运到二十几里外的镇上卖给那些开店的店主。他们和镇上打交道最多的水果店的店主是一个二十八九岁的寡妇。不过半年时间，两人赚了五六百元。两人两马雾中来，雨中去，牵马并肩走，骑马挨膀行，随着那马脖子上铃铛的轻响，爱从两个人的心中升起，这爱既因了寂寞也因了友谊。终于有一天，这爱发展到了那一步，青凤极情愿地让他拿去了处女宝。自此后，她开始在心里甜甜地描绘未来生活的远景：她和他并马走在这高山大岭间，他们的身后是驮了两个摇篮的一匹大马，一边摇篮坐儿，一边摇篮坐女。摇篮马之后，就是驮着各种货物的几十匹马的马帮队。马铃叮当，鞭声清脆，他们将成为这深山区最富的马帮运输户。然而一个阴谋在她的眼皮底下进行着：镇上那个水果店的寡妇店主，看中了实际上已是青凤丈夫的那个小伙子。青凤虽不是一点没有察觉，但她既相信自己的年龄和相貌，又相信二人之间的感情。突然有一天，那小伙子期期艾艾地对她说：他要同寡妇店主结婚。青凤如晴天霹雷击顶。她惊、她怔、她愤、她恨，她嘶哑了嗓子问：为什么？为什么？那小伙子说：跑马帮这日子太苦，不想干了！寡妇店主有三千元存款，和她可以过安稳日子！青凤的眼瞪得那样大，哦，三千元！三千元就可以买走一个男人的心？！天啊！钱！她愤怒地将马推下了山涧，自己倒在床上。也就是在这时候，上边来动员疏散搬家，她固执地不走。像好多遇到这种情况的姑娘一样，她也想到了死！她恨那个男人，她恨那个女人，并由此恨起了一切人，恨起了这个世界。她盼望有一发炮弹飞来，能使自己离开这个可恨的世界，而且不留一点痕迹。但那边打来的炮弹却总在村外炸，并不进村里来。她等得不耐烦，就去村外兵的坑道口，偷来了一颗手榴弹，她想把自己炸死，却弄不响手榴弹，正当她在村边摆弄那手榴弹时，一个姓潘的白脸的兵发现，跑过来夺走了手榴弹。

她于是仍坐在自家屋里等炮弹飞来，把她炸得无影无踪。她固执地不走，别人也无办法，当兵的更无心去管这些，何况村里也还有另外几家不走。这是一场特殊的局部战争，所以就有许多不同于过去战争的情况。情况之一，就是战场上有 不参战也不负支前任务的百姓。

她坐在屋里等炮弹，后来就发生了那瓶酒的事。

那日，她无意中在柜里发现爹临向后方疏散时留下的几瓶酒。她拿起一瓶放桌上，想喝几口，在酣醉中等来死。不想一个当兵的从窗外走过，看到了桌上的酒瓶，便探进头来问："姑娘，酒卖不卖？"她不吭，不应，她不愿再和男的说话。"卖给我吧，十块钱如何？弟兄们要上前沿，得给他们送送行！"她狐疑地看了一眼那兵，她不相信兵会用十块钱来买这瓶酒，那酒爹买时只花了一块六毛钱。那兵见她不出声，便扔进一张拾元的票子，伸手拿走了那瓶酒。一瓶酒能赚这么多钱！她有些意外。于是她又把爹存的另外两瓶酒也拿出摆在桌上。不多久，两个兵又各用十块钱买走了。她望着手中那三十块钱，心里禁不住想：照这样，要赚三千块钱也不难呀。对，卖酒赚钱！只要超过三千元，就可以把那个男人和那个女人拆散，把他夺回来再把他扔开！就可以能报仇、雪恨！她那绝望的心立时被这个念头照亮！

青凤行动了！她跑到镇上买了酒拿回来。开始，仅仅提高每瓶酒的价钱，兵们大概因了打仗，不在乎钱，根本不像在镇上买东西那样讨价还价。说要多少，就给多少。后来她又发现，这些兵其实都刚刚学喝酒，对各种酒什么味并不能辨清，于是她就开始给酒里兑水，边卖边在心里安慰自己：这是为了不让他们喝醉！后来她又开始卖烟，卖糖、卖罐头。上了战场的官和兵都舍得花钱，而在这个离前沿不远的地方，除了她这个代销店，没有第二个可以让他们花钱的地方。于是她的生意越做越红火。经营范围不断扩大，她开始卖前线官兵和后方来慰问的人所喜爱的一切东西。她现在已经攒了两千五百多元，她要挣到四千元到五千元。那时她就要用这些钱去施行她的复仇计划！

此刻，她把瓶盖封好之后，吹熄了蜡烛，又躺在了床上。她开始等待天明。她知道，战斗一般在天亮之后结束，那些住在村外山上坑道里的兵，就要来买酒和其他东西庆贺胜利。

在隆隆的炮声中，她又入了梦——

五

高一脚、低一脚，头轰、耳鸣、踉跄、趔趄，曹大栓带着通信员向团指挥所走。

最初一判定341高地失守，曹大栓没来得及去想别的，他首先想到高地上的兵。两个半班的兵啊！高地失守，意味着战士们已经牺牲。那么多熟悉的面影：九宝、邹义、潘荪、大龚……他的心缩紧，胸灼疼。直到接了师长的电话，听了那一通怒斥，他才意识到自己打了一个败仗，自己是全师第一个打了败仗的营长；才想起营里“攻必克、守必固”的称号，坏在了自己的手上。

败仗！打了败仗！怎么向师长交代？怎么向战士们解释？怎么还有脸回故乡？曹大栓一边踉踉跄跄地走，一边断断续续地想。

原想打完仗，安心回家乡，现在如何回？为什么这么不顺？这一生为什么总不顺？当初上学，偏偏轮到他考中专、考大学时，开始文化革命；后来生孩子，偏偏轮到他，来了“只生一个”的要求；后来提职，那么多没有文凭的、四十来岁的人都进了团的班子，偏偏轮到他，开始“年轻化、知识化”；这次打仗，一心想打好，想顺顺利利结束军人生活回家当百姓，可偏偏又打了败仗！这是为什么？难道冥冥中真有一个命……

正当曹大栓这样胡思乱想，后边的通信员赶上来几步道：“营长，团指挥所到了！”他抬头，已经到了团指挥所的坑道口。他向前走了两步，抬手要去撩悬在门口的雨布，忽然觉得两腿软得厉害，软得他直想就势坐在坑道口的石阶上。

门口的卫兵默默地为他撩开雨布，于是他强打精神，慌乱的目光径直投向室内。室内静极，所有的人都肃立在那里，无声地望着他，没有了往日的“来了，老曹”的亲热招呼，没有了“老曹，辛苦”的关切问候，只有电键的敲击声从隔壁的洞里传过来，嗒嗒、嘀嘀，极轻、极微。他的目光碰到了师长那冷怒相掺的眼睛，慌慌地便举手敬礼。

“你指挥得不错！”师长的声音平静，却冷得大栓打了一个惊悸。景凌耀原没准备使用这种冷而平静的语调。他本是要把肚里的一团怒火全喷出来的，但他到底是有自制力的人，在刚才电话中的那通发泄过后，他决心不再失态。

一串汗珠从大栓的额头上滚下来，挺响地砸下地。大栓对自己有些恼火：你他妈的这会儿流什么汗？但汗珠却没听从他的意愿，依旧一个劲地向下流。于是不得不去裤兜里摸他皱巴巴的手绢，不想掏出手绢的同时，战斗开始前他写给妻子的那封半截信也带了出来。那信纸偏偏还飘飘地落到了师长的脚下。

若在平常，师长是绝不会低头去看从下级兜里掉出的纸片，那有失风度！但此刻景凌耀却把眼睛扭向了脚下。他倒不是想看那纸上写些什么，而是想借这个动作压下又冲到他喉咙口的怒气。一看见曹大栓，他心中压下的怒气就又往上翻。但这么一低头，他于是看清了纸上的那两行字。咬肌动了一下，怒气便化作几句冷冷的挖苦从口中出来了：“这是什么时候写的？战斗前？战斗中？我说你这仗怎么指挥得这样漂亮，原来有精神力量！老婆又怀了孩子，你一高兴。仗当然就指挥得好了！不错！这——”

“叮铃铃。”

电话铃突然响了。否则，真不知景凌耀还会顺着这封半截信说出多少尖刻的挖苦话。一个参谋拿起话筒，转向景凌耀：“师长，找你的，右邻师的杨副师长！”

景凌耀的眉心一耸，不情愿地接过了话筒。他刚应了一声，话筒里立刻传来一个很响的声音：“是‘优等生’吗？能听出我吧？‘及格生’。我把我师的情况向你通报一下。昨天黄昏，我们顺利收复了过去被敌人强占的104号高地，几乎没付出代价，怎么样，还可以吧？”话语爽朗、正经，但景凌耀却十分清楚军事学院的这位同学此时打来电话的用意。当初，景凌耀每受到一次赞扬，对方就要撇一次嘴，临近毕业，景凌耀被评为优等生并传说要破格提为师长时，对方曾不止一次地扬言：奶奶的，好马劣马咱战场上比！

“哟，怎么不说话呀？哈哈，当了主力师的师长架子就大了吗？”电话里的声音响亮。

“啪！”

塑料送话器猛然在景凌耀的手里捏碎，一股殷红的血顺着黑色的电话线向下爬着。他的嘴唇变得青紫且开始很厉害地哆嗦。

一片静肃的作战室，更静得连人们的呼吸都能听清楚。

“听到了吗，你?!”景凌耀突然转过脸朝曹大栓声音嘶哑地吼道，“你把我当初交给你的阵地送到哪里去了？你把主力师的声誉丢到哪里去了？你这个笨蛋！”景凌耀的自制力被老同学的一番话又冲得无影无踪，那沉着冷静的风度刹那间又化为乌有，“回去！立刻回去组织突击队，一个半小时后发起反击，马上给我把341高地夺回来！夺回来！！”

曹大栓垂首听着师长的训斥，但听到最后两句话时，他吃惊地抬起头来：一个半小时后就反击？准备时间太短！他需要通过侦察重新选择反击路线，原来的那条通路被敌人的炮火封锁得太严。他有心张嘴说出自己的想法，但看到师长那发红的双眼和索索抖动的嘴唇，他咽下了要说的话，想回答：“是。”却又说不出来。他举手敬完礼，转身急步向洞口走去……

咯咯，咋样？你气吗？瞧，他是我的！你看我亲他！你恨吗？咯咯……丰腴的寡妇搂着男人，在向青凤示威，青凤气得脸发青、牙紧咬。你等一等，贱东西！看我不抓了你的脸、撕了你的嘴！青凤嘶声叫，她不顾一切地跑过去，抓住那寡妇，但她的脚却总也挪不动，她气，她急，忽然“咚咚咚”一阵敲窗声，她倏然惊醒，挣脱了那梦魇。

她躺在床上喘息。

“有人吗？”

“天还没亮，干什么！”

“买酒！”

一听说买酒，她麻利地起身、穿衣、点蜡烛、开窗户。一股凉飕飕的夜气扑过来，有两个战士提了挎包站在窗外。青凤立刻辨出其中一个是老兵，另一个是新兵。

“要多少？”青凤睡意犹存的脸露出了笑，一只白白的手臂伸出来，极亲昵地在那个新兵的手背上拍了拍。青凤知道，她越热情，买卖就越兴隆。平日常常有些战士从窗前过，原本并无心买酒，但一听青凤甜甜地喊：“勇士们，醉卧疆场无人笑，来呀，喝一口！”便大咧咧地走过来，豪爽地说：“来一瓶！”

此刻，那新兵被青凤这亲昵的举动弄得不好意思，缩了手，红了脸。倒是旁边的那个老兵开了口：“你有多少？”边问边就笑嘻嘻地捏住了青凤白白的腕。

“十三瓶。”青凤看看他的手，嘴角依旧挂笑意。

“都拿来！”老兵说得干脆，“就这还差一点！”

“咄！一次买这么多？”青凤的柳眉扬起来。

“要打反击，壮壮行！懂吗？”那老兵在她手上拍了拍，然后去掏钱。

她笑笑地拿出兑了水的酒，笑笑地去收老兵的钱，“哟，差你六毛，没零钱找了，给你盒三七烟，行吗？”她极正经地问。

“行！”老兵痛快地接过烟，伸手在青凤的腕上捏一下，走了。

“嘻嘻。”兵消失在黑暗中，青凤轻声一笑，把指缝间夹着的六毛钱纸币扔进了抽屉。

大约赚了二十元！青凤在心里算。

高兴之际，她忽然想起了那个当初夺走她手榴弹、救了她一命的姓潘的兵。嚼甜思源，倘若没有那个姓潘的兵，也许她早已变黄土，哪还有今日？哪还有赚到的那几千块钱？

这一切都可以说是他给的！

姓潘的兵，你在哪里？我该用什么东西谢谢你？

青凤凝了神，默默站那里……

天，重新被火药燃红，地，再次被炮弹撼动。五分钟前，第一突击队开始突击，但很快，曹大栓担心的问题就发生了：突击队被敌人的火力压在了通往341的那条狭路上。

反击开始前，当匆匆组织起来的五个突击队伏在出发位置上时，曹大栓想到反击路线仍是那条增援未能奏效的通路，敌人的阻击火力势必更密；如何使用我方炮火和对付敌人的炮兵，没来得及详细研究；敌人占我341后在面我一方设置的雷场无法先行开通；突击队长们不熟悉341的地形；突击队里各组之间协同动作来不及演练，反击成功确实没把握，便大着胆子给师长摇了电话恳求："师长，请给我两天的准备时间，我保证一定夺回341高地！现在就反击实在有些仓促，恐怕要增加伤亡。趁敌立足未稳打反击虽然是一般法则，但今晚按这个法则办我总感到没有把握！"曹大栓刚说完，话筒传来师长冷冷的一句："你知不知道还有战场纪律？"他闻言一怔，随即低声答道："我执行命令！"

此刻，高倍数的红外望远镜把那段狭路上的情况拉到了他的眼前，使他看得很清：倒下一个，其他人仍顽强地冲；又倒下一个，仍在冲；倒下，倒下，倒下；依旧向前，滚、跃、爬。曹大栓的心提到喉咙，嘴张得极大，想喊、想叫，但终于无声。他只觉得心上的刺疼已过，变成了一种钝疼。一种不知道怎么个疼法的疼。那倒下的每一个都是他的兵，他熟悉他们每个人的爱好、脾性和家庭，他平素把他们当兄弟，但此刻却无法不让他们倒下去。

"炮群，炮群压制敌人！压制敌人！"他对着话筒喊，声音极大，似乎要通过这种嘶喊，把心里的什么东西喊出去。

"营长！第一突击队长牺牲！"报话员突然向他报告。

"啊?!"曹大栓发出一声短促的惊叫。第一突击队长是营里最棒的一个副连长，是他最喜欢的一个骨干，而且是这次参战前才结的婚。霎时，副连长婚礼上的情景闪过曹大栓的眼前。那是部队临行前的一晚，婚礼仓促、简单，但去祝贺的人都有意搞得热闹一点，便玩了很多花样，花样之一就是：任何参加婚礼的人都可以向新娘提一个问题，而新娘不管对方提出什么古怪问题都要做出回答。临到大栓提问时，一来是领导，二来年岁大，不可太荒唐，只顺口问一句："你婚后的最大愿望是啥？"他原以为她会答："要个儿子！"却不料新娘极郑重地说："在一营凯旋的队伍里见到我丈夫！"……

曹大栓咚一拳砸到了自己腿上，转而向报话员叫道："命令第二突击队上！"连他自己也能听出，他下命令时声音夹了犹豫。他曾闪过再向师长请求暂停进攻的念头，但想起师长刚才的那句警告，就晃晃头把那念头赶走。

他急忙又拿起望远镜，注视着那段狭路。一直盘卧在近处的花蟒，依旧昂首，焦虑地看着大栓的望远镜……

疼，灼疼，酸疼，刺疼，剧疼，最先恢复的是疼觉，这就使潘荪感到全身都在疼。肉疼、筋疼、骨头疼；头在疼、腰在疼、腿在疼、脚在疼。他努力地想睁开眼睛，看看究竟哪里在疼，但眼睛涩得厉害，总也睁不开，就像夏夜在杨湖边坐在凉席上听七爷讲故事，听得太久，就睡在七爷的凉席上。妈妈去喊自己回家，尽管也想睁开眼睛跟妈走，却总也睁不开，于是只好躺在妈妈的怀里，任她摇摇晃晃地抱了走。

终于，他的两眼睁开了一道缝，他最先看到的是一片明亮的球状光亮，就像夜晚站在龙亭上看夜景那样，一条条的街道，一行行的路灯，明明暗暗、闪闪烁烁。慢慢地，他注意到那些球状光亮在晃、在动，而且动得很快，如车灯、似流星。随着眼睛的越睁越大，他到底辨清了，眼前是一群流萤。几百、上千只的流萤在他的眼前飞，它们把他的眼睛照亮，让他隐隐看见了身边的灌木枝条，看到了身下的枯草，看见了身上血糊糊的军衣。随着视觉的恢复，飘走了的意识又开始一点儿一点儿地回到了他的脑中，他于是记起了那过去了的激烈炮击，记起了全排弟兄们同敌人的搏斗，记起了自己的跳崖，记起了失守的阵地。

我没有死？

他刚想挪动一下身子，一阵剧痛便又重新让他沉入了昏厥。

当他再次看清飞动的流萤，听到流萤的嘤嘤低鸣时，他感到极渴，迫切地想找点水喝。他费力地撑起上身，借了流萤的微光，他看见前边不远处有一片罐头盒子，他知道那是排里弟兄们坚守阵地时扔下来的空盒子，这些天没下雨，那盒子里不可能存水。他绝望地看着那些罐头盒子，动了一下几乎干透了的舌头。那些罐头盒子闪着微微的白光，渐渐地，那白光晃动了起来，仿佛是有了波纹，很像是笼在夜色下的杨湖水……

"轰轰轰"。一阵猛烈的炮声把潘荪从幻觉中震醒过来。他睁眼一看，发现自己已爬到了那片空罐头盒当中，而且双手做出了一个捧水的姿势。他苦笑了一下，侧耳听着炮弹的弹着点，判断着方位。片刻之后，他便咬了牙，用双臂撑着身子，开始像蜥蜴一样地往回爬。

营长，341 失守了，可弟兄们尽了力，弟兄们尽力了……

那群萤火虫儿像是要为他带路，在他的前面飞飞停停、停停飞飞。谢谢！谢谢！他望着那流萤，怎么这么多？这么多……

敲窗，买酒；敲窗、买烟；窗子不断地被敲响。青凤意识到今夜是个做生意的时机，便干脆把窗口打开，把蜡烛移到窗台，让烛光把写有"小卖店"的木牌照亮，然后自己和衣倚被上，微闭了眼，让黑而长的睫毛垂下来。

一阵汽车的轰鸣，把青凤从浅睡中惊醒。她急忙下地招呼："喂，同志，要酒吗？"

"哦，"那男人闻声转过身，向窗口走来，"不要，谢谢！"

记者！青凤一看来人脖子上的相机和肩上的采访包，立刻做出了判断，心中有些失望。她知道这些从后方来的记者和当兵的不同，他们一般不喝白酒，而且根本不能对了瓶口干喝。不过，青凤没有死心。仍又含了笑，极关切地说：“夜里天凉，喝两口暖和。来一两，咋样？”

“好，好，盛情难却。就来一两！”对方笑着点头。

青凤麻利地从桌下摸出一个碗和一瓶金龙二曲酒，给对方斟上。这种二曲酒中兑的水更多，青凤专门卖给从后方来前方的人喝。

“我叫程进介，是记者。”男的喝完酒后抹一下嘴，立刻自我介绍，“听口音你像是本地人。我很佩服你一个女同志在这战火纷飞之夜，坚持开窗为过往参战将士服务的精神，我想给你拍一幅照片，可以吗？”

“你买不买用铜弹壳做的戒指？”青凤没有理会对方要给自己拍照片的提议，她对那没兴趣。她知道这些从后方来的记者、慰问团的人和大学生们，都特别喜欢买这些来自战场的纪念品，回去好向别人炫耀。

“什么戒指？”果然，程进介闻言很有兴趣，在给青凤拍了一张照片后，凑近窗口问。

“你看看！”

青凤伸手从墙角纸盒里摸出一个戒指递过去。程记者立时欢喜地叫道：“嗬?!”这种用黄铜弹壳打成的戒指，经砂纸一磨，涂上清漆，光闪闪，亮灿灿，似金子一样。更重要的是，在一般戒指嵌宝石的地方，还刻有四个宋体字：战地留念。

“一个多少钱？”程记者的声音里带了急切。

“两块……八。”青凤拖长了一下音，把原要说的“两块”后头又加了个“八”。

“好！两块八就两块八。买一个送给她，她一定会高兴的！”程记者欢喜地自语。

“还有一种用高射机枪弹壳做的拐杖，你要不要？”青凤做完那桩生意，看出这个顾客有钱，忙又问。

“是吗？拿来我看！”程记者又伸出了手。

“这拐杖城市老人拄着特别合适，拄上它稳重、威风，透着豪气，还有纪念意义，而且能稳定血压和减肥。”青凤边说边把拐杖递过去。她估计记者是城里人，买回去会送给领导、父亲或岳父。

程记者抚着那拐杖，只见它全用高射机枪弹壳做成，上头焊了一个扭弯了的弹壳做扶手，下边装了一个高射机枪废弹头当杖尖，通体放光，不亚于西方大亨拄的那种镀铬拐杖，便急问：“多少钱？”

“二十五。”青凤大胆地说道，说过之后又心虚。这东西的成本毕竟太低，弹壳是从兵那里要的，加工是村里的炉匠叔干的，她不过是给了炉匠叔一盒烟。

“二十三怎么样？”记者脸上带了笑。

“太便宜了吧？”青凤的嘴角弯起来，酒窝里却装了笑。

“那就再加五毛。”

“好吧，亏就亏一点，看在你记者辛苦的面上，就收你二十三块五！”青凤一本正经地感叹着。

程记者刚交完钱，只听轰一声，一发炮弹在树边爆响，他慌忙缩下了身。

“咯咯咯。”青凤笑了，“看把你吓的！俺村里从来不落炮！俺村里有一个苓姐，嫁给了他们那边的阿田，阿田是他们的炮兵旅长，从不打我们庄，知道吗？咯咯咯。”笑声响亮、清脆，笑声里有嘲弄，但更多的是欢喜……

兵压将，将压炮，炮压兵。三颗棋子被站在一团指挥所里的景凌耀紧攥在手心，扭结叠压在一起，几乎要发出痛楚的呻吟，但他早已忘了它们的存在。他另一只手紧握着通往一营的电话话筒，双眼的眼白发红，瞳仁冒火，睫毛颤动，眼角抽搐，正处于极度冲动之中。

曹大栓刚刚在电话里报告：第三突击队又已伤亡过半，失去了继续发展进攻的能力。

真是见鬼了?!

在这一刹那，他又想起了那个梦，那个该死的梦！不！他猛地摇了摇头。我要夺回 341 高地！业绩是人创造的！我不能让祖国丢脸！不能当一个无能的师长！腓特烈二世二十九岁战胜奥地利，拿破仑三十六岁成为大军统帅，我已经三十七岁，我要把 341 夺回来！夺回来！

“师长！”电话里传来曹大栓恳求的声音，“仗不能这样打了！不能这样硬拼了，该冷静冷静。你让我再准备两天，我一定把 341 夺回来，夺不回来你枪毙我！”

“第四突击队上！”失败只属于庸人，不属于我！拼到最后一人也要把 341 夺回来！夺回来！

“师长——”

“第四突击队冲！”

他现在已不要团长、不要参谋，直接握着话筒，越级指挥着一营。

他手背的青筋裸露，身子在轻微地哆嗦，掌心的三颗棋子几乎要被他攥碎。电灯光下，甚至能看清血液在他额头暴突的脉管里急速地流动。

滚开，黑凤！滚开，噩梦！

曹大栓捧着望远镜的手又剧烈地抖：第四突击队仍被阻在了那段狭路上，只有四五个队员冲上了 341 的山腰。大栓把镜头紧对着那四五个队员。希望，全寄在他们几人身上了。

“营长——”

军工队抢运下的一批伤员被抬进洞，躺在担架上的一个排长大声喊。大栓刚一转身，只见那排长猛地从担架上滚下跪在了地上：“营长，弟兄们死倒不怕，就是觉着这仗的打法不对头呀……求你下令别再这样打下去，换个打法吧……”曹大栓慌忙弯腰想把那排长抱上担架，可他执意不起，口中连连叫着：“你快下令！快下令！下了令我就走！”曹大栓心如刀绞，但又只得恼怒地吼道：“快起来！否则我要执行战场纪律！”那排长这才恨恨地站起，摇摇晃晃地向担架走。

曹大栓又急忙跑回指挥位置，把望远镜对准冲上341半腰的那几个突击队员,可他立时便像被戳了一刀:那几个队员中又只剩下了一个。

“师长,第四突击队已无力发展进攻了。”他对着话筒痛心至极地报告。

“第五突击队上！”电话里又传来了景凌耀那气极了的吼。

“师长——”曹大栓声音哽咽着喊,两串泪水由眼角涌下来。

“你是不是害怕了?！”电话里传来师长愤怒的斥责,“一营副,接替曹大栓指挥！”

大栓震惊地瞪大双眼,身子僵了似的站在那里。

在一旁协助大栓指挥的一营副，同时在自己的电话耳机中听到了师长的这个命令,他一愣,随即对了话筒高声叫道:“师长,不能换我指挥！我也完全同意曹营长的意见,该换一个打法了！这样硬拼不行啊！”

“都吓破胆了？”电话筒里传来师长冷而执拗的声音,“谁再胆敢动摇我的决心,我就执行战场纪律！”

“师长——”

一营副刚又喊了一声,曹大栓突然过来捂住了他的话筒,叫道:“老弟,别求他了！你来指挥,我上去！爷们儿死个样让他看看！”说着扔下了手中的地图,摘去望远镜。

“营长,你不能去！这里需要你指挥！”副营长忙阻拦曹大栓。曹大栓呼地搡开他,抓起一支冲锋枪就向洞口冲击。

“站住！”副营长一个箭步上前扯住了他叫,“营长,你不能这样干！”

“走开！”曹大栓死命地往前挣,副营长只好向两个通信员厉声喝道:“快！把营长给我绑上！”两个兵闻令几步奔过去,麻利地夺过营长手中的手枪,硬把他拖回来,用背包带把他死死地捆在了紧靠指挥位置的一个石柱上。

原本盘卧在那里凝望着曹大栓的花蟒，被眼前的这幕情景弄得有些呆，也有些急，只见它嗖嗖地沿着指挥位置连蹿了两圈，而后才又盘卧在那里，茫然不知所措地望着曹大栓。

“放开我！放开我！”曹大栓死命地挣着背包带。

“营长！你冷静一下！”副营长的眼中也涌出了泪，“我去领着弟兄们冲，你留这里！”说罢，把手中的电话话筒往曹大拴的胸前一塞，转身飞步向洞外跑去。

“站住——！放开我！”曹大栓发狠地跺着脚。花蟒不知是想安慰他还是想替他分担一部分焦躁，刷一下爬过去，盘卧在他的脚边……

正对着洞口的远天，露出淡极了的晨曦……

六

反击失利了！

敌我双方的枪炮停息近一个小时了，景凌耀还直直地站在一团指挥所里，滴血的眼睛直盯着地图上的341高地。他的两手还在搓弄着那三颗棋子，但那已不是在悠闲地把玩，而只是一种下意识的动作了。

副团长富厚无声地站在指挥所一角，两眼直望着师长，望着师长手中的那三颗棋子，看着它们被师长的手指上下拨动。兵、将、炮，炮、将、兵，将、兵、炮，兵、炮、将，位置不停地变，秩序不断地换。全师干部战士都知道师长有把玩将、兵、炮三颗象棋子的习惯，但师长何以要玩棋子，却无人知道。有人猜测说师长这是在揣摩棋道，有人说他这是为了锻炼小脑，还有人说这是无聊的嗜好，但十分机灵精明的富厚的猜测却和大家不同。他总觉得，师长养成这个习惯不是要向人们显示什么，而是要提醒自己什么。究竟要提醒什么？富厚就揣摸不透了。

“为了不影响士气，”师长突然喑哑地开口说道，“要尽量缩小这场失败的知悉范围，不许让记者采访！”

“是！”正站在那里默想的富厚闻声立正，答道。

电话铃响了。是师政治部主任打来的，说烈士已全部清洗，装棺完毕，请示师长是否可以掩埋。

“请等等。”景凌耀对着话筒说罢，便转身一步一步地向指挥所外走去。这是一个阴霾的白天。泛白的日头只在东天边晃了一下，便没入大堆的云团，一缕一缕的湿雾，从谷底缓缓地升起、弥漫，很快便接了那乌蒙蒙的天。

烈士基地在那座小山后面。景凌耀走得极慢，他觉得极乏，极吃力。心头堆满了和这天气一样的阴霾。过去多少年积蓄的精血气，似乎在这一夜间全都泄露殆尽了。他终于吃力地登上那个小丘，看到了烈士掩埋地，看到了向阳山坡上的那一排排摆了半坡的黑漆棺材。

他的身子倏地一抖，原来就苍白的脸孔一下子没了一点血色。在指挥战斗时，他当然也想到了有些战士会牺牲，但这念头只在他被愤怒搅成一团的脑子里一闪而过。他呆呆地站在坡顶，直直地盯着那些棺材，网了红丝的双眸，先是浸在惊愕里，跟着便僵了似的不动。

风起了，土的微粒被风裹起，又飘落到花圈上的那些白花里，发出了一阵低响，近乎抽泣。参加掩埋烈士的干部战士肃立在那里，默默地望着景凌耀。

“师长，是不是下葬？”政治部主任走过来低声请示。

景凌耀没有回答，艰难地挪步，向那些棺材中走去。用抖颤的手，一个棺头一个棺头地抚摸着。

他的手指在棺头上哆嗦。

在最后一具棺材前，他遇到了摇晃着身子从地上站起的曹大栓，大栓瞪着血红的眼睛，直直地盯着他。他只看了大栓一眼，就移开了目光。

“师长，你现在该知道一营的弟兄们是不是怕死？”曹大栓的眼睛瞪得有些可怕。

景凌耀那白得毫无血色的嘴唇嚅动着，但没有声音。他的手似乎想抬起然而终于还是垂在那里。他觉得一阵剧烈的疼痛从两边钳住了他的头，使颅骨四周的肌肉抽搐。

一营副营长把曹大栓拉走了。

景凌耀还是定定地站在原地，目无所视地看着曹大栓刚才站立的地方，直到政治部主任又一次走过来请示可否安葬，他才恍然地点了点头。

哀乐响了，灵柩开始下葬。当掩埋的土块开始砸响棺盖的时候，他的双眼突然间瞪大。他感到有大鼓在敲击，鼓声响极！

他默默地盯着那一堆堆越来越高的坟土。瞳仁中的光亮却越来越小，越来越暗，终至于完全熄掉。

“师长，已经安葬完毕，咱们回去吧。”政治部主任的声音使景凌耀睁开了眼睛。“你们先走。”他摆了摆手，微弱地说一句。

雾，越来越浓。终于，浓雾又转成了雨。雨细如丝，漫天抛洒，淅淅沥沥。警卫员从车上拿来一件雨衣给他披上，又被他掀开去。他就那样一动不动，静静地坐在这片新坟中间。从上午坐到中午，从中午坐到下午，从下午坐到黄昏。

天开始黑的时候，师政委来了，他无言地在师长身边站了一会儿，便和警卫员一起，硬把师长架上了车……

树在晃，山在移，天在旋，地在转。曹大栓伸手抓住一株树，靠上去，闭了眼，急促喘息。啪，一串雨水滑下树叶，砸在额头上，凉凉的。

他已经三顿没吃一口东西。心里堵，吃不下去。那些伤了的、亡了的、躺下去的、倒下去的，一张张面孔，一个个身影，时时涌在眼前，让他难平心绪。团里通知他今天下午到师作战室开会，他拖着沉沉的身子赶了来。会刚结束，他想去收发室看看有无营里同志们的信，走到这个坑道口，突然感到了一阵眩晕。

“听说了吗，老秦……”旁边的坑道里传出副团长富厚的声音，“这两天上边不断有首长打电话来问师长的情况，十分关切，是不是又要提？”“差不多吧！正师职中他最年轻，有文凭，又经过战争锻炼。

军里正少一名副军长，早晚要提的……”

大栓听到这话心头一震：师长又要提？又要提了？！341还没有夺回来，那么多烈士的血债还没有讨回，他就又要提，又要升，又要走了？曹大栓趔趔趄趄地离开倚着的树，向收发室走。在这一刹那，他想起了自己三十五岁还是个营长，想起了自己将来下地方后的那点前程，只觉得一股怒气在胸中聚：景凌耀，你当官的路可真是顺啊！一年一步，两年一级，营长、团长、师长，是的，你有大学文凭、你是军事学院毕业，你年轻，你懂得战略学、战役学、电子计算机！你应该提！我们这茬儿年龄过杠，没有文凭、只会当老黄牛的应该下！下……

“一营长，你们营的信！”熟悉的收发员看见他，跑过来把几封信放在他手上。

他定了定神，看清手中的信，心头却禁不住又是一哆嗦：竟都是烈士家里寄来的！他手抖抖地去拆那些信。战场上，活着的人都可以拆开死去的战友的信，因为他们负有安慰战友遗属的责任。

“祥儿爹：祥儿常常一看见当兵的从村边过，就跑上去叫人家爹。俺也总想你。昨夜里做了个梦，说你已坐车到了县城，俺欢喜地和祥儿坐七叔的手扶拖拉机去接你。记住！回来时可要先给俺娘儿俩拍个报……”

大栓抬起了头，他不敢再拆那几封，他怕自己会站在这儿流眼泪。景凌耀，你看看这封信，你看看吧，看看你怎么回答这祥儿和祥儿妈吧！曹大栓心中这样想，脚已经跌跌撞撞地向前走，到了师长住的木板房后。天还没黑，他隔窗看得很清楚，景凌耀正静静地坐在桌前，他看不见师长脸上的表情，但他估计，景凌耀肯定也听到了即将提升的消息，也许正在那里沾沾自喜。这个估计使大栓心中的那股怒气加了倍，他不由得握紧了拳，而当拳一捏紧，便使他又一次觉到了手中的那些信，这些信顷刻使他想到墓地里的那些黑棺材。

你这个混蛋！你不要再升了！不能再升了！他的手下意识地伸向腰间的手枪套。哈哈，你这个混蛋！还是让它来结束你的仕途吧！不能让你再升了！

就在这时，景凌耀突然起身，过来推开了玻璃窗。师长的这个动作使曹大栓吃一惊：被发现了？但很快师长又转过了身，把后胸极其清楚地暴露在了窗口上。好！曹大栓在心里叫了一声，不知不觉地手竟向枪套摸去。但突然觉得手臂有些僵、有些硬、有些凉，血似乎不再流向那臂。

“凌耀，你为啥总不吃饭？”一个女人带了哭音的叫，从师长屋里传出来。

这凄然的叫声使曹大栓的手一抖，食指离开了扳机。他听出这是师长妻子曲秋爽的声音，他想起了曲秋爽那张甜而文静的脸，想起了师长家里那个爱说爱笑扎着蝴蝶结的女儿，他拿枪的手又剧烈地抖了一下，便慢慢地把枪往枪套里插去。刚插进枪套，却又霍地抽出来，但不是指向景凌耀，而是猛地转向了他自己。

枪口好黑！扣呀，你！扣呀，你死了倒挺痛快！341什么时候夺回来?!

他的手慢慢地垂下去、垂下去，终于，手枪噗嗒落了地……

二百米！妈的！最多有二百米！

潘荪又一次从昏迷中醒来，天已经大亮。他这时才弄清了自己的位置：离悬崖才二百米。爬了半夜，才爬出这么点距离？

他又咬牙用手抓了前边的草，向前爬了一步，但就这一步，他又开始了急促的喘息。他觉得身上刚聚起的那点力气又没了。没了，不行了，爬不动了。就死在这里吧！死在这些荒草里。死在这些灌木丛里。妈妈，我回不去了。死了也该留下几个字，万一以后弟兄们发现我的尸体也好认出来。他下意识地去褴褛的作战服里摸纸和笔。笔没摸到，只摸到了一片硬纸，是那片记着那道几何难题的卡片纸。这道题我是永远解不出来了。倘不当兵，这会儿坐在开封市图书馆里，这道题大约不会难住我。不会的！可是妈妈，你不要抱怨爸爸。我恨过爸爸，归根结底是他让我当了兵。但我现在不恨了。因为只有当兵，我才知道了好多过去不知道的东西。我知道了什么叫“渴”，原来我过去从不曾渴过。有时上学回来，我向你叫：妈，渴死我了！其实那不能算做渴，那只能叫喉咙干。真正的渴是舌头像棍一样麻木发僵，肠子如着火！我还知道了人初流血时其实不疼，只是觉到温、觉到热！妈妈，我真想你们啊！妈妈，你手上端的是什么？水，妈妈，老师今天领我们去了黄河大堤，我看到了黄河水！老师说我们的祖先不喝自来水，是喝黄河水长的。是吗？可这水这样浑呀！可以沉淀！我喝一杯没沉淀的河水试试。妈妈，挺好喝！我在这床上睡一会儿！不要铺席。不要被子！太热，这样就行。妈妈，你把那本几何习题递给我，不是黄皮的，是绿皮。妈妈，我那本影集你不要看，不要看！那里面那张照片就是她的！是她的。她考上北大了。妈妈，你不是总问我为啥非要考北大不可吗？因为她考上了，因为她考上后给我来了信，说她的学习很忙，以后怕没时间读我的去信了。妈妈，我就是想让她知道，我也是可以上北大的……

在昏迷中又度过整整一个白天的潘荪，终于又渐渐恢复了知觉。他觉着有一个东西在他的耳朵上爬，爬得他有些痒。他吃力地抬了手，拨拉了一下耳朵。于是，一只萤火虫落到了他的眼前，潘荪茫无头绪的脑子又蓦地记起了跳崖，记起了 341 高地，记起了死去的排长、大龚、邹义、九宝，他的牙一咬：“我要回去！”

他又伸手抓了前边的草，艰难地开始向前爬。

营长，341 丢了，可弟兄们尽了力，尽力了……

夜一点一点地淡去，天渐显出它蔚蓝的本色。睡了一夜的几只山雀开始在窗外飞，在空中撒一串嘹亮的叫。双颊下陷、口型变宽的景凌耀，推开面前的作战地图和前沿地形照片，让散散的目光随了那山雀移，移向那远处的山。

木板房门被轻轻推开，曲秋爽悄步走了进来。这几天，她对丈夫的身体和精神状态十分担忧。从那天反击失利后，丈夫除了接电话时嗯嗯几声，一直不说话，笑容更是没有。那日，女儿从后方写来信，还夹寄了一张弹琴的照片，她满心欢喜地拿来让丈夫看，一心指望能让他高兴高兴，结果丈夫只扫了一眼就扭开头，闷头继续抽烟。她问过警卫员，丈夫这些天吃得少，睡得更少，这怎不令她担忧？今天医院里组成医疗队，到最前沿的阵地去巡诊，秋爽报名参加了。这一去几天回不来，使她更放心不下丈夫。

她进屋看见丈夫的那双眼睛，那一缸烟灰，知道他是在椅子上过的夜，立时又是一阵心疼。

那天夜里的战斗，她是在前沿包扎所，亲眼看到战士们伤亡的情况，也亲耳听到一些干部对指挥失误的议论。作为妻子，她为丈夫的指挥感到惭愧，又在心里为他辩解：他刚当师长不久，允许他失误一次吧。就是带着这种既惭愧和又想辩解的矛盾心情，昨天下午她一个人跑到了烈士掩埋地，抖着手在每一个坟头上点燃一颗自己带去的香烟，而后，面朝着那几排新坟，缓缓地跪下了双膝，在心里叫道：烈士们，俺代替景凌耀给你们下跪了，求你们原谅他的失误吧……

她轻手轻脚地给丈夫冲了一杯奶粉，边搅动羹匙边轻声责问：“怎么又不去床上睡？”

景凌耀没有应声，只是默默地伸手去摸香烟盒。这当儿，秋爽极麻利地推开烟盒，把牛奶杯递到了他的手上。

“俺要去前沿给战士们看病，得个把星期不能来看你了，你可要注意身体呀！”秋爽低低地嘱咐。

景凌耀听了妻子的话，放下牛奶杯，无言地握了妻子的手。一刹之后，秋爽感到丈夫在把自己向他身边拉，脸立时有些羞红，往门口看了一眼。警卫员早已乖觉地出去并把门关上了，她于是顺从地坐在丈夫的腿上。

“到前沿要多加小心。”景凌耀声音喑哑得厉害。

秋爽忙点点头。她心里一阵高兴，几天来丈夫终于开口说话了。

“以后要常给两家老人和孩子写信，代我向他们问候！”

秋爽又慌忙颔首。平日因为丈夫忙，家信都是由她写的，写完之后把丈夫的名字写在前头，自己的名字写在后边。

“你以后也要逐渐学得坚强点，不论出了什么事要都能挺下去，我就放心了！”

秋爽心里感到一阵温暖，平日丈夫因了工作忙，很少对她做过这么细心的嘱咐，她禁不住动情地把脸偎到丈夫的怀里，直到医院那边响起了集合哨声，她才慌慌地起身拢拢头发。

当秋爽一边回味着丈夫的话一边跑回到医院时，脑子里忽然闪出了问号：他为什么要说那句话？不论出了什么事要都能挺下去，为什么这样说？

她的心颤了一下，涌起了一阵不安。但她已没时间向丈夫问清楚，去前沿的医疗队集合登车的哨音响了，她只能在已经启动的卡车上，向丈夫住的那个木板房投去不安的一瞥……

七

滴答、滴答、滴答。一下一下，洞顶的水珠不紧不慢地向罐头盒里滴着。曹大栓坐在子弹箱上，目光发直地看着盒里的水增加，原本就黑且有疤的脸上，又添了一种阴厉之色。加上胡子多日未刮，让不熟悉的人看上去会有些害怕。

盒里的水终于满了，开始往外溢，通信员走来端过去罐头盒，送到盘卧在近处的花蟒嘴前。花蟒低首去喝水，水喝完，尾一甩，轻轻把罐头盒扫到一边去。这当儿，恰巧有一只山鼠从洞前过，通信员伸手一指，打一声呼哨，只见花蟒身一抖，箭也似的扑过去，把山鼠压在了身下边。

叮铃铃，电话响了，曹大栓顺手摸起话筒，只听了一句，左颊上的疤痕就倏地一搐，喑哑地叫道：“重复一遍！”

“守卫 341 高地的一排战士潘荪还活着，受伤了，刚才爬到我们哨位！”电话里的声音极清晰。

“立即将他抬来营部！”

他下完命令，双眉却又狐疑地弯起：可能吗？已经七天了，一个受伤的人还能爬回来？是不是兄弟部队的人，名字也叫潘荪？不，说的是守 341 的。难道是真的？“通信员！”他喊了一声，提起冲锋枪向洞外走。

出洞没有多远，前沿哨位的几个战士气喘吁吁、小心翼翼地抬着一个形销骨立、衣服褴褛的人向这边走来。他急步迎上去，只看了一眼，就一下子扑上去搂住了那人的身子，口中呜咽着叫了一声：“小潘——”尽管潘荪已经走了形，但他还是一眼认出了这是他的兵，是他的战士，是当初被自己列为不安心服役、一心想当博士的重点工作对象，是坚守 341 高地的幸存者！

潘荪仍在昏迷中，曹大栓不敢耽搁，急忙把他抬到了营部的山洞中，一边让卫生员给他包扎身上的伤口，一边含泪用羹匙给潘荪口中灌着罐头汁。山洞里没有适宜这种极度饥饿的伤员吃的熟食，没有办法，曹大栓只好自己用嘴把压缩饼干嚼成糊状，然后一点一点地喂到潘荪的口中。这样喂了一阵，潘荪那微弱的呼吸才逐渐转为正常。又过了一阵，方慢慢睁开眼睛。当他的意识终于转为清醒，看清面前坐着的是营长时，颤颤地抬手抓了营长的臂，断续、微弱地叫道：“……营长……341 丢了……可兄弟们尽了力……得给他们记功啊……”

曹大栓猛地俯下身，把满是泪的颊紧贴在潘荪的脸上，声音哽咽着说：“我相信弟兄们尽了力，我会给他们报功的……报功的……”

“……营长……你和我们连长……受处分了没？”潘荪又低弱地开口问。

“没，没受处分！”大栓眼中闪出了意外，不知潘荪何以问这个。

“……我怕……这高地失守……会连累你们……我得回来……

说清……怨不着你们……”

大栓的眼泪又汹涌地流出来。哦！这就是他的战士！他的战友！他什么也没有再说，只是把含着自己唾液和眼泪的压缩饼干糊，不断地填到潘荪的嘴里……

程进介记者听说一团一营有个战士，在与部队失去联系七天之后只身爬了回来，立时欢喜地搭上一辆去青蕉坪的卡车，赶来要采访。几年的记者工作使他懂得，绝大部分奇事都可以变成新闻。现在国内新闻界评价一个记者的能力，已开始着眼于他是否能提供真正的新闻。因此，他时时提醒自己，要像当年抢发里根被刺消息的那些西方记者那样，争取抢发一些最新的新闻。他不当平平庸庸的记者，他要像穆青、金凤那样在新闻界干出点名堂。

走进一团指挥所，迎接他的是满脸含笑的年轻副团长富厚。富厚同程进介已经是熟人，上月初的一天，还在军司令部当参谋的富厚去军部附近刚从前沿撤回来的九连了解情况，程进介刚好也去了那里采访。程记者当时写了一篇小通讯“九连英雄多”，需要在通讯中配一幅照片，富厚刚好在同几个立过功的战士们闲聊天，程进介便抓拍了这个场面，并且在照片的文字说明写上：“机关干部在同英雄们谈心，勉励他们再接再厉。”照片一发表，军里一位领导见面就拍了富厚的肩膀笑着说：“好！小富，做得对！就是要经常深入连队！”几天之后，他又接到了在步校学习时的几个同学的来信，说看了那张照片后很为他高兴，向他表示问候和慰问。母校老师还来信说：已特意把报纸上的那幅照片剪下来贴在了学校荣誉室里。这是富厚第一次切身感受到记者的力量，所以此刻看到程进介，他心中的欢喜是当然的。

不过，当程记者说出他的来意，富厚脸上的笑容就减去了一些。因了一采访潘荪，势必就要涉及那场败仗。把败仗的消息披露出去，首先有悖于师长的意思。“哎呀，真对不起，”富厚含了笑说，“这个战士你眼下还不能采访，我们正在了解他爬回来的经过情况。因为一个人尤其是男人，生命的耐力不可能这么强，所以有些同志担心他能回来是不是还有其他背景。”

程进介一听这话，顿时有些失望，满腔的兴致很快转成了沮丧。富厚见状，便又笑笑：“其实，你到了这里绝不会空手而归，我们团可写的东西实在太多！别的不说，单是团里的几个领导，每个人在战场上都有一串故事，够你写一篇大通讯的！”

程进介一听这话，沮丧之中心又一动：也是！来一趟不容易，不该空手回去，能抓到一篇团领导干部事迹的通讯倒也不错。于是就点头说：“好，你能不能给我谈点团里干部的情况？”富厚闻言很为难地挠了挠头发：“哎哟，我去二营还有点急事。这样吧，我有本日记，上边记了些我自己的事情，也记下了其他团里领导的不少事迹，你拿去先看看怎么样？”程记者一听，当然连连说“可以”！富厚很快便拿来一个厚厚的日记本。

程记者不看则已，一看就被吸引住了，这日记记得很详细，每天干的什么事、什么感受，都有，不亚于雷锋日记的深刻。其中记了些其他团干的事迹，但主要是富厚自己的事，譬如：怎样在连续拉肚子三天的情况下以烈士为榜样坚持工作啦；如何省下发的水果罐头送给一线战士啦；怎样战胜疲劳坚持值班啦；如何深入前沿冒着危险了解情况啦。程进介看着看着，高兴得一拍膝盖，好！就写写这个年轻副团长富厚吧！他的事迹和思想境界这样过硬！

当程进介翻完那本日记时，一篇人物通讯的结构已在他的脑子里形成了，甚至连小题也已想好，就叫：《战地新松挺》……

曲秋爽弯腰钻进洞里，唉一下坐在地上，一边抿着头发一边大口地喘气，她来到了离敌人仅仅两百米的三十九号阵地。

上半夜在另一个阵地看完病号，听说这里有几个战士总发低烧，她提出要来看看。这个阵地上级规定营以上干部和非战斗员不要来。曲秋爽惦着这几个病号，便好说歹说，和另一位女军医一起被几个战士送来了。

怎么也不会想到，她刚坐下不久，丈夫景凌耀竟会只带一个警卫员，从另外一条路也到了这个阵地，进了她坐的洞。

“你?！”她吃惊地站起身，“不知道这儿不准来？”

景凌耀显然也为在这里碰上妻子感到意外。不过，他只看了妻子一眼，用微微的一颔首回答了妻子的话，便转脸向守在这里的班长询问起敌情来。

曲秋爽知道现在再说别的也无用，只好一边给战士查病，一边在心里盼着丈夫快离开这个危险地带。她担心敌人万一晓得这个地方有位师长，会不惜一切地向这里倾泻炮弹。

天亮时分，病号处理完毕。曲秋爽刚坐在洞中喘一口气，守在这里的那个班长哈着腰匆匆进洞，抓起电话机向他排里报告：“排长，师里一号不听我和警卫员的劝阻，执意要在暴露地段观察341高地的情况，你说怎么办？”

“派两个人坚决把他拖回洞中！”话筒里传来排长果断中透着慌张的声音。

班长放下电话，朝另一个战士一挥手，便猫腰向洞外去。秋爽不放心，跟了上来。出洞弯腰沿一条浅浅的交通壕走二十几米，壕沟前方一个突出的石坡上，趴着师长景凌耀。在他伏身的那个角度，刚好可以侧看341高地，他正一边用望远镜观察一边在地图上标着什么，警卫员正一脸焦急地伏在这边的堑壕里。班长跟警卫员和另一个战士说了拖回师长的办法后，刚要跳出堑壕，曲秋爽扯住了他们的胳膊。虽然她没在前沿直接参加过战斗，但毕竟是军人，知道在暴露地段一下子出现几个人，等于去呼唤敌人的狙击步枪和火炮。

“你们先在这里，我去叫回他！”说罢，不待他们回答，她极快地翻过堑壕向丈夫身边爬去。她刚刚爬到丈夫身边，对面敌人的阵地上突然响了一枪。不好！秋爽在心里叫了一声。一向温顺娴静的她，突然像羚羊一样敏捷地跃起，一下子扑到了丈夫的身上。几乎在这同时，响起她低低的一声："哎哟！"这边的警卫员和班长不顾一切地纵身跃起扑过去，一人抱了一个向这边滚来，待几个人都到了堑壕里，才发现敌人的子弹打中了曲秋爽的右大臂，并穿过了一只乳房，鲜血正顺着军衣很快地洇着。

景凌耀在最初的一刻，只是吃惊地看着脸色煞白的妻子，一句话没说，他大约是不理解怎么竟会是妻子扑到了自己的身上。直到他们进了山洞，同来的那个女医生给曲秋爽包扎之后，景凌耀才颤抖着声音低沉地说了一句："你不该抢走我的这一枪！"

"凌耀，"秋爽哆嗦着惨白的嘴唇，低微的声音中满含着恳求，"答应我，以后别来这样的地方。"

看着妻子那几近哀求的眼神，景凌耀极缓地摇了下头。而在这同时，他那布满红丝的双眼中，分明也浮出了哀求。

明白了！现在秋爽明白了几天前丈夫说的那番话的含意！但她没再说什么，只是凝望着丈夫那瘦削的脸孔，那目光中有同情，有忧郁，有惊恐。随后，她伸出那只没有受伤的手，紧紧地抓住了丈夫的胳膊……

曹大栓一悸，霍地从地铺上坐起。鼾声、鼻息，战士们睡得正好，值班的副营长坐在那里。他看看表，时间还早，便披了衣，点了烟。深深地吸一气，然后穿衣趿鞋，向洞口走去，抓住一根弯成弧形的波纹钢。吸一口气，又开始想要把它扳成直的。

这些天，他常常半夜里惊起，起来之后再睡不着，便去拼力扳那根波纹钢。那根波纹钢是修工事时剩下的，被机器弯成弧形，硬度很强，一个人休想把它扳直。但曹大栓偏要把它一头绑在巨石上，用力硬去扳直它。没有人敢问他为什么要扳直它，扳直它以后干什么，每当大家发现他徒劳地去扳那波纹钢时，便都默默扭过了脸。此刻，值班的副营长看他一眼，没吭、没问、没劝，也是无言地转过身去，低了头，垂了眼，一支连一支地抽烟。这边，曹大栓咬了牙，使出全力扳那钢，只累得额上、臂上全是汗，才住了手，靠在石壁上大口喘。

歇一阵，看看表，走到地铺前，悄悄拍拍几个战士的头。战士们便都麻利地起身、挎枪、携弹，随他向外边走。

自341失守后，每天凌晨的这个时候，他都要带这几个战士去前沿，观察341上敌人的活动规律和工事构筑情况，暗暗地做着夺回341的各种准备。

今天去的是五十二号哨位，离敌人仅有七十来米。悄步、敛声，小心翼翼地爬上哨位之后，曹大栓意外地瞪大了眼：师长景凌耀已经先来到了这里。此刻，师长正带了一个参谋、一个战士，披着初露的晨光，伏在那里全神贯注地观察着341高地。

在这个哨位上，一切行动要小心，相互交流也主要靠眼色和手势。师长见他上来，回头做了个让他爬去到身边的手势。曹大栓冷冷地皱皱眉头，他不愿意接近景凌耀，对师长的那团气恨还压在他的心底。他认为正准备提升调走的师长早把341高地忘了，他从没把夺回341的希望寄托在师长身上。不过，这里是最前沿，不是发泄气恨的地方，只好爬过去。

"你看，天亮之后，敌人在341上的岗哨只有两个，主峰两侧，一边一个。"师长声极低地说。

从这儿看341高地，角度是斜的，看得很清晰，曹大栓从望远镜中一下子就发现了那两个岗哨。

"夜间敌人的岗哨是六处，十二到十五个人。"师长的声音依旧很低。

"你怎么知道是六处？"曹大栓冷冷地斜了师长一眼。他一听这种绝对肯定的话就有些来气，他已经听够了景凌耀那充满自信的语调。

"师长已经连续在这里观察了三晚上。"旁边的参谋轻轻地解释。

曹大栓一怔。这才注意到趴在那里的师长衣服是潮乎乎的，两个裤角挂扯得丝丝缕缕，一只解放鞋的后帮被石棱咬破，露出乌黑的脚后跟，没戴帽子的头发上沾着几片树叶，眼里网着血丝，左鬓上大约是被树枝划破的一道口子，血痂是黑红的，裤带上竟也像好多战士一样，挂一个苹果大小的“光荣雷”。

大栓不吭，只扭了脸，去看望远镜。

“应该派人搞一次渗透侦察——”师长刚又开口，啪啪啪，正对着五十二号哨位的敌方高地突然向这边射来一串子弹。

“进洞！”

师长低叫了一声。几个人便都起身往回爬，曹大栓爬到洞口后才发现，景凌耀并没爬回来，仍伏在原地向341观察，他刚刚低喊了一声：“师长——”敌人的三四颗直瞄炮弹就在哨位附近炸响了。

当大栓趁了硝烟又滚回到景凌耀身边时，师长仍静静地伏在那里，聚精会神地端着望远镜，而在他脸前几十厘米处，有一块刚刚嵌进石缝中的弹片，那弹片分明地还冒着一缕蓝烟。

八

红的核，黄的皮，橙的边，接下来是一抹青绿色。西天那些霞，不论是一缕，一团，还是一块，统统这个样。奇特的是那青绿色。夕阳燃烧了一天，释放出的该是红、是黄、是橙，青绿是从哪儿来的？程进介手扶卡车前厢板，眯了眼，直直地盯着西天的彩霞。是因为这儿的绿树青草太多，把云霞也染得变了色？他蓦然记起去黄土高原采访时，常在那里的晚霞中发现几缕苍黄。确乎，土地表层的颜色可以影响云霞的色彩？

丛林似海，长长的军车队在山路上蜿蜒，犹如巨龙在游，晃首、摆尾，游得自如，游得极快，车窗玻璃偶尔折射出一点亮光，像巨龙的金鳞在闪。

车到了青蕉坪，程记者朝着那些正在沉向夜色中的瓦房茅屋，无声地欢叫：“青蕉坪，我又来了！”他对这个战地小村有一种特别的感情，因了他那些最有意义的战地纪念品是在这儿买到的，因了他那幅发表在画报上的摄影作品“窗口”，是在这儿拍的；因了他的那篇关于富厚事迹的通讯，也是在青蕉坪村边的坑道里采写成的。

一想到那篇通讯，程记者心里就一阵激动。他当初实在没有想到，报社会把那篇通讯安排在第一版那样重要的位置。没想到会那么快就在读者中引起反响，富厚已收到二十来封读者来信。没想到报社的工作人员会联名给他写来一封那么热情洋溢的慰问信，而那些签名中就有他一心倾慕的军事部的那个女编辑的芳名。奋斗出欢乐！程记者真正尝到了奋斗后的欢乐。然而，他又清醒地意识到，这次胜利带有一点偶然性，自己还必须继续努力。这几天，他一直在琢磨怎样再写出一篇有影响的东西。昨晚，他和富厚通了一次电话之后，灵机一动，决定搞一次连续报道：继续报道副团长富厚在收到读者来信后，如何用实际行动回报人民的关怀鼓励。连续报道容易引起读者关注，这是一种新闻阅读心理。当年《光明日报》记者报道第四军医大学华山抢险事迹的成功，就是一个例证。程记者平日颇注意分析其他记者成功的经验。这种积累在此时帮助了他。

他迈着轻快的步子，向村东山坡上富厚住的坑道走去。经过青凤的小店时，他走到窗口高兴地说道：“姑娘，上次给你拍的那幅照片在画报上登了，待晚点画报寄到我给你送来。全国都知道你了！”

“你要不要用炮弹壳做的和平鸽？”青凤认出了这个慷慨的顾客，立刻开口问，毫不理会他说的照片的事，“还有用步枪弹壳做的削苹果刀，用手榴弹盖做的象棋，用炮弹引信盒做的酒盅和茶叶盒。”青凤边说就从窗台下拿出那些东西来。

“嗬？”程记者又惊喜地瞪大了眼睛。他没想到在这么短的时间里，这个小店中就又增添了这么多品种的战地纪念品。那个和平鸽做得真是栩栩如生，可以送给郑副社长，那老头酷爱收藏工艺品；那削苹果刀可以送给报社开丰田车的司机，小意思，但他肯定高兴要；那副象棋送给总编室的老黄，他爱下棋，肯定喜欢这种独特的棋子！正当程记者边这样琢磨边掏钱时，身后不远处响起了一声亲热的招呼：

“老程，程记者，你可来了！”

程进介扭头一看，是穿了一身新作战服的富厚！赶快转身伸出手去：“我就是要找你的！”

“我已经准备了酒菜等你一天了！”富厚热烈地摇着对方的胳膊……

缓缓地挪，一下一下，潘苏拄杖，走出了卫生队的坑道。

吃药、输液、打针，一天吃五顿饭，伤虽没好，身子还虚，但终于有了点气力，可以起床，可以慢慢地走路，上厕所不再需要人扶。

他仰靠在坑道前伪装网的支架上，把目光又移向了前沿，移向了341 高地的方向。隔着几座山，看不见！但他极力睁大眼，排长的手枪、九宝的铁碗、大龚的扑克、邹义的药丸，看见了，看见了！

日你姐哟，为什么偏打爷们儿的胳膊？

见到营长，就说弟兄们尽了力！

把抚恤金寄给我二姐！

找点白酒给我洗洗伤口吧！

喊尿哩！还不快给他扎住！……

潘苏觉得眼前一黑，慌忙伸手抓住伪装网的支架，大口地喘着气。终于，他缓缓地转过脸，不再看前沿，不看！

他把目光转向几百米外的青蕉坪，望村中那高高的棕榈，伞一样的香蕉、芭蕉，那一丛丛的青竹、一幢幢的土屋。不看前沿、不看！

村头小溪边出现一个姑娘，穿着碎花的衣裳，弯腰、起身，干啥？挑水？他的目光散散地落在那姑娘身上，目光渐渐地，开始变得专注：是不是那个叫青凤的姑娘？于是，他忆起了好久之前的一个黄昏，他来团后勤领器材。走到青蕉坪村边，忽见有个姑娘在摆弄手榴弹玩，他觉了几分奇怪，便站在不远处看，那姑娘一会儿把手榴弹放头上，一会儿把手榴弹放胸前，一会儿捏弹体，一会儿揉弹柄，直到听见她气极地喊一声：“你为什么不炸？”他才意识到她不是在玩，似乎是想用手榴弹自杀，他忙几步奔过去，将手榴弹夺下……这姑娘是不是她？她现在活得怎样？听说她也是高中生，后来开了个小店，不知有没有几何方面的书，若有，借来看看，解解难题，也许就可以不再总去想341上的事情了。

他移了拐杖，一步一步地向村中去。

路虽不远，但潘荪还是歇了几次，才走进村子，走到青凤的售货窗口前。

青凤看见有人来，忙热情地招呼，却并没认出眼前站的是自己一心一意想报答的救命恩人。这倒也不怪她，潘荪那瘦极了的身子，那受伤结痂的脸孔，那说不清是冷是忧的复杂眼神，早已不同于当初那个白嫩、漂亮、单纯的小兵了。

潘荪望了一眼屋内的货架，看看青凤白白的脸、红红的颊、笑笑的眉，知道这姑娘生活得不错，便含了笑问："不认识我了吧？"

青凤急忙摇头，她想这个兵是要同她套近乎、占便宜，这样的事她常碰到。但对方的河南口音却突然让她觉得亲切，很快，她忆起了眼前的人。她问："你姓潘？"潘荪刚点了一下头，她就"哎哟！"一声，几步一出门，双手抓住潘荪的胳膊摇起来，边摇边高叫："我到处打听你！打听你！嗨！天哟！"潘荪虚弱的身子被她摇得几乎散架，直到她看到他脸有些发白，才慌忙住手，把他拉进屋，又是拿糖，又是倒水，又是开罐头。

接下来，自然是相互问了对方的情况，彼此感叹一番。之后，潘荪就说了自己的来意。

"几何书？要那干什么？"青凤诧异地扬了眉。

"我有一道几何难题，想看看书把它解了。"潘荪边说边从衣袋里掏出记有难题的那张纸片。

"嗨！这会儿还解什么几何题！先把身子养好，看你现在瘦的。再说，我那些书早不知放哪里了！你坐，我这就去给你煮饭！"

"没有书就罢了。"潘荪说着站起身。青凤一见他脸上的那股失望神色，知道书对他挺重要，便慌慌地又进屋去找，一刻，出来将几本书送给潘荪，潘荪一看，大都是初中、高中的几何课本。只有一本《几何习题集》还有点参考价值，便拿在手中："这一本我借去看，看完来还，你忙，我走了。"

"哪里走?！"青凤一下子伸手抓紧了他的臂，"在我这里吃！我要把你养胖！"

"瞎说，怎么能让你把我养胖？"潘荪不好意思地说，就要迈步出门。

"坐下！"青凤不由分说地伸出两只有力的胳膊，一下子把潘荪又按坐在椅上，"我去给你煮饭！不是米线，是白米！"

潘荪红了脸挣着要走，青凤不让，直到潘荪脸挣得有些发白，青凤才不得不松了手。但在她送他到村边时，她望着他那孱弱的背影，又高叫了一句："我要把你养胖！"

那声音在暮色中显得好响。

汩汩、汩汩，响声自地底来，极细、极微，若有若无，时断时续。就在这暗河的响声里，景凌耀睁大红肿的眼，在台灯下分析着技术侦察部门送来的几份情报。许久之后，他推开面前的文件夹，轻舒一口气。全搞清楚了：敌人在341高地的兵力是一个连欠两个班，分住在五个洞里。

"五个洞里！"

他站起身，揉揉眼。于是积蓄已久的疲劳就一下子全钻出来，将思维阻滞，将眼睑拽拢。五个洞里！现在可以睡一会儿，他把眼睛睁开转向了床。五个洞里！可以少睡一会儿！五个洞里！他向床边移。五个洞里！睫毛垂下，眼皮合住。五个洞里！需要多少兵？睡一会儿，可以睡一会儿。他的身子向床上倒去。五个洞里！他的头挨上了枕。五个洞里！

嘀铃！电话响了。他勉力睁开眼，拿了话筒，只听了几句就又放下，忙匆匆向门外去。

电话是师医院院长打来的。告诉他，秋爽刚才一个人在病房偷偷流泪。

是伤口疼？是因为自己没去看她？还是家里出了什么事情？疲劳被暂时赶走，他一下子记起了他好久没见的妻。

医院里没有别的女性伤员，所以曲秋爽便住了一个单间木板房。景凌耀进去时，她正仰靠在床头看一本书，她以为是护士，便没抬头，直到景凌耀把手抚在了她的发上，她才吃惊地抬起湿润发红的眼。在看到丈夫的最初一瞬间，她的嘴角、眉头和温柔的下巴轻轻抽搐了一下，身子瑟缩起来。而且，有两滴泪珠在她的眼中一闪，不过很快就又消失了。

“还去前沿吗？”她问，轻柔的声调中含满了担忧。

他摇了摇头，低声答：“该去的地方都去了。”说着，慢慢托了妻打着石膏的伤臂察看。

“不要紧，院长说，骨头接得没毛病。”

“乳上的伤怎么样了？”

“已经好了，可是……”曲秋爽的声音突然颤抖得厉害，解上衣纽扣的手也抖起来了。

他默默地拿开妻子的手，自己动手去解衣扣。秋爽怕有人从窗外看见，忙抬手拉灭了灯。

摸到了。可他的手却猛一哆嗦：在那个有疤痕的乳上，没有了乳头。

一颗水珠落到了他的手腕上。

“下午……为这个流泪？”景凌耀轻轻地问。“没……有。”话音未落，又有一颗水珠砸了他的手腕。

“都怨——”

他的话没说完，突然被妻子捂住嘴。随即，秋爽便扑倒在他的怀里，发出一阵抑低了的呜咽，断续的揪心的自负道：“我知道……不该哭……那么多人命都没了……可我……总是想以后……夏天……穿单衣……”

景凌耀猛地把妻子搂紧了。

一只流萤从开着的窗户那儿飞进来，在屋里划一个微亮的圆，又嘤嘤地飞出去。

曹大栓撮紧了颊上的那个瘢，坐在石头上琢磨。刚才，景凌耀打来电话，要他挑选两名优秀的排长、十八名步兵、两名工兵、两名侦察兵、六名喷火手，集中起来吃好，睡好，待命。

是要打341！这么说，景凌耀并没有忘记那个高地！这一点兵力，只宜偷袭！偷袭！这使大栓心里有些宽松。这和他自己的想法一致。这些天，他其实也是按偷袭的打法暗中做着准备。

可惜，他这种宽松的心境，片刻之后就被接踵而至的两件事破坏了。第一件事是军工队员捎来了妻子的一封信，信上只写了两行字："她爹：接生婆说是横位，要我去医院看看，可我害怕人家查出咱是计划外怀孕。娥儿妈。"就这两行字，让大栓悬起了心：快要临产的人，不去医院咋办？第二件事，教导员告诉他，营部报道员写的那篇关于潘荪九死一生爬回阵地的事迹报道稿件，副团长富厚怕牵涉到那场失利的战斗，影响团里的声誉，不同意发。大栓一听，眼顿时瞪起来："他不准发，我们自己批准发！打了败仗，耻辱在我，弟兄们身上的那种精神应该宣扬！"说罢，转对委委屈屈立在一旁的报道员说："政治处不盖章，盖咱们营党委的章，尽快把稿子寄出去！将来有人追查，我负责！"

那报道员把营党委的章在稿子上盖了之后，仍不走，大栓便问："还有事？"报道员这才又说："听讲有个程记者现在住在青蕉坪，我想把稿子拿给他看看，他是报社的，他要看中，发的可能性就大了。"

"可以可以！"大栓颔首。

那战士却垂了头，脚搓着地，声极低："只是——"

“只是什么？”

“去见记者总得带点礼物，”战士嗫嚅着答，“听说人家三营还请几个记者喝过酒。”

曹大栓喉头急剧地一滚，似乎有话要叫，副营长这时拍了一下他的肩膀，去自己的挎包里掏出慰问团送的一支钢笔，递到了战士手里。教导员也拿来了一个朋友送给他的电动刮胡刀。大栓想了想，转身也去挎包里掏出了一个小罐头盒交给那战士。罐头盒里装了一对晒干的蛤蚧。蛤蚧泡酒对治风湿病有特效，是他托人刚从后边小镇上买的，准备寄给有寒腿病的父亲。

“告诉记者，这是本地产的一味中药，能治风寒病！”

他对战士说完，便转了身，走去那截弧形的波纹钢。慢慢地脱去上衣，吸一口气，伸出青筋暴凸的手，抓住，狠劲地想要扳直它。骨节咔咔，汗珠落地，但波纹钢依旧原样，丝毫未见伸直。气力用尽，松了手、喘息、运气，片刻后，又死命抓住，狠劲地往下扳。洞中的干部战士都屏息、凝气，无言地看营长徒劳的举动，但没人发一声笑，全紧闭嘴，极肃穆。倒是卧在洞壁一侧的花蟒，渐渐有了些不安，终于忍不住，嗖一下蹿过来，横拦在了大栓和波纹钢之间……

一团副团长富厚望着手上的那沓稿纸，白净的面孔笼满了阴云。阴云越聚越厚，终于到了响雷闪电的时候，只见他啪一下，把手中的稿纸摔到了桌上。

岂有此理！

明明说过此稿不要发，可他们居然盖了营党委的公章坚持要发！

曹大栓怎么也不会想到，他让报道员送给程记者的那篇报道稿，此时又到了副团长富厚的手上。程进介初一读完一营报道员送来的稿子，便想到副团长富厚对潘荪曾有过那么一番话，于是决定先把稿子送给富厚审查。富厚一惊。不过，他很快就用极平淡的口气说：“哦，这篇稿子嘛，我已经看过，里边大部分内容不实，已经告诉他们不要发。可能是写稿的战士急于想见报，又送给你了。”程记者一听这话，原有的一点兴趣顷刻消失，便又退出来，去赶写关于富厚在战场上苦读兵书，提高指挥能力的事迹通讯。

此刻，富厚坐在行军桌前，就着坑道顶的电灯，冷冷地看着在桌上的那份盖了一营党委公章的稿子，怒气把他那白净的脸庞拉得好长。

他确实很恼火！像一切上任不久又雄心勃勃的新官一样，富厚对藐视自己权威的事情异常敏感。他知道这样的事那战士报道员不敢干，肯定是一营营长曹大栓干的！

曹大栓！

望着那沓稿纸，富厚禁不住在心里想，这份稿子虽然截下了，但他们以后还可以再写一份直接寄往报社，而且难保以后不会有记者去找潘荪采访。那样，随时有可能牵出那场战斗失利的事情来。富厚现在特别不愿人们提起那个败仗，已经不光因了那是师长曾经有所吩咐。由于程记者那篇通讯的影响，已经有消息说，富厚不久就要接任这个团的团长。就在昨天傍晚，军里一位老首长还特意打电话勉励富厚：“要好好干，准备挑更重的担子！”在这个关键时候，一团打过败仗的事在报纸上报出去，谁敢说对富厚不会有影响？

就在他这么静坐默想时，电话铃响了。卫生队长打来的，向他汇报卫生队的战场救护准备情况。结束时，队长顺便提到了伤员潘荪说：“这几天不知他从哪儿听说要打341，正闹着出院，不安心养伤。”卫生队长顺口说出的忧虑，却使富厚的心蓦然一动。

“要照顾好这个战士！”他庄重地交代完，放下了话筒。

他盯着坑道壁，黄色的洞壁慢慢变成了水，水上起波浪，浪中有木屑。浪涌来，木屑沉下去，浪退走，木屑飘上来；沉下去，飘上来；终于，风止、浪干，木屑浮在那里。

他的身体莫名其妙地哆嗦了一下。随即，拍了拍自己的额头，牙咬起来……

吉普车冲上公路，利索地把横铺在公路上的雾幔冲断，剪烂，碾碎，然后再把自己一团团的废气抛进那一缕缕的湿雾中。引擎的吼叫声中，师长景凌耀双目微闭仰靠在吉普车后座上，最后一遍思考着收复 341 的战斗计划。

方案：偷袭！

时机：日出时发起！

为了保证偷袭的成功，各部分队近日已奉师长之令实施多种战术行动：

前沿步兵，夜间常组织班规模的对敌骚扰袭击，让敌人养成晚上紧张、白天休息的习惯。

炮兵，以冷炮射击方式，在不暴露企图的情况下有计划地拔除 341 周围的敌火力点。

工兵，秘密地迂回向 341 高地开辟两条通路，保证偷袭分队顺利接敌。

侦察兵，化装深入敌后，查清敌人电话线路，准备在偷袭转入攻击的瞬间将其破坏。

偷袭分队，在我后方与 341 高地相似的地形进行反复演练。

技术侦察分队，严密监视敌人兵力部署的调整变化……

该准备的都已经准备！

可以出击了！

今天，他就是去一团一营参加偷袭分队的出征会，出征会开完，偷袭分队就要分成两组，秘密进行屯兵位置，等待适宜偷袭的天气。

景凌耀赶到时，以曹大栓为首的指挥小组成员和全体偷袭队员、军工队员们，已经全副武装地面对北方站定在那里。会场设在一处林间空地，除了风拂树叶的轻响之外，一片静肃。

“弟兄们，”他在开口的那一瞬间，用这个称呼换掉了“同志们”。他缓缓地说，“自古出征打仗，讲究将士一心，将信兵，兵信将。我景凌耀前不久才指挥打了一个败仗，不足以让人凭信。因此，我先宣布：信任我指挥的，站到对面去，准备出征；不信任我指挥的，自行解散，返回原单位，不以怯战论！”说罢，一个向后转身，背对着了众人。

曹大栓一愣，目光冷厉地看着景凌耀的后背。战士们也都一怔，队伍静默、无声。片刻之后，曹大栓第一个迈步，慢慢走到景凌耀的面前，站定、立正。随后，战士们一个、一个，一列、一列，都走到对面去，站定、立正。

“谢谢！”景凌耀低沉地说，“现在宣布任务：收复341高地！抬回原一排战友们的遗体！”他话音刚落，就听曹大栓沉声叫道：“向亲人告别！”

全部武装的战士们闻声，刷一下回转身，一齐面向北方单腿跪地，头垂下。

一个无声的世界！

爷爷！

奶奶！

外爷！

外婆！

爹！

娘！

叔！

婶！

姑！

姨！

哥！

姐！

弟！

妹！

……

当战士们重新站起来时，景凌耀和师、团的其他首长默默地给每人送上一杯出征酒，战士们双手接过，立正，仰脖喝下，而后紧紧地一握首长的手，便快步向停在近处的汽车奔去。

景凌耀望着最后一名战士登车完毕，这才仰头向天，在心里无声地喊一句：老天爷，请赐我一个好天气……

九

云层初时很薄，星可偶尔挣出。渐渐，风起，云聚，星没了，天变成一锅红薯面粥。地上的潮气随之加重，终于，一缕一缕，湿雾升起，很快变浓，把天地变得一片迷蒙。

曹大栓在腿上捶了一拳，恨恨骂：“娘那蛋，这鬼天！”重重地坐在石头上。刚刚凌晨三点，他就钻出洞在这儿看天气，直到现在，终于又是失望。

今天是待机的第三天，也是第三个阴雾天！

湿雾天气是这里出现最频繁的气象。倘不是因了战争，这边地之雾确实也值得看看。雾初起，常从谷底上涌，一团一团地翻腾，极像谷底有一垛燃着了的柴。待雾将谷填满，便四下里溢，顺坡顺山梁向远处漫，雾头奔腾跳跃，颇似一片奔跑的羊；待雾将四下罩满，人便如进了太虚仙境，走路都有飘然之感，人与人五步之外便只闻其声，不见其面。偶有风掠过，将一处雾刮散，那隐在雾中的山、草、树、溪、屋，便蓦地出现，使人如看山水画展。而曹大栓对这雾天，却只有恨、只有烦！

几只流萤飞过来，在他的眼前转，大约因了这湿雾，它们飞得极缓，大栓盯着它们，直到它们重又飞远。却不料，那几只流萤刚走，又有一大群飞来，绕了他的身子转，嘤嘤，嘤嘤，发出微细的响声；一闪一闪，划出无数个圆，他有些惊异：这虫由哪儿来的？要飞去哪里？他从未见过这么多的流萤、从未见过如此大的流萤阵容。他的心突然莫名地一紧，开始觉到了沉、沉、沉……

“营长，电话！”通信员在洞口喊。大栓睁开紧闭了的眼，流萤已不见。他怅怅地走进洞拿起话筒报了自己的名。于是，话筒里传来了副团长富厚十分郑重的声音：“一营长，有件事给你说一下。你们营那个战士潘荪，最近一再要求参加战斗，考虑到他在 341 高地坚守过，熟悉情况，团里同意让他去。你安排一下，接他回去。”

曹大栓握着话筒，惊得瞪大了眼。开出征会前他去看过潘荪，见过他那个瘦弱样子，走一点路就要出虚汗，如何能参加战斗？人手再缺也不能让他上呀！

“我不同意！”他对着话筒叫了一句。

“请执行命令！”话筒里传来富厚冷冷的声音。

对方这毫无情感的命令口气使大栓猛地记起，关于潘荪的那篇报道就是富厚借口维护团里声誉卡住的。霍然间，他明白了对方的用意，左颊的那瘢悸动了一下，便对着话筒冷厉地开口道：“副团长，请说明你的用意！”

“什么用意，为了胜利更有把握！”

“不，”大栓咬了牙说，“你想让人们永远忘掉那场败仗，你不愿让这个见证人还活在世上！人呀……你这样办，良心上过得去吗？让牺牲在 341 的那些战士们知道，他们寒心不寒心?！”

“胡说！不准你这样瞎猜疑！”

“瞎猜疑?！”曹大栓从牙缝里迸出一句忿极的低叫，“告诉你！你只要敢把潘荪送到前沿来，老子立刻带人回去敲了你！我就用我这一百来斤换你那一百来斤！反正老子这一百来斤是红薯干养起来的，不值钱！你看着办吧！”说罢，猛地扣下了电话机。

他转过脸来，胸中的怒气显然没有发泄完，眼神阴厉地看着洞壁。战士们在开早饭，通信员小心翼翼地把一盒自动加热罐头递给他，被他啪一下摔到了地上，惊得躺那里的花蟒呼地将头昂起。

他缓缓地向那根波纹钢走去，慢慢地解衣扣、脱上衣，吸一口气，

然后伸出手，抓住，死命地扳起来。

此刻，在电话的那一端，副团长富厚手抖抖地握着话筒，脸涨成紫红色。许久之后，才从他那颤动的嘴唇里飘出一句含混的话：“曹大栓……武夫……会付出代价的！”不过，片刻之后，他还是摇通了卫生队长的电话，沉声嘱咐：“注意照顾好潘荪，明确告诉他不能参加战斗！”说罢，无力地扔掉了话筒……

坑道里的鼾声此伏彼起，一直似睡非睡躺在床上的潘荪这时轻轻起了身，凑着坑道深处的灯光看看表，凌晨两点。该动身了！

他轻手轻脚地收拾东西。

经过这些天的治疗，腿和臂的伤已经基本好了，只是身子还弱得厉害，走路总得腿软、出虚汗，他知道还要再经过一段时间的疗养，身体才会康复。但心里的那股不安宁常使他感到时光难熬。书，看不安宁，从青凤那里借来的那本《几何习题集》，本来是他最喜欢的书，但打开书页看不了一会儿，那些字里行间，那些几何图形上，就会浮出排长、大龚、邹义、九宝和排里其他弟兄们的面孔，因此，他至今没把那本书看上几页，那道难题自然也没有找到解法。觉，睡不安宁。只要一闭上眼，341 高地上的那些情景，便又会变成各种稀奇古怪的梦，来折磨他的神经。有好多晚上，他都是喊着、哭着从梦中醒来。药，吃不安宁。只要一拿到药片，耳畔就要响起邹义那痛楚的恳求：潘荪，老乡，求你给我个止痛片吃吃吧！给我找点白酒洗洗伤口吧……

他知道，如果他不和营里的同志们一起去夺回 341，不去亲手掩埋好战友们的遗体，不去把止疼片和白酒放到邹义的手边，他今后永远不会安宁！

他把东西收拾好，又把预先写给卫生队长和富副团长的两封信放到床上，轻步出了坑道。

他还要到青蕉坪青凤那里一下。一是去还她的书。二是去告别。

这些天，青凤不断地给他送来奶粉、麦乳精和她自己做的饭菜，有时饭菜多得潘荪根本就吃不完，临走了，该去给她说一声。另外，去为邹义买一瓶白酒，止疼片他已经预先在卫生队要了一包，他要了却这个心思。再就是去告诉青凤，今后不要再进那种金龙酒。这几天，他不断听到病友和卫生队的人说，从青凤店里买的这种酒里掺有水，有些人甚至怀疑是青凤掺的水。使潘荪很生气，怎么能乱怀疑？肯定是酒出厂时就有问题！他要去告诉青凤，今后再别进这种酒！他自己也不知道为什么，不愿别人说青凤的坏话！

大约是即将参加战斗的亢奋使他身上增了力，他没歇一次，一口气走到了青蕉坪村里。他小心地敲了几下青凤的售货窗口，片刻之后，窗开了，烛光下出现的却是村西的那个瘸腿炉匠。潘荪一怔，问："青凤呢？"

"她昨日去镇上了，说是要给部队上的一个伤员买人参补身子，走时让我帮她照看店里。你要买东西？"

潘荪听了这话，想起前天青凤去卫生队看自己时，曾说过要给他弄点人参补身子，他当时连连摇头说不必，没想到她还真是去了。他感到心中一热，摸出纸和笔，伏在窗台上给青凤留字。写毕，掏出当初借的那本书递给炉匠说："大叔，烦你把这本书和这张条交给青凤。"然后买了一瓶玉液酒装进挎包，匆匆向前沿奔去。

一群流萤忽地拥来，轮番地在他的面前横着飞，那模样极像是要挡他的路，不让走……

终于盼到一个晴朗的天！

景凌耀慢慢地从门前的一块石头上站起，向作战室走去。尽管昨晚气象分队一再保证：今天上午十点前是晴天。但他还是从半夜起就蹲在了门外，看星亮星灭，直到露出晨曦。

一进作战室，作战参谋就起立道："05 报告，01、02、03 已准备就绪，正等待命令。"

他点点头，在巨型作战沙盘旁的沙发上坐下，默默地掏出那三颗棋子在手上拨弄。炮、将、兵，兵、将、炮，三颗棋子在他的掌中慢慢地转、缓缓地旋。

其他师首长相继走进来，静静地在沙盘前坐下，把目光投向了341 高地。室内只有那台校对作战时间的电子石英钟在轻轻地嘀嗒嘀嗒响。

当火红的太阳就要爬上东侧的金寨山顶时，景凌耀对着面前的话筒沉声道：“01、02、03 出发！”

“05 明白！”沙盘上方的一个音箱里，传来曹大栓那沙哑的声音。师首长们一齐把目光移向悬在那里的四个小音箱里，那是与 01、02、03、05 直接相通的电子通信装置，每个首长都可以扭开自己面前的话筒，直接与他们联系。

01、02、03 的音箱里，每隔一阵都要响起几下报告顺利、平安的咝咝声。景凌耀闭了眼，把头轻轻地仰靠在椅背上，双手悠闲地玩着那三颗棋子，他不需要看沙盘、不需要看地图，更不需要参谋的指点、说明，他对整个作战区域的地形已经透熟，虽闭了眼睛，但目光却又分明地跟着那三支小分队。他根据时间的延续，甚至能看见 01 已到达那块独立石的右侧，看见 02 刚刚过去那两棵枯树，看见 03 穿过那条小冲沟。战区的地形，已经缩小比例，精确地立体地刻在了他的脑子里！

电子石英钟在不紧不慢地嘀嗒着，01、02 和 03 在平安、顺利地向预定目标运动着，随着时间一分钟一分钟过去，一个又一个应付意外的对策无用了。七十五分钟之后，三个音箱里相继传来 01、02、03 报告到达预定战斗位置的信号。一直到现在，敌人对我小分队的行动竟无丝毫察觉，整个 341 方向没响一枪一炮。随后，05 极清楚地报告：“敌两名哨兵已用微声枪干掉，敌通往后方的电话线已经切断；五个屯兵洞已全被我火箭筒和火焰喷射器封住；敌人仍无察觉；二梯队已开始向山顶运动。请指示！”

师首长们默默地相互看了一眼，每个人的眼中都有惊喜：竟这样顺利？

景凌耀望一眼那边守在电话机旁的几个参谋，平静地对着话筒说了一声："打吧。"

"05明白！"

几乎在师长下令的同时，几个参谋一齐用电话向电子干扰分队、炮兵、佯攻部队等下达了开始行动的命令。转瞬之间，我电子干扰分队施放了强大的电子干扰波，使敌人前沿和浅纵深的任何一部电台都休想开机联络；我炮兵以台风眼式的炮火覆盖敌炮阵地，摧毁敌前沿所有可以给341以支援的火力点，切断敌后方所有与341相连的道路；佯攻部队从另外三个方向上同时发起佯攻，使敌人不能立时判明我方企图……

景凌耀在掌上轻轻地把那三颗棋子摞成一摞，又一颗一颗地把它们摆开。他抬了眼，望定墙角。那儿，似乎有一只蜘蛛在爬，爬得有些小心、有些谨慎……

天刚透一点亮，青凤就走出镇上的云香旅社，搭上了一辆开往青蕉坪的军用卡车回村。

原本很微的晨风，因了卡车的奔驰而变大了。风使劲地拂着她那长长的黑发，向后扯着她的衣服，使她感到了一种莫名的舒服。

人参买到了！三棵。

虽然为买人参花了那么多的钱，求了那么多的人，但她心里乐意，为了使潘荪尽快恢复，恢复强壮，恢复原来的模样，她什么都愿干。她要报答。

她的父母很早已让她懂了那条做人的通则：受恩当报！

赶到家时，瘸腿炉匠刚刚起床。她一进门，老人就把五块钱递到她的手上："天快亮时有个兵来买了一瓶酒，说是给人洗伤口用，他走时还让把这本书和这张条交给你。"青凤接过书和纸片，脸色立时一变，忙细细地去读那纸片上的话——

青凤：

我要去341高地打仗了。书还给您，我原想通过读它解开那道几何题，可终于没心思读下去，只好罢了，待仗打完再读吧。谢谢您这些天对我的关照。另有一事相告，你以后不要再去镇上进金龙酒了，听卫生队的人说，那酒里掺有水，我估计那酒出厂时就有问题，所以，你以后千万不要再进这种酒了，免得坏了店里的声誉，也免得让弟兄们喝了生气，他们中好多人今天喝瓶酒，明天说不定就要永远离去……

青凤读到这里，猛地扬起通红的脸问老人：“你卖给他的什么酒？”

“就是这种玉液酒。”老人指了指货架上的酒瓶，“他挑的！”

“天呀！”青凤呻吟似的叫了一声，慌慌地弯腰从货架底下拿了一瓶原装玉液酒，出门没命地向村南通前沿的方向跑去。

潘荪——卖给你的那瓶玉液酒里掺水了！有水！店里摆在柜台上的各种酒都有水！水是我掺的！我掺的！我怎么骗到你的头上?！怎么能骗你?！骗你?！天啊……

青凤没跑出多远，就听天上呜呜地响起来。她知道来了炮弹，但她并没感到可怕，她已经听了那么长时间的炮声都平平安安！何况还有苓姐，还有苓姐的男人阿田。她继续往前跑。就在这时，一群炮弹轰、轰、轰，在村中间爆出了灰蓝色的烟团，十几间房子转眼间极轻巧地塌下去。青凤回首，惊住了：“哦？”那震惊的眼神似乎在问：为什么打我们村？当她转身重又向村外跑时，空中突然传来了嗖嗖的响声，青凤不懂这种声音的可怕，仍在直着身子跑。随着一声轰响，她一个踉跄扑倒在地，手中的酒瓶子划一个弧形向前面飞去，她还挺身向前弹了两步，像是要去找那酒瓶，但随后就跪倒在地，用手慢腾腾地去摸膝盖，跟着，她就完全地扑倒了下去。

两个在远处查线的战士，飞快地向这边跑来。当他们从血泊中扶起青凤，用绷带扎住她那白骨凸露的膝盖时，青凤痛楚地从牙缝里喊出了一句："……那酒里掺有水呀！"

那瓶扔在几米之外的原装玉液酒，撞碎在一块石头上。醇厚的酒液，正缓缓地向地下渗去……

呼哧，呼哧。避开断树、碎竹、烂草，只踩石头、石头。潘荪艰难地向 341 高地奔去。

离开青凤的小店后，他就一步没停地奔到了连里，但回来得还是晚了，偷袭分队已到达 341 顶部。他利用大家都忙碌的机会，很快戴上钢盔，背上冲锋枪，围上子弹带，挎上水壶，装上手雷、手榴弹，放好匕首，武装起自己，再把装有止疼片和那瓶白酒的挎包背好，便悄悄地向 341 方向赶来。他知道走未经工兵开辟的道路有触雷的危险，便一路都是从当初在前沿练就的走路方法，只用脚尖踩石头尖向上攀登。

当炮火开始全线轰响的时候，潘荪才刚刚走到 341 高地的山脚。炮声使他明白战斗已在山顶打响，自己应该加快速度。然而，他已力不从心，两条腿如灌了铅一样的重，喘息粗得能把前面的草吹得乱动。蓦然间，他觉得眼前一黑，便软软地扑倒在地。

这种疲劳性的昏迷很短暂。片刻的歇息，他又醒过来，坐起身，喝点水，喘喘气便开始摇摇晃晃地向上走，这时软软的双腿已使他不能像刚才那样踩着裸露在外的石头尖走路，他只好深一脚浅一脚踉踉跄跄地向前蹚了。终于，当他的左脚又一次落下时，脚下响起了一声不大的轰响，那响声小到和春节时的爆竹声差不多，甚至达不到吓人一跳的地步，但潘荪的左脚已斜斜地躺在了一米之外。

他没有惊慌，知道自己碰上了鹅蛋雷。他已看到不少人被这种鹅蛋雷拿走了一只脚。这种雷小巧玲珑，玲珑得见过它的人都忍不住要摸它一下，而且它还算仁慈，它不要你的大腿和上身，只要你的一只脚。他习惯地去摸急救包，但这时才发现自己原来忘记带了。血流得挺快，当他去撕作战服想扎住那断了的脚脖时，觉得手好像已经没了劲，但他还是用布条把脚脖扎住了。

他知道，剩下的这截路又该自己用身子爬了。爬吧，我当初已经爬了那么多的路，我已经爬出经验了，我知道爬的时候手要先伸出去，抓住石棱或草根，然后再拉动身体。他爬出一步后，伸手去挎包里摸了摸，止疼片还在，白酒还在。

邹义，我来了，止疼片和白酒带来了……排长、大龚、九宝，我来了……

静！寂静、沉静、彻底的静！当敌人知道再无夺回 341 的希望之后，停了枪、停了炮，停了反冲锋时的嘶叫，于是我方的枪炮也停。于是这喧闹极了的 341 高地，就坠入了静。

曹大栓从壕沿上爬起身，抹一把下巴上的血，拄了通信员为他找来的树棍，拖着那条被炮弹片抓走一块肉的左腿，开始在高地上踉踉跄跄地走、跌跌撞撞地找，找他那半个多排的战士。

一排长，你们在哪里？

蓦地，他瞪大双眼。离他十几米的一个凹部，并排躺着几个人。他趔趄着奔过去，又猛地立住。

啊，那半个多排的战士全在这里了！那是一排长，那是大龚，那是九宝，那是邹义……他们被摆得很整齐，身上盖了草。看来，占领这个高地的人，还懂得应该如何对待对方阵亡的士兵。

他痛楚地闭了眼，双膝一弯，蓦然跪下去，口中呜呜咽咽着叫："弟兄们……我没能……救下你们……"

通信员轻步走过来，扯扯曹大栓的衣角，低低地说："营长，师长在等你汇报。"大栓缓缓地站起，一跛一跛地向电话机走去。"师长，高地已完全被我控制，敌亡九十二人，近一个连，我仅轻伤两人。战斗打响后，共持续二十七分钟！”

电流沙沙轻响，没有师长的声音。

“师长——”他对着电筒轻叫，“胜利了！”

依然没有声息。

“没通？”他转向电话员。就在这时，他的耳膜一叩，听到了一种声音，那是象棋子在一起缓慢摩擦的声响。他明白了，师长在听着。

“营长、营长、营长！”高地棱线上，猛地传过来哨兵抑低了的急叫。曹大栓扔下话筒，提了枪就和几个战士向那边跑去。在离哨兵不远时，他骇然地停步。

前面的堑壕沿上，爬着浑身是血的潘荪。

“谁叫你来的？谁叫你来的？！”

曹大栓气极地奔向潘荪，他的脑子里蓦然晃过了副团长富厚那白净的脸孔。于是，他发红的眸子上顿时现出了可怕的狰狞。

“……偷着……跑来的……”潘荪抬起他那苍白极了的脸，颊上露了一丝歉意。

“你这个混蛋！为什么要来？为什么要来？！”曹大栓气极地扬拳在潘荪身上砸一下，砸过之后又心疼地抱住他。

“……排里弟兄们……在哪儿？……我看看……给邹义带来了……酒和止疼片……”

大栓这才发现，潘荪身上除了一支枪，就剩下手里抓住的一瓶酒和一个纸包。

“在那边……”曹大栓哽咽着抱起潘荪，往一排战士们的遗体停放处去。走到那儿，大栓刚刚说了一句：“就在这里。”一直攥在潘荪手里的酒瓶和药袋便砰一声落地。

躺在大栓怀中的潘荪，已经合上了眼睛，神色十分安宁。

“潘荪——”曹大栓凄厉地叫了一声。

冬天的太阳似乎不忍听这叫声，倏忽没入了云层……

十

云，慢慢地在空中集聚；雾，缓缓地从谷底升起。

该下山了。

防守 341 高地的诸项事情都已安排妥当，师、团指挥所又不断来电话催曹大栓下去。他默默地揭下了几箱罐头盒上的商标纸，一张又一张。揭完，又把它们撕成方的、圆的纸片，放进挎包。

他要把这当作纸钱！

他挎上挎包，默默地抬手，示意背着烈士遗体的军工队员随他下山。他一拐一拐地走在前边。

“弟兄们，咱们回去。”

他仰首向天，喃喃地喊一句，便抛上去一把纸钱。那白色的纸片在空中稍停一下，又缓缓地向地上飘。

一片白。

他要用他黄河岸边那个故乡的传统，来引领这些英灵回到野战营地。

肃穆的队伍，无声地向山下移。

一把一把的纸钱扔到空中，

一片一片的纸钱又落向了地。

云越低。

雾愈沉。

在营部的洞口附近，几十名战士肃立着迎接这支队伍。战士们刷一下自动立正，缓缓举臂，向归来的战友敬礼。

花蟒从洞中轻轻地爬出，昂首看着这一幕，转瞬之后，它也微微垂下了头。

又一把纸钱抛上去……

341 被收复的消息传到青蕉坪一团指挥所，富厚那年轻美俊的脸上全是笑，他强忍住没让自己发出一声欢呼。哦，终于胜利了，我的一团！从今以后，谁再提那个败仗，我们就有话说了，我们雪耻了！我们最后胜利了！

就在富厚沉浸在欢乐中时，卫生队长把潘荪留给他的那封信交给了他。他有些意外，拆开，看见了那些写在烟盒纸背面的钢笔字——

富副团长：

您好！

听说您亲自打电话来，不让我参战，要我安心休养，我心里很激动。您工作那么忙，还要为我一个战士操心！可是副团长，我怕要惹您生气了，我还是要上去！您知道，341是从我们排手里丢的，排里的弟兄们都还躺在那儿，我不上去看看，心里难受。我起码也该上山对弟兄们说一句：打了败仗，领导没有怪罪，好让他们安心啊……

富厚双眸凝住，水雾从眼底升起。他无言地放下信纸，抓起电话，他要亲自问问潘荪的情况，而话筒中传来的回答，却使他心里一颤。

烈士遗体运下来后，他紧跟着师长，到了“烈士清洗点”。看到了！潘荪那苍白却安宁的脸庞，那瘦削极了的身形，那失去了脚的腿。两个战士正小心地擦洗着潘荪身上的血迹，收拾着他的遗物。富厚注意到，潘荪的遗物中有一张纸片，纸片上是一道未解的几何题。他小心地拿起来看看，又小心地放下去，

他垂首站在潘荪的遗体旁，久久不动。直到挂着相机的程记者走过来轻声向他提醒：六点了。他才猛地想起，今晚八点半要在师部开祝捷会，师政治部主任要他作为指挥员代表参加会议，而且程记者要在会上给他拍几幅照片，配在那篇关于他苦读兵书的通讯里发表。

他匆匆又望潘荪一眼，便转过身，随程记者急急向远处走去。“知

道吗，老富，关于你的第二篇通讯发回报社，社领导看后都说不错，特意来电话告诉我，要给我记功，还要我继续抓住你这个典型不放，连续报道。我想你哪天有时间，再找你谈谈这次指挥 341 高地的情况。”

“啊呀，我还有什么值得可写的？”富厚十分谦虚地笑了，“还是要多写战士们。”说着，步子分明地变得轻快了，而且，开始把思绪转向今晚的祝捷会。这样的会，上级首长肯定要出席，该换身衣服？不。就穿这身沾了泥迹的作战服，有时旧衣服比新衣服给人的印象还强烈，这叫做战尘未洗嘛！该准备几句发言，也许会让自己讲话的，但话不要长，要凝重有力，也不能透出欢欣，要显出沉稳。鞋要不要换……

他突然觉得心里异常轻松，轻松得比他最初听到 341 高地被完全收复时还要轻松。

他的脚步加快了……

无风。那些针叶林、阔叶林，高的树、矮的树于是不动，只变成暗绿的一团、一片，紧贴在山的表层。峰峦因而像穿了暗绿色外衣的人，无声地蹲在那里，一个挨一个，密密匝匝、重重叠叠，直抵西天的残霞。流萤在飞、蠓虫在叫，早出的几颗星星在天边闪烁。

景凌耀站在山丘顶部，双眼直望着那树、那山、那天，最后，把目光移向了那些苍青的烈士墓丘。他离开烈士清洗点之后，就径直来到了这里。341 高地的顺利收回，并没有使他的心有些微的轻松，仅有一亡两伤的微小代价，使他更锥心地想起了上次的强攻失利，想起了在强攻中牺牲的战士。

代价，原本是可以这样小的！

这样小的！

他倏然闭上了眼睛。

他听到有人走来了。拐杖捣地的声响，嗒、嗒、嗒，缓慢、沉重，还掺着喘息。他慢慢地睁开眼睛，回身，只见曹大栓正拄着一根木棍向他走来。

“你？没去医院？”景凌耀沙哑着嗓子问。他离开指挥所时，特意在电话中叮嘱曹大栓去医院治疗伤腿。

大栓不答，只是拄了棍一步一步地走近。在师长跟前站定，望了师长的双眼。待喘息平下来，他低沉地开口：“师长，我曾经想用枪打死你！”

啪！不远处正举了水壶喝水的警卫员，闻言一惊，水壶落地。

景凌耀望着他，平静得出奇。

曹大栓感到意外。

“我打开窗户，把后胸给了你，可我等了那么长时间，你为什么不开枪？”

“你——”大栓抓住了师长的手，“你发现了?！”

“我当时多盼望你给我一枪，一枪也行啊……”

“师长——”泪水从他的眼中涌出，在瘦削的颊上滚。

景凌耀凝立不动。一大群流萤从墓地间腾起，划过来，在他们的身边飞。

景凌耀墨黑深邃的眸子，又缓缓掠过那墓丘、那流萤、那重峦、那密林，最后，望定暮色苍茫的远处。在那暗黑的、弧形的地平线那边，一轮巨大的橘黄色的月亮，慢慢地滚了过来，把一个新的神奇的地、天展现在他眼前……

尾声

许久之后的一个上午，风轻、云淡、天蓝，一群大学生走进了烈士陵园。在潘荪烈士的墓前，他们意外地驻足、伫立。只见在原有的烈士墓碑旁，又立了一块高大的石碑，石碑上什么也没刻，只刻着一道几何题：

如图（略）$\angle MON=60°$，OT 为它的平分线，P 为 OT 上的一点，$OP=1$，过 P 作直线分别交 OM、ON 于 A、B，设 $AP=m$，$BP=n$，$\angle APO=\theta$。

求证：$\frac{1}{m}+\frac{1}{n}=2\sqrt{3}\sin\theta$

“嗬！这是干什么？”

“看！这个‘θ’刻得不圆！”

一个男同学刚向石碑伸出手，近处突然响起一声女子的冷厉喝叫：“不要动！”

男同学一惊，慌忙缩手。

众人一齐扭头，只见一个拄拐的姑娘，缓缓转身，蹒跚着向远处走。

目光重又移到那奇特的碑上，默默地看。

一株香蕉树伸出硕大的叶子，罩在石碑上，替它遮住了亚热带那灼热的太阳光……

（《小说月报》1987 年第 8 期选载）

新兵连

刘震云

一

到新兵连第一顿饭，吃羊排骨。肉看上去倒挺红，就是连连扯扯，有的还露着青筋。这一连兵全是从河南延津拉来的，农村人，肚里不存啥油水，大家都说这肉炖得好吃。“这部队的肉就是炖得有味儿。”但大家又觉得现在身份不同往常了，不能显得太下作，又都露出不大在乎的样子，人人不把肉吃完，人人盘底还剩下两块骨头。全屋的人，就排长把肉吃完了。排长叫宋常，二十七八岁，把我们从家乡领到这远离家乡的地方。排长吃完肉，背着手在屋里转了一圈，看了看各人的盘底，问：“大家吃饱没有？”

大家异口同声地答：“吃饱了排长！”

“吃饱了整理内务吧！”

“整理内务”，就是整理房子。这房子里，除了排长挨窗户搭一个铺板，我们班里十几个人全一个挨一个睡地铺。这时我的一个同村、也是同学，小名叫“老肥”的，便要抢暖气包，说：“我这人爱害冷，还是挨着这玩意儿合适！”

其他几个外村的，便撅嘴不高兴：“你爱害冷，谁不爱害冷？”

这时排长正在床板上翻自己的脏衣服（路途上换下的），不翻了，当头一声断喝：“李胜儿！”

"李胜儿"是"老肥"的学名,我们在火车上已经学会了立正,"老肥"赶忙把手贴到裤缝上答:

"到!"

"睡到门口去!"

"老肥"撅嘴不高兴:"我不睡门口,门口有风。"

"有风你就不睡了?你说,你不睡谁睡?谁睡合适?你指一个!"

"老肥"指不出谁睡合适,因为指谁得罪谁。

排长说:"你指不出,就是你睡合适。你表个态,你睡合适不合适?"

这时"老肥"的眼圈红了,说:"合适。"

排长说:"既然你自己说合适,那你就睡吧。"

排长走后,"老肥"边在门口摊铺盖卷,边埋怨大家:"你们都不是好人。咱们是老乡,你们怎么当着排长的面挤对我?"

大家说:"是你要抢暖气包,谁挤对你了?"

下午,一个班为单位,一块儿出去熟悉环境。这时"老肥"找到我,眼圈红了:"班副,我看我完了。"

我说:"刚当一天兵,怎么说完?"

他说:"看来排长对我印象极差。"

走在旁边的白面书生王滴插言:"谁让你尿排长一裤了?"

这是在闷子车上的事。我们从家乡到部队来,坐的是闷子车。车上没有尿罐,撒尿得把车门打开一条缝,对着外边直接滋。"老肥"有个毛病,行动中撒不出尿,车"哐哩""哐当"的,他站在车门口半小时,没撒出一滴尿。别人还等着撒,便说:

"你没有尿,占住门口干什么?"

"老肥"说:"怎么没尿?尿泡都憋得疼,就是这车老走,一滴也撒不出来。"

这时排长见车门口聚成一蛋人,便吆喝大家回去,又拉"老肥":"尿不出就是没尿,回去回去!"

谁知“老肥”一转身，对着车里倒撒了出去，一下没收住闸，尿了排长一裤。把排长急得蹦跳：

“好，好，李胜儿，我算认识你了！”

王滴的话说中了“老肥”的心病。“老肥”的眼圈更红了。

我安慰“老肥”：“你不要太在心，尿一裤不说明什么。”

“老肥”又悄悄对我说：“王滴最会巴结排长了，中午我见他给排长洗衣服。”

我说：“行了行了，谁不让你洗了？”

正说着，眼前走过一队蒙古人。长袍短褂的，骑着马，大衣领上厚厚的一层人油。河南哪里见过这个？大家不再说话，立在那里看。

突然王滴问：“怎么不见女的？”

一个叫原守——大家都喊他“元首”的，用手指着说：“怎么没有女的？那不是，勒红头巾的那个！”

果然，一个人勒着红头巾是个女的。只是长得太难看了，脸晒得黑红。

这时王滴说：“我明白了，边疆地带，能有这样女的，也算不错了。”接着正了正自己的军帽。

蒙古人过去，又看四周。四周是茫茫一片戈壁。王滴指着地上一个挨一个的小石子，告诉大家，所谓戈壁，原始社会便是大海，不然怎么一个挨一个的小石子？不然怎么到现在还寸草不生？

“老肥”不满意了：“怎么寸草不生？看那不是树木，还有一条河。”

大家顺着“老肥”的手指看，果然，远处有一簇黑森森的树棵子，旁边还有一条河。它的上方，升腾着一片水汽，在空气中颤动。

可离开那簇树棵子，别的地方就没有什么了。

于是大家说：“别管大海不大海，反正这地方够荒凉的！”

王滴说：“排长带兵时，还说在兰州呢，谁知离兰州还有一千多里！”

“老肥”说：“那你还给排长洗衣服！”

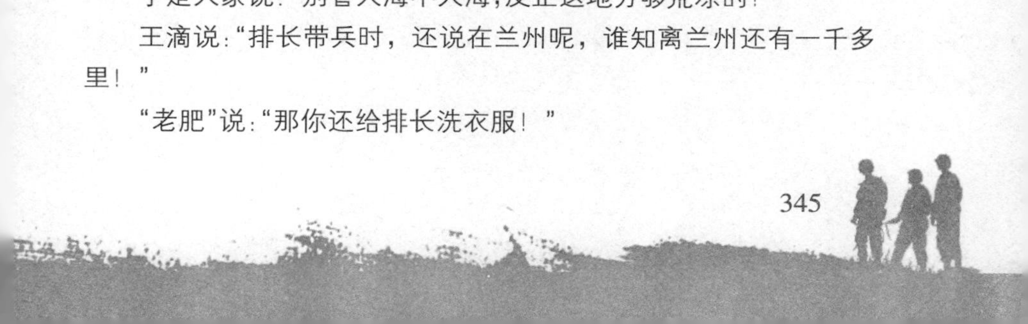

王滴马上面红耳赤：“谁给排长洗衣服了？”

两个人戗到一起，便想打架。我把他们拉开。这时班长站在营房喊我们，让我们回去开班务会。

班长叫刘均，是个老兵，负责我们的军事训练。班务会就在宿舍开，大家各自坐在自己的铺头上。班长讲了一通话，要大家尊敬首长，团结同志，遵守纪律，苦练杀敌本领。接着又对中午吃饭提出批评，说大家太浪费了，羊肉排骨还不吃完，每人剩下两块，倒到了泔水桶里；以后不要这样，打到盘里的菜就要吃完，吃不完就不要打那么多。大家听了，都挺委屈，原是为了面子舍不得吃完，谁知班长又批评浪费。于是到了晚饭，大家不再客气，都开始放开肚皮吃。盘底的菜根儿，都舔得干干净净。“元首”一下吃了八个大蒸馍杠子。似乎谁吃得多，谁就是不浪费似的。

这时“老肥”又出了洋相。下午的菜是猪肉炖白菜。肉瘦的不多，全是白汪汪的大肥肉片子，在上边漂。但和家里比，这仍然不错了。大家都把菜吃完了，唯独排长没有吃完，还剩半盘子，在那里一个馍星一个馍星往嘴里送。“老肥”看到排长老不吃菜，便以为排长是舍不得吃，也是将功补过的意思，将自己舍不得吃的半盘子菜，一下倾到排长盘子里，说：

“排长，吃吧！”

但他哪里知道，排长不吃这菜，是嫌这大肥肉片子不好吃，突然闯来“老肥”，把吃剩的脏菜倾到自己盘子里，直气得浑身乱颤，用手指着“老肥”：

“你，你干什么你！”

接着将盘子摔到地上。稀烂的菜叶子，溅了一地。

晚上睡觉，“老肥”情绪坏极了。嘴里唉声叹气，在门口翻身。我睡醒一觉，还见他双手抱着头，在那里打滚。我出去解手，他也趿拉着鞋跟出来。到了厕所，带着哭腔向我摊手：

“班副，我可是一片好心啊！”

我说："好心不好心，又让人家饿了一顿。"

他说："排长急我我不恼，我只恼王滴他们。排长急我时，他们都偷偷捂着嘴笑……"

我说："自己干了掉底儿事，还能挡住人家笑？"

接着又安慰他两句，劝他早点睡觉。他说："班副，你得和我谈谈心。"

我说："看都什么时候了，还谈心。快点睡吧，明天就要开始训练了。"

他叹了一口气，和我回去睡觉。这时月牙已经偏西，只有两个站岗的哨兵，在远处月光下游动。

二

军事训练开始了。一个班为单位，列成一队练操：齐步走，正步走，跑步走。还练卧倒和匍匐前进：身子一扑倒在地上，不准用脚蹬，要用两只胳膊拖着身子往前爬……

白天累了一天，夜里也不得安宁，练紧急集合。半夜睡得正香，"嘟嘟"一阵哨响，紧急集合！不准开灯，要你十分钟时间穿得衣帽整齐，背着背包、提着长枪跑到操场上。大家不怕白天训练，就怕晚上集合。十分钟的黑暗时间，屋里吵成一锅粥，不是你拿了我的袜子，就是我穿错了你的裤子，哪里出得去？但连长、指导员已经背着手枪站在操场上，检查人数，看哪班是最后一个。然后严肃地说：几公里处几公里处有特务，限二十分钟赶到。你就拖着长枪、撒丫子跑吧。跑一圈回来，累得通身流汗，气喘吁吁，这时连长、指导员又站在操场等你，检查各人的背包散形没有，衣裳穿错没有。

各班都有出洋相的。我们班出洋相最多的，是"老肥"和"元首"。"元首"长得瘦瘦的，平时一脸严肃，不爱说话，爱心里做事，可做事竟不利落。他爱将左右脚穿反，左鞋穿到右脚上，右鞋穿到左脚上。连长让他出列，在队伍前走一个来回，他鞋成外八字，走来走去，像只瘸腿的病鸭。大家都笑了。散队回宿舍，白面书生王滴说：

“其实连长不该批评‘元首’，紧急集合抓特务，反穿鞋有好处，脚印不易辨认。”

大家看着“元首”，又笑了。“元首”的两只鞋还没换过来，闷头坐在铺头，也不说话，只是狠狠剜了王滴一眼。

“老肥”出洋相，是爱把裤子穿反，大口朝后，露着屁股。连长不好让他出列展览，只是说有人把裤子都穿反了，“还没抓特务，自己先把裤子穿反！”散队后，“老肥”揪住屁股后边的开口，情绪十分沮丧。似乎特务没抓到，全是因为他的裤子。

夜里不但紧急集合，还得站岗。两人一班，一班一个小时，往下传着一个马蹄表。十七八岁的孩子，在家里还是睡打麦场的年龄，现在白天训练一天，哪里会不困？困不说，还饿。晚饭明明吃饱了，吃了好几个蒸馍杠子，晚上一站岗就饿。饿不说，还冷。这戈壁滩的三九天真不一般，零下十几度、二十几度。轮到我站岗，最向往的地方，是连队的锅炉房。烧锅炉的老兵叫李上进。他和其他老兵不一样，他不欺负新兵，见了我还叫“八班副”，慢慢混得挺知心。他烧锅炉有夜班饭，即七八个包子，自己在炉皮上烤一烤。我每次去，他都匀给我两个，然后坐在烧火的条凳上，踢蹬着双腿，眯着眼看我大口大口吃。他那包子也确实烤得好，焦黄喷香的，吃了还想吃。可惜不能太抢人家的夜班饭，只好抹着嘴说：“吃饱了，吃饱了。”将又递过来的包子推回去。他爱笑，笑得挺憨厚。第一次见面，就问我：

“写入党申请书了吗？”

我摇摇头，说：“刚到部队，就写？”

他拍了一下大腿，似乎比我还着急，挥着手说：“赶快写，赶快写，回去就写！像我，就因为申请书交得晚，现在当了三年兵，还没入上！”

可等我背地里打听别的老兵，申请书早交晚交，不是决定的，决定的是找组织谈心。何况李上进没能及时入党，也不是因为申请书递得晚，是因为他受过处分。受处分的原因，是因为他在探亲时，偷偷带回家一把刺刀。刺刀的用途，是为了谈对象。与对象见面那天，他穿了一身新军装，扎上武装带，屁股蛋子上吊着一把刺刀，跟着父母从集市上穿过，觉得挺威风。后来对象是谈成了，但吊刺刀的事不知怎么被部队知道了，便给了他一个处分，也影响了他的进步。第二次见面，我不由得关心起他，问：

“那你什么时候能解决？”

他一手握住捅火的铁棍，一手拈着刚钻出的小胡须，说：“据我估计，快了。”

“为什么快了？”

“你看，这不让我烧锅炉了吗？”

我百思不得其解，为什么烧锅炉就能入党？

他说：“领导让你烧锅炉，不是对你的考验吗？”

我恍然大悟，也替他高兴，说：“不管早晚，你总能解决。我听说有的老兵直到复员，还不能解决。”

李上进说：“那真是丢死人了。”

转眼半个月过去了。大家对部队生活都有些熟悉了，连走路也有些老兵的味道了。这时大家也开始懂得追求进步，纷纷写起了入党、入团申请书，早晨起来开始抢扫帚把。随之人与人之间的关系也紧张了。因为大伙总不能一块儿进步，总得你进步我不能进步，我进步你不能进步；你抢了扫帚把，表现了积极，我就捞不着表现。于是大家心里都挺紧张，一到五更天就睡不着，想着一响起床号就去抢扫帚把。

这时班里要确定“骨干”。所谓“骨干”，就是在工作上重点使用。能当上“骨干”，是个人进步的第一站，所以人人都盯着想当“骨干”。可连里规定，一个班只能确定三个“骨干”，这就增添了问题的复杂性。拿我们班来说，我是班副，是理所当然的“骨干”。另一个是王滴，大家也没什么说的，因为他能写会画，会一横一竖地写仿宋字，出墙报，还会在队伍前打拍子唱歌。问题出在“元首”和“老肥”身上，他们俩谁当“骨干”，争论比较大。这二位都是最近由后进变先进的典型。紧急集合不再搞得丢盔撂甲。“元首”的办法，是左右鞋分别用砖压住，到时候不会错脚；“老肥”睡觉不脱裤子，自然不会穿反。这样，二人往往比别人还先跑到操场上，表现比较突出。何况平时他们还主动干别的好事。“元首”是不声不响淘连里的厕所；“老肥”是清早一起来就抢扫帚把，有一天夜里还做好事，一人站了一夜岗，自己不休息，让同志们休息。两人比较来比较去，相持不下。这时班长想起了灯绳。在部队，灯绳不是随便拉的，要“骨干”守着。灯绳在门口吊着，“老肥”正好挨着门口睡。如果让“元首”当“骨干”，就要和“老肥”换一换位置。可班长一来怕麻烦，二来“老肥”睡门口是排长决定的，于是对我说：“让李胜儿当吧。”于是，“老肥”就成了“骨干”，继续掌管灯绳。当初让“老肥”睡到门口是排长对他的惩罚，现在又因祸得福，当上了“骨干”。“老肥”露着两颗大黄牙，乐了两天。而“元首”内心十分沮丧，可又不敢露在面上，只好给班长写了一份决心书，说这次没当上“骨干”，是因为自己工作不努力，今后要向“骨干”学习，争取下次当上“骨干”。其他十几名战士，也都纷纷写起了决心书。

这时连里要拉羊粪。所谓羊粪，就是蒙古族放牧走后，留在荒野上的一圈圈粪土，现在把它们拉回来，等到春天好种菜地。连里统一派车，由各班派人。由于是去连里干活，各班都派“骨干”。轮到我们班，该派王滴和“老肥”。可王滴这两天要出墙报，我又脱不开身，于是班长说：“让‘元首’去吧。”

“元首”原没妄想去拉羊粪，已经提着大枪准备去操场集合，现在听班长说让他去拉羊粪，干“骨干”该干的活，一下乐得合不住嘴，忙扔下大枪，整理一下衣服，还照了一下小圆镜，兴高采烈地去拉羊粪。拉了一天羊粪回来，浑身荡满了土，眉毛、头发里都是粪末，但仍欢天喜地的，用冷水“呼哧呼哧”洗脸，对大家说：

“连长说了，停两天还拉羊粪！”

接着又将自己的皮帽子刷了刷，靠在暖气包上烘干。这时外面

"嘟嘟"地吹哨，连里要紧急集合点名。"元首"一下着了慌。排长急如星火地进来，看到"元首"的湿帽子，脾气大发：

"该集合点名了，你把帽子弄湿。弄湿就不点名了？你怎么弄湿，你再怎么给我弄干！弄不干你戴湿帽子点名！"

可怜"元首"只好戴上湿帽子，站在风地里点名。数九寒天，一场名点下来，帽子上结满了玻璃喇叭。这时排里又要点名。排长讲话，批评有的同志无组织无纪律，临到点名还弄湿帽子。大家纷纷扭头，看"元首"。"元首"一动不动。

排里点完名，"元首"不见了。我出去寻他，他仍戴着湿帽子，坐在营房后的风地里，一动不动。我以为他哭了，上去推他，他没哭，只是翻着眼皮看看我。我说：

"'元首'，把帽子脱下来吧，看都冻硬了。"

他突然开始用双手砸头，一个劲儿地说：

"我怎么这么混！"

我说："这也不怪你，你今天拉羊粪了。"

这时他"呜呜"哭了，说："班副，这都怪我心笨。"

我说这也不能怪心笨，谁也没想到会突然点名。

他渐渐不哭了，又告诉我，他今天收到他爹一封信，让他在部队好好干，可他今天就弄了个这。

我说这没什么，谁还不跌跤了？跌倒爬起来就是了。

他点点头。

第二天一早，"元首"递给班长一份决心书，说昨天弄湿帽子的思想根源是无组织无纪律，现在跌倒了，今后决心再爬起来……

三

各班正在训练，连里突然集合讲话，说近日有大首长要来检阅，要各班马上停止别的训练，一起来练方队。大家都没见过大首长，一听这消息，都挺兴奋。一边练队，一边悄悄议论：这首长有多长？该不是团长吧？夜里我和班长站岗，我问班长，班长本来也不一定知道，但他告诉我这是军事机密。

练了十几天方队，上边来了通知，明天就要检阅。这时告诉大家，来检阅的不是团长，也不是师长，是军长！军营一下沸腾起来。说军长要来检阅我们！有的当即要给家写信，说说这个喜讯。班长也兴高采烈地对我们讲，军长长得什么样什么样，到时候检阅可不要咳嗽。接着又重新排队，谁站哪儿谁站哪儿。大家又“稀里哗啦”地卸枪栓，擦枪，把刺刀擦得明晃晃的。

晚上刚刚八点钟，连里就吹起了熄灯号，要大家早点休息，养精蓄锐。灯虽然熄了，但大家哪里睡得着？后来不知怎么睡着了，外面又“嘟嘟”响起了哨声。大家一愣怔，“元首”急忙问：

“又搞紧急集合吗？”

大家慌了手脚，也不敢开灯，黑暗中开始穿衣收拾背包，纷纷埋怨：“明天军长就要检阅，怎么还搞紧急集合？”

这时连长进来，“啪”一下拉着灯，告诉大家，不是紧急集合，是提前起床。起床后立即到食堂吃饭，吃了饭立即站队上车；八点钟以前，要赶到军部检阅场。

大家松了一口气，提着的心又放下了。纷纷说：“我说也不该紧急集合。”又像昨天一样兴奋起来。看看窗户外边，还黑咕隆咚的。

东方出现了血红血红的云块。这是大戈壁滩上的早霞。大戈壁一望无际，没有遮拦，就等着那红日从血海中滚出。仍是数九寒冬天，零下十几度，但大家都不觉得冷，挤着站在大卡车上。司机似乎也很兴奋，车开得“呼呼”的，遇到沟坎，大家“喔”的一声，被车厢颠起来，又落回去。大枪上的刺刀，都上了防护油，一人一杆，抱在怀里。

军部检阅场到了。乖乖，原来受检阅的部队，不止我们一个连，检阅场上的人成千上万，一队一队的兵，正横七竖八开来开去，寻找自己的位置。我问班长：

“这有多少人？”

班长在人群中搭着遮檐看了看，“大概要有一个师。”

人声鼎沸，尘土飞扬。我们都护着自己的刺刀，不让沾土。连长屁股蛋上吊着手枪，在队伍中跑来跑去，一个劲儿地喊：

“跟上跟上，不要拉开距离！”

大家便一个挨一个，前心贴后心，向前挪动。

七点半了，队伍都基本上各就各位。行走的脚步声、口令声少了，广场上安静下来。但随之而起的，是人的说话声。有的是议论今天人的，有的是指点检阅台的，还有的是老乡见面，平时不在一个连队，现在见到了，便窜过队伍厮拉着见面，被排长连长又吆喝回去……

突然，大家不约而同安静下来。原来检阅台上有了人，一个参谋模样的人，在对着麦克风宣布检阅纪律，让大家学会两句话。即当军长从队伍前边走过喊“同志们辛苦了”时，大家要齐心协力地喊“首长辛苦”。然后问：

“大家听明白没有？”

大家齐心协力地喊：“听明白了！”

接着又让检查武器。于是全广场响起“稀里哗啦”的枪栓声。

武器检查完，整理队伍开始了。各级首长开始纷纷报告。一个连整理好，向营里报告；一个营整理好，向团里报告；一个团整理好，向检阅台报告。全广场清脆的报告声，此起彼伏。

最后全体整理完毕，队伍安静下来，一个白发苍苍的老头子接受报告。他站在指挥台上，从左向右打量队伍。我悄悄捅了捅班长：

“这是谁？”

“师长。”

七点五十分，师长开始看表，接着开始亲自整理队伍。那么一个老头子，喊起“立正”、“稍息”，声音滞重苍老，加上那白发，那一丝不苟的严肃，让人敬畏和感动。于是人们纷纷踮起脚尖，前后左右看齐，使偌大一个广场，偌多的千军万马，成了一条条横线、竖线和斜线。好整齐壮观的队伍。整个广场上，没有一点声音，只有旗杆上的军旗，在寒风中“哗啦啦”地飘动。

八点整。军长该来了。

时间在“滴答”“滴答”地响，十五分钟过去，军长还没有来。师长在台上一个劲儿地看表。队伍又开始出现骚乱。“老肥”说：“别是军长忘了吧？”

“元首”说：“忘是不会忘，可能什么事给耽搁住了。”

半个小时过去，大家更加着急。这时王滴发话：

“看来这阅检不成了。”

正说着，大路尽头出现一组车队，转眼之间到了队伍前。是几辆长长的黑色轿车，明晃晃的。大家纷纷说：“来了，来了。”

于是立即精神倍增，“嗡嗡”一阵响，广场又安静下来。这次可安静得能往地下掉针，车门打开的声音，都能听风。接着从车上走下来一些人。有几个胖老头子，也有年轻的，还有一个如花似玉的女兵。年老的背着手，年轻的立即撒成散兵线，向四周围张望。这时师长在台上紧张地整理自己的军装，又转身整理队伍：

“大家听好了，立正——

向右看齐——

向前看——

稍息——

立正！——”

最后一个“立正”，老头子扯破喉咙地喊，喊出了身体的全部力量，然后双拳提起，跑步下台，向台下那群老头子中的一个敬礼：“报告军参谋长，×军×师现在集合完毕，请指示！”

那个老头子挥了挥手说：“稍息！”

“是！”师长双拳提起，气喘吁吁地跑回检阅台，向部队：“稍息！”

部队稍息。

军参谋长老头子吃力地踱上检阅台，在中心站定，看了看部队，说:“同志们——”

一说“同志们”,队伍立即立正,千万只脚跟磕出的声音,回荡在广场。

老头子又说:“稍息!”然后说:“今天军长检阅我们,希望大家……”讲了一番话,然后自己又亲自整理部队,又双拳提起,跑步下台,向另一个胖胖的,脸皮有些耷拉,眼下有两个肉布袋的人报告:

“报告军长,队伍整理完毕,请您检阅!”

那个老头子倒挺和蔼,两只肉布袋一笑一笑地,说:“好,好。”

然后,检阅开始。说是检阅,其实也就是军长从队伍前过一过。但大家能让军长从自己脸前过一过,也算很不错了。于是眼睛不错珠地、木桩一样在那里站着。刺刀明晃晃的,跟人成一排,这时太阳升出来了,放射出整齐的光芒。一排排的人,一排排的枪和刺刀,一排排的光芒,煞是肃穆壮观。人在集体中融化了,人人都似乎成了一个广场。在这一片庄严肃穆中,军长也似乎受了感动,把手举到了帽檐。但他似乎没学过敬礼,一只手佝偻着在那里弯着。可他眼里闪着一滴明晃晃的东西。走到队伍一半,他开始向队伍说:“同志们好!”

大家着了慌。因军长说的问候词和参谋交代的不一样。参谋交代的是:“同志们辛苦了。”但大家立即转过神,顺着大声喊:

“首长好!”

幸好还整齐,大家的心放下了。唯独“老肥”出了洋相,千万群人中,他照旧喊了一句:“首长辛苦!”队伍的声音之外,多出一个“苦”字。幸好是一个人,军长可能没听到。但我们连长立即扭回头,愤怒地盯了“老肥”一眼。

军长走到了我们团队面前。这时有一个换枪仪式,即当军长走到哪个团队时,哪个团队要整齐地换枪:将胸前的枪分三个动作,换到一侧;“啪”“啪”“啪”三下,枪响亮地打着手,煞是壮观好看。这时“元首”露了相。换枪时,他用力过猛,刺刀擦着了额头,血立即涌了出来,在脸上流成几道。但这个动作别人不易发现,他自己也不敢说,仍持枪立着，一动不动，谁知军长眼尖，竟发现了，突然停止检阅，来到“元首”面前。“元首”知道坏了事，但也不敢动。军长盯着他脸上的血看，突然问：“谁是这个连的连长？”

连长立即跑步过来，立正敬礼：“报告军长！”

但立即吓得筛糠。我们全连跟着害怕，军长要责备我们了，班长愤怒地盯“元首”。谁知军长突然笑了，两只肉布袋一动一动的，用手拍了拍“元首”的肩膀，对连长说：“这是一个好战士！”

大家全都松了一口气。“元首”十分感动。连长也精神振奋地向军长敬礼：“是！报告军长，他是一个好战士！”

军长“嗯”了一声，点点头，又向身后招了招手，他身后跟着的如花似玉的女兵，立即上前给“元首”包扎。我们这才知道，她是军长的保健医生。“元首”这时感动得嘴角哆嗦，满眼冒出泪，和血一起往下流。

军长检阅完毕，各个方队散了，整齐地迈着步伐，唱着军歌开往各自的营地。这时军长仍站在检阅台上，向我们指指点点。

我们回到了营房。连里开始总结工作，讲评这次检阅。严厉批评了“老肥”，喊致敬词时喊错了一个字；又表扬了“元首”，说他是个好战士，枪刺破了头，还一动不动，要大家向他学习。接着班里又开会。鉴于以上情况，班里的“骨干”便作了调整：“老肥”被撤了下来，“元首”成了“骨干”。当即就让二人换了铺位：“老肥”睡到里面去，“元首”搬到门口掌握灯绳。“老肥”再也憋不住，一到新铺就扑倒哭了。班长批评他：

“哭什么哭什么？你还委屈了？”

“老肥”马上又挺起身，擦干眼泪，不敢委屈。

“元首”自然很高兴，立即趴到门口铺头给家里写信。这时王滴来到他跟前，扳过他脑袋，看包扎的伤口，说：“你还真是憨人有个愣头福！”

晚上，熄灯睡觉。我仍想着白天的检阅，觉得军长这人不错，越是大首长，越关心战士。想到半夜，出来解手，不巧在厕所碰到排长。见了排长怎好不说话？我搭讪着说：“今天检阅真威武呀。”

排长边扣着裤子上的扣子，边作出老兵不在乎的样子：“就那么回事。”

走出厕所，我又说：“军长这人真关心战士。”

没想到排长鼻子里“哼”了一声，走了。走了老远，又扭头说：“你哪里知道，他是一个大流氓，医院里不知玩了多少女护士！”

我愣在那里，半天回不过味儿来。回到宿舍，躺到铺上，翻来覆去再也睡不着。我不相信排长的话。那么一个和蔼可亲的老头子，怎么会是流氓？那么一个壮观的场面，怎么会是这么一个结局？想着想着，我不禁既伤心，又失望，眼里不知不觉流下了泪。

四

部队有政治学习，现在要搞“批林批孔”。这时我们班长家里死了老人，突然来了电报，班长边哭边收拾行李，急急忙忙走了。

班里一时没有班长，工作进行不下去，连里便把烧锅炉的李上进给补了进来。全班听了都很高兴，大家都知道李上进是个热情实在的人。我去锅炉房帮李上进搬行李，倒是他扳着一条腿在铺板上，脸上有些不高兴。我说：“班长，我来帮你搬行李了。”

他看我一眼，说：“班副，你先来帮我想想主意。”

我坐在他身边，问：“什么主意？”

他说：“你说让我当班长是好事还是坏事？”

我说：“当然是好事了。”

他摇摇头，叹了一口气：“可烧了两个月锅炉，组织上怎么还不发展我呢？”

我也怔在那里，但又说：“大概还要考验考验吧。”

他看看我，点点头，“大概是这样吧。”便让我搬行李。

"批林批孔"，连里作了动员，回来大家就批上了。可惜大家文化不高，对孔子这人听说过，就是不太认识；对林彪也只知道他是埋藏在主席身边的定时炸弹，要炸主席。这样批来批去，上边说批得不深刻，便派来一个宣传队，通过演戏，帮助大家提高认识。戏演的是老大爷诉苦，说林彪家是地主，怎么剥削穷人。这下大家认识提高了。"老肥"说：

"太大意太大意，他家是地主，怎么让他进了政治局呢？"

"元首"也激动得咳嗽，自己也诉开了苦，说他爷爷怎么也受地主剥削。全班纷纷写起了决心书，情绪十分高涨。

热火朝天的班里，唯独王滴情绪低落。自入伍以来，王滴一直表现不错，能写会画的，当着班里的"骨干"，但他这人太聪明，现在聪明反被聪明误，跌了跤子。"批林批孔"运动中，他不好好批林批孔，竟打起个人的小算盘。班里的"骨干"当得好好的，他不满足，想去连里当文书。文书是班长级。为当文书，他送给连长一个塑料皮笔记本，上边写了一段话，与连长"共勉"。谁知连长不与他"共勉"，又把笔记本退给了排长。排长看王滴越过他直接找连长，心里很不自在，但也不明说，只是又把本子退给李上进，交代说："这个战士品质有问题。"李上进又把本子退给王滴。王滴脸一白一红的，说："其实这本子是我剩余的。"

王滴犯的第二件事，是"作风有问题"。那天宣传队来演穷人受苦，有一个打扬琴的女兵，戴着没檐小圆帽，穿着合体的军装，脸上、胳膊上长些绒毛，显得挺不错。其实大家都看她了，王滴看了不算，回来还对别人说：

"这个女兵挺像跟我谈过恋爱的女同学。"

这话不知怎么被人汇报上去，指导员便找王滴谈话，问他那话到底是怎么说的。王滴吓得脸惨白，发誓赌咒的，说自己没说违反纪律的话，只是说她像自己的一个女同学。指导员倒也没大追究，只是让他今后注意。可这种事情一沾上，就像炉灰扑到身上，横竖是拍不干净的。大家也都知道王滴没大问题，但也都觉得他“作风”不干净。他从连部回来，气呼呼地骂：

“哪个王八蛋汇报我了？”

这两件事一出，好端端的王滴，地位一落千丈。大家看他似乎也不算一个人物了。连里出墙报，也不来找他。他也只好背杆大枪，整天去操场训练。谁知这白面书生，训练也不争气。这时训练科目变成了投手榴弹，及格是三十米。别人一投就投过去了，他胳膊练得像根檩条，也就是二十米。这时王滴哭了。过去只见他讽刺人，没见他哭过，谁知哭起来也挺熊，一把鼻涕一把泪的：“娘啊，把我难为死吧！”

鉴于他近期的表现，排长决定，撤掉他的“骨干”，让“老肥”当。“老肥”在军长检阅时犯过错误，曾被撤掉“骨干”；但他近期又表现突出，跟了上来。“批林批孔”一开始，他积极跟着诉家史——家史数他苦，他爷爷竟被地主逼死了；军事训练上，他本来投过了三十米，但仍不满足，晚饭后休息时间，还一个人到旷野上，跑来跑去在那里投。于是又重新当上了“骨干”。王滴“骨干”让人给戗了，犯了小资产阶级毛病，竟破碗破摔，恶狠狠地瞪了“老肥”一眼：

“让给你就让给你，有什么了不起？你不就会投个手榴弹吗？”

“老肥”被抢白两句，张张嘴，憋了两眼泪，竟说不出话。到了中午，班里召开生活会，排长亲自参加，说要树正风压邪气。排长说：

“自己走下坡路，那是自己！又讽刺打击先进，可不就是品质问题了吗？”

王滴低着头，不敢再说，脸上眼见消瘦。

“老肥”虽然当了“骨干”，又被排长扶了扶正气，心里顺畅许多，但大家毕竟是一块儿来的，看到王滴那难受样子，他高兴也不好显露出来，只是说：

“我当‘骨干’也不是太够格，今后多努力吧。”

春天了。冰消雪化。这时连队要开菜地，即把戈壁滩上的小石子一个个捡起，然后掘地，筛土。大家干得热火朝天，手上都磨出了血泡。王滴也跟着大伙干，但看上去态度有些消极。李上进指定我找他谈一次心。晚饭后，我们一块儿出去，到戈壁滩的旷野上去。我说："王滴，咱们关系不错，我才对你说实话，你别恼我，咱可不能破碗破摔。眼看再有一个月训练就要结束了，不留个好印象，到时候一分分个坏连队，不是闹着玩的！"

王滴哭丧着脸说："班副，我知道我已经完了。"

我说离完还差一些，劝他今后振作精神，迎头赶上来。

他仍没精打采地说："我试试吧。"

谈完心，已经星星满天。回到宿舍，李上进问：

"谈了吗？"

我说："谈了。"

"他认识得怎么样？"

我说："已经初步认识了。"

李上进点上一支烟说："认识就好。年轻轻的，可不能走下坡路，要靠拢组织。"又忽然站起来说："走，咱俩也谈谈心。"

于是，我们两人又出来，到星星下谈心。

我问："班长，咱们谈什么？"

他"扑哧"一声笑了，说："我让你看一样东西。"

"什么东西？"

他四处看了看，见没人，又领我到一个沙丘后边，在腰里摸索半天，摸索出一张纸片，塞到我巴掌里，接着揿亮手电筒，给我照着。我一看，乖乖，原来是一个大姑娘照片。大姑娘又黑又胖，绑两根大缆绳一样的粗辫子，一笑露出两颗粗牙。我抬起头，迷茫地看李上进。

李上进问："长得怎么样？"

我答："还行。"

他搓着手说："这是我对象。"

我问："谈了几年了？"

他说："探家时搞上的。"

我明白了，这便是扎皮带吊刺刀搞的那个。我认为他让我提参考意见，便说：“不错，班长，你跟她谈吧。”

李上进说：“谈是不用再谈了，都定了。这妮儿挺追求进步，每次来信，都问我组织问题解决没有。前一段，对我思想压力可大了，半夜半夜睡不着。”

我说：“你不用睡不着，班长，估计解决也快了。”

这时他“嘿嘿”乱笑，又压低声音神秘地告诉我：“可不快了，今天下午我得一准信儿，连里马上要发展党员，解决几个班长，听说有我。要不我怎么让你看照片呢！”

我明白了他的意思，也替他高兴，说：“看看，当初让你当班长，你还犹豫，我说是组织对你的考验，这不考验出来了？”

他不答话，只是“嘿嘿”乱笑。又说：“咱俩关系不错，我才跟你说，你可不要告诉别人。不是还没发展吗？”

我说：“那当然。”

李上进躺到戈壁滩上，双手垫到后脑勺下，长出一口气：“现在好了，就是复员也不怕了，回去有个交代。不然怎么回去见人？”

接下去几天，李上进像换了一个人，精神格外振奋，忙里忙外布置班里的工作，安排大家集体做好事。操场训练，口令也喊得格外响亮。

停了几天，连里果然要发展党员。指导员在会上宣布，经支部研究，有几个同志已经符合党员标准，准备发展，要各班讨论一下，支部还要征求群众意见。接着念了几个人名字。有“王建设”，有“张高潮”，有“赵承龙”……念来念去，就是没有“李上进”。我蒙了，看李上进，刚才站队时，还欢天喜地的，现在脸惨白，浑身往一块儿抽，两眼紧盯着指导员的嘴，可指导员的名字已经念完，开始讲别的事。

会散了，各班回来讨论，征求大家对发展入党同志的意见。这时李上进不见了，我问人看到他没有，这时王滴双手搭着脑壳，枕着铺盖卷说话了，他又恢复了酸溜溜、爱讽刺人的腔调：

"老说人家不积极，不进步，自己呢？没发展入党，不也照样情绪低落，跑到一边哭鼻子去了？"

我狠狠瞪了王滴一眼："你看见班长哭鼻子了？"

这时"老肥"说："别听他瞎说，班长到连部去了。"

王滴又讽刺"老肥"："现在还忘不了巴结，你不是当上'骨干'了吗？"

"老肥"红着脸说："谁巴结班长了？"两人戗到一起，便要打架。

我忙把他们拉开，又气愤地指着王滴的鼻子："你尽说落后话，还等着排长开你的生活会吗？"接着扔下他们不管，出去找李上进。

李上进在连部门口站着，神态愣愣的。连部有人出出进进，他也不管，只是站在那里发呆。我忙跑上去，把他拉回来，拉到厕所背后，说：

"班长，你怎么站在那里？影响多不好！"

这时李上进仍愣愣的，似傻了："我去问指导员，名单念错没有，指导员说没念错。"接着伤心地"呜呜"哭起来。

我说："班长，你不要哭，有人上厕所，让人听见。"

他不顾，仍"呜呜"地哭，还说："指导员还批评我，说我入党动机不正确。可前几天……怎么现在又变了？"

我说："班长，你不要太着急，也许再考验一段，就会发展的。"

他说："考验考验，哪里是个头啊！难道要考验到复员不成？"

我说："班长，别的先别说了，班里还等你开会呢！"

便把他拉了回来。可到班里一看，情况很不妙，指导员已经坐在那里，召集大家开会，见我们两个进来，皱着眉批评："开会了，正副班长缺席！赶快召集大家谈谈对这次发展同志的意见吧。"

说完又看了李上进一眼，走了。

李上进坐下来，没精打采地说："大家随便谈吧，让班副记录记录。"

接连几天，李上进像换了一个人，再也打不起精神。也不管班里的事情，也不组织大家做好事，军事训练也是让大家放羊。周末评比，我们的训练、内务全是倒数第一。我很着急，“老肥”和“元首”也很着急。唯独王滴有些幸灾乐祸，出出进进唱着“社会主义好”。我们都说王滴这人不好，心肝长得不正确，又委托我找班长谈一次心。

又是满天星星，又是沙丘后边，我对李上进说：“班长，咱俩关系不错，我才敢跟你说实话，咱可不能学王滴呀！你这次没入上。破碗破摔，那以后就更没希望了？”

李上进明显瘦了一圈，说：“班副，你说的何尝不是？只是我想来想去，就是想不通，我不比别人表现差呀！”

我说：“这谁不知道，你烧了那么长时间的锅炉。”

他说：“烧锅炉不说，就是来到班里，咱哪项工作也没落到后边呀。”

我说：“是呀。”又说：“不过现在不能净想伤心事，我劝你坚持到训练结束，看怎么样。”

他叹息一声：“我也知道这是唯一的道路，不然情绪这样闹下去，把三四年的工作都搭到里边了。”

我安慰他：“咱们还是相信组织。”

他点点头，又说：“班副，你不知道，我心里还有一个难受。”

我一愣，问：“还有什么难受？”

他叹一声：“都怪我性急。那天让你看了照片，我就给对象写了一封信，说我要加入组织，她马上写信表示祝贺。现在闹来闹去一场空，还怎么再给人家写信？”

我说：“这事是比较被动。不过事到如此，有什么办法？依我看，只好先不给她写信，横竖训练还有一个月，到时候解决了，再给她写。”

他点头：“也只好这样了。”

从此以后，李上进又重新打起精神，变消极为积极。班里的事情又开始张罗，号召大家做好事。班里的训练、内务又搞了上去。

一天，我正带着“老肥”“元首”淘猪粪，李上进喜滋滋地跑来，老远就喊："班副，班副！"

我扔下锹问："什么事？"

"过来！"

我过去，他把我拉到猪圈后，神秘地说："告诉你一个好消息。"

我问："什么好消息？"

他说："今天我跟副连长一块儿洗澡，澡塘里剩我们俩时，我给他搓背，他说，要经得起组织的考验，横竖也就是训练结束，早入晚入是一样。"

我也替他高兴，说："这不就结了！我说组织也不会瞎了眼！副连长说得对，早入晚入，反正都是入呗，哪里差这一个月！"

他说："是呀是呀，都怪我当时糊涂，差一点学王滴，破碗破摔！"说完，便兴冲冲地跳进猪圈，要帮我们起圈。

我和"老肥""元首"拦他："快完了，你不用沾手了。"

他说："多一个人，不早点结束？"又说："今天在这儿的，可都是'骨干'，咱们商量商量，可得好好把班里的工作搞上去。"

于是几个人蹲在猪圈里，商量起班里的工作。

五

我们排长是个怪人，常做些与大家不同的事。比如睡觉，他爱白天睡，夜里折腾。白天明晃晃的，他能打呼噜大睡；夜里却翻来覆去睡不着。大家都是农村孩子，往常在家时，午休时要下地割草，没有白天睡觉的习惯；但排长睡午休，一屋的人都得陪着他躺在铺上不动。晚上，大家训练一天，累得不行，要睡了，这时排长却依然挺精神。床上睡不着，他便倚到铺盖卷上看书。他看书不用台灯，非点蜡烛，说这样有挑灯夜读的气氛。明晃晃的蜡烛头，照亮一屋。王滴说：

"多像俺奶夜里纺棉花。"

当然，排长也有不睡午觉的时候。那是他要利用午休时间写信，或者训人。他一写信，全班的人替他着急。因为一封信他要返工五六次：写一页，看一看，一皱眉头，撕巴撕巴扔了；又写一页，又一皱眉头，撕巴撕巴又扔了……闹得情绪挺不好。他情绪不好，别人谁敢大声说话？再不就是训人，开生活会。上次开王滴的生活会，就是利用午休时间。所以，大家说，排长睡颠倒虽然不好，但不睡颠倒大家更倒霉。一到午休时间，大家都看排长是否上了铺板。一上铺板，大家都安心松了一口气。

柳树吐了嫩芽。戈壁滩上下了一场罕见的春雨。哩哩啦啦，下了一天。训练无法正常进行，连里宣布休息。大家说，阴天好睡觉，今天该好好休息了。于是到了午休时间，大家都打着哈欠，摊铺盖卷准备睡觉。这时排长急急忙忙进来：

"不要睡了，不要睡了，午休时间开会。"

大家心里"咯噔"一下，以为排长又要训人。可看他脸上，倒是喜滋滋的。大家闹不清什么名堂，都纷纷又穿起衣服，整理内务，围坐在一起，等待排长开会。

排长先给自己倒了一杯茶，"噗噗"吹两口，坐到一张椅子上，拿出一个笔记本翻着说："刚才我到连部开了一个会，训练再有二十多天就要结束了，研究大家的分配问题，现在给大家吹吹风……"

大家的心"咯噔"一下，马上睡意全无，人圈向内聚了聚。连刚才还漫不经心的王滴，也瞪圆眼睛，竖起了两只耳朵。大家在新兵连训练三个月，马上面临分配问题，谁不关心自己的前途呢？

排长说："大家也不要紧张。能分到哪个连队，关键看各自的表现。大家想不想分到一个好连队？"

大家异口同声地答："想！"

排长说："好，想就要有一个想的样子。现在训练马上进入实弹考核阶段，大家都要各人操心各人的事，拿出好成绩来！到时候别自己把自己闹被动了……"

又讲了一通话，问："大家有没有信心？"

大家异口同声地答："有！"

这时排长点了一支烟，眯着眼睛说：

"大家还可以谈谈，各人愿意干什么？"

大家都纷纷说开了，有愿意去连队的，有愿意去靶场的，有愿意去看管仓库的，排长问身边的"老肥"：

"你呢？"

"老肥"这时十分激动，脸憋得通红，答："我愿意去给军长开小车！"

大家"轰"地笑了，说："看你那样子，能给军长开小车？"

排长问："你为什么愿意给军长开车？"

"老肥"答："那天检阅，我看军长这人不错。"

排长拍了一下他的脑袋："好好干吧，有希望。"

"老肥"乐得手舞足蹈。

开完会，大家摩拳擦掌，纷纷写起了决心书。

这时新兵连训练又开始紧张起来。投弹、射击，马上要实弹考核；夜里又练起紧急集合。这时大家都已成了老兵，本来吃不下这苦；但面临一个分配问题，大家都像入伍时一样认真。分配又是一个竞争，你分到一个好连队，我就分不到好连队，大家的关系又紧张起来，又开始面和心不和。本来投手榴弹、瞄靶，大家一起练练、看看，多好；但一到晚饭后，各人找各人的地方，悄悄练习。一直快到熄灯，才一个个回来，各人也不说自己练习的成绩。李上进把我、"老肥"、"元首"召集到一块儿开"骨干"会，说：

"还是号召大家互相帮助，不要立山头。一闹不团结，班里的工作就搞不上去。"

接着开了一个班务会，号召大家平山头，休息时间一起训练。当天晚饭后，李上进便集合大家，一块儿排队到训练场去。路上碰到副连长，问：

"这时候排队干什么？"

李上进说:“利用休息时间补课。”

副连长点点头说:“好,好。”

李上进很兴奋。

但到了训练场，大家仍是面和心不和，各人使劲甩自己的手榴弹,不给别人看成绩;唯独李上进跑来跑去,说某某投了多少米。

夜里紧急集合。这时连里又缩短了集合时间。过去是十分钟,现在缩短成五分钟。但大家到底是老兵了,竟能在规定时间利利索索出来。“元首”穿鞋也从不错脚。这时“老肥”出了问题。不知是白天训练太紧张,还是他夜里睡不好,一到紧急集合,他就惊慌。全连已经排好了队,他才慌慌张张跑出来,背包还不是按标准捆的,勒的是十字道。有一次把裤子又穿反了。班长找他谈话,说:

“李胜儿,咱们是‘骨干’,可不能拖班里的后腿,那同志们会怎么说?”

“老肥”含着泪说:“我难道想拖班里的后腿?只是心里一紧张,想快也快不起来。”

李上进说:“过去你不出来得挺快?”

“老肥”说:“过去是过去,现在也不知怎么了,浑身光没劲。”

王滴挨着“老肥”睡,背后对别人说:“‘老肥’这人准是犯病了,一到夜里就吹气,嘴里还吐白沫。”

我把这情况告诉了李上进。李上进问:

“过去他有什么病?”

我说:“没见他有什么病。”

后来又一次紧急集合,“老肥”更不像话,队伍已经出发抓特务,他还在屋里折腾。队伍跑一圈回来了,他出去找队伍没找到,一个人不知跑到哪里去了。

李上进说:“看样子他真有病。”

王滴说:“他犯的准是羊羔疯!你想,一听哨子响就吐白沫,浑身不会动,不是羊羔疯是什么?”

李上进把我拉到一边说："班副，要真是羊羔疯还麻烦了。领导知道了，非把他退回去不可！部队不收羊羔疯。我们那批兵，就退回去一个。"

我看看四周说："班长，不管是不是羊羔疯，咱们得替他保密。你想，当了两个月兵，又把他退了回去，让他怎么见人？"

李上进摸着下巴思摸。

"再说，他这羊羔疯看来不严重，到部队两个月，怎么不见犯？现在偶尔犯一次，看来是间歇性的。横竖再有二十多天就结束了，我们替他遮掩遮掩。"

李上进思摸一阵说："只好这么办。以后再紧急集合，你帮他一把。"

我点点头。

"老肥"这时满头大汗从黑暗中跑回来，衣裳、被子都湿漉漉的。李上进说：

"回来了？"

王滴说："你还是独立行动！"

"老肥"还在那里喘气，顾不上搭言。

第二天上午，我找"老肥"谈话。问：

"'老肥'，你是不是有羊羔疯？"

他说："班副，咱俩一个村长大的，你还不知道，我哪里有羊羔疯？"

我说："我记得你爹可犯过这病！"

他低下头不说话。

我说："一犯羊羔疯，部队可是要退回去的。"

这时他哭了，说："班副，我可不是有意的。我心里可想努力工作。"

我说："你不用着急。"又四下看一下人，把李上进的话给他说了一遍，让他自己也注意一下，争取少犯或不犯；紧急集合我帮他。

他感激地望着我："班副，你和班长都是好人，我忘不了你们。万一我给军长开上小车……"

我说："开小车不开小车，人不能有坏心。"

他连连点头。

我又深入到班里每一个战士，告诉他们不能有坏心，要替"老肥"保密。每到紧急集合，我只让"老肥"穿衣服，我帮他打背包，夹在我们中间一起出去，倒也显不出来。

十来天过去，没出什么事。大家平安。我和李上进松了一口气。"老肥"心里感激大家，把劲头都用到了工作上，休息时间一遍又一遍扫地，还替大家打洗脸水，挤牙膏，累得一头的汗。我看他那可怜样，说：

"'老肥'，你歇歇吧。"

他做出浑身是劲的样子："我不累。"

本来以为事情就这样平安地过去了，没想到班里出了奸贼："老肥"犯羊羔疯的事，有人告到了连里。连里责成排长查问。排长午休时没睡，先独自趴桌上写了一回信，撕了几张纸，又把我和李上进叫到乒乓球室，问：

"李胜儿犯羊羔疯，你们知道不知道？"

我和李上进对看一眼，知道坏了事。但含含糊糊地说："这事儿倒没听说。"

排长"啪"地将写好的信摔到球案上："还没听说，都有人告到连里了！"

我急忙问："谁告的？"

排长瞪我一眼："你还想去查问检举者吗？"

我低下眼睛，不敢再吭声。

排长说："好哇好哇，我以为班里的工作搞得挺不错，原来藏了个羊羔疯！连我都跟着吃挂落！你们说，为什么不早报告？"

李上进鼓起勇气说："排长，真没见他犯过。"

我说："我和他一个村。"

排长说："你们还嘴硬，有没有病，明天到医院一检查就知道，到时候再跟你们算账！"

我和李上进挨了一顿训，出来，悄悄问："是谁这么缺德，跑到连里出卖同志？"嘴上不说，都猜十有八九是王滴。王滴跟"老肥"本来就不对付，"老肥"又曾顶掉他的"骨干"，他会不记仇？再说，王滴是班里的落后分子，平时唯恐天下不乱，这放着现成的事，他能不吹灰拨火？这奸细不是他是谁？回到班里，又见王滴在那里又笑又唱，越看越像他。我和李上进都很气愤，说："遇着事儿再说！"可他向连里反映情况，是积极表现，一时也不好把他怎么样。只是苦了低矮黄瘦的"老肥"，在那里愁眉苦脸坐着，等待明天的命运判决。

第二天一早，"老肥"就被一辆三轮摩托拉到野战医院去了，到了晚上才回来。看到他那苦瓜似的脸，就知道班里的"骨干"、想给军长开小车的"老肥"，要给退回去了！

"老肥"从车上下来，立即哭了。拉着我的手说："班副，咱俩可是一个村的！"又说："不知谁揭发了我。来时大家都兄弟似的，怎么一到部队，都成仇人啦？"

我心里也不好受，说："老肥。"

"老肥"说："这让我回去怎么见人？"

王滴在旁边说："这有什么不好见人的？在这也无非是甩甩手榴弹！"说完，甩屁股走了。

我们大家都气得发抖。背后告密，当面又说这风凉话，我指着他的背影说："好，王滴，好，王滴！"

这时"元首"上前拉住"老肥"的手，安慰说："'老肥'，心里也别太难受。咱们都是'骨干'，原来想一块儿把班里工作搞好，谁想出了这事！"说着，自己也哭了。

入夜，大家坐在一起，围着"老肥"说话，算是为他送行。卸了领章、帽徽的"老肥"，脸上痴呆呆的。李上进说："李胜儿同志虽然在部队时间不长,但工作大家都看见了,还当着‘骨干’……”

我说:“李胜儿同志品质也好,光明正大,不像有的人,爱背地琢磨人。”看了王滴一眼。王滴躺在自己的铺板上,瞪着眼不说话。

“老肥”说:“我明天就要走了,如果以前有不合适的地方,大家得原谅我。”

这时有几个战士哭了。

排长从屋外走进来,也坐下参加我们的送行会。他从腰里摸出一包“大前门”烟,破例递给“老肥”一支,吸着说:“李胜儿,别怨我,连里要这么做,我也是没办法。”说着,又递给“老肥”一双胶鞋:“回家穿吧。”

“老肥”抱着胶鞋,哭了:“排长,我不该尿你一裤……”

第二天一早,“老肥” 乘着连里炊事班拉猪肉的车走了。临上车问:“班副,你给家捎什么不捎?”

我说:“不捎什么。回去以后,如果村里不好待,就跟我爹去学泥瓦匠吧。我给我爹写一封信。”

他点点头,一包眼泪,蹬着车轱辘爬上了汽车。

汽车马上就开了。

再也看不到汽车和“老肥”,大家才向回走。回到班里,又要集合去训练场练投手榴弹。这时大家都没情没绪的。我看着班里每一个人都不顺眼,觉得这些人都品质恶劣。十七八岁的人,大家都睡打麦场,怎么一踏上社会,都变坏了?

但集合队伍的军号,已经吹响了。

六

“老肥”走后的第二天,实弹考核开始了,实弹考核以后,就要分配工作。实弹考核的成绩,是分配工作的一个重要参考。大家都很紧张。实弹考核是先投手榴弹,后打枪。

投手榴弹之前，我找王滴谈话，告诉他班长说了，因为他投弹没达到三十米，没有投实弹的资格。接着狠狠批评了他一顿，也是替“老肥”报仇的意思。

“排长和班长都说了，你这人平时爱偷懒，不好好练习，现在拖了全班和全排的后腿，你说该怎么办吧！”

王滴急得浑身是汗：“我怎么没投弹的资格，我怎么没投实弹的资格？你怎么知道我会不及格？”

我说：“假弹还投不及格，真弹就投及格了？真弹会爆炸，炸死你谁负责？”

王滴说：“假弹没压力，真弹有压力，说不定一投就投过了。”

我说：“一投就投过了？你两投也投不过。我和班长商量，你手榴弹投不投，先给班里写份检查，检查一下自己的思想动机，为什么不好好练投弹？往深里挖一挖！”

王滴一下把胳膊肘捋了出来：“我怎么不努力，看这胳膊练的！”又带着哭腔说：“班副，你们这不是存心整人吗？”

我正色道：“什么叫整人？你这思想又不对了！你自己工作不努力，让你反省，是对你的爱护，怎么叫整人！难道你投弹不及格，还得大张旗鼓表扬你吗？”

王滴这时哭了，哭得挺熊，一把鼻涕一把泪：“班副，对我有什么意见，可以当面给我提，用不着这么背地给我穿小鞋。当初咱可是一个闷子车拉过来的！班副，我不就说话随便点，可没犯过大原则！”

我说：“你犯不犯原则，我不知道。排长和班长让我找你，我就找你，别的我也不敢多说，省得叫人到连部去汇报，说不定把我也退回去！”

王滴这时不哭了，半天看我，忽然从地上跳起来，又像蛤蟆一样伏到我脸前：“你这话什么意思？你是不是怀疑，‘老肥’退回去和我有关系？”

我说：“我可没说和你有关系。再说，向连里报告情况，也是积极表现。”

他猛地从地上跳起来，涨红着脸，指着我说：“好，好，你们竟怀疑上我！你们怀疑吧，你们怀疑吧！班副，我算和你白认识了！既然这样，你让我投弹，我还不一定投呢！”说完，一溜烟跑了。

我怔在那里。回到宿舍，把情况向李上进汇报，说：“班长，说不定向连里汇报的不是他？”

李上进摸着下巴说：“不是他，可又是谁呢？班里就这么几个人，掰指头算一算，也找不出别人。”

我掰指头算了算，是找不出别人。

李上进拍一下巴掌说：“这事就这样决定了，别听他贼喊捉贼，这人品质一贯不好，汇报必是他无疑！”

这事就这样决定了。这时李上进又说：“班副，还有个事得商量商量。”

我说：“什么事？”

他说：“据你看，临到训练结束，组织上能发展我吗？”

事情的头绪可真多。我叹了一口气，说：“班长，这事你不用再操心了，那天你给副连长搓背时，他不说得挺明确？”

他点点头，又说：“我就怕‘老肥’的问题一出现，对我有影响。”

我说：“‘老肥’的问题是‘老肥’，再说已经把人家退回去了，怎么还会影响别人？”

他点点头，又说：“现在关键是看我了，得想法把班里的工作搞上去。”说到这里，一下从铺板上跃起，“班副，我看还是让王滴投实弹吧。”

我吃了一惊，问：“你不是决定不让他投吗？”

李上进说：“要不让他投，他无非得个零分；可他一得零分，班里的工作也受影响啊！班里出了个零蛋，连里不追查吗？”

我明白了他的意思，说：“他投不过三十米，出了危险怎么办？”

李上进说：“实弹比教练弹轻几两，要万一投过呢？”

我说:“那就让他试试?”

李上进说:“还是试试吧,轮到他投弹时,让别的战士撤下来。”

我又去找王滴,告诉他可以投实弹。但宿舍内外,横竖找不见他。我猜想他又犯思想问题,躲到什么地方哭去了。我信步走到训练场的沙丘后寻找,也不见他。我心想:批评他两句就闹情绪,还跑得到处找不见,真不像话。接着就往回走。这时我忽然发现,远处的旷野上,有一黑黢黢的影子,在那里跑。借着月牙的光亮打量,身影有些像王滴。我过去,叫了一声“王滴”,那身影也不答。但我看清,确是王滴:原来正一个人跑来跑去,在练手榴弹。我忽然有些感动,说:“王滴,别练了,深更半夜的。”

王滴不答,仍在那里投。

我上前拉住他,说:“王滴,别练了,班长说了,让你投实弹。”

这时我发现,王滴浑身湿漉漉的,胳膊肿得像发面窝窝。他赌气似的,甩开我的胳膊,仍投。弹投完,忽然伏到地上哭,哭得挺伤心:

“班副,要知道这样,我就不当兵了。”

我心里也不好受,说:“王滴,班里并没有存心整你。”

投实弹了。靶场背靠一个山坡。把弦套在小拇指上,顺山坡跑几步,“呼”的一下投出去,弦还在小拇指上,山间便“咣”的一声响了。这时要赶紧卧倒,不然弹片飞到身上不是玩的。成绩测定的办法是:三十米算及格,三十五米算良好,一过四十米,就算优秀了。

第一个投弹者是李上进。他是老兵,只是作示范,不计成绩。李上进不负众望,一投投了好远。响过以后,大家都使劲儿拍巴掌。李上进甩着胳膊说:

“好久不练这个了。过去我当新兵时,一投投了五十米。”

这时“元首”上前一步说:“我争取向班长学习,一投也投五十米!”

第二个投弹者是我,一投投了三十八米。大家挺遗憾,“再稍使一点劲儿,就优秀了。”

李上进说："不碍不碍，大家只要赶上班副，就算不错了！"因为连里评定班集体成绩的标准是：只要大家全是良好，集体成绩就是优秀。大家说：

"不就是三十五米吗？投着看吧。"

接着又投了两个战士，一个良好，一个优秀，大家又鼓掌。

下一个轮到王滴。李上进问：

"王滴，你紧张吗？紧张就歇会儿再投。"

王滴没答话，立时就把手榴弹的保险盖拧掉了，把弦线往手指头上套。吓得李上进忙往后退：

"王滴，马虎不得！"

王滴仍没答话，向前跑着就扔，唬得众人忙伏到地上，纷纷说："娘啊，他是不要命了！"

听得"咣"的一声。大家爬起身，见王滴也趴在前面地上。大家悄悄问："王滴，没事吧？"

王滴没答话，只是从地上爬起来去拿米尺。用米尺一量，乖乖，三十六米。大家都很高兴。李上进上去打了王滴一拳：

"王滴，有你的！没想到你适合投实弹！"

王滴脸上也没露喜色，只是说：

"就这，还差点不让投呢！"

说完，掉屁股走了。

李上进还沉浸在喜悦之中，连连告诉我："我就担心王滴，没想到他投了个良好！这下班里肯定是优秀了！"

接下去又投了几个战士，都是"良好"以上，李上进高兴得手舞足蹈，掏出一包烟，请大家抽。最后只剩下"元首"。"元首"在训练中是投得最远的，大家都盼他投出个特等成绩。"元首"也胸有成竹，连连咳嗽两声说："争取五十米开外吧！"

吸完李上进的烟，"元首"上阵了。大家都要看他的表演，纷纷从掩体中探出头。"元首"不慌不忙地拧开手榴弹，将弦线掏出来，这时突然问：

"班长，是把绳套在大拇指头上吗？"

李上进在掩体中答："是套在小拇指头上。"

"元首"这时出现了慌乱："怎么我的弦比别人的短，不会炸着我吧？"

李上进说："你投吧，弹是一样的。"

大家纷纷笑了："原来'元首'是投得了假的投不了真的。"

在大家的笑声中，"元首"向前跑去。跑了几步，胳膊一投，同时听见他叫：

"不好，我的弦太短，听见了'嗞嗞'声！"

同时见他胳膊一软，但弹也出去了。不好！手榴弹没投远，只投了十几米，眼看在"元首"面前冒烟。"元首"也傻了，看着那手榴弹冒烟。李上进"呼"地从掩体中蹿出，边叫："你给我卧倒！"边一下扑到"元首"身上，两人倒在地上。在这同时，手榴弹"咣"的一声响了。响过以后，全班人纷纷上去，喊："班长，'元首'，炸着没有哇？"

这时李上进从地上滚起来，边向外吐土，边瞪"元首"：

"你想让它炸死你呀？"

"元首"从地上坐起来，傻了，愣愣地看着前边自己手榴弹炸的坑。看了半天，哭了：

"班长，我的弦比别人短！"

李上进说："胡说八道，军工厂专门给你制造个短的吗？"

成绩测定，"元首"投了十五米。

大家纷纷叹息，说白可惜了平日功夫。"元首"滚到地上不起来，"呜呜"地哭：

"班长，我可不是故意的！平时训练你都看到了。"

李上进这时垂头丧气，连连挥手："算了，算了，你别说了。谁知道你连王滴都不如，一来真的就慌。"

"元首"听到这话，更是大哭。

实弹投掷就这样以不愉快的结尾结束了。大家排着队向营房走，谁都不说话，显得没情没绪。回到宿舍，倒见王滴喜滋滋的，哼着小曲，提杆大枪往外走，说要去练习瞄准，准备下边的实弹射击。

这一夜里，“元首”明显一夜没睡。第二天一早，戴着两只黑眼圈，在厕所门口堵住我：

“班副，不会因为投手榴弹取消我的‘骨干’吧？”

我安慰他：“‘元首’，别想那么多，赶紧准备下边的射击吧，不会撤销你的‘骨干’。”

他点点头：“可会不会影响我的分配呢？”

这我就答不上来了，说：“这我不知道，不敢胡说。”

“元首”一包眼泪：“班副，我对不起你和班长，身为‘骨干’，投弹投了十五米！”

我又安慰他：“‘元首’，千万不要思想负担过重。如果影响了下边的射击，不就更不好了？”

他点点头，又抹了一把眼泪，果断地说：“班副，你看着吧，我原守不是一般的软蛋，哪里跌倒我哪里爬起来！”

我说：“这就对了，我相信你‘元首’。”

瞄准练习中，“元首”很刻苦，一趴一晌不休息。别人休息，他仍在那里趴着，托枪练习。

射击开始了。射击分二百米、一百五十米、一百米，分别是趴着打、跪着打和立着打：六十环算及格，七十环算良好，八十环以上优秀。李上进作了示范以后，先上来三个战士。不错，都打了七十多环。就是一个战士拉枪栓时给卡了手，流了点血。李上进一边用手巾给他包扎，一边说：

“打得不错，打得不错，回去好好休息。”

又上来三个，其中有王滴。打下来，除了一个战士是及格，王滴和另一个是良好。王滴小子傻福气，刚刚七十环，其中一环还是擦边儿的。李上进虽然遗憾有一个及格，但鉴于上次手榴弹的教训，说：

“及格也不错，及格总比不及格强！”

这时王滴倒挎着大枪，从口袋摸出一包香烟，叼出一支，也不让人，自己大口大口吸起来。吸了半天，突然蹲到地上小声“呜呜”哭起来。大家吓了一跳。

我说：“行了王滴。”

李上进说：“不要哭，王滴，知道你打得不错。”

又上来三个战士，其中有“元首”。我和李上进都有些担心。我说：

“‘元首’，不要慌，枪机扳慢一点。”

李上进拿出大将风度：“‘元首’，打吧。打好了是你的，打坏了是我的！”

“元首”点点头，对我们露出感激。但他嘴唇有些哆嗦，手也不住地抖动。我和李上进说：

“不要慌，停几分钟再打。”

这时在远处监靶的排长发了火：

“怎么还不打？在那里暖小鸡吗？”

三个人只好趴下，射击。射完，大家欢呼起来。“元首”打得不错，两个九环，一个十环。我和李上进都很激动：

“对，‘元首’，就这么打！”

“元首”嘴唇绷着，一脸严肃，也不答话。爬起来，提枪向前移了五十米，蹲着打。好，打得又不错，一个八环，一个七环，一个十环。我们又欢呼，拥着“元首”移到一百米。这时“元首”浑身是汗，突然说：“班长，眼有些发花。”

李上进说：“只剩三枪了，不要发花。”

“元首”又说：“班长，靶纸上那么多窟窿，我要打重了怎么办？”

李上进说：“放心打吧‘元首’，再是神枪手，也从没打重的。”

“元首”又说：“我觉得我这靶有点歪。准是打了六枪，打歪了。”

李上进有些不耐烦：“你怎么又犯了手榴弹毛病？”

这时排长举着小旗跑过来，批评“元首”：“怎么就你的屎尿多？我的手都举酸了！”

“元首”和其他两个战士又举起了枪。“啪”、“啪”、“啪”三枪过后，老天，“元首”竟有两枪“啁”“啁”地脱了靶。另有一枪中了，仅仅六环。李上进傻了，我也傻了。傻过来以后，李上进赶紧蹲到地上用树枝计算分数。三个姿势加在一起，刚刚五十九环，只差一环不够及格。李上进也不提“打坏了算我的”了，责备“元首”：“你哪怕再多打一环呢！”

“元首”也傻了，傻了半天，突然愣愣地说：

“我说眼有些发花，你不信。可不是发花！”

排长在一边不耐烦：“行了行了，早就知道你上不得台盘。扔手榴弹也是眼睛发花？”

“元首”咧咧嘴，想哭。排长狠狠瞪了他一眼，把他的哭憋回去了。只是喉咙一抽一抽的，提着枪，看前边那靶。

实弹考核结束了。班里形势不太好。由于“元首”手榴弹、打枪都不及格，班里总成绩也跟着不及格。李上进唉声叹气地，一个劲儿地说：

“完了，完了。”

我说：“咱们内务、队列还可以。”

李上进说：“只看其他班怎么样吧。”

又停了两天，连里全部考核完了。幸好，还有三个班也出现不及格。我和李上进都松了一口气。但算来算去，自己总是落后中的，心里顺畅不过来。

班里形势又发生一些变化。“元首”两次不及格，“骨干”的地位发生一些动摇。和过去看王滴一样，大家看他也不算一个人物了。他自己也垂头丧气的，出出进进，灰得像只小老鼠。虽然写了一份决心书，决心哪里跌倒哪里爬起，但新兵连再有十几天就要结束了，还能爬到哪里去呢？王滴投弹、射击都搞得不错，又开始扬眉吐气起来，出出进进哼着小曲，说话又酸溜溜的，爱讽刺人。有时口气之大，连我和李上进都不放在眼里。我和李上进有些看不上这张狂样子，在一起商量：

“他虽然实弹考核搞得好，但品质总归恶劣！”

按说在这种情况下，“骨干”应该调整，把“元首”撤下来，让王滴当。但我和李上进找到排长：

“排长，再有十几天就结束了，‘骨干’就不要调整了吧？再说，王滴这人太看不起人，一当上‘骨干’，又要犯小资产阶级毛病。上次他给连长送笔记本，让群众有舆论，后来也常给排里工作抹黑……”

排长正趴在桌子上写信，写好一张看看，皱皱眉头，揉巴揉巴，撕撕，扔了。这时把脸扭向我们：

“什么什么？你们说什么？”

我们又把话重复了一遍。

他皱着眉头思考一下，挥挥手说：“就这样吧。”

这样，班里的“骨干”就没有进行调整。“元首”观察几天，见自己的“骨干”没被撤掉，又重新鼓起了精神，整天跑里跑外，扫地、打洗脸水、淘厕所、挖猪圈，十分卖力气；王滴观察几天，见自己的地位并没有升上去，气焰有些收敛。

连里分配工作开始了。大家都紧张起来，整日提着心，不知会把自己弄到什么地方去。但提心也是白提心。直到一天上午，连队在操场集合，开始宣布分配名单。大家排队站在那里，心“怦怦”乱跳，一个个抻着脖子，等待命运的判决。念名单之前，指导员先讲了一番话，接着念名单。名单念完，整个队伍“嗡嗡”的；但随着指导员抬起眼睛，皱起眉头盯了队伍一眼，队伍马上安静下来。

由于我们班实弹考核不及格，所以分得极差。有几个去烧锅炉的，有几个去看库房站岗的，还有几个分到战斗连队的。全班数王滴分得好，到军部当公务员。虽然当公务员无非是打水扫地，但那毕竟是军部啊！——“老肥”没有实现的愿望，竟让王滴给实现了。我们都有些愤愤不平，王滴虽然实弹考核成绩好，但他平时可是表现差的。散队以后，就有人找排长，问为什么王滴分得那么好，我们分得那么差？排长说：

“他够条件，你们不够条件。”

“为什么他够我们不够？”

“军部要一米七五的个子，咱们排，还就他够格！”

大家张张嘴，不再说什么。人生命运的变化，真是难以预测啊！

“元首”是导致全班分配的罪魁祸首。“元首”虽然整日努力工作，但大家还是难以原谅他。他自己也是全连分得最差的：到生产地去种菜。名单一宣布，“元首”当场就想抽泣。但他有苦无处诉，只好默默咽了。回到宿舍，全班就数王滴高兴，一边整理自己的行囊，一边又在那里指手画脚，告诉“元首”：

“其实种菜也不错，可以‘近水楼台先得月’！”

“元首”抬眼看王滴一眼，也不说话。我虽然分得不错，到教导队去受训，但全班这么多人分得不好，心里也不好受；现在看王滴那张狂样子，便有些看不上，戗了他一句：

“你到军部，也可以‘近水楼台先得月’，经常见军长，可以汇报个什么！”

王滴立即脸涨得通红，“你……”用手指着我，两眼憋出泪，说不出话。

晚上连里放电影，大家排队去看。“元首”坐在铺头，不去排队。我说：“‘元首’，看电影了。”

“元首”看我一眼，如痴如傻，半天才说：“班副，我请个假。”说完，抽被子蒙到身上，躺到那里。

李上进把我拉出去说：“班副，注意‘元首’闹情绪，你不要看电影了，陪他谈谈心。”

队伍走后，我把“元首”从铺上拉起来，一块儿到戈壁滩上谈心。

已经是春天了。迎面吹来的风，已无寒意。难得见到的戈壁滩上的几棵小草，已经在挣扎着往上抽芽。

“元首”没情没绪，我也一时找不到话题，只是说：“‘元首’，人生的路长得很，不要因为一次两次挫折，就磨掉自己的意志。”

“元首”叹了一口气，说：“班副，我不担心别的，只是名声不太好听，应名当了兵，谁知在部队种菜。”

我说：“你不要听王滴胡说，他虽然分得好，但也无非是提水扫地，没啥了不起。再说，他这人品质不好，爱背后汇报人，说不定时间一长，就被人识破了。”

“元首”抬起眼睛看我，不说话。

我又安慰他：“你虽然分得差，但比起咱们的‘老肥’，也算不错了，他竟让给退了回去。提起‘老肥’，谁不恨王滴？”

这时“元首”突然拦腰抱住我，吓了我一跳，他带着哭腔说：

“班副，我给你说一句话，你不要恨我！”

“什么话？”

“汇报‘老肥’的不是王滴！”

我心里疑惑，问：“不是王滴是谁？”

“元首”愣愣地说：“是我！”

“啊？”我大吃一惊，一下从“元首”胳膊圈中跳出，愣愣地看他，“你？怎么会是你？你为什么汇报他？”

这时“元首”哭了，“呜呜”地哭：“当时‘老肥’一心一意想给军长开小车，我听他一说，也觉得这活儿不错，也想去给军长开小车。当时班里就我们俩是‘骨干’，我想如果他去不了，就一定是我。为了少个竞争对象，我就汇报了他……”

“啊？”我愣愣地看“元首”。

“元首”哭着说：“没想到现在得了报应，又让我去种菜。班副，我这几个月的‘骨干’是白当了！”

“你，你，”我用手指着他，“你这人太卑鄙了！”“元首”开始蹲在地上大哭。

哭后，我们两个谁都不再说话。

远处营房有了熙攘的人声。电影散了。我说：

“咱们回去吧。”

这时“元首”胆怯地说：“班副，你可不要告诉别人，我是信得过你，才给你说。”

我瞪了他一眼：“如果你能去给军长开小车，你就谁都不告诉了？”

“元首”又呜呜地哭，说：“要不我这心里特别难受……”

我说：“你难受会儿吧，省得以后再汇报人。这么说，我们还真错怪王滴了！王滴这人原来真不错！”说完，扔下他一个人走了。

“元首”在黑暗中绝望地喊：“班副……”

七

再有五六天新兵连就要结束了。又是一个星期天，大家一块儿到大点去买东西。大点是部队一个集镇，有几个服务社，一个饭馆，几棵柳树。周围却仍是一望无际的戈壁。大家在那里买了许多笔记本，相互赠送，算是集结三个月的纪念。笔记本的扉页上，写上各自要说的话。各自的话，其实都差不多。“愿我们的友谊万古长青”，“祝进步”，“与×××共勉”等等。班里的人相互送遍了。“元首”这两天情绪低落，出来进去低着头，可能背地哭过，两只眼看上去像两只熟透的大桃。但他送笔记本并不落后，买了一大沓，每人送了一本。送我的笔记本上歪歪扭扭写道：“人生的道路不是长安街，与班副共勉。”我看了这话，明白他的意思。从大点回来，与他并排走。走了半天，他突然说：

“班副，我马上要去种菜了。”

我有些难受，说：“‘元首’，到那儿来封信。”

他长出一口气，又说：“班副，我还得求你个事。”

我说：“什么事？你说吧。”

他说：“那件事，就不要扩大范围了。要传出去，我就没法活了。”

我点点头，看他，说：“放心。”

停了一停，他又说：“我不准备送本给王滴。”

我说："送谁不送谁，是你的自由。再说，他不也不送本给人吗？"

王滴从大点回来，手是空的。他没买一个笔记本，只是口袋里装了半斤奶糖，在那里一个一个往嘴里扔，嚼吃。大家说，王滴这人可真怪，原来不该"共勉"的时候，他与连长"共勉"；现在该"共勉"了，他又一个也不"共勉"。大概是分到了军部，看不上大家了。没想到王滴听到这话，一口痰连糖吐出来，说："'共勉'个屎！三个月下来，一个个跟仇人似的，还'共勉'！"

说完，撒丫子向前跑了。

大家一怔，都好长时间不再说话。

晚上，大家开始在宿舍打点行装。该洗涮的开始洗涮。这时李上进出出进进，情绪有些急躁，抓耳挠腮。我知道他又为入党的事。现在新兵连马上要结束了，他还没有一点消息。等到宿舍没人，他来回走动几圈，突然拉着我的手说：

"班副，你看看，眼看就要结束了，怎么还没有一点消息？"

我说："是呀，该啦！怎么还没有消息？"

他说："副连长不会骗我吧？"

我想了想说："身为副连长，说话肯定会负责任的。"

他叹了一口气："这可让人心焦死了。"

第二天上午，我领人出去打扫环境卫生。扫完，回宿舍，见李上进一人在铺上躺着，两眼瞪着天花板，也不说话。我知道他又为没消息犯愁，便说：

"班长，该准备吃饭了。"

没想到他猛地蹿起来，拉着我的手，咧开黑红的大嘴笑，叫道："班副，有了，有了！"

我问："什么有了？"

他说："那事！"

我明白了他的意思，也为他高兴，说："让你填表了？"

他不以为然地看我一眼："你可真是，这点知识都不懂，那也得组织先找谈话呀！刚才连部通信员通知我，说午饭后指导员找我谈话。你想，不就是这事吗？要是不让入，还会找你谈话？”

我说：“可不！”

他又拉我到门后，翻开巴掌，说：

“你再看看，你再看看，看看怎么样！”

手掌中又露出他对象的照片。

我只好又看了看胖姑娘，说：“不错呀班长。”

他长出一口气，又“砰”地打了我一拳，说：“一个月没给她写信了。”

我说：“现在你就大胆放心写吧！”

他说：“晚上再写，晚上再写。”

中午，李上进饭吃得飞快。吃完，抹了一把嘴，又对着小圆镜正了正军装，对我不好意思地一笑，一溜小跑到连部去了。去了有二十分钟，我们正在午休，他蹑手蹑脚回来了。我欠起身问：

“这么快班长？”

他摇摇手，不说话，爬到自己铺位上，不再动弹。我以为事情已经谈妥了，他在高兴之中，在聚精会神构思晚上如何给对象写信，没想到突然从他铺位上传来“呜呜”的哭声。把我们一屋的人吓了一跳。

我急忙到他铺位上摇他：“你怎么了班长？”

他开始号啕大哭。

一班人都聚集到他身旁，说：“你怎么了班长？”

李上进也不顾影响，也不顾人多，大声喊：“我×指导员他妈！”

我们吓了一跳，问：“到底是怎么了？”

李上进边哭边说：“班副，你说这像话吗？”

我说：“怎么不像话？”

“副连长明明说好的，让我入党，可指导员找我谈话，不让我入了……”

我吃了一惊：“他说不让入了？”

“说不让入还不算，还通知我下一批复员。你说，这样光着身子，让我怎么回家！”

我倒抽一口冷气：“哎呀，这可没想到。”

他又放声号哭起来。

连里集合号响了，班里人都提枪出去集合，宿舍里就剩我们俩。这时李上进也不哭了，蹲在铺头不动。我陪在一旁叹气。他埋着头问：

“班副，你说，我来到班里表现怎么样？”

我说：“不错呀。”

“跟同志们团结怎么样？”

“不错呀。”

“说没说过出格的话，办没办过出格的事？”

“没有呀！”

“班里工作搞得怎么样？”

“除了投弹射击，别的不比人差！”

“那指导员怎么这么处理我？”

我摇摇头：“真猜不透。”

他咬咬牙说：“指导员必定跟我有仇！”接着站起来，开始在地上来回转。转了半天，开始两眼发直。

我劝他：“班长，你想开些。”

李上进不说话，只在那里转。突然蹲到地上，双手抱头，“这样光身子，我是宁死不回家。”接着又站起，对着窗户喊：“我×指导员他妈！”

我急忙把他从窗户口拉回来：“让人听见！”

他狠狠瞪了我一眼：“听见又怎么样？反正我不想活了！”

到了晚上，李上进情绪才平静下来。到了吹熄灯号，大家围着劝他，他反倒劝大家：

“都赶紧睡吧。”

大家都为他心里不好受，默默散去睡了。连王滴也露出一脸的同情，叹了口气去睡了。但脱了裤子，又爬到李上进的铺头，说：

“班长，我这还有一把糖，你吃吧。”

把一把他吃剩的奶糖，塞到李上进手里。

熄了灯。大家再没有话。都默默盯着天花板，睡不着。这是当兵以来让人最难受的一夜。连“老肥”退回去那天晚上，也没有这么难受。不时有人出去解手，都是蹑手蹑脚的。翻来覆去到下半夜，大家才蒙眬入睡。这时外边“砰”地响了一枪，把大家惊醒。夜里头，枪声清脆嘹亮。大家被吓了一跳。爬起来纷纷乱问：

“怎么回事，怎么回事？”

接着外边响起“嘟嘟”的紧急集合哨子。大家顾不上穿衣服，一窝蜂拥了出来，问：

“怎么回事，怎么回事？”

这时有人说是有了特务，有人说是哨兵走了火。正一团混乱，连长提着手枪喘喘跑来，让大家安静，说是有人向指导员打黑枪。大家“嗡”的一声炸了窝。我心里“咯噔”一下。这时副连长又提着枪跑过来，说指导员看见了，那身影像李上进；又说指导员伤势不重，只伤了胳膊；又说让大家赶紧集合，实枪荷弹去抓李上进，防止他叛逃。我们这里离国境线只几百公里。

大家又“嗡”地炸了窝。赶紧站队，上子弹，兵分几路，跑着去捉李上进。因李上进是我们班的，大家都看我们。我们班的人都低着头。我也跟在队伍中跑，心里乱如麻。看到排长也提着枪在前边喘喘地跑，便凑上去问：

“这是怎么回事呀，排长？”

排长抹一把汗，摇头叹息道：“这都是经受不住考验呀，没想到，他开枪叛逃了！”

我说：“这肯定跟入党有关系！”

排长叹息：“他哪里知道，其实支部已经研究了，马上发展他。”

我急着问：“那为什么找他谈话，说让他复员？”

排长又摇头："这还不是对他的考验？上次没有发展他，指导员说他神色不对，就想出这么个点子。没想到一考验就考验出来了！"

我脑袋"嗡"地响了一下。

排长说："他就没想一想，这明显是考验，新兵连哪里有权复员人呢？"

我脑袋又"嗡"地响了一下。心里边流泪边喊：

"班长，你太亏了！"

队伍跑了有十公里，开始拉散兵线。副连长用脚步量着，十米一个，持枪卧倒，趴在冰凉的地上潜伏，等待捉拿李上进。副指导员又宣布纪律，不准说话，不准咳嗽，尽量捉活的，但如果他真要不听警告，或持枪顽抗，就开枪消灭他。接着散兵线上响起"哗啦""哗啦"推子弹上膛的声音。

我左边的战士把子弹推上了膛。

我右边的战士也把子弹推上了膛。

我也把子弹推上了膛。

但我心里祷告："班长，你就是逃，也千万别朝这个方向逃，这里有散兵线。"

东方渐渐露出了鱼肚白。散兵线上一个个哨位，已经看得清清楚楚。李上进没有来。副连长把大家集合在一起，回营房吃饭。吃了饭，又让大家到各处去搜。我们班的任务，是搜查戈壁滩上的一棵棵骆驼刺草丘。我领着大伙搜。我没有话，大伙也没有话，连王滴都没有话，只是说：

"不管搜出搜不出，都是一个悲剧。"

我瞪了他一眼，不再说话。

这样搜了一天，没有搜出李上进。

夜里又撒散兵线。

三天过去了。李上进还没捉拿到。

这时军里都知道了。发出命令：再用三天时间，务必捉到叛逃者，不然追查团里营里连里的责任。团里营里连里都吓傻了。指导员托着受伤的胳膊，也加入了搜查的行列。

又一天过去了。没有搜到。

夜里连部灯火通明。

最后一天，李上进捉到了。不过不是搜到的，是他自己举手投降的。原来他藏匿的地点并不远，就在河边的一个草堆里。他从草堆里钻出，向人们举手投降。叛逃者被捉住了，大家都松了一口气，也来了劲头。李上进已变得面黄肌瘦，浑身草秸，军服被扯得一条一条的。领章帽徽还戴着，不过一捉到就让人扯掉了。筋疲力尽的李上进，立即被带到连部审问。

副连长问："你为什么向指导员开枪？"

李上进："他跟我有仇。"

"他怎么跟你有仇？"

"他不让我入党。"

沉默。

"不让入党就开枪？"

李上进委屈地"呜呜"哭了："副连长，我给你搓背时，你明明说让我入，指导员却不让我入，这不是跟我有仇吗？"

副连长红了脸，"啪"的一声拍了一下桌子："李上进，你问题的性质已经变了，过了界限了！你向指导员开了枪！你开枪以后不是要叛逃吗？怎么不逃了？"

李上进说："我不是想叛逃，我是想跑到河边自杀！"

"噢——"副连长吃了一惊，看李上进半天，又问，"那你为什么不自杀？"

李上进："我想着家里……还有一个老爹。"

沉默。

连部审问李上进，这边连里召开大会，要大家深入批判他。连长站在队伍前讲："这和林彪有什么区别？林彪谋害毛主席，他谋害指导员；林彪要叛逃，他也要叛逃……”

会后，李上进被押到猪圈旁一间小屋里。连里派我和“元首”持枪看守。猪圈旁，是我们以前一起做好事的地方。到了小屋前，李上进看我们一眼，叹息一声，低头不说话，进了小屋。看他那浑身散架、垂头丧气的样子，真由一个班长，变成一个囚犯了。围观的人散去，剩我们三个人，这时李上进说：

“班副，快给我弄点吃的吧，饿了五六天了。”

我想起刚来部队，晚上站岗，到锅炉房吃他烤包子的事。我把“元首”叫到一旁，说：

“‘元首’，我是不顾纪律了，我去给他弄点吃的，你要想汇报，你就去汇报。”

这时“元首”脸涨得通红，“啪”的一声把步枪上的刺刀卸下来，递给我：

“班副，我要再犯那毛病，你用它捅了我！”

我点点头，说：“好，‘元首’，我相信你！”

留下“元首”一人看守，我到连队厨房偷了一盆剩面条，悄悄带了回来。李上进见了食物，不顾死活，双手抓着乱吃，弄得满头满脸；最后还给噎着了，脖子一伸一伸的，忙用双拳去捶。看他那狼狈样子，我和“元首”都禁不住流泪。

夜里，李上进在屋里墙上倚着，我和“元首”在外边坐着。这时我说：

“班长，你不该这样呀！”

但我朝里看，他已经倚在墙上睡着了。

我们俩都开始流泪。

这时“元首”说：“班副，我有一个主意。”

我问：“什么主意？”

他说：“咱们把班长放了吧！”

我大吃一惊，急忙看了看四周，又上前捂住他的嘴：“小声点。”

他小声说:“咱们把班长放了吧!”

我说:“放了怎么办?”

他眨巴眼:“让他逃呀!”

我叹息一声:“往哪里逃呀,还真能越过边境线不成?”

“元首”不说话了,开始嘬牙叹气。

这时我说:“‘元首’,你是一个好兄弟。”

一夜在李上进的酣睡中过去了。

第二天一早,师里来了一个军用囚车,提李上进。李上进还迷离马虎的,就被提溜上了囚车。临走,也没扭头看看我和“元首”。

囚车“呜呜”地开跑了。

我和“元首”还站在囚李上进的小屋前,愣着。

突然,“元首”喊:“班副,你看那是什么?”

我顺着“元首”的手指看,小屋地上有一片纸。我和“元首”进屋捡起一看,原来是李上进对象的照片。

照片上的姑娘很胖,绑着一对大缆绳般的粗辫子,在对我们笑。

八

过了有三天,上边传来消息,说李上进被判了十五年徒刑。

消息传来,并没有在连里引起什么轰动。因为三天时间,李上进已经被连里批臭了。任务布置下来,个个发言,人人过关,像当时批林彪一样认真。

在批李上进的过程中,大家又起了私心。为了不影响自己的最后分配,大家批得都挺认真。李上进出自我们班,我们班成了重灾区,指导员、连长都来参加我们的批判会。大家一开始还挤牙膏,后来索性墙倒众人推,把他日常生活中的大小缺点往一块儿一集合,一下堆了一个十恶不赦的罪人!好像谁批得越多,谁就越不认识李上进似的。王滴原来也挺同情李上进,说他是“悲剧”,现在为了不影响自己分到军部，第一个发言，而且挺有深度：说李上进叛逃有思想基础，几年之前就带刺刀回家，受过处分。说得连长指导员直点头。发言一开始，下边就有人接了茬。中间休息时，连“元首”也动摇了，找到我，涨红着脸说：

“班副，我也要批判了。”

我看他一眼：“你批吧，我不让你批了？”

他脸越发红：“大家都批了，就我不批，多不好，总得做做样子。”

接着开会，“元首”便批了。说是做做样子，谁知批得也挺深刻，说李上进思想腐化，平时手里老是捏着个女人照片；把他关起来，还看了一夜。连长指导员都支起耳朵。我听不下去，便插话：

“那是他对象的照片。”

指导员说：“要是他对象的照片，还是可以看看的。”

我说：“现在保准不看了，一坐监，对象还不吹了？”

大家“轰”地笑了。笑后，都又觉得心里不好受，一时批判停下了。

中午吃饭，“元首”又找我：

“班副，我不该批判吧？”

我十分气恼：“‘元首’，你怎么这么说话？我说你不该批了？你这么说话，不是把我往火坑里推吗？”

“班副！”“元首”又双手掩着脸哭了。

批过李上进，大家都洗清了自己，分配也没受大影响。该去军部的去军部，该去菜地的去菜地。终于，大家吃过一顿红烧肉之后，开始陆续离开新兵连，到各自分配的连队去。

第一个离开新兵连的是王滴。他可真威风，军部来接他了。来的是一辆小吉普。班里有几个人坐过小吉普？大家都去看他上车。他一一与大家握手，倒没露出得意之色。只是说：“有时间到军部来玩。”

排长本来在宿舍写信，揉巴揉巴撕了两张，也跑出来送王滴。王滴对他倒有些带搭不理，最后一个才与他握手，说：“排长，在这三个月，没少给你添麻烦。自己不争气，把个‘骨干’也给闹掉了。以后排长到大点去，有时间也来军部玩吧！”

把排长闹了个大红脸。

吉普车发动了，王滴又来到我面前，说：

“班副，我走了。”

我说：“再见王滴。”

这时王滴把我拉到一边，突然两眼红了：

“班副，你知道让我干什么去？”

我说：“不是当公务员吗？”

“说是让我到军部当公务员，今天司机才告诉我，原来军长他爹瘫痪了，让我去给他端屎端尿！”王滴说着涌出两包泪。

我也吃了一惊，说：“哎呀，这可想不到。”

他叹息一声：“我以前说话不注意，你可得原谅我。”

我一把握住他的手：“王滴！”

他说：“俺奶在家里病床上躺了三年，我还没尽一点孝心！”

我说：“不管怎么说，到那儿得好好干。”

他点点头，叹息一声：“这话就对你说了，可千万别告诉别人，不然又让人笑话了。”

我使劲点点头。

车把王滴载走了。车屁股甩下一溜烟。

第二个来接人的，是生产地的指导员，来接“元首”。指导员是个黑矮的胖子，也是河南人，说话十分直爽。“元首”分到菜地，本来十分沮丧。没想到菜地指导员一来，给他带来了喜讯：因分到菜地的都是差兵，相比之下，“元首”还算好的——在新兵连当过“骨干”，于是矬子里拔将军，还没去菜地，就给他安排了一个班副。这真是因祸得福，“元首”情绪一下高涨起来，给他的指导员让烟，围着问这问那。指导员叼着烟说：

“到菜地没别的好处，就是入党快些。”

“元首”更加高兴，手舞足蹈的。大家围着“元首”和他的指导员，也都挺羡慕,似乎去菜地比去军部还好。

“元首”咳嗽两声,看大家一眼,对他的指导员说:“指导员,从今以后,你说哪儿打哪儿,让我领着班里的同志喂猪也行!”

指导员“哈哈”笑了:“工作嘛,到家再说,到家再说。”

当天下午,班副“元首”,坐着生产地的拉羊粪卡车,兴高采烈地种菜去了。

其他战士也都一个一个被领走了。

战士们走完,我才背着背包离开了新兵连。全班比较,还数我分得比较好:到教导队去学习。因教导队离新兵连比较远,得到一个军用小火车站去搭火车。排长也要离开新兵连回老连队,也要搭火车,于是我们两个同行。离开了新兵连,排长放下了他的架子,与我说这说那。可我老打不起精神。

排长问:“你怎么了?”

我说:“排长,我心里有些难受。”

“怎么了?为李上进?”

我摇摇头。

“为王滴?”

我摇摇头。

“为‘元首’?”

我摇摇头。

“为其他同志?”

我摇摇头。

“那为什么?”

我说:“我今天接到我爹一封信。”

“家里出事了?”

我摇摇头。

他瞪着眼睛问:“那为什么?”

“信上说,‘老肥’死了。”

“啊？”他一下跳出丈把远，吃惊地望着我，“这怎么可能？”

我把爹来的那封信，交给了他。

信是下午收到的。爹在信上说，“老肥”被部队退回去以后，没有跟我爹去学泥瓦匠，就在家里种地。一次三天不见他露面，家里着了急，托人四处找，最后在东北地的井里发现了他，尸体已经泡得像发面窝窝。村里人都说，可能是打水的时候，他的羊羔疯又犯了。

排长抖着信说：“他羊羔疯又犯了，有什么办法？”

这时我禁不住哭了：“排长，我了解他，他绝不是羊羔疯犯了。”

“那是什么？”

“他一定是自杀！”

“啊——”排长瞪大了眼珠。

我们默默走了好一段路，没有说话。

快走近小火车站时，排长又问：

“多长时间了？”

我说：“信上不是说了，快半个月了。”

“你告没告诉班里其他同志？”

我摇摇头。

这时天已经黑了。戈壁滩的天，是那样青，那样蓝。迎头的东方，推出一轮冰盘样的大月亮。

火车已经“嗷嗷”地进站了。

“我们走吧。”排长说。

我们背着背包，向车站走去。

（《小说月报》1988年第3期选载）

洁白的玉

雷　铎

一九七九。

说是要打仗。这回真的要打！有很多内部消息交叉证实。侦察分队是早接上火并有人负伤了，××部队已经开上去了，军机关也正式动员了，三天内开拔，不过上面只说是“紧急战备”，规定很多，很严，也很秘密。三十多年没打仗了，每次都风声很大，最后总是烟消云散；这一回不一样，外松内紧。风声小，便是真要打了，这是机关们的判断。营区的氛围很特别，家属们聚在一起便小声交换消息：谁的丈夫第一批上去，谁的丈夫留守，谁的丈夫要下第一线团去代职，真打起来怎么办？怎么办哟？万一那个……不吉利话千万别说，孩子们怎么办，之类。孩子们也感染上了这种气氛，也变得像大人似的，悄悄地谈论战争。又传说某某的家属不让丈夫上去，邻居夜里听见她的哭声；某某参谋要转业了，还写请战书，到底值得不值得，之类。

那时候我是单身汉，无牵挂，觉得挺好玩——真要经历一场战争啦，我是军机关干事，大约不会有大危险，所以并不多想死活的事，只想看看真实的战争是个什么样子。

连队们很忙碌：停止探家，追回外出人员，按前运、后运严格落实作战装备，战前适应性训练，搞连战术、班战术演习，搞山地相似地形演练，整夜整夜拉到山沟里转悠，天天杀猪、加菜，把伙食尾子吃掉，写请战书、表决心、誓师、开大会夺战旗（事先做好几面旗：“穿插尖刀连”啦，“攻如猛虎”啦，“守如泰山”啦，各连的代表争着上台去抢旗，争硬任务）。战士们则急着写信，不能明说，但总要向父母、向情人交代一点什么，暗示一点什么（不过那些信都被收发室压下了，部队出发以后才寄出）。

有的新干部卖手表，把钱寄回家。

战士也有卖手表的，不过有手表可卖的战士，那时候还不多。多半卖了，便买了酒肉和弟兄们一起吃，猜拳，说些激昂的话，交代后事，谁活着便为死了的弟兄办交代的事情。

军医院的气氛最紧。伤病员分四批处理完了：重病号转院，轻的则归队。军医院多半是女性，女人的感情最复杂，反应是各种各样的：×医生和×护士本来要举行婚礼了，两个人整黄昏整黄昏地商量，最后决定不结婚了，免得一个死了或伤了牵累另一个，双方都是为对方着想。喜糖早买好了，便拿去服务社拍卖——叫“代销”好听一点，但实际是拍卖，因为只按原价百分之八十处理。许多有对象的，都写信告诉那人，等活着回来再说，以往说的甜蜜话或海誓山盟之类不算了，能活着回来才算，“回不来便把我忘了”，“愿你找到一个比我更好的”之类，也都是好心，怕拖累别人，怕自己死了，对方还整天悲悲切切，想不开，搞独身主义。这种看来是真爱，互相看成心头肉。

也有另外一种情况：急急忙忙结婚，想万一死了，不至于到这个人世间走一遭，还不懂得异性和家庭生活是怎么一回事，那该多后悔多后悔哟。一般的，没烫过发，也都相约了去烫发，照张相，一是尝尝烫发的滋味，这毕竟是女人的一种专利，二是将尽量美好的青春记录在相片上。过去觉得人生很长，烫发照相之类可有可无，现在也许是最后一次机会了。

X 医院的这股烫发照相风是高干病房的 Y 护士带起头的。Y 护士是全院最美丽的女兵——高干病房的女兵都漂亮，她是漂亮中的第一。我不说她漂亮，而说她美丽，是因为她的美是骨子里的，不必打扮，便鹤立鸡群，漂亮往往指外表，美丽却是内在的，包括气质。Y 护士有点忧郁，话不多，难得一笑，一笑却叫人过目不忘，这就是它（她的神韵）的挑衅力所在。她大约自知这一层，所以轻易不笑，轻易不打扮，这样反倒教人更销魂。

不消说，向她表示殷勤的、给她写信的、往她值班的床单下塞纸条的，大有人在，但她都没回声，因为这一条，即便她待在高干病房，也没有什么有关她的议论，这就更难能可贵。

动员大会开过之后，那天下午，她忽然请假上街，她去时几乎没人知道，回来时全医院都被惊动了：Y 护士烫发啦！换了一个人啦！男人们这才发现打扮这种工作对于一个女人的伟大魅力会增加些什么，平日亲近的姐妹们围了她又夸又笑又品味，平日不很亲近的也去参观参观，男人们则远远看，或装作偶然相遇好打个照面、说两句话。第二天，她又托人带回昨天烫完发刚照好的六寸快相回来。那相片自然也不消说，好看的怎么照都不会丑的。

于是姑娘们都请假去烫发和照相。这是一项极低的要求，但也不能全部批准，要按外出比例一批一批出去。

后来军医院跟着军机关和大部队开上去了，打了一仗回来，部队里牺牲了不少人，也伤了一些，牺牲的埋在边境的一座山坡上了，伤的分散在四面八方的后方医院治疗。大家谈起来，有种恍若隔世之感，×××原是熟得不能再熟的人，竟死了，想来似乎不像真的，仿佛他什么时候还会像往常一走出来；×××双脚都断了，真是可怜；××成为战斗英雄，平时看不出来，等等，似乎世界变了另一种样子。

军医院几乎全数完好无损回来，真可以说“凯旋归来”——说“几乎”，是因为并不完全是，有一个人不是完好无损，便是高干病房的 Y 护士。漂亮女性一般都娇，Y 护士偏偏不娇，在救护所里什么活都抢着干：给伤员擦澡啦、导尿啦、灌肠啦之类，也许这并没有什么，男女的界线到了战场几乎被消融了。她还几次抢着去前面接伤员。在宣布撤军那天接最后一批伤员时，我们前脚走，敌人后脚到，还在后面用炮弹轰，卫生车躲着炮弹，没被轰着，却翻到山沟里去了，司机重伤，伤员死了两人，Y 护士也受了重伤，都送医院抢救，司机没救活，Y 护士救活了，昏迷了六天七夜，醒来了，不会说话，一个星期后还不会说话，一个月后也还不会说话，生活不能自理，让她坐着便坐着，你不动她，她便永远坐着，让她躺她便永远躺着。诊断是颅脑损伤，天灵盖凹进去了，做过手术，外表却不怎么看得出来，人还是那么美丽，并且没有了从前的忧郁，甚至有了纯真，孩子一样透明的无我状态的纯真。几乎所有的首长全去看望过她，动用了最好的医疗力量，一切关怀都无济于事。给她记了二等功，她自己已经不懂得了，只是静静地坐着或躺着。

按理应该留她在部队医院长期疗养或送进疗养院的，可她父母放心不下，据说她父母都是高级知识分子，受了好些年委屈，刚平反昭雪，发了不小的两笔钱。他们怕女儿长期在医院或疗养院，时间长了护理人员疲了，对她不好，便接她回家去养着。她生活不能自理，先是她妹妹服侍，后来又请了一个小保姆服侍，每月三十元，包吃，当时一般保姆价格是二十元，三十元是极高的，反正她家刚发了两笔大钱下来。

又据说有十几个男的向她父母求婚，愿做她丈夫，服侍她一辈子。这当中有三种人：一种是极单纯的男孩，受了献身精神的感染，愿为一个英勇的优秀女性献出自己真心的爱情，听说有一个男孩甚至写了血书，想来真让人掉泪。一种是羡慕她的美丽，愿意供养着天天欣赏——哪怕替她洗头洗澡也是一种享受，而不是劳役。另一种是因为有缺陷，找不到好做妻子的女人，想她虽然美丽，现在成了白痴，她父母或许会将她降价处理了。

但她父母一个也没答应——对好心的，不忍心让那么单纯的男孩一辈子没期限地背一个活包袱；对另外两种，他们又鄙视又不放心——他们一直当作掌上明珠、在受委屈的那些年当作精神支柱才活下来的女儿，倘若交给鉴赏家或配种员（恕我不恭，不恭之至，但这是她妹妹骂一个死乞白赖的第三类求婚者所用的语言），他们是无论如何不忍心、不放心的。

到我写作本文的今天，还没听说她嫁出去了。她至今守身如玉。当然这只有她父母懂得，她自己并不懂得什么叫守身，什么叫如玉。还听说这么多年她并不很见老，因为她没有忧愁，胃口很好，胖了一些，没有那张烫发照片那么艳丽，却极单纯、端庄、超脱。有时似乎还会笑一点点。

可惜她不是负的战伤，不然可能记一等功甚至评为二级英雄。但这也无关紧要，她自己是不懂得的。打完仗宣传过一阵子，后来大家便大多都忘了；她父母起初很伤心，现在据说很漠然，有时对她也不怎么好了；只有她妹妹还是那样对她好，好像她还懂得人事似的。其实我也把她忘了，几次想拿她写小说，因为没有什么事迹可言，便一直没写成。这篇东西近似散文，便信笔写来。写着，不免又出现她当年活脱脱美丽的忧伤或美丽的微笑的样子，说也奇怪，更多的却是她伤后单纯、端庄的样子，甚至还无端想象出假如她嫁了一个男人，那男人服侍她洗头洗身的样子，真不知如何写好。

（《小说月报》1988年第4期选载）

热　障

范军昌

一、他没见过这个怪词

沈松如爱看报，这是他在办公室里泡出来的瘾。

离休了，不坐部长办公室了，这习惯却丢不下。报纸自己花钱订，早报，晚报，什么报订的都有。早饭后，看早报；晚饭后，看晚报；午饭后，看的是“党报”——他管各级日报都叫“党报”。《参考消息》，往往留到夜里失眠时再看。那玩意儿，费琢磨，有嚼头！

报纸看得多，新名词撑饱了肚子，说起话来，水平自然不一样。可他老伴方小芬却说他：吃纸虫子一个，看得越多越糊涂！

又是一个响晴的天。薄薄的雾，渐渐散尽，嫩黄水灵的阳光落在院里，溅到窗上，到处是亮堂堂的金黄。

方小芬把盘子碗捡走洗去了。

沈松如一扭身，尖屁股往沙发上一戳，拧了拧，舒舒服服坐好，随手打开了当天的早报。报纸刚刚送来，新鲜油墨味儿很浓，很香。

沈松如看报，历来是从头版头条看起，硬扎扎的目光像锥子一样，一个字一个字挨着往下戳，很少有颠倒错乱的时候。今天不知是怎么了，一眼扫见第四版有个小标题：《世界上飞得最快的飞机》，目光一下子被吸引住了。他有点儿喜欢“最”字儿——世界之最、历史之最、当代之最等等，那都是顶尖尖！在这些之最中，他又最喜欢与战争有关的东西。军人嘛！

那早报上的文章很短小，四周套着可爱的花边儿，显然是资料性的东西。

> 据外电报道：目前，世界上飞得最快的飞机，是美国新近研制成功的 SR–71 黑鸟式战斗机，其航速高达每小时 3529 公里。这种新型飞机，之所以能获得如此高的速度，是因为成功地突破了热障。

沈松如盯着“热障”两个字，木雕般呆愣着。

“热障”——他从来没有听说过这个词，看上去很有点儿古里古怪。

“哎，我走啦！”方小芬柔软的声音飘过来。

沈松如没抬头，也没应声，目光戳着“热障”，两道浓眉像毛毛虫在咬架，痛苦不堪地扭来扭去。

“菜在冰箱里，吃时，记住热一热。”

语音落地，脚步声响起。

沈松如像突然间活过来似的，头一昂：

“哎！”

“啥事儿？”

四目相对，形象鲜明，鲜明得近乎有点儿滑稽，沈松如头尖屁股尖，麻秆细腰瘦长脸，是军区机关顶顶有名的竹竿形苗条身材，军帽扣头上，可以随便打转转。方小芬白白胖胖一身膘，属冬瓜形身材，走起路来一摇三晃，浑身上下打颤颤。两口子在一起过了几十年，没叫过名，没喊过姓，彼此称呼都是一声“哎”。他们“哎”了几十年，很顺口，也早习惯了。

沈松如说：“考考你，什么叫热障？”

方小芬身子晃了晃，双眉一挑，带出了一脸的不屑：“物体受热膨胀,就叫热胀,小学生们都懂!”

“你说热胀冷缩呀!”沈松如伸出右手,一边用手指在空中画龙写凤,一边说,“我问的是热障!障,耳朵旁,一个立正的立字儿,下边加一个早晨的早……”

“障碍的障。”

“对,是障碍的障。我问的是热障!”

方小芬手理鬓发,凝神沉思了一会儿,说:“压根就没有这个词儿!

“我×!”沈松如身子往后一仰,两条瘦腿有力地弹了出去,“你呀,整天不读书不看报,怎么得了!瞧这报纸,白纸黑字印着……”

“我要整天读书看报,你就得把脖子扎起来,别吃也别喝!”

“《辞海》放什么地方?拿来,我查查。”

“《辞海》?”方小芬的身子不自然地晃了几下,说,“岚岚拿去了,说用用……”

“岚岚?”沈松如像被蝎子突然蜇了一下,双腿猛一收,人立刻弹了起来,“她……她什么时候回来过?”

“前天。”

“谁批准的?”

“用不着谁批准。她是我女儿,这里是她的家。”

“你老糊涂啦?”

“你才老糊涂啦!”方小芬气色上脸,不由得挑高了嗓门儿,“你绝情绝义不要女儿,我可是要!实话给你说,我今天,不是去看李大姐,就是去咱岚岚家的。你嫌弃她,讨厌我,那你干脆搬到你那宝贝墓坑里住去!”

“你……可真是个热障!”

沈松如自己也闹不清,一急,怎么把这个古里古怪的词给用上了。

二、杰作

方小芬说的墓坑，其实是地道，也叫人防工程。

那是沈松如的杰作！

人，特别是已经活了大半辈子的人，似乎都有可以炫耀的杰作。当然，杰作与杰作大不相同，有的定国安邦，有的劈山断水，有的画活虫鱼，有的生女成凤育子成龙……沈松如的杰作，却是一个埋藏在地层深处的人防工程。

他十六岁参军，打仗很勇敢，几次战斗下来，便当上了排长。团长刘铁东，对他很器重，很快又调他到团里当了参谋。在团长鞍前马后跑，练的是嘴和腿。他做梦都想的是下部队领兵打仗。一次较大的战斗，他临阵请命，终于如愿以偿，下去当了个连长。谁知，他带着一个连上去，没想到打了个败仗。死的死，伤的伤，一百多号人，从阵地上撤下来时，只能勉强凑够一个排。刘铁东点着他的鼻子骂，说非枪毙他不可。后来，并没有枪毙他，而是让他戴罪立功，到后勤部门帮助抢运粮食和弹药。他豁出命来干，干得很出色。于是，他便在后勤部门生了根。刘铁东说他，不是个"帅才"，但是个"干才"。

那次败仗，在他心里留下一个阴影。

几十年过去，这阴影始终不散。

他一直在等待机会，想在战场上重新证明自己的价值。然而，战争，一直像远天的云雾，时隐时现，时浓时淡，尽管有时雷声隆隆，风声很紧，但往往很快就被阳光化解了。庆幸归庆幸，他却无论如何也排遣不开内心深处的一丝淡淡的遗憾。

机会，有时是悄悄来到的。

一个阴沉沉的夜晚，军区副司令员刘铁东突然打电话找他，让他立刻去见他。

他感到紧张不安，但同时也有点儿兴奋与激动。

一见面，刘副司令就很严肃地克上了。

“你沈松如好大的口气呀！有人告诉我，说是你说，要是打起仗来，给你两三个野战军你也指挥得了，是真的吗？”

刘铁东副司令五短身材，面皮紫红，目光咄咄逼人，说话膛音很重。他在沙发里坐得笔直，像一发重型炮弹。

“谁说的？我……”沈松如把后面的字儿紧紧咬住，强咽了回去。尖屁股在沙发上拧了拧，他本想搪塞一句，但话到嘴边，却突然又变了。“我不否认！而且，我相信，如果需要，咱沈松如完全可以！”

“乱放炮！”刘铁东斩钉截铁，“我看，你这个副部长就别当尿了！”

“去野战军？”

“给你一个加强营。”

“当……当营长？”

“什么长也不当。你给我落实毛主席的最新指示，深挖洞！”刘副司令用肥厚的手掌敲击着沙发扶手，急骤如催战的鼓点，“军区成立一个人防办公室，要物色一批精兵强将，打一场硬仗。他们让我牵头，实际上是当后勤部长。你这个后勤部副部长，才是真正领兵挂帅的人物。好好干吧，这是一件天大的事，比你指挥几个军的责任还要重大，比你在战场上吃掉多少敌人都更加意义深远……”

刘副司令侃侃而谈，结结实实地给沈松如上了一课。

沈松如热血沸腾，信心十足，腾地一下从沙发上弹起来，铁棍儿般立得笔直，说：“有老首长掌舵，我保证……”

“乱放炮！”刘铁东的手在沙发扶手上重重一击，斩断了沈松如的话。稍停顿了一下，他十分严肃地说，“舵，能是随便什么人都可以乱掌的？你说我掌舵，那我不就成舵手了？以后少给我瞎咧咧！我们的舵手，是伟大领袖毛主席……”

人防工程，雷火之紧地上了马。

沈松如手下，开始只有一个工兵营，后来，军区机关干部有一半以上也都归他指挥了。一天三班倒，日夜向地球开战。三个洞口，按照既定的方向和路线，同时开挖掘进。

沈松如穿一套旧军衣，领口敞开，裤管高挽，头戴安全帽，脚穿破胶鞋，流星般穿梭在工地上，很像一位驰骋沙场的将军。别人一天三班倒，他从来不轮班。饿了，凉馒头就大蒜，填一填肚子。困了，倒在工棚角落里迷糊一会儿。

当时，地上地下，到处都流传着沈松如的一句名言：要搬梯子日骆驼，大干！

一个星期天，沈松如要到郊外石料场去察看，正巧碰上女儿岚岚来人防工地玩，死缠活缠，非要跟着去。无疑，郊外的荒天野地，对她来说，具有极大的诱惑力。沈松如问清了那天真的是个星期天，用不着上学，便扯起她登上了运石头的卡车。

石料场，除了石头，只有钢钎铁锤和炸药。山脚下，一顶帐篷，像个老蘑菇。一个班的兵，灰布工作服上汗渍泛白，一头石砟子，满脸汗灰，好像一窝土地爷！沈松如察看一番，动员一番，交代一番，最后下了一道命令，每天必须完成多少多少方石头。临走时，他发现岚岚在小山包上拎石头玩；喊她，不愿走，说要搭起一座房子。沈松如爬上去，帮她拎石头，有用的，没用的，拎了一大堆。岚岚玩够了，要回家。沈松如临上汽车时，交代战士们，把山包上那堆石头搬下来。

谁也没有料到，军区报纸很快便登出一篇文章。文章不长，题目却壮观醒目——《一心为人防，全家拎石头》，署名是当时报纸上最常见的“通讯员”三字。

刘铁东副司令看了报纸，在军区机关干部大会上敲着桌子狠狠表扬了一通沈松如。于是，司政后三大机关，闻风而动，一连三个星期天，全体人员上山拎石头，弄得十分红火热闹。

沈松如没费什么劲儿，很快就找到了那位写文章的“通讯员”。

不出所料，“通讯员”就在石料场，真名实姓叫杨大山。该同志二十二岁，家在农村，当兵两年零四个月。

那天，是指导员陪着沈松如去的石料场，有意无意间，与杨大山见了面。三言两语，问了问基本情况，沈松如便说，这小伙子是个人才，调到人防办公室当个文书挺合适。指导员连连点头，说首长真好眼力。

杨大山离开石料场，热水一泡，肥皂一搓，新军衣一穿，中等个头结实精神，光鼻子净脸平添许多帅劲儿。沈松如常用很开心的口气对他说："当心大姑娘们使绊子，捉你的俘虏！"

沈松如是后勤部副部长，在后勤部大院有一套很像样的房子，但他一干上人防，便很少回他那个家了。人防工程，可不是仨月俩月的事儿，方小芬心一软，把家搬了过来。三号洞口旁边，有一栋旧房子，虽然很结实，但阴暗潮湿，像一个地堡。方小芬想的是，为了老头子，暂时搞个"穷过渡"，便听了沈松如的话，住了下来。她万万没有料到，一住竟是许多年，扎下了根。

沈松如刚刚搬过家，杨大山就作出了一篇精彩文章——《舍小家，为国家》，军区报纸头版头条刊出。

文章刚刚发表，一纸命令下来，杨大山成了干部。没人有异议，都觉得应该。

杨大山任干事，的确不辱使命。地道塌方，活埋了三个战士。追悼会上，沈松如眼泪花花地念了杨大山写的一篇悼词，使三位战士的三位父亲，一抹眼泪，当场手挽起手，强烈要求下地道，去顶儿子的班。

沈松如曾当众不无得意地说过，杨大山是他的杰作之二。他的杰作之一，不说，也都明白，自然是地下那个庞大的人防工程。

但是，也有人反过来说：沈松如是杨大山的杰作之二。杨大山的杰作之一，是他杨大山自己。

人防工程竣工之日，沈松如光芒四射，耀眼生辉。

军区正开党委扩大会，师以上干部都在，加上军区机关的男女老少，队伍浩荡，气氛热烈。军区首长，由沈松如陪同，捷足先入。其余人员，递次跟进。那年月，不管大城市还是小城市，地下都快掏成了蜂窝，代表们都是师以上干部，什么样的地道没有见过？然而，沈松如弄出的这地道，却令他们目瞪口呆，眼界大开。

那的确是令人难以置信的杰作！防核防化防毒防震，以及消防等等诸项设施，一应俱全，且十分牢靠有效。通信通风，供电供水，以及排污等等，均有多种措施，且设计巧妙，操作灵便。走廊宽敞，四通八达。灯光辉煌，如同白昼。一间间办公室，牌子高悬，白地红字，威严醒目。室内，电灯电话，桌子椅子报夹子，箱子柜子水杯子，烟缸痰盂开水瓶，样样齐备，各在其位。作战地图，设有电动装置，可任意选择和标示。大小会议室，装修得雅而不俗。音响设备，应有尽有，一盆盆做工精细的塑料花，滴翠流彩，争春生辉，悄悄地散发着淡淡的香水味儿。俱乐部里，琴棋书画皆有，电影放映机，锃光闪亮；电影拷贝，摆放齐整。商店，学校，医院，理发室，都处于一种高度戒备状态。招待所，开门就能住人。厨房，生火便可做饭。餐厅，人到便可就餐。厕所和浴室，宽敞明亮，空气清新……

“杰作，真是杰作！”众人交口称赞。

在地下会议室里，刘铁东把沈松如介绍给大家，并伸出大拇指，晃了又晃，说：“工程巨大。功绩卓著。意义深远。应该载入我军的史册！”

工程竣工之后，沈松如好像比以前更忙了。军区搞演习，统帅部来人搞录像，友邻军区来参观，地方人防部门来取经……沈松如忙得团团转。先进事迹，经验材料，工作总结，情况反映等等，把杨大山折腾得昏天黑地，寝食难安。后来，竟弄得胃病大发，身体全面崩溃。

沈松如红得发紫，官升一级。谁都说应该，的确是当之无愧！

然而，分给沈松如的一套新房，他却说什么也不要。他不愿离开三号洞口。他的魂儿，早已丢在地道里了。

三、丑闻

说起沈松如的杰作，就不能不说齐鸣这个人。

齐鸣不识字，跟着舅舅拉板车，拉出一身疙瘩肉。当兵时，都说他是当炮兵的料，扛炮弹，一个能顶俩。他自己心里想的，和梦里梦的一个样，到部队上学个开汽车。他对汽车无限崇拜，对汽车司机极为妒忌。他死死记住舅舅的一句至理名言——“玩得汽车轱辘转，给个县长也不换！”

新兵连，什么东西都掺水，连长其实是排长，排长其实是班长，当班长的，其实只是一个老兵。齐鸣的班长吴黑孩，其实连兵也不老，只比他早来部队十一个月。

齐鸣知道，要想学开车，就得表现好，因此，他事事都想争先。集合站队，立正稍息，队列训练，走来走去，他一学就会，挺灵！战术动作，投弹射击，他不落人后，还行。助民劳动，打扫卫生，他使出看家本领猛干，每次都吃表扬。但是，一遇上政治学习，他就傻了眼。读不会读，写不能写，说也难得说囫囵，经常只是干瞪俩眼看。吴黑孩既喜欢他又讨厌他，有公差勤务和吃苦受累的力气活儿，总是派他打头阵。他也乐意去。

有一天，天下细雨，连里组织学习讨论，偏偏赶上没人要公差，齐鸣也只好闷在家里受洋罪。讨论来，讨论去，翻来覆去就那几套话，说完都没词儿了。吴黑孩钻进厕所，哗哗啦啦撒了一泡热尿，猛然间想起一个题目，拐回头便让大家讨论。题目很绝，但也很简单：有两个人，一个人拿的是枪，另一个人拿的是毛主席语录本，问：谁能打过谁？

先是冷场，后是热闹。有的新兵脑子转得快，说是拿语录本的赢，因为，毛泽东思想战无不胜！齐鸣打破脑袋也想不开，直来直去地说，肯定是拿枪的赢。问他为什么，他光说枪厉害；问急了，腾地一下跳起来，说：不信，咱就试试！

吴黑孩把这事儿当笑话，讲给排长听了；排长又讲给指导员。指导员后来在新兵集训快要结束时，写学习总结，将此事当油当盐加了进去。学习总结交上去，新兵也立马要分，上边却来了命令，新兵集训延长五天，针对齐鸣的观点，展开群众性的大讨论。

有人抱怨齐鸣，说他害得大家多当了五天新兵。

分兵时，齐鸣被农场场长领走了。

齐鸣说：“让我刨地种庄稼，还不如放我回去，换我爹来！他是种庄稼的老把式。”

场长说：“你这人肠子太直，嘴又漏风，以后可得给我注意。”

场长分配他去赶马车。看来，他有点喜欢他。

从拉板车到赶马车，也算个进步，但距离开汽车，却差得很远很远。

齐鸣赶了两年半马车，经的多了，见的广了，心眼儿也活了。眼看复员的日子迫近，他急了眼，光着身子回家可不是事儿，学不成开汽车，能入个党，回去说话也气势些。于是，他找到老场长，亮出了心里话。老场长极耐心地点化他一番，并答应帮忙。

沈松如没搞人防工程以前，兼管着部队的农副业生产。一天，他到农场检查工作，场长说，首长来得真巧，场里正准备开“讲用会”。请首长参加一下，随便听听，然后再听全面的工作汇报。

人很快就集合起来，“讲用会”马上开始。

齐鸣走上讲台，心中有数，自然不慌。口齿流利，快慢得当。抑扬顿挫，恰到火候。贬当初，开水烫死猪，表情沉痛。讲转变，弯过来绕回去，绕回去再弯过来，时不时背出一句毛主席语录。说今后，气壮如牛，钢铁誓言掷地有声。末了，张牙舞爪地来一句：“说到做到，不放空炮，请看我的实际行动吧！”

效果极佳！

沈松如带头鼓掌。掌声如雷。

开完“讲用会”，沈松如连饭也顾不上吃，非要去看齐鸣养的马。

原来，齐鸣讲了一大堆，沈松如只记住一件事。马无夜草不肥。可是，齐鸣夜里却睡不醒，闹钟闹也没用，因此，根本就没办法给马添草加料。马瘦乏力，自然要影响抓革命促生产。齐鸣带着此问题学习毛主席著作，终于心明眼亮，脑子开窍，想出了一个好办法。每天晚上，临上床睡觉时，他强迫自己硬灌下半盆子凉开水。这样，差不多一个钟头就有一泡长尿。每起来尿一次，就给马添一次草料。结果，瘦马变肥马。沈松如觉得这件事很绝，似乎含有哲学成分，沉甸甸的。

他去马棚一看，那马的确肥壮。在场长的引导下，他又亲眼看了看齐鸣灌凉开水用的盆子。他认定小伙子讲的，没一丝儿假。于是，他召集班以上党员骨干讲话，说齐鸣是农场的骄傲，也是后勤战线的光荣；这样的兵要是不能入党，谁还能是真正的共产党员？

中午吃饭时，场长讲了齐鸣当新兵时的那件事，沈松如为之一震，说齐鸣是批判大卖国贼林彪的勇士，绝对的不简单！

从此之后，沈松如走到哪里，就把齐鸣的事讲到哪里。讲马瘦，讲灌凉水，讲撒尿，讲喂马，讲批林，说这里边有个极深刻的哲学道理，这样的战士要是不能提干，谁还能称得上是优秀干部？

仅仅只过去三个月，齐鸣不但入了党，而且还提了干。农场干部一大堆，挤不出位置来，于是，齐鸣被任命为机关食堂的司务长。喂马的，转而侍弄人，大方向也算没错。

齐鸣万万没有料到，没捞着汽车开，倒捞着汽车坐了。得意归得意，他却不会算账，更不会记账，干了几个月，弄得焦头烂额，一塌糊涂。正好，人防工程要上马，沈松如把他调来，当个管理员。

齐鸣当管理员，跑跑颠颠，如鱼得水。

人防工程竣工以后，齐鸣别出心裁，请人在三号洞口造了一座凉亭，尖顶翘檐，四角欲飞，花栏粗柱，雄伟壮观。凉亭内有水磨石桌凳，桌面上镌刻着楚河汉界，容得下千军万马的厮杀。

有人说，这凉亭，应该算是齐鸣的杰作。

也有人说，这凉亭，应该说是沈松如杰作的杰作，因为，要论起来，齐鸣应当是沈松如的杰作之三！

不管怎么说，一个杨大山，一个齐鸣，一文一武两员将，始终被沈松如视为自己的左右臂膀。甚至，当岚岚后来需要找一个丈夫时，他也建议女儿从这两个人中间挑一个。岚岚当时一听就炸了：“你以为天底下男人们都死光了，就剩下这么两个窝囊废?！”

齐鸣和杨大山，先后都结了婚，都是沈松如给牵线搭桥做的月下老。倒是心比天高的岚岚，一转眼就年近三十，却仍旧是孤家寡人一个。

她，没她妈那么白，也没她爸那么黑；没她爸那么高，也没她妈那么矮。遗传因子，恰到好处地调整出一个大大方方的妙模妙样。虽年近三十，眉眼间却闪动着少女春色。她在军区洪岭招待所任招待助理员，业务精通，泼辣能干。但是，有人说她走路喜欢扭屁股，浪得很。还有人说她爱在男人面前挺胸脯，骚货一个！浪也罢，骚也罢，谁也没抓住她不干不净的凭据。

大概是一个月以前，却突然闹出了丑闻。

头天夜里，沈松如翻来覆去睡不着，一份《参考消息》，从头至尾细细地看过一遍，仍然毫无睡意。没事找事，他突然想到了地道口的钥匙。

地道，本来有三个洞口，后来封住两个，单留一个三号洞口。钥匙，一直在管理员齐鸣腰里拴着。前些日子，沈松如听说，有人建议，让食堂的人在地道里养蘑菇，用以改善机关干部的生活。他怕齐鸣吃不住劲，或疏忽大意有闪失，便把钥匙要了过来，珍藏在家中一个老式大座钟里。隔几天，他总要拿出来擦刮擦刮，把玩一番。

是夜，沈松如悄悄起床，打开座钟的玻璃门一看，禁不住大吃一惊，钥匙不见了。

他立刻把老伴方小芬从床上扯起来，劈头盖脸，问了个鼻青脸肿。岚岚在招待所值班，讲好了晚上不回来住。老两口在家里东翻西找，却踪影全无。最后认定，要么是弄丢了，要么是被偷了。

沈松如摸到洞口一看，铁将军依然健在。他不放心，从家里翻出一把大铁锁，又加了一道防线。

次日清晨，沈松如正在家里刮胡子，忽然听见凉亭那里一片吵嚷，他立刻意识到出事了。他一边快步奔出，一边在心里庆幸：幸亏加了一把锁！

地道里有人。

不是别人，而是岚岚！更糟糕的是，还有一个男人和岚岚在一起。许多人都认得他，姓黄，名跃，洪岭招待所的所长，前不久刚与老婆离罢婚。

早饭前后，往来人多，洞口又紧傍着马路，不一会儿工夫，凉亭周围就布满了人。人丛中，七嘴八舌，嘁嘁喳喳，乱纷纷的。

女人挖苦女人，嘴最毒。

“人防工程没停嘛，还在继续深打洞打深洞哩！”

“沈老头不是常说，要搬梯子……嘻嘻！”

“听说钥匙就放在她家里，方便着哪！”

“骚货，肯定弄过多少回了！”

“……”

通向洞口铁栅栏门的每一级台阶，对沈松如来说，比刀山火海还要可怕。他一级一级往下走，像要走向地狱。开始，他还能听见议论声，后来，他什么也听不见了，只觉得有无数利箭般的东西，在后背上穿刺着。

铁栅栏门上原有的那把锁，已经打开。岚岚在门里边若无其事地玩弄着钥匙，叮当有声。她背后的阴影里，黄跃靠着墙，一动不动在抽烟，像一截会冒烟的树桩子。

沈松如摸出钥匙，正准备把锁打开，犹豫了一下，忽然把钥匙扔了进去。岚岚瞥他一眼，弯腰从水泥地上把钥匙拎起来，“噗”的一声，使劲吹了吹灰，然后极熟练地从铁栅栏的菱形方孔中伸出了手，从容不迫地打开了锁。

沈岚岚头一个走出来，嘴角居然还噙着一丝莫名其妙的笑。

沈松如也许早有准备，不失时机地胳膊一抡，“啪”的一声响亮，耳光打得很脆。

四、令人吃惊的消息

沈松如足足有一个月没到凉亭里去。

他很想去，但觉得没脸。实在憋不住，就在更深夜静之时，围着洞口遛一圈儿，在凉亭里站一会儿。做贼似的，生怕碰上个什么人。

这三号洞口周围，是藏龙卧虎之地。曾有人打比喻，说，假如有十只蚊子在这里咬了人，起码要有八只蚊子咬的是将军。这话自然欠准，但却很有参考价值。

精简整编，老同志一批接一批往下退，干休所日夜开工也赶不赢。离开了办公室的将军们，一个个像突然脱离了轨道的流星，乱纷纷的无所适从。他们转来转去，常常到凉亭里来坐，聊天闲扯，相互慰藉。扯不断头的回忆，天南海北的议论，也有发不完的牢骚。各种各样的消息，正道的和非正道的，都在这里汇聚，又从这里传播开去。他们从来没有寂寞过，因此不耐寂寞。扑克，象棋，热闹了一阵，但毕竟不是真玩家，不几天就腻了。曾经抓住过一个小偷，的确兴奋了好几天，但毕竟没有那么多小偷好抓。不知是谁出的点子，他们给年轻的继任者们下了个口头战书，说要比赛拔河。没人应他们的战，传过来话说，知道你们身体都很好，但还是要多多保重，安度晚年，健康长寿云云。这样一折腾，吓得稍微嫩点儿的部局长们，到门诊部来看个病打个针什么的，都不敢从凉亭这里过，绕个远从后门走。也难怪，见了面，打声招呼问声好，七嘴八舌来一通，辣椒粉胡椒面儿什么的，自然也就掺了进去，谁能受得了？没有别的刺激好寻，他们就自己逗乐子。彼此的老伴，常常是研究的对象。他们在研究方面，功夫都颇精深，研究起来，饶有兴味。例如姓名，他们研究得就很有学问。冷部长的老伴，姓高，名天。经他们一研究，高天，天高，翻来倒去，都是她最高最大。因此，冷部长惧内怕老婆，自然也是必然的。酸麻子的老伴，姓常，叫春花。他们一研究，常青藤上开春花，藤能缠人，花能迷人，春心难老离不开男人，因此可以断定，酸麻子在床上自然是招架不住，常打败仗。

沈松如的老伴，姓方，叫小芬。他们一研究，方方正正，必然浑实胖大；小而芬芳，因此总不见老，五十多岁，仍然白白嫩嫩油光水滑，有的说赛面包，有的说像豆腐脑儿，如此等等。没了职，没了权，便衣一穿，和退休工人、农村老头差不了多少，有什么话不敢说？

平时，沈松如很少跟着起哄。每天上午九点来钟，凉亭旁边二楼阳台上，准要挂出一个小褥子。褥子上的湿尿印儿，很像一幅作战地图。沈松如每每看了，总觉着眼熟得很。山的走势，水的流向，城镇村庄，阡陌交错……一切的一切，都能勾起惊心动魄的回忆与想象。他凝神注目，眼前往往一片迷蒙。但渐渐地，蓝天被撕裂，石头在燃烧，空气在爆炸。步兵方阵，装甲铁流，轰炸机群……组成了灿烂壮观的画面。当焦黄的阳光将那地图悄悄抹掉时，他竟毫无来由地呼吸急促，两颊潮红。

那地图每日无定式。沈松如天天研究，自得许多乐趣与激动。

沈松如一个月没去凉亭里坐过，烦躁不安，六神无主，像害了什么病一样。

今天，他打定主意要到凉亭里去。"热障"这个怪词，在脑袋里乱蹦乱跳，撞得脑壳疼，得找人请教一下。再者，听说最近发生了一件事，使那帮老家伙，早如鸟兽散了。这两天，凉亭里清静得很。

那件事情，纯属偶然。

凉亭东边，是一条水泥马路；马路东边，有一栋半旧楼房。一单元二楼，住着一个人称"半导体"的女人。

"半导体"四十多岁，是寡妇。她丈夫是个处级干部，前几年因患癌症死了。当时，这女人不到四十岁。她在地方工厂里任出纳员，长得也算有模儿有样儿，善收拾，会打扮，很有些惹眼。有人劝她改嫁，她说为了儿子，愿意守寡。人们同情她，更尊敬她。食堂，服务社，学校，门诊部，上上下下，左左右右，凡事都要照顾她。然而，有一天，工程队一青年工人，因犯强奸罪突然被捕，三审两问，牵出了这寡妇的一件风流事。那青年工人说，一个炎热的下午，他去她家修电灯，脚一滑，人从凳子上闪下来。这寡妇当时在旁边站着，连忙伸手去扶，结果，两个人一起倒在地板上了。他想站起来，这寡妇却把他抱住了。具体细节，谁也闹不很准，但有一点，似乎大家都认可——是这寡妇勾引腐蚀了那男人。因为，这女人比那个男人的年龄大。

此事被七零八碎地传扬开，给人们留下了充分想象的余地。人们饶有兴味地谈论“风流寡妇”，越谈越玄，越说越脏。

门诊部的一位医生，忽然有一日想起来，这“风流寡妇”年轻时有则暗疾：一侧输卵管通，一侧输卵管不通。于是，她逮个机会，张牙舞爪地讲了一通。很快，“风流寡妇”的输卵管，也成了人们谈兴的作料。谈来谈去，不啻上了一堂人体解剖课，令许多毛头小伙恍然大悟，茅塞顿开。不知是哪位能人，竟从中悟出一个雅号——“半导体”，真真令人叫绝！

“半导体”的儿子当兵去了，家里只剩下她一个人，出来进去，像老鼠般灰溜溜的，不敢正视任何人的目光。她不穿红，也不着绿，一年四季都是素净衣服。衣服只能遮住肉体，却挡不住锐利似箭的目光。有人能看透到她骨子里，认定她在假装正经，且由此引申开去，弄出一句至理名言——风流娘们儿装正经，是天底下最蠢不过的事！

凉亭内那帮老头儿，就是从“半导体”的衣服上看出名堂来的。

那是一个令人昏昏欲睡的下午。太阳浑黄。没有一丝风。几个小孩儿，在空地上踢球。两个穿白大褂儿的女护士，白天鹅般立在马路边，嗑着瓜子闲聊，偶尔爆出一串儿走形变调的笑。大门口的哨兵，塌着腰，不停地倒腾着两只脚。可能快该换哨了。

冷部长头一个发现“半导体”进了大门。但真正看出名堂的，是酸麻子。

酸麻子姓马，叫马明德。他在大别山打过游击。老区的许多老人，至今说起麻营长，仍旧激动得不行。他们说得活灵活现，麻营长身长六尺，膀大腰圆，鼻正口方，浓眉豹眼；蹿房过脊，如走平地；翻山跳涧，连气都不喘……简直神极了！其实，酸麻子个头很矮，且一身的瘦排骨，稀疏的眉毛，毫无生气。只是他那双眼，一挤一眨，倒还放亮。他那张嘴，什么时候都年轻得很，荤的素的都来得，整天酸不唧唧的爱逗乐。

当时，酸麻子不经意间扫了一眼，立刻小声咋呼起来。

“哎哎，你们看，出鬼了！这‘半导体’刚才出去时还是白上衣灰裤子，咋一转眼弄成黑老鸹了，浑身上下没一处杂色儿？”

众人都扭头瞧，都觉着怪。

冷部长冷冷地说：“你懂个屌！女要俏，得穿皂——皂，可不就是黑色？”

一语道破，人人明白。再拿眼一瞄，这“半导体”确实要比平日出众。她浑身素黑，缓缓而行，像一只高贵的黑天鹅。她目不斜视地走过去，软软款款地上了楼。

酸麻子说：“俗话说，日晕而雨，月晕而风。我看，没准儿‘半导体’她……”

酸麻子正说着，突然从楼那头拐角处闪出一个人来，手里拿着一束洁白的花，紧走几步，做贼般钻进了一单元。

还是冷部长眼尖，一口道出了那人的姓名。

“魏元魁，直工部副部长！”

“有戏，伙计们！”酸麻子一拍腿，说，“他老婆正住医院，听说也是癌。”

众人立刻精神振作，并作出种种猜测。

足足等了个把钟头，也没见魏元魁离去。这时，恰好有个小战士骑着车子从大门口蹿来，酸麻子认得他，伸手拦住，提着耳朵交代一番。那小战士极不情愿地去了。

“麻子，你这不是坑人嘛！”

“就是，这小兵哪见过那阵势！”

“我说同志们！”酸麻子瘦胳膊一抡，煞有介事地说，“眼看着我军的优秀干部就要滑进错误的深渊，袖手旁观，熟视无睹，事不关己，高高挂起，良心安在？咹？”

酸麻子的话音刚刚落地，小战士急惶惶地奔了出来。他跳上车子，一阵风似的扑来，小脸儿煞白。

“人……死啦！”

小战士撂下这么一句，车把一扭，兔子似的蹿了。

众人打个愣怔，不约而同地跳起来，争先恐后地蹿过马路，直奔二楼。

门没锁，一推就开。一群老头儿蜂拥而入，但立刻都在原地凝固住了。

墙上，一条黑纱像僵死的蟒蛇，围绕着一个年轻战士的英俊笑貌。靠墙摆放着一张桌子，桌子上有一束洁白如雪的鲜花。

魏元魁正在做花圈。花圈只有盘子那么大。他陡然一惊，立刻站起来，像卫兵般立得笔直。

“今天中午，从广西前线来的电报。她不想叫别人知道，所以……”魏元魁声音低缓。

“半导体”在藤椅上坐着，呆呆地望着儿子的笑容。悲哀，使她很苍老，看上去像一块黑色的糙石。她缓缓站起，吃惊的目光横扫着。停了好一会儿，她才声音嘶哑地说：“首长们……请……请坐……”

没有商量，也没人指挥，顷刻之间，一颗颗白苍苍的头颅，朝着墙上微笑的战士，也朝着眼前这个穿黑衣服的女人，缓缓地低垂了下去。

没有哀乐，也没有悼词，只有一颗颗心在跳动，伴着沉重的呼吸。

也许过了几个世纪，也许是过了几分钟，突然，“半导体”扑通一声跪下，额头有力地戳在地板上，泣不成声。

“谢谢……谢谢……”

冷部长和酸麻子连忙上前，伸手把她扶了起来。

从此之后，凉亭里就变得冷清了。流星们，似乎都又找到了各自新的运行轨道。有的买菜做饭带孙子，有的骑上自行车到郊外垂钓，有的玩扑克搓麻将打门球，有的迷上了养花喂鸟练气功……凉亭内，躁动与不安，随之烟消云散，只剩下酸麻子和冷部长这对儿棋迷，对阵落子时慢腾腾的钝响……

水灵灵的太阳，渐濒变得焦黄。该上班的，上班去了。该上学的，上学去了。营区里死一样静。

沈松如从家里出来，披一身灿烂阳光。

凉亭里坐着两个人。冷部长狗熊般粗壮。酸麻子像个瘦小的精灵。两个人没有下棋。就那么脸对脸地干坐着。

沈松如走过去，落座的同时，眼一瞟，二楼阳台上竟没有“地图”；只有一条粉红色的三角裤头，还有一个米黄色的乳罩。好不日怪！

“老沈，听说没有？”

酸麻子一改往日的不正经，问得很严肃也很认真。麻子坑充着血，脸像刚刚被排炮炸过似的。

“能听说什么？”沈松如烦烦地说，“太平盛世，一日三餐，哪有那么多爆炸性的新闻！”

“嗨呀！”酸麻子手拍桌面，愤愤然道，“你呀，只顾在家抱老婆了！”

“怎么？是不是要打仗？”沈松如不错眼地盯着。

“我们军区，被撤销了。”冷部长嗓音打颤，像哭，“这是绝对可靠消息！”

“完蛋啦！我们军区彻底完蛋啦！”酸麻子直着嗓子喊，有点歇斯底里。

沈松如忽的一下站了起来。愣住了好一会儿，又“嗵”的一声坐下，直呆呆的目光，毫无目的地盯着什么地方。良久，他才咬牙切齿地吐出两个莫名其妙的字：“热——障！”

五、冷部长死了

这里，本来是一片荒山坡，斑斑斓斓几块菜地。后来，米黄色两层小楼，雨后春笋般冒出一大片，高高的围墙一围，全副武装的哨兵往那里一站，森严得很，也神秘得很。

十二号，是刘铁东副司令员的家。

他家门前，有一棚葡萄，古藤如铁，盘绕攀缘，枝蔓纵横交错，遮天盖地。这葡萄年年开花，但却很少结果。有位行家，一眼看穿，说是疯长。枝蔓太多，营养被争吃争喝，白白空耗，必须大动一番刀剪。刘副司令却舍不得。每一条枝蔓都挺可爱，都是历经风霜雨雪多年，一点点长起来的，同样的不容易，剪掉哪个都叫人肉疼得慌。结果，便任由这葡萄疯长。唯一能给人安慰的是，骄阳下，可以遮出一片绿荫，活像一把巨大的伞。

沈松如来到时，刘铁东正背着手，仰着脸，往上望着，不知是在端详葡萄架，还是在遥望葡萄架上边的云天。

沈松如敛气缓步趋前，站住，不由自主地也仰起脸来，往上望着。一个卷边儿葡萄叶上，一条肥硕的青虫，正昏昏欲睡。天空，布满了鱼鳞般的云，被辉煌的夕阳点燃着，红得透亮。一群鸽子，羽翼上闪着亮点，在空旷的天际盘旋，嘹亮的鸽哨，经久不息……

“坐吧！”

刘铁东揉了揉潮红的眼睛，车转身，先在一把藤椅上坐了下来。

沈松如没有坐，仍像棍儿一样直愣愣地站着。他望着老首长，似乎有点激动。

刘副司令稀疏的白发，像干枯的野草，毫无生气。他脸色发青，泪囊下垂；胡楂儿参差不齐，黑里透白。他嘴角紧绷着，有点儿扭歪，像是牙疼。

沈松如感到震惊：人，怎么说老就老了呢？

“你，刚才，在电话里说什么？”刘副司令问。他嗓音沙哑，显得中气不足。

“撤销军区，可是真的？”沈松如问。

“真的。”

“为什么要撤？我是说，为什么偏偏要撤我们？”

“因为需要。”

沈松如望着刘铁东，好一会儿没吭声，像是被噎住了。忽然，他身子一扭，尖屁股戳在藤椅上，很重。

刘铁东翻眼望着，问：“你想不通？”

“通！”

“通就好。”

“不过，是不是以后不再打仗了？谁能保这个险？”

“这个险没办法保，也不需要保。精简整编，就是为了加强部队建设……”

“地道怎么办？”

“地道，自然不会填掉，谁也搬不走它。你要让十分可靠的人把它管好，说不定哪一天，得靠它来救驾！”

“人，没有问题。问题是，得维修，需要钱。”

“你写个报告。要修就全面修，彻底修，起码要管个十年八年！”

“可能用不了十年八年，我们军区就要恢复起来……”

“谁说的？”

“都这么说。”

“别瞎咧咧！”

刘铁东目光发亮。沈松如在一瞬间就捕捉到了。他心里猛一热，正要开口，小公务员迈着碎步跑来，手里抓着电话机，电话线像条长尾巴，被拖得活蹦乱跳。

“首长，电话，参谋长打来的。”

刘铁东接过听筒，“喂”了一声，双眉突然一错，喊叫起来：“你说什么？冷奇清……死啦？什么时间？怎么……”

沈松如的心，猛地震颤了一下。

冷奇清，就是冷部长。军区组建时，他任测绘一处副处长，后来任处长，再后来，任作战部副部长。当时，四十岁不到，精明干练，帅劲儿十足，可谓红得发紫。三年困难时期，经他手卖给别人一箱高价香烟，被定为投机倒把。后来，又查出一个严重问题。他的一个远房叔叔来信要钱。他寄回去三十元。钱，修祠堂用了。经济问题，渗透出政治性。检讨，批判，处分，自然少不了，但处理他时，却犯了难。先定的复员，后又改为转业，但冷奇清一直没有走。不是他不愿走，而是不放他走。工作联系好，手续正在办，当时任参谋长的刘铁东猛然醒悟：冷奇清搞过多年测绘，又管过作战，装了一脑袋密之又密的东西，像个活的保密柜。这样的人，怎么能随便放他走呢？于是，经他提议，最后终于做了一个内部决定：冷奇清转业，不作改变，但要缓走，等他脑子里的东西忘得差不多时再走。就这样，冷奇清成了闲臣，工资照发，军装照穿，精精壮壮一条男子汉，整天却屁事儿没有。年复一年，没有人敢说让他走的话。脑子里的东西，看不见，摸不着，尺量不得，秤称不得，谁也不敢说他忘掉了多少东西。若放他走了，万一泄露了什么秘密，谁能负得起那个责？保守秘密，慎之又慎，九分九不行，非十分不可！后来，似乎把他给忘掉了，没人再过问他的事了。一晃就是二十年，其间，他到收发室帮过忙，到服务社站过柜台，也去农场干过一段，但纯属自愿，实际上是一种消闲。真正值得一提的，还是他协助沈松如搞人防工程这一件事。他精于测绘，触类旁通，搞工程很有实践经验。在沈松如最困难的时候，他暗中助了一臂之力。三个洞口同时开挖，实在是他给沈松如壮的胆……

沈松如万万没有料到，冷部长会死得这么快，昨天还见了面，还说了话。唉，人哪，说到底，也就是一口气。真可怜！

“……对！冷奇清，这个老同志，我们对他是很了解的，也是很有感情的。”刘铁东手握电话听筒，一边说，一边站了起来，他用一只手掐住腰，可能是腰疼。“我们军区诞生那一天，就有了冷奇清同志，这样的老同志，现在已经不多了。追悼会，一定要隆重，我看可以破点格。花圈要多一点儿，追悼会要隆重一点儿，悼词要写得好点儿……”

沈松如默默地听着，鼻子一酸一酸的。他悄悄地叹口气，仰脸望去，落日血红，摇摇欲坠……

六、他想当英国海军司令

军区被撤销，而且说撤就要撤，像一阵疾风扫来，令雄赳赳的大小军官们，转眼间晕头转向，手忙脚乱。

每人发了一张表，让填报去向，可到友邻军区，可下野战军，可去军分区和人武部，可复员转业下地方……当然，个人志愿，只是个参考，最终还得听从组织的安排。对此，谁心里都明镜似的。

杨大山从沈松如手下调出后，一直在宣传部当干事。最近一直在风传，说他要提升为副处长。军区一撤销，此事自然也泡汤了。

杨大山填的表，令人目瞪口呆，哭笑不得——“我想当英国海军司令！”

此事在军区机关传开，许多人像谈论英雄似的谈论着杨大山。甚至，还有人直后悔：当初填表时，咋就没想到当个美国总统呢？

沈松如听说得晚。他很震惊。杨大山出洋相，于他脸上无光。

一天晚饭后，他信步走去。他要找杨大山谈谈，敲打敲打。

排排高楼，鳞次栉比。灯火辉煌，却十分静寂。以前，这是最热闹的时刻，大人，孩子，欢声笑语，炒豆般撒得到处都是。

沈松如走着，直觉得心里发冷。

转过一个拐角，一团火光蓦地映入眼帘。火舌，无声地撕咬着夜幕。火光中，一个身形瘦小的男人，双手舞动一根带杈的树枝，不停地翻弄着燃烧的东西。火焰跳跃着，七彩生辉。燃烧的纸片，乱纷纷地腾空而起，火鹞般摇曳飘飞。

沈松如一愣：这不是杨大山吗？

一个小不点儿，踏着碎步跑了上去。

“爸爸，妈让你回家吃饭！”

“不吃！”

"妈说让你吃！"

"不饿！"

小不点儿悻悻地走了。

杨大山挥动钢叉般的树枝，将一摞摞燃烧的纸挑得上下翻滚。一团团焦煳的烟裹着一团血红的火。

沈松如走到近处，轻咳一声，喊："小杨！"

杨大山不睬不理。

"杨大山！"沈松如低喝一声。

杨大山转过身来，树杈子拦腰一横，木呆呆地愣盯着，饿狼瘦鬼似的。

沈松如暗暗吃了一惊。

杨大山妙笔生花，早已小有名气。他在沈松如手下，整天被各种各样的文字材料埋住。后来，宣传部把他要去，一天到晚仍是在方格纸上爬。胃不好，又常常失眠。人，一年比一年瘦，军衣越来越肥大。腿像麻秆般可怜，肋骨根根可数，三根筋挑着一个脑袋，头顶像黄土高坡般光秃秃的。三十多岁的人，整个儿小老头一个！穿靴戴帽儿上秤称，毛重八十三斤半，人称"三级风"，意即三级风就能将其刮倒掀翻。

"烧什么哪？"沈松如问。

"废纸。"

"怎么会有这么多废纸？"

"写了这么多年，摞起来，比我人还高。"

"烧掉干什么？有的留着，兴许还有用……"

"留着陪葬啊？"

沈松如被噎住，一时竟没有话说。

火堆渐渐暗淡，像一摊紫乌的血。杨大山转过身去，用树枝一挑，火星子飞溅，火焰重又一跃而起。

不知谁家在放录音机，一个嘶哑颤抖的男声在唱《酒干倘卖无》，撇腔拉调，如哭如泣，如诉如怨。

杨大山专心烧他的东西，似乎忘记了身后还有一个人。

沈松如盯着他的后背，心里冒出一股气。

“你，给我写个报告！”沈松如说。口气严肃，像下命令。

“报告什么？”

“维修地道。”

“我有政治任务。”

“什么政治任务？”

“写悼词。”

“是给冷部长？”

“是给他，也是给大家。”

小不点儿又来了。显然，领有“圣旨”，口气很硬。

“爸爸，让你马上回去！”

“滚！”

“你要不回去，就死在外边，妈说的……”

“你啰嗦个屌！”

杨大山大喝一声，树枝一抖，朝小不点儿的腰胯处扫去。小不点儿立刻像皮球似的滚进了黑暗。跟着，“哇”的一声，冲天而起。

一个女人的身影，箭一般从附近楼道里射出。她一把扯起孩子，又转身朝杨大山扑来。

“杨大山，我跟你拼了！”

女人一声怒吼，发疯般去抓杨大山。杨大山挥动树枝，又是一扫，那女人一屁股蹾在地上。她打个愣，立刻双手拍脚打地地哭喊起来。

“我的天哪！不过了，不活了……没法儿活了啊！我现在就去死，死给你看……”

女人号，孩子哭，悲惨动人。楼上马上跑下来许多男人和女人。哄孩子，劝大人，议论纷纷，闹成一片。

杨大山的老婆悲痛欲绝。

“三十多岁的人，瘦成一把柴，和猴精没二样！说叫转业，就得马上走，工作还得自己找。他一连跑了十八个单位，没一个要他呀！嫌他瘦，嫌他老，嫌他不中用，嫌他不像人哪！花高价买的烟买的酒，送都送不出去呀！嫁了这么个窝囊废，倒了八辈子霉呀！人到这份儿上，还有啥活头啊……”

许多人同病相怜，不由得唏嘘感叹。有的女人，想起了自己家里的为难事，也禁不住悲从中来，泣不成声。

杨大山一声不吭，只是一个劲儿地挥动树枝，机械地翻动着熊熊燃烧的火堆。

沈松如呆呆地看着，嗓眼儿里像塞了一块灼热的糙石。他默默地转过身，脚步缓缓地往回走。

夜，似乎格外黑，像黑沉沉的大海。晚风袭来，荡起阵阵凉意。忽然，他觉得心里有点儿不对劲儿，像是心脏病要犯。他痛苦地闭上双眼，酸软的腿机械地迈动着，像一片枯叶在飘……

七、哀兵

三个月以前才修缮一新的军区礼堂，突然披上了哀的盛装。广场四周，翠绿的树上悬挂着白色大彩球。礼堂门前，松柏万年青杂以各类鲜花，摆放出一个硕大的“哀”字儿。门口四根石柱，包上了白绫，十多丈长的黑纱，黑蟒似的盘绕飘逸，在左右两侧墙上，各结出一个巨大的千层花。入门是厅，银装素裹，白绫横空，正面墙上，一个巨大的黑色“奠”字，遒劲有力，滴血溅泪。进入正堂，两侧过道上，排满了高大的花圈，挽带飘飘，光怪陆离。舞台前边，红黄白三色鲜花，排队列阵。舞台正中，黑纱如虹，横贯左右，洁白的彩球，对称悬垂。青松翠柏和鲜花，簇拥着冷奇清的遗像。遗像两侧，戳着两个全副武装的卫兵，庄严威武。哀乐，无休无止地鸣响着。架在礼堂四周的大喇叭，将整个军营沉浸在悲哀之中。

一支支雄壮的队伍，悄无声息地鱼贯而入。一律臂缠黑纱，胸佩白花。没有人下达口令，方阵却排得刀切般整齐。

追悼会准时开始。

司令员和政委，一个在北京，一个因病住了院。追悼会，由刘铁东副司令主持。悼词，由参谋长来致。

沈松如知道，悼词是杨大山起草，刘副司令亲自审定的。所以，他听得格外认真。

不知是从哪个角落，最先飘出了女人的啜泣声。女人的悲哀，像传染病一样，使一排排男子汉悄悄地低下了头。晶莹的泪珠，滚过岩石般冷峻的脸，沉重地碎裂在脚下。

沈松如眼前先是一片模糊，后来渐渐地成了一片空白……

哀乐，重又响起。追悼会结束了。但有好一会儿，竟没有一个人走动，齐整整的队伍，像凝固住了。

有人喊了一嗓子："解散！"像鬼叫。

终于，方阵软塌下来，队伍渐渐变成散沙，缓缓朝门外流去。

走出大门，沈松如和酸麻子都不由自主地用手遮住眼睛，揉了揉，说，太阳真毒，好晃眼。

突然，两个人禁不住都吃了一惊。

广场上，一大群刚参加罢追悼会的干部，簇拥着军区的一位老摄影记者，争先恐后地在照相。背景，是礼堂的大门，哀的盛装，在阳光里显得十分耀眼。

"搞的什么名堂？×！"沈松如有点怒不可遏。

酸麻子没吭声，只是愣愣地望着。停了好一会儿，他似乎心有所悟，说："伙计，咱俩也去照一张，留个念！"

"×！没见过有留这个念的！"

酸麻子仰天长叹："唉！生就是死，死就是生！生生死死，世界才成为世界；死死生生，历史才成为历史……"

八、叛徒

冷部长一死，凉亭里更加冷清了。桌面上的灰，越积越厚，楚河汉界，模糊难辨。酸麻子连面也不露，不知成了何方神仙。沈松如常常独自一人坐在那里，散淡的目光不管落到什么地方，都觉得很不舒服。

二楼阳台上，那“地图”再也没有出现。沈松如百思不得其解，那个尿床的孩子，怎么可能说不尿就不尿了呢?

大门口的哨兵，枪刺在阳光里闪着幽幽的光，像挑着一团火。人却无论如何也没有以前站得直了，更没了那份儿威武和气派。腰塌着，腿岔着，不是立正，也不像稍息，倒像在撒尿。

大门外，更是一个乱糟糟的世界!

调走的和转业的，清理东西打点行装，废书旧报，烂纸箱旧酒瓶等东西，最初都是拿到附近的废品收购站去卖。收破烂的很敏感，立刻到这门口来揽生意。价格虽便宜一些，但很方便。一连多日，从早到晚，买者卖者在大门外做交易。破锅烂瓶，叮当有声。讨价还价，争斤论两，喧嚣一片。开始时，卖破烂的人多，收破烂的人少，满车子拉，重担子挑，很红火。后来，卖破烂的日渐减少，收破烂的却仍然成帮结伙，生意便清淡得多。

太阳西斜，橘红色的光，把远处的楼顶和近处的绿树，涂抹得亮亮的。风，很轻。

沈松如在凉亭里坐着，直瞪瞪地盯着大门外那些收破烂的，心中有一股苦涩涩的滋味儿。一张张面孔，朦朦胧胧的，乍看乍像劳改释放犯。特别是那些嘴角上叼着的笑，恶毒得很!

忽然，沈松如觉得腰部一阵阵地发酸，酸中带疼。这不舒服的感觉，迅速向背部和胯骨扩散。

老了!他在心里感叹。

他抬起手腕，看了看表，估计方小芬去买菜也该回来了。他刚准备站起来，随着一声软不唧唧的闷响，脑门后一热，像有一条肥肥的肉虫在脖梗上爬。他抬手摸了一把，只看一眼，便把嘴气歪了。原来是一泡稀糊糊的鸟屎！

他站起来，仰脸一看，只见一对儿油光水滑的麻雀在横梁上蹦蹦跳跳，像散步，像嬉戏，但更像调情。他忍无可忍，憋足劲儿，立眉瞪眼地“嘘”了一声，仇恨和愤怒，连同唾沫星子，一齐惊天动地朝空中喷去。

麻雀们连个愣怔也没打，一个跟着一个，弹丸般朝远处射去。

沈松如的脸上，星星点点有些凉意——是他的唾沫落了下来。

他气恨恨地转身欲走，突然，大门外传来一片吵闹声。他眼一瞭，见有个女人在人丛中很激动；细一看，原来是万一春的老婆！

万一春是个工程师，搞建筑的；六十年代正正规规的大学毕业生，科班出身。当年，人防工程一上马，沈松如就首先把他从“五七干校”调来。地下那个辉煌的城堡，就是万一春挂帅设计的。

当年，在沈松如手下，他事业上如鱼得水，整天忙得陀螺似的转，但个人问题，也就是婚姻大事，却像锈死的螺丝，丝毫没有进展。要说，一米七〇的个头，不算高，也不算矮；五官齐整，不算俊，也不算丑。将近而立之年，老小伙子一个，一副眼镜往鼻梁上一架，倒也斯文亮光。沈松如替他着急，找他谈心，原来这老小伙子也赶时髦，要先立业，后成家！沈松如点化他：业，已经立，人防工程就是最伟大的事业！家，可以成了。万一春又摇头，说自己多读了几年书，捞了一副眼镜，沾着一个“臭”字儿，没哪个姑娘敢挨身。沈松如把胸一拍，说他包了。没过多久，他真给找了一个。女方姓王，二十五岁，共产党员，是一家工厂的会计。

一天，万一春奉命践约，去和女方见面。地点，就是女方家里。一进门，让座，递烟，泡茶，倒是很热情客气。但却有四五个年纪差不多一般大的姑娘，花蝴蝶般往来穿梭，目光对准万一春，轮番扫荡。时而交头接耳，哧哧哧地笑；时而你掐我一把，我拧你一下，挤眉弄眼，娇媚百态。万一春眼花心跳一阵，知道自己被当猴耍了，便把心一横，盯牢墙角一只蜘蛛，悠然自得地抽烟。

对面沙发上，一个头发花白的老太婆坐得稳稳的，在有滋有味儿地喝着茶。她也戴副眼镜，镜片很亮。她轻咳了一声，姑娘们立刻温顺地坐好。她把茶杯放下，微微一笑，开口问了起来。

“你叫万一春，是吧？”

“是。”

“这名字挺简单的，不过也挺好记。什么地方人？”

“湖南湘潭。”

“伟大领袖毛主席的家乡，好哇！哪一年出生的？”

“二十八岁零三个半月了。”

“噢，那是一九四二年，抗日战争最艰苦的时候。家庭出身？”

“工人。”

“工人阶级领导一切嘛！家里还有什么人？”

“爸爸妈妈哥哥嫂嫂和妹妹，还有一个侄儿，刚刚断奶。爸爸现年五十五岁，共产党员……”

镜片对着镜片，光芒闪耀。

什么情况都问到了。按万一春的说法，就剩小时候尿床不尿床没来得及问。

第二天，沈松如告诉万一春，女方打电话来，说没有意见，可以把关系定下来。

万一春把头一摆，说：“不行，我有意见！”

“什么意见？”

“她太老，不相配。”

“×，老？”沈松如吃一惊，且大惑不解，“你二十，人家虚岁才刚刚二十五！”

“是二十五公岁吧，头发都白了嘛！”

“你说什么？“沈松如愣了半天，突然醒悟，“你是说和你说话的那个？那不是小王，那是小王她姨，干部处的周副处长！你这小子，将来也得向她喊姨……”

万一春表面上像个棉花团儿，内里却有一股牛犟脾气，不管沈松如怎么解释怎么劝，什么爱情里有政治啦，什么要经得起审查啦，什么要经得起考验啦，等等，等等，连说带骂，讲了一大堆，万一春仍是摇头，一口咬定不同意。沈松如气得脸色泛青，骂他是神经病，发誓以后再也不管他，让他当一辈子光杆儿司令。

小王姑娘很快便写来一封信，信写得情真意切。万一春看罢，马上回了一信，客客气气地感谢对方对他的信任，并用人间最美好的字眼儿，赞扬了一通对方的纯洁白发和端庄皱纹。末了，用颇为遗憾的口气宣称："可惜我要找的是老婆，而不是要找个妈妈！"小王姑娘收到回信，明白了个中缘由，急火火地找上门来，红着眼圈儿直道歉。万一春把手一摆，说："你，应该向你自己道歉。我相信，将来，你所要恨的，绝不会是我！"说罢，他扬长而去。可怜兮兮的小王姑娘，哭着走了。

事情一传出去，口头文学家们如获至宝。很快，军区机关几乎无人不晓：万一春找老婆找了一个妈！后来，年轻人在一起说笑逗乐，就常把谈恋爱搞对象找老婆，统称为"找妈妈"。

万一春光棍一条，却处之泰然。尽管也有不少好心人为其牵线搭桥，但一说叫他上门去和女方见面，他便犯病般直摆手摇头。

人的命运，有时很难捉摸。世间的许多事儿，往往出人意料。后来，沈松如给齐鸣介绍了一个对象，女方在大山深处的"三线"工厂。齐鸣肚里没水儿，写不了回信，暗中求万一春代笔传情。鸿雁传书，谈了一年半，女方来了，戳穿西洋镜，死活非要和万一春结婚不可。结婚时，两口子很大方地请齐鸣喝喜酒。齐鸣没去，自己一个人关着门喝得烂醉如泥。也请了沈松如，他也没去，并开了骂："一个万一春，一个邱小虹，一对儿叛徒不正经！"

万一春的老婆叫邱小虹。

邱小虹早已从"三线"工厂调来，在一家菜场当营业员。

近些日子，邱小虹见左邻右舍都在卖破烂，好像自己不卖点儿什么，就吃了什么亏似的。于是，趁休息日，把家里角角落落仔细搜寻一遍，居然也搜出一堆旧报纸，她将旧报纸捆扎好，喜盈盈地提了出来，细腰一扭三摇，头上波浪翻卷。

候在大门外的一个瘦高个儿，一眼看见，立刻蹦起，笑嘻嘻地迎上去，伸手接住，说："这么重的东西，让您提，雷锋同志肯定心里不好受！"

"谢谢！"邱小虹顺口说了一句。

"谢什么？"瘦高个儿骑士般潇洒，脸上洋溢着滑溜溜的笑，"我也姓雷，和雷锋同志三百年前是一家！"说着，他便动手称报纸。

"多少钱一斤？"邱小虹问。各种各样的滑头痞子，她见得多了，很冷静。

瘦高个儿翻了翻眼："两毛一斤，走遍天下都是这个价！"

邱小虹不理他，身子一扭，去向旁边一个矮壮的汉子。那汉子纹丝不动，半截香烟在嘴唇上缓缓地打着滚："两毛五。"声音冰冷。

邱小虹转身去提报纸，瘦高个儿却把报纸按住，说："我给三毛！"

邱小虹刚把手松开，没想到矮壮汉子又扔过来一句："我给三毛五！"

"四毛！"

"五毛！"

"山猫！你……你别太欺负人！"瘦高个儿把报纸摔在地上，跳了起来。

矮壮汉子像石头般沉稳，坐在三轮车上，一动也不动。他"呸"的一声，烟头像子弹似的从瘦高个儿耳边掠过。"我是看不惯你欺负别人。"

"我欺负谁了，咹？"

"昧心秤，黑心钱！"

"老子是自由交易！"

“滚到别处交易去，少在这里往我眼里撒沙子！”

“嗬，你不就是披过几天绿皮当过几天兵吗？他们完蛋啦，你也肉疼得慌……”

“山疤子！”矮壮汉子大吼一声，身子一旋，极敏捷地从三轮车上跳下来，“你敢再放一声屁，老子让你爬着回去！”

邱小虹先是迷惘，后是害怕，不由自主地往后躲开几步。

其他一些收破烂的，立刻围了过来，扯这个，劝那个，也有打趣逗乐等瞧好戏的。

“反天啦！”沈松如步出大门，凛凛然大喝了一声。

瘦高个儿正愁没梯子下台，脖梗一扭，冲着沈松如来了劲。

“您老人家别吼，小心闪腰岔气犯个高血压心脏病什么的！”

“少撒野！”沈松如立眉瞪眼，“告诉你，这不是你撒野的地方！”

“知道，军事基地嘛！不过，您这位老爷子，大概刚从广阔天地来吧？这军事基地，已经被撤销了……”

“这是沈部长！”邱小虹挑高声音说。

“部长？哟嗬，失敬！失敬！”瘦高个儿右手食指与中指并拢，往额角一戳，敬了个滑稽礼。

众人嬉笑着，议论纷纷。

“部长就这样儿？”

“不穿军衣，和乡下老爷子也没啥区别嘛！”

“再大的官也是肉身凡胎！”

“……”

看热闹的人越来越多，围个水泄不通。

沈松如脸色很难看，对着哨兵喊：“哨兵，打电话给你们营长，让他马上来！”

哨兵望着沈松如，嘴角泛起一丝莫名其妙的笑。

正在这时，万一春骑着车子回来了。他把车子扎牢，挤到邱小虹身边。问明了原委，一声没吭，弯腰扯开绳子，“哗”一声抖乱了报纸。

他伸手摸出打火机，“啪”的一声，火舌蹿起，青烟升空，人群“嗡”的一声纷纷后退，很快，便四下里散去了。

瘦高个儿拉起板车，悻悻地走了。

矮壮汉子跟着他，慢悠悠地踩着三轮车。

沈松如泥塑金刚般呆站着。当万一春推着自行车从他身边经过时，他突然说：“你到我家吃晚饭，咱俩喝一杯！”

万一春去了。

齐鸣也在。他是沈松如家的常客。能喝酒，好热闹，是个陪客的好角色。但是，让他来陪万一春，却无论如何也提不起神来。

沈松如有点儿兴奋。他把杯子一端，先自己喝干，然后再逼着他俩跟着来。连喝三杯，酒色上脸，话也渐渐多起来。

“你们俩，都别给我愁眉苦脸的。军区撤销，人防工程撤不销，也填不掉，那是万古千秋的事！刘副司令当面指示我，让我写报告，彻底维修。报告，我已经写了，维修与管理的事儿，由你们两个负责。按刘副司令的说法，这工作得让十分牢靠的人做。下一步，不管归属于哪个军区，都无关紧要，反正都是人民解放军，都是共产党领导……”

“听说刘副司令疗养去了。”万一春说。

沈松如一愣：“我怎么不知道？不可能吧！”

“副司令不在，还有正司令嘛！”齐鸣插进来说，“听说司令员已经回来了。”

“好，就一定要找个机会，和司令员当面谈一次！”沈松如端起酒杯，一饮而尽，“你们两个，给我喝！”

齐鸣把酒喝了，万一春却不端杯子。沈松如又催又逼，万一春说：“酒，我可以喝，但这维修地道的事情，我不想再沾手了。”

“那你想干什么？”沈松如问。

“我想转业。”

“转到哪里去？”

“不远，洪岭招待所，算就地转业。”

“噢，你去和黄跃一起干？”齐鸣感到惊奇，“他那个人哪，怎么说呢？你跟着他混，能混出个样儿吗？”

“不是混，是干！”万一春纠正齐鸣。

“干，干什么？”沈松如愣着眼，连声喝问，“这地道，难道就不值得干？这地道，难道就不造就人？这地道，难道就不重要了？这地道……当初，为了维修这地道，好几个年轻轻的战士都献出了宝贵的生命。难道忘记啦？嗯？”

“我没忘。”万一春不慌不忙地说，“为了这个地道，牺牲的远远不只是几个年轻战士。我们这些活的人，这么些年来，实际上也被这地道给活埋了！”

“你说什么？”沈松如拍案而起。

齐鸣连忙端起酒杯，嚷嚷道：“喝酒！喝酒！咱现在是悠悠万事，唯酒为大……”

方小芬又端出一盘菜，目光扫着沈松如，说：“不让你喝偏要喝，喝了就要耍酒疯……”

“叛徒！”沈松如刀子似的目光剜着万一春，一拳擂在桌子上。顿时，碗跳杯倒，酒，顺着桌子流。

九、怪人怪事

干部，一拨拨地调走，一拨拨地转业，几乎天天都有搬家的。军营，很快便空落了。

大门口的哨兵，早先是一站俩钟头，后来，又改为坐哨，四个小时换一次人。再后来，警卫营的兵都充实到野战军去了，哨兵换成了老头儿。看大门的老头儿，胳膊上戴着红袖标，倒也像模像样儿，但整天坐在藤椅里，无论如何也威风不起来。

大门外这条短街，以前基本上是禁地。巡逻哨，往来穿梭，不准停车，不准摆摊，不准闲杂人员停留。年复一年，给人留下许多神秘的猜测。

可能就是卖破烂卖得最热闹的时候，有一位农村姑娘，提了一篮子鸡蛋，似乎是偶然从这里路过，被人叫住，用粮票把鸡蛋给换走了。后来，这姑娘引来一群姑娘，都提的是鸡蛋。篮子刚刚放在地上，鸡蛋就被换光了。转业的，调走的，手里窝有本省本市的粮票，要它还有何用？姑娘们天天来，而且人越来越多。除了鸡蛋，她们还带来了塑料制品、厨房小用具、小孩儿衣服、录音磁带等等。小地摊应运而生。农村人到城市里来做工的日益增多，盖房的，修马路的，打家具的，开饭馆的，等等，都需要买米买面，因此，粮票早已开始有买有卖了，而且这种黑市交易十分活跃。手里有粮票，不但可以卖钱，而且还可以换回来各种各样的东西。姑娘们最初是拿东西换粮票，粮票毕竟有限，后来便做正常买卖交易，短街两头，都是人如潮涌的大街，在这短街上摆下摊子，不愁没人光顾。于是，修自行车的，补鞋的，推销化妆品的，大减价拍卖衣服布料和皮鞋的，零售书报杂志小人书的，便也蜂拥而来。做买卖的人一多，小吃店也冒了出来。油条、豆浆、包子、饺子、卤鸡蛋等等，大喊大叫卖。更有人扯起大棚，矮桌小凳，鸡鸭鱼肉任点，白酒红酒啤酒任选，冷饮热茶，立体音响，招来了许多人。一条短街，两行摊档，从早到晚，人流如潮，摩肩接踵，红火热闹。碰了腿的撞了背的，短斤少两算错账的，自然少不了吵闹争执。偷鸡摸狗扒钱包的，有时也弄得人心惶惶，一惊三乍。于是，有关部门便成立了一个市场管理所，配齐了管理干部和税收人员。

酸麻子最近常在市场上转，并爱管一些闲事。市管所那帮姑娘和毛头小伙子们，都拿他当爷一样敬着。

沈松如也时常在市场上转。他从街这头走到街那头，再从街那头走到街这头，什么东西也不买，什么东西也不看。有时，他干脆闭上眼，随着人流，悠闲自得地缓缓往前走着。短街下面，正对着地下那座城堡的一条长廊。不管在什么地方站下，脚踩的是什么东西，他自己心中有数。有一个小伙子，支着一口大锅，整天火爆山响地炸油条。沈松如每看上一眼，心里总要颤上几颤——那地方，正对着二号发电机组！他知道，地上地下隔着好几十米，丢炸弹都不怕，可他忍不住，心里总是不由自主地乱打战。

这天，他刚刚走出大门，一眼看见酸麻子和黄跃在一起，不由得吃了一惊。他紧走几步，选个位置站住，悄悄地瞄着他们。

酸麻子和黄跃，嘴上都叼着烟，吸得云天雾地，说得亲亲密密。黄跃掏出几张纸，递给酸麻子看，并朝大门口指指点点。

沈松如猜不透他们在搞啥名堂。但沈松如在心里暗暗断定。黄跃这个怪人，干的必是怪事！

黄跃这个人，的确有点儿怪。中等个头，人也不胖，长脸淡眉，皮肤黝黑，厚嘴唇翻着，像个吸盘，可谓其貌不扬，但他净干一些冒尖儿事。他原先是警卫营的一个排长，由于管理有方，被调到汽训队当队长。汽训队专门负责培训汽车驾驶员。地址设在郊区的一个山沟里，几间破房子勉强支撑着。学员来自各单位，培训过后，各奔东西，谁也没把汽训队当成家。因此，汽训队最松散，也最穷。黄跃上任后，一看菜盆子里几乎顿顿都是清水煮土豆，知道说啥也没用，因此，他就什么也不说。他抽几个老兵，组成一个运输调度小组，走东串西，很快便和地方上不少单位挂上了钩。十几台教练车，以前都是在公路上跑空车；经他一折腾，都变成了满装满载，运费收得低，服务态度好，运货单位很快便趋之若鹜，月月都有好几万元收入。有了钱，住的变样儿，玩的带色儿，吃的有味儿，小伙子们个个变得精神潇洒，一呼百应。当年，领导们谁也没有经过这事儿，装备车，装备油，却拿来跑运输赚钱……文件上根本就查不到。于是，连连发指示，要求暂时停止载货，待请示和研究后再说。黄跃说，运货合同执行完就停止，不然要影响军民关系。但他那个载货合同，好像总也执行不完。于是，有关部门发了他的通报，进行严肃批评。他却不服，找上门去质问："你们还没研究出结果，怎的就说我错啦？"后来，又一个部门却通报表扬了他，说他自力更生，为部队解决实际问题办实事。有人说黄跃两头冒尖，他说，这年头，叫谁冒尖谁冒尖，不想冒也得冒！有一次，他坐轮渡过江，遇到几个小流氓调戏一位姑娘。他呵斥了几声，小流氓们便把他围住，先是吵，后是骂，最后竟推打起来。船在江心，许多人瞪眼望着，却都不吱声。黄跃怒火攻心，使出擒拿格斗功夫对打起来。有一个胖子，像是头儿，满脸凶狠。他瞅准一个空当，虚晃一拳，身子一拧，绕到胖子背后，没等胖子弄明白是怎么回事儿，他便一发力将其横举了起来，眨眼间丢麻袋似的丢进了江里。众人"哎呀"一声，齐齐地愣住。有个小流氓突然醒悟，说他那位胖哥不会游泳，说着就哭了起来。黄跃一看水面，身上着火般将衣服扒下来，身子一弹，飞身跃进江里。他把那胖子救了上来，几个小流氓差点儿没有跪下喊他一声爷。事情传到军区机关，有人说，丢人下水是他，救人出来也是他，典型的两头冒尖。不批评也不表扬！他到洪岭招待所当所长以后，正准备让老婆随军调来，没想到那娘们儿熬不住，与一个风流小白脸睡了起来。事情败露，黄跃要求离婚，合情合理合法，没人说他什么。但是，他离婚后，与沈岚岚不明不白的恋爱和闪电式结合，似乎又有点冒尖了。特别是，他与沈岚岚钻地道那件事儿，给人们留下了巨大的想象空间……

黄跃与酸麻子谈得津津有味，张牙舞爪的。

突然，岚岚不知从什么地方冒了出来，手上提着一只鸡。万一春像个保镖似的在后边跟着，掂着一条银光闪闪的大鱼。

酸麻子胳膊一挥，四个人一路走了。

沈松如远远望着，心里有点儿发酸。

突然，有人轻轻碰了他一下。扭头一看，是齐鸣。

"老部长，您听说什么没有？"

"听说什么？"

齐鸣往沈松如面前凑了凑，神情诡秘地说："这地道，原来早就有人在打主意了！"

"谁？"

"黄跃，还有岚岚。"

“打什么主意？”

“看来，您是什么都不知道哇！他们……他们要接管这地道哩！”

“接管……地道？”

“您还在鼓里蒙着哪，人家把设计图什么的早就弄好了，是万一春帮助搞的。他们要把这地道改造成宾馆、商场、酒吧、舞厅四合一式的地下服务中心，还取了个骚里骚气的名字，叫什么‘小洞天’……”

“让他们做梦去吧！”

“是真的！听说司令员已经批准了，这几天就要动工哩！”

“你听谁说的？”

“甭管听谁说，反正千真万确！酸麻子被黄跃聘为顾问了。据说，他那个报告，就是酸麻子递给司令员的。”

沈松如愣了一会儿，慢慢地走到凉亭跟前，站住，目光扫过来，再扫过去，一句话也不说。

齐鸣跟过去，吞吞吐吐地问：“部长，您说……你说我该怎么办？”

沈松如好像没有听见似的，迈开脚步，缓缓地往家里走去。他昂着头，挺着胸，瘦条条身子像旗杆一样标直。头上的白发，在阳光下闪闪发亮，像一堆难以融化的雪。

身后突然一声响，吓了齐鸣一跳。

杨大山跳下自行车，问：“你愣什么哪？是不是想钻地道自杀？”

“地道？”齐鸣苦笑了一下，“地道完尿了！”

“怎么会完尿了？我听说，黄跃他们要大干一场，来救这地道的驾哩！”

“你以为是救驾？”齐鸣翻了杨大山一眼，“我说嘛，难怪你小子这么欢实！”

“当然啦！”杨大山拨弄一下自行车铃，叮当有声，“明天，老子就要上班去了！”

“找到个什么单位？”

“废品公司。”

"废品公司？你怎么……"

"瞧不起是吧？告诉你，社会越发展，废品就越多，没人回收怎么行！其实，把话说回来，废品公司答应接收我，实际上就是回收废品！"

"手续没办，怎么就上班？"

"废物利用嘛！我在家再歇仨月，也不会有什么事儿。可我怕再拖下去，自己真的成了废物。"

"我也想转，随便找个事儿干干算啦！"

"你着什么急呀？沈部长的追悼会还没开哩！"

"追悼会？"齐鸣一下子没转过弯来。

杨大山咧嘴一笑，兔子似的跳上自行车跑了。

齐鸣盯着杨大山的背影，觉得这家伙越来越古怪了。

十、碰撞

酸麻子马明德，特点十分突出：一是酸，二是麻。麻，不单是指他脸上不平整，还有一层延伸意义——点子多！

酸麻子是管理局的老局长。在位时，说话风趣俏皮，作报告很少有人打瞌睡。大家都很喜欢他，说他是个平易近人的好老头儿。离休以后，他常常在家里逗孙子玩，俩嘴片儿一碰，多年的口头语便涌了出来，动不动就"他妈的"。老伴怪他老糊涂，怎好拿骂儿子的话来骂孙子。他说，这叫惯性，心里明明也知道该骂"他奶奶的"，可舌头绕的是老弯儿，收不住步，真他妈的……一来二去，三番五次，媳妇不干了。她常在夜里悄悄教导儿子："别和爷爷玩！"背地里，和好朋友们说起老公公，总是说他"满嘴喷粪"，而且还是"经常性的"！

这天夜里，酸麻子一进沈松如的家，小眼睛一挤一眨，立刻便高一声低一声地酸上了。

"哟嗬！小芬嫂子是用了什么神奇偏方，还是吃了什么灵丹妙药，怎么越活越年轻了！就这个水灵劲儿，头发一染一烫，再弄件牛仔裤蝙蝠衫一打扮，准能把老小伙子们唬得一愣一愣的！”

方小芬正看电视。她一边起身泡茶，一边说：“你这个人哪，永远也长不大！”

“长大干吗，一长大就老了！”酸麻子在沙发上坐下，又接着打哈哈，“现在这个时代，啥都是年轻的好。干部，汽车，老婆，越年轻就越好嘛！”

沈松如没吭气儿，手上的报纸却翻得哗哗响。他正在看晚报。

酸麻子瞥他一眼，说：“你老兄整天在家修行，什么时候修成正果呀？你要是有一天成了神成了仙，可不能忘了穷哥们儿！”

沈松如眼角一瞭，目光很冷。“哪里敢忘啊，拍你的马屁都来不及哩！”

“你要是会拍马屁就好了！”方小芬说着，把一杯茶放在酸麻子面前的茶几上。

沈松如剜她一眼：“好什么好？”

“好什么好？哼！”方小芬提起水瓶，一边往沈松如杯子里添水，一边说，“撤销一个军区，不知有多少人发了财。有的人，光是汽车，一买就是好几辆。说是报废车，千二八百的价，其实足有六七成新，一转手就是万八千！可你呢，连辆破自行车也弄不到！”

“不是弄不到，而是不想弄！”沈松如把手上报纸一丢，提高了嗓门，“真要搞不正之风，新的也同样搞不过老的。他们才在台上几年？能认识几个毛人儿？我们这些老家伙……×！”

“的确！”酸麻子一边点烟，一边点头。

酸麻子知道，其实许多人都清楚，沈松如曾干过一件相当扬眉吐气的事。

沈松如刚离休时，曾只身到某大城市检查过一次病，住在一个部队招待所里。一天早晨，为要一台汽车去医院，从小小值班员开始求起，一直求到年轻英俊的所长。那位所长把他打量几打量，可能是他没穿军衣，也可能是他太瘦了，说声“对不起”，头摇得很坚决。可是，那位所长一转身，却当场为一个气宇轩昂的年轻干部派了车，嘟的一声开走了。沈松如脖子上的筋，一跳老高。他立刻跑到值班室，连着打了一串子电话。刚刚吃过早饭，便有车来，要送他去医院。他说不慌，等一会儿再走。等了一会儿，接连又开来四台车。车，都是好车，进口的高级卧车。牌子，有部队的，也有地方上的。他把五台车摆在招待所的院子里，一辆挨一辆，威武雄壮。他不说走，也不说不走，车就那么干摆着，引来许多人瞧热闹。那位有眼无珠的所长，吓得连面也不敢露。晌午时分，沈松如对五位司机说："先回去吃饭，吃罢饭马上把车再给我开回来！"那位所长眼看收不了场，便跑出来向沈松如做检讨，赔不是。沈松如没多说，只骂了他一句："×！老子站这儿不动，随便吭一声，能集合起来的团以上干部，比你手下全部人马加上家属小孩儿还要多！"

沈松如干的这件事，令许多老同志很兴奋了一阵子。有说沈松如骨头碴子硬的，有佩服沈松如会办事的。但也有嫌不够过瘾者，说要是让自己逮着机会，非要摆够十台车不可！并且，扳着指头一一算来，似乎是很有把握的事情。

电视机有些杂音。广告终于播完了。一个年轻女人蹦出来，一边晃大腿，一边呜呜哇哇地唱，听上去像是在哭，且极伤心。

酸麻子突然问沈松如："你明天干啥？"

"我能干啥？"沈松如喝口茶，说，"还不是跟着地球打转转！"

"东湖有钓鱼比赛！我看过一回，很精彩！最近，湖边开了一家蛇餐馆，广东佬掌锅，正宗八百的蛇肉。咱去看罢比赛，我请你吃蛇肉。我他妈的这辈子被蛇咬过两次，差点儿把命丢了，要是临闭眼之前不美美地吃上一回蛇肉，那才真他妈的亏死了！也白活了！"

酸麻子说得天花乱坠，沈松如却一个劲摇头。

"为什么不去？"酸麻子瞪着眼问。

"没那个兴趣！"

"人要没兴趣，就活得没劲极了！去吧，兴趣可以培养……"

“我有事儿，真的！”

“不会是搞约会谈恋爱吧，啊？哈哈哈……”

酸麻子痛快淋漓地笑一阵，一摆手，走了。

沈松如坐在沙发上，冷冷地笑着，连屁股也没动。

夜，宁静得很。也许，因为太静的缘故，所以又很难真正静下来。像是轮船的号叫，又像是火车的轰鸣，从很远很远的地方传来，低沉而凝重，像大潮在涌，地球在喘，又像是黑暗的夜在震颤……

夜，终于疲倦了，东方渐渐露一片鱼肚白。

几条人影，悄悄地窜进凉亭，略略停了一下，像是小声嘀咕了几句什么，然后便一个跟着一个下了地道。手电筒惨淡的光柱，沿着水泥台阶无声地往下滑动。铁栅栏门到了，光圈突然套住一个人。几个人齐齐吓了一大跳。

沈松如身披军大衣，双手抄在胸前，背靠着铁栅栏，看上去像根顶门杠。他眼眯着，嘴角挂一丝冷笑。

手电筒突然熄灭，人与黑暗同时凝固。

沉默了一会儿，终于有人开口了。

“爸爸，您快回家吧，没有必要这个样子……”黄跃的声音。

沈松如不理睬他。

“老部长，这是一件绝好的事，司令员都……”万一春的声音。

沈松如也不理睬他。

“我说老伙计！你不能这么横挡着……”

酸麻子幽灵般从人们背后冒出来，走上前去，一边说，一边动手去扯沈松如。谁知，他一扯，沈松如却泰山压顶般倒了下来。

“不好！”酸麻子怪叫一声，一把抱住了他。

黄跃连忙上前扶住，急急地问，“怎么啦？”

“快！都他妈的愣着干屌！”酸麻子骂了起来，“去给我砸门诊部的门！去给我按急诊警铃！”

手电筒亮了，射在沈松如苍白冷漠的脸上。

十一、他到死也没明白

沈松如在医院里，一躺就是好几个月。

他人事不省，完全靠药物喂养着一口气儿。有一次，心脏突然停跳，一大群医生、护士，团团围着抢救，又硬把一口气给抢了回来。

方小芬白天晚上都在病床前守着，人瘦掉了一大圈，眼睛红肿稀烂，头发也一把一把地掉。年轻女护士们，常常在一起议论方小芬，结论常常也是感叹式的："爱情，真是个迷人的魔鬼！"

岚岚也经常到医院里来，每次来，她都要带一些好吃的东西。她爸只有一口游丝之气，什么东西也吃不成，但她照常不误。认识她的护士们开她玩笑，问她究竟是来看爸爸，还是来看妈妈。她说："我们家不能死掉一个，再搭上一个。"

岚岚来，方小芬总要问到黄跃。黄跃把岳父弄进医院，就再也没来望过一眼。

岚岚两头都护着，说："这老小子是不像话！当初，我竟没有看出来，他居然和他老丈人是一个德行，属老鼠的，魂儿在地底下，一钻进地道把什么都给忘掉了！不过，他也真太辛苦，整天累得贼死。我每次到医院来，他光空口说白话，让我代表他……"

言谈话语中，岚岚总要扯到地道改造这个题目上。今天说办公室改成大套间啦，明天说会议室改成商场啦，后天又说俱乐部改成舞厅啦，方小芬一开始并不愿听，听的回数多了，不由得结了心，有时也忍不住要问一问情况。

有一天，黄跃突然到医院里来了。他提一兜子水果，进门先喊"妈"，说是路过。方小芬喜得什么似的，可没说上几句话，却又把他赶走了。

黄跃说："妈，你这样泡下去，身体要垮的。"

"有啥办法？这是命啊！"方小芬直叹气。

“说实话，我爸爸也就这样了。从现代科学的角度看，他实际上已经死了……”

“什么？你……你说什么？”方小芬气得差点儿没有背过气去。

“你听我说，人死人活，不是光看心跳不跳，而是要看人的大脑是死是活。老观念，人只要还有一口气，就算活着。其实，有些无知无觉只会喘口气的人，早就死了……”

“你……你给我出去！”

“妈……”

“滚！”

黄跃从病房里出来，苦笑着直摇头：“难怪有人说，世间最可悲的是陪葬者！”

事后，岚岚听她妈说了这档子事儿，回家用手点着黄跃的头，直骂他是个“怪物”！

人的生命，有时脆弱得像一张薄纸，有时却又表现得十分顽强坚韧。沈松如在病床上度过了岌岌可危的几个月之后，忽然呼吸畅通，脉搏也活跃有力了。医生什么也没说，方小芬的脸上却升起了一团暖洋洋的喜气。

这是一个星期六的下午。蓝天白云，绿树芳草，马路高楼……医院里的一切，在黄澄澄的阳光里，显得格外明媚可爱。男人们和女人们，脚步一律轻轻快快，办事效率极高。星期六的希冀与渴望，交织出一种幸福的躁动。

酸麻子来了，西装革履，头上丝发不乱，胡子刮得光溜溜的，一下子年轻十岁都不止。

“你打扮得像个新郎官！”方小芬笑得很凄惨。

酸麻子一摆手：“我这是穷烧包！”说着，放轻脚步，挨近床头，对着沈松如仔细端详了一会儿，然后转过身来，在一个凳子上坐下，随即叹出一口气。

岚岚和黄跃一起来了。还没进门，就被两个年轻女护士缠住。

“黄经理，你再多给我们两张票吧！”

“我们科还差好几张呢！”

黄跃极潇洒地一笑，说：“头三天，我们免费服务。没舞票也没关系，只要是漂亮姑娘，到了‘小洞天’，肯定会受到优待照顾的！”

两个女护士相视一笑，扭身走了。

黄跃和岚岚一进门，便并排站到了病床前。

黄跃说：“爸爸，你听得到吗？今天晚上是我们‘小洞天’开张之日，我代表所有能代表的人，谢谢您老人家！”

岚岚说：“爸爸，我送给您两张舞票，这是最美好的纪念。”说着，她伸手把两张舞票轻轻地放在她爸爸的胸口上。

舞票是粉红色，烫金字儿，印制得十分精美别致。

沈松如的胸脯起伏着，舞票也跟着一起一伏，看上去很像一对儿振翅欲飞的花蝴蝶。

出人预料的事情，突然发生了。沈松如的呼吸，由缓变急，胸脯随之大起大落，并且嗓间吼声如雷。蓦地，他双眼圆睁，右手有力地戳向空中，干树枝似的手指支叉着，像在指戳着什么，又像在抓挠着什么，也像在乱划拉着什么。

方小芬头一个反应过来，发疯般扑向门口，发出一声凄惨的呼叫：“医——生！”

然而，晚了，医生和护士还没赶到，沈松如右手往下一垂，嗓眼儿里随之发出一声古怪的长啸，人，立刻像撒尽气的皮球，顿时软塌下去不动了。他胸口上的两张舞票，静静地躺着，好像一摊淡淡的凝固的血……

沈松如就这样死了，没有留下来一句话。

事后，酸麻子说，沈部长临终时留的有话，只不过一般人听不懂罢了。问他听懂没有，他说似懂非懂。问他听懂了一些什么，他说，好像在骂什么人哩！

岚岚说，她爸爸临终时并没有骂人，伸出手来，只是想把那两张舞票抓住。

黄跃却说，老头子当时明明是在忏悔，举起手来喊叫着，是请所有的人都能原谅他……

终于，方小芬有一天突然醒悟过来，觉着老头子临终时，手在空中乱划拉的样子，她好像什么时候见过，可就是想不起来划拉的是什么东西了。于是，她便经常着了魔似的伸着手指，极力回忆并模仿着老头子的动作，比划来，比划去，一比划起来就没个完。终于，有一天，她一连比划几次，结果比划出的都很像是一个“障”字儿。于是，她猛然间想起了“热障”这个词。

“唉，他到死也没明白！他到死也没明白……”

女人比男人寿命长。方小芬至今仍健在。她在女儿女婿面前，时常这样唠叨。即使是不认识的人，只要愿意听，她唠叨起来也会没个完。

（《小说月报》1989 年第 7 期选载）

编后语

作为一份矢志于忠实记录当代小说发展轨迹的文学选刊，《小说月报》自 1980 年创刊以来，始终关注军旅作家的小说创作以及反映军事题材和军营生活的优秀作品，与军旅小说结下了不解之缘。众所周知，军旅小说是当代文学版图上极为引人瞩目的板块，从新时期之初便进入了一个新的创作高峰期，特别是在中短篇小说领域，涌现出一大批脍炙人口的经典力作，造成了一个又一个轰动效应；众多优秀的小说作者自军营起步，一鸣惊人，成为文坛的中坚力量。在几代作家的携手努力下，当代军旅小说创作在题材的广度、思想的深度与艺术的力度上均经历了跨越式的发展。《小说月报》有幸见证了这一过程，并记录下军旅小说在各个发展阶段所取得的累累硕果。

有鉴于此，《小说月报》编辑部将上世纪八十年代以来所选载的军旅题材中短篇小说佳作加以全面梳理总结，编辑了这套“小说月报军旅小说”丛书。本丛书所收录的作品或再现革命战争时期重大历史事件，或表现建国以来我军官兵保卫边疆、建设祖国的英雄事迹，或展现和平时代军营生活与当代军人的风采，均为经历时间淬炼、广受读者好评的经典之作。如著名作家李存葆先生撰写的序言中所说：“这套丛书是对三十余年来军旅小说的蹑迹追踪，是对新时期以来军事文学的高度浓缩，是对军旅文化的‘切片’的高倍‘透视’，也是对老、中、青军旅小说家的一次盛大的检阅。”从中可以读到，“军旅小说家们饱吮着自己的心血，在作品中留下的军人的风骨和血肉，展现出了一个民族的精神坐标”。

由于军旅小说创作随着时代的发展和创作阵容的更新换代，从上世纪八十年代、九十年代到新世纪以来，呈现出题材、风格的不同特色，这套丛书也以时代为序，分为三卷：《沙场秋点兵——小说月报军旅小说·八十年代卷》、《梦回吹角连营——小说月报军旅小说·九十年代卷》、《醉里挑灯看剑——小说月报军旅小说·新世纪卷》。三卷的标题均取自辛弃疾《破阵子》中的词句，我们希望以此尝试性地概括军旅文学在不同历史时期所体现的主旋律。

和我们过去编选的“小说月报三十年”丛书一样，这套“小说月报军旅小说”丛书也是基于当年选刊篇目的二度筛选，从策划立意、制定标准到确定篇目，经过多次讨论、反复推敲。编选中力图兼顾小说艺术的普遍尺度与军旅题材的特殊规律，既收录了艺术魅力历久弥新的名篇，也选入了那些保留鲜明时代色彩的作品；其中有不少是知名军旅作家的成名作、代表作，也有一些非军旅作家表现军事题材、反映军人生活的优秀作品。因容量所限，我们只能选入每位作家最具代表性的一篇作品；还有多篇作品因篇幅过长，不得不暂列为“存目”，所幸读者也可从我们编选的“小说月报三十年”丛书、“小说月报百花奖获奖作品集”等书中找到这些作品。

本丛书每一卷中收录的作品基本按《小说月报》选载时间先后为序（《梦回吹角连营》一卷因需分为上下册，略有调整）。编辑所有作品，均以当年《小说月报》的版本为底本，因为三十年中出版物依据的文字与标点使用规范有所不同，为求统一，在不影响原文的情况下略加整理，其中个别表述与提法带有明显时代特点，为保存原貌亦未加改动。

在本书编辑过程中，承蒙各位作者的大力协助，值此机会表示我们最诚挚的谢意。著名军旅作家李存葆先生在百忙之中专门撰写序言，高屋建瓴地总结了军旅小说的文化价值，令这套丛书增色不少，在此特别鸣谢。虽经多方联络，但仍有个别作者或版权继承人我们未能及时取得联系，在此深表歉意，万望见书后及时与本刊联系，我们将寄送样书、稿酬。感谢各界朋友多年来对本刊始终如一的厚爱与支持，真诚期望您对我们工作中的不足之处，给予批评指正。

《小说月报》编辑部

2012年12月